그것이 어떻게 빛나는지

WIE ES LEUCHTET
Thomas Brussig

그것이 어떻게 빛나는지

토마스 브루시히 지음 ― 문항심 옮김

문학과지성사
2009

대산세계문학총서 **087**_소설

그것이 어떻게 빛나는지

지은이__토마스 브루시히
옮긴이__문항심
펴낸이__홍정선 김수영
펴낸곳__㈜문학과지성사

등록__1993년 12월 16일 등록 제10-918호
주소__121-840 서울 마포구 서교동 395-2
전화__02)338-7224
팩스__02)323-4180(편집) 02)338-7221(영업)
전자우편__moonji@moonji.com
홈페이지__www.moonji.com

제1판 제1쇄__2009년 11월 13일

ISBN 978-89-320-2009-9
ISBN 978-89-320-1246-9 (세트)

이 책은 대산문화재단의 외국문학 번역지원사업을 통해 발간되었습니다.
대산문화재단은 大山 愼鏞虎 선생의 뜻에 따라 교보생명의 출연으로 창립되어 우리 문학의 창달과
세계화를 위해 다양한 공익문화사업을 펼치고 있습니다.

차례

크리스틴에게 바친다

흐릿한 사진

　내가 이 시대에 대해 알고 있는 모든 것은 오빠의 사진을 통해서야, 레나의 말이다. 그렇다. 삶 속에서 한순간을 그대로 떼어내오는 것, 그것이 나에게 주어진 일이다. 삶을 찍는다는 건 인간을 찍는다는 것이다. 나는 그들 모두를, 즉 알바니아인, 알비노,* 육상선수, 수족 절단자, 시민운동가, 예수 재림론자, 점성술가, 우주 비행사, 알코올중독자, 반 알코올론자, 자동차 절도범, 천식 환자, 외국인, 야간학교 학생, 알프스 등반가, 낚시꾼, 팔굼혀펴기 하는 사람, 경매인, 안대 착용자와 그를 담당하는 상담자, 안과의사, 고고학자, 무정부주의자, 사과 수확 일꾼, 아코디언 연주자, 암살자, 과거 나치 대원, 작가, 곡예사, 변호사, 고행자, 그릇 치워주는 사람, 설거지꾼, 사기꾼, 여자 사냥꾼, 문맹자, 각 부서의 에이스 직원 및 겁쟁이 직원, 미친놈, 성공한 사람, 무신론자, 멍청이, 회사원, 아르바이트생, 노동자 계급 그리고 반유대주의자들을 찍었다. 다른 알파벳으로 시작되는 나머지 인간군도 위와 비슷하게 찍었다. 지구에 정착해서 사는 외계인들(내가 워낙 마음이 넓다 보니 그들을 인간으로 분류하고 있다)도 마찬가지로 알파벳 A에 들어가지만 내가 그들을 찍지 않은 단 하나의 이유를

---

* 선천적으로 피부, 모발, 눈 등의 멜라닌 색소가 결핍되거나 결여된 생물, 백색증이라고도 한다.

말하자면, 그들이 아직까지 모습을 나타내지 않았기 때문이다.

내 카메라는 촛불 하나의 빛 정도만 있어도 플래시가 필요 없는, 밝은 렌즈가 달린 조그맣고 별 눈에 띄지 않는 물건이다. 언더스테이트먼트*의 걸작이며 보석과도 같은 전설적인 라이카 M3가 그것이다. 스파이들이 막 해외에서 들어온 시대에 만들어진 이 대견한 놈은 세상 모든 것을 다 보면서도 정작 자신은 드러내지 않는다. 교회에서 셔터를 눌러도 경건함에 전혀 손상을 주지 않을 정도로 소리도 조용하다. 그 겸손함이 마음에 든다. 리플렉스 카메라가 퍼지게 된 이유는 아마 재빠르게 그림을 채오는 반사경이 사진을 찍는 이에게 우쭐한 인식 음(音)을 부여해주기 때문이 아닌가 하는 생각을 해본다. **여기 오토바이 한 대가 납신다** 하고 할리**가 예전에 말했듯 리플렉스 카메라도 지지 않고 이렇게 말하는 것 같다. **여기 사진작가가 한 분이 납신다.**

내 라이카 카메라에는 중간에 빛을 가로막고 있다가 재빨리 올라붙어야 하는 반사경 따위는 없다. 그저 셔터가 찰칵할 뿐이다. 라이카는 아무도 듣지 못하는 소리를 낸다. 계속들 하세요, 저는 신경 쓰지 마시고요, 하고 말하는 것 같다. 사람들은 나의 라이카와 나의 존재를 잊어야 한다. 그리고 자신이 사진 찍히고 있다고 느끼지 말아야 한다. 나를 사진작가로 느끼는 대신 옛날 장난감통이나 들고 노는 촌놈으로 무시해야 한다. 나는 무시당함으로써 살아간다.

나는 이 물건을 항상 오른손에 들고 오른손으로 조작하며, 왼손은 밀려드는 사람들로부터 나를 가리기 위해 쓰인다. 플래시와 삼각대 없이 작업하려면 한순간이나마 동상처럼 굳어버리지 않으면 안 된다. 오른손의

---

* 삼가거나 축소해서 하는 말이나 표현이다.
** 윌리엄 할리(William Harley, 1880~1943): 할리데이비슨 모터사이클 회사의 창시자이다.

검지손가락은 셔터를 담당하고 가운뎃손가락은 노출 시간과 조리개와 거리를 조절하는 다이얼을 담당한다. 가운뎃손가락은 카메라와 너무 친해진 나머지 적절한 설정을 감으로 느끼고 눈 깜짝할 사이에 설정을 다 맞추어놓을 정도이다. 마리오네트를 조종하는 사람들조차 나의 이 가운뎃손가락의 능력에 눈이 휘둥그레진다. 그래서 내 눈은 카메라의 각종 눈금을 읽는 대신 먹잇감이 될 만한 사건들을 찾아다닐 수 있다.

이 같은 특이하고 전무후무하다고까지 할 수 있는 특정 신체기관의 발달로 인해 나는 독일 내 어느 산재보험회사에서도 적당한 상해보험을 찾을 수 없었다. 그들이 내놓은 조건이라곤 발가락 하나당 전체 보험액의 2퍼센트, 손가락 하나당 5퍼센트, 엄지는 각각 20퍼센트, 다리와 눈도 각각 한쪽당 50퍼센트를 지급한다는 규격화된 조건일 뿐이었다. 그러다가 오랜 전통과 명성을 자랑하는 로이드 보험사에서 처음으로 각 신체에 내 마음대로 퍼센트를 할당할 수 있다고 알려왔다. 나는 셔터를 누르는 오른쪽 검지와 다이얼을 돌리는 오른쪽 중지를 각각 30퍼센트씩, 즉 손가락 한 마디당 각각 10퍼센트로 해놓을 수 있었다. 오른손은 완전히 굳어버릴 때를 대비하여 20퍼센트로 해놓았다. 또 로이드 보험사에 각기 50퍼센트로 들어놓은 양쪽 눈은 표준 보험상품에 해당하는 것으로서, 사진사라고 하여 여타 일반 직장인보다 더 특별히 안구를 소중히 여기는 것은 아니라는 뜻으로 말하고 싶다.

재주 좋은 손가락과 조용한 라이카 이외에도 사진을 찍을 때 내게 도움을 주는 것에 대해 말해야겠다. 그것은 바로 나의 별자리이다. 해왕성이 열두번째 황도십이궁에 위치해 있고 태양이 홀로 천왕성과 삼각을 이루고 있으며 그때 태양의 동방 황도십이궁은 전갈자리이다. 달은 게자리에 있다. 모르는 사람들은 이 말이 무슨 말인지 상상하기 힘들 것이다. 하지만 친척 아주머니 한 분이 내가 열두 살 되던 해에 나에게 번득이는 영감의 능력이 나타날 것이라고 점쳐주었다. 몇 년 후에 나는 그게 무슨 뜻인지 알게 되었다. 아버지가 처음으로 사냥에 데려가준 날이었다.

그 능력은 침묵의 서품식을 통해 내 안에 내려왔다. 우리는 잠자코 숲을 가로질렀고 잠자코 산을 타고 올랐으며 아버지는 아무 말 없이 내게 총을 건네주었다. 어둠이 깔리고 주위가 완전히 검게 물들기도 전에 귀가 눈의 일을 대신하기 시작했다. 어둠 속으로 깊게 내려앉으면 앉을수록 숲은 점점 뚜렷하게 소리를 내는 물체로서 내 귀에 다가왔다. 내 정신은 또렷했다. 손에 쥔 총 때문에 기다림조차 스릴 있었다. 숲은 서서히 흔들거리며 온갖 소리를 내는 가운데 존재하고 있었고 나는 숲의 소리에 녹아들어갔다. 그러던 어느 순간이었다. 나는 갑자기 벌떡 몸을 일으켜 세워 밤의 검은 구멍을 향해 너무도 당연한 것처럼 죽음의 총알을 발사했다. 지금까지도 나는 그때 내가 왜 그랬는지 모른다. 눈으로 본 것은 아니었지만 무엇인가가 거기 있다는 것을 나는 알았다. 그것은 커다랗고 검은 동물이었다. 아버지는 화를 냈다. 내가 심심해서, 아니면 자만감 때문이거나 경험의 부족 때문에 총을 쏘았다고 생각하여 그랬을 것이다. 우리는 달의 그림자에 가려 가장 깜깜한 숲의 가장자리로 갔다. 거기엔 멧돼지가 내 총을 맞고 쓰러져 있었다. 그 일로 나는 충격을 받았지만 앞일을 본다는 것이 무엇인지 그때 비로소 알게 되었다.

총구를 어느 방향으로 겨누고 있어야 할지, 언제 오른손 검지로 방아쇠를 당겨야 할지 느낌이 왔다. 뭐가 될지는 몰라도 좌우지간 무언가를 맞히게 될 거라는 건 알았다. 사진을 찍는다는 것은 죽이는 일과 마찬가지로 사람을 사로잡는다. 그리고 후회를 남기지 않는다. 앞일을 보는 능력과 영감에 대한 믿음은 사진을 촬영하는 내게는 하나의 즐거움이 되어버렸다. 스포츠 사진작가로서 내가 즐겨 찾는 장소는 축구장이었다. 그리고 내가 서 있는 곳은 항상 다음번 골이 터질 골대 뒷자리였다. 경기 도중 나는 기분이 내키는 대로 이쪽 편 골대에서 저쪽 편 골대로 자리를 옮겨다녔고 가는 곳마다 꼭 골이 터졌다. 하위권 팀이 인기 팀을 무찌를 때면, 스무 명의 다른 사진작가가 엉뚱한 골대 주위에서 기다리는 동안 나는 승리의 결정 골을 촬영한 유일한 사람이 되어버리는 일이 허다했다.

나는 공연 전문 사진작가로서도 인기가 있었다. 사진 촬영을 위해 마련된 무대 공연에서 수십 명의 포토그래퍼가 무대를 와글와글 둘러싸고 철컥철컥 소리와 함께 연방 번쩍이며 터져대는 거대 장비를 들이대어 공연의 섬세함을 어지럽히며 결국 아무 의미 없는 사진을 양산하고 있는 동안 나는 내가 건져낼 순간이 언제인지를 감지하고 있었다. 그러려면 어느 위치로 가서 찍어야 할지도 느껴졌다. 공연 내내 내가 찍은 사진은 보통 서너 장뿐이었으나 극장 측에서 팸플릿 인쇄와 언론 홍보용으로 사들인 사진은 내가 찍은 사진이었다.

나는 사진이 만들어지는 곳이 어딘지 감지하며 사진작가에게는 흔치 않은, 똑같이 흘러가는 시간의 연속성 속에서 영원히 기록될 만한 가치가 있는 순간을 잡아내는 재능을 지니고 있다. 사진이 인화되고 난 뒤가 아닌, 셔터를 누르는 그 순간에 나는 이 사진이 잘될 물건인지 아닌지 안다. 셔터를 누르기 바로 직전, 나는 눈을 감는다. 그리고 내가 나 자신에게 모든 것을 맡기는 바로 이 순간 사건은 증폭된다. 뭔가가 일어나는 바로 그때, 마술 같은 그 순간을 라이카만이 지켜보고 있다. 다시 눈을 뜨면 셔터는 벌써 눌려 있다. 하지만 나는 사진을 이미 보았다. 열두 살이 되던 해 친척 아주머니가 말해주던, 달이 게자리에 있고 태양과 명왕성의 삼각 구도에 힘입은 해왕성이 열두번째 성좌에서 벌이는 일이란 바로 그것을 의미하는 것임이 분명했다.

2년 전 8월 16일에 일어난 홍수로 나의 사진 거의 전부가 소실되었다. 1주일 후 사람들은 그 홍수를 세기의 **대홍수**라고 불렀다. 이별의 장면을 사진으로 남겨도 좋을 뻔했다는 생각이 들었다. 천천히 불어가는 물 위로 둥둥 떠다니는 수천 장의 사진. 사진의 대홍수. 하지만 그런 일은 일어나지 않았다. 물은 맨 먼저 우리 집 지하실로 흘러들었다. 거기에는 사진을 모아두고 있었다. 물은 천장까지 차올라 책장과 서랍과 상자들 속으로 파고들어갔다. 인화된 사진들은 퉁퉁 불었고 필름은 못 쓰게 되었다. 나흘 뒤, 마지막 남은 물을 펌프로 퍼내고 나자 남은 것은 물에 젖어 냄새나는 종이 뭉치뿐이었다. 다시 복원한다는 것은 생각할 수도 없었다.

대견한 라이카는 아직 내 곁에 있다. 나는 앞을 내다보는 스스로의 능력에 이끌려 옆집 마이스너 악기점으로 갔다. 악기점에서는 넘쳐나는 물이 그랜드피아노를 물에 둥둥 띄우고 있었다. 클라리넷, 기타, 플루트, 오보에, 비올라, 첼로, 콘트라베이스, 북, 치터, 마라카스도 그 주위에 두둥실 떠 있었다. 심지어 관악기들도 물에 뜰 줄 알았다. 트롬본과 트럼펫, 뿔피리의 굽어진 부분 안에는 공기가 넉넉하게 들어 있어서 물보다 가벼웠다. 그러나 가정용 피아노는 바닥에 붙어 있었다. 공명판의 크기가 전체를 물에 들어 올릴 만큼의 부피가 되지 않아서였다.

악기들은 며칠 동안 넓은 매장 가운데를 이리저리 천천히 떠다녔다. 술 취한 오케스트라를 떠올리게 하는 이 광경을 아쉽게도 찍지는 못했다. 악기점에 갔을 때는 이미 늦었던 것이다. 하지만 또 다른 모티프가 있었다. 악기들은 물이 빠지면서 마치 놀다가 싫증 난 장난감처럼 아무렇게나 내팽개쳐졌고 그랜드피아노도 변덕스런 물의 흐름이 흘러가다 멈춘 그대로 놓여 가정용 피아노 위에 올라앉아 있었다. 앞을 예견하는 능력 덕택에 나는 마이스너 부부가 매장으로 돌아와서 헤라클레스의 장난처럼 보이는 그랜드피아노와 맞닥뜨렸을 때 그 자리에 있었고 이 괴기하기 짝이 없는 설정과 부부의 넋이 나간 모습을 찍을 수 있었다. 물에 떠 있는 자동차는 백 번도 넘게 본 적이 있지만 피아노 위에 네 발로 버티고 서 있는 그랜드피아노는 세기의 대홍수를 나타내주는 사진 중 가장 충격적인 것이었다. 그 사진은 '올해의 보도사진'으로 선정되었고 내가 소속한 에이전시를 통해 전 세계 44개국으로 팔려나갔다.

세기의 대홍수는 레나가 좋아하던 사진들도 다 망가뜨렸다. 그녀는 그 사진들을 두고 '그 어느 때보다도 내가 가장 멋지게 나온 사진들'이라고 말하곤 했고, 그런 그녀의 말은 사실이었다. 그녀는 그때 열아홉 살이었고 그녀의 생에서 가장 흥분으로 가득 찬 때였다. 그녀가 부른 노래는 차트 1위 곡을 기록했고 게다가 민중의 영웅이기도 했다. 나는 그녀를 알고 있다는 사실을 항상 자랑으로 여기곤 했지만 그때는 더더욱 그랬다.

레나에게는 적성검사나 무슨 시험, 경연대회나 시험관 앞에서 증명해 보일 수 없는 특별한 재능이 있다. 레나 덕분에 나는 재능 가운데에서도 바로 쓸모없는 재능이 사람을 소중하고 특별한 존재로 만들어준다는 사실에 항상 확신을 하면서 살아왔다. 레나의 재주 가운데 하나는 편안함을 만들어낸다는 것이다. 그녀가 맨 처음 호텔 객실에 들어가면 일단 문 앞에서 3초간 서 있으면서 방 안을 관조한다. 그러고는 일에 착수하는 것이다. 커튼 한쪽을 젖히거나 불을 하나 켜거나 휴지 한 장을 전등갓 위에 얹음으로써 적당한 밝기를 만든다. 그러고는 소파나 의자를 벽에서 한 뼘 떼어놓는다. 필요하다면 혼자서 옮길 수 있는 한도 내에서 가구의 위치를 바꾸어놓는 것도 마다하지 않는다. 단 2분 만에 칙칙한 호텔 방이 괜찮은 아파트로 변신한다. 풍수 이론이라든가 다른 인테리어 이론을 그녀는 알지 못한다. 대기실이나 기차의 객실, 보트의 선실에서조차도 그녀는 열심이다. 해발 4천 미터 위의 야영 텐트도 예외일 수 없다. 손님이 떠난 1백 개의 호텔 객실 중에서 나는 레나가 머물다 간 방을 집어낼 수 있다. 레나는 해님 같다. 그녀가 있으면 따뜻하고 떠나고 난 뒤에도 온기가 남아 있다.

레나는 나의 사진을 좋아했고 나는 내 사진들을 보는 레나를 지켜보는 것이 좋았다. 그녀는 열심히 사진을 들여다보다가 그 속으로 빨려들어 자신이 사진 찍히던 바로 그 순간처럼 될 때까지 사진을 쫓았다. 그녀를 그렇게 만들 수 있는 사진은 몇몇 특정한 사진들——1989년 가을과 독일의 해에 찍었던——이었다.

그 당시의 한 주 한 주, 한 달 한 달을 유일무이하고 격동 넘치는 기억으로 간직하고 있는 사람은 단지 레나뿐은 아닐 것이다. 그렇지만 제1차 세계대전 시 최전방 군인들의 경험을 한데 모아놓은 『서부전선 이상없다』 같은 책처럼 모든 사람이 똑같이 공유하는 당시의 기억을 보관해놓은 책은 없다. 레나는 자신이 겪었던 것의 반향, 확인을 구했고 그 답을 항상 내가 찍은 사진에서 찾았다. "내가 이 시대에 대해 알고 있는 모든 것은 오빠의 사진을 통해서야."

이제 그 사진들은 사라졌고 이야기는 새롭게 시작된다.

제1장

뜨뜻미지근한 건 이제 그만

1. 플랫폼의 젊은 여자

1989년 8월 11일, 한 젊은 여자가 카를마르크스 시의 중앙역 입구로 들어가고 있었다. 매표소 근처에는 거의 사람이 없었고 알루미늄 문이 문틀을 깎으면서 내는 끼익하는 소리가 공간에 울려 퍼지고 있었다. 도시 전체가 후텁지근한 기운으로 가득 차 있었지만 젊은 여자는 소름이 돋았다.

젊은 여자는 열차운행시각표가 있는 곳으로 가서 드레스덴 출발 14시 12분 도착 열차가 어느 플랫폼에 정차하는지 살펴보았다. 아하, 14번 플랫폼.

그녀는 마 소재로 된 헐렁한 하얀 바지와 빨간 티셔츠를 입고 있었다. 남자들의 시선과 수작에 익숙하게 대처하는 법을 그녀는 이미 알고 있었다. "그 통 안에 든 것 좋은데!"가 오늘 들은 말이었다. 그 말을 듣고 보니 그녀는 자기가 입고 있는 티셔츠에 이탈리아의 1950년대 스쿠터의 그림이 박혀 있는 것이 생각났다. 그녀의 등에는 조그마한 가죽 배낭이 달랑거렸다.

14번 플랫폼에는 몇몇 사람만이 열차를 기다리고 있었을 뿐이다. 그녀는 꺼냈다 넣었다 할 수 있는, 안의 플라스틱 통과 겉의 콘크리트 통이 녹아버린 아이스크림으로 서로 들러붙어 있는 휴지통 옆에 가서 섰다. 휴지통 안에는 신문이 버려져 있었다. 한 남자가 플랫폼을 따라 천천히 건들거리며 들어왔다. 젊은 여자는 남자의 건들거림이 자기 옆에서 멈추게 될 것을 짐작하고 있었다. 다른 곳에 가서 선다고 해도 다른 남자가 와서 마찬가지로 자기 주위에서 건들거릴 것도 그녀는 알고 있었다. 그래서 그녀는 그냥 그곳에 서 있었다.

젊은 여자는 열아홉 살이었고 카를마르크스 시의 구립병원 신축 건물에서 물리치료사로 일하고 있었다. 몇 주 후 그녀가 도시 전체에 유명해졌을 때 사람들이 끈질기게 주장하던 바와는 달리 그녀는 간호사가 아니었다. 아마 그녀가 간호사 기숙사에 오래 살았기 때문에, 또는 그녀가 유명해진 그 사건이 일어났을 당시 간호사 복장을 하고 있었기 때문에 간호사라고 잘못 알려졌지만 그녀는 간호사가 아니라 물리치료사였다.

그녀의 남자 친구는 열 살 많은 구급차 기사였다. 남자 친구의 이름은 파울이었는데 그녀는 귀엽게 파울헨이라고 불렀다. 그녀는 자기의 근무시간표를 그에게 주고 쉬는 시간에 병동에서 그의 전화를 기다리는 것으로 사랑의 증거를 확인하려고 했다. 파울헨은 그녀의 기대를 번번이 만족시켜주었지만 마지막 전화번호를 돌리고 나서 번호판에서 손가락을 떼기 전에 그녀와 무슨 이야기를 해야 할지 스스로에게 물어봐야 했다. 파울헨은 얘기하는 데 도통 재주가 없는 남자들 중 한 명이었다. 그러나 그녀는 파울헨이 꼬박꼬박 전화해주는 것이 너무 기뻐서 바로 수다를 시작하며 그가 자기 말에 대꾸할 수 있게끔 몇몇 단어를 강조해서 말해주었다.

파울헨의 취미는 라디오 조립이었다. 그는 통신 기술을 다루지만 의사소통에는 전혀 재능이라고는 찾아볼 수 없는 이 세상 모든 라디오 조립가의 패러독스를 구현하는 사람이었다. 그는 납땜인두와 특수 땜질한 회로 판을 가지고 몇 시간이고 계속 씨름을 계속해도 지치기는커녕, 점점 더 정밀한 회로를 만들어갔다. 그는 어느 순간부터 어떤 록 밴드의 기술 역할을 담당하게 되었는데, 그가 가담하고 있는 이 밴드는 시끄럽고 지저분한 노래를 왈왈거리며 분노를 토해내고 거기에 걸맞은 소음을 생산하는 여타 제대로 된 로큰롤 밴드와는 달리 **트릭 비트**라고 하는 음악을 했다. 트릭 비트는 자신들 이외의 모든 음악을 '너무 틀에 박힌' 것으로 무시하는 음악이었다. 트릭 비트는 실험적으로 들려야 하는 음악이었으며 실제로도 실험적으로 들렸다. 트릭 비트는 또한 일말의 반항적인 태도 없이 심오한 지적 무게를 싣고 스피커와 무대 사이를 오가는 음악이었다. 섬세한 기술적 사운드의 현란함을 들려주는 것이 밴드가 거리낌 없이 강조하는 점이었다. 그들의 음악은 마치 네 개의 악기 대표가 각자의 혁명적인 가능성을 펼쳐 보이는 것처럼 들렸다. 꿀럭꿀럭, 치잇치잇, 왱왱하는 소리들이 고르지 않은 리듬에 실려 서로 얽히며 번갈아 음을 뽑내었다. 무대 연주의 아방가르드한 특징을 살리기 위해 곡의 가사는 모든 민족과 시대에서 뽑아낸 아방가르드한 가사로 이루어져, 웅얼웅얼거리거나 단조로운 곡조로 불려졌다. 파울헨의 막냇동생도 활동하고 있는 이 밴드를 이런 방향으로 이끈 것은 파울헨의 라디오 조립 취미였다. 뭘 어떻게 해야 할지 몰라 하던 밴드에게 파울은 정련된 테크닉을 선사하여 결국은 테크닉적인 요소가 밴드의 독립적이며 본질적인 요소가 되기에 이르렀다.

밴드의 이름은 플란 크바드라트라고 했다. 어느 날 밴드는 심지어 음반 취입 제안도 받았는데 그 음반은 클로버 LP로 불리는, 네 개의 신인 밴드가 각각 세 곡씩 취입해서 하나의 음반을 이루는 식의 레코드 음반이었다.

음반 취입 계약은 하나의 작은 기적이라고 할 만한 것이었다. 플란 크바드라트는 매니저도 없었고 연락받을 전화번호도 없었다. 플란 크바드라트와 마찬가지로 반은 꽉 찬, 혹은 반이 비어 있는 문화회관에서 연주하며 취입 제안이 오기만을 헛되이 기다리던, 그러나 매니저도 있고 전화도 있던 밴드는 수없이 많았다. 플란 크바드라트는 이 음반 취입을 자기네들 천재성의 증거라고 보았다.

14시 12분 정각에 젊은 여자는 14번 플랫폼의 확성기에서 **절연되지 않은 전선**이 내는 부르르 하는 소리—라디오 조립가와 사귀고 있었으므로 잘 알 수밖에 없었다—에 이어 드레스덴발 열차가 20분 연착되겠다고 하는 안내 방송을 들었다. 확성기 속의 목소리에는 미안해하는 기미가 전혀 없었고 목소리에 담긴 작센 지방의 사투리는 젊은 여자에게 무식하고 지저분하게 들렸다. 안내 방송의 '연착'이라는 결정적인 단어는 얼마나 의기양양하게 강조되었는지, 아직도 독일 제국철도의 열차운행표를 굳게 신뢰하고 있는 몽상가들에게 이제 그만 거친 현실에 눈을 뜨라고 재촉하는 소리 같았다. 또 안내 방송의 마지막 한마디, — "여러분들의 양해를 바랍니다"는 유감의 빛을 띠긴커녕 명령조로 들렸다. 확성기 속 목소리의 주인공은 보나 마나 이중턱에다가 몸매도 흉하고 콧등에 사마귀와 부석부석한 시멘트 같은 피부색을 가진 여자일 거야, 하고 젊은 여자는 보지도 않고 생각했다.

젊은 여자는 플랫폼을 나와 역사의 공중전화 박스로 갔다. 20센트를 전화기에 집어넣고 병원의 응급실 전화번호를 돌렸다. 닥터 마티스 선생을 바꿔달라고 한 뒤 그가 전화를 받자 **여보세요, 저예요** 하고 그녀는 말했다. 그녀의 음성에는 연약하고 로맨틱한 그 무엇인가가 있었고 자기 이름을 말하지 않는 것도 그녀만의 특이한 버릇이었다. 그녀는 자신을 누구라고 밝힐 필요가 없다는 것이 자기 자존심이 걸린 문제라고 보았다. 그녀의 이름이 무엇인가는 사람들이 다 알아서 말해주어야 했다. 그녀는 닥터 마티스에게 물었다. 좀 도와줄 수 있어요? 통화는 채 2분도 걸리지 않았다.

4분의 1 레코드의 녹음은 한 라디오 방송국의 스튜디오에서 이루어졌다. 이네사라는 이름의 여자 프로듀서가 녹음 지휘를 맡았다. 사운드 믹스 장비를 맡고 있는 효과 담당자는 파울헨과 협력하기를 거부했다. "20년 동안 이 일만 해왔다고." 밴드는 음반 취입을 하게 된 것만이 너무 기뻐서 뭐라고 끼어들지 않았다. 그동안 사운드에 관한 한 모든 일을 좌지우지해왔던 파울헨은 믹스 장비만 바라봐야 하는 신세가 되었다. 그가 얼마나 기분이 나빴는지는 아무도 눈치 채지 못했다.

음반 회사 아미가에서 밴드의 사진을 요청해왔을 때 젊은 여자가 말했다. "우리 큰오빠가 있는데요……" "큰오빠가 있었단 말이야?" 파울헨이 놀라서 묻자 "그럼" 하고 젊은 여자는 대답했다.

그녀의 큰오빠는 밴드를 절대 플란 크바드라트라고 부른 적이 없었다. 밴드와 밴드 단원들을 트릭 비틀스라고 불렀는데 이것이 놀리느라고 그런 건지 아니면 알아주는 마음에서 그런 건지는 아무도 알지 못했다.

사진 촬영 일정은 성 베드로 교회의 반원형 천장이 있는 지하실에서 하기로 잡혀 있었다. 단원들은 무시무시한 꿈이나 표현주의적인 공포영화에 출몰하는 괴물들로 변신했다. 뾰족한 귀, 백지장 같은 얼굴, 탐욕스럽게 튀어나온 앞니, 안테나처럼 길고 말라빠진 손가락과 툭 불거진 손가락 관절, 동물의 발톱처럼 날카로운 손톱 등으로 무장한 괴물들은 꼽추처럼 보이게 하도록 솜뭉치를 잔뜩 집어넣은 긴 망토를 입었다. 그들이 신은 신발은 너무 길었고 모양이 제각각이었다. 교묘하게 설치된 조명이 만들

22

어낸 그들의 그림자는 유령의 그림자 바로 그것이었다.

트릭 비틀스 일행이 30분 후에 연습실에 섰을 때는 음악에 직접적으로 방해가 되는 몇몇 분장 도구만 벗고 그대로 연주했는데, 그들은 그렇게 변신한 모습으로 연주하는 것이 상당히 마음에 들었다. 그들은 연습을 마친 후 술집으로 가서 무대의상, 무대 연주, 조명 등에 대해서 얘기했다. 뮤직비디오도 계획하고 그 첫번째 장면을 어떻게 짤 것인가에 대해서도 토론했다. 평소에 하던 것처럼 사운드의 짜임이나 기술적인 문제 등에 대해서는 이야기하지 않았다. 그들은 젊은 여자에게 그녀의 큰오빠에게 이것저것 좀 물어봐달라고 부탁하면서도 파울헨은 거기에 끌어들이지 않았다. 술집에서 헤어질 때도 그들은 파울헨에게는 전혀 관심이 없었다.

다음 날, 젊은 여자에게 파울헨의 전화는 걸려오지 않았다. 파울헨은 직장에도 나타나지 않았고 연습장에도 오지 않았다. 파울헨은 그의 노란 트라반트 차와 함께 사라져버렸다.

젊은 여자는 전화를 끊은 후 다시 14번 플랫폼으로 돌아왔다.

드레스덴발 열차는 20분 연착이 아니라 다만 12분의 연착을 기록했을 뿐이다. 검붉은색을 띤 거대 괴물은 빠른 진폭으로 으르렁거리는 모터 소리를 내며 천천히 역으로 미끄러져 들어왔다. 기관차만 더러운 것이 아니었다. 열차 전체가 검댕으로 푹 뒤덮여 원래 차체의 색깔을 거무튀튀하게 만들고 있었다. 객차 속도 검은 그을음이 묻어 있기는 마찬가지였다. 기차 여행을 하고 난 다음에 젊은 여자는 항상 씻고 싶어졌다. 이 욕구는 기차 여행에 대해 **생각**만 해도 간절해졌다.

열차가 플랫폼에 정지했을 때 문이 열리고 사람들이 조심스럽게 쇠로 된 계단을 밟고 내리기 시작했다. **카를마르크스 시에 도착하신 것을 환영합**

니다. 역에 설치된 구내 스피커에서 교류로 인한 붕붕거림에 실려 불명확한 환영 방송이 나왔다.

파울헨이 없어진 데에 대해서는 한 가지 설명되는 바가 있었다. 그는 넘어가려고 했던 것이다. 지난 5월 헝가리 정부가 철의 장막을 푸른 국경으로 변화시킨 이래, '넘어가는 것'은 간단한 일이 되었다. 헝가리 비자가 있는 사람은 오스트리아로 건너갈 수 있었고, 일단 오스트리아로 들어오면 일은 다 성사된 것으로, 완전히 서방세계로 들어온 것이었다.

파울헨은 젊은 여자를 믿지 못했고 그래서 작별 인사도 없이 사라져 버린 것이다. 젊은 여자는 마치 철썩하고 냅다 따귀를 맞은 듯한 기분이었다. 그한테서 더 이상 전화가 오지 않는 것을 병원 사람들이 알아채고 있었기 때문에 더욱 공식적으로 단단히 따귀를 올려 맞은 느낌이었다. 그녀의 표현을 빌리면, 일이 속 시원히 해명되길 빌고 있었으나 정확히 무엇이 해명되어야 할지는 자신도 모르고 있었다. 하지만 그녀 자신도 그가 다시 돌아오리라고──그렇게만 된다면 더할 나위 없이 좋겠지만──는 생각하지 않았다. 자신이 그렇게 헛된 희망을 품고 있다는 것을 그녀는 아무에게도 말하지 않았다.

그러나 이 사건과 아무 상관이 없는 그녀의 큰오빠는 헝가리 비자를 가지고 있었다. 파울헨이 사라지기 훨씬 이전에 비자를 신청해놓고 있었던 것이다. 그가 찍고 싶어 하는 사진은 유일무이한 사진이었다. 특별하고 강렬한 표정의 얼굴들, 얼룩덜룩한 스톤 워시 청바지와 더불어 1989년 여름을 잊지 못할 한때로 기억시킬 얼굴들, 알지 못할 미래에 대한 두려움을 넘어 새로운 삶을 시작하는 사람들의 모습을 담은 사진 말이다.

그가 촬영지로 선택한 곳은 부다페스트의 칠레베르츠에 있는 탈동독

자 수용소였다. 트릭 비틀스 중의 두 명이 그곳을 찍은 TV 방송에서 파울
헨을 보았다고 했다. 마른 야코프는 ZDF 방송에서 파울헨을 보았으나 아
쉽게도 뒷모습이었다고 했고, 파울헨의 동생 제바스티안은 ARD 방송을
보다가 틀림없이 파울헨의 운동화를 보았다고 주장했다. 사물을 항상 이
론적으로 생각하길 좋아하는 그들은 "걔가 거기 있다는 것은 이론적으로
가능한 일이야"라고 결론지었다.

　파울헨은 비록 무대에서 연주를 하지는 않았지만 밴드 구성원 중 다
른 사람으로 때울 수 없는 단 하나의 사람이었다. 그가 없으면 무대장치
의 전선을 연결할 수 있는 사람도, 새로운 곡을 개발할 사람도 없었다.

　젊은 여자는 큰오빠가 수용소에서 파울헨을 만나면 그의 마음이 움직
여서 그녀의 답답한 마음을 덜어줄 뭔가를, 예를 들면 자신의 심경을 밝
히는 설명이라든가 그녀가 들어간 미래의 계획이 나와 있는 정성들인 편
지 같은 것을 그에게서 받게 되지 않을까 하고 바라고 있었다. 그가 돌아
와주기만 한다면…… 자신의 바람이 파울헨에게 가서 닿기를 바라는 마
음으로 그녀는 5일 전 큰오빠를 기차역까지 바래다주었던 것이다. 그는
기차표를 왕복으로 끊었고 돌아오는 기차의 날짜와 시간을 그녀는 알고 있
었다. 기차의 연착 안내 방송이 나왔을 때 그녀가 전화한 닥터 마티스는
전에 파울헨과 자주 한 팀을 이루어 출동하곤 했고 파울헨이 사라진 다음
에는 그녀와 친해지려고 자주 기회를 엿보며 자상한 친절을 베풀다가 이
제는 서서히 그 관계를 육체적으로도 보충하길 바라고 있는 사람이었다.
홀로 남은 미망인에게 접근하는 데 쓰이는 뻔한 방법이었다. 그녀는 버스
를 타면 너무 멀고 택시는 기다리는 사람이 너무 많으니 역으로 와서 구급
차로 병원까지 태워다 줄 수 없겠냐고 물었다. 이해심 많은 친구를 자처
하는 그는 하는 수 없이 파울헨의 후임자로 온 새로운 운전기사와 함께 구

급차에 올라타고 역으로 향했다.

14번 플랫폼의 젊은 여자는 한 사람을 찾아야 할지 둘이 함께 있는 일행을 찾아야 할지 도통 확신이 서질 않았다. 큰오빠는 돌아오기로 되어 있었고 파울헨은 희망 사항이었다. 사람들로 가득 차 있는 플랫폼에서 파울헨은 보이지 않았다. 큰오빠도 없었다. 그녀는 거기서 사람들이 다 빠져나갈 때까지 기다렸다.

축축하고 차가운 직감이 그녀 앞에 기분 나쁜 얼굴을 확 들이밀었다. 떨쳐버리려고 해도 떨쳐지지 않았다. 젊은 여자는 안내원에게 물어보려고 책상 하나와 전화 몇 대, 마이크가 있는 역의 작은 사무실로 갔다. 유리창 앞에서 동독 철도청 여직원 한 명이 자신의 임무를 수행 중이었다. 재떨이에 걸쳐져 있는 담배 한 개비에서는 일직선의 연기가 위로 피어오르고 있었다. 이 직원이 안내 방송을 하던 사람이라는 것을 젊은 여자는 바로 알아챘다. 그러나 사마귀는 코가 아니라 턱에 있었다.

젊은 여자는 **근무 감독**이라고 씌어 있는 너덜너덜한 종이 간판이 노끈에 매달려 있는 유리문을 똑똑 두드리고 나서 "안녕하세요" 하고 말했다. "방금 드레스덴에서 온 열차가 부다페스트에서 출발한 사람들이 갈아타고 오는 열차죠? 아는 사람이 오기로 했는데 없어서요. 그래서 혹시나 생각한 것이 부다페스트에서 출발한 기차가 연착을 해서 드레스덴에서 못 갈아탄 것이……" 근무 감독원은 젊은 여자의 말을 끊었다. "부다페스트 출발 열차는 제시간에 정확히 드레스덴에 도착했습니다. 배낭을 메고 지고 내리는 저 사람들이 다 헝가리, 불가리아 같은 데서 오는 사람들이에요. 올 사람이 안 왔다면 다른 이유가 있습니다. 뭐가 잘못되면 항상 동독 철도청의 탓만은 아닙니다. 그리고 요새 세상이 어떻게 돌아가는지는 뉴스에서 들어서 아실 텐데요."

26

젊은 여자는 간단히 인사를 하고 나왔다. 문을 박차고 고래고래 소리를 지르고 싶었다. 그녀가 누구인가. 그렇게 쉽게 차일 수 있는, 그런 사람이 그녀는 아니었다. 그런데 지금 그녀는 이중으로 바람을 맞은 것이다. 두 사람을 마중 나왔는데 한 사람도 오지 않았다. 그러나 그녀는 배신감과 버림받은 이 기분을 파울헨이나 큰오빠의 탓으로 돌리지 말아야 한다는 것도 알고 있었다. 과연 그녀의 희망대로 이 삐걱거리는 문과 작센 사투리의 안내 방송과 더러움과 우울함이 쌓여 있는 이 역으로 두 남자가 돌아오기를 바라야 할 것인가? 나라 전체가 이 역보다 나을 것이 없다면 그들이 가버린 것에 분노해야 하는가? 아니었다. 그럴 수 없었다. 이 결론에 도달하자 젊은 여자는 생전 처음으로, 놀랍게도 자신의 의지와는 반대로, 강력하고 전면적인 증오감을 느꼈다. 그것은 철저히 정치적인 지각이었다. 정치라면 그녀는 한 번도 관심을 둔 적이 없었다. 신문에 정치 기사가 나오는 것만으로도 벅찼다. 아무것도 할 수 없다는 무력감과 불행의 감정에서 자신을 방어하기 위해서 정치적이 된다는 것에 대해 젊은 여자는 한 번도 생각해본 적이 없었다. 그랬다. 그녀는 분노했고, 어떤 조치를 취하지 않으면 안 되겠다는 분명하고 확실한 결의를 느꼈다.

역 앞에서 닥터 마티스의 구급차가 기다리고 있었다. "그래서," 그가 젊은 여자에게 물었다. "일은 다 잘됐어요?"

"선생님은 정치적인가요?" 젊은 여자가 물었다. "왜냐하면 제가 방금……" 그녀는 손을 저으며 말을 그만두었다. **정치적이 되었다**로 말을 끝내는 것은 너무 비장하게 들렸다. 그러나 그 질문은 닥터 마티스로 하여금 분위기를 밝게 할 만한 대답을 끌어내기에 충분했다. "내 생일이 언젠지 알아요?" 그가 자랑하는 목소리로 말했다. "1953년 3월 6일, 스탈린의 서거일! 이보다 더 정치적일 수가 있겠어요?"

파울헨의 후임자는 검은 고수머리가 구급차 천장에 닿을 정도로 키가 컸다. 그녀는 그가 운전 중 주위를 살피느라 몸을 구부정하게 굽히는 것을 보며 이 사람도 언젠가는 자신의 환자가 되리라고 확신했다. "안전벨트 매는 게 좋을걸요." 자상한 닥터 마티스가 젊은 여자에게 말했다. "이 사람이 바로 와일드 빌리예요."

"내가 말하는 게 좀 이상한데, 그게요, 술 먹어서 그런 건 아니에요." 와일드 빌리는 정말로 자음의 고저를 딱딱 끊지 않고 그저 단어를 두루뭉수리 스케치하는——사람들이 보통 **웅얼웅얼한**다고 표현하는 발음법——듯한 크고 굵직한 목소리로 말했다. "혀가 너무 커서 그래요. 이거 봐요!" 그는 혀를 내밀어 보여주었다. 젊은 여자는 웃을 수밖에 없었다.

"레나라고 했죠?" 와일드 빌리가 물었다. "이름이 너무 멋있는데요."

2. 남자, 물속에 서 있다

같은 시각 뜨거운 햇빛이 내리쬐는 점심나절, 공학 박사인 헬프리트 슈라이터 박사는 발라톤 호수의 휴가촌에서 딸 카롤라를 찾고 있었다. 벌써 나흘 전부터 카롤라가 포뇨드의 호숫가에서 어떤 녀석과 만나고 있는 것을 그는 계속 지켜보고 있는 중이었다. 그 녀석은 라인 지방 사투리를 쓰고 있었다. 헬프리트 슈라이터 박사는 불길한 느낌이 들었다.

이 딸 녀석, 절대로 나한테 그러면 안 되지, 공학 박사인 헬프리트 슈라이터 박사는 생각했다. 나는 대(大) 작센링* 회사의 최고 책임자이고 트

---

* 작센링Sachsenring: 구(舊) 동독에서 트라반트 시리즈 차량을 생산하던 자동차 생산회사.

라반트 생산에 대해 총체적인 책임을 지고 있는 위치에 있는 사람이야. 만일 카롤라가 넘어간다면 나는 총책임자 자리에 가장 오래 있었던 사람이 되겠지.

헬프리트 슈라이터 박사는 처음부터 계속 이번 헝가리 휴가에 반대해왔다. 작센 슈바이츠 근처도 얼마나 괜찮은데? 발트 해도 좋고. 호텔 지배인으로 있는 친구 알프레트 분츠바이트가 그토록 꿈꾸는 호화 유람선인 캅 아르코나 선을 타고 여행하는 방법도 있었다. 거기에 자리 하나 얻는 것은 문제도 아니었을 텐데. 알프레트 분츠바이트의 부인은 노조위원장의 오른팔이었는데 캅 아르코나는 바로 이 노조 소속이었다. 자리 따위 얻는 것쯤 정말 쉬웠을 텐데. 일정 지위 이상의 사람들은 서로서로 연결이 되어 있다는 것쯤이야 헬프리트 슈라이터 박사가 벌써 알고 있는 사실이었고, 그 자신도 그들 중의 한 사람이었다. 그의 자동차는 당연히 트라반트가 아닌, 시트로앵이었다. 공식적으로 수입된 모델로서 가격은 3만 8천 마르크였다. 업무용 차는 운전수가 딸린 라다였다. 시트로앵이 수입된 계기는 어쩌면 그에게로 거슬러 올라가야 할지도 몰랐다. 막강한, 초(超) 막강한 발렌틴 아이히가 어느 날 그에게 전화를 걸어왔다. "저기 말이야, 작센링 사장." 이런저런 의례적인 인사 끝에 그가 물어왔다. "좋은 차 하나 말해보게나. 자네가 직접 타고 싶은 차로 말이야." 헬프리트 슈라이터 박사는 잠깐 생각한 후에 말했다. "시트로앵." 전화는 곧 끊겼다. 헬프리트 슈라이터 박사는 그가 왜 그런 질문을 했는지 짐작하기 힘들었다. 사실 그는 발렌틴 아이히라는 사람에 대해 거의 아는 것이 없었다. 그렇지만 수상쩍은 사람이라는 생각은 들었다. 저기 말이야, 작센링 사장, 좋은 차 하나 말해보게나. 도대체 무슨 이상한 질문이란 말인가.

반년 후 헬프리트 슈라이터 박사가 건널목 차단기 뒤에서 천천히 앞으로 굴러오는 열차를 보고 있는데 그때의 그 이상한 전화가 생각났다. 갑자기 앞뒤가 모두 이해가 갔다. 몇십 대, 아니 몇백 대의 시트로앵이 그의 앞을 행진하듯 지나가고 있었다. 모두 시트로앵 GSA 모델로서 전부 똑같은 엷은 녹색이었다. 가슴이 덜컹하며 옥죄어왔다. 그는 자기 자신을 당당한 중요 인물로 느껴야 함에도 불구하고 아무 이유 없이 중요하지 않은 존재로 자신을 느끼며 줄곧 가장자리로 비켜서왔던 것이다. 그는 이용당하고 바보 취급을 당한 것이다. **저기 말이야, 작센링 사장, 좋은 차 하나 말해보게나. 자네가 직접 몰고 싶은 차로 말이야.** 1만 대의 시트로앵이 수입되었다는 것을 그는 나중에 알았다.

차에 올라탈 때마다 매번, 헬프리트 슈라이터 박사는 자기가 좋은 정보를 주었다는 생각을 했다. 언제 봐도 아방가르드한 시트로앵은 시간이 지나감에 따라 점점 더 멋있는 차가 되어갔다. **여신**으로 불리는 시트로앵 DS는 그에게 이 세상에서 가장 멋있는 차였다. 카롤라와 어울리는 그 학생 녀석조차도 시트로앵을 몰고 있었다. 고전에 속하는 엔테*로서, 그 차는 모든 여자, 심지어 트라반트 회사의 사장 딸조차도 물렁하게 만드는 매력을 가지고 있었다.

처음부터 헝가리에 오지 말았어야 했다. 도대체 요즘 세상에 누가 아직도 헝가리로 휴가를 온단 말인가? 시시껄렁한 불량배나 오겠지. 헬프리트 슈라이터 박사는 딸이 건너가는 사태를 당장 막아야만 했다.

헬프리트 슈라이터 박사는 호숫가로 차를 몰고 가, 텐트촌을 한번 훑고 나서 항구와 시장에도 가보았다. 카페와 생선 전문 레스토랑에도 들어갔다가 저녁에는 드라이브 극장, 포도주 저장고, 바, 디스코텍에서도 딸

---

* 엔테Ente: 오리 모양새를 한 소형차.

을 찾았다. 밤 1시, 그는 어떻게 거기까지 왔는지도 모르는 채로 어느 해변의 선착장에 섰다. 그는 있는 힘을 다해 자신의 딸을 불렀다.

"카아로오오오올라아아아!"

외침은 호수 저편으로 사라져갔다. 헬프리트 슈라이터 박사에게는 배가 지나가며 내는 쏴 소리와 먼 곳에서 들리는 음악 소리만이 조각조각 들릴 뿐이었다. 그는 물로 들어갔다. 물은 공기보다 따뜻했고 무릎 위로 찰랑찰랑하게 와 닿는 깊이였다. 그는 "카롤라!"를 외치고 앞으로 나아갔다. 한번 부르고 나서 앞으로 가고, 서서 부르고 나서 다시 나아갔다. 그래도 물은 더 깊어지지 않았다. 더 이상 외칠 수 없을 때까지 계속 전진할 생각이었다.

그는 딸의 이름을 계속해서 부르짖었다. 그에게서 그 단어가 말라버릴 때까지, 그의 목에서 나는 소리와 그 자신이 아무 관계없는 존재가 될 때까지, 그가 부르는 이름이 자기 혼자 떨어져나가 우스꽝스럽게 들릴 때까지 부르고 또 불렀다. 이렇게 그는 무아지경의 상태에 빠졌다. 그가 이름을 부르면 딸과의 추억들이 순간적으로 눈앞에 나타났다가 사라졌다. 그것은 아버지로서의 자신의 인생에서 가장 화려한 쇼였다. 헬프리트 슈라이터는 이것을 발견하고 마조히스트적인 기쁨을 가지고 계속 이 효과를 불러내었다. 그네에 앉아 환성을 지르며 힘차게 하늘로 날아오르는 카롤라, 커다란 셰퍼드가 짖어대며 달려들자 무서워서 비명을 지르며 품으로 안겨드는 카롤라, 머리를 빨간색과 녹색으로 염색한 남자 친구를 집에 데려오지 못하게 하자 문을 쾅 하고 닫는 열다섯 살의 카롤라를 그는 보았다. 잊고 있었던 것들이 살아나며 헬프리트 슈라이터는 그것들이 자신을 얼마나 풍요롭게 만들었으며 자기를 아버지로서 얼마나 행복하게 만들었던가를 느꼈다. 그러나 폐가 텅 비도록 소리를 지르고 났을 때 그는 다시 여전히 물속에 서 있었다. 그는 그렇게 이름을 불러대던 딸, 그가 찾아 헤매던 딸을 마침내 자신 안에서 발견한 것이다.

경찰의 모터보트가 그를 육지로 데려다 주었다. 그는 젖은 바지인 채로 시트로엥에 올라탔다. 차의 시트가 지저분한 호숫물로 흠뻑 젖어들었다. 3만 8천 마르크는 이제 어떻게 되어도 상관없었다.

숙소에 있던 그의 부인은 자동차 소리를 듣고 벌떡 창문을 열어젖히고 밖을 내다보았다. 그녀는 그때까지 잠자지 않고 있었다. 어떻게 카롤라가 같이 오지 않을 수 있단 말인가?

카롤라는 갔다. 아무 말 없이 가버린 것이다.

3. 파울헨, 잘 가

기자인 레오 라트케는 화를 내고 있었다. 어떻게 나 레오 라트케를 너나 할 것 없이 모두가 가는 곳에 보낼 수 있느냔 말이다. 뉴스에 이미 나오는 취잿거리는 안 된다. 나 레오 라트케는 맨 처음으로 발굴해낸 새로운 르포 기사로 당당하게 빛나는 리포터다.

부다페스트 칠레베르츠의 탈동독자 수용소는 인도주의적 차원에서 운영되고 있음을 외부에 보여주기 바빴다. 텐트촌이 세워진 진흙땅은 비가 오면 푹푹 빠지는 진창으로 변하고 아이들은 그 진탕 위에서 놀았다. 사람들은 야외 조리장에서 만들어진 점심을 커다란 국자로 철퍼덕 떠받았다. 화물차는 담요를 날라왔다. 방송 팀, 기자, 사진기자들이 수용소를 떠나지 않았음은 당연했다. 여기에는 뉴스거리가 있었다. 하지만 레오 라트케는 그런 모든 것에 관심이 없었다.

레오 라트케는 이곳에 있기 싫었다. 나 레오 라트케는 모두가 떠드는 그런 얘기는 하지 않는다.

그는 독창적인 기삿거리가 될 것 같아 보이는 취재 대상 하나——부장 의사 밑에서 머슴 노릇 하기에 진절머리가 난 일반의——를 발견했다. 대화는 그의 전문 분야라고 하는 성전환술로 흘러갔다. 그는 놀랐다. 노동자와 농민의 나라에서 성전환자라니요?

상대방이 뭐라고 대답을 했을 때 그의 눈길은 이미 다른 곳에 멈춰 있었다. 그는 어떤 사진사가 작업을 하고 있는 광경을 멀찍이서 지켜보는 중이었다. 그 사진사는 조용하고 묵묵히 자신의 작업을 진행하고 있었는데 레오 라트케는 그의 이런 눈에 띄지 않는 작업 방식과 그의 사진사로서의 본능이 담겨 있는 눈이 마음에 들었다. 강제적이거나 먹이에 허겁지겁 달려든다는 느낌을 주지 않으면서 촬영 대상을 포착하고 있는 그 사진사는 초콜릿 바를 먹는 일가족의 모습을 사진에 담고 있는 중이었다. 큰아들은 맛있게, 작은아들은 반항적으로, 아버지는 지친 듯, 어머니는 황홀한 표정으로. 일가족은 각자의 얼룩덜룩한 스톤 워시 청바지가 쭉 널려 있는 빨랫줄 앞에 앉아 있었다. 자신들이 사진에 찍히고 있다는 것을 눈치 챈 큰아들이 혹시 나중에 사진을 보내줄 수 있냐고 물었다. "어디로?" 사진사는 물었다. 주소가 없다는 것을 식구들이 깨닫는 이 당황스런 순간에 사진사는 다시 한 번 셔터를 눌렀다.

레오 라트케는 계속 지켜보면 볼수록 그가 마음에 들었다. 그가 사진 찍는 것은 여느 사람과 달랐고 이 뒤죽박죽 속에서 특별한 무엇인가를 건져내고 있었다. 그는 레오 라트케가 기사를 쓰고 싶어 하는 것과 똑같은 방식으로 사진을 찍고 있었다.

"그 사진은 뭐하려고 찍는 겁니까?" 레오 라트케가 물었다.

"몰라요." 사진사가 답했다. "아직은 아무 용도도 없어요."

"그럼 저한테 좀 보내주시죠." 레오 라트케가 말했다. 그는 사진사에게 자기가 일하고 있는 언론사의 로고가 박힌 자신의 명함을 주었다. 이 언론사는 일개 회사를 넘어 권위를 가진 기관으로서의 위치에 있었으며 언론 자유의 상징이었다. 이 언론사에서 일한다는 것은 저널리스트들에게 기사 서임식과 마찬가지였다.

"이 사진 함부르크로 보내면 절대 안 갈 겁니다." 사진사가 말했다.

"그러면 동베를린에 있는 우리 신문사 사무실로 갖다주시죠."

"그게 어디 있는데요?" 사진사가 물었다.

"동베를린이요!" 레오 라트케가 말했다. 그는 가방에서 잡지의 최신호를 꺼내 사진사에게 건넸다. "발행란에 나와 있어요." 확신이 서지는 않았지만 사무실 주소야 보통 거기에 나오니까. 자신은 안내나 해주는 안내소가 아니었던 것이다. 마지막 10초를 남겨두고 그는 자신의 취재기사에 이 사진사의 사진을 싣지 않기로 결정해버렸다. 그가 무명 사진작가나 후원하는 그런 사람이었던가? 그는 다른 사람이 다 선행 작업을 해서 그에게 가져다준 상태에서 작업을 하는 것에 길이 들어 있었다. 레오 라트케라는 사람에게는 타인의 시간과 희망을 편의대로 소모할 수 있는 특권이 있었다. 그것이 그의 원칙이었다.

그리고 나서 조금 있다가 레나의 큰오빠 앞에 눈에 익숙한 셔츠가 나타났다. 검은색 머리에 잘 어울리는, 빨간색과 검은색의 줄이 쳐진 튼튼한 체크무늬 플란넬 셔츠였다. 처음에는 파울헨을 금방 알아보지 못했다. 레나의 조용하고 순하고 잘생긴 남자 친구는 모험가의 모습으로 변모해 있었다. 면도하지 않아 더부룩이 자란 턱수염은 그의 매끈한 얼굴 피부를

34

덮어버렸고 셔츠 자락은 바지 밖으로 나와 있었다. 셔츠로 덮이지 않은 청바지의 엉덩이 부분은 찢어져서 하얀 실밥이 줄줄이 뜯어져나와 있었다. 항상 단정히 감고 다니던 머리 위에는 먼지가 수북이 쌓여 있었다.

"아, 어쩐 일이야." 파울헨이 말했다. 눈에 띌 만큼 무심한 그의 말투에서 레나의 큰오빠는 카를마르크스 시가 이제 얼마나 파울헨 인생의 변두리로 밀려나 있었는지 짐작할 수 있었다.

"너도 건너가려고?"

"아니." 레나의 큰오빠는 가지고 있던 사진기를 들어 보임으로써 자신이 여기 왜 있는지를 보여주었다.

"나는 넘어가려구." 파울헨이 말했다. "처음에는 발라톤에 있었는데 포린트*를 다 날리고 여기 오게 됐어." 그는 레나의 큰오빠가 받은 잡지를 가리키며 말했다. "저거 나 줄래? 그 대가로 나도 이거 줄게." 그는 주머니에서 자동차 열쇠를 꺼냈다.

"네 차를 가지란 말이야?" 레나의 큰오빠가 물었다.

"근데 기름은 거의 없어."

레나의 큰오빠는 잡지를 주고 차 열쇠를 받았다. "차 어디다 세워뒀는지 보여줄게."

파울헨은 레나에 대해서도, **플란 크바드라트**에 대해서도 묻지 않았다. 그의 무관심은 절대 가장한 것이 아니었다. 파울헨은 아주 새롭게 다시 시작하고 싶었다. 더 이상 예전의 그로 살고 싶지 않았다. 더 이상 밴드에 색깔을 입히는 인물이면서도 사진에는 찍히면 안 되는 취미 라디오 조립가로 존재하기 싫었다. 스물아홉 살이 되도록 파울헨이라고 불리기

---

* 포린트Forint: 헝가리의 화폐 단위.

싫었다. 자신에게 곁을 주지 않는 여자 친구와 더 이상 같이 있고 싶지 않았다.

그의 천성이 무엇을 요구하거나 강요하기에는 너무 착한 성격이라는 것이 레나가 본능적으로 그를 점찍게 된 원인이었다. 그러나 이제 그 순하고 착한 파울헨은 거칠고 황량한 파울이 되었다. 레나의 큰오빠는 그를 한 번 사진 찍은 다음 자신의 새 차가 된 노란 트라반트로 갔다.

레나 이 녀석, 그는 생각했다. 그녀는 파울을 파울헨으로 만들고 이웃집 총각을 큰오빠라고 소개하고 다닌 것이다. 다른 생각을 품지 못하도록.

4. 새로운 세상

카롤라 슈라이터가 라인 지방에서 놀러 온 틸로와 눈이 맞아버린 것은 정말이었다. 그는 카롤라에게 베를린과, 자신의 사회학·인종학·신문방송학의 복수 전공과, 크로이츠베르크 구에 있는 자신의 주거공동체*생활과, 내년으로 계획하고 있다는 미국으로의 여행에 대해 설명해주었다. 카롤라 슈라이터는 그의 이야기 속에 나오는 삶을 자신도 살 수 있을 것 같은 생각이 들었다. 틸로의 공동 아파트에는 아직 방 하나가 비어 있었다. 헝가리와 오스트리아 국경은 이제는 더 이상 그리 엄격하게 통제되고 있지 않았고, 틸로와 함께라면 국경 저편으로 건너가는 것을 시도해볼 수 있었다. 아주 간단한 일이었다. 국경까지는 자동차로 한 시간 거리였고

---

* 주로 젊은이들 여러 명이 아파트를 공동으로 빌려 각자 방 하나씩에서 생활하는 방식.

틸로의 자동차는 의심을 살 만한 차로 보이지 않았다. 적당해 보이는 장소를 하나 찾아내자 차에서 내려 반대편으로 뛰어갔다. 어둑어둑한 저녁 나절이었고 밤까지 기다릴 필요도 없었다. 모기가 득실득실했다. 국경 수비대도, 경비탑도, 철조망도 없었다. 다만 국경 검문소가 하나 있을 뿐이었다. 거의 자기네를 무시하는 수준이었다. 카롤라는 달리면서 계속 크게 웃었다.

틸로는 원래 자동차를 세워놓았던 자리로 다시 되돌아왔다. 자동차로 건너가려면 정식 국경 검문소를 통과해야만 했다. 이 작전의 가장 어려운 부분은 둘이 어떻게 오스트리아에서 다시 만나느냐 하는 것이었다.

카롤라는 빈에 있는 오스트리아 주재 서독 대사관에서 독일 여권을 발부받았다. 이 여권이 있으면 서독 정부의 보호를 받게 되는 것이었다. 그녀가 대사관에서 설명을 들은 바로는, 그녀가 등을 돌린 나라는 앞으로 예견할 수 없는 시점까지 그녀의 입국을 거부할 것이라는 사실이었다. 카롤라는 자기가 없어진 것이 아직 신고되지 않았으리라 생각하고 사랑에 빠진 사람 특유의 경솔함에 휩쓸려 틸로의 엔테를 타고 베를린까지 가려고 했다. 빈에서 발부받은 여권에서는 새 여권 특유의 냄새가 났다. 카롤라는 작센 사투리를 썼다. 아무리 눈치가 둔한 국경 검사대원이라도 카롤라가 헝가리에서 넘어온 탈출자라는 것을 알아채지 못할 수 없었다.

국경을 넘기 전에 들른 고속도로 휴게소에서 그들은 어떤 엔지니어와 대화를 나누게 되었는데, 그는 옛날 학생 때 장벽 밑으로 터널을 판 경험이 있는 사람이었다. 그는 돌아가는 사정에 밝았으며 두 사람에게 조심하라는 주의를 주었다. 카롤라가 동독의 시민권을 공식적으로 포기하지 않은 이상 여전히 동독 국민이고 자연히 동독법의 효력권 안에 들어가므로 그녀의 새 서독 여권에 상관없이 둘은 몇 년 동안 감옥에 들어가 있어야 한다는 것이다.

카롤라는 팬암기 편으로 베를린에 도착해서 틸로의 공동 아파트로 들어갔다. 그녀의 방에는 침대와 옷장과 책상을 놓기에 넉넉한 공간이 있었다. 그녀가 전공하기로 선택한 과는 틸로의 전공과 거의 비슷한 심리학, 신문방송학, 민족학이었다. 대학에는 그녀가 알던 방식대로 지원하는 것이 아니라 그냥 등록하면 되었다. 그녀는 감탄했다. 지원 서류를 작성할 필요도, 지원 동기를 밝힐 필요도 없었고 시험 점수, 이력서, 몇 주간에 걸친 초조한 기다림, 이 모든 것이 다 필요 없었다. 대학으로 가서 등록하면 바로 대학생이 되었다.

그런데 실제는 그렇게 간단하지 않았다. 고등학교 졸업 성적 증명서는 내야 했다. 집에 보관하고 있었으니 당연히 제출할 수 없었다. 들어가려는 대학이 위치해 있는 연방 주가 아닌 다른 주에서 고등학교를 마쳤을 경우에는 졸업 성적 증명서 외에 주 정부——카롤라의 경우 베를린 시——의 학력 인정서를 추가로 받아야 했다. 이런 설명은 모두 대학의 입학처에서 처음 들은 것이었다. 카롤라는 자신이 도망친 사건을 설명하면서 이탈출이 급박스럽게 조직되었다는 점을 강조했다. 부모님이 과연 증명서를 보내줄지, 그리고 보내준다고 하더라도 우편물 검열에서 걸릴지 모른다고 설명을 늘어놓았다. 입학부의 직원은 그녀의 얘기를 끝까지 다 듣고 난 다음, 그래도 어쩔 수 없다고 했다. 카롤라는 그러면 그녀의 상관과 얘기해보고 싶다고 했으나 상관도 자기 직원의 결정을 다시 한 번 확인해줄 뿐이었다. 규정이 있다는 것이었다. 이 규정은 모두에게 똑같이 적용되며 예외가 생기게 되면 고등학교 졸업장 없이도 아무나 너도나도 대학생이 되지 않겠느냐는 것이었다.

카롤라는 자신의 크로이츠베르크 주거공동체로 돌아와 책상 앞에 앉아 베를린 자유대학 총장 앞으로 편지를 썼다. 틸로는 개인적인 사정을 들어 관료주의의 결정에 영향을 주겠다는 그녀의 시도는 우둔한 짓이라고 했다. 모든 결정이 개인적인 사정과 관계없이 행해지는 바로 그 점이 관료주의를 가치 있게 만드는 것이라고 했다. 관료주의는 권력의 자의로부터 우리를 막아주는 도구야. 관료주의는 사정을 안 봐주지만 결과를 미리 예상할 수 있고 규정에 따라서만 움직이지. 개개의 운명에 무심한 관료주의의 특징은 소중한 가치라고. 눈이 예쁘다거나 감동적인 일화가 있다거나 출신 가족 같은 것은 개인의 정치적 성향에 따라 허가를 주고 안 주고 하지 않는 관료주의 앞에서는 모두 상관없는 것들이야. 그는 카롤라에게 편지를 끝까지 쓸 필요가 없다고 했다. 관료주의에는 예외가 있을 수 없으며 만일 예외를 주었다가는 관료주의 존재 자체가 필요 없어질 것이므로 차라리 빨리 어떻게든 증명서를 마련하거나 다시 서독의 졸업시험을 보든가 하는 것이 좋을 거라고 했다.

카롤라는 틸로에게 실망을 느꼈다. 틸로가 자기와 함께 끝까지 싸워줄 것이라고 기대했었는데……

카롤라는 부모님에게 편지를 썼다. 부모님은 자신을 이해해줄 것이라고 확신했다. 부모는 관료주의가 아니다. 틸로가 발라톤 호숫가에서 설명해주었던 주거공동체라는 것에 대해서도 카롤라는 낭만적인 상상을 품고 있었다. 주거공동체는 죽도록 친한 친구들이 아무런 구속과 규정 없이 벌거벗고 집안을 돌아다니며 모든 것을 나눠 갖는 그런 것이라고 상상했다. 가족 같은, 그러나 권력의 집중이 없는 공동체. 그 공동체는 실제로는 그저 실용적인 목적으로 모인 집합체에 지나지 않았다. 냉장고에는 각자에게 배당된 칸이 있었고 먹고 난 그릇은 즉시 씻어놓아야 했다. 아침에는 각각에게 20분씩의 화장실 이용 시간이 돌아갔고 청소 세제를 산 비용은 목록에 적은 다음 틸로의 표현에 따르면 월말에 '똑같이'가 아니라 '정당하게' 나눠졌다. 정당한 분배가 뭐냐 하면 각 구성원이 그 공동체에서 얼마나 오래 살았나 하는 것에 따라 분배하는 것이었다.

이 공동생활에는 관료주의적인 성격이 있어, 카롤라는 생각했다. 당연하지, 틸로가 말했다. 이렇게도 해보고 저렇게도 해봤는데 모두 다 실패했어. 집세만이 계속 올랐을 뿐이야.

5. 글 쓰는 세 사람

프리츠 보데는 요사이 우편함을 열어보는 일이 즐거웠다. 예순여섯 살이 된 그는 우편함에서 어떤 특정한 우편물을 꺼내올 때마다 「인생은 예순여섯부터, 즐거운 인생은 예순여섯에 시작이지」 하는 노래를 코로 흥얼거리거나 휘파람으로 부르거나 하며 4층에 있는 자기 집으로 올라가곤 했다. 노래가 어떻게 이어지는지는 잊었으므로 첫 구절을 두 번 연속해서 불렀다.

인생이 재미나다는 것을 프리츠 보데는 사실 지금에야 난생처음으로 느끼고 있었다. 그는 힘들고 신산한 삶을 견뎌와야 했다. 함부르크의 한 대형 출판사가 그의 이야기를 『자서전』이라는 형식하에 출간한 것을 그는 가슴 뿌듯한 자랑으로 느끼고 있었다. 『자서전』이란 『회고록』이나 『인생 회고집』과는 다른 것이었다. 자서전은 더 공식적이고 중요한 의미가 있는 것처럼 들렸다.

프리츠 보데는 초빙받은 여러 낭독회에 모두 응해왔다. 현직에서 은퇴한 그에게는 뭔가 보람 있는 일을 하고자 하는 욕구가 있었다. 이 낭독회라는 것은 아주 신나는 사건이었다. 전혀 알지 못하는 타인들이 낭독회에 와서 그의 인생 이야기에 관심을 보이는 것이다! 낭독회에 온 사람들은 자신이 하는 말에 귀를 기울여 들어주었다. 이 모두가 그에게는 낯설긴 했어도 어쨌거나 굉장한 사건이었다. 게다가 돈까지 준다니, 하룻저녁 낭독회에 서독 돈 5백 마르크를 받으니 그로서는 낭독회에 초빙되는 것이 너무 좋았다.

낭독회 초청은 거의 항상 서독에서 왔다. 가끔씩 시(市)의 문장(紋章)이 컬러로 인쇄되어 있는 눈부시게 새하얀 편지 봉투로 첫눈에 서독에서 온 초대장임을 알 수 있었다.

그날도 그런 편지가 하나 우편함에 들어 있었으니 사회주의 이념을 기치로 내걸고 있는 프리드리히 에베르트 재단에서 보낸 것이었다. 쳇, 서부전선에 이상 없기는커녕, 하고 프리츠 보데는 생각했다. 그동안 사회주의자들에게서는 초대받은 적이 없었던 것이다.

그가 살고 있는 건물의 우편함이라는 것들은 이루 형언할 수 없는 상태에 있었다. 녹이 슬고 울퉁불퉁한 양철상자 열 개가 치열 교정기로 교정해야 될 이빨들처럼 비뚜름하게 걸려 있었다. 그런 남루한 양철 상자에 눈부시도록 새하얀 편지가 멋모르고 들어앉아 있다는 사실이 프리츠 보데에게는 예순여섯 살의 나이에 뜻밖으로 찾아온 분에 넘치는 행운으로 여겨졌다.

우편함 가운데 하나는 벌써 몇 주째 우편물로 넘쳐나고 있었다. 2층에 사는 젊은 아가씨의 우편함이었다. 계단에서 아리따운 그녀를 우연히 마주치면 눈이 우선 즐거웠다. 여름에 특히 더욱 그랬다. 그 아가씨의 우편함이 몇 주가 넘도록 비워지지 않고 있는데도 우편 배달원은 새 우편물을 계속 구겨넣고 있었다. 확실히 인기가 많은 아가씬가 봐, 하고 그녀의 집 현관문을 지나쳐 계단을 올라갈 때마다 프리츠 보데는 속으로 생각했었다. 문에는 쪽지와 수많은 '연락 바람' 메모들이 가득 붙어 있었다. 그의 바로 밑에 사는 청년도 그 같은 후보자의 한 사람으로서 이제 그 청년의 현관문과 우편함도 아가씨의 것과 마찬가지의 신세가 될지는 아무도 모르는 일이었다.

지금 세상을 휩쓸고 있는 탈출의 열풍은 프리츠 보데조차도 처음 겪는 일이었다. 서독의 한 저명한 잡지사가 그에게 현재 일어나고 있는 시사 문제에 대해 논평을 하나 써줄 것을 부탁해왔다. 그는 자서전을 쓰게 되면서 자라난 성찰의 문체(文體)를 떨쳐버릴 수 없을 것임을 깨닫고 다음과 같이 글을 시작했다. 1989년의 여름은 온통 얼룩이다. 얼룩덜룩한 청바지가 유행이다. 헝가리 여행도 유행이다. 잡지사에 글을 써주겠다는 확약은 아직 하지 않았다. 아랫집의 청년이 터질 듯한 우편함과 메모로 가득 찬 문을 뒤로하고 떠날 것인가를 일단 지켜보기로 했다. 그가 떠난다면 고별사를 해야 한다. 그러나 아래층에서 흥분한 목소리들이 서로 앞다투어 발언의 자유를 구가하는 것이 들리는 바로 보아 아직 있기는 한 모양이었다.

프리츠 보데는 층계참에 서서 프리드리히 에베르트 재단이 왜 편지를 보내왔을까를 생각하고 있었다. 단순히 빌리 브란트와 귄터 그라스를 같이 초대해 대화의 시간을 마련하며 1천 마르크의 수고비밖에 못 드려서 죄송합니다 하고 말하려는 건지도 모른다. 반년 전 책이 출판된 이후로 이제 그는 웬만한 일에는 놀라지 않았다.

그는 현관문을 열고 실내화로 갈아 신은 다음 서재로 가서 책상 위 스탠드의 불을 켰다. 의자에 앉은 그는 후 하고 숨을 돌리고 나서 놋쇠로 된 편지칼을 찾아 얇은 편지 봉투를 갈랐다. 코냑은 손만 뻗으면 닿는 곳에 있었다. 만에 하나 실제로 빌리 브란트와 귄터 그라스를 같이 만나게 될 경우에……

　그러나 그건 아니었다. 프리드리히 에베르트 재단에서 온 것은 여느 것과 다름없는 보통 낭독회의 초청장이었다. 빌머스도르프 구립도서관에서 12월 1일에 열리는 낭독회에 5백 마르크의 사례비를 제시하고 있었다. 프리츠 보데는 달력을 보았다. 12월 1일은 비어 있었다. 퇴직연금 생활자로서 그는 1년에 최장 30일간 서독에 체류할 수 있도록 허가되어 있었고 아직 날짜에는 여유가 있었다. 초청에 응하기로 했다. 술잔 바닥에 남아 있는 마지막 한 모금의 코냑을 빙글빙글 돌리고 있을 때, 아래층에서 아무 소리도 나지 않는다는 것을 문득 깨달았다.

　드디어 주빈이 도착했다. 키가 너무 작아서 도리어 항상 눈에 띄고야 마는 유명한 시인이었다. 이 키 작은 시인의 얼굴에 무성하게 자라난 턱수염은 너무나도 빨리 자라는 나머지 아침에 면도를 해도 저녁 즈음에는 도대체 언제 면도를 했냐 할 정도로 보였다. 사람들 앞에서 넥타이를 한 모습을 보인 적이 없는 젊은 모험가 타입의 그는 사람들의 전폭적인 호의를 한몸에 받고 있는 인물로서 다른 사람들은 그가 가진 명성의 달콤한 향기에 취해서 마치 자신들이 전혀 다른 사람이 된 것 같은 환각에 빠질 정도였다.

　키 작은 턱수염 시인은 프리츠 보데와 같은 노장은 아니었지만 겁없이 그를 초대한 풋내기들처럼 젊지도 않았다. 키 작은 턱수염 시인은 조금 어긋난 데가 있는 사람이었다. 전쟁 통에 어린 시절을 보낸 그에게 전쟁이 남긴 폐허 위에 떠 있는 파란 하늘, 꽃망울들, 새들의 노랫소리같이 갑자기 찾아온 평화는 마치 기적과 같았다. 그는 이 감격 시대에 파묻혀 자라났고, 낭독회에 주빈으로 참석해 자리를 빛내달라는 요청을 너무 진지하게 해석했다. 예정된 오해는 그의 몫이었다. 그는 이 건반 저 건반 사이를 간결하게, 또는 되는대로, 때로는 놀리는 것처럼, 낙망한 사람처럼, 영리하게 또는 날카롭게 자기 마음대로 건너다닐 줄 알았다. 이 건반은 정치의 건반이었다. 언론은 라디오와 TV를 통해서 거짓말을 뿌려대고 진실과 사실을 가로막는 무수한 법이 존재하고 있었다. 키 작은 턱수염 시인은 이 판에 뛰어들어 좋은 사람들 편에 섰다. 그의 작전은 시간을 훨씬 앞으로 내다보는 것 — 내일이 되어야 금지 목록에 오를 짓을 오늘 하는 것 — 이었다. 이 작전으로 말미암아 재능으로 가득한 그의 시는 지적인 도전이 되었으며 현실이 처한 위치와 역사의 움직임을 토론하는 무대가 되었다. 키 작은 턱수염 시인은 한때 대학에서 철학을 전공했었고, 그래서 그가 애용하는 장난감은 변증법이었다. 전쟁 속에서 자라난 아이답게 그는 장난감을 망가뜨리지 않고 가지고 노는 법을 알고 있었다.

키 작은 턱수염 시인의 글은 일단 출판되기만 하면 사건이 되었다. 소량으로만 출판이 허락된 그의 책은 너덜너덜 다 해질 때까지 이 사람 손에서 저 사람 손으로 넘어 다녔다. 그의 글은 오직 라디오의 심야 방송 프로그램에서만 들을 수 있었는데 절대 재방송되지 않는 이 방송을 사람들은 카세트에다 녹음하여 듣고 또 들었다. 그의 희곡이 연극 무대에 선보일 때면 금지 처분이 내려지기 전에 빨리 보려는 사람들로 첫 공연을 포함해 한동안은 완전 매진 사례를 이루었다. 키 작은 턱수염 시인은 풍자의 세계 속에서 일어나는 모든 논쟁과 거짓, 그리고 터부를 마치 신들린 무당처럼 관객 앞에 펼쳐 보였다. 관객들은 그의 연극을 보기 위해 먼 길을 마다하지 않고 달려왔다. 그들은 키 작은 턱수염 시인의 뛰어난 명성을 익히 알고 있었지만 그의 창작품은 여전히 이해하기 힘들었다.

프리츠 보데의 아래층에 사는 젊은이, 다니엘 데티엔은 목사의 아들로, 고교 졸업장이 없는 그는 자기의 성 데티엔의 두번째 음절 '티ti'를 강조하고 첫째 음절의 모음 '에e'를 거의 발음하지 않음으로써 프랑스 신교파의 후손임을 내세웠다. 그는 키 작은 턱수염 시인에게 편지를 한 통 써서 보냈는데, 이 편지가 효과가 있었는지 키 작은 턱수염 시인은 자신이 전혀 의도하지 않았음에도 불구하고 편지의 발신인에게 친근감을 느꼈다. F. 스콧 피츠제럴드가 위대한 개츠비에게 부여했던 성격인 '낭만적인 기꺼움'이 도움을 청하는 청년의 편지로 말미암아 키 작은 턱수염 시인의 내부에서 재발견된 것이었으며 그것은 그동안 브레히트적인 쿨함의 과대 양산으로 인해 사라졌던 바로 그것이었다. 때때로 음험한 이성의 습격을 받는 기분은 상당히 이상야릇한 느낌이었다.

다니엘 데티엔은 활기차고도 정신적 깊이가 있는 사람으로, 교제 범위가 아주 넓었다. 대양과도 같은 관용을 지닌 그의 집에는 사람들이 수시로 들락거리며 소파에 앉아 토론을 일삼았다. 그는 한 번도 피곤한 기색을 보인 적이 없었으며 기분이 안 좋거나 하는 일도 없었다. 튼실한 금발에 얼굴은 환하고 번듯했으며 인간 자체도 마찬가지로 그러했다. 다니엘 데티엔은 멀리 니카라과, 인도, 팔레스타인, 미국, 덴마크 사람들과 펜팔 편지를 교환하고 있었다. 항상 아이디어로 넘쳐났고 힘들이지 않고도 타인을 향한 기분 좋은 칭찬을 할 수 있었으며 시간과 영감을 다른 사람들과 공유했다. 그는 성적(性的)으로도 제한이라는 것을 몰랐다. 남자와 여자 모두에게서 기쁨을 찾을 줄 알았다. 침대 시트를 새것으로 갈아치울 동안 그는 보통 인간이 일생 동안 가지는 섹스 파트너보다 더 많은 수의 파트너와 사랑을 나누었다.

그의 방 두 벽면은 바닥부터 천장까지가 책장이었다. 창문이 있는 벽의 반대편 벽에는 다 낡아빠져서 버려야 될 것같이 보이는 피아노가 놓여 있었는데 놀랍게도 소리는 콘서트 피아노에 견줄 만큼 좋았다. 그러나 방의 중심이자 방주인 인생의 중심이라고 할 수 있는 것은 따로 있었으니 그것은 찻주전자였다. 그는 토론을 할 때면 항상 차를 마셨다. 맥주나 와인을 마시며 토론하는 일은 절대 없었다. 살림에는 관심도 없고 솜씨도 없는 그였지만 유독 찻주전자는 세제로 닦지 말고 흐르는 물로만 헹구라는 관리 방식에 절대적으로 따랐다. 몇 년을 두고 갈색의 더께가 쌓여 마치 처음 공장에서 생산되었을 때부터 그랬다는 듯 검정 코팅으로 완전히 단단하게 뒤덮여버린 찻주전자에서 예나*산 유리라는 흔적은 찾아볼 수 없게 되었다. 주전자는 까맣고 불투명하게 되어버린 지 오래였다. 다니엘 데티엔은 이렇게 말하곤 했다. "이 더께로 주전자의 주둥이가 완전히 막혀버리는 그날, 몇만 톤의 차를 끓이고 남은 찌꺼기가 돌덩이로 화하는 그날에 비로소 세계의 수수께끼를 묻는 질문이 던져지리라."

다니엘 데티엔은 그즈음 방향 설정을 놓고 고심하고 있었다. 신학 대학생과 당에서 쫓겨난 이들, 서독 사람들과 예술가의 자식, 멀쩡한 직업을 그만두고 방랑하고 있는 사람들, 외국인들로 이루어진 친구 일당들과 아무리 얘기해봐도 답을 구할 수 없었다. 그의 직장 상사인 머리 좋은 유명 여변호사 기젤라 블랑크조차 아무 도움 또는 힌트를 주지 못했다.

다니엘 데티엔은 인생을 이해하는 그런 사람이었지만 이 나라는 그에게서 기쁨을 앗아가고 그의 재능을 무시했으며 정의와 공평에 관한 그의 생각을 망가뜨렸고 그의 취향을 모욕했고 그의 지능을 꾸짖었다. 구속하고 명령하는 것이 그의 국가였다. 와인을 마시고 나면 머리가 아팠고 다른 어떤 것을 맛보아도 두통만 올 뿐이었다. 이상주의자들이 만들어낸 사

---

* 예나Jena: 중부 독일의 도시로 전통적으로 유리 제품과 광학 산업이 유명하다.

회주의라는 이름의 깜짝 상자에서는 왜 하필이면 도마뱀이 기어나왔을까 하는 것이 다니엘 데티엔이 생각하는 수수께끼였다. 더 나은 세상, 그것은 어떤 것일까? 언제 오는 것인가?

이런 질문을 담아서 그는 지금의 세상과 더 나은 세상에 관한 한 전문가인 키 작은 턱수염 시인에게 편지를 보냈던 것이다. 그의 답변은 이러했다. 자신은 모든 종류의 추위를 느낄 수 있는 더듬이를 가지고 있는데 현재 추위로 떨고 있는 모든 생물에 대해 연대적인 반사 기능이 자동적으로 발휘된다고. 두 사람은 8월의 어느 금요일 저녁에 만나기로 했다. 키 작은 턱수염 시인은 히덴제* 휴가에서 바로 다니엘 데티엔의 집으로 왔는데 섬을 떠나려는 휴가객이 너무 많아서 배를 두 번이나 그냥 보낸 후 세 번째 배에 겨우 올라타는 바람에 약속 시간보다 늦게 도착했다. 그가 왔을 때 집은 이미 짙은 담배 연기로 꽉 차 있었다.

시인이 어떻게 자기의 생각을 하나씩 솜씨 있게 짚어가며 완성해나가는지, 어떤 식으로 무성한 사고의 덤불 속을 헤쳐가며 자기의 길을 만들어나가는지를 다니엘 데티엔은 놓치지 않고 관찰했다. 노련하고 경험 많은 사상가인 키 작은 턱수염 시인이 사고하는 것을 지켜보는 것은 하나의 모험 여행이었다. 사실 그의 말은 머릿속에 남지 않았다. 남는 것은 그의 방식이었다. 그는 모두가 알고 있는 것, 뻔한 사실에 기초하는 것을 무엇보다도 혐오하는 것 같았다. 여태까지 아무도 이야기하지 않은 것, 새로운 것만이 그의 관심이었다. 그의 주장에 따르면 국가에서 주도하는 공식적인 공론(公論)보다 훨씬 중요한 공론이 공식적인 경로의 뒤편에서 서서히 커져가고 있다고 했다.

---

* 히덴제Hiddensee: 독일 북부 발트 해에 있는 휴양섬이다.

다니엘 데티엔 집에서 모임을 갖는 손님들 중의 한 명은 발데마르 부데라고 하는 스물네 살 난 호텔 도어맨으로, 원래는 폴란드 태생인데 열두 살에 어머니와 함께 독일로 건너온 젊은이였다. 그가 다니엘 데티엔 패거리에 끼게 된 것은 그의 직업 때문이 아니라 그의 태생 때문이었다. 폴란드 사람들의 이야기는 재미있었다. 당시 국민이 어떻게 그 큰일을 해냈으며 당을 권력에서 밀어낼 수 있었는지 자기들이 실제로 겪은 경험을 바탕으로 얘기해줄 수 있었다. 발데마르는 권력 타도 전설의 심벌로 일약 떠올랐다. 사람들이 자기를 항상 폴란드 사람, 그러니까 전(前) 동포를 대변하는 인물로 취급하는 것에 그는 남모르는 기쁨을 느꼈으며 맘속으론 나는 너희들보다 낫다는 생각을 하고 있었다. 이 토론 패거리는 그토록 아무것에도 구속받지 않고 자립적으로 사고하고자 하는 집단이었으나 그만큼 한계를 지니고 있었던 것이다. 베스키드 산맥을 오를 때, 마주르 지방의 평야에서 야영을 할 때 그는 폴란드적인 자유의 갈구를 두 손으로 쥐듯 느낄 수 있었다. 츠츠, 프스프스거리는 발음으로 가득한 폴란드어로 노래를 부를 때면 마치 프랑스어의 버터 같은 부드러움이 녹아나왔다.

Góralu czy ci nie żal
Odchodzić od stron ojczystych
Świerkowych lasów i hal
I tych potoków przejrzystych

산사람아, 후회하지 않느냐
네 고향을 떠난 것을
전나무 숲과 산 위의 목장

맑은 시냇물을

독일 아이들은 야영의 모닥불 앞에서 한 번도 자기들 노래를 부르는
적도 없었고 기타 반주가 따르는 일은 더더욱 없었다. 한 사람만이 「하우
스 오브 라이징 선」이나 「블로윙 인 더 윈드」 같은 노래의 원곡을 훼손시
키곤 할 뿐이었다.
　전날 발데마르는 자기가 일하고 있는 호텔의 로비에 항상 켜져 있는
TV에서 우연히 물거미에 대한 다큐멘터리를 보았었다. 암컷이 알을 낳을
때는 하나씩 낳지만 수많은 알을 다 낳고 난 후에는 전부를 뒷다리를 써서
한 덩어리로 둘둘 만다. 이 알덩어리에서 성공적으로 탈출한 새끼만이 여
름을 무사히 보낼 수 있다. 나머지는 다른 동물에게 먹히거나 이런저런
경로로 죽는다. 키 작은 턱수염 시인을 생각하면 이 알 낳는 물거미가 연
상되었다. 시인이 가고 나면 작은 생각들이 알알이 뭉친 큰 덩어리가 남
는다. 내일이면 그가 이야기했던 것의 반이 잊혀지고 모레가 되면 그 나
머지의 반이 또 그렇게 잊혀질 것이다. 하지만 시인은 언젠가 또 다른 저
녁이 오면 다가올 여름을 음미하는 그런 아이디어를 낳게 될 것이다.
　한 시간 동안 TV를 본 다음 발데마르는 야간 근무 때문에 자리에서
일어서야 했다. 팔라스트(궁전) 호텔로 향하는 길에 인민극장 앞을 지났
다. 키 작은 턱수염 시인의 작품 중 상영 금지 처분이 내려지지 않은 단
하나의 작품이 공연되고 있었다. 발데마르도 본 적이 있는 작품이었다.
그 공연을 본 저녁 이후로 그는 이 나라에서 씌어지는 문학에 대해 관심을
끊기로 했다. 13세기의 가난한 중국 농부나 클라이스트, 또는 궁궐에서의
생활에 대해 쓰는 작가들의 글은 이를테면 갓 스무 살에 군대에서 제대하
여 무엇이 무엇인지 세상 일에 분간을 하지 못하고 있는 인간들에게는 아

무 도움을 주지 않았다. 이 깨달음은 가슴 아픈 것이었고 그는 홀로된 외로움을 느꼈다. 지난 몇 년 동안 이러저러한 책들을 열심히 읽으며 책 안에서 자기의 처지를 개선시켜주는 한줄기 빛을 찾을 수 있으리라는 희망을 품었지만 결국은 아무것도 없었다. 이 나라 안에서 일어나고 있는 일들이 발데마르의 관심 분야였다. 그는 자신이 문학에 등을 돌리게 된 데 대한 원망을 작가들에게 돌리며 작가들을 절대 용서하지 않기로 했다. 그리고 어쩔 수 없는 자기 방어의 수단으로 스스로 글쓰기를 시작했다. 그들이 제대로 된 글을 쓰지 않는다면 자기라도 그 일을 해야 했다. 발데마르가 키 작은 턱수염 시인이 온 날 저녁 그곳에 있었던 까닭은 시인의 작품을 존경해서가 아니라 그의 직업이 그를 매료시켰기 때문이다.

발데마르는 아직 등단한 작가가 아니었다. 시작이라고 말하기도 잘못된, 그야말로 시작 중에서도 처음 단계에 있었으며 이 시작은 동시에 종말이 될 수도 있었다.

전차 속의 차창 밖으로 연극의 중간 휴식 시간에 관객들이 밖으로 나오고 있는 것이 보였다.

연극은 길었고 집중력을 요구해서 힘이 들었다. 여변호사 기젤라 블랑크도 남은 3분의 1 분량의 연극 관람을 위해 일단 시원한 밖으로 나왔다.

그녀는 보통 혼자서 연극 관람을 다녔다. 문화에 관심이 많은 그녀였기에 지루한 열굴을 하고 옆자리를 지키는 동반자는 없는 게 나았다. 사무실의 보조 직원인 다니엘 데티엔에게 표가 두 장 있으니 키 작은 턱수염 시인의 작품을 같이 보러 가지 않겠냐고 물었을 때 그는 뿌듯하다는 웃음을 만면에 지으며 비밀스러운 듯 말했다. "그 사람 우리 집에 오는걸요." 다니엘이 능히 그럴 만한 사람이라는 것을 그녀는 알고 있었다. 어중이떠

중이 사무원이 아닌 다니엘을 사무실에 두는 이유는 기젤라 그녀 자신이 제일 잘 알고 있었다. 다니엘이 사무실에 있으면 사무실이 그녀가 그토록 역겨워하는 화제, 즉 애는 역시 있어야 좋다는 둥, 하지만 애 키우기가 여러모로 여간 힘든 일이 아니라는 둥의 화제를 놓고 떠드는 여인천하 분위기에 빠지지 않아서 좋았다.

관객 중에 아는 얼굴이 보였다. 처음에는 누구인가 가물가물했는데 나비넥타이가 결정적인 힌트를 주었다. 그는 1970년대 후반 그녀가 직업 생활을 처음 시작했을 때 첫번째 의뢰인이었던 위르겐 바르테였다. 검사 측은 이 작곡가에게 제106조와 제220조를 위반한 혐의로 5년 8개월의 징역형을 선고했는데 선고의 말이 채 떨어지기도 전에 그녀가 벌떡 일어나 맹렬하게 항의했던 기억이 있었다. 위르겐 바르테에 대해 큰 호감을 품고 있어서 그런 것은 아니었다. 그는 의심이 많았고 그녀를 대하는 태도로 볼 때 그녀가 마치 모양새를 갖추기 위해 형식적으로만 변호하고 있다고 생각하는 것 같았다. 그러나 그녀는 선고 형량이 마치 자신에게 내려진 것인 양 맞서 싸웠다. 그녀가 첫번째로 맡은 대형 사건이라는 점과 그녀가 여자라는 점을 이용해 검사 측은 '공공연한 정부 비방'과 '국가를 위협하는 선동 행위'의 경계를 피고인에게 불리한 쪽으로 그어도 된다고 생각하는 것 같았다. 기젤라가 혼신을 다한 변론을 마치고 자리에 앉았을 때 위르겐 바르테는 놀란 얼굴을 하고 고맙다고 말했다. 하지만 그녀의 변론은 별 도움이 되지 못했고 형량은 검사 측이 신청한 대로 떨어졌다. 16개월 후 일반 사면으로 다시 풀려나게 될 것을 당시 법정에 있던 그 누구도 예상하지 못했지만 말이다.

그녀가 그를 첫눈에 알아보지 못한 이유가 있었다. 그는 몹시 말라 있었다. 바지가 다리에 휘감기고 있었다. 기젤라 블랑크는 그에게 악수를 청하며 "다시 뵙게 되니 반갑습니다. 좋아 보이시네요!" 했을 때 위르겐 바르테는 아니라며 손을 내저었다.

그 옆에는 여자가 서 있었다. 자기 아내라고 소개하지 않았지만 틀림없이 아내일 거라고 생각했다. 구습이나 남의 눈에 얽매이는 사람도 아니지만 바람을 피우기에는 너무 뻣뻣한 인물이었다. 멋대가리라고는 손톱만큼도 없는 사람이었다. 칭찬을 받는 것도 부담스러워했다.

"아녜요, 정말 좋아 보이시는데요. 살도 많이 빠지셨어요." 기젤라 블랑크는 다시 한 번 시도해보았다.

"제발입니다." 위르겐 바르테가 대답했다. "그만 하세요."

"진짜라니까요!" 기젤라 블랑크가 감탄하듯 대꾸했다. "처음에는 못 알아볼 정도였어요!"

"정말 아니에요" 그가 말했다. "몸이 썩 좋지 않아요."

"이렇게 좋아 보이시는데 그 말을 누가 믿겠어요?" 기젤라 블랑크는 여전히 고집을 꺾지 않으며 그의 옆에 있는 동행에게 환하게 웃어 보였다. "안 그렇게 생각하세요?"

희미하고 쓸쓸한 눈빛으로 여자가 대답을 대신했을 때 기젤라 블랑크는 확 깨달았다. 중병에 걸려 있는 사람에게 너무 좋아 보인다는 민망하기 짝이 없는 인사를 한 것이다. 땅으로 꺼지고 싶을 만큼 창피했다.

"죄송합니다." 당황해서 겨우 그렇게 중얼거렸다.

"괜찮습니다." 그가 대답했다.

6. 방귀 뀌는 남자

발데마르가 막 야간 근무를 시작했을 때 호텔 최고 지배인인 알프레트 분추바이트는 아직 호텔에 있었다. 땡! 하는 소리, 달그락거리는 소리, 쩝쩝거리는 소리를 듣고 있노라면 음향으로 인정받고자 했던 설계자의 의도가 느껴지는 까닭에 발데마르가 '비싼 소리'라고 부르는, 바쁜 근무 중의 소리와 온갖 목소리의 잡탕과 각종 소음으로 둘러싸여 있는 호텔 로비 한가운데에 그는 서 있었다.

마치 호텔 집기의 하나가 된 듯 그렇게 서 있는 알프레트 분추바이트를 보면서 발데마르는 저렇게 귀티라고는 하나도 없는 인간이 어떻게 이런 초특급 호텔의 지배인이 될 수 있었을까 하는 의문에 잠겼다. 발데마르에게 그는 목이 없는 뚱뚱한 몸에 벌건 얼굴을 해가지고 항상 숨을 헐떡거리며 여기저기 휘젓고 다니는 존재 이상 아무것도 아니었다. 뒤통수인가 싶더니 바로 어깨이고, 턱인가 했는데 곧바로 가슴팍으로 이어졌다. 그렇게 거대한 체구라고 하여 행동이 느린 것은 아니었다. 둔하기는커녕 빨리, 정확히, 그리고 춤동작에서나 볼 수 있는 유연한 동작으로 잘도 다녔다. 술은 직업에 필요한 만큼만 마시는데도 코가 알코올중독자 모양으로 딸기코였고 마치 불알 거죽에서 떼어 붙여놓은 것같이 거무스레하고 주름진 눈꺼풀이 그의 작은 두 눈을 덮고 있었다. 속눈썹은 뻣뻣하기가 솔 같고 귓구멍 속에도 까만 귀털이 반질반질한 윤기를 내며 자라나 있었다. 로비에서 기다릴 때 알프레트 분추바이트는 역시 털로 덮여 있는 손등을 바지 옆구리에다 대고 초조한 듯 열 손가락을 폈다가 다시 주먹을 쥐었다가 했다.

초특급 호텔의 지배인이 되는 사람은 따로 있는 거지 너도나도 아무나 되는 게 아니라고 발데마르는 생각했다. 우리 호텔 직원들이 지배인을 **주유소 주유원**이라고 몰래들 부르는 것도 무리가 아니지. 그 별명은 빈약한 그의 아우라가 높은 지위에 비해 너무 처진다는 이유 이외에도 그가 예전에 실제로 고속도로 휴게소의 소장을 지낸 적이 있었기 때문에 붙은 것이다. 직원들은 그것을 구실 삼아 더욱 대담해져서 알프레트 분추바이트의 모든 촌스러운 행동이나 실수에 TT(Typisch Tankwart)──주유소 출신은 어쩔 수 없어──라는 코드명을 갖다 붙였다.

저토록 몸 바쳐서 손님의 도착을 기다리다니 그 손님이 누구인지 알겠다, 발데마르는 생각했다. 그는 발렌틴 아이히를 저렇게 기다리고 있는 것이었다. 발데마르는 두 사람이 친한 사이인지는 잘 판단하기 힘들었다. 그는 자문했다. 알프레트 분추바이트가 다른 업무를 일절 중단한 채 그저 저렇게 하염없이 기다리고 있는 것이 넘치는 기대감의 유별난 표현일까 아니면 굽실거림일까?

자기가 발렌틴 아이히와 친구 관계인지 아니면 친구 관계라고 혼자 착각하고 있는 것인지는 알프레트 분추바이트 자신도 알지 못했다. 그저 둘이 아주 친한 친구 사이였으면 하고 바랄 뿐이었다. 아주 친한 친구라면 아무리 호텔이 바쁘게 돌아갈 시간이라도 로비에 나와 환영의 제스처로써 맞이할 만한 충분한 가치가 있는 것이다. 가끔 그는 호텔 정문 밖으로 나와서 주위를 빙 둘러보는 척했는데 사실을 말하자면 주위를 둘러보는 것이 아닌 다른 일을 하는 중이었다. 그는 방귀를 뀌고 있었다.

알프레트 분추바이트의 창자가 줄기차게 생산하는 가스는 어디론가 반드시 분출되어야 했다. 서 있거나 돌아다니거나 하는 동안에는 숙성된 가스의 분출이 가능했다. 하지만 앉아 있는 동안은 위험했다. 거대 몸집이 항문을 찍어 누르고 있는 덕에 얼마나 오래 앉아 있건 간에 가스는 절대 새어나오지 않았다. 그러는 동안 그는 마치 찐빵처럼 점점 부풀어올랐지만 알프레트 분추바이트는 절대 한 줌의 새어나감도 허용하지 않았다. 하지만 결국 20분 만에 가스의 압력은 괄약근의 힘을 압도하기에 이르렀다. 그가 마침내 일어서며 체중을 의자에서 떼었을 때 괄약근은 지고 말았다. 마침내 장에 축적되어 있던 가스는 포효와 같은 소리를 토하며 분출되었다.

그는 이 엄청난 육체의 화학작용을 자기만의 비밀로 가둬놓고 있었다. 의사와 상담하지도 않았다. 그의 아내 쥐빌레 분추바이트조차도 그 규모와 정도를 정확히는 모르고 있었다. 가끔 남편이 뿌지직하는 소리를 내는 것을 듣긴 했지만 매일 1리터가 넘는 양을 산출하고 있다는 것은 상상할 수 없는 일이었다. 발렌틴 아이히는 물론이려니와 그 사실을 아는 사람은 아무도 없었다.

발렌틴 아이히, 그라는 사람 자체는 하나의 수수께끼였다. 분추바이트는 그와 어울려 마신 맥주잔이 헤아릴 수 없이 많았으나 그에 대해서는 몇 가지 사실만 알 뿐 나머지는 그저 대강만 짐작하고 있었을 뿐이다. 전혀 모르는 것도 많았다. 딱 한 번 그는 자기가 경제와 외화 수지를 어떻게 한다는 둥의 얘기를 했었다. 알프레트 분추바이트는 그가 하는 일이 국가의 외환 수지를 맞추는 것이라고 이해했고 자세한 사정을 알려고 하지도 않은 채 그가 능력 있는 사람이라고 확신했다. 식사하는 자리에서는 꺼내지 않는 화제도 있는 것이다. 그래서 그는 맥주를 앞에 놓고도 더 이상은 묻지 않았다.

그렇지만 두 사람 사이에는 어느 정도 친숙한 분위기가 형성되어 있었다. 둘은 같은 세대에 속해 있었고 같은 당 소속이었으며 체급도 같았다. 알프레트 분추바이트는 마치 호텔이 자기 집이고 호텔 집기가 자기집 살림이고 직원들이 자기 하인이라도 되는 것처럼 최고 지위의 외국환전문가인 그를 접대했다. 그들은 만나면 일단 생감자라도 으깰 듯이 힘이들어간 악수를 나누었다. 탁자에는 실제로 생감자를 재료로 만들어진 음식—감자전—이 언제나 놓였다. 감자전은 발렌틴 아이히가 가장 즐겨먹는 음식이었다. 알프레트 분추바이트도 어려서 유치원에 다닐 때 아주좋아하던 음식이 바로 감자전이었다. 그는 발렌틴 아이히를 위해서라면옛날로 돌아가 다시 요리사가 되어 앞치마를 두르고 감자 껍질을 벗기고손으로 으깨서 반대기를 만든 후 기름에 노릇노릇하게 지지는 수고를 마다하지 않았으며 간을 할 때는 특히 더 신경을 썼다. "나도 나름대로 요리의 비밀이 있지요"라며 그가 상대방이 가지고 있을지도 모르는 국가 기밀을 빗대어 말하자 발렌틴 아이히는 잠깐 생각해본 뒤 이 말을 농담으로 받아들이기로 하고 웃음으로써 태도를 누그러뜨렸다.

별 다섯 개짜리 특급 호텔의 지배인이 호텔 레스토랑에서 비밀리의 재무부 장관 앞에다가 하필이면 옛날부터 가난한 사람들이나 배부르게 먹을요량으로 만들던 음식을 내놓는 것은 두 사람 모두가 그 매력을 거부하기힘든 '눈 가리고 아웅' 기습 전법이었다. 발렌틴 아이히가 초고층 빌딩을짓는다 치면 자기 사무실은 하늘을 찌를 듯한 그 건물의 맨 아래층에다가차리는 식이었다.

"오늘 저녁은 자네한테 가서 먹고 싶은데." 이 한마디 말로 전화에서발렌틴 아이히는 노릇한 감자전에 대한 식욕을 표현했다. 그러면 두 사람의 약속은 이루어진 것이었다. 그는 30분 안으로 오는 경우도 있었고 1주일 후에 오는 경우도 있었다. 그가 오면 알프레트 분추바이트는 요리사들이 노루 등심을 두드리거나 양고기를 양념에 재어놓거나 스테이크감을 뜨거나 뜨거운 오븐에서 수플레를 급하게 구출하는 등의 작업으로 여념이 없는 주방으로 그를 안내해서 감자전을 만드는 과정을 직접 보여주는 것이 상례였다. 식용유가 흥건하게 둘러져 있는 팬에서 마지막 감자전 하나를 건져내고 나서 일단 발렌틴 아이히를 2인용 테이블로 안내하고 요리사 모자를 아직 벗지도 않은 차림으로 접시에 산더미같이 쌓인 감자전을 내오는 것이었다. 그러고 나서 두 남자는 자기들이 자라난 소박한 가정 배경을 증명이라도 하듯이 그 산더미를 다 먹어치웠다. 윗도리와 앞치마는 등받이에 걸쳐놓고 셔츠 소매는 걷어붙였다. 입을 쩝쩝거리면서 맛있군 맛있어를 연발하는 발렌틴 아이히의 칭찬은 자연스러운 데가 있어서 진심처럼 들렸다. 둘이 합쳐 250킬로그램을 능가하는 몸무게를 자랑하는 이 두 사람은 땀을 뻘뻘 흘리면서 먹는 데 온 수고를 다하면서도 꼭 마지막 한쪽까지 남기지 않고 다 먹었다. 넥타이를 느슨하게 늘어뜨리고 바지 단추를 풀고 땀방울이 송글송글 맺히며 접시를 비웠다. 놀랍기 그지없다는 표정으로 종업원이 식후의 브랜디를 내왔다. 혼잣말이 들리지 않을 정도의 거리에서 내린 종업원의 판결은 "역시 TT야"였다. 직원의 반 정도에게는 그냥 구경거리에 지나지 않았지만 나머지 반에게 두 사람이 벌이는 감자전의 향연은 충격과 혐오감을 일으켰다. 기름 범벅의 원시적인 음식을 그렇게도 몸속에 쑤셔넣는 행위야말로 너무도 TT스러웠던 것이다.

직원들의 혐오감과는 반대로 마지막으로 바에서 한잔하는 맥주는 알프레트 분추바이트에게 더할 나위 없는 만족감을 안겨주었다. 어깨를 나란히 하고 소변을 보면서 국가에서 지정한 맥주의 지정 가격을 들먹거리며 "오늘 자네에게 1마르크 28페니히를 빚졌네" 하고 은연중에 다음 만남을 암시하는 발렌틴 아이히를 보며 알프레트 분추바이트는 그래, 우리는 역시 친구 사이야, 하고 역시 자신의 생각이 옳았음을 확인했다. 오줌을 누면서 대화할 수 있는 사람은 그 말고는 없었으니 말이다.

7. 여든 중 넷

그들이 이 사태를 과연 어떻게 넘길 것인가 하고 검사(檢事) 마티아스 랑게는 자문해보았다. 그들이란 이번에 자신의 딸이 입학하게 되어 있는 초등학교의 관계자들을 말하는 것이었고 이 사태라는 것은 이미 석 달 전 입학 신고를 했던 입학생 아이들 중 빠지는 인원이 있으리라는 민감한 시국적 사태였다.

예상과는 달리 입학식 며칠 전까지 입학 신고를 재확인해달라는 학교 측의 요청은 없었다. 입학식장에 입장할 때 보통 최소한이나마 출석 확인을 하게 마련인데 그것마저도 없는 걸 보니 이번 방학 사이에 일어난 사건들을 학교 측이 너무 과소평가하고 있는 것이 아닌가 하는 의심이 들었다.

절대 간결성을 구조상 특징으로 하고 있는 듯한, 천장이 높은 환한 학교 강당에 그는 아내 베레나와 나란히 앉았다. 무대 뒤에는 벨벳으로 된 커튼이 쳐져 있었는데 미세한 세로줄 무늬가 있는 커튼은 군데군데 약간씩 찢어져 있었고 비껴 들어오는 햇빛에 겉으로 접힌 주름이 원래의 자줏빛을 잃고 바래가고 있었다. 마티아스 랑게는 천장을 쳐다보면서 천장은 원래 시선이 가기 힘든 곳인데도 이상하게 꼭 쳐다보게 된다는 베레나의 말이 생각났다. 그래도 이런 건물은 항상 천장 어딘가에 반드시 물 샌 얼룩이 있게 마련이라는 평소 자신의 지론이 들어맞나 안 맞나 확인하고 싶은 심정으로 천장을 둘러보니 아니나 다를까 앞쪽 오른쪽 구석에 커다렇게 물이 새어나온 자국이 있었다. 물이 번진 자국의 테두리를 보니 적어도 네 번은 샜다 말랐다를 반복한 듯 보였다. 엄청난 지붕 결함이다. 학교란 학교는 죄다 마찬가지다.

학교 합창단이 언제나 부르는 뻔한 노래를 부르고 들어간 후 마티아스 랑게의 바로 앞에서 독한 향수의 구름을 뭉게뭉게 피우며 일어난 여자가 있었다. 이 학교의 교장 선생이었다. 그녀는 연단으로 다가가서 어린이들에게 맞는 언어로 아이들의 기대감을 한층 더 부추기는 한편, 조용히 앉아 있기, 소리 지르지 않기, 선생님 말씀 잘 듣기 등등을 말하며 이런 모든 것을 규율이라는 한 단어로 표현할 수 있다고 총정리했다.

이윽고 각 담임선생님들이 꼬마들의 이름을 부를 차례가 되었다. 자기 이름이 불리면 무대로 나갔다. 무대에는 빨간 카네이션이 들어 있는 양동이가 있고 2학년 아이들이 신입생들에게 꽃을 하나씩 선사하는 순서였다.

랑게네 가족이 시간보다 조금 늦게 왔더니 역시 언제나 그렇듯 앞쪽 자리들만 비어 있었다. 그래서 두번째 줄에 앉게 된 그는 덕분에 그 중요한 순간을 포착할 수 있었다. 물 흐르듯 술술 흘러 지루하기만 한 입학식에서 일어난 아주 작은 실수 또는 착오라고 할 수 있었는데, 담임선생이 어떤 아이의 이름을 불렀는데 아무도 일어나지 않은 것이다. 담임선생은 다시 한 번 더 크고 또렷하게 호명했다. 결과는 마찬가지였다. 담임선생의 당황한 눈빛이 교장 선생이 있는 무대 아래를 향했을 때 교장 선생은 "그냥 넘어가요!" 하고 조그맣게 속삭였으나 그 소리는 조용한 강당에서 누구나 들을 수 있을 만큼 컸다. 그래, 마티아스 랑게는 생각했다. 이런 옛날 강당이 가진 풍부한 음향효과가 오히려 불리할 때도 있는 것이다.

다음 이름이 호명되었을 때 다행히 이번에는 일어서는 아이가 있었다.

마티아스 랑게는 자기 아내와 의미심장한 눈빛을 맞추려고 아내 쪽으로 고개를 돌렸지만 그녀는 그를 쳐다보지 않았다. 그녀의 생각은 다른 먼 곳에 가 있었던 것이다.

전날 베레나 랑게는 그녀의 일생 중 가장 이상한 미술관 안내, 즉 맹인을 안내하는 경험을 했다. 시각장애인이 국립미술관에 관람객으로 들어오다니. 그 사람은 시각에 약간의 이상이 있는 정도가 아닌, 정말 맹인이었다. 그 맹인 여자는 보통 입장료의 반값인 장애인 요금을 내고 들어와서 외무부의 특별 요청으로 베레나 랑게가 안내를 맡게 된 스칸디나비아 국회의원들 그룹에 슬쩍 끼어들었다. 그룹에 낀 맹인 여자는 아돌프 멘첼, 카스파르 다비트 프리드리히, 막스 리버만의 작품들에 대한 설명을 듣고 있다가 토론을 벌이는가 하면 이견을 제시하기도 하고 그녀가 한 설명을 정정하고 가르치려고 들었다. 정말 웃기는 일이었다.

쭉 이름이 불리다가 다시 한 번 반응이 없는 이름이 있었다. 이번에는 재차 호명하지 않고 바로 그다음 이름으로 넘어갔다.

몰래카메라다! 한 아이의 아빠가 무대로 올라가는 딸을 사진 찍고 있는 것을 보자 베레나 랑게의 머릿속을 스치며 지나가는 생각이었다. 서독에는 몰래카메라라는 방송 프로그램이 있다지 않은가! 이제 우리도 그런 것을 하려나 보지. 요새 엘프 99 방송에서 새로운 걸 많이 한다던데. 어제 그 일도 그럼 그건가 보다. 그림 앞에서 아는 척하는 맹인. 그럼 그렇지! 예술기관의 패러디편일 거야. 교묘하게 아무것도 모르는 듯 떠들어대던 소위 그 국회의원들! 내가 혹시라도 방송에서 우스꽝스럽게 비춰질 만한 행동을 했던가? 기가 차다는 표정을 했을 수는 있겠지만. 아냐, 확실히 그런 표정을 한 것은 맞지만서도, 뭐 어쨌든 그전에 미장원에서 머리는 하고 왔으니까.

양동이엔 네 송이의 카네이션이 남아 있었다. 신입생은 원래 총 80명이었다. 마티아스 랑게는 암산이 빨랐다. 여든 중 넷이니까 5퍼센트란 말이지. 다른 학부모들은 평균적으로 마티아스 랑게보다 나이들이 젊었고 그는 서른일곱 살로 이미 늙은 학부모 축에 들었다. 35세 이하 인구의 5퍼센트가 여기를 뜬다 치면 우리의 인구 증가도 물 건너간 거구먼. 남자 아이들이 주로 없어지니 미래도 끝이군. 종 친 거야.

하지만 놀라운 것은 "넘어가요!" 하는 주문의 뛰어난 효력이었다. 눈을 감고 잠깐만 있으면 식은 계속 진행되었다.

아이들은 차례로 새 교실로 들어가기 전에 우선 무대 앞에 줄을 서야 했다. 그러나 아이들의 키를 넘는 무대 턱에는 네 송이의 꽃이 양동이에 그대로 남아 있었다.

이 광경을 마티아스 랑게는 더 이상 참고 볼 수 없었다. 그는 꽃을 낚아채서 아이들에게 주었는데, 그냥 마구잡이로 나눠준 것이 아니라 '착한 어린이'란 명분하에 나눠주었다. 뭔가 보람 있는 일을 했다는 그의 기분을 교장 선생도 멀리서 알아챘는지, 다른 사람과 얘기하던 것을 중단하고 그에게로 다가왔다. 손에 힘을 꽉 준 악수를 하며 선생들에게 많이 볼 수 있는, 후벼 뚫는 듯한 커다란 음성으로 자신을 소개했다. "이 학교 교장으로 있는 슈베르트라고 합니다."

"예, 알고 있습니다. 저는 카티야의 아버지 되는 랑게라고 합니다."

교장 선생과 검사는 무대 모서리에 있는 빈 양동이를 바라보았다. 마티아스 랑게가 겸연쩍은 듯 말했다. "자, 그럼……"

자, 그럼, 그는 그다음 이렇게 말하고 싶었다. 우리는 우리가 할 수 있는 최선을 다한 겁니다.

8. 롤러스케이트, 아이스크림 그리고 혼돈

레나의 큰오빠는 파울헨의 노란 트라반트 차를 타고 카를마르크스 시로 돌아왔다. 그가 돌아온 날은 계절이 늦여름으로 기울어지는 날이었다. 한여름의 열기는 처음으로 피로의 기색을 내비치고 태양의 불꽃도 그 맹렬함이 줄어들었다. 해는 한창 때보다 두 시간여 빨리 서쪽으로 기울고 있었다. 새하얗다 못해 눈부신 구름이 마지막으로 힘자랑을 하는 태양을 받쳐주려는 듯 하늘 높이 떠 있었다.

그는 붉은 탑 근처에 있는 아이스크림 가게에서 레나와 만나기로 약속을 했다.

"밖에 앉아 있어!" 그녀는 말했었다. "놀래줄 게 있거든."

약속 장소에 도착하니 3시가 조금 지나 있었다. 레나는 근무를 끝내고 바로 오기로 했다.

저기 멀리서 그녀가 오는 게 보였다.

그녀는 롤러스케이트를 신고 만국로 거리를 따라 미끄러져 내려오고 있었다. 여름의 요정이 날개를 팔랑거리며 날아오고 있는 것 같았다. 그가 이제껏 본 것 중 제일로 아름다운 모습이었다. 숱이 많고 구불거리는 풍성한 머리, 5월처럼 싱싱한 가슴이 리듬에 따라 찰랑거렸다. 그렇지 않아도 큰 키가 롤러스케이트를 신으니 더 커 보였다. 물결치듯 유연하고 조화로운 몸동작과 곧게 쭉 편 자세가 마치 그녀를 여왕처럼 당당하게 보이게 했다. 그녀는 오렌지색 바탕에 흰 꽃무늬가 큼직하게 아롱져 있는 여름 원피스를 입고 있었는데 롤러스케이트를 신음으로써 체형의 장점이 더욱 드러나 보였다. 긴 다리는 살짝 구부린 무릎으로 인해 더 길어 보였고 꼿꼿이 편 등 때문에 몸의 곡선이 한층 잘 드러나 보였다.

그녀는 아이스크림 가게에 도착해서 선 채로 한 바퀴를 빙 둘러보았다. 지나가는 행인들의 시선이 그녀로 모아졌지만 그녀가 만나기로 한 행운의 남자는 그였다.

아직도 숨을 약간 헉헉거리는 그녀의 얼굴은 붉게 물들어 있었고 눈은 빛났다. "혹시 그 얘기 알아?" 인사 대신 그녀가 말을 꺼냈다. "카오스 이론이라는 새로운 이론이 있대." 그녀는 넘어지지 않게 조심하며 의자를 하나 끌어당겼다. 자리에 앉고 나서 그녀는 얘기를 계속했다. "모든 것이 혼돈이라는 거야!" 그녀는 '모든 것'이라고 말하며 두 손을 허공에 넓게 펼쳤다. 아직도 숨이 차 있던 그녀는 얘기를 하면서 몇 번 숨을 몰아쉬어야 했다. "카오스 이론에 따르면 타이에서 하는 나비의 날갯짓이 미국에서 허리케인을 일으키는 계기가 된다는 거야."

"그래서 좋냐? 뭐 네가 좋으면 나도 좋다만은 나비가 허리케인을 일으키는 것이 뭐가 그렇게 좋다는 거야?" "큰오빠가 다시 돌아와서 너무 기뻐."

"그래?"

"응. 혹시 오빠도 영영 가버렸을지도 모른다고 생각했었는데…… 오기로 한 기차에 없었을 때 이젠 끝이구나, 다른 길을 찾아봐야겠다, 하고 생각했었어."

"그러니까 나비 때문에 대폭풍이 일어나서 기쁜 건 아니었군." 이야기가 고백 쪽으로 돌아섰을 때 갑자기 힘이 빠지는 느낌을 받으며 레나의 큰오빠가 말했다.

"아니, 그것도 맞아." 그녀가 대답했다. "그것도 좋다고. 그 이론이 맞다면 지금 일어나는 이 일들도 언젠가는 끝이 있다는 얘기잖아."

그는 기가 막혀 무슨 말을 해야 할지 몰랐다.

"그렇게 생각하고 나니 기쁜걸." 그녀는 말했다.

"앞으로 사태가 어떻게 돌아가게 될지는 모르지만," 불가능한 것을 말로 표현하기가 이렇게 쉬울 수가 하고 새삼 놀라며 그가 말했다. "언젠가 무슨 결말이 나리라는 생각은 안 든다."

"끝이 있다니까!" 레나가 말했다. "카오스 이론에 따르면 복잡할 것 하나도 없어."

그녀는 테이블 위 아직 종업원이 치워가지 않은 전 손님의 아이스크림 컵을 자기 앞으로 옮겨놓았다. "지금 오빠 뒤에 책을 읽고 있는 사람이 있거든." 레나가 조그맣게 속삭였다.

레나의 큰오빠는 몸을 돌려 뒤를 보았다. 책을 읽고 있는 사람이 있군.

"왜, 찬 것과 더운 것이 맞닿으면 생기는 물이 있잖아. 그게 이름이 뭐라더라?"

"응축수?"

"맞아, 응축수. 여기 이 아이스크림 컵을 보면 말이지," 레나가 컵을 손으로 가리키며 말했다. "응축수가 가득 맺혀 있잖아. 종업원이 와서 치워주려고 컵을 들었을 때 물방울 하나가 튀어서 저기 뒤의 책 읽는 남자 뒷덜미에 떨어지는 거야. 그가 비가 오나 싶어서 하늘을 보는데 하늘은 새파랗지. 다시 책을 읽으려다가 무심코 주위를 둘러보는데 반대편 길가에 옛날 첫사랑이 서 있는 거야."

"저 책 읽는 사람의 학창 시절 옛사랑?"

"그래, 그 사람의 옛사랑. 오랫동안 만나지 못했던 여자야. 그는 손을 흔들고 여자는 그의 옆에 앉게 돼. 여자가 묻지. 혹시 아직도 당원인가요? 그러니까 남자는 너무 창피해하지. 왜냐하면 아직도 당원이거든. 그러나 여자에게는 탈당을 당했다고 둘러대지. 여자는 그럼 나중에 다시 한 번 만나자는 말을 해. 남자는 이제 큰일났지. 아직도 당에 있는 게 여자에게 알려질 경우 그보다 더 창피한 일은 없거든. 그래서 일부러 당에서 축출될 만한 일만 골라서 하는데 가장 확실한 방법은 어떤 사람 욕을 들으라는 듯이 크게 하는 거야. 정말 역겹다고, 옛날부터 계속 역겨운 인간이었다고 말이야. 그가 이 방법을 쓰고 나니 옆에 있던 다른 사람들도 속이 너무 후련해지는 거야. 다들 이제 더 이상은 못 참겠다고 떠들어대기 시작하고 이것이 점점 확산되어서 나라가 걷잡을 수 없이 되는 거지. 자, 그러면 이 사건은 어떻게 시작된 거지? 한 방울의 응축수가 발단이 아니냐고?"

레나의 큰오빠는 눈동자를 위로 치켜뜨는 단 하나의 동작으로 대답을 대신했다.

"진짜야! 가능한 얘기라니까!"

종업원이 와서 테이블을 치워주기 시작했다. 레나는 숨을 죽이고 그 동작을 지켜보았다. 한 방울의 물방울도 튀지 않았다. 레나는 실망한 얼굴로 큰오빠를 바라보며 말했다. "정부 타도는 오늘도 꽝이구나."

종업원이 다시 와서 주문을 받았다. 그녀가 물러갔을 때 레나가 생각에 잠긴 얼굴로 말했다. "우연은 어디에나 도사리고 있어. 오늘 우리가 알고 있는 세상이라는 게 사실은 불안정하고 임시적인 것일지도 몰라. 시작은 항상 한 방울의 물이지. 또는 나비의 날개바람이거나. 그게 내 느낌이야. 세상에 대한 나의 느낌."

그녀의 눈길이 먼 곳을 향하는가 싶더니 갑자기 누가 밧줄로 위에서 당긴 듯 벌떡 일어섰다.

"근데 파울헨도 같이 왔어?"

레나는 롤러스케이트를 신고 있다는 사실을 깜빡 잊고 있다가 다시 철제 의자에 꽈당 하고 주저앉았다. "저거 파울헨 차잖아!" 그녀가 자동차 쪽을 가리켰다.

"내 쪽에서 너를 깜짝 놀라게 해주려고 한 것이 저거야." 레나의 큰오빠가 말했다. "파울헨에게 넘겨받았어."

"파울헨을 만났단 말이야? 뭐라고 그래, 파울헨이?"

"스물아홉 먹은 남자를 파울헨으로 부르는 거 아니라고 그러더군. 그것은 스물아홉이란 나이를 인정하지 않고 여섯 살짜리 어린애로 만드는 일이라는 거야."

레나는 코로 한숨을 크게 내쉬더니 고개를 돌렸다. 양미간에 못마땅하다는 듯 주름이 갔다.

그는 수용소에서 찍은 파울헨의 사진을 내놓았다. 아이스크림이 날라져 오고 레나는 사진을 들여다보았다. 사진 속에 있는 것은 레나가 알던 파울헨이 아니었다. 고동색의 따뜻한 눈을 가진 곱상한 생김의 그였었다. 햇볕에 고루 그을린 부드러운 살갗과 고운 손을 가진 순한 그였었다. 레나는 그가 잠자는 것을 지켜보는 일이 얼마나 좋은지 항상 말하곤 했다. 그것은 평화와 조화의 순간이었다. 잠자는 그의 이마에서 고수머리 한 올을 손으로 쓰다듬어내면 행복한 기분이 들곤 했다.

지금 사진 속의 파울은 턱수염이 자란 데다가 부드러움이 가신, 분노로 가득 차고 뭔가에 홀린 것 같은 눈빛을 하고 있었다. "화내야 할 사람이 있다면 그건 바로 나야." 레나가 말했다. "말 한 마디도 없이 그냥 그렇게 사라졌어. 그럼 난 뭐야? 아무렇게나 버린 헌신짝처럼 여기 혼자 남아 있잖아." 그녀는 스푼을 아이스크림 속에 거칠게 박아넣고 울기 시작했다. "그 사람 때문에 우는 거 아니야! 어떻게 나를 그렇게 찰 수가 있냐고. 한마디 말도 없이! 우리는 서로 잘 맞았는데. 이걸 도대체 어떻게 해석해야 돼?"

레나는 정말 그 사람 때문에 우는 것도, 구겨진 자존심 때문에 우는 것도 아니었다. 남자들과의 관계라는 것이 그녀에게는 너무 불편하고 언짢았다.

"파울헨이 나한테 뭐라고 했는지 알아? 너희들 지금까지도 정말 아무 일이 없었다며?" 그녀가 한 번도 나를 안으로 들인 적이 없다고 파울헨은 표현했지만 그것은 레나의 큰오빠에게 너무 직접적인 표현이었다.

"그게 어때서?" 레나가 반항했다. "사귀자마자 바로 침대로 올라가야 한다는 법이라도 있어?"

"사귀자마자……" 레나의 큰오빠는 그녀가 한 말의 뜻을 가늠해보았다. "너희들 사귄 지 얼마 됐지?"

"알고 있잖아." 그녀가 말했다. 만난 지 1년 반이었다.

"너도 언젠가는 기다려준 데 대한 상을 주려고 했겠지. 여왕이 보물 창고를 열면 기사는 마음에 드는 보물을 가질 수 있다."

"응." 레나는 말하면서 살짝 웃었다. 그녀의 시선은 마치 그 일이 일어났었을 뻔한 순간을 떠올리듯 먼 곳으로 향했다.

레나는 괴로웠다. 육체적으로 가까워지는 것은 언제나 겁이 났다. 거기다 인생에서 실패할 것에 대한 두려움이 겹쳐졌다. 그녀는 다 자란 성숙한 여인이었지만 또 어떤 의미에서는 아니었다. 아무 호기심도 욕망도 느껴지지 않았다.

레나는 직업상 인간의 신체를 다루고 있었지만 육체적인 것이 주는 무게에는 둔감했고 육체에 관한 한 거의 항상 꼴찌를 기록했다. 그녀는 학급에서 가장 늦게 가슴이 나오기 시작한 아이, 학급에서 가장 늦게 첫 생리를 시작한 아이였다. 옆 친구들이 남자 친구랑 끝내는 게 이렇고저렇고 하며 떠들 적에 그녀는 끝낼 남자 친구도 사귀어보지를 못하고 있었다. 언젠가 담임선생님이 "레나 같은 저런 애들이 오히려 남자애들이 몰려드는 걸 더 좋아한다"라고 한마디 한 적은 있었지만 말이다. 전문학교 2학년 때 간 수학여행에서 같은 물리치료과 여학생들이 잠자기 전 자기네들의 오르가슴 경험들을 풀어놓기 시작했다. 너희들 혼자서 하는 게 제일 좋지 않니, 혼자 즐긴 지 벌써 오래돼, 얼마나 자주, 뭘로 하니, 할 때 무슨 생각하니 등등…… 이야기가 점점 깊어질수록 분위기는 더욱 뜨거워져갔고 드디어 이론이 실천을 동반하기에 이르렀다. 어떤 아이는 고전적인 방법인 손으로, 다른 아이는 자를 가지고, 또 다른 아이는 책상 모서리를 타고 올라가 문질러댔다. 레나는 자고 있는 척했지만 몰래 그 광경을 지켜보고 있었다. 너무 생소하고 역겨웠으나 한편으로는 신기하기도 했다. 바깥세상을 완전히 잊은 채 온몸으로 빠져드는 환희라니. 레나는 집으로 돌아와서 직접 해보았다. 그렇지만 아무 재미도 없을 뿐이었다. 욕망의 물결과 절정의 기쁨은 손톱만큼도 없었다. 20분이나 이렇게저렇게 애쓴 보람도 없이 허무하기만 했다. 하지만 모든 사람이 그것에 대해 말하고 세상 모든 것이 그것을 놓고 돌아가는데 레나 자신만 느낄 수 없다면 아주 중요한 것을 놓치고 마는 것이 아닌가 하는 두려움이 생겼다. 자신에게 뭔가 이상이 있는 게 아닌가 하는 느낌은 그때부터 생겨나기 시작했다.

바닐라 초코 아이스크림이 녹아내리는 동안 레나는 그 이야기를 했다. 레나가 이야기를 계속 이어나갈수록 레나의 큰오빠는 자기 자신의 불행을 레나의 불행 속에서 발견하는 것 같은 느낌을 받았다. 육체적 관계를 가지기 힘든 레나의 불능을 자신도 가지고 있는 것이 아닌가 하는 의심이 밀려들기 시작했다. 그들은 방금 전까지 어느 한 곳에 묶여 있지 않은 상호

작용에 기초한 카오스 이론에 대해 이야기했었다. 결과는 엄청날 수 있지만 시작은 조그맣고 사소한 것이라지 않는가.

레나의 큰오빠에게는 비밀이 있었다. 그의 인생을 사과에 비유한다면 그것은 그 자신만이 알고 있는 썩은 곳이었다. 이제 그것에 대해 말할 차례였다. 그러나 그 얘기를 꺼내는 대신 그는 레나에게 물었다.

"그래서 너도 빨리 도망가려고 롤러스케이트를 타고 다니는 거냐?"

"아냐, 무슨……" 그녀는 웃었다. "카오스 이론 때문이야. 혼돈을 좀 피우려고. 정상 상태를 흩뜨려놓는 거지. 무슨 말인지 알겠어?"

"아니. 잘 모르겠는데."

"잘만 하면 뭔가 나올지도 몰라. 나는 지금 아무도 안 하는 짓을 하고 있거든. 더 많은 사람이 평소에 하지 않던 일을 시작한다면, 또는 모든 사람이 새로운 행동을 한다면 곧 옛날과는 달라질 거야."

그녀는 작별 인사를 하고 흔들거리며 멀어져갔다. 그는 그녀의 뒷모습을 바라보며 생각했다. 대책 없음이야말로 제일로 매력적인 법이지.

그러나 그 시절의 본질을 파악하게 된 사람은 그가 아니라 오히려 그녀 자신이었음은 곧 드러나게 되었다. 많은 이가 새로운 행동을 함으로써 실제로 많은 일이 예전과 달라진 하나의 시대가 시작되었다. 한 어머니가 내무부 장관에게 편지를 썼다. 작가 한 사람은 당에서 탈퇴했다. 어떤 감독은 이혼했다. 항상 얌전하던 스포츠 스타 한 사람이 전과는 다른 인터뷰를 했다. 대학교수는 요가를 했다. 어떤 수의사는 채식주의자가 되었다. 언론학과 대학생은 신문을 끊었다. 건물 관리인 한 명이 담배를 끊었다. 학교 담임선생 한 사람은 호신술을 배우기 시작했다. 물리치료사는 롤러스케이트를 타고 시내를 돌아다녔다. 사람들은 자신들이 예전부터 하려고 했던 일들을 뒤늦게 하기 시작했다. 오랜 습관과 의존성, 무기력과 무관심과 무대책으로 엮어진 그물에 구멍이 뚫리기 시작했다. 머지않아 그 그물은 터져버릴 것이었다.

9. 내무부 장관에게 편지 쓰는 어머니

카롤라는 부모님에게 긴 편지를 썼다. 부모님 몰래 도망쳐야만 했던 연유를 써내려가면서 언젠가는 용서해주시길 바란다고 쓰고 서독에서 지낸 지난 몇 주의 생활을 적으면서 대학에서 심리학, 민족학, 언론학을 전공하기 위해서 고등학교 졸업 증명서가 꼭 필요하니 보내달라는 내용을 썼다. 편지를 받은 슈라이터 부인은 민족학이 뭔지 잘 몰랐으므로 백과사전에서 찾아보고 난 후 가슴에서 차오르는 자랑스러운 마음을 억누를 길이 없었다. 우리 딸이 이 엄마도 모르는 학문을 전공하려고 한다! 자기 일을 척척 알아서 하는 자식을 둬서 정말 다행이야. 복 중의 가장 큰 복이지. 증명서를 편지 봉투에 넣으면서 그녀는 이렇게 자기 자신을 설득하려고 애를 썼으나 그래도 울음이 나왔다.

　헬프리트 슈라이터 박사는 딸이 희망하는 전공들이 어떤 경유로 나온 건지 이해하기 힘들었다. 심리학, 민족학, 언론학이라. 이것을 무엇에 써먹을 수 있단 말이냐? 피지 섬의 신문기자들을 심리학적으로 분석하는 것? 피지 섬의 심리학자들에 대한 신문기사를 쓰는 것? 딸이 갑자기 타인처럼 여겨졌다. 라이프치히에서는 매주 월요일 집회가 열리고 있었는데 거기에 동참하는 사람들이 점점 많아져서 그 규모가 경찰이 통제할 수 있는 범위를 넘어서고 있었다. 이들 부부의 외아들이자 카롤라의 쌍둥이 동생인 마르코가 마침 군대 근무를 기동 경찰대에서 하고 있었기 때문에 부부는 월요 데모 뉴스를 관심 있게 지켜보고 있었다. 본인이 원해서 기동 경찰대에 들어간 것은 아니었다. 데모 군중이 뭘 어떻게 얻어내자는 건지 헬프리트 슈라이터 박사는 이해할 수 없었다. 아무리 모여서 구호를 떠들어대봤자 달라지는 것도 없을 텐데 왜들 저러는지 원.

그런데 그게 아니었다. 변한 것이 있었다. 헬프리트 슈라이터 박사 자신조차도 옛날의 그가 아니었다. 발라톤 호수의 지저분한 물이 들어 가장자리가 더러워져 있는 시트로앵의 시트를 왜 아직까지 세탁하지 않고 있냐는 잔소리를 아내에게서 벌써 여러 번 들었다. 예전 같았으면 물에 젖은 바지를 입고 그대로 차에 올라타는 일 같은 것은 애초부터 하지 않았을 것이기 때문에 잔소리를 들을 필요도 없었을 것이다. 이제는 달라졌다. 비록 아내에게는 설명할 수 없었지만 그는 지저분하게 물든 시트가 자신이 아버지라는 사실을 강렬하다 못해 심지어 아름답기까지 한 추억으로 기억시켜주는 상태 그대로 놓아두고 싶었다. 시트로앵 GSA에 올라타도 있**잖아, 작센링 사장**…… 어쩌고 하는 발렌틴 아이히의 목소리는 떠오르지 않았다. 다만 물든 시트 가장자리를 보고 있노라면 온 힘과 정기를 다해 카롤라를 외쳐 부르던 그때 발라톤 호숫가로 다시 가 있는 것이었다. 더러운 시트는 그가 바로 조금 전까지 살아 있었다는 사실을 상기시켜주었다. 그는 이 이상한 느낌을 아내에게 어떻게 잘 설명하면 좋을지 몰랐다. 그의 말을 들으면 아내는 분명 놀랄 것이었다. 그는 전에는 한 번도 지금과 같은 생각을 한 적이 없었다.

어느 날, 퇴근해서 집에 돌아온 그를 맞는 아내가 잔뜩 흥분해 있었다. 텔레비전에서 기동 경찰대를 봤다고 했다. 슈라이터 박사는 아내가 방송에서 라이프치히의 월요 데모 소식만 나오면 돌처럼 굳는 것을 몇 주

전부터 눈치 채고 있던 참이었다. 방송에서 경찰이 열을 지어 있는 모습을 보았다고 했다. "목이 긴 군화를 신고 바지는 옆으로 불룩해가지고선 꼭 나치 같았어요. 나치 돌격대 있잖아요. 토할 것 같아 혼났어요." 헬프리트 슈라이터는 그게 뭐 같았거나 말거나 상관하지 않았다. 카를마르크스 시에서도 데모가 일어나고 있다는 사실이 놀라울 뿐이었다. "만일 그 애를 라이프치히로 보내면 어떡해요? 시위대를 진압하라는 명령을 받으면?" 슈라이터 부인은 이미 제정신이 아니었다. "시위대가 뭐 잘못하는 게 있어요? 그 사람들은 그냥 단순히 시위만 할 뿐이라고요. **대량 탈출 대신 여행의 자유 보장하라!** 걸개에다가 이렇게 썼던데 그 주장이 틀렸어요? 이러다간 칠레의 군부 독재정권에서처럼 우리 아들도 범죄자가 될 거예요. 그 애가 어느 날 집에 돌아와서 천안문 광장 사건마냥 사람을 쏴 죽였다고 말하는 것을 상상 한번 해보세요. 바른 교육을 받고 양심 있는 성실한 사람들, 동족을 총으로 쏘아 죽이길 거부하는 사람들이 군법회의에 회부되겠죠. 헬프리트, 당신한테 말이지만 이 사태는 빨리 그쳐야……" 헬프리트 슈라이터 박사는 일단 첫째로 겁 많고 물렁한 자기 아들이 그런 험한 작전에 투입되지 않으리라고 생각했고, 둘째로 국민 경찰이 국민을 향해 돌격하리라고는 믿을 수 없었다. 셋째로, 그렇게 되더라도 대량 살상은 일어나지 않으리라고 생각했다. 몇 번 탕탕 공포 사격만 해도 모두 뿔뿔이 흩어지겠지. 넷째, 엄연히 장교들이 있는데 왜 마르코가 사격을 하겠나.

자기 남편이 시국의 심각성을 영 깨닫지 못하면서 꿈쩍도 안 하고 있자 슈라이터 부인은 더더욱 애가 탔다. "지금 군 내무반에서 무슨 일이 벌어지고 있는지 몰라서 그래요? 애들을 갖가지 방법으로 선동하고 있어요. 사람을 집단으로 따돌리거나 괴롭히는 사건이 신문에 나고 있지만 그 애들은 군대 안에 갇혀서 바깥이 어떻게 돌아가고 있는지도 몰라요. 면회도 금지되고 있는 판에 우리는 마르코가 어떻게 지내고 있는지도 모르고 그 애도 우리가 무슨 걱정을 하고 있는지 알 수가 없잖아요. 지금 걔는 겨우 열아홉이에요!"

"열아홉이면 더 이상 애가 아니야." 헬프리트 슈라이터 박사가 말했다.

"하지만 내 애예요!" 슈라이터 부인은 대꾸했다. 그러고는 목소리를 침착하게 바꿔서 진지하게 실천 가능한 아이디어를 내놓는 듯한 태도로 말을 이었다. "부대로 가서 아이를 데리고 와야 해요. 당장 가서 애를 끄집어내온 다음 숨기는 거예요. 지금 이 사태가 끝날 때까지만요."

"사태가 끝이 난다는 건 무슨 뜻이야?" 헬프리트 슈라이터 박사는 어이가 없었다. 영영 끝나지 않을 것이 어떻게 끝이 난단 말인가.

"나도 모르겠어요." 그녀는 힘없이 말했다. 아내의 맘속에는 그가 모르는 생각들이 너무 많았다.

슈라이터 부인은 시민사회의 자유는 필수불가결한 것이 아닌 일종의 사치라고 생각했었다. 정부가 꼭 국민의 선거를 통해서 뽑혀야 한다고 생각하지도 않았다. 젊은이라면 사회를 위해 자신을 희생하는 것이 사리에 맞는 것처럼 생각되었다. 이만하면 각자 행복을 추구하기에는 충분한 사회 환경이 아닌가 하고 항상 생각해왔었다. 하지만 이제 그런 생각은 들지 않았다. 그녀는 걱정으로 인해 야위어갔다. 어지러운 꿈도 꾸었다.

어느 토요일 오후, 그녀는 책상 앞에 앉아 타자기에 흰 종이를 끼운 후 내무부 장관 앞으로 보내는 편지를 쓰기 시작했다. 서두를 어떻게 시작해야 할지 고민이었다. '존경하는 내무부 장관 동지께!'는 너무 굽실거리는 것 같았고 '친애하는 내무부 장관님께'는 너무 주제넘게 들렸다. 그녀도 역시 당원이었지만 이 시점에서 너무 얌전한 방식으로 상대방을 설득하려는 것은 상황에 걸맞지 않아 보였다. 충실한 당원과 자식 걱정으로 가득 찬 어머니로서의 두 역할 사이에 놓인 간극을 숨겨서는 안 되었다. 내무부 장관과 자신이 같은 당 소속이라는 것이 이 편지에게 정직성을 부여하고 있었다. 그녀는 비(非)당원이 썼더라면 반(反)사회적 아둔함의 증거로 낙인찍혔을 문구를 이용해보면 어떨까 하는 생각이 들었다. 그래서 일단 사무적인 호칭으로 시작한 다음 쉼표를 찍어서 이 편지가 뻔한 연막만 피우지 않고 바로 본론으로 들어감을 시사했다.

'존경하는 내무부 장관 동지께, 저의 아들은 지금 카를마르크스 시 기동 경찰대에서 군 복무를 하고 있습니다.' 이 간결하고 명확한 문장은 **영광스런 국방의 의무를 다하고 있는**이라는 완곡어법을 거부함으로써 싸늘한 느낌까지는 주지 않을지라도 편지 쓰는 이가 매우 심각한 입장에 처해 있음을 말해주고 있었다. 어머니의 입장이라는 정당성으로 가장 높은 관계자에게까지 주장을 펼칠 수 있다는 것을 초장부터 확실하게 밝혀두는 것은 잘하는 일이지. 그런 다음 뭐라고 쓴다? '근래 텔레비전 방송을 보면' 굳이 자세히 밝히지는 않았지만 여기서 방송이란 서독 방송을 말하는 것임은 두말할 필요가 없었다. '비록 불법 집회이긴 하지만 평화로이 열리는 집회에 기동 경찰대가 무력 대응을 하는 모습이 보입니다.' 이 문장도 이성적인 문장이다. 아무도 거짓이라고 말하지 못한다. 다음 문장에서는 결정적인 단어가 생각나지 않았다. 예를 들어 이렇게는 쓰고 싶지 않았다. '한 사람의 어머니와 당원으로서 걱정되는 일이 아닐 수 없습니다.' 걱정이라는 단어는 너무 맥없이 들렸다. 지금 위안을 얻고자 하는 것이 아니지 않는가. '한 사람의 어머니와 당원으로서 분노를 금할 수 없습니다'라고 하자니 타자기로 친 편지의 내용치고 너무 시위하는 것처럼 들렸다. '이는 매우 심려되는 일입니다'라는 표현은 동정이나 바라는 것처럼 불쌍하게 들렸다. '걱정으로 죽을 지경입니다'가 딱 걸맞은 말이었으나 죽을 지경이라는 말은 그 뒤에 숨은 실제의 심각성을 나타내기에는 너무 상투적인 뻔한 표현이었다. 결국 그녀는 자신이 어쩌지 못할 상황이라는 것을 알면서도 '한 사람의 어머니와 당원으로서 더 이상 보고 있을 수만은 없습니다'라고 이었다. '정부가 시위대와 대화할 수 없거나 대화할 의지가 없다는 이유로 제 아들이 사람에게 총을 쏘게 되기를 원하지 않습니다. 정부가 대화를 나눠야 마땅할 사람들에게 총 쏘기를 거부했다는 이유로 아들이 군법에 회부되어 형을 받기를 원하지도 않습니다. 지금처럼 민감한 시국 상황에서는 금방 사태가 극단화되기 쉽습니다. 그러므로 존경하는 내무부 장관 동지, 우리 아들이 상관으로부터 자신의 양심과 명예를 손상시키게 되는 명령을 하달받지 않도록 조치해주시기를 바랍니다.'

이만하면 됐다. 간결하고 딱 부러지고 용기마저 보이는 편지다. 말미만 잘 꾸미면 되었다. '안녕히 계십시오'는 말도 안 되고 '사회주의적으로 인사드리며'는 보통 관청에다가 보내는 편지에다 쓰는 인사말이었지만 지금 이 마당에 사회주의적인 인사를 한다는 것은 코미디나 다름없었다. '크나큰 경의를 표하면서 맺습니다'가 정곡을 찌르면서도 거의 경고성을 띤 맺음말이었지만 군더더기 없는 농축된 편지의 끝인사치고는 좀 비아냥거리는 투로 들렸다. 그래서 그녀는 딱 잘라서 '츠비카우 시에서, 1989년 9월 19일, 로스비타 슈라이터 씀'이라고 쓰고 서명했다.

그녀는 편지를 가지고 바로 우체통으로 향했다. 두 장의 먹지 복사본을 어떻게 처리해야 할지 난감했다. 남편인 헬프리트 슈라이터 박사에게 언제 이 편지 이야기를 해야 할지, 어떻게 이야기를 꺼내야 할지 알 수 없었다. 이 상황을 어떻게 평가 내려야 할지도 분간이 가지 않았다. 그래서 그냥 자기 자식들의 눈으로 세상을 보기로 해버렸다.

슈라이터네 식구는 잘 살아왔다. 집도 있고 돌로 지은 방갈로가 있는 숲 속의 땅도 소유하고 있었다. 좋은 차도 굴리고 있었고 1년에 두 번씩 휴가도 다녔다. 슈라이터 부인은 가지고 싶은 것은 모두 소유할 수 있었다. 모든 것을 가졌으며 부족한 것이 없었다. 그러나 그녀가 아들딸의 입장에서 세상을 바라보게 되자 더 이상 이대로는 안 되겠다는 것을 알게 되었다.

10. 루츠 노이슈타인, 나무 벤치에 앉다 (1)

루츠 노이슈타인 경감은 나무 벤치에 앉아서 사태를 분석해보고 있었다. 창피한 신문기사였다. 만일 서독 방송이 없었다면 이 나라가 어떻게 돌아가는지 아는 사람이 아무도 없었을 것이다.

기동 경찰대의 기동 차량에서 사람을 내리고 태우는 곳에 나무 벤치가 있었다. 루츠 노이슈타인은 기동 경찰대가 아닌 형사 사건 범죄반의 경감이었다. 또 기동 차량은 동독 국가안보부의 안뜰에 세워져 있었다. 그에게는 이제껏 사물이 이렇게 분명하게 보인 적이 없었다. 결국 모든 것이 국가 안전보장기관이라는 이름하에 한통속이 되는 것이었다.

벌써 몇 주째 신문에서는 창피스러운 일만 계속 써대고 있었다. 사건의 발단은 헝가리 정부가 어느 젠장할 날 갑자기 탈동독 수용소를 서방으로 옮겨버린 데서 시작되었다. 우리 동독 측 신문은 그걸 보고 뭐라고 떠들어대는가? **버림받고 배신당하다!** 헝가리가 국가 간 쌍방 조약을 어긴 것을 이렇게 빈정대고 있다. 이 얼마나 무효하고 쫀쫀하며 비상식적인 주장인가! 헝가리 정부는 이에 대해, 다른 곳에서 그 원인을 찾아야 할 문제를 더 이상 자기네 영토 안에서 해결할 수 없다는 해명을 내놓은 바 있다.

아주 편리하고 적절한 해결 방식이다. 그것이 루츠 노이슈타인의 마음에 들었다. 그러나 그는 아무에게도 말하지 않았다. 신문에 난 의견이 아니었기 때문이다. 적어도 시중에서 파는 신문에는 없는 의견이었다.

무기력증은 이제 다른 편으로 옮겨붙다라고 그는 혼자 제목을 붙여보았다. 얼룩이 청바지를 입은 것들이 줄줄이 서쪽으로 빠져나가던 개구멍이 있었다. 하지만 헝가리 입국 비자를 신청했던 사람들은 그 젠장할 날 이후로 모두 거부 통지를 받았다. 당연히 신문에는 보도되지 않았다. 다음 작전이 그 모습을 드러낼 때까지는 몇 주 걸렸다. 속수무책은 이제 다른 쪽에서 나타난 것이었다. 개구멍까지 가질 못한다면 그 개구멍이 무슨 소용이겠는가?

하지만 그 젠장할 날 이후로 헝가리 비자를 신청한 사람들은 모두 서쪽에 대한 기대로 들떠 있었다. 여태껏 헝가리 입국이 어려웠던 적은 없었다. 그리고 헝가리에서 서방으로 넘어가는 것도 얼마 전까지는 아무 문제가 아니었다. 그러나 이제 헝가리 입국이 **불가능**해졌다는 사실을 이 청바지 부대는 도대체 인정하려고 들지 않았다. 그것까지는 루츠 노이슈타인 경감도 이해할 수 있었다. 도대체 어떤 미친놈이 수천수만의 사람이 마치 벌써 서방에 간 것처럼 착각하게 만든 거야? 그런 희망은 아예 처음부터 싹터서도 안 되는 거였다. 그 결과가 결국 무엇인지 이제 눈에 보이기 시작하고 있다. 그렇기 때문에 강력반의 경감인 그가 여기 국가안보부의 안뜰에 주차되어 있는 기동 경찰대의 기동 차량에 앉아 있게 된 것이다.

개구멍으로 들어가는 길은 막혀버렸다. 개구멍으로 가는 길의 절반 정도 되는 위치에 체코의 프라하가 있었고 그곳에 있는 서독 대사관은 갑자기 사건의 중심이 되어버렸다. 단 며칠 만에 루츠 노이슈타인이 태어난 마을의 총인구보다 많은 인구가 그가 다닌 학교 건물보다 조그만 대사관의 마당에서 먹고 자고 하게 되었다. 체코 당국은 인도주의에 젖어 흐물 흐물해진 다감 체질의 헝가리와는 달리 엉덩이 근육에 힘을 풀지 않고 국 경 봉쇄를 유지함으로써 전 세계에 뉴스가 나가거나 말거나 상관없이 강 경노선을 유지해나갔다. 서독 방송에서 그 광경을 찍은 뉴스를 보지 않았 다면 루츠 노이슈타인도 그 어마어마한 광경을 믿을 수 없었을 것이다.

그러니까 한마디로 축약한다면 한 소도시의 총인구가 학교 운동장만 한 곳에 모여 있다고 할 수 있었다. 10월 초순이면 밤에는 추위가 느껴지 는 시기이다. 그 많은 사람이 똥도 싸야 한다. 절대로 아무도 돌아가려고 하지 않는다. 나갈 수도 없다. 사면초가가 따로 없다.

해결 방법은 기차를 이용하는 것이었다. 신문에 보도가 된 내용이었 으나 발상의 어이없음이 거의 폭탄의 수준인 걸로 봐서 아주 높은 상부에 서 나온 것이라고 볼 수밖에 없었다. 아주 고위급, 그러니까 대왕급 바보 의 아이디어가 틀림없는 것이다. 그러나 그는 이런 자기 생각을 입 밖에 는 내지 않았다.

상부의 계획이란 프라하의 대사관을 비우는 것이었다. 즉, 탈동독 난 민들을 우리 측 철도인 독일 제국 철도를 태워 서독으로 이동시키는 것인 데, 더욱 참을 수 없는 것은 그 철도 노선이 우리 동독 영토를 지나가게 되어 있는 것이다. 그렇다. 난민들은 무슨 대가를 치르고도 탈출하려고 했던 나라를 거쳐가야 하는 것이다. 탈출 난민의 반은 오금이 저린 나머 지 바지에 똥을 싸겠지. 우리가 세상에 못할 짓이 없다는 걸 그들은 경험 으로 알고 있지 않은가. 나머지 반은 다시 한 번 증오에 몸을 떨겠지. 루 츠 노이슈타인 경감은 열차의 꽁무니를 따라다니며 난민들이 사회주의 조 국에 보내는 마지막 작별 인사인 파편 더미를 치우는 뒤치다꺼리 일은 맡 고 싶지 않았다.

하지만 기차를 가운데 두고 벌어지는 아귀다툼에 비하면 달리는 열차 속에서 일어나는 일 정도는 아무것도 아니지. 수천의 인간이 기차에 타기 위해 밀리고 밀치고 그보다 더한 구경거리는 없을 거야…… 그래서 형사 범죄반 소속의 자신이 국가안보부의 안뜰에 세워진 기동 경찰대의 차량에 앉아 있게 된 것이다. 그가 시내 어디 경찰 관할 구역에서 받기로 되어 있는 2~3일간의 데모 진압 대책 속성 교육은 국경일 공공질서확립 대응 방안 따위의 헛갈리는 제목을 달고 있었다. 향토방위대*의 냄새가 풍기는 이 작전은 실제로는 아무짝에도 써먹을 수 없을 게 틀림없다. 그런데 우리한테 마지막으로 소요 사태가 일어난 것이 언제였더라? 그건 아주아주 오래전이었다.

11. 그림과 언어들

마른 야콥과 파울헨의 동생인 제바스티안, 이 두 명의 트릭 비틀스 일행도 열차에 타고 있었다. 마른 야콥은 가스보일러 시설이 되어 있는 자기의 방 두 칸짜리 아파트와 거기 딸린 가구들을 모두 레나에게 넘겼다. 레나는 간호사 기숙사에서 나와 마른 야콥의 방으로 옮겼고 그 이후로 한동안 그의 소식을 들을 수 없었다.

남겨진 다른 트릭 비틀스 두 명은 서독으로 넘어가려는 생각은 하지 않았다. 그 대신 라이프치히로 가고 싶어 했다. **월요 데모!**** 그들은 이렇

---

* 제2차 세계대전 말기에 나치에 의해 조직되었던 향토방위 조직.
** 1989년 9월부터 수 개월간 매주 월요일 저녁에 동독 라이프치히의 니콜라이 교회 앞에서 열린 군중 집회.

게 꿈꾸듯 되뇌며 반항 정신을 찾아볼 수 없는 **트릭 비트**와 거리를 두려고 했다. **여기도 그런 데모가 좀 있어야 하는데 말이야!** 열차 사건은 급기야 사람들에게 분노를 발산할 명분을 마련해주었다. 집회는 기차역 앞의 반호프 슈트라세*에서 열렸다.

레나도 참가했다. 롤러스케이트를 신고 올 사안은 아니었다. 그녀는 제일 앞줄에 서서 목숨을 걸고 발언했다. 큰오빠는 계속 사진을 찍었다. 앞뒤를 생각지 않는 남매의 무모한 더블 액션이었다.

온몸으로 발언하는 레나의 눈은 분노로 활활 타올랐고 턱은 떨렸으며 양미간에는 쌍주름이 졌다. 단단한 맷돌 같은 아래턱을 한 경찰들은 레나를 그저 바라보기만 할 뿐이었다. 나중에 사진에 찍힌 레나는 거의 경찰의 얼굴에 닿을 듯이 가까이 서 있었다. 레나의 머리 뚜껑을 열리게 한 것은 폭발하는 분노였다. "당신들이 뭘 위해 충성하고 있는지 알아? 알고 있냐고? 창피하지도 않아?" 그녀는 흥분에 겨워 숨을 몰아쉬는 바람에 종이에 받아써도 될 만큼 느린 속도로 쉰 목소리를 내질렀다. "당신들 아침에 일어나서 거울을 보면 무슨 생각이 드나? 본인들이 자랑스러우신가? 스스로가 대견하신가? 당신들이 여기서 이러고 있는 것을 당신들 어머니는 알고 계신 거야? 이웃들도 알고 있어? 결혼했다면 아내들이 여기 있는 당신들더러 뭐라고 할까? 우린 서쪽으로도 못 가고 동쪽으로도 못 가. 남으로도 이제는 못 간대. 그리고 오늘부터 기차역도 출입 금지라니. 내일은 무슨 일이 벌어질까? 모두 집에 감금되어 나오지 못하게 되겠지. 그러면 당신들 어쩔 거야? 집집마다 문밖을 지키고 있을 건가?"

그녀의 말 한마디 한마디는 체포의 구실이 될 정도로 위험했다. 그러

---

* 슈트라세: 가(街), 거리.

나 멈추지 않았다. 그리고 아무도 그녀를 체포하지 않았다. 레나의 큰오빠도 체포당하지 않았다. 군중이 통제구역 안으로 들어가지 못하도록 막으라는 명령은 내려졌으나 그 외에 선동하고 모욕하고 분노하고 우롱하는 자는 그냥 무시되었다.

통제구역의 다른 한쪽에서는 몇십 명의 얼룩이 청바지 부대가 서서히 모여들었다. 흰 수건을 팔목에 두르거나 셔츠의 단춧구멍에 끼운 복장을 한 그들은 밤하늘에 소리 높이 외쳤다. "우리를 나가게 해달라! 우리를 나가게 해달라! 우리는 나가고 싶다!"

"당신들한테 딱 맞는 말이네." 레나가 경찰이 만든 인간 장벽에 대고 소리 질렀다. "우리는 여기서 한 발짝도 움직이지 않을 테니까 당신들께서 여길 떠나시지!"

"맞소!" 레나 뒤에 서 있던 사람이 소리를 질렀다. "우리는 여기서 물러나지 않는다!"

1분이 지나자 사람들이 모두 입을 모아 "우리는 여기서 물러나지 않는다! 우리는 여기서 물러나지 않는다! 우리는 여기서 물러나지 않는다!" 구호를 복창하고 있었다.

이리하여 첫번째 자유투표가 이루어졌다.

기차역에서 일어난 일은 사람들 사이에 빠르게 퍼져서 집회에 오는 사람은 누구든지 "우리를 나가게 해달라!"라고 부르짖던 사람들 또는 "우리는 여기서 물러나지 않는다!"라고 외치던 사람들 편에 표를 던질 수 있었다. 결과는 무승부였다. 절대 안 물러서겠다는 편이 표를 더 많이 얻었지만 나가게 해달라고 소리치던 측의 목소리가 더 컸다.

훗날, 레나의 큰오빠가 찍은 그때의 사진은 후에 종종 출판되었다. 진귀한 사진들이었다. 경찰들은 사진 찍히는 것을 싫어했고 더구나 가까이서 사진 찍히기는 더더욱 꺼렸다. 그래도 그의 라이카 사진기를 빼앗지는 않았고 사진기 속의 필름도 압수하지 않았다. 시위의 최전방에 있었음에도 그는 아무것도 빼앗기지는 않았다. 그건 밤이었음에도 불구하고 플래시를 터뜨리지 않고 오른팔의 놀라운 지탱력과 피사체 자체의 밝기에 의존했던 덕분이었는지 몰랐다. 또는 시위대의 요란한 움직임 속에서 되도록이면 눈에 띄지 않게 숨어서 셔터를 눌렀기 때문에 그냥 지나쳐질 수 있었는지도 모른다. 그것도 아니면 사진기의 파인더에 눈을 대지 않고 안찍는 척하며 찍었기 때문에 그랬을지도 몰랐다. 그렇게 그는 경찰에 걸리지 않고도 굳은 시선을 정면에 고정시키고 있는 경찰 장벽 속, 역시 앞만을 노려보고 있는 한 경찰의 바로 코앞에 서서 분노하고 있는 레나의 모습을 필름에 담을 수 있었다. 뒤에서 네온사인이 비치면서 가느다란 번개 모양의 빛을 만들어 마치 두 사람 사이에서 코에서 코로 정전기의 불꽃이 튀는 것처럼 보였다. 그것은 사진이 내뿜는 너무나도 강렬한 인상 때문에 전혀 아이러니하지 않았다. 사진을 본 사람 중에 아무도 불꽃의 진위에 의심을 품는 사람은 없었다.

레나가 자기 앞의 경찰관에게 한바탕 퍼부어대고 나서 그만 등을 돌렸을 때 레나의 큰오빠는 다시 한 컷 더 찍었다. "우린 한 발짝도 물러나지 않는다!"라는 구호가 사람들 사이에 퍼지면서 시위의 분위기가 한껏 고조되고 있을 때 비로소 제정신으로 돌아온 레나는 큰오빠가 계속 사진을 찍고 있었다는 사실을 알아챘다. 큰오빠와 라이카 카메라. 무엇인가가 심상치 않았다. "빅 브라더 이즈 와칭 유Big Brother is watching you." 무서운 생각이 파도처럼 밀려왔다. 경찰이 바로 옆에 있는데도 저렇게 사진을 찍을 수 있는 사람은 슈타지*밖에 없어. 레나가 이런 생각을 하고 있는데 그가 또 셔터를 눌렀다. 이건 내 신상 기록 파일**에 들어갈 사진인 거야.

세상에 이럴 수가! 그녀의 얼굴에 배신감이 그대로 드러났다.

앞으로 전진을 외치던 무리는 플랫폼으로 가는 길을 뚫고자 했으나 헬멧과 방패로 무장한 몇백 명의 경찰은 그들보다 신속히 움직였다. 열기를 뿜어내던 시위의 중심에 물세례가 퍼부어졌다.

레나는 두 명의 트릭 비틀스 일행과 큰오빠를 데리고 자신의 새로운 집으로 향했다. 다른 밴드에서라면 **밴드 모임**이라고 불렀을 것을 **플란크 바드라트** 일원들은 항상 **상황 토의**라고 불렀다. 상황이란 것은 어둡기 짝이 없었다. 남은 한 트릭 비틀스의 지적대로 '단순히 수적으로 계산했을 때' 밴드의 반이 남아 있었지만 실제로는 채 반이 되지 않았다. 설사 밴드가 수적으로 완전하다고 쳤을 때도 파울헨 없이는 **연주가 되지 않는** 형편이었다. 게다가 레나가 한술 더 떴다. "이젠 트릭 비트 듣기 싫어."

"맞아." 남은 두 트릭 비틀스가 마치 입을 맞춘 것처럼 동시에 말했다. 그들이 이제껏 '음악적 창조'라고 거창하게 표현하던 것은 이제 '엉터리 일렉트릭 음악'이 되어 있었다.

"내가 듣고 싶은 것은 이 나라를 정신 번쩍 나게 하는 음악이야." 레나가 말했다.

"번쩍 비트!" 레나의 큰오빠가 말했다.

"그런 건 한 번도 해본 적 없어." 남은 밴드의 한 명이 슬프게 대꾸했다.

이렇게 해서 그들은 밴드를 해체하기로 결정했다. 옛날 감정에 푹 젖

---

* 동독의 국가안보부, 비밀경찰Staatssicherheitsdienst의 약칭.
** 슈타지에서 개인이나 사건에 대해 적법, 부적법한 여러 방법을 동원하여 비밀리에 수집한 정보를 기록 서류의 형태로 보관하던 것. 지금까지 3만 개의 카드 형태로 된 기록이 발견되었다. 공식 명칭은 슈타지 서류Stasi-Unterlagen이다.

은 그들은 '초창기'의 음악, 다시 말해 남은 한 트릭 비틀의 표현을 빌리면 '전(前) 파울헨 시대'의 음악 카세트를 들었다. 마른 야코프의 집에는 그런 것들이 한 박스 가득 있었다. 그들은 시간 여행에 빠져들었다. 그리고 카세트가 끝까지 전부 다 돌아가자 트릭 비틀스는 각자의 집으로 돌아갔다.

"그런데 사진을 찍을 때 말이야, 왜 항상 눈을 감고 찍어?" 트릭 비틀을 보내고 현관문을 닫기가 무섭게 레나가 물었다.

"그런 거 묻는 사람 네가 처음인데."

"괜히 말 돌리지 마." 그녀가 이었다. "오빠는 멀쩡히 눈을 뜨고 있다가도 딱 셔터를 누르는 순간만 되면 눈을 감아버리는 것이 신기하단 말이야. 꼭 더 이상 눈뜨고 볼 수 없기 때문에 대신 그냥 사진 찍어버리는 것처럼 보여."

"그건 우리가 눈을 감고 있을 때 중요한 일이 일어나기 때문이 아닐까."

"정말 그렇게 생각해?" 그녀가 물었다.

"아니."

"그럼 왜 그런 거야?" 아무 대답이 없자 레나는 자기가 본 것을 얘기하기 시작했다. "오빠는 꼭 다중인격의 소유자 같아. 마치 거기 있고자 하면서도 동시에 없고자 하는 것처럼 보여. 오빠는 어떤 일을 하면서도 그 일과는 아무 상관없는 사람처럼 행동한단 말이야."

그건 확실했다. 그는 말없이 앉아서 찻잔 바닥만 바라보다가 그동안 아무에게도 말하지 않았던 것을 이제는 이야기해야만 할 것 같은 욕구를 더 이상 피할 수 없다는 걸 느꼈다. 레나는 그가 적당한 말을 찾을 때까지 시간을 주었다. 그는 자신의 이야기이면서도 도대체 자신이 그 사건 속에서 무슨 역할을 했는지조차 이해하지 못했던, 그의 반생(半生)을 짓누르고 있던 이야기를 이윽고 시작했다.

"내가 열일곱 살 때였어. 나는 그 당시 포토피치 사진관에 사진 견습생으로 1주일에 네 번 실습을 나가고 있었어. 금요일에는 학교에서 이론교육이 있었지. 우리 친구들 중 몇몇은 기차를 타고 통학을 했는데 한번은 집에 돌아가는 길에 우연히 최면술에 대해 이야기를 하게 됐어. 왜 그런 얘기가 나왔는지는 기억이 안 나. 우리 모두는 꼭 귀신 이야기에나 나올 법한 으스스한 상상에 빠져 있었지. 호엔슈타인 에른스트탈, 글라우카우, 모젤 등을 지나면서 친구들이 하나씩 내렸어. 마지막에 나만 남게 되자 저쪽에 앉아 있던 어떤 사람 하나가 다가오더니 최면술에 한번 걸리고 싶으세요? 이러는 거야. 친구들이랑 얘기할 적에는 내가 큰 소리로 이렇게 떠들었거든. 한번 최면술에 걸려보고 싶다는 둥, 재미있는 경험이 될 거라는 둥. 그 사람이 말하길, 자기는 최면술을 걸 수는 있지만 여기 기차 안에서는 안 되고 자기 집에 가면 할 수 있다는 거야. 그래서 나는 토요일에 그 사람 집을 찾아가기로 약속하긴 했는데 그가 글라우카우에 산다는 말을 듣고 이상한 생각이 들었어. 그럼 왜 글라우카우에서 내리지 않은 걸까? 그래서 눈 딱 감고 약속을 펑크내버렸지. 그런데 3주쯤 지나서 이 사람을 다시 기차에서 만난 거야. 만나서 하는 말이, 그러면 자기가 우리 집에 올 수도 있대. 그런데 그 남자가 말하는 방식이 상대방한테 상당히 불쾌감을 주고 있었어. 어떻게 말하냐 하면 도수가 엄청나게 높은 안경 사이로 나를 뚫어지게 쳐다보면서 단어를 입에서 눌러짜내듯이 발음하는 식이었어. 나이는 서른 살 정도 된 것 같았고. 어쨌든 우리 집에서 하자고 하니까 왠지 안심이 되더라고. 별로 가까이하고 싶은 타입은 아니었지만 나에게는 홈그라운드가 아니겠어? 우리 집인데 별일 있겠냐고 생각했지."

레나는 입을 헤벌리고 듣고 있었다.

"그 남자는 바로 그다음 날로 왔어. 우리 부모님은 집에 없었고. 남자는 내가 자기를 썩 내켜하지 않는다는 것을 알았는지 말을 별로 많이 안 하더군. 목소리랑 눈길, 부담을 주는 태도를 포함해서 그 남자의 인격 전체가 마치 갈퀴 같았어. 나를 소파에 앉히고 나서 곧 최면을 걸기 시작했지. 최면에서 깨어났을 때 그 남자는 이미 가고 없었어. 나한테 무슨 짓을 했는지 알 수는 없었지만 오싹한 느낌이 드는 거야. 이상한 냄새도 나고 말이야. 내가 땀을 많이 흘렸나 봐. 옷이 반쯤 벗겨 있고 바지 지퍼가 열려 있었어. 나한테 이상한 짓을 하거나 이상한 짓을 시킨 거겠지. 그게 뭔지는 도무지 알 수가 없었어. 내 몸은 어떤 변태의 장난감이 되어버린 거야. 나는 부끄러운 감정을 넘어서서 더 이상 나 자신이고 싶지 않았어. 나 자신을 버리고 다른 사람이 되고만 싶었어. 그 남자를 찾아가서 나한테 무슨 짓을 했냐고 도저히 따질 수는 없었지. 그와 다시 대면한다는 것은 상상만 해도 몸서리쳐지는 일이었어. 부모님께는 말씀드렸냐고? 너 어떻게 모르는 사람을 집 안에 들인단 말이냐?" 그는 부모님이 혼낼 때의 말투를 흉내 냈다.

"그러다가 어디서 읽었는데, 평소에 하기 싫어하던 행동은 아무리 최면술에 걸렸다고 할지라도 하지 않는다는 거야. 나는 혼란스러웠지. 그럼 내가 평소에 남자들이랑 하고 싶어 했단 말인가? 그런 건 아닌 듯했어. 나는 여자한테만 관심이 있었거든. 그렇다면 왜 남이 내게 이상한 짓을 하도록 놔뒀을까? 더 심각한 사실은 내가 창피하고 더럽고 낯설고 징그러운 것으로 섹스를 경험했다는 사실이었지. **변태적인** 것으로 체험한 거야. 이 생각은 지금까지 내 마음속에서 없어지지 않고 있어."

그들은 한동안 잠자코 있었다. 그는 레나가 자기의 이 마지막 말의 뜻을 이해하리란 것을 알고 있었다. 혹시 자신도 모르게 그녀에게 미묘한 가르침을 주고 있는 것일지도 몰랐다. 그는 그녀를 사랑하고 있었다. 다른 남자들에게 둘러싸여 있는 레나를 볼 때마다 질투심이 그를 갉아먹었다. 그 안의 무엇인가가 자기의 수도원으로 그녀를 끌어들이려고 할 때 그 무엇인가는 너무도 철저했다. 그녀는 아직 자신을 허락한 적이 없었고 스물아홉 살짜리 남자는 그녀에게서 여섯 살짜리 어린애 취급을 당하고 있다고 느끼고 있었다.

"다행히도 나는 아직 성폭행당한 적은 없어." 레나가 말했다.

레나의 큰오빠는 그 표현을 계속 피해왔다. 너무 드라마틱하게 들렸기 때문이다. 그래도 레나가 자기를 이해해주는 것이 고마웠다. 그는 그때 그 일이 성폭행의 핵심이라고 할 수 있는 '자신의 의지에 반하여 당한 일'인지 아직도 확신할 수 없었다.

"나중에 그 남자를 다시 보게 됐어. 포토피치 사진관에 맡겨진 어느 결혼 25주년 기념잔치의 사진에서였지. 1970년대 중반까지도 보통 결혼 25주년 기념일에는 사람들 모두 코가 비뚤어질 정도로 마셔댔지. 남자들은 전쟁의 최전방에서 죽고 여자들은 떨어지는 폭탄에 맞아 죽고, 살아남은 사람들은 도리상 지켜야 하는 수절 기간을 지내고 나서 새로 재혼을 했기 때문에 결혼 25년이란 것은 굉장한 사건이었어. 그 남자는 한 무리의 친척들 사이에 앉아 있었는데 딸린 식구는 없어 보였지. 달랑 혼자였단 말이야. 사진 속에서 그는 사진 찍는 사람을 향해 술잔을 들어 보이기도 하고 변태적으로 웃어 보이기도 하고 사람들이 춤추는 것을 구경하고 있기도 하더라. 어느 날 어떤 장교 한 사람이 현상된 사진을 찾으러 왔더군. 내가 사진을 손님에게 내주었고 그때 사장님도 옆에 있었어. 나는 사진을 꺼내와서 사진이 잘 현상되었는지 점검하려는 듯 그 사람 앞에 펼쳐놓았어. 그리고 사진 속의 그 남자를 가리키며 네가 오늘 경찰한테 소리친 것처럼 천천히 그러나 분명하게 말했어. 마음속으로는 흥분으로 부들

부들 떨고 있었지. '이 남자를 조심하라고 모두에게 말해주십시오. 이놈은 천하에 둘도 없는 아주 개 같은 나쁜 놈입니다.' 사장님은 날 쳐다보기만 할 뿐 뭐라고 하진 않았어. 군인은 아무 말도 못 들은 것처럼, 아니 내가 한 말이 처음 듣는 사실도 아니라는 듯 묵묵히 사진을 봉투에 다시 넣더라. 그러다가 1년 후 군대에 가게 됐는데 거기서 누굴 만났는지 아니?"

"설마!"

"설마가 아니야. 바로 그 장교를 만난 거야. 날 바로 알아보기까지 하더라고. 자네 츠비카우 시의 포토피치 사진관에서 일하지 않았나? 하고 물어보는 거야. 예! 하고 대답하는 순간 갑자기 이 둘의 관계가 너무나 명확하게 떠올랐지. 그냥 감이 확 온 거야. 동생분은 어떻게 지내십니까? 하고 물으니 우리 동생 건은 빨리 잊도록! 하더군."

레나는 머리를 좌우로 흔들었다. 기가 막혔다.

"왜 내가 사진을 찍을 때 눈을 감는지 알고 싶어 했지?" 큰오빠가 물었다. "내가 지금 보고 있는 것과 곧 일어나게 될 것 사이의 차이가 내게 너무 많은 걸 의미하기 때문에 그럴 거야."

"차이가 있어?" 레나가 물었다.

"때에 따라 달라. 차이가 없을 때도 있고 어떤 때는 마지막으로 본 것을 더 이상 알아볼 수 없을 경우도 있어. 누가 그림 속으로 갑자기 들어올 때가 그런 예지. 아무리 사진을 많이 찍어왔어도 현명해지지는 않더라. 그 일이 일어났을 때, 그러니까 내가 눈을 감고 있었을 때 정말 무슨 일이 벌어졌을까 지금도 전혀 알 수가 없어. 별의별 짓을 다했는지 아님 전혀 아무 일도 없었는지 그것도 아니면 몇몇 특정한 일만이 일어났는지……"

레나는 그날 밤 잠을 이룰 수가 없었다. 흥분에 몸 전체가 떨렸다. 그녀는 자리에서 일어나 그네들의 옛날 곡 가운데 가사가 없는 어느 곡 하나를 들었다. 그리고 부엌 식탁에 앉은 지 20분 만에 곡에 들어갈 가사를 써 낸 다음 다시 침대로 돌아가 잠들었다.

다음 날 레나는 라디오 방송국에 전화를 걸어 자신을 플란 크바드라트 밴드의 일원이라고 소개한 뒤 클로버 LP에 들어갈 그들의 세번째이자 마지막 곡을 녹음할 날짜를 신청했다. 악기 연주는 이미 완성된 상태이고 보컬만 녹음하면 된다고 말했다. 그러자 담당자인 이네사는 그날 당장 시간이 어떠냐고 했다.

레나는 롤러스케이트의 끈을 조이고 녹음실로 달려가서 노래했다. 발성 훈련을 받은 적도 없었다. 시작한 지 2분 만에 녹음이 중단될 거라는 생각도 했고 녹음실에서 바로 체포되어 끌려갈지도 모른다는 각오도 했다. 하지만 예상은 모두 빗나갔다. 공권력에 대고 욕을 퍼부었던 그날 밤과 마찬가지로 아무 일도 일어나지 않았다. 바다가 두 쪽으로 갈라져 길이 펼쳐진 듯한 기분이었다. 이네사와 녹음 담당자는 레나가 마치 알아들을 수 없는 외국말로 노래 부른다는 듯, 레나의 노래 실력이나 가사의 내용에 어떤 코멘트도 하지 않은 채 녹음을 마쳤다. 그녀의 발에 신겨 있는 롤러스케이트가 노래에 어떤 힘, 즉 여유로운 매력을 부여했는지도 모를 일이었다. 그녀는 예전에 시내 한복판에서 힘차게 롤러스케이트의 바퀴를 지쳤던 것처럼 그렇게 활기차게 노래 속을 뛰어다녔다.

이네사는 후렴구를 코러스로 좀 강조하는 것이 어떻겠냐는 제안을 했다. 레나의 노래가 존 레넌의 「기브 피스 어 챈스Give Peace a Chance」를 연상시킨다는 것이었다. 이네사는 오후 내내 방송국을 돌아다니며 노래를 조금이라도 부를 줄 아는 사람은 죄다 모았다. 아나운서, 프로듀서, 기술진, 수위부터 시작해 시베리아에서 천연가스 공급 라인을 시공하여 초대손님 자격으로 스튜디오에 나온 사람까지 마이크 앞에 대령했다. 몬

트리올 퀸엘리자베스 호텔의 전 직원이 함께 불렀다는 전설이 전해지는 비틀스의 그 노래에 못지않게 레나의 노래도 실제 국립방송국의 직원들에 의해 불린 것이다.

12. 노래도 없고 목적지도 없이

열차 사건이 있고 나서 그다음 일요일은 연극 공연장을 하루 종일 일반 시민에게 공개하는 날이었다. 날짜는 일찍부터 잡혀 있었는데, 시민단체에서 나온 사람들이 그날 무대를 기습 점거하고 신랄한 성명을 발표할 것이라는 소문이 무성하게 나돌았다. 공연장은 오전 10시부터 사람들로 가득 차 있었다. 레나와 큰오빠도 그들 중 하나였다. 또 출입문 밖에는 아직 들어가지 못한 사람들이 몇백 명 몰려들어 와글거렸다. 야당은 아직 생겨나지도 않았건만 존재하지도 않는 그 야당의 인기는 하늘을 치솟았다.

신랄한 성명 발표 대신 프로그램에 나와 있는 대로 극장의 인기 작품이 공연되었다. 고전 발레를 첫번째 순서로 하여 그날 공연의 막이 올랐다. 슈타지가 전체 좌석을 자기네 앞으로 몰수했는데 직업상 고전 발레를 감상해야 하는 날이 올 줄은 그들 중 아무도 상상하지 못한 일이었다. 온몸에 소름이라도 돋아날 듯한 표정을 하고 공연을 지켜봐야 했던 그들의 얼굴엔 몸에 딱 붙는 타이츠를 신고 풀쩍풀쩍 뛰어오르며 가슴 납작한 여인네들을 여기저기로 들어 옮기는 남성 무용수들을 특히 더 못 견뎌하는 빛이 역력했다. 관객들은 언제 일이 터질까 기다리는 중이었고 슈타지도 일이 터지기만을 기다리고 있었으며 심지어 발레단조차도 일이 터지면 우왕좌왕하지 않고 곧바로 무대에서 퇴장할 마음의 준비를 하며 거사를 기대하고 있는 터였다. 발레 공연이 끝나고 어린이 연극에 무대를 물려주었을 때도 평상시 상례이던 재청(再請)의 박수마저 없었다. 이쯤 되면 슈타지에게는 너무 가혹한 업무였다. 이스라엘의 모사드 조직에 이어 세계에서 두번째 가는 비밀경찰이라는 영예를 안고 있는 슈타지에게 발레와 꼭두각시 인형극은 너무 무리한 요구였다. 대혼잡을 핑계로 공연장은 즉시 폐쇄 조치되었고 관객들은 모두 퇴장해야 했다. 일반 공개의 날에 일반에게 공개된 것은 이제 나가는 문뿐이었다.

공연장 앞에서는 사람들이 우왕좌왕하는 혼란한 상황이 펼쳐지고 있었다. 반항의 정신으로 서서히 달구어져 이제 막 불이 붙은 사람들은 폐쇄 조치에 불만을 터뜨렸다. 성명 발표도 없었으니 적어도 데모라도 한판 해야 하는 것 아닌가. 그런데 문제는 어디로 몰려갈 것인가, 무슨 노래를 불러야 할 것인가였다. 그들 중 시민운동가의 풍모를 물씬 풍기는 두 사람이 있었다. 나이는 똑같이 30대 중반쯤에 청바지를 입고 무성하게 자란 턱수염에 니켈 안경테를 한 두 사람은 비슷하기가 쌍둥이 형제 저리가라였다. 둘은 군중에게 둘러싸여 방향 설정에 고심하고 있었는데 나중에 레나 큰오빠의 사진으로 확인한 결과 서로 완전히 반대되는 방향을 가리키고 있었다.

무슨 노래를 부를지는 더 큰 문제였다. 학교 음악 시간에는 중앙에서 통제된 교안에 따른 노래들만을 배워왔기 때문에 투쟁가 종류에 나오는 가사가 더 적합하다는 쪽으로 사람들의 의견이 모아졌다. 누구는 가사 중 '인권'이라는 단어가 나오고 '우리 손으로 스스로를 핍박에서 해방시키세'라는 소절이 있다는 이유로 「인터내셔널가」를 부르자고 했다. '민족들이여 나팔소리를 들어라'라는 대목에서 민족들이란 전 세계의 민족들을 일컫는 말로서 우리가 그중 하나가 아니겠냐고 했다. 그런데 바로 그다음 줄

'마지막 전투에서'가 골칫거리였다. 평화 시위와 전투는 서로 맞지 않으며 마지막 전투라는 말은 패배의 인상을 풍긴다는 거였다. 「형제들이여 태양을 향해 자유를 향해」라는 노래를 부르자는 의견도 있었다. 그러나 고슴도치 같은 머리 모양을 한 어떤 여성이 끼어들었다. 이왕 부르려면 '형제자매들이여 자유를 향해'라고 해야지요. 그러면 둘째 줄의 '형제들이여 한줄기 빛을 향해'는 어떻게 하자는 거요? 하고 누가 물었다. 그러지 말고 「동터오는 새벽을 향해」를 부르면 어떻겠냐는 주장이 나왔고 심지어 「늪의 병정」을 부르자는 목소리까지 나왔다. 그런데 갑자기 어떤 이가 유리종 같은 고음의 목소리로 「사상은 자유다」의 첫 소절을 부르기 시작했다. 목소리의 주인은 극단의 여배우였다. 감정에 겨워 저절로 노래가 나왔는지 그 노래를 부르자는 뜻인지는 알 수 없었다. 그녀의 출현은 상당히 감동적인 것이었지만 그 노래를 아는 사람은 거의 없는 데다 행진하면서 부르기에도 알맞지 않은 곡이었다. 노래도 목적지도 정하지 못한 채 군중은 행진을 시작했다.

레나는 함정으로 행진하고 있다는 불안한 느낌을 떨쳐버릴 수 없었다. 행진하는 거리 옆 골목길에는 살수차가 숨어서 대기하고 있었고 저기 건너편에 멀찌감치 경찰의 기동 차량이 기다리고 있는 것이 보였다. 틀림없었다. 선봉에 가는 사람들 중 어느 누군가가 우리의 계획을 누설한 것이다. 레나는 더 이상 거기 끼고 싶지 않았다. 특히 분노로 지글거리며 경찰의 바로 코앞에서 소리를 질러대던 저번 역전에서의 데모를 상기할 때마다 등에서 식은땀이 흘러내리는 터였다. 그때는 하늘이 도왔음에 틀림없었지만 이번에도 또 운 좋게 빠져나갈 수 있으리라고는 생각하지 않았다. 오늘 잡히면 살아나기 힘들 거야. 이렇게 판단한 그녀는 무작정 그곳을 빠져나왔다.

때는 10월의 화창한 일요일 정오였다. 공기는 신선하고 햇살이 찬란했다. 거리를 걸어가면서 레나는 생각했다. 만일 그들이 총을 쏘면 '우리는 여기서 물러나지 않는다'라는 구호는 더 이상 외치지 않는다. 총을 쏘면 나는 바로 도망친다.

그러나 큰오빠는 사진 촬영을 위해 대열에 그대로 남아 있었다.

13. 물 좋은 동네

다니엘 데티엔은 여자 옷을 입고 걸었다. 그는 도망치지 못했던 것이다. 수천 명쯤 되는 군중이 저녁에 겟세마네 교회에서 출발해 시내 중심가로 진입하려는 계획을 가지고 쇤하우저 슈트라세에서 시위를 벌였었다. 시위대는 출발하고 나서 얼마 가지 못해 이미 봉쇄된 쇤하우저 슈트라세에서 더 앞으로 나아가지 못했다. 차량의 보닛 정면에 철망이 장착되어 있는 대형 시위 진압차 부대가 거리에 깔려 있었다. 그렇게 생긴 경찰차는 다니엘 데티엔도 서독 방송에서만 본 적이 있었다. 철거용 철책*이라는 용어도 서독에서 생긴 말이었다.

차단선은 점점 가까워지고 있었다. 다니엘 데티엔에게는 철책이 시위대를 향해 1분당 몇 미터의 속도로 다가오는 것처럼 느껴졌다. 시위대는 구호를 외쳤다. "폭력 반대!" 철책은 이제 5미터, 3미터 앞으로 다가왔다. 그들은 평화적일 뿐 아니라 교육도 잘 받은 예의 바른 시위대였다. 위협도 선동도 과열된 분위기도 없이 그저 원하는 것은 시내 진입이었다.

---

* 시위 진압 차량 앞에 달려 사람이나 장비를 불도저처럼 밀어낼 수 있게 만든 대형 철망.

경찰 차량들 속에서는 민간인 복장을 한 기습 대원들이 기다리고 있었다. 핏기 없는 낯빛을 한 젊은 남자들, 애벌레같이 어린것들이었다. 명령이 떨어지자 그들은 신속히 차에서 뛰어내려 마치 강도가 습격하듯 손에 잡히는 대로 아무나 잡아넣었다. 익숙한 솜씨인 건 알겠는데 너무 좀 심한 게 아닌가 하고 다니엘 데티엔은 생각했다. 자기도 결국 그렇게 잡히고 말았다. 일단 체포되었으니 서(署)로 따라오시죠 하는 안내 말씀은 없었다. 만일 그랬다면 예의 바른 시위대의 한 사람으로서 그는 순순히 말을 들었을 것이다.

다니엘은 옆 골목길로 거칠게 끌려가 그곳에서 대기하고 있는 차량에 밀어 넣어졌다. 먼저 잡혀온 사람들이 줄줄이 앉아 있었다. 입 닥치고 있어! 하는 고함이 떨어졌다. 이윽고 차가 사람들로 꽉 차게 되자 문이 닫히고 차가 출발했다.

차는 어느 건물의 안뜰에 섰다. 모두 차에서 내려 철문을 통과해 계단으로 올라갔다. 긴 복도에 이르자 모두 얼굴을 벽에 마주하고 죽 늘어세웠다. 다니엘은 여기가 감옥이나 군부대일 수도 있지만 폐쇄된 옛날 수영장이라고 해도 이상할 것이 없다는 생각을 했다. 감시관들의 목소리가 울려 퍼졌다. 다니엘은 지금 이 순간 여기 있는 모든 사람이 한 가지 사건, 즉 1933년의 나치스 친위대 연행 사건*을 연상하고 있다는 것을 알았다.

속옷까지 남기지 않고 옷을 전부 벗으라는 지시가 떨어졌다. 손목시계도 풀어야 했다. 엎드려뻗쳐! 하는 명령이 내려졌다. 이 역시 나치식 단어군, 하고 다니엘은 생각했다. 이 말은 한때 구석에 깊숙이 처박혀 잠자고 있다가 일단 한번 입에 올렸다 하면 언제 묻혀 있었냐는 듯 즉시 살

---

* 1933년 나치 친위대가 예술 탄압을 목적으로 베를린의 예술인 마을을 급습해 수천 명을 무자비하게 연행했던 사건이다.

아나 쌩쌩하게 그 기능을 발휘하는 말이었다.

그들은 계속 끝도 없이 서 있어야 했다. 일부 우는 이도 있었고 통사정하는 이도 있었고 오줌 싸는 이도 있었고 조용히 기도하는 이도 있었다. 그것이 건물인지 뭔지 모를 곳에서 그들에게 허락된 움직임의 전부였다. 다니엘은 자신의 공포를 어쩔 수 없이 인정해야 했으나 한 가지 생각, 즉 한 사람, 아니 몇 사람 정도는 구석으로 끌고 가 처치할 수 있겠지만 설마 수백 명을 그러지는 못할 것이라는 생각이 그나마 그를 안심시키고 있었다.

다니엘은 울지도 기도하지도 않았고 사정사정하거나 오줌을 지리지도 않았다. 다니엘 데티엔은 자신의 생각에 골몰하는 중이었다. 기습 대원 한 명 가운데 그가 아는 사람이 있었다. 학교 동창이며 체육 교사의 아들인 카르스텐 유발라였다. 카르스텐은 단단하고 뚝심 있는 젊은이가 되려고 했다. 운동도 잘하고 몸이 빠르며 힘이 셌지만 그래도 여럿이 덤비는 것은 막아내지 못했다. 아이들은 종종 눈을 부릅뜨고 불끈 쥔 주먹을 뒤로 한껏 젖힌 채로 카르스텐에게 달려드는 장난을 쳤다. 그러면 카르스텐은 타고난 몸에 밴 보호 본능과 도주용 반사 신경으로 반응했지만 그의 머리통 한구석에 둥지를 틀고 있는 초강력한 부친은 맞서 싸워라! 하는 명령을 내렸다. 이렇게 카르스텐은 친구들에게는 장난이었다고 할지라도 본인에게는 위협으로 다가온 순간에 속으로는 겁나지만 겉으론 용기 있게 행동해야 하는 갈팡질팡 연기를 펼쳐 보였던 것이다.

카르스텐은 쇤하우저 슈트라세의 기습대 일원은 아니었다. 그는 시위대에 가해진 강력 진압을 정당화시키기 위해 얌전한 시위대를 어떻게 해서든지 자극하라는 임무를 부여받은 것 같았다. 카르스텐은 철조망을 장착한 진압 차량 밖에 나와 있었지만 사람을 잡아들이지는 않고 정신없이 왔다 갔다만 했다. 수선스럽고 도무지 상황에 맞지 않는 우스꽝스러운 폴짝거림이었다. 다니엘 데티엔은 엎드려뻗쳐를 하고 있다가 갑자기 그 모습을 떠올리니 너무 웃겨서 견딜 수가 없었다. 카르스텐 유발라 같은 자가 남을 위협하라는 명령을 받고서 할 줄 아는 짓이란 기껏해야 옛날 자신을 벌벌 떨게 했던 우리들의 우스꽝스러운 액션이 고작이겠지.

몇 시간이나 지났는지 시간 감각도 없어졌을 즈음 다니엘 데티엔은 속옷을 다시 꿰어 입고 46번이라는 번호표를 단 채 즉결재판에 넘겨졌다. 판사의 딱딱한 말투에 천장을 올려다보았을 때 그는 자기 눈을 의심해야 했다. 도대체 어떻게 생겼는지 모르지만 형광등 옆에 신발 자국이 있는 게 아닌가. 정말 이상한 곳이다. 다니엘에게는 '공공질서 파괴'와 이 공공질서의 파괴가 국경일에 일어났다는 이유로 '국가 모독죄'가 추가되어 1천 마르크의 벌금을 내라는 판결이 내려졌다. 그가 변호사 사무실의 사무원이라고 자기 직업을 댔을 때 판사는 언짢은 듯이 끙 하는 콧소리를 낼 뿐이었다. 일급 사건들만 맡는 '기젤라 블랑크 변호사님'의 조수라고 추가로 설명해도 반응이 시원치 않은 건 마찬가지였다. 소지품은 다시 돌려받지 못했다. 그 대신 여자 옷 박스에서 옷 하나를 꺼내 받았다. 담당 경위는 그것이 아주 재미난 모양이었다. 다니엘은 말없이 여자 옷을 입었다. 이 경위의 정신세계에 대해선 훗날 분석해보기로 했다.

그러고는 다시 차량에 태워졌다. 덮개가 아래로 내려져 있는 차 안에는 으스스한 침묵으로 일관하는 한 감시병과 그, 이렇게 단둘뿐이었다.

시동이 켜지고 차가 출발할 때도 다니엘 데티엔은 도대체 어디로 가는지 알 길이 없었다. 겁이나 좀 주려는 걸 거야, 하고 스스로를 안심시켰다. 나를 겁에 질려 미치게 만들고 자기들은 배꼽을 쥐고 웃으려고 그러는 거야.

그러나 혹시라도 심각한 상황이 아닐까 다시 한 번 의심해보았다. 소요 사태로 인해 사로잡힌 신분으로서 한밤중에 기동 차량을 타고 목적지도 모르는 채 끌려가고 있는데도 무작정 순진무구한 낙관론을 펼친다는 것은 무식한 짓이었다. 정말로 나를 죽인다면 나중에 사체가 발견될 경우 여자 옷은 수사진을 헷갈리게 할 것이다. 나에게 여자 옷을 입혀서 잘못된 힌트를 주려는 의도가 아닐까?

나를 본 사람은 몇 명쯤 될까? 감시원, 운전수, 조수석에 앉아 있던 사람, 여자 옷을 던져주던 경위와 그 조수, 판사와 그를 재판장으로 데리고 간 경비원 등 총 일곱 명이다. 나를 몰래 해치우기엔 본 사람, 아는 사람이 너무 많지 않은가. 더구나 정식으로 판결이 내려지고 벌금의 일부를 이미 가지고 있던 현금으로 내고 영수증까지 받았는데 결국 사람 하나 죽일 거면 그렇게 복잡한 절차를 밟을 리가 있겠어.

내가 정말 이런 별의별 생각까지 해야 하다니 너희들을 절대 용서하지 않겠다, 하고 그는 졸음을 참으며 되뇌었다.

차는 몇 번 급커브를 돌더니 울퉁불퉁한 길에 이르자 속도를 늦췄다. 아, 이런 일의 맨 결말 부분에 있다는 그 유명한 비포장도로군.

다니엘 데티엔은 차에서 내려졌다. 주위를 둘러봐도 여기가 어디인지 짐작되지 않았다. 몇 시나 되었는지도 알 수 없었다. 다행히 손목시계는 돌려받았지만 시곗침은 12시 5분 전으로 돌려놓아져 있었다. 유발라의 자기 나름의 위트였다. 잡혀 들어간 것이 밤 10시 반쯤이었으니 12시는 훨씬 지났을 것이다.

독일이 유구한 역사와 전통을 자랑하는 '도망치다가 총 맞아 죽기'는 아니니 일단 되었다. 그렇지만 그는 홀로 돈 한 푼 없이 여자 옷을 입고 낯선 곳에 서 있었다. 값싸게 만든 공포영화라면 있을 수 있는 장면이야. 악몽 같지도 않았다. 이럴 때는 누가 풀숲에서 나타나 옷가지를 돌려주고 집으로 데려다주는 게 순서였다. 여자 옷은 장난으로 입어본 카니발의 의상이고 말이다. 그들이 모욕하려고 했던 영혼의 주름주름 사이에서 그가 느끼는 것은 모욕감이 아니라 무감각뿐이었다.

다니엘 데티엔은 무작정 걷기 시작했다. 걷다 보니 국도가 나왔다. 이제는 살았다. 게다가 더스틴 호프만도 똑같은 일을 겪지 않았는가. 토니 커티스도 그랬고. 그리고 뭐냐, 존 레넌 말고, 맞다, 잭 레먼도 겪어야 했던 일이다. 이런 의미에서 볼 때 나는 실로 물 좋은 동네에서 놀고 있지 뭐냐.

14. 하얀 옷의 레나, 저 높이 오르다

집회 허가가 떨어져 처음으로 합법적인 시위가 가능해진 그 월요일, 레나의 마지막 환자는 서른네 살의 시계 기술자로 급성 요통 때문에 마사지를 받으러 온 사람이었다. 그의 용모는 전혀 시계 기술자 같지 않고 거친 바다 사나이 같았다. 레나는 그를 어디서 봤는지 기억해낼 수 있었다. 전에 공원의 한 야외 카페에 갔을 때 햇빛에 눈이 부셔 얼굴을 찡그리고 앉아 있는 한 손님을 앉아 있는 의자째 들어 90도 돌려놓은 사람이었다. 그 손님은 놀란 가슴이 진정되자 "신경 써주셔서 감사합니다" 하며 감사의 말을 했다. 언제 어디서나 쓸 수 있는 좋은 인사법이야. 그런데 요즘은 그렇게 인사하는 사람이 좀처럼 없으니, 하고 당시 그녀는 생각했었다.

레나는 그렇게 그 남자에 대한 당시의 인상을 간직한 채 침상에 엎드린 그와 대화를 나누게 되었다. 대화는 진전되어 둘이 웃으며 이런저런 가벼운 농담을 나누게 되었을 즈음 되었는데 시계 기술자가 레나의 손목

시계를 봐준다며 그녀의 손목을 잡았다. 시계에서 레나로 시선을 옮기고 나서도 그는 여전히 레나의 손목을 잡고 있었다. 레나는 가슴이 쿵쿵 뛰었다.

그도 자기 나름대로의 반응을 보였다. 레나의 따스하고 부드러운 음성, 부드럽고 따뜻한 손의 익숙한 동작, 간호사복을 입어도 돋보이는 몸매, 나긋나긋한 분위기와 함께 장천골을 주무르는 마사지가 그를 최고도로 발기하게 했고 이 사실은 그가 바로 돌아누웠을 때 숨김없이 드러났다. 운동복 바지는 아무것도 가려주지 않았다. 가끔 자기도 모르게 그렇게 되는 환자들이 있었다. 그럴 때면 환자들은 너무 부끄러워했으므로 레나는 그저 한번 웃고 지나가며 그들의 부끄러움을 덜어주곤 했다.

"자, 해보세요."

"뭘요?" 레나가 물었다. 그녀의 표정이 단번에 굳어지며 날카로운 발톱을 드러내는 듯했다.

"그거 손에 한번 쥐어보라고요."

레나는 치료실의 문을 소리 나게 쾅 닫으며 나가버렸다. 무지하게 화가 났다. 남자들은 정말 토할 것 같아. 욕정을 물질화하다니. 여자랑 하는 것만이 세상에서 제일이라고 생각하는 것들. 아니, 그렇게 생각하는 것에 그치는 것이 아니라 실제로 그들에게는 그게 가장 중요한 일일지도 몰라.

하지만 그 일로 레나는 눈꽃처럼 하얀 간호사로서의 임무를 잠시 잊고 생각에 잠겼다. 도덕주의자들이야말로 세상에서 가장 따분한 종족이지. 약간의 이중생활, 아주 작은 비밀, 보이지 않는 바닥을 가지고 있다고 해서 남한테 피해를 주는 것도 아니잖아. 화가 조금씩 풀리기 시작했다. 천천히 생각을 정리해보았다. 남자의 물건을 손에 쥐고 조금 장난을 친다고 해서 그렇게까지 나쁠 것이 뭐 있는가? 그렇게 하면서 시계 기술자의 상태가 어떻게 되어가는지 관찰할 수도 있으며 사람을 의자째 번쩍 들어 올리던 그를 자기 손아귀에 넣고 흔들 수도 있다. 그렇다면 그녀가 할 일은 오직……

"안 돼요." 결국 그녀는 이렇게 대답했다. 자기가 느끼고 있는 것을 정확하게 표현한 대답이었지만 영 시원하지 않았다. 그녀는 동료 물리치료사에게 남자를 넘겼다. 이런 일이 있을 경우 보통 사용하는 방법이었다.

닥터 마티스가 레나를 데리러 왔다. 그들은 와일드 빌리가 운전하는 구급차에 올라 사이렌 불을 켠 채 달려 집회가 열리는 곳으로 갔다. 레나는 행여 중요한 것이라도 놓칠까 봐 서두르느라 시간이 없어 채 옷을 갈아입지 못한 상태였다. 시위대의 행렬에 도착한 구급차는 행렬의 구보 속도에 맞춰서 천천히 서행했다. 레나와 닥터 마티스는 차에서 내려 대열에 끼어 함께 걸었다. "꼭 소련 영화의 한 장면 같았어요." 나중에 와일드 빌리가 한 말이었다. "혁명도 좋고 순수한 눈망울도 좋지만 적당히 해둬요!"

이렇게 레나의 첫번째 자유 시위는 이상하게도 낭만적인 산책이 되어버렸지만 또한 가슴을 뒤흔들어놓는 경험이기도 했다. 이 흥분은 그때 기차역 앞에서의 흥분과는 다른 것이었다. 어둠은 가시고 낙관주의와 환희가 분위기를 지배하고 있었다. 이곳저곳에서 환성이 튀어나오고 구호의 박자에 맞춰 신나게 박수를 치기도 했다. 모든 것이 역동하고 있었고 사람들은 들뜬 마음을 여러 방법으로 진정시키려고 애쓰는 것 같았다. 군중이 살아 숨 쉬고 있었다. 그들은 마약을 먹은 사람들처럼 특별한 이유도 없이 괜히 마냥 웃었다. 자유에 대한 기대는 사람들을 도취시키고 행복감에 젖게 했다. 그들이 그때까지 알던 것이라고는 지시에 따라 야외극장 관람석으로 줄지어 느릿느릿 걸어 들어가는 것뿐, 데모가 그렇게 육체적 경험이 될 수 있을 줄은 아무도 상상하지 못한 일이었다.

시위대의 행렬은 마치 뭘 신청하기 위해 서류를 들고 이 관청 저 관청으로 뺑뺑이 돌려지는 민원인처럼, 처음에는 경찰서로 갔다가 그다음에는 구청으로, 결국은 국가안보부로 향했다. 연설자가 플라스틱 맥주 박스 위에 올라섰다. 그러나 국가안보부도 이들의 민원을 들어줄 담당 기관이 아님이 곧 밝혀졌다. 그러자 최종적으로 누구에게 가야 할지가 모두에게 분명하게 떠올랐다. 우두머리, 그러니까 맨 처음 시작한 사람, 카를 마르크스에게 가서 따지는 것이다.

　　그는 거대한 동상, 상징물이 되어 서 있었다. 카를 마르크스 기념 동상은 머리뿐인 두상이었는데 옆에서 보면 꼭 팽팽한 거대 유방처럼 보였다.

　　이 기념물은 어찌 부정해볼 도리가 없었다. 거대할 뿐만 아니라 그 포즈도 기가 막혔다. 카를 마르크스는 말에 올라타고 있지도 않았고 우스꽝스러운 각도로 다리를 벌리고 서 있는 것도 아니었다. 거대 두상이 거대 받침에 그냥 떡하니 얹혀 있을 뿐이었다. 넓은 이마에는 철학자의 두뇌가 숨어 있는 것 같았으며 넓적한 얼굴, 흐트러진 머리는 공산주의의 베토벤이라고나 할까. 끔찍할 정도로 잘 만들어진 이 두상에게 카를마르크스 시의 사람들은 약간 폄하하는 듯한 어감을 가지고 있지만 때로는 정감 있게 들리기도 하는 '머리'의 작센 사투리인 '니슐'이라는 별명을 붙여주었다.

　　니슐로 몰려간 것은 본능적으로는 옳았으나 실제적인 의미에서는 영 잘못된 결정이었다. 연설자가 카를 마르크스를 등 뒤로 하고 있으니 마치 그의 사절단 또는 대변인 같아 보였다. 발언을 하려고 일어서는 사람마다 뒤에 떡 버티고 있는 거대 두상에 압도당했다.

　　이리하여 초반에 발언했던 사람들은 잘못된 장소의 희생양이 되었다. 민망한 노릇이었다. 영어 선생으로 있다는 한 젊은 여성이 일어나, 저 동상처럼 큰 골을 가진 사람은 적지만 저처럼 골 빈 머리를 가지고 있는 사람은 많다는 발언을 했다. 다른 이가 일어나 동상에 대고 직접 말했다. "카를 마르크스, 훗날 너의 이름으로 무슨 일이 일어났는지 짐작이나 하고 있느냐?"

갑자기 레나가 좋은 생각이 났다는 듯이 구급차 위에 올라섰다. 그녀는 그날의 축복이라고 할 만큼 아름다웠다. 안에 작은 팬티 하나만 입은 하얀 간호사 복장의 레나는 묶었던 머리를 풀고 손에는 마이크를 들었다.

새로운 인물이 나타난 것이다. 사람들이 우르르 몰려들었다. 남자들은 구급차 위에 우뚝 선 긴 다리를 보려고 고개를 위로 쳐들어야 했다.

"옛날에는 이렇게 생각하곤 했습니다." 레나는 니슐을 가리키며 이렇게 시작했다.

"저 안에 슈타지가 들어앉아 있다고요."

"나도 소싯적에는 아기는 황새가 물어다 주는 거라고 생각했수!"

구급차 위로 올라가서 말을 하다 보면 몇몇 사람의 깐죽거림은 감수해야 하는 것이다.

"하지만 슈타지 수가 그렇게도 많은데 어떻게 저 안에 다 들어가겠습니까."

레나는 마이크를 사용한 최초의 발언자인 데다가 그렇게 높은 데서 발언한 사람으로서도 최초였다. 구급차 위에 올라서니 집회 현장이 생생히 내려다보였다. 그녀는 병원에서 자신이 하는 일에 대해 이야기했다. 공포와 불안으로 몸이 굳어지고 웅크린 자세로 인해 근육이 뭉쳤으며 굴복으로 등이 굽고 수없이 구타를 당해 굳은살이 박힌 환자들에 대해서도 이야기했다.

"우리는 한 번도 우리가 생각하는 바를 터놓고 말한 적이 없습니다.

그렇게 하는 방법을 배운 적이 없습니다. 지금 여기 서 있지만 저도 뭘 어떻게 말해야 할지 모르겠습니다. 하지만 우리는 기필코 이 일을 계속해야 한다고 생각합니다." 박수가 터져나왔다. "그렇습니다. 계속해야 합니다, 여러분! 지금 막 시작한 일 아닙니까? 여기서 멈출 순 없습니다!" 이제 청중들의 박수를 유인하는 방법을 터득한 그녀를 보시라. "시작이 벌써 이렇게 좋은데 우리들의 운동이 앞으로 더 계속된다면 우리는 얼마나 더 기쁠까요?" 청중이 큰소리로 환호하고 박수갈채를 보낼 때 레나의 큰오빠는 여태껏 그녀가 나온 사진 중 가장 아름다운 한 컷을 건져내고 있었다.

사진 속에서 환하게 미소 짓는 레나의 푸른 눈이 빛났다. 몸에서는 마치 향기가 뿜어져 나오는 것 같았다. 하늘은 온통 흐트러진 구름으로 덮여 있었으나 레나의 가슴은 시원했다. 속박에서 벗어난 느낌이었다. 마이크를 잡고 시위의 한복판에서 사람들의 박수와 공감을 받았기 때문만은 아니었다. 기억을 더듬어내는 그녀의 눈동자가 '이제 그 뭔가는 지나가버렸다'라고 말해주고 있었다. 긴장, 섬뜩한 위험은 이제 존재하지 않았다. 그녀의 얼굴 표정이 평화로웠다. 사진 속의 어느 누구에게서도 부정적 분위기는 느껴지지 않았다. 모두가 레나의 말에 감동한 얼굴이었다. 와일드 빌리는 레나를 보기 위해 몸을 반쯤 구급차의 차창 밖으로 내밀고 있었다.

레나는 손을 들어 환호를 진정시켰다. "저는 어젯밤 이런 꿈을 꾸었습니다. 우리가 거리에 널려 있는 낙엽들을 하늘로 흩뿌리며 환호하는 꿈이었습니다. 낙엽들이 허공에서 춤추고 있었습니다. 무슨 일인지는 모르겠지만 이번 가을이 가기 전에 우리에게 상상하기 힘들 정도로 좋은 일이 일어날 것입니다."

광장 전체가 황당함에 사로잡혀 반응이 없었다. 자기가 한 말에 으쓱해야 할지 창피스러워해야 할지 몰라 잠시 주춤하던 그녀가 이때 느낀 것은, 연설의 가장 큰 효과는 한순간 청중 속에 스며드는 완전한 침묵에 있다는 사실이었다.

그로부터 1주일 후 레나의 노래는 히트 퍼레이드의 제1위곡이 되었다. 노래를 듣고 싶으면 그냥 라디오를 틀고 여기저기 돌려보기만 하면 되었다. 어느 방송국이든지 하나는 꼭 그 노래를 틀어주고 있었다.

15. 히트 퍼레이드의 제1위곡 (1)

달리는 전차 안에
앞에 앉은 한 남자
귀에서 무얼 꺼내
들여다보고 있네

어째서 우리는
친구일 수 없는가
어째서 우리는
친구일 수 없는가

인사과 사무실
앞에 앉은 한 남자
나에 대해 알고 있다지
어디서 들었는지 난 알아

어째서 우리는

친구일 수 없는가
어째서 우리는
친구일 수 없는가

저녁 시간 뉴스에서
떠들어대는 한 남자
다른 현실 속 세상에서
살아온 지 오래지

어째서 우리는
친구일 수 없는가
어째서 우리는
친구일 수 없는가

손아귀에 권력을
움켜쥔 저 사람들
저들이 만들어낸
삶을 사는 우리들

어째서 우리는
친구일 수 없는가
어째서 우리는
친구일 수 없는가

"내가 듣고 싶은 것은 이 나라를 정신 번쩍 나게 하는 음악이야." 이
제는 자기 집이 된 마른 야코프의 집에서 밴드를 해체하며 멜랑콜릭한 추
억에 젖은 채 '초창기'의 음악을 듣던 레나가 했던 말이다. 그들 음악 중에
흥겨운 멜로디와 레게 리듬을 바탕으로 한 곡이 하나 있었다. 파티에서

춤추기 좋은 음악 또는 응원가, 아니면 술 퍼마시고 부를 수 있는 노래도 될 수 있는 곡이었다. 멜로디만 있고 가사가 없는 이 곡은 밴드가 파울헨의 영향 아래 있어 흥겨운 파티 음악 같은 것에는 구역질을 하고 있을 적에 채 완성을 보지 못하고 잊히고 만 노래였다.

잠이 오지 않던 그날 밤, 그녀는 이 나라를 정신 번쩍 나게 할 노래를 듣고 싶었던 것에 그치지 않고 자신이 이 나라를 정신 번쩍 나게 하고 싶었다. 그래서 벌떡 일어나 식탁 앞에 앉아 몇 분 만에 기차역 앞에서의 답답했던 마음을 가사에 풀어낸 것이었다. 가사 자체로 봐서는 그다지 특별할 게 없는 가사였다. 다음 날 아침 그녀는 라디오 방송국에 전화를 걸었고 오후에는 녹음실로 달려갔으며 3주일 후에 노래가 완성되어 나왔을 때는 마침 딱 알맞은 시기였다. 가볍고 흥겨운 멜로디가 안성맞춤의 배경음악이 되었다.

노래는 완전한 히트였다. 방송국 직원들의 반은 마침내 우리도 이런 음악을 틀 수 있게 되었다며 기뻐했고 나머지 반은 너무 자주 들어서 지겨운 나머지 슬슬 다른 음악을 물색하고 있는 중이었다. 심지어 서독 방송마저도 동독 소식 코너를 시작할 때의 시그널 음악으로 사용하거나 보도를 마감할 때 마무리 음악으로 삽입할 정도였다. 그러면서 '당돌한 새 목소리'라는 꼬리말을 빼놓지 않았다. 무엇보다도 레나의 노래는 데모나 관(官)과 시민과의 공개 대화 행사 등에서 불렸다. 불만에 찬 시민들이 자신들의 불만이 해소되지 않을 것임을 확인하는 순간 그들은 야유를 하는 대신에 박수로 장단을 맞추며 노래의 후렴구를 불렀다. 그렇게 되면 책임자의 사임은 결정된 것이었다. 카를마르크스 시의 시장 앞에서는 4천 명의 목소리가, 구(區) 지역 당 서기장 앞에서는 6만 명의 목청이, 경찰서장 앞에서는 8만 5천 명의 음성이 레나의 노래를 따라 불렀다. 1989년 11월 6일

카를마르크스 시의 대규모 월요집회에서 결국 15만 명의 군중이 모여 카를 마르크스의 두상 앞에서 10분 동안 「어째서 우리는 친구일 수 없는가, 어째서 우리는 친구일 수 없는가」를 불렀다.

레나는 그 후 몇 주 동안 민중 영웅으로서의 삶을 살았다. 어디를 가나 동감과 격려가 따랐다. 버스에 올라타면 사람들이 박수로 환영해주었다. 닫히려던 엘리베이터 문은 다시 열렸다. 모르는 사람들이 병원으로 찾아와서 꽃을 선물했다. 새로 태어난, 자신의 이름을 따 레나라는 이름을 받은 신생아들의 유아 세례식에 대모의 자격으로 참가한 것이 네 번이나 되었다. 나뭇잎이 떨어지고 거리에 낙엽 더미가 쌓이는 동안 레나의 큰오빠는 레나가 예언했던 것처럼 낙엽을 하늘 높이 던져 올리는 사람들의 모습을 계속해서 사진에 담았다.

'낙엽을 던져 올리자'는 레나가 도시 전체에 던진 시그널이며 행진은 계속된다는 신호였다. 그리고 그것은 작은 승리였다. 그녀의 연설 속에는 처녀다운 무언가가 있었다. 한 시간 반 전에 시계 기술자의 요구에 넘어가 그의 정자에게 세상 빛을 보여주었다면 그날의 연설은 나오지 않았을 것이다. 만일 그랬다면 그것은 다른 내용이 되고 다른 혁명이 되었을 것이다.

'낙엽을 던져 올리자'는 '우리는 민중이다!'라는 구호보다 훨씬 시적인 단아함을 지니고 있었다. 우리는 민중이다! 라는 구호는 그것을 부르짖는 사람들로 하여금 자신들이 윗자리에 앉아 있는 높으신 동지들이 정말로 민중에 의한 정치를 하고 있다는 달콤한 환상이나 믿고 있는 변절자에 지나지 않음을 스스로 내뱉는 것이 되었다. 그 구호는 사람들에게 먹혀들기 위해 모욕적인 수준으로 무지스러운 거짓말을 그 성립의 전제로 삼은 구호였고, 그 거짓을 퍼뜨린 사람 못지않게 그것을 믿고 있는 사람들을 경멸해 마지않던 레나였기에 그 구호가 가진 폭발적인 힘을 도무지 이해할 수 없었다.

구급차 지붕 위에서 연설을 한 이후로 레나는 카를마르크스 시의 잔다르크가 되었다. 나이는 어렸지만 그들 모두가 겪고 있는 것이 다시는 반복되지 않을 단 한 번뿐의 사건이라는 것을 예감한 그녀의 본능은 여러 사람을 도취시키기에 충분한 힘을 가지고 있었다. 그녀는 자신을 혁명적인 인물이라고 여기지 않았다. 그저 시대의 조건이 자신으로 하여금 할 일을 하게끔 시킨 것이라고 생각할 뿐이었다. 그녀는 어떤 모습으로 나타나든 언제나 핵심을 찔렀다. 역전 데모에서 진압 경찰과 홀로 맞설 때도 사람들은 자신들에게도 그녀처럼 무모한 용기가 있었으면 하고 바랐었다. 그녀의 출현에는 사람들을 강하게 끌어당기는 뿌리칠 수 없는 힘이 있었다. 이 격변하는 한 시대를 온몸으로 살고 있는 그녀, 한 번뿐인, 전에도 없었고 앞으로도 없을 그 몇 주간의 나날을 상징으로 구현하는 그녀는 이 도시에 변화와 혁명과 자유에 대한 욕망을 몰고 왔다. 기쁘고 행복한 감정이 가슴속에서 반짝이는 빛을 발했던 것이 과연 얼마 만의 일이었던가 사람들은 새삼 실감했다. 레나의 꿈 이야기를 들은 그 도시 전체는 낙엽을 던져 올릴 계기가 될 어떤 사건이 생겨나기를 소망했다. 또 그때가 머지않아 다가오기를 말이다.

제2장

영원으로 가는 첫 순간

1. 전 채널이 동시 방송하는 라디오 연속극

어느 누구도 그의 존재를 인식하지 못하고 있을 때 가장 훌륭한 사진이 나온다는 것을 레나의 큰오빠는 오래전부터 알고 있었다. 가장 뛰어난 사진작가는 그러니까 눈에 보이지 않는 사진작가인 것이다. 그는 어떻게 하면 눈에 띄지 않을 수 있을까 그 방법을 연마 중이었다. 눈에 띄지 않는 카메라를 눈에 안 보이게 다루는 것이 그가 좋아하는 방법이었고, 연출되지 않은 스냅사진은 그가 즐겨 찍는 사진이었다. 사진 찍히는 이들은 자기가 앵글 안에 어떻게 들어가 있는지 전혀 눈치 채지 못했다. 혹여 눈치를 챈 경우 반응은 항상 같았다. 모두 수상쩍어하는 얼굴이 되었다. 그가 찍은 사진 중에는 자신이 사진 찍히고 있다는 것을 알아채고 성가시다는 눈초리를 보내고 있는 이들의 사진이 셀 수도 없이 많았다. 바로 이 반응이 인간에게 아직 남아 있는 동물의 본능이라고 그는 믿었다. 예를 들어 좁은 열차 칸에서 연속사진을 찍을 때처럼 어쩔 수 없이 피사 인물의 양해를 받고 작업할 때도 의심의 눈초리는 여전히 존재했다. 작업에는 항상 네 가지 단계가 있었다.

맨 처음, 사람들은 표정을 연출한다. 손을 귀에 갖다 대거나 손을 흔들거나 한다. "치즈!"라고 소리친다. 그들은 그 어떤 것도 누설하지 않는 포즈만 취한다. 그다음에는 사진과 사진 촬영에 대해 이러쿵저러쿵한다. 즉 사진 촬영의 철학적·미적 전제 조건을 따지고 나서면서 사진작가가 선의를 가지고 있으며 자신들에게 아무 피해도 입히지 않을 것임을 확인한다. 그러면서 계속 사진의 공개 출판 여부에는 거부권을 행사하려고 한다. 사진작가가 끈질기게 촬영을 계속하면 사람들은 이제 카메라를 거북해하기 시작한다. 제2단계에 접어들면 이들은 돌아앉거나 "이제 됐어요" 하며 툴툴거린다. 심지어는 손찌검을 통해 항의 표시를 하는 경우도 있다. 레나의 큰오빠는 이 단계가 반드시 거쳐야 할 단계라고 생각한다. 집단 항의는 당연한 것이다. 그러나 그는 아랑곳하지 않고 카메라를 계속 들이댄다. 불만이 쏟아져 나와야만 사진작가를 떼어버릴 수 없음을 알고 포기하는 단계인 제3단계로 발전할 수 있다. 그들은 대놓고 사진작가를 무시하는 태도를 보이지만 결국은 그를 주위 환경의 하나로서 인정하고 만다. 이제 사진을 찍든 말든 상관하지 않는 제4의 단계가 왔다고 확신이 서고 나서야 그는 새 필름을 감아 끼운다. 셔터를 눌러대는 괴물에 대한 신뢰가 이루어진 것이다. 그러면 삶의 장면을 뽑아올리는 작업이 비로소 시작된다.

이런 이유로 그는 제1단계에서 제3단계에서 넘어오기까지 필름 구멍이 찢어져라 감아대는 데에 쓰일 필름 몇 통을 항상 가지고 다녔다.

그가 이런 조그마한 속임수를 쓰기까지 된 것은 그가 받는 일거리의 양이 변변치 못한 데 원인이 있었다. 그나마 몇 안 되는 신문사와 잡지사는 왜곡된 사실만을 그림으로 박아 넣고자 했으므로 진실된 삶의 장면을 찍는 사진작가는 원치 않았다. 그렇지만 전문가들 사이에서 그는 자기만의 색깔과 개성이 짙은 재능 있는 사진가로 인정받고 있었으며 그 뒤떨어진 장비만 미련하게 고집하지 않는다면 훨씬 많은 것을 보여줄 수 있는 아까운 사람으로 취급받고 있었다.

그런데 어느 날 갑자기 언론의 자유가 주어졌고 레나의 큰오빠는 특이하고 생명력 넘치는 사진작가로 떠올랐다. 그중 레나를 찍은 사진처럼 강한 인상을 주는 사진은 없었다. 구급차 지붕에 서 있는 레나, 롤러스케이트를 타고 달리는 거리의 레나, 녹음실의 레나 등등, 카를마르크스 시의 지역신문은 레나의 모든 것을 화보로 담았다. 레나의 큰오빠는 그 외에도 역전의 데모 사건에서도 놀라울 정도의 뛰어난 근접사진을 확보했고 부다페스트와 프라하에서의 탈동독 난민촌의 모습도 담았다. 발레 공연시의 슈타지 모습도 줄줄이 찍었고 노래하는 시위대의 격정 어린 분노도 놓치지 않았다. 누구와도 닮지 않은 자신만의 시선, 사회의 구석구석을 받아들이는 따뜻한 시선, 상황을 감지하고 동화되는 능력, 이 모든 것을 그는 마술처럼 펼쳐 보일 수 있었다. 또 그는 명암에 대해 잘 알았고 현상과정의 기술적인 면에도 익숙했다. 그런 그가 어떻게 여태까지 빛을 보지 못한 채 묻혀 있을 수 있었는지 국내 사진계가 갑자기 자문해볼 정도였다. 얼마 지나지 않아 *NBI**가 사진을 청탁해왔다.

*NBI*가 얼마나 시대의 대세에 영합하고 있는지는 전국 최대 판매 부수의 주간지라는 사실을 통해 알 수 있었다. *NBI*는 귀하신 에리히 호네커 동지가 커다란 곰인형을 안고 야외 연단에서 손을 흔들고 있는 장면을 컬러사진으로 실었다. 그러나 *NBI*는 이제 정부 순응적이고 가벼운 주간신문의 이미지에서 벗어나면서도 계속 전국 제일의 자리를 지키고자 했다. 그리하여 연말 판에 실릴 일련의 사진을 레나의 큰오빠가 맡게 되었다. 그

---

* *NBI(Die Neue Berliner Illustrierte)*: 구 동독 시절 많은 판매 부수를 자랑하던 주간종합
  신문.

를 젊은 야생마라고 부르는 신문사의 사진부장이 이제 시대를 부는 바람의 방향이 바뀌었다는 것을 재빨리 눈치 채고 그를 불러 쓰게 된 것이다.

그러나 레나의 큰오빠는 그 일이 어쩐지 맘에 들지 않았다. 그의 불편한 마음은 더러운 것을 싫어하는 그의 천성에서 나온 것이었다. 그는 *NBI*의 사진부장 같은 이들이 어떤지 알고 있었고 그들이 원하는 것을 순순히 내어주기 싫었다. 그는 세 번 노출된 필름들을 현상해 하나의 사진 시리즈를 만들었다. 사진은 두서없는 혼란을 보여주고 있었으나 집중해서 자세히 보면 어느 선까지 윤곽을 해독할 수 있었다. 그것은 삶의 다양함을 지나가듯 대변하면서 우연을 여유 있게 어우르는 사진이었다. 그 나머지는 풀리지 않는 수수께끼로 남았다. 현상실에서의 신기한 화학 처리를 거치고 나니 노출 과다의 필름들은 제대로 볼 만하게 나왔다. 특이하다고 할 수 있을 뿐, 망친 사진 같은 느낌은 전혀 들지 않았다. 좋게 보면 예술적이었다.

그러나 *NBI*의 기술 수준은 사진의 시각적 효과와 피사체 구분에 절대 중요한 미세 농도 조절이나 입체감을 재생할 수 없는 수준이었다. 레나의 큰오빠가 사진부장에게 그런 문제점을 이야기한다면 사진부장은 즉시 알아듣고 그를 서독의 언론사로 보낼 수도 있지만 사진이 동독으로 다시 들어갈 때 사진부장 자신이 검열관 노릇을 해야 할지 아무도 모르는 일이다. 그는 세상이 어떻게 돌아가는지 알고도 남는 사람이다. 레나의 큰오빠가 세상에 태어나기도 전부터 신문사에 앉아 있던 사람인 것이다.

이렇게 하든 저렇게 하든 결국은 잘못된 판단을 내릴 수밖에 없다는 생각으로 괴로워하던 소심한 사진부장은 레나의 큰오빠에게 얼굴을 보고 직접 이야기해야겠다며 면담을 청했고 레나의 큰오빠는 파울헨에게서 받은 노란 트라반트를 몰고 베를린으로 향했다.

생각했던 대로 사진부장은 몸을 사렸다. 젊은 야생마한테서 뭘 좀 얻어보려고 했던 것은 사실이지만 그 정도로 앞서가는 사진은 그가 원하던 것이 아니었다. 레나의 큰오빠는 "뭔가 다르려면 제대로 달라야죠"라며 그 사진들이 아니면 안 된다고 고집했다. 정 그렇다면 그런 사진 '한 장' 정도는 실어볼 수 있다고 사진부장이 말했다. 여덟 장 또는 열두 장은 안 된다고 했다. "우리 독자들에게는 너무 생소하단 말이오." 민망한 듯 사진부장이 말했다. "생소하기로 말하자면 『슈테른』* 독자들에게도 마찬가지일걸요"라고 레나의 큰오빠는 대꾸하며 상대방을 더더욱 곤란하게 만들었다. 서독에서라면 훌륭히 소화해냈을 사진 시리즈를 싣지 못하는 것은 사진부장에게 워털루 전투와 같은 것이었다.

두 사람은 다시 한 번 이 문제를 생각해보기로 하자는 뻔한 거짓말을 하면서 작별 인사를 나눴다. 레나의 큰오빠는 이 지저분한 세계에 발을 들여놓지 않기를 잘했다는 개운함을 느꼈다.

*NBI*의 반대를 말하자면 『존타크 *der Sonntag*(일요일)』 신문이 있었다. 정부의 편파적인 신문용지 배급 때문에 발행 부수는 적지만 또 그 소량의 발행 부수 때문에 검열도 대충 받는 문화·교양 주간지였다.

레나의 큰오빠는 『존타크』 신문사에 전화를 걸었다. 편집부의 바바라라는 직원에게 자기소개를 하려고 했을 때 바바라가 먼저 말했다. "누구신지 알고 있습니다." 그러면서 지금 혹시 베를린에 계시면 사진 몇 장을 부탁해도 되겠느냐고 했다. 자기 집에서 민권운동을 하는 사람들이 저녁에 모여서 교육개혁에 관해 토론을 나누는데, 이 토론의 내용이 『존타크』 신문의 독자들에게 지면으로 소개되었으면 좋겠다는 설명을 덧붙였다.

---

* 『슈테른 *Stern*』: 1948년 창간된, 당시 서독의 종합 시사 주간지. 『슈피겔』에 비견할 수 있는 명성을 가지고 있다.

레나의 큰오빠는 이날 저녁 바바라의 집으로 갔다. 집 안은 몇 분 만에 사람들이 뿜어대는 담배 연기로 꽉 찼고 거기 모인 무리는 눈에 띄게 유행과는 반대되는 옷들을 입고 있었다. 토론이 시작되었다. 개혁된 새 교육 체제하에서는 모든 어린이가 1인당 하나의 악기를 배우도록 해야 한다는 제안이 나오자마자 랄프라는 이름의 사나이가 끼어들었다. "새로운 의무 사항은 만들지 맙시다!" 랄프가 모임의 대변자 격이라는 것이 드러났다. 그가 즐겨 대변하는 단어들로는 '촉구하다' '정신 상태' '소신 없는' '포괄시키다' 등등이 있었다. 레나의 큰오빠는 사진을 찍고 나서 11시쯤 되어 간식을 먹으려고 부엌으로 갔다. 뉴스를 듣기 위해 라디오를 틀었으나 뉴스는 나오지 않았다. 간식을 다 먹고 나서 거실로 간 그가 사람들에게 말했다. "장벽이 열렸어요." 바바라가 라디오를 틀었다. 국경에서 사람들이 환호하고 쿠담*에 트라비 자동차가 밀려들고 브란덴부르크 문에서 합창을 하고 있었다. 그는 심각하게 라디오를 듣는 모임의 모습을 사진으로 담았다. 놀라움이 사람들의 눈에서 빛을 뿜어내며 넘쳐나고 있었다. 이상향의 출현에 절대적으로 압도된 인간의 모습을 담는 것은 이번이 처음이었다. 환호가 아닌 감동에 휩싸인 엄숙함으로 그들은 반응하고 있었다.

그러고 있는데 "라디오 드라마나 듣자고 우리가 여기에 모인 것이 아니지 않냐"고 랄프가 좌중에 물음을 던졌다. 그는 분명 라디오 드라마라는 말을 썼다. 예전에도 허구의 이야기를 실제의 사건처럼 꾸며서 소신 없는 청취자들을 속여 넘긴 사례가 있지 않았냐고 했다. 오손 웰스가 만든 「우주전쟁」의 라디오 극이 불러온 혼란을 생각하면 이해가 되었다. 모

* 쿠담: 쿠어퓌어스텐담Kurfürstendamm의 준말로 서베를린에서 가장 번화한 중심거리를 말한다.

임의 사람들은 자기네들이 듣던 것이 라디오 극이긴 하지만 잠시나마 베를린 장벽이 정말로 무너졌다고 믿었다는 것에 모두 고개를 끄덕였다. 랄프가 '개발 학년*의 실천을 촉구'해야 한다는 주장을 펴고 있을 때 레나의 큰오빠는 속아 넘어간 자들의 정신 상태를 살펴보기 위해 그 자리를 떠났다.

그가 나가고 나서 5분 있다가 바바라가 화장실에 가는 척하며 부엌으로 가서 몰래 라디오를 틀었다. 2분 후 다시 담배 연기로 뒤덮인 거실로 돌아온 그녀의 얼굴은 뭔가 달라져 있었다. 민권운동적으로 뭉친 무리들은 교육개혁에 관한 토론을 중단하고 물었다. "뭡니까?" "아무것도 아녜요." 바바라가 대답했다. "그런데 똑같은 라디오 드라마가 전 방송 채널에서 방송되고 있어요." 그녀는 피식 웃었다.

레나의 큰오빠가 자동차를 타고 국경 쪽으로 출발하려고 할 때였다. 한 쌍의 남녀가 반갑게 소리를 지르며 차로 달려왔다.

"장벽이 무너졌어요." 여자가 들뜬 목소리로 소리치며 자동차의 유리문을 두드렸다. "우리를 좀 태워주실래요?"

레나의 큰오빠는 운전석에서 내려 좌석 등판을 앞으로 접었다. "어디로 가면 되죠? 난 여기 베를린 사람이 아니어서요."

"길은 우리가 잘 알아요!" 여자는 겉으로 보기에도 훨씬 나이가 어려 보이는 남자를 차 안으로 재촉했다. "카를리, 어서 들어가! 참, 난 베레나라고 해요!" 그녀는 큰 소리로 웃어젖혔다.

베레나 랑게는 언어의 비상사태 한복판에 있었다. 기쁨에 겨워 제정신이 아니었다. 말하는 시간보다 숨을 고르는 시간이 더 많았다. 그녀의 말을 정리하면, 둘은 방금 집에 돌아왔는데 카를리는 바로 화장실에 가고

---

* 진학할 학교 종류에 관계없는 초등학교 5·6학년생의 일괄적인 진학 교육 과정이다.

그녀는 레코드를 들으려고 했다. 카를리의 음향기기를 잘 모르는 탓에 실수로 라디오를 켰다. 카를리가 와서 레코드판을 올려놓아주기를 기다리며 라디오를 들었다. 흥분된 목소리들이 흘러나왔다. 무슨 일이 벌어진 건지 파악된 순간 카를리에게 소리쳤다. 카를리, 장벽이 무너졌어!

카를리가 끼어들어 말을 고쳤다. 그게 그냥 소리 지른 건가, 완전 비명이었지. 그런 비명은 처음이라고 했다. 비명과 거의 동시에 카를리가 화장실에서 나왔을 때 바지는 종아리에 걸쳐 있고 손에는 화장지를 든 채였다고 했다. 그리고 여자가 카를리에게 말하기를, 사람들은 지금 다 서베를린으로 갔대! 우리도 가보자! 그러고는 둘은 서둘러 집에서 나와서…… "카를리, 그런데 화장실 물은 내리고 온 거야?" 여자가 돌연 물었다. "글쎄, 생긴 게 아주 이쁜 똥이긴 해도 집에 들어가면 냄새 좀 날걸!" 여자가 남자에게 뽀뽀하며 다정히 기댔다.

"지금 난리가 난 곳은 쿠담인데 너무 혼잡해서 갈 수나 있을지 모르겠어. 지리를 잘 알지는 못하거든. 쿠담이 쿠어퓌어스텐담이랑 같은 건지 그것도 모르겠는걸."

그럼 왜 쿠담이 제일 먼저 떠올랐냐고 카를리가 물었다.

"우리 카티야한테 증거를 갖다줘야지! 내일 아침 일어나서 내가 어제 서독에 갔다 왔다고 하면 엄마 미쳤냐고 할 거 아냐?"

레나의 큰오빠는 제한 속도를 위반하면서 빠르게 달렸다. 도로가 아스팔트를 지나 돌로 깐 포장도로로 바뀌자 달리는 차의 소리가 커지면서 정감이 느껴졌다. 베레나는 다른 자동차들에 손을 흔들었다. 다른 차들이 그들의 노란 차에 경적을 울리면 레나의 큰오빠도 경적을 울려 화답했다. 그러자 그도 그들과 같은 감정에 휩싸이기 시작했다. 막혔던 댐이 터지는 것과 같이 밀려오는 행복감으로 그는 마치 말하는 데 목숨 걸었다는 듯 말문을 트기 시작했다. 말이 줄줄 흘러나왔다. 처음 보는 자신의 모습이었다. 아침에 아직 고향에 있었을 때는 저녁에 이런 일이 일어나리라고는 꿈에도 생각하지 못했는데 마침 『존타크』 신문이…… 아니, 그의 말은 미술관 큐레이터로서 즉석 강연에 익숙해져 있고 격한 감정의 소용돌이 속에서도 재치 있는 설명을 할 수 있는 베레나 랑게처럼 조리가 서 있지 못했다. 그의 차가 빠르게 돌길을 달렸다. 밤, 환희, 속력, 소음, 금지된 사랑, 이 모든 것이 뒤죽박죽된 이 순간의 시간 속에 사진작가인 그도 함께 휩쓸려 들어갔다.

그날 밤 만들어진 사진은 그의 작품 가운데 가장 잘된 사진이라고 할 수 없는 것들이었다. 나중에 그가 발견해낸 기본 법칙은 흔들린 것일수록 좋다는 것이었다. 이날 밤 많은 사람이 사진을 찍었고 그들 모두가 같은 사진을 찍었다. 그 사진들은 사건을 더듬듯 만지고만 있을 뿐이었다. 레나의 큰오빠가 추구하는 것은 삶에서 그대로 고스란히 잡아챈 것 같은 사진이었다. 그러나 이날 밤, 사진은 창녀가 되었다. 누구든지 원하기만 하면 가질 수 있었다. 이날의 사진은 그저 무슨 일이 일어났었는지, 그리고 누가 있었는지만을 증명할 뿐이었고 전쟁사진이 그렇듯 현장에서의 폭발하는 감정적 위력을 담아내지 못했다.

레나의 큰오빠는 라이카 카메라를 가방에 도로 집어넣고 사람들로 출렁이는 시내를 걷기 시작했다. 거리 곳곳에서 "미치겠다!"를 외치는 사람들이 눈에 띄었다. 그런가 보다 했다. 그런데 그의 내부에서도 변화가 일어나고 있었다. 자꾸자꾸 웃음이 나왔다. 아침이 될 때까지 그렇게 레나의 큰오빠는 동화의 나라의 웃는 방랑자였다.

마티아스 랑게 검사는 일렁이는 파도에 부딪히는 바위였다. 그는 본홀머 다리의 제일 높은 지점에 서서 동독 방향을 쳐다보고 있었다. 이런 광경은 처음이다. 이런 광경은 세상에서도 처음이다. 장벽이 무너짐과 함께 수많은 인파가 몰려들고 자동차가 줄줄이 행렬을 벌이며 샴페인과 노래와 경적의 합창이 곁들여진 국민 축제가 시작된 것이다. 하지만 마티아스 랑게는 축제에 끼지 않았다. 1분마다 하나꼴로 지나가는 사람마다 "신나지 않으세요?"라고 말을 걸고, 그동안 세 번이나 입맞춤을 당하고, 심지어는 그의 뺨에다 대고 '쪽' 하고 소리 나게 뽀뽀하는 사람도 있었다. 신나지 않으세요? 신나지 않았다. 어째서일까?

직장에서의 문제는 이제 간단해질 터였다. 부정선거, 경찰의 무력 진압, 공무원의 부정부패 등등 요즘 들어 들어온 고소는 한심하기 짝이 없는 것들이다. 옛날에는 무서워서 아무도 그런 고소는 할 생각을 못했을뿐더러 만일 누가 용기를 내어 나섰다고 해도 즉각 잡혀 들어갔을 것이다. 무고죄, 국가 모독죄, 반국가 선동죄 등 법전에 나와 있는 갖가지 죄목을 몸소 경험하고 싶어 안달하는 인간들은 항상 있어왔다. 그런데 몇 주 전부터는 사정이 달라졌다. 건축가를 자처하는 어떤 여자가 아직 깁스를 하고 있는 손에다 병원의 진단서를 들고 절뚝거리며 그의 사무실에 들어와 자기를 이렇게 만든 경찰을 상대로 고소장을 제출하는 일이 가능해진 것이다. 이런 여자는 어떻게 처리해야 한다? 요새는 무조건 잡아들일 수도 없다. 재판을 질질 끌거나 아니면 수사에 착수하는 도리밖에 없다. 결과가 어떻게 나올지 모르는 한두 가지 다 위험한 방법이다. 그가 그 경찰을 찾아내 수사를 하고 재판을 준비한다고 하자. 그러다가 갑자기 체제가 무너지면 재판이고 뭐고 종 쳐야 한다. 반대로 수사를 거부하고 있는데 절뚝발이 건축가가 난데없이 시장님이 된다면 마찬가지로 그는 발 닦고 잠이나 자야 하는 신세가 된다. 그런데 이제 장벽이 무너진 것을 계기로 혹백이 분명하게 구별되게 생겼다. 건축가의 거룩하고 위대한 승리가 확인되었으니 사건을 조사하기로 한다. 마티아스 랑게 검사는 이렇게 스스로에게 타일렀다. 그러니까 이제는 좀 기뻐해도 되잖아! 여전히 신나는 기분은 들지 않았지만 얼굴에 그어진 주름살에 처음으로 미소가 어렸다.

저쪽에서 갑자기 아내의 모습이 보인 것 같았다. 그의 얼굴에 어렸던 미소가 사라졌다. 정말로 아내였다. 아내는 모르는 어떤 남자를 팔에 휘감고 그와 나란히 감격으로 들끓는 인파 속을 통과하고 있었다. 물에 빠진 사람이 구조용 부표(浮標)를 꽉 부둥켜안고 있는 모양이었다. 모든 사람을 형제자매로 만드는 분위기에 휩쓸려서 저러는가 보지. 그런데 사람 고르는 수준을 좀 높였으면 좋았을 텐데 말이야. 자라목 스웨터를 꿰어 입은 애송이라니. 그렇지만 오늘 밤만큼은 아내를 책망하고 싶지 않아.

두 사람은 정확히 마티아스 랑게, 그러니까 파도에 부딪히는 바위 쪽을 향해 흘러오고 있었다. 날 언제 알아보는지 한번 볼까, 하고 그는 생각했다. 두 사람은 벌써 꽤 친해진 것 같다. 말하는 모양이 명랑하고 스스럼없어 보인다. 마티아스 랑게가 알고 있는 아내 베레나는 사람과 같이 있길 즐겨하고 남을 쓰다듬거나 껴안는 것을 좋아하는 사람이었다. 하지만 그렇다고 해도 저 자라목 스웨터가 베레나를 꼭 끌어안고 있는 것을 보니 질투심이 기어오르려고 했다. 하지만 이제는 내가 여기 있으니 더 이상 모르는 놈을 껴안고 다닐 필요가 없다.

베레나 랑게는 남편과 부딪치기 일보 직전에야 그를 알아봤다. 그녀는 "마티아스," 하고 반갑게 남편의 이름을 부르며 카를리를 옆으로 살짝 밀쳐낸 다음 남편과 함께 휙 가버렸다.

카를리는 둘의 뒷모습을 바라보았다. 베레나는 자기에게 팔을 감았던 것과 똑같이 어떤 사람의 허리를 부여잡고 멀어져가고 있었다.

카롤라는 거의 잠든 상태였다. 머릿속에서 끈질기게 웅크리고 있던 생각은 꿈이 되어 카롤라의 뇌 속을 떠돌아다니고 원래 무얼 위한 생각이었는지 그 기억조차 온데간데없어졌다. 카롤라는 꿈에서 문의 손잡이를 아래로 당기고 있는 자신을 보고 있었다. 막연히 그곳이 시의 내무 상임위(常任委) 건물이라는 느낌이 들었다. 문에는 '공연/연주 신청과'라고 씌어 있었다.

침대 옆 책상 위에는 신청서 용지와 대학교 안내서, 그리고 '세입자를 위한 안내 책자'가 놓여 있었다. 관료주의에 방글방글 웃으면서 항복했던 카롤라였다. 그녀는 베를린 시의 '학교, 직업교육 및 대학체육 행정위원회'에 고등학교 졸업장을 제출해 학력 인정을 받았다. 각종 학칙안내서를 두루 읽고 나서 주전공에 민족학, 부전공으로 심리학과 연극학을 공부하기로 결정했다. 그 후 베를린 자유대학의 학생등록처에 가서 신입생 등록도 마쳤다. 강의시간표를 연구하고 신입생 환영회에도 갔으며 첫 학기에는 일단 열여섯 개의 강의에 들어가본 다음 선별하여 그중 최대 열 과목만 선택하려는 계획도 세웠다. 연방 장학법의 법규와 절차를 일독한 후에, 일단은 장학금을 신청하지 않고 베를린 크로이츠베르크 구청에 가서 근로소득세 카드를 발부받아 하젠하이데 공원의 카페에서 아르바이트를 하기로 마음먹었다. 거주지 구청의 주민등록과에 가서 주소 이전 신고도 했고 새 주민등록증도 신청해놓았다. AOK 의료보험 조합에도 가입했다. 출생지인 드레스덴의 시청에 호적등본과 출생신고서의 복사본을 요청하는 한편 국적 포기 신청을 했다. 슈파르카세 은행에 계좌도 하나 만들었다. 자유대학 학생회에 국제학생증 발급을 위한 모든 서류를 넣어놓았으며 베를린 공공교통 조합에는 일반요금보다 저렴한 학생승차권 구입에 필요한 제

반 증명서를 제출해놓았다.

산더미 같은 신청 용지, 제출기한, 요강, 제출해야 할 증명서, 서명 같은 것들에 그녀는 겁을 먹기는커녕, 관료주의의 모든 건반을 넘나드는 솜씨가 조금씩 좋아질 때마다 힘과 생활력이 샘솟는 기분이 들었다. 성숙해지고 어른이 된 느낌도 들었다. 규칙을 알면 같이 놀 수 있다. 더 이상 밖에서 구경만 하지 않아도 된다. 그녀는 놀이에 끼고 싶었다.

관료주의란 자유의 계약서 귀퉁이에 깨알처럼 작게 인쇄된 약관이다. 몇 주 후 이 명제는 눈에 불꽃이 번쩍 튀는 강도로 그녀를 강타했다. 그 계기는 너무도 사소한 것—자유 대학의 한 대형 강의 건물에서 강의실 JK 21/201을 찾는 것— 이었다. 그녀가 거기서 깨달은 것은, 대학이란 빽빽하게 가려진 가시덤불이고 관료주의의 연옥이며, 대학에서 배우는 단 한 가지 유용한 것이 있다면 고교 졸업장 한 장만을 달랑 손에 들고 강의 계획표와 학칙과 졸업 규정과 면담 시간과 개관 시간 속으로 헤집고 들어가서, 장소를 찾고 기한을 엄수하며 시간표를 짜고 각종 면담을 찾아다니고 게시판의 공지 사항을 항상 살펴보고 장학금을 신청하고 시험 신청을 하며 돌아다니다가 언젠가는 다시 학위 증명서 한 장을 손에 들고 빠져나오는 곳이라는 사실이었다. 대학은 관료주의를 익히는 곳이며 학위는 네가 그 속에서 버틸 능력이 있다는 증거에 지나지 않는다. 그제야 비로소 너는 먼지 구덩이 속에서 고개를 내밀 수 있는 가치를 가지게 된다.

관료주의에서 재미를 느낀 것이나, 규칙을 얼마나 잘 알고 그에 따라 행동하느냐를 척도로 자신이 가진 자유의 정도를 가늠했던 것이 얼마나 어리석은 짓이었는지를 깨닫게 되자 그녀는 부끄러움을 느끼지 않을 수 없었다. 지난 몇 주 사이에 몰라보게 이성적이고 실질적인 사람이 된 자신도 발견했다. 장난스러운 것, 몽상적인 것, 낭만이란 낭만은 그 짧은 시간에 쪼그라들어버렸다. 대학 총장에게 입학을 허가해달라는 편지를 쓰려고 할 때의 그녀는 온데간데없어졌다. 허가 또는 신청, 긍정적 답변 같은 것 없이 '무작정' 헝가리-오스트리아 국경을 넘어버렸던 그녀가 이젠 아니었다.

익숙했던 논리력을 놓아버리면서 각성 상태를 지나 수면으로 접어들며 이제껏 논리 정연함의 고른 발걸음으로 행진하던 사고는 속도를 놓치면서 꿈의 나라로 잠겨 들어갔다. 자동차들이 계속 빵빵거리는 소리는 '경적 콘서트'라는 단어를 만들어내고, 빈사 상태에 빠진 그녀의 사고력은 '경적 콘서트'라는 것이 왜 개최되냐고 묻는 대신 22시 이후에 열리는 공연은 당국의 예외적 허가를 받아야 열릴 수 있다고…… 이때 초인종 소리가 첫번째 꿈을 방해하며 시끄럽게 울려댔다. '딩' 하고 한참 있다가 '동' 하는 걸로 보아, 초인종이 아래층 출입구의 초인종이며 초인종을 누른 사람은 그 집의 초인종이 딩동하는 초인종인 것을 모르고 있음을 알 수 있었다. 안 그랬다면 저렇게 오래 누르고 있지 않고 짧게 여러 번 눌렀을 것이다. 두번째로 종이 울렸다. 이번에는 딩과 동 사이의 시간적 간격이 더 길었다. 틸로가 마룻바닥을 삐걱거리며 나갔다. 인터폰으로 뭐라고 얘기하는 소리가 들렸다. 틸로가 그녀의 방으로 왔다.

"어머니 오셨어." 그가 말했다. "밑에 너희 어머니 와계시다고!"

"우리 엄마가 어떻게 여길 와?" 카롤라는 이렇게 말하며 마루에서 비친 불빛에 눈을 찡그렸다. "우리 엄마는 아직 저쪽에 있잖아."

"네 어머니라고 주장하는 사람이 왔다니까. 카롤라를 만나러 왔어요, 하고 말씀하시더라. 난 그 아이 엄마 되는 사람입니다, 하는데 아주 흥분한 목소리였어."

뭐라고 대꾸할 말을 찾고 있는데 현관문에서 초인종이 울렸다. 틸로가 문을 열어주러 갔다. 카롤라는 숨어서 귀를 기울였다.

들리는 목소리는 엄마의 목소리 바로 그것이었다. 발소리도 엄마의 발소리였다. 방문에 비친 엄마의 윤곽을 보고 카롤라는 놀라움에 짧은 비명을 조그맣게 내질렀다.

"카롤라," 엄마가 말했다. "아직도 자고 있는 거니?"

방에 들어서서 전등불을 켠 엄마는 두려움에 떨며 침대에 앉아 있는 카롤라를 향해 다가왔다.

"왜요?" 카롤라는 뭐가 어떻게 된 건지 이해할 수 없었다. 어떻게 엄마가 이곳 서독에 불쑥 나타날 수 있는 것일까? 왜 편지나 전화 연락도 없이 온 것일까? 왜 저렇게 흥분해계신 걸까? 평소에 항상 함께 다니던 아빠는 왜 같이 안 온 걸까? 그리고 밤 11시 반에 '아직' 자고 있냐고 하시는 이유는 뭘까?

"너 정말 무슨 일이 난 건지 모르는 거냐? 장벽이 열렸다!"

"아니, 장벽이 그냥 열렸단 말이에요?" 카롤라가 물었다. 정신이 멍했다.

"그렇다니까!" 엄마가 말했다. "좀 껴안아보자, 우리 딸아!" 하며 침대 가장자리에 앉아 카롤라를 안으며 자신의 딸 역시 북받치는 감정을 어찌할 줄 몰라하는 것을 느꼈다.

"아빠는…… 아빠는 같이 안 오려고 하시더라. 네 집에 도착이나 할 수 있겠냐며……" 슈라이터 부인은 흐르는 눈물을 참으려고 하지 않았다. 그녀는 카롤라를 온 힘을 다해 꽉 껴안았다. "하지만 봐라. 이렇게 잘 찾아오지 않았니!"

카롤라는 몸에서 힘을 빼고 엄마가 하는 대로 놔두었다. 엄마의 갑작스런 방문이 곤란스러웠다. 난 새 인생을 막 시작하려고 하는 참이었는데 난데없이 옛 삶이 찾아와 불청객처럼 그녀의 방에서 커다란 음성의 작센 사투리로 자신을 내 딸아!라고 부르지 않나, 아빠가 어쨌다느니 하지를 않나, 눈물의 재상봉을 만들어가며 내가 지난 몇 주 사이에 이루어낸 성공에 대해서는 관심조차 보이지 않는다.

"그럼 이쪽을 소개해드릴게요." 카롤라가 이었다. "얘는 틸로고요, 이분은 우리 엄마셔."

"내 말이 맞았지." 틸로가 이렇게 말하며 카롤라의 엄마에게 악수를 청했다.

엄마는 틸로를 향해 벌겋게 부은 눈을 돌리며 카롤라를 껴안은 팔을 풀었다. "반가워요"라고 하며 주저 없이 코를 팽 하고 풀었다. "미안하다, 얘야, 하지만……" 엄마는 또 울고 있었다.

"자동차로 오셨어요?" 대화를 이성적으로 몰고 가려고 노력하며 카롤라가 물었다.

"차 댈 데라곤 한 군데도 없는 거여! 다 꽉꽉 찼어! 그러니까 니가 여기 사는 줄 뻔히 알면서도 자리가 없어서 빙빙 돌다가 그냥 보도에다 세워놨다."

"그건 너무 위험해요." 카롤라가 말했다. "바로 견인해갈지도 모른다고요."

슈라이터 부인은 옛날의 카롤라를 알아보려고 애썼다. 예전에는 이렇게 차갑지 않았는데, 게다가 그녀는 어느 문구에나 다 들어맞는 '바로'*라는 말의 정확한 뜻을 몰랐다. 전에는 카롤라가 절대, 한 번도 쓰지 않던 단어다. 이 단어는 마치 인터숍에서 풍겨나는 향기로운 냄새와 같았다.

---

* halt: 그러니까, 바로, 정말을 의미하는 부사어. 서독에 속했던 남독일이나 오스트리아, 스위스에서만 주로 쓰이는 단어.

서독의 분위기가 느껴지는 인터숍의 냄새와 같이 이 단어가 들어가면 서독 말투의 분위기가 났다.

"오늘은 아닐 거여." 슈라이터 부인이 말했다. "오늘 밤에 누가 바로 차를 끌고 간다고 그러냐." 자기 말투는 스스로가 생각해도 영 아니었다. 하지만 카롤라는 제대로 된 서독 말을 능숙하고 듣기 좋게 하고 있다. 머리 모양도 새로 바꾸고 나니 숱도 많아 보이고 머릿결도 건강해 보인다. 두 손으로 머릿결을 만져보고 싶은 생각이 든다.

"참 예뻐 보인다!" 칭찬이 가슴 깊은 곳에서 우러나왔다.

"저도 항상 하는 말이에요." 틸로가 웃으며 말했다.

"하긴 그래!" 카롤라가 받았다.

"지금이라도 한번 일어나볼래?" 틸로가 물었다.

"물어볼 필요가 뭐가 있어요?" 카롤라의 엄마가 물었다. "바깥에서 무슨 난리가 났는지 네가 몰라서 이러는 게지!"

카롤라의 엄마는 몸을 일으켰다. 하고 싶은 말들이 안에서 용솟음쳤다. 그러고는 재빨리 몸을 돌려 방 안을 빙 둘러보았다. 국경의 현재 상태에 대해 설명한 다음, 이제 카롤라가 집에 올 수 있게 되어 온 가족이 모이게 되었으니 성탄절에 카롤라와 함께 집에 오라고 틸로를 초대했다.

카롤라는 옷을 갈아입었다. 현관문을 나섰을 때 슈라이터 부인이 감탄에 가득 찬 눈빛을 하고 말했다. "카롤라, 너 지금 모습이 어떤지 아니? 완전히 서독 사람 같다!"

카롤라는 기가 막히다는 표정을 하고 엄마를 쳐다보았다. 그러나 엄마는 얘기를 그치지 않았다.

"누가 봐도 서독 사람이랑 구별 못하겠구나!"

그녀는 카롤라가 몹시도 대견했다. "성탄절에는 집에 꼭 와야 한다!

틸로도 꼭 데리고 와."

"틸로." 카롤라가 말했다.

"그래, 틸로. 내가 뭐라고 했기에?"

"엄마는 항상 디일로라고 발음하잖아요."

슈라이터 부인은 뜨끔하여 잠자코 있었다.

"장벽으로 가보실래요?" 틸로가 물었다.

반대 의견은 없었다. 카롤라는 왠지 별로 내키지 않았다. 애써 서독에 나왔는데 자기가 빠져나온 동독이 그녀를 다시 데려가려고 하고 있다. 엄마는 그녀를 서독 사람 옷을 입은 동독인으로만 취급하고 있다. 엄마는 동쪽에서 사람들이 몰려오는 것을 구경 가자고 하지만 내가 그 사람들과 무슨 관련이 있단 말인가? 민족학을 전공하고 있는 나의 관심 분야인 진기한 각국의 문화에 대해 저들은 손톱만큼도 아는 것이 없다. 나는 저들과는 상관이 없단 말이다! 틸로는 왜 내가 저 사람들에 대해 관심 있어 할거라고 생각하는 것일까?

"일단 차를 다시 주차하셔야 돼요." 카롤라가 말했다. "틸로가 차 댈수 있는 곳을 알고 있어요."

한 시간 후, 엄마와 틸로와 함께 오버바움 다리의 동서 국경에 서서 저 멀리 동쪽에서 기쁨과 해방감에 찬 얼굴들이 환호하며 물결처럼 밀려오는 것을 본 카롤라는 화가 났다. 이제 모두가 저렇게 쉽게 서독으로 올수 있게 되었다면 카롤라는 더 이상 특별한 존재가 아니었다. 저들에게 저절로 굴러온 복은 말하자면 카롤라의 덕분이기도 했다. 여름에 몇만 명이 넘어간 덕분에 가을에 소요 사태가 일어날 수 있었던 것이다. 아무도 탈출하지 않았다면 역시 아무 일도 일어나지 않았을 것이다. 사건이 전개되었던 과정, 즉 데모, 촛불, 노래, 기도 등등은 카롤라에게 너무 동독스럽게 느껴졌다. 이제 열린 장벽을 통해 그걸 지어 올렸을 때보다 더 큰 혼란이 올 것이다. 적어도 옛날에는 공사 계획이라는 거라도 있었지.

카롤라는 엄마의 기쁨보다, 저기 몰려오는 저들의 기쁨보다 자신의 똑똑함을 믿었다. 지켜보기만 해라. 자유를 누리기 위해서 규칙이 필요하다는 걸 너희들은 알아야 해. 언제까지나 데모나 계속하고 갖가지 요구나 들이대면서 탁상공론을 펼칠 수는 없어. 그녀는 행복에 젖은 얼굴들을 보고 분을 삭이며 언제까지고 생각했다. 너희들은 지금 아무것도 몰라.

2. 일단 자자

요즘 들어 다니엘 데티엔은 새벽 3시 이전에 잠자리에 드는 날이 거의 없었다. 계속 무슨 일이 생겨나고 모두가 뭔가를 계획하고 있었으며 여기저기에 그를 끌어들였다. 저번 주에는 에스페란토 어학회에서 알게 된 친구 한 명이 당을 결성한다고 했다. 어제는 부서진 백화점 건물 하나를 점거하겠다는 예술가 집단을 만났다. 오늘 저녁에는 출판사를 차리겠다는 문화학 전공 대학생과 약속이 있었다.

지난 몇 주 동안 다니엘 데티엔의 집은 손님의 행렬이 거의 끊기다시피 했다. 예전에 그의 소파에서 북적거리던 사람들은 그 일밖에는 별로 할 일이 없는 사람들이었다. 이제 다른 사람들의 소파를 채워주고 있는 다니엘은 갑자기 중심에서 주변부로 밀려나버렸다. 그렇지만 그는 불안해하지 않았다. 당은 결성되지 않았다. '폭풍우가 한참 몰아치는데 배를 새로 만들겠다는 것'은 소용없는 일이라는 것이 그가 주장하는 바였다. 예술가 친구들은 그들대로 말만 무성할 뿐이었다. 그들은 기습 공격이 주는 매력에 혹했을 뿐이다. 그리고 출판사의 작가로 섭외되었다는 사람들은 다름 아닌 예전에 다니엘의 소파에 앉아서 찻주전자에 긴 더께를 두껍게 해주는 데 기여해주던 이들이었다.

도시 전체에 이상한 분위기가 감돌고 있었다. 도시는 자고 있는 것도, 깨어 있는 것도 아니었다. 집집마다 늦게까지 불이 켜져 있는 창문이 꼭 하나씩은 있었다. 텔레비전이 켜져 있는 집도 있었다. 천장과 벽에는 푸르스름한 빛이 어른거리고 있었다. 새벽 3시 15분 전이다. 이 시간에 무슨 방송을 한단 말인가? 시험 화면이 나올 시간이 아니었던가?

창문들은 빠끔히 열려 있었다. 취재기자인 듯한 사람의 격앙된 말소리가 쉬지 않고 흘러나왔다. 무슨 말을 하는지, 심지어 독일 말인지 아닌지조차 알아들을 수 없었다. 그러나 흥분한 분위기만큼은 분명히 느낄 수 있었다. 그렇다, 무슨 일이 난 것이다. 비록 텔레비전을 틀고 있는 집이나 불이 켜진 집이 몇 집 안 된다고는 해도 금요일 새벽 이 시간치고는 이상하게 많은 숫자이다. 창문이 열린 집이 또 하나 나왔다. 역시 라디오에서 나오는 것 같은 흥분된 목소리가 들렸다. 장벽을 개방했나 보다, 하고 그는 생각했다. 아니면 쿠데타가 일어났던가.

다니엘 데티엔은 냉전시대의 아이로, 양대 초강대국이 서로의 관자놀이에 권총을 겨누고 대치하고 있다는 인식하에 성장했다. 잠깐이나마 전쟁의 예고를 상상한 것은 그로서는 어쩔 수 없는 일이었다. 그가 느낀 도시의 분위기는 평화시대의 마지막 순간을 예감하게 했다. 밤늦게까지 TV가 켜져 있고 거리는 텅텅 비어 있는. 하지만 아무래도 전쟁이 일어났을 가능성은 희박한 것 같았다. 최근 들어 우리가 접한 것이라고는 오직 좋은 소식뿐이지 않았던가.

그는 집 아래층 출입문에 들어서면서부터 집에 올라가면 라디오를 틀고 장벽이 열렸다는 소식을 들어야겠다고 생각하며 두 계단씩 단숨에 올라갔다.

SFB 방송국에서는 방금 바깥에서 들었던 것과 같은 들뜬 목소리들이 흘러나왔다. 트라비의 홍수로 쿠담에서는 교통이 완전히 마비되었다고 했다. 행인들이 마이크에다 대고 알아들을 수 없는 소리를 꽥꽥 질러대고 있었는데 미치겠다는 말이 그중 뚜렷하게 들렸다. 주위의 소음에 대항해 크게 소리를 내지르는 리포터는 믿을 수 없는 일이 일어났다는 말만 되풀이했다.

다니엘 데티엔은 녹초가 되었다. 벌써 몇 주째 3시 전에 잠들지 못하고 있었다. 희소식들이 그의 수면 리듬을 엉망으로 휘저어놓았다. 그런데 무슨 일이 일어났다 하면 온통 희소식이었다. 돌연 언론의 자유가 주어졌다. 집회와 시위는 더 이상 불법이 아니었다. 누구든지 원하기만 하면 정당을 결성할 수 있었다. 행정부가 사퇴했다. 당 수뇌부도 사퇴했다. 곧 자유선거가 실시된다고 했다. 그리고 이제는 장벽이 열렸다. 수많은 좋은 소식 중 이 하나 때문에 다시 거리로 뛰쳐나가기엔 그는 너무 피곤했다. 일단 자자. 내일도 날이다.

3. 검사의 증거 인멸

어젯밤 생각만 하면 마티아스 랑게 검사는 화가 뻗쳤다. 그는 그냥 '한번 구경이나 할' 심산으로 베레나와 쿠담에 갔는데 베레나가 한 짓은 그 이상이었다. 그녀는 춤추고 기뻐하고 노래까지 불렀다. '베레나는 1년 열두 달이 잔칫집'이라고 예전에 베레나의 어머니가 한 말이 떠올랐다. 그에 반해 마티아스 랑게 검사는 타인의 감정을 받아들이거나 자신을 쉽게 터놓는 사람이 아니었다.

"어젯밤에 당신 너무 심하게 행동한 거 아니오?" 마티아스 랑게가 아침을 먹으며 아내에게 물었다.

"스파게티 아이스크림 얘기예요?" 베레나가 대꾸했다. 그는 웃음까지 짓는 그녀를 보니 더욱 화가 났다.

"스파게티 아이스크림이 뭐예요? 하고 그 남자한테 물어본 것 말이오. 그러면서 그 사람을 처다보는 모습이라니, 원!"

"그 사람이 자기가 먼저 그런 거라고요!" 베레나가 말했다. "차림표에 보니까 스파게티 아이스크림이라는 게 있는데 그게 뭘까 도대체 상상이 안 되었어요. 그래서 물어본 거예요!"

"아, 그러셨구먼!" 마티아스 랑게는 화를 내며 말했다. "카페 크란츨러*도 구경이나 한번 해보려고 가본 거라면서? 그러더니만 순진하게도 스파게티 아이스크림이 뭐냐고 묻다니. 아, 뭐 사람이 물어볼 수도 있는 일이지, 암. 하지만 그 남자가 접시를 집어서 아이스크림을 짜고 딸기 시럽을 끼얹고, 아 그렇군, 생크림도 없고 하는 동안에 감사하지만 됐어요, 라고 말할 시간이 충분히 있었잖소. 바깥이 너무 추워서 들어온 것뿐이라고 말할 수도 있었는데. 무엇보다도 11월에 난데없이 아이스크림이라니! 한 번도 추울 때 먹은 적이 없잖소. 공짜로 준다니까 먹은 것 아니오!"

"그게 뭐 그렇게 화낼 일이에요?" 베레나가 발끈했다.

"우리가 무슨 걸인이나 되는 것처럼 서 있었으니까 그러는 거 아뇨. 반쯤 굶어 죽은 촌놈들처럼 말이지."

---

* 쿠담에 있는 오랜 전통의 유명한 커피숍.

그 종업원은 "숙녀분께서 주문하신 스파게티 아이스크림 여기 있습니다!"라고 친절하게 덧붙이며 아이스크림을 탁자에 내려놓았었다. 기사도가 훌륭했다. 그녀는 걸인 취급을 당한 것이 아니었다.

그러나 베레나는 남편에게 아무 대꾸도 하지 않았다. 카티야가 부엌으로 걸어오는 소리를 들은 그녀는 아이 앞에서 부부 싸움을 계속하고 싶지 않았다.

카티야가 식탁 앞에 앉았다. 베레나는 엄마 역으로 돌아갔다.

"어젯밤 아빠랑 엄마가 어디 갔었는지 아니?" 베레나가 큰 중대 발표라도 하려는 말투로 물었다. "서독에 갔었지!"

카티야는 부모를 쳐다보았다. 엄마를 쳐다보고 아빠를 쳐다봤다가 다시 엄마를 보았다. "서독에 가면 안 되잖아요." 카티야가 말했다.

"안 되긴." 베레나가 대답했다. "이제는 누구나 갈 수 있게 되었단다."

카티야는 믿으려고 하지 않았다.

베레나는 손가방에서 뭘 하나 꺼냈다. 작은 나무 꼬챙이 한 끝에 반짝이는 파란색 술뭉치가 달려 있는 물건이었다. 베레나는 그것을 '푸셸'이라고 불렀다. 그녀는 그것을 카티야의 빵에 꽂았다.

"서독에서는 이걸 아이스크림에 꽂는단다. 그럼 아이스크림이 아주 예쁘게 장식되지."

카티야는 빵을 살펴보다가 푸셸을 빼내 가지고 놀았다. 선명한 파란색이 반짝반짝 빛나며 작은 빛의 조각들을 뿌리고 있었다. 랑게 가족네 부엌에서 이보다 빛나는 물건은 없었다.

"그럼 엄마 아빠가 정말 서독에 갔었던 거네!" 카티야가 소리쳤다.

아침 내내 푸셸을 손에서 내려놓지 않던 카티야가 그것을 공책에다 끼우려고 할 때 마티아스 랑게 검사가 엄하게 꾸짖었다. "카티야! 우리가 어제 서독에 간 걸 사람들 앞에서 꼭 그렇게 광고해야겠니!"

"안 될 건 또 뭐예요?" 베레나의 말이었다. 그리고 카티야한테는 이렇게 말했다. "공책에 꽂아도 돼."

그러자 마티아스 랑게는 딸의 손에서 푸셸을 빼앗아 뚝 부러뜨려 휴지통에 던져버렸다. 카티야는 바로 으앙 하며 소리 내어 울기 시작했다. 베레나가 따졌다. "그럼 애가 그걸 갖고 달리 어쩌란 말이에요!"

검사가 소리쳤다. "두 사람 다 그렇게 날 힘들게 만들고 싶소?"

베레나도 지지 않고 소리 질렀다. "당신 자신이 스스로를 힘들게 만드는 거예요, 당신 자신이! 이제 다 끝났다고요. 그렇게도 몰라요?"

베레나가 카티야를 달랬다. 검사는 아무 말 없었다.

카티야가 울음을 그쳤을 때 마티아스 랑게는 휴지통으로 가서 푸셸을 꺼내 자기가 저지른 일의 결과를 보았다. 푸셸은 가운데가 부러졌을 뿐 아니라 술뭉치도 다 떨어져 나가고 구겨져 있었다. 원상태대로 돌릴 수는 없었다.

"이제 그만 등교해야지." 마티아스 랑게가 쉰 목소리로 말했다. "오늘 오후에 우리 다 같이 서베를린에 가자. 새 푸셸을 사주마. 그럼 내일 학교에 갖고 갈 수 있어."

그러자 카티야가 휴지통 앞에 쭈그리고 앉은 아빠에게 다가와 목을 감싸고 뽀뽀를 하며 물었다. "엄마, 그런데 데어 푸셸(남성)이야, 다스 푸셸(중성)이야?"

마티아스 랑게가 말했다. "다스 푸셸." 베레나도 동시에 말했다. "데어 푸셸." 그러자 카티야가 그럴 줄 알았다는 듯이 말했다. "엄마 아빠는 끝까지 서로 자기 말이 맞다고 할 거야."

마티아스 랑게는 곧 문이 닫히는 소리를 들었다. 그는 식탁 의자에 앉아 있었고 베레나는 욕실에 있었다. 집 안은 조용했다. 마티아스 랑게 검사는 아이스크림 장식의 파편을 물끄러미 바라보았다.

"끝났어." 그가 중얼거렸다. "끝났어."

4. 꽉꽉 채워 베를린으로

닥터 마티스에게서 전화가 왔을 때 레나는 간호사실에 있었다. "레나, 지금 차 갖고 밖으로 나가려고 하는데 말이에요, 베를린에 같이 갈 생각 있어요?"

"차 언제 샀어요?" 레나가 물었다.

"아니, 구급차로 가요. 와일드 빌리가 운전하고요. 저녁까지는 돌아올 거예요."

"구급차를 쓴다고요? 좀 너무 심한 것 아닐까요?"

"오늘은 아무 일도 없어요. 심장마비나 골절 같은 것 일절 없다고요. 오늘은 아픈 사람 하나도 없어요."

"여기도 다들 예약을 취소하고 있어요." 레나도 인정했다. "우리도 그냥 여기 우두커니 자리나 지키고 있는 형편이에요."

"누구 또 같이 갈 사람 없나 물어봐요. 차에 자리는 넉넉해요."

와일드 빌리가 운전하는 구급차에는 이제 레나가 공식적으로 '남은 트릭 비틀 두 사람'이라고 부르는 트릭 비틀 두 명과, 와일드 빌리가 줄기차게 '연약한 마사지사들'이라고 부르는 두 명의 여자 물리치료사가 탔다. 여기서 그가 의미하려고 하는 것은 '상냥한'이었지만 그는 '상냥한'과 '연약한'을 애써 구별하는 사람이 아니었다. 연약한 마사지사들에게도 와일드 빌리는 술 취한 것이 아니라 혀가 큰 것뿐이라며 "여기 봐요!"를 빠뜨리지 않았다. 연약한 마사지사들은 킥킥대고 웃었다.

고속도로로 나가 베를린까지 남은 거리를 알려주는 표지판이 처음 나왔을 때 레나가 사람들에게 물었다. "서독에 가면 다들 맨 처음으로 하고 싶은 일이 뭐예요?"

와일드 빌리와 남은 트릭 비틀 두 사람, 연약한 마사지사들은 잠시 생각해본 후에 환영금(歡迎金)이라고 말했다.

"그다음에는?" 레나가 또 물었다.

닥터 마티스는 오래 골똘히 생각하는 것 같더니 이렇게 말했다. "일단 두고 봐야지요." "글쎄요. 그곳 가게들에 어떤 물건들이 있는지 보고요." 연약한 마사지사들은 이렇게 말하고 나서 결의에 찬 듯 고개를 끄덕였다. 남은 트릭 비틀 두 사람은 '레코드 가게를 뒤져볼' 생각이라고 했다.

"레나는?" 닥터 마티스가 물었다.

"지하철을 탈 거예요."

그녀는 어째서 서독이 자신에게 환영금 이상의 가치가 있는지 세 가지 이유, 즉 이지 라이더, 헤어, 페임을 들었다. 히피들이 대형 승용차 지붕 위에서 춤을 추는 도시, 잠들지 않는 도시, 카를마르크스 시에 존재하지 않는 모든 것을 볼 수 있는 도시로 가고 싶다고 했다. 레나는 모든 것을 한꺼번에 경험하고 싶었고, 그래서 오래전부터 지하철을 타고자 하는 소망을 품게 되었다. "그게 그렇게 중대한 일이라면," 와일드 빌리가 대꾸했다. 레나는 그다음 60킬로미터를 달리는 동안 죽 「지하철 1호선」이야기를 했다. 그녀는 영화에 나오는 것처럼 지하철을 타고 싶었다. 뮤지컬 「지하철 1호선」의 팬인 그녀는 세 번이나 영화로 보았을뿐더러, 순회공연에 나선 뮤지컬 공연단이 이틀 공연 예정으로 카를마르크스 시에 왔을 때도 표를 구하기 위해 새벽 2시부터 줄을 선 적도 있었다. 공연 첫날 무대 설치를 하다가 발을 삐끗한 공연단의 한 배우가 다음 날 물리치료를 받으러 왔다. 레나는 치밀한 작전을 세워 그를 자기 환자로 만든 후 둘쨋 날 공연에서는 무대 뒤 출연자 대기실까지 구경할 수 있었다. 오후에는 그 배우——그의 이름은 로저였다——에게 시내 구경을 시켜주었다. 로저 는 카타리나 비트*가 사는 집을 궁금해했다. 그녀가 평범한 콘크리트 아 파트에 살고 있다는 것을 확인한 그는 '대단하다'고 했고 카를 마르크스의 대형 동상을 보고도 '대단하다'고 했다. 그는 동독 돈 계산에 서툴렀다. 지 폐를 내기 전에 이게 도대체 얼마짜리 지폐인지 매번 들여다봐야 했다.

로저와 함께한 이날 오후의 경험은 레나에게 한 가지를 일깨워주었다. 그녀는 세상에 '다른 것'도 있다는 사실을 알게 되었다. 그녀가 태어난 도 시이자 그녀가 아는 세계의 전부인 카를마르크스 시가 로저의 눈으로 봤 을 때는 작은 존재에 지나지 않는다는 것도 알게 되었다. 로저처럼 경험 많고 전국적인 활동을 펼치는 사람이 이처럼 작은 도시, 세계적인 스타를 콘크리트 아파트에 살게 하고 상식선을 넘는 크기의 두상이나 세우는 도 시의 울퉁불퉁한 무대 위에서 예술을 펼친다는 것은 그의 화려한 명성을 값없이 낭비하는 것이 아닌가 하는 생각이 들었다.

로저는 지하철 1호선이 동서 경계 바로 앞에서 시작해 원래 옛날 노 선대로 하자면 오버바움 다리를 통과해 동베를린으로 간다는 말을 했다. 그다음 베를린에 갔을 때 레나는 1호선——그녀에게는 세상 전부를 뜻하 는——의 끄트머리를 눈으로 직접 확인하기 위해 오버바움 다리로 갔다. 거기서 그녀는 벽돌로 쌓아올린 다리를 보았다. 벽의 꼭대기에서는 자작

---

* 카타리나 비트(Katarina Witt, 1965 ~): 구 동독의 피겨스케이팅 스타.

나무가 자라고 있었다. 레나에게 오버바움 다리는 그리움이 쌓인 곳이었고 와일드 빌리에게는 하나의 표제어였다. "오버바움 다리요? 동서의 경계 아닙니까? 거기서 난……" 와일드 빌리의 말은 레나가 탄성을 내지르는 바람에 끊겼다.

오버바움 다리 근처의 주차장은 마치 달리던 스쿠터에 전기가 끊겼을 때처럼, 그나마 천천히 서행하던 자동차의 군단이 이젠 완전히 멈춰서버린 것처럼 보였다. 차들은 두서없이 뒤엉켜 그냥 서 있었다. 운전자들은 국경 통과로가 눈에 보이자마자 차를 세우고 나가버렸던 것이다. 그들이 다시 차로 돌아왔을 때는 사방이 꽉꽉 막혀서 어떻게 할 수가 없었다. 그들은 그저 허허 웃기만 했다. 이날 꼼짝 못하게 갇혀버린 차는 재미있는 에피소드가 되었을지언정 서로 욕하거나 위협하거나 망신을 주거나 할 일은 아니었다. 이날은 모든 사람이 다 같은 형제자매였다.

맨해튼과 브루클린 사이의 길처럼 국경이 터져버린 어젯밤의 혼란은 일단 지나갔다. 이제 다시 검문이 있었다. 레나, 닥터 마티스, 와일드 빌리, 남은 트럭 비틀 두 사람, 연약한 마사지사들의 여권이 모아져 거둬졌다가 곧 다시 돌려졌다. 여권의 마지막 장에 페이지 전체를 채울 만큼 커다란 도장이 찍혀 있었다. 'DDR 출국 단수(×)/복수(○) 비자. 유효기간: 1990년 11월 9일.' 와일드 빌리는 도장을 한참 쳐다보다가 국경 경비대원 한 사람에게 따지고 들었다. "에이, 이거 농담이죠? 이게 다예요? 정말로 이거 하나면 됩니까? 그래도 이까짓 도장 하나만 찍어주면 어떡합니까? 정말 다른 건 필요 없어요? 이럴 수가!" 그는 머리를 도리질하며 흰 선을 넘어갔다가 다시 돌아와서 그 대원에게 또 한 번 말을 걸었다. "내가 말하는 게 이상하긴 해도 당신이 생각하는 것처럼 술 취해서 그런 건 아니에요. 혀가 너무 커서 그래요. 자, 봐요!"

비록 열네 시간 지속된 환호에 피로의 기미가 살짝 어려 있기는 했지만 아직도 동서 경계상에서는 사람들의 잔치가 계속되고 있었다. 서베를린 사람들은 행복으로 물든 이 수많은 사람의 얼굴을 쉽게 지울 수 없었다. 그들은 커피와 뜨거운 수프를 따라주고 알록달록하고 빠드득한 소리가 나는 종이봉투에 바나나와 초콜릿바를 담아 나눠주었다. 그런 그들에게서 새로 오는 사람들에게 잘해주고 싶어 하는 마음을 엿볼 수 있었다.

레나는 근처의 공원에 여기저기 긁어모아져 있는 낙엽 더미를 바라보면서 사람들에게 물었다. "전에도 이렇게 행복했던 적이 있어요?" 이 물음은 일순간 그들의 가슴을 울렁거리게 했다. 태양은 엷은 빛을 비추고 있었고 11월의 찬 공기 속에서 가쁜 숨이 나부꼈다. 그들의 자유는 레나가 예견한 자유였다.

"끝없는 영원의 시간은 이제부터 시작이야!" 레나가 선언하며 까르르 웃었다.

그들은 이제 무엇을 할 것인가에 대해 얘기했다. 레나는 '지금 당장' 지하철을 타러 가겠다고 했고 와일드 빌리는 절대 '지금 당장' 지하철을 타지는 않겠다고 했으며 닥터 마티스는 '나중에 봐서', 트릭 비틀 일행은 '지금 당장' 타지도, '나중에 봐서' 타지도 않겠다고 했다. 연약한 마사지사들은 지하철을 타고 싶은지 아닌지 잘 모르겠다고 했다. 타협이 이루어지기 어려운 상태였고, 그렇다고 더 좋은 제안도 나오기 힘든 상황이었으므로 그들은 쉽게 의견의 일치를 보았다. 여섯 시간 후에 다시 구급차로 모이기로 한 것이다.

그것이 그들이 그렇게 모인 마지막 순간이었다.

5. 처음 보는 꽃, 처음 보는 레코드판, 처음 보는 스탈린

　남은 트릭 비틀 두 사람은 곧 음반가게 하나를 발견했다. 좁은 가게 안에는 남자들만이 북적대고 있었다. 모두 동독 사람이었고 모두 음악에 일가견이 있어 보이는 사람이었다. 심지어는 남은 트릭 비틀 두 사람을 알아보는 이도 있었다. 손님 한 명이 멈칫멈칫하며 그들에게 경외심이 가득 찬 눈빛을 보내는 것을 두고 두 사람은 어쨌든 자기네들을 알아보는 것이라고 나름의 해석을 내렸다.

　손님에는 두 가지 종류가 있었다. 아무것도 사지 않는 종류가 그 하나이고, 다른 한 종류는 환영금으로 받은 돈을 몽땅 다 털어붓는 부류였다. 음반가게 주인으로서는 그날이 일생에서 가장 수입이 많은 날이었다. 지금까지의 판매 기록은 정오에 벌써 그 두 배를 넘어섰다. 벌써 바닥이 드러난 종류도 있었다. 아방가르드 록 종류가 가장 먼저 나가기 시작했다. 판매원이 흘린 말에 따르면 **벨벳 언더그라운드**와 **더 크림**은 싹쓸이 된 상태였고 **예스**와 **제트로 툴**, **제네시스**, **플릿우드맥**, **크라프트베르크**, **스플리프** 등은 불티나게 팔리고 있었으며 **톤**, **슈타인**, **셰르벤** 같은 경우는 떨이로 사온 판이 아직 지하 창고에 한 박스 더 있기는 하지만 저녁 폐점 시간까지는 깡그리 다 나가고 없을 거라고 했다.

　가게가 사람들로 얼마나 혼잡한지, 남은 트릭 비틀 가운데 트릭 비틀 한 명이 진열대로 진입하기까지 20분이나 걸렸을 정도였다. 음반들은 밴드명의 알파벳순으로 정렬되어 겹쳐진 채 진열되어 있었다. 그 트릭 비틀은 **핑크 플로이드**에서 **폴리스**까지가 손에 잡히는 곳에 있었다. 언젠가 그 사이 어디쯤 **플란 크바드라트**의 앨범도 낄 수 있었는데, 그랬다면 일류들 사이에서 놀 수 있었을 텐데, 하고 그는 생각했다.

그는 언제나 핑크 플로이드에 이끌렸다. 그들은 아방가르드에서 시작해 대형 스타디움까지 간 밴드였다. 플란 크바드라트의 목표는 새로운 소리의 세계로 사람들을 이끌고 가는 것이었는데 이 명제는 두 가지 다른 점, 아니, 새로운 소리의 세계에 중점을 두느냐 아니면 이끌고 가는 것에 중점을 두느냐에 따라 서로 반대된다고 할 수 있는 점을 가지고 있었다. 성공하지 못한 혁신은 패배이다. 중도적인 혁신은 힘을 잃어버리고 만다. 스타디움을 꽉 채우면서도 아방가르드를 지킬 수 있는가? 핑크 플로이드의 음악에서는 괴기가 현란함이, 뻐딱함이 애교가, 파워가 춤이 되었고 신비스러움은 퇴색되었다. 결국 골이 빈 사람들의 아방가르드가 된 핑크 플로이드는 민망함을 불러일으킬 뿐이었다. 그들이 순결을 잃었던 순간이 언제였던가? 그는 핑크 플로이드가 1971년에 낸 실험적이고 아방가르드한 앨범 「아톰 하트 마더」를 알고 있었다. 그로부터 2년 후, 록 역사상 고전으로 일컬어지고 있는 「더 다크 사이드 오브 더 문」이 발표되었다. 이 두 앨범 사이에 「옵스큐어드 바이 클라우즈」라는 거의 알려지지 않은 앨범이 있었는데 그 트릭 비틀이 아직 한 번도 들을 기회가 없던 앨범이었다. 그의 음악사의 '미싱 링크missing link'라고 할 만했다. 이제 그는 그 앞에 서 있었다. 그는 진열대에서 그 음반을 꺼내 청취 코너로 갔다. 거기서 그는 또 한참을 줄서서 기다려야 했다.

마침내 차례가 되어 첫번째 트랙을 듣고 있을 때 누가 그의 어깨를 두드리며 '다른 사람들이 기다리고 있다'고 했다. 조금 있다가 참지 못하고 누가 또 어깨를 두드렸다. 손님 한 명이 '오래 걸리느냐'고 그에게 물었다. 트릭 비틀스 중 한 명은 음악 감상 중에 방해받기를 싫어하는, 더구나 헤드폰으로 음악을 들을 때는 더더욱 방해받기 싫어하는 사람이었다. 자꾸 방해받는 데다가 그들의 요구가 말도 안 되는 것이기에 남은 트릭 비틀 두 사람은 가게를 나와버렸다.

그들은 신분증을 제시하고 1인당 1백 마르크씩의 환영금을 수령했다. 그러고 나서 기념 교회* 쪽으로 방향을 틀어 근처의 백화점으로 들어갔다. 음반 코너에는 열 석의 청취석이 있었다. 여기도 진열대에 여기저기 빈 곳이 보였으나 「옵스큐어드 바이 클라우즈」는 아직 있었다. 트릭 비틀스 중 한 명은 그 음반을 꺼내서 들어보았다. 듣고 나서 그가 내린 결론은, 전혀 특징이 없고 과연 잊힐 법한 앨범이라는 것이었다. 시간 낭비에 지나지 않았다.

남은 트릭 비틀 두 사람은 배가 고파져서 맥도날드로 갔다. 햄버거를 한 입씩 베어 물자마자 그들은 생각했다. 고작 이거야? 이런 게 컬트가 되었단 말인가? 물에 빠졌다 나온 것처럼 물렁한 빵에, 고기는 맛을 느끼고 어쩌고 할 수 없을 정도로 얇아빠진 데다 케첩과 잎사귀 한 조각, 옥수수 세 알갱이, 절인 오이 한 조각이 전부다.

"아삭! 하는 소리도 안 나." 한 트릭 비틀이 이렇게 말하며 실망한 표정으로 창밖을 바라보았다. 그들은 서방세계에 왔다. 그러나 아삭 하는 소리는 나지 않았다.

닥터 마티스는 크로이츠베르크 지역을 지상으로 관통하는 지하철 노선을 따라 할레셰스 토어 역까지 가서 근처의 우체국에 들어가 자기 몫의 환영금을 탔다. 날씨가 너무 추웠기 때문에 일단 가느다란 글자로 **아메리카 기념 도서관**이라고 씌어 있는 유리 건물로 들어갔다.

---

* 카이저 빌헬름 기념 교회의 약칭으로 쿠담의 초입, 시내 한가운데 있다.

그곳은 도서관치고는 드물게 사람들로 북적거리고 있었다. 혼잡한 가운데에서도 업무는 정상적으로 진행되고 있었다. 도서관 이용자들이 서로 질서를 잘 지키고 있는 모양이었다.

닥터 마티스는 과연 책 세상에 와 있었다. 사람의 키만 한 서가가 기차역의 내부만큼 큰 공간에 줄줄이 늘어서 있었다. 정치, 역사, 심리학, 영미문학, 유럽문학, 의학, 생물학, 천문학, 건축학, 예술사, 사회학, 종교, 철학. 인류가 모아놓은 지식이 검열받지 않은 상태로 누구에게나 열려 있었다. 무슨 책을 찾아볼까?

닥터 마티스는 스탈린의 전기를 읽어보기로 결정했다. 그에게 스탈린은 본능적으로 비밀스러운, 자꾸만 되살아나는 지배자였다. 그게 아니라면 왜 지배층이 스탈린주의를 그토록 옹호하고 그 앞에서 침묵하고 그를 부정하고 상대화하고 금기시했단 말인가? 왜냐하면 스탈린주의는 아직 끝나지 않았기 때문이었다.

또 닥터 마티스는 스탈린의 사망일, 즉 1953년 3월 5일에 세상에 태어났다는 점에서 스탈린과 특이한 관계에 있었다.

그는 책상 앞에 앉아서 스탈린의 일생 중 어느 부분부터 읽으며 몸을 녹일 것인가를 궁리했다. **숙청**이라고 이름 지어진 대형 테러 사건부터 읽을 것이냐? 트로츠키*를 살해한 부분부터 읽을 것이냐? 히틀러-스탈린 동맹이냐? 그는 결정에 참고할 요량으로 목차를 살펴보았다. 목차가 책의 맨 뒤에 있는 것이 아니라 앞에 있는 것이 놀라웠다. 그중 **첫번째 죽음**과 **두번째 죽음**이란 장이 있었다. 스탈린이 뇌출혈로 며칠 동안 의식불명 상태에 있다가 사망했다는 것은 그도 이미 알고 있는 사실이었다. 그런데

---

* 레온(레프) 트로츠키(1879~1940): 소련의 볼셰비키 혁명가. 세계를 사회주의로 혁명시키자는 일명 트로츠키주의의 주창자. 스탈린의 적수가 되어 암살당했다.

첫번째 죽음은 무엇이고 두번째 죽음은 또 무엇일까? 1953년 3월 5일은 무엇이란 말인가?

닥터 마티스는 해당하는 장을 펼쳤다. 미국인 저자는 범죄학적 감각을 동원해 생활환경, 목격자들의 증언, 정치적 상황, 의사의 공식 보고서 등을 늘어놓는 가운데 스탈린의 죽음을 재구성해놓았다.

또한 이 책은 잔인함의 면에서 1936년과 1938년 사이에 행해졌던 숙청을 능가하는 새로운 숙청이 계획 중에 있었다는 것을 열일곱 장의 상세한 기술을 통해 폭로하고 있었다. 유대인 의사들이 막 공개재판을 받았을 때였다. 그것이 서막이었다. 스탈린이 수뇌로 있던 공산당 정치국은 엄청난 공포에 떨고 있었다. 그 전에 마지막으로 행해진 숙청은 거의 전 정치국을 죽음으로 몰고 갔었던 것이다. 이번에는 스탈린이 그들 모두를 다 죽여버릴 때까지 가만히 있을 수는 없었다. 그들은 대책을 강구했다. 스탈린은 침대 위에서 죽은 것이 아니라—닥터 마티스는 단숨에 읽어 내려갔다—살해당했다. 흐루시초프가 회의 중 정치국 당원들 전체가 보는 앞에서 스탈린의 목을 직접 자기 손으로 졸랐다. 원초적 무자비성을 보여주는 한 장면이었다. 잔인한 인간은 잔인한 죽음을 당한다.

이 살해 사건은 바깥에 알려져서는 안 되는 일이었다. 그러나 죽어 있는 스탈린을 닷새 동안 죽음과 싸움을 벌이던 병자로 만든 병원의 공식 소견서는 앞뒤가 안 맞는 모순투성이였다. 소견서에 발표된 환자의 상태와는 아무 관계없는 치료법이 쓰였다. 이 부분에 관한 저자의 기술은 닥터 마티스 자신도 의사로서 전적으로 동의할 수 있는 내용이었다. 그 자신도 그냥 지나쳤을 뻔한 부분이었으나 의심의 눈을 가지고 당시 의사의 소견서를 살펴보면 저자의 결론이 맞다고 볼 수밖에 없었다.

몸이 녹은 후에도 닥터 마티스는 계속 도서관에 앉아 있었다. 서독에

온 지 이제 겨우 첫번째 날인데 벌써 자신의 생일이 다르게 보였다. 그는 기가 막힌 동시에, 한 강대국이 행한 거짓말에 맞선 개인 한 사람의 무모하고 자유로운 생각이 어떻게 승리하는가에 대해 감탄할 수밖에 없었다. 1953년 3월 5일에 태어난 그는 이제 자신의 생일이 스탈린의 사망일과 일치하지 않음을 알게 되었다. 스탈린의 사망일은 수정되어야 한다. **그냥 맨손으로 목을 졸라 죽이다니!** 그 생각이 그를 떠나지 않았다. **그 얼마나 추한 시대였는가! 자기 사람들에 의해 목 졸려 죽다니!**

연약한 마사지사들은 백화점과 상점가를 구경하지는 않았다. 문득 인파가 너무 부담스럽게 느껴진 그들은 동서 경계선에서 2백 미터도 채 떨어지지 않은, 시대적 대사건의 부산스러움을 찾아볼 수 없는 한 골목길로 들어섰다.

거기서 그들은 꽃집을 보았다.

그들이 마음속에서 생각하던 서방세계는 색이 찬란하고, 환하고, 향기롭고 활기찬 세계였지만 이런 것은 미처 예상하지 못했었다. 선명한 색깔의 화려한 꽃묶음, 작고 아담한 장식용 꽃다발, 노랑과 적갈색 계통의 가을 꽃다발, 붉은 장미, 흰 장미, **파란** 장미들에 그녀들은 완전히 압도당하고 말았다. 유리로 된 원통형의 병에는 색색깔의 모래나 동글동글한 자갈이 담겨 있었다. 명랑한 한 터키 사람이 가게 안에서 나와 들어와서 보시지 않겠냐고 물었다. 가게 안에서 그들은 여기저기 둘러보며 생전 보지 못했던 꽃들의 이름을 알게 되었다. 프로티, 큰나팔꽃, 에레무러스, 리아트리스…… 그 터키 사람은 독일 사람한테 독일 말을 가르쳐주기는 처음이라며 허허 웃었다.

"우리가 독일 사람인가요?" 연약한 마사지사들이 물었다. "우리는 그러니까……"

그들은 알파벳 세 글자를 말하기가 뭐해서 우물쭈물했다.

"그럼요." 터키인 가게 주인이 자신에 차서 말했다. "그것도 독일이지요."

연약한 마사지사 두 사람은 서로 쳐다보며 작게 호호 웃었다. 독일 사람이라는 게 좋았다.

그날, 레나의 큰오빠는 다른 어느 날보다도 많은 사진을 찍었다. 삶에서 고스란히 떼어낸 듯한 사진을 추구하는 그로서는 먹을 것이 사방에 널린 이국의 파라다이스에 와 있는 듯한 기분이 들었고 이 파라다이스의 정취는 아무리 계속해도 끝이 없을 것 같았다.

그는 대형 광고 간판을 찍었다. 셰퍼드 두 마리를 데리고 다니는 펑크족 하나를 찍으며 자신이 특별한 사람을 찍고 있다고 생각했다. 아랍 말이 씌어 있는 가게 간판과 찻집에 앉아 있는 수염을 기른 여섯 남자를 보며 셔터를 눌렀다. 그는 당시 그들이 터키인인 것조차 알지 못했다. 그는 또 2층버스와 지하철 입구에 있는 거리의 악사를 찍었고 말을 탄 경찰관의 모습을 찍었다. 그는 전 생애를 통틀어 가장 쓸데없는 사진들을 찍었다.

나중에 그는 레나를 만났다. 엄청난 우연이었다. 레나가 곁에 있자 좋은 사진이 나오기 시작했다.

6. 지하철 1호선

레나는 지하철 1호선을 타고 슐레지셰스 토어 역에서 루레벤 역까지

갔다. 지하철은 처음에는 지상 노선을 타고 달렸다. 차 안은 사람들로 꽉 차 있어서 창밖이 내다보이지 않을 정도였다. 다들 국경 너머에서 타고 와 시내의 중심으로 가려는 사람들이었다.

일곱번째 역인 쿠어퓌어스텐 슈트라세라는 이름의 역에 이르자 전설적인 쿠어퓌어스텐담과의 혼동이 일어난 나머지, 차량 속의 인구는 반으로 줄어들었다. 이제 레나는 창밖을 내다볼 수 있게 되었지만 지하철은 곧 지하로 들어가버렸다. 동물원 역Zoologischer Garten에서 남은 인구의 반이 또 내렸으나 많은 사람이 우르르 타는 바람에 차량은 전과 마찬가지로 만원이 되었다.

영화에선 이게 아니었는데, 하고 레나는 생각했다.

그녀는 루레벤 역에서 내렸다. 길에는 아스팔트가 깔려 있고 도로의 차선 표시는 균일하고 뚜렷했으며 자동차들에서 나는 소리는 더 깊고 세련된 느낌을 주었다. 하지만 11월이란 계절 탓인지, 모든 것이 뿌옇고 을씨년스럽게 다가왔다. 「서독의 일상생활」, 왜 하필이면 이런 날 친당 성향의 TV 방송 제목이 떠오른담, 레나는 짜증이 났다. 이곳에서는 모든 것이 크고 널찍널찍하게 설계되어 있었다. 여성들의 부츠는 더 높이까지 올라오고, 차는 더 크고, 외투는 더 길고 넉넉했다. 광고용 간판은 극장 스크린만큼이나 컸다. 레나는 간판이 어마어마하게 크니까 거기 씌어 있는 광고 문구도 중요할 것이라는 생각을 했다. 그렇게나 상큼~ 한 맛이 난다는 과일 요구르트의 제품명을 적어넣기까지 했다.

그러다가 윤이 반지르르 나는 소스와 함께 굉장히 먹음직스럽게 촬영된 쇠고기 굴라슈* 광고판이 눈에 띄었다. 굴라슈의 옆에는 고깃결이 선

---

* 쇠고기 또는 돼지고기로 만든 진한 스튜.

146

명하게 살아 있는 고기 한 점이 연분홍색 살을 드러내고 막 접시에 담아진 듯 더운 김을 위로 모락모락 올리며 놓여 있었다. 아무리 그러지 않으려 고 애를 써도 입에서 군침이 고이는 것을 막을 수 없었다. 그 광고판은 개 먹이 광고였던 것이다. 그때부터 레나는 모든 광고가 싫어지기 시작했다. 개 먹이를 사람이 먹고 싶어 하도록 만드는 것은 너무 심한 행위야, 라고 그녀는 단언했다.

한 은행 앞에 이르자 잊고 있던 환영금 생각이 떠올랐다. 은행 입구 에는 '금요일에는 오후 3시까지 환영금이 지급되고 그 이후에는 시청에서 지급된다'는 안내문이 씌어 있었다. 시청을 찾는 데는 한 시간이 넘게 걸 렸다. 거기서 레나는 또 줄을 서야 했지만 국경에서 줄을 설 때와는 달랐 다. 돈을 타려고 줄 서는 것이 하나도 이상하지 않았고 동독에서 왔다는 이유로 돈을 타는 데 대해서 맥 빠진 느낌만 들었다.

이상하게 꼬인 날이네, 하고 레나는 생각했다. 낭만적이거나 대단하 거나 평생 기억에 남을 그런 날과는 거리가 멀었다. 지하철 1호선을 한번 휙 타고 난 다음 돈을 받으러 가는 순서는 마치 가정주부의 하루처럼 너무 나도 실질적이었다.

레나는 다시 지하철 1호선을 타고 왔던 방향을 거슬러 올라갔다. 오 페레타에 나오는 인물들을 따서 지은 것 같은 역 이름이 많았다. 쿠어퓌 어스텐 슈트라세(선제후 가)뿐만 아니라, 아우구스타 황비 알레, 호엔촐 레른* 담, 프린첸(왕자) 슈트라세 등등. 엄청나군, 하고 생각하다가 갑자 기 자기가 무엇을 하고 싶은지 알 것 같은 느낌이 왔다. 로저를 찾아가자 는 생각이 들었다. 자신이 그에게 카를마르크스 시를 안내해주었던 것처

* 중세 이후에 프로이센 제국을 포함, 독일 각 지방 제국의 왕을 배출한 유명한 제후 가문이다.

럼 그도 그녀에게 지하철 1호선을 보여줄 수 있을 거라고 믿었다. 언젠가 사용하게 될 날이 오리라고는 생각하지 않았지만 그의 주소는 부적이나 되는 것처럼 그녀 몸을 떠나지 않고 있었다. 레나는 결심했다. 당연히 그를 찾아보는 것은 물론이고 그의 유혹에 넘어가주는 거야. 연극배우라는 직업을 가진 서독인, 「지하철 1호선」에 출연하고 있는 배우, 재미있고 남 앞에 내세울 만하며 세상 이치에도 밝은 사람. 이제 장벽은 무너지고 그를 다시 만나는 것이다. 이 정도면 몸을 던져도 될 것 같았다.

이제 오늘의 목표가 세워졌다. 쿠어퓌어스텐 슈트라세 역에서 지하철을 타려고 하다가 역에 시내 지도가 걸려 있는 것을 보았다. 나중에 알게 된 일이지만 베를린의 역내에는 어디나 이런 편리한 시내 지도가 게시되어 있었다. 이 지도로 찾아보니 로저는 지하선 1호선이 통과하는 곳에 살고 있지 않았다. 그녀는 노선을 한 번 갈아타고 내려서 조금 걸어야 했다. 로저의 집에 다다랐을 때는 이미 날이 어두워진 후였다. 레나가 아래층 출입문에서 막 초인종을 누름과 동시에 문 밖으로 나오는 사람이 있었다. 로저였다.

"헤이!" 레나는 이렇게 인사하며 활짝 웃어 보였고, 레나를 알아본 그도 "헤이!"라고 말했다. 둘은 서로 포옹했다.

"와, 이럴 수가……" 그가 말했다.

"그러게 말이에요!" 레나가 눈을 반짝였다. "어때요, 이제는 이렇게 서로 만날 수 있게 됐어요!"

"대단하네요!" 로저가 말했다.

레나는 로저가 여자를 만나러 가는 길이었다는 것을 직감적으로 느꼈으나 그녀가 '이제는 이렇게 서로 만날 수 있게 됐어요'라는 말을 했을 때는 이미 근본적인 문제가 건드려지고 만 후였다. 로저를 만날 수 있게 된 것이 뭐가 어쨌단 말인가. '이제는 영원히 서로를 만날 수 없게 되었어요' 라고 했다면 그 편이 더 장래가 있는 제안이었을지도 모른다. 하지만 '이 제는 이렇게 서로 만날 수 있게 됐어요'라니. 얼마나 맥 빠지는 일인가.

로저는 작별 인사를 했다. 꼭 전화하라고 했고 레나는 그러겠다고 약 속했다. 하지만 전화하지 않을 것을 그녀는 알고 있었다. 로저와 지하철 까지 같이 걸어가지 않으려고 어디 한 군데 더 들러야 할 곳이 있다고 말 한 그녀는 발길 닿는 대로 무작정 길을 걸으며 자신에 대해 화를 냈다. 행 복해야 할 오늘 전혀 행복하게 되지 못한 자신에 대해 화가 치밀었다. 다 망치고 말았다. 국경에서 우왕좌왕하던 것, 서베를린의 한가운데를 정처 없이 헤매 다니던 것, 로저를 만난 것, 빌머스도르프의 노래하는 미망인* 들의 자취라곤 찾아볼 수 없는 지하철 1호선을 타고 빙빙 돌던 것 등이 다 그랬다. 그녀의 시도는 아무 반향 없이 끝났다. 그럴수록 카를마르크스 시에서 그동안 겪었던 일들이 더욱 강렬하게 생각났다. 그런데 지하철 1호 선을 타고 가는 그녀 앞에 큰오빠가 갑자기 나타난 것이었다. 생각지도 못한 엄청난 우연이었다. 그들은 서로 보자마자 자신들이 겪은 일을 앞다 투어 늘어놓기 시작했다.

지하철 속의 승객들은 가방에서 자기들이 산 물건들을 꺼내 살펴보다 가 서로에게 보여주기 시작했다. 바나나, 실내용 슬리퍼, 카바-핏 카카오 가루, 식탁보, 책 등이었다. 불현듯 레나도 뭘 사고 싶다는 생각이 들었다. 지하철이 동물원 역에 당도하자 레나는 "내리자!" 하고 큰오빠에게 말했 다. "서독에서 뭐 하나라도 사가야 할 텐데. 뭘로 할까, 음…… 말보로

---

* 뮤지컬 「지하철 1호선」에서 그려진, 베를린의 특정한 계층을 가리키는 말이다. 중산층이 많
 이 모여 있는 빌머스도르프 구나 샤를로텐부르크 구 등에 거주하는 보수적·문화지향적인
 부유한 중·노년층 여성을 일컫는다.

한 갑이 좋겠다" 하고 중얼거리며 담배 자동판매기 쪽으로 향해 걸어갔다.

역 구내는 사람들로 가득 차 있었지만 레나의 큰오빠는 놓치지 않고 그 사람을 보았다. 그렇게 눈에 띄는 사람이 있게 마련이다. 그의 머리칼은 너무도 새하얘서 큰오빠는 처음에 그것이 털모자인 줄로만 알았다. 얼굴도 마찬가지로 파우더를 칠한 것처럼 하얬다. 선글라스를 낀 그는 어두운 군청색의 양복을 입고 앞에 술이 달랑거리는 검은 구두를 신고 손에는 적포도주색으로 윤이 나는 가죽 서류 가방을 들고 서 있었다. 레나의 큰오빠는 그의 나이를 열다섯 살쯤으로 예상했다. 그러나 아이가 어른으로 탈바꿈해가는 시기에 나타나는 거칠음과 추함, 무례함이 그에게는 없었다. 그의 행동은 조심스런 인상을 주었다. 그 소심함은 한눈에 알아볼 수 있는 것이었다. 사랑받지 못하는 외로운 천재 같은 인상이 풍겨나고 있었다. 사춘기에 벌써 사업가의 심벌들로 자신을 치장한 알비노 소년.

이 사람은 수수께끼를 불러일으켰다.

지금 레나는 난생처음 담배 자동판매기를 보고 있었다. 카를마르크스 시에서는 아직 레나가 초등학교도 들어가기 전에 전부 철거되었었다. 그녀는 사용 안내문을 열심히 연구했다. 2마르크짜리 동전을 두 개 넣고 손잡이를 당겨서 담배를 꺼내게 되어 있었다. 그런데 레나가 동전을 집어넣고 말보로 한 갑을 당기려고 하는데 손잡이가 걸려서 당겨지지 않았다. 돈도 아래로 떨어지지 않았다. 돈만 잃어버린 것 같았다. 동전 반환 단추를 눌러보고 기계를 두드려도 보고 당겨도 보고 흔들어도 보았으나 아무 일도 일어나지 않았다.

알비노가 이 광경을 지켜보고 있었다. 그는 판매기가 있는 쪽으로 다가와 레나의 등 뒤에서 말을 걸었다. 레나는 뒤를 돌아보았다. 두 사람은 자기 앞에 서 있는 사람의 형체를 보고 일순간 숨을 멈추었다. 레나는 상대방이 너무 흉측해서였고 알비노는 레나가 너무 아름다워서였다.

알비노는 레나에게 한 발짝 옆으로 비켜나보라고 한 후 몸에 힘을 주더니 일에 착수하기 시작했다. 마치 레나가 환자들을 다룰 때처럼 판매기를 다루는 그의 손길은 전문가다운 조심성과 확신에 차 있었다. 그는 기계의 측면 판을 부르르 떨게 하면서 마치 문을 두드리듯이 주먹으로 정면의 판을 탕탕 두드림과 동시에 레나에게 얼굴을 돌려 자신이 하는 일을 설명했다. 그렇게 박자가 생겨날 때까지 계속 손바닥으로 옆판을 점점 빠르게 쳐가면서 판을 진동시켰다. 레나는 몸을 돌려 큰오빠를 보고 말했다. 이게 바로 지하철 1호선이야! 완전 그 자체라고! 별난 재주를 가진 괴짜들로 넘치는!

알비노가 갑자기 모든 행동을 뚝 그쳤다. 몸에 잔뜩 들어가 있던 힘도 빠졌다. 투입구에 동전 한 개를 더 집어넣더니 뒤로 물러서서 무게 어린 몸짓으로 레나에게 작업을 완수할 것을 권했다. 이제 말보로를 꺼내기만 하면 되었다. 레나의 큰오빠는 그가 하는 것을 뒤에서 지켜보고 있었다. 판매기를 다룰 때 힘차고 능숙하게 작동하던 그의 육체가 레나에게 뭐라고 말을 걸 때는 딱딱하게 굳으며 꼬이고 옆으로 비뚤어지는 것이 보였다. 레나의 큰오빠는 알비노가 하는 말을 잘 들을 수는 없었지만 레나가 처음에는 웃다가, 곧이어 놀리는 듯한 표정을 짓더니 결국 고개를 힘차게 옆으로 흔들며 그를 그대로 세워두는 것을 볼 수 있었다.

"뭐라고 그러는데?"

"뭘," 그녀는 대답했다. "**첫번째**가 아닌, 담뱃갑에 남은 **마지막** 담배를 함께 피우자고 그러네."

"저런 어린애들이 벌써 너한테 집적거리냐?" 큰오빠가 물었다. "겨우 열다섯 살이나 됐을 것 같아 보이는데."

"아니, 아니야." 레나의 대답이었다. "틀림없이 열아홉은 됐을걸."

"열아홉이라고?"

"발육이 조금 늦은 것뿐일 거야." 레나가 말했다.

그들은 주위를 둘러보며 알비노를 찾았으나 그는 이미 사라지고 없었다. 마치 유령처럼.

국경의 흰색 경계선을 넘을 때 그들이 가지고 있던 경험은 모두 같았지만 각자 서베를린에 뿔뿔이 흩어졌을 때의 경험은 또 그만큼 다른 것이었다. 그들 일행이 다시 돌아왔을 때는 모든 것이 달라져 있었다. 싸움은 커녕 작은 볼멘소리 하나도 없었다. 그러나 어느 누구도 다른 사람이 겪은 것을 이해할 수는 없었다.

아삭 하는 소리조차 없었어, 라고 말하는 이들이 있었고 맨손으로 목 졸라 죽인 거야라고 다음 사람은 말했다. 정글에서 자라는 종류가 제일 예쁘더라 하는 사람이 있었고 개 사료 그거 정말 너무하지 뭐야 하는 레나가 있었다. 그리고 큰오빠는 죄다 다 찍었어 하고 얘기했다.

마지막으로 와일드 빌리가 왔다. 너무 취해 있어서 운전은 불가능했다. 남은 트릭 비틀 중 한 명이 운전을 맡아야 했다. 와일드 빌리는 한 술집에서 아일랜드 나인핀 볼링 클럽 사람들에게 술을 얻어 마시는 바람에 그 이후로 운전 따위의 걱정은 하기 싫었던 것이다. 더구나 오늘 같은 날.

와일드 빌리는 "아일랜드,* 우리나라는 아일랜드가 돼야 한다!" 하고 부르짖었다.

구급차 주위는 다른 차들로 사방이 꽉 막혀 있었다. 사이렌등이 돌아

---

* 독일어로 '아일랜드Irland'와 '미친 나라Irrland'의 발음이 같다. 언어유희.

가는 구급차 뒤에 어느 누가 차를 가로막고 세우겠어, 하는 생각으로 와일드 빌리가 주차하면서부터 푸른 사이렌등을 켜놓았지만 이미 배터리가 다 닳아 있었다. 나가는 길이 이렇게 막혀 있는 데다가 이젠 시동마저 걸리지 않았다. 제일 먼저 돌아온 두 트릭 비틀이 바로 구급차의 구출 작업에 착수했다. 그들은 우선 다른 차들이 새로 주차하는 것을 막고 구급차의 방향을 돌려 도로로 밀고 나갈 수 있도록 차들 사이에 길을 내었다. 모두 합심했다. 걷는다기보다 비틀거린다고 해야 맞을 와일드 빌리도, 연약한 마사지사들도 모두 같이 차를 밀었다.

차가운 11월의 공기 속에서 시동이 걸리기까지는 세 번의 시도를 거쳐야 했다. 그들은 그렇게 속옷이 땀에 흠뻑 젖은 채 시커메진 손의 자신들을 쳐다보았다. 그리고 이제 아무것도 다시는 옛날처럼 될 수 없었다.

7. 독일 남자

레오 라트케가 도착했을 때는 이미 모든 것이 끝나 있었다. 이번이 두번째다. 그는 지진을 취재하라는 임무를 띠고 샌프란시스코로 특파되었다. 샌프란시스코에서 나는 지진은 보통 지진이 아니다. 그것으로 그냥 끝장날 수도 있는 지진이다. 언젠가는 지진이 샌프란시스코를 사라지게 할 것이다. 건물이 무너져 폐허가 되는 것을 말함이 아니다. 지하에서 점점 커지고 있는 거대한 틈새 속으로 말 그대로 도시 전체가 쑥 들어가고 말 것이다. 아름다운 샌프란시스코는 지옥으로 떨어진다. 모두가 예상할 수 있는 일이다. 그래서 샌프란시스코의 지진은 특별하다. 괴물처럼 모든 것을 집어삼켜버리지 않으면서, 미국적이지 않게 우아하고 부드러운 언덕

능선의 스카이라인을 펼쳐 보이는 도시, 히피들의 피난처이면서 온갖 별별 아이디어로 넘치는 괴짜들에게 열려 있는, 미국의 놀이터라고 할 수 있는 이 도시 샌프란시스코가 폼페이처럼 하루아침에 사라지는 것이다.

자신이 소속된 잡지사가 평소 주요 항공사와 맺고 있었던 돈독한 관계 덕분에 레오 라트케는 신속히 샌프란시스코에 올 수 있었다. 편집부 직원들은 특별 계약 덕분에 언제라도 비행기 좌석이 보증되어 있었다. 심지어 콩코르드기도 이용할 수 있었다. 레오 라트케는 보잉 767기에서 내리면서 참사의 현장을 자신의 언어로 바꾸기 위해 세상의 반대쪽에서 여기까지 비행할 수 있게 만들어준 자신의 프로 정신에 감격하고 있었다.

그가 소속되어 있는 잡지사는 당연히 미국 여러 곳에 특파원을 두고 있었지만 레오 라트케를 대신할 만한 사람은 없었다. 그가 다루는 주제들은 처음에는 그리 특별하지 않았을지 모르나 그가 그 주제에 대해 기사를 쓰고 나면 특별한 주제가 되었다. **이츠 더 싱어. 낫 더 송**It's the singer, not the song. 그 잡지사에서 일하고 있는 이들이 무능하기 짝이 없는 인간들이냐 하면 오히려 그것과는 정반대였다. 모두들 열심히 뛰어다니고 열심히 조사하며 어떤 수고도 겪어낼 자신이 있는, 자신들의 직업과 자신들이 소속된 잡지사에 대해 전혀 냉소적이지 않은 리포터들이었다. 그들은 정예부대였다.

레오 라트케가 일하고 있는 잡지사는 정론 기관으로 인정받고 있었고 가장 힘 있는 비판의 칼자루를 쥐고 있었다. 전국을 떠들썩하게 만든 정치 스캔들을 폭로한 것이 이미 여러 번, 장관을 함정에 빠뜨리고 수상을 꼼짝 못하게 만들었다. 그 때문에 국회의 진상조사위원회가 발족되어 잡지사에서 밝혀낸 내용을 틀림없는 사실로 확인한 예가 한두 번이 아니었다. 이 언론사에는 뇌물이나 회유도 통하지 않았다. 사건 폭로에는 정치적인 의도도, 진실을 전략적으로 이용하려는 계획도, 주인공들이 어느 편 사람들인가를 봐서 사건을 분석 평가하려는 경향도 존재하지 않았다. 그래서 그 잡지는 사회적으로 옳지 않은 것을 그대로 놔두지 않는 언론, 즉 제4의 권력과 동일한 의미를 갖게 되었다. 언론학을 공부하는 학생이라면 거의 누구나가 언젠가 그 언론사에서 일하게 되기를 바라고 있었고, 더구나 언론학을 전공하지 않은 레오 라트케는 입사 초기 그에게 일을 주는 곳이라면 다른 언론사라도 아랑곳하지 않고 큰 건을 찾아내 자신의 몸값을 올리는 데 주저하지 않았다.

이렇게 최고의 언론사에 몸담고 있는 그는 리포터들 사이에서도 최고로 손꼽혔다. 그런 이유로 그는 로스앤젤레스나 뉴욕, 또는 워싱턴 주재원들이 대신할 수 없는 인물이었다. 그 주재원들은 백악관과 더 긴밀한 관계에 있을 수도 있고 캘리포니아 주의 특수한 이민자 문제에 관해서는 더 잘 알고 있을 수도 있겠지만, 자칫하면 폭삭 망해버릴 운명 앞에 선 한 도시를 취재하는 과제는 여전히 그의 몫이었다. 1989년 11월 8일 17시 4분, 그가 탄 뷰익이 엠바르카데로에서 베이브리지 쪽으로 방향을 틀었을 때만 해도 쉰다섯 살의 제프리 잭슨은 자신이 그렇게 썩 운이 좋은 사람은 아니라고 믿고 있었다. 베어스 팀의 1년 관람권을 구하지 못했던 것이다. 몇 초 후, 다른 자동차 세 대를 집어삼키며 갈라지는 지면의 모서리에 차의 앞바퀴가 아슬아슬하게 닿으며 급정거했을 때 그는 자신의 운에 대해 다시 한 번 생각하게 되었다. 그렇다. 허리케인의 한가운데서 마치 제3자가 지나가듯 들려주는 이야기, 독자의 흥미에 불을 당기는 기록물풍의 서술, 마치 현장에 있는 것 같은 착각을 불러일으키는 본능적 재주, 이런 것들이 다른 어떤 이도 흉내 내지 못하는 그만의 재능이었다. 레오 라트케가 쓴 글을 읽은 독자들은 실제로 라트케 자신이 제프리 잭슨 옆에 앉아 있었다고 믿을 정도였다.

그는 호텔에서 기사를 작성하고 있었다. 제출할 날짜가 다가오고 있었으므로 서두르는 중이었다. 그때 전화벨이 울렸다. 베를린으로 호출이었다. 베를린 장벽이 무너졌다고 했다. 레오 라트케는 작업 중에 방해받는 것은 딱 질색이어서 작성하던 기사를 마저 다 끝내고 나서 텔레비전을 켜볼 생각이었다. 그러나 곧 그 생각을 접고 말았다. 베를린에서 장벽이 무너진 마당에 어느 누가 샌프란시스코에서 일어난 지진에 관심을 가지겠는가? 그는 텔레비전을 켜놓은 상태에서 기사 작성을 마쳤다. 인공 합성된 것 같은 목소리로 "헬로 서, 하우 캔 아이 헬프 유Hello Sir, how can I help you?"라고 전화를 받는 새러라는 호텔 직원에게 편집부로 팩스로 기사를 넣어줄 것을 부탁하고 바로 공항으로 출발했다. 이번에는 취리히를 경유해서 베를린에 갈 생각이었다. 베를린행으로 갈아탄 비행기에는 텔레비전에서 본 난리 법석에 털끝만치도 동요되지 않은 스위스인들이 가득 타고 있었다. 그들도 베를린 장벽이 무너졌다는 소리는 듣기는 했지만 그들의 걱정은 오직 한 가지, 그런 큰 사건에 따르게 마련인 교통 혼잡의 와중에 버스와 철도가 정상 운행을 하고 있을까였다. 레오 라트케는 이중으로 자존심이 상했다. 전국 최고의 리포터로 꼽히고 있는 그가 베를린에서 역사가 이루어지고 있을 때 맨 꼴찌로 입성하는 데다가 앞뒤 꽉 막히고 무시와 무관심으로 일관하고 있는 스위스 사람들과 같은 비행기에 타고 있다는 사실 때문이었다.

그는 샌프란시스코에서 취리히로 비행기를 타고 가면서부터 자기가 베를린에서 무엇을 해야 할지 생각하고 있었다. 이미 너무 늦어버린 것은 확실한 사실이었다. 씻어낼 수 없는 치욕이며 일생일대의 사고였고 그것에 대해선 변명할 여지가 없었다. 그러나 그는 이것을 하나의 전환점으로 이용하고 싶었다. 이번에 베를린에 가면 오래 머물러야겠다고 생각했다.

이제 와서 장벽이 무너진 그날 밤의 이야기를 쓴다는 것은 의미 없는 일이었다. 어쨌든 하던 대로 계속 밀고 나갈 수밖에 없었다. 그러기 위해서는 물밑으로 잠수하는 것이 유리했다. 베를린에서 벌어진 사흘 동안의 축제가 끝나면 텔레비전 방송 팀들은 철수하겠지만 그는 머무를 것이었다. 그것도 동베를린에. 어정쩡한 민권주의자들, 혼란에 빠져 있는 동지들, 외골수 예술가들을 속속들이 취재할 것이다. 하나하나씩 천천히 말이다. 그중 어떤 하나의 경향을 선택해 특별히 다루고 싶다는 것까지는 확실했지만 그것이 무엇이 될지는 그도 아직 몰랐다. 그렇지만 그것이 무엇이 되었든, 처음부터 끝까지 샅샅이 꿰뚫게 될 때까지 붙들고 늘어질 각오가되어 있었다. 게다가 자신을 중요 인물이라고 생각하는 바보 같은 DDR* 인사들은 어차피 그의 잡지사로 제일 먼저 달려가게 되어 있었다. 동베를린 사무소의 직원들은 몰려드는 사람들로 인한 애로점을 앞다투어 토로하고 있는 지경이었다. 그는 이미 취리히로 날아가는 비행기 안에서부터 장차 어떻게 일을 도모할 것인가 하는 불안감에 사로잡혀 있었다. 만일 그가 호네커를 감옥에 집어넣으려고 한다면 그 일에 적당한 검사를 찾아낸 뒤 그에 대한 기사를 쓰기만 하면 된다. 그 검사가 레오 라트케가 쓴 기사대로 얌전히 있을지는 지켜봐야 하겠지만. 라트케는 배후 인물이 되고 싶은 생각도, 베일 속의 가려진 권력자가 되고 싶은 생각도 없었다. 이 일은 그에게 차라리 스포츠에 가깝다고 할 수 있었고 그것도 아니면 '어떻게 될지 두고 보자' 하는 카드 도박사 같은 심정이었다.

테겔 공항에 내린 그는 택시를 탔다. 새로 도시에 입성하는 이들이 상황 보고를 기대하고 있다는 것을 택시 기사는 이미 아는 것 같았다. 그

---

* Deutsche Demokratische Republik(독일민주공화국)의 약자로 동독을 말한다. 서독은 BRD (Bundesrepublik Deutschland).

는 반대편에서 다가오는 비둘기색의 택시에게 경적을 울려 인사했다. 동독에서 건너온 택시라고 했다. 동독에서 택시를 대절해서 서베를린으로 오는 사람들도 있다는 것이 그의 설명이었다. 시내 중심가와 특히 국경 부근에 다다르자 혼잡이 더욱 심해졌다. 기사는 이 난리를 피해서 공항으로 피신해왔는데 하필이면 시내로 들어가려는 승객을 태우는 바람에 다시 빈 택시를 끌고 돌아가야 할 수밖에 없다고 했다.

레오 라트케는 택시 기사가 '빈 차'와 '정차 시간'이 어쩌고저쩌고 다시 불평하기 시작하는 것을 보자 자기가 심히 늦게 오긴 했나 보다 하는 느낌이 들었다.

문제는 인발리덴 슈트라세에 있는 국경 검문소에서 일어났다. 택시 운전사는 서베를린 주민으로서 동베를린으로 넘어갈 수 있었지만 서독 다른 도시에 주소가 되어 있는 라트케는 입국이 허락되지 않았다. 쇼세 슈트라세에 있는 다른 검문소를 이용하라고 했다. 라트케는 이 경비 대원을 단단히 혼내주기로 했다. 무슨 소리를 듣든 꿀 먹은 벙어리처럼 입 다물고 있던 시대는 이제 지나갔다. 그는 절대로 택시에서 이대로 내리지 않겠다고 버텼다. 강제로 끌어내려질 판이었으나 이젠 더 이상 독일인이 독일에서 독일로 이동하려는 것을 독일인이 가로막을 수 있는 시대가 아니다. 당신들 이제 좀 알겠어? 엉? '당신들'이라는 복수형을 사용하기는 했으나 국경 경비 대원들에게 평어체를 쓴 것이 속 시원했다. 그의 택시 뒤에 다른 차들이 줄줄이 늘어서게 되는 바람에 차를 돌릴 수 없게 된 것을 인정한 경비 대원은 다른 검문소로 가야 한다는 결정을 철회하는 대신 라트케와 택시 기사 두 사람 모두가 의무 환전*을 해야 한다는 요구를 했다.

---

* 서독에서 동독으로 입국 시 일정 금액을 동독 화폐로 환전해야 하는 의무. 1인당 최소 25 서독 마르크를 당시 화폐 가치가 절대적으로 낮았던 동독 화폐와 1:1로 바꿔야만 했다. 쓰고

라트케는 이 요구에 분노의 폭발로 반응했고, 덕분에 결국은 라트케 한 사람만 의무 환전하는 것으로 결론이 났다.

라트케의 숙소는 같은 잡지사의 동료들이 다른 취재일로 해서 머물고 있는 팔라스트 호텔에 마련되어 있었다. 동료들도 계속 터지는 새로운 사건들의 뒤를 쫓아가느라 허덕거리기는 마찬가지였다. 아직 호텔방에 올라갈 마음이 나지 않은 라트케는 일단 벽난로 바에 자리를 잡았다. 옆 테이블에서는 동료 여기자 한 명이 민권운동가이며 활동 금지 선고를 받은 작곡가 위르겐 바르테를 인터뷰하고 있었다. 라트케는 동료를 방해하거나 위르겐 바르테에게 자신을 드러내지 않는 가운데 그들을 주의 깊게 관찰했다. 위르겐 바르테가 레오 라트케가 옆에 있다는 사실을 안다면 뿌듯함으로 터져버리며 뒤로 넘어갈 것이다. 그 뿌듯함은 그의 손상된 자존심을 대신해야 하는 불편하고 소심한 뿌듯함이었다. 녹취기에 대고 이야기한다는 사실, 특히 그 잡지사에 인터뷰당하고 있다는 것이 위르겐 바르테에게 지상 최대의 기쁨이라는 것을 라트케는 한눈에 알아보았다. 갑자기 자신이 너무나도 중요한 인물로 느껴지겠지. 위르겐 바르테는 커피 크림이 다 떨어졌다는 이유로 여종업원을 하인 부리듯 하고 있었다. 활동 금지 선고가 위르겐 바르테 그에게는 얼마나 다행인지, 하고 라트케는 생각했다. 이제 금지 조치가 풀리고 그의 작품들이 세상에 나오게 되면 그도 이제 끝난 생명이다. 나비넥타이 하나 걸치고 너무 많은 착각에 빠져 있는 듯 보이는 그는 나비넥타이를 매기만 하면 존경스런 정치가님이 되는 양 언제나 그 차림이었다.

라트케는 위르겐 바르테의 말을 엿들었다. 당을 성토하는 목소리는

남은 동독 돈은 동독 국립은행에서만 서독 돈으로 바꿀 수 있었는데 이때의 환전율은 서독 화폐에 더욱더 불리하게 적용되었다.

강경했고 그가 가진 정치적 신념은 그처럼 사회에서 격리된 처지의 다른 지식인들과 많은 시간을 함께 보낸 데서 오는 격리된 지식인의 몽상이었다. 라트케는 이 남자가 오랫동안 혼잣말을 해왔으며 지금 여기서 역설하고 있는 말은 혼잣말 속에서 계속 곱씹어온 말이겠구나, 하는 확신을 할 수 있었다. 그는 문장을 뱉어낼 때 오직 입술과 아래턱만이 움직이는, 탈바가지처럼 굳은 얼굴을 하고 있었다. 그 문장들은 바로 생방송으로 내보내도 될 만큼의 딱딱한 말투였으나 그의 성토에는 강조점이 없었다. 어떤 동의도, 동감한다는 뜻으로 머리를 끄덕이는 것조차도 허락하지 않는 혼자만의 연설이 줄줄 흘러나왔다. 그 여성 리포터가 눈에 확 띌 만큼 아름다운 미모를 지니고 있는데도 바르테의 시선은 허공의 상상 속 어느 한 지점에 고정되어 있어서 그녀에게는 눈길 한번 주지 않았다. 말할 때 어깨와 팔을 전혀 쓰지 않는 것과 마찬가지로 뻣뻣한 목도 움직이지 않았다. 그는 바야흐로 자신에게 마련된 최고의 시간을 맞은, 우습고도 슬픈 음성 장치였다. 바르테의 뻣뻣함이 전염된 것인지 몰라도 라트케가 그에게서 그만 눈을 돌렸을 때는 경직이 온몸으로 퍼져왔다. 목 돌리기와 어깨 털기를 하고 싶어질 정도였다.

라트케가 거리에서 호텔로 들어설 때부터 느끼던 것이지만 벽난로 바의 여종업원은 그에 반해 마냥 행복한 얼굴이었다. 너무나도 환하게 기뻐하는 모습을 하고 있어서 그녀에게 자연스레 말이라도 몇 마디 건네는 것이 전혀 부자연스럽게 느껴지지 않았다. 그런데 위르겐 바르테에게는 이 기쁨을 찾아볼 수 없었다. 눈동자에는 한줄기 빛도 없었다. 증오의 불꽃도 없이 단조롭게, 거의 자신 없다는 투로 SED*의 전면적 권력 박탈을 녹

---

* Sozialistische Einheitspartei Deutschlands(독일 사회주의통일당): 구 동독의 유일당.

취기에 읊어대고 있는 그의 시선에서는 마치 장대높이뛰기 선수가 마지막 도약을 위해 총총이 도움닫기를 시작할 때 볼 수 있는 고도로 집중된 뭔가를 느낄 수 있었다.

레오 라트케는 계산을 마치고 호텔 프런트 데스크에서 편지와 봉투 한 묶음을 받아 든 후 구부러진 돌계단을 밟고 거리로 내려섰다. 나는 어디에 휘말린 것이며 무엇을 해야 하는가? 통치자들이 몇십 년 동안 고수해 오던 것이 단 몇 주 만에 사라지고 단단한 한 덩이의 국가는 가루가 되었다. 방금까지 권좌에 앉아 있던 인물들은 이제 쫓기고 내몰려 자신을 목매달아야만 하는 처지가 되었다. 반대파 세력이 합법화되고 그들의 주장이 신문에 실리기 시작했다. 사상의 다양화는 권력의 편에 선 측이 더 이상 통제할 수 없는 수위까지 이르렀다. 거의 사상의 자유라고까지 말할 수 있는 상태였다. 자유선거가 예정되었다. 장벽의 개방은 마치 놀이동산의 개장과 같았다. 권력자들은 억압의 통치 수단을 손에서 내려놓아야만 했다. 이상주의자들조차 20년 이상 걸릴 것으로 예상했던 사건이 몇 주 안에 모두 다 이루어져 있는 지금, 장차 앞으로는 어떻게 될 것인가? 나라 안에서 변하지 않는 것은 아무것도 없었고, 그 움직임은 멈출 수 없었다. 수십 년 동안 전지전능한 존재였던 당이 멸망하는 꼴을 보고야 말겠다는 사람들의 욕구는 하늘을 찔렀다. 자신들이 겪어왔던 무력감을 그들에게 되돌려주겠다는 유혹을 거부할 수는 없다. 그들은 당의 절대 가치들을 때려 부수면서 복수의 재미를 마음껏 누릴 것이다.

위르겐 바르테를 취재하는 것은 세상에서 제일로 한심한 일이다. 레오 라트케는 그를 뭉개버리는 기사를 쓰는 것도 재미없었다. 너무 쉬운 일이었다. 그는 포착하기 좋은 시기를 기다려보기로 했다. 그래서 그 놀랄 만큼 아름다운 여기자를 낚아채는 일은 나중으로 미루기로 한 채 거리에 서 있었다. 이 시대는 알 수 없는 맛을 가지고 있었다. 그는 그 맛을 글로 써내기로 결정했다. 그의 과제는 정해졌다. 국경선 근처, 레오 라트케는 아직 동독 쪽에 서 있었으나 국경 너머 서독 쪽에 있는 동독인들의 얼굴에서 무엇인가가 넘쳐나고 있음을 볼 수 있었다. 동독 쪽에서 보니 더욱 선명하게 인식되는 그것은 바로 진정한 해방이었다. 사람들 머리 위에는 한줄기 빛이 떠 있었고 그들에게선 도취에 넘친 기쁨이 밀려나오고 있었다. 그들의 눈은 빛났고, 긴장은 녹아 사라졌다. 서른이 넘은 사람들도 마치 서툰 아이처럼 깡총거리고 서로의 어깨에 손을 얹으며 즉흥적으로 우러나온 행동을 하고 있었다. 살던 곳으로 다시 돌아온 동독인들은 건널목에서 신호를 기다리며 걸음을 멈출 때마다 서베를린에서 트럭으로 나누어준 바나나, 감귤, 초콜릿바 등을 알록달록한 비닐 봉투에서 꺼내 처음 보는 옆사람에게 보여주고 있었다. 다른 이들은 서베를린 길거리에서 받은 모자를 써보며 웃거나 서로 자기의 신분증에 찍힌 도장——출국 도장 또는 환영금의 수령 도장——을 보여주었다. 그보다 더한 행복은 없었다.

텔레비전 송신탑이 건축물의 걸작으로 손꼽히고 있는 이 지역에 자주는 아니어도 몇 번은 와본 적이 있는 레오 라트케는 이 쓸쓸하고 볼 때마다 우울해지며 을씨년스럽게 황폐화된 거리가 이렇게 활기를 띨 수 있음에 놀랐다. 동베를린은 행복감으로 환해져 있는 행인들 덕분에 옛 모습을 알아보기가 힘들었다. 그것은 마치 도시 전체가 반 시간 전에 막 생애 최고의 섹스를 마치고 난 것 같은 모습이었다. 사람들의 눈에 어린 빛은 레오 라트케에게는 적어도 오르가슴을 얻고 난 뒤 여자의 눈에서 나던 빛과 같았다.

방금 이 생각은 기사에는 쓸 수 없겠지, 하고 스스로 인정하며 레오 라트케는 한숨을 내쉬었다. 가끔씩은 자신의 글 속에 속된 표현들을 슬쩍 슬쩍 끼워넣기도 했고, 어떠한 사회적 틀도 자신의 유일무이성과 특별성에 스스로 도취되고자 하는 그를 망설임이라는 이름으로 구속할 수 없었다. 그러나 세상에 선보이는 그의 기사에 쇼킹한 단어는 없었다. 특정한 상대방이 없는 도발은 재미없었다. 레오 라트케가 생각하는 도발의 진정한 의미는 즉각적이고 숨김없는 반응을 얻어내는 데에 있었다.

그는 거리의 광경을 지켜보면 볼수록 사진을 찍어줄 사람이 필요하겠다는 생각이 들었다. 이 전체를 모두 글로써만 표현할 수는 없겠다는 생각이 들었다. 장벽의 개방이라고 하는 사건보다 더 좋은 모티프를 주는 게 있겠는가? 그래, 사진작가를 하나 보내달라고 요청하는 거야. 그러나 대통령이 등장할 때마다 삼발이를 펼치는 평범한 사람이어선 안 된다. 나, 레오 라트케한테 걸맞은 사람이어야 한다. 여기를 잘 아는 이곳 사람이면 제일 좋겠다.

그는 월요일에는 열람실만이 개방되는 시립도서관을 지나쳐 가려다가 안으로 들어갔다. 한 아름의 사진집을 서가에서 골라내어 뒤적이고 호텔 프런트에서 받은 우편물도 열어보았다. 우편물 하나에서 사진 몇 장이 나왔다. 사진을 살펴본 그는 괜찮은데, 하는 생각을 했다. 도서관을 나와 호텔로 돌아간 그는 함부르크의 편집본부로 연락을 취해 자기가 원하는 인물을 말했다. 사진집들은 다시 서가에 꽂아놓지 않았다. 전화 교환수는 과부하가 걸린 양독(兩獨) 간 전화 라인의 통화 중 대기 신호에 맞서 두 시간 반 동안 계속 다이얼을 돌려야 했다. 함부르크의 편집부에서 그 사진작가의 주소를 어떻게 알아낼 것인지는 그쪽에서 알아서 해야 할 일이었다. 이게 어느 분의 부탁이냐 말이다.

1주일 후 레나의 큰오빠는 라트케의 잡지사에서 편지 한 통을 받았다.

편지에 씌어 있는 바는 이러했다. 베를린에 '아직 젊지만' '독일 내 각종 저명 언론상을 두루 수상한 경력이 있는' 레오 라트케라는 기자가 있다. 레오 라트케는 편집부의 전면적인 지원하에 곧 다음 달 지면에 실릴 기사에 'DDR 출신의 사진작가가 찍은 사진을 곁들'이고 싶어 한다. 이 양독 합작 르포 기획은 잡지사한테는 '일급의 관심사'이며 '앞으로 계속 주요 사건으로 머무르게 될' 'DDR 뉴스보도의 핵심'을 이룰 것이다. 우리 편집부는 '그날의 뉴스를 넘어서 오랫동안 길이 남을 언론적 시도를 펼쳐 보일 것을 확신'한다.

편지의 내용으로 알 수 있는 바는 레오 라트케가 잡지사의 최고 스타이며, 좋은 위스키를 곁들인 자리에서 발행인에게 손수 새로운 프로젝트를 맛깔나게 권유받고 있는 인물이라는 점이었다.

레나의 큰오빠는 잡지사의 동베를린 사무소에 부다페스트에서 찍은 사진을 가져다주면서, 그때 약속한 대로 택배를 통해 함부르크로 넘겨줄 것을 부탁했었다. 사무소장은 레나의 큰오빠가 저 잘난 맛에 사는 수많은 인간 중 하나라고 생각하면서, 그 사진이 그렇게 중요한 것이라면 레오 라트케가 먼저 연락을 취할 것이라고 생각해버렸다. 당연히 레오 라트케는 연락하지 않았고 그리하여 그 사진들은 그냥 묻혀버렸다. 그러다가 레오 라트케가 묵을 호텔을 예약하면서 비로소 사진 생각이 난 그 사무소장이 호텔 프런트에 사진을 맡겨놓았다. 그 앞으로 온 것이니 버리든지 말든지 그가 알아서 하라는 생각에서였다. 일단 본인에게 넘겼으니 이제 책임질 일은 없었다.

레오 라트케도 하마터면 사진을 버릴 뻔했다. 무명 사진작가의 뒤를 돌봐줄 만큼 한가한 그가 아니었다. 그가 사진 봉투를 연 것은 마음에 드는 것을 단 하나도 발견하지 못한 채 스무 권이 넘는 사진집을 헛되이 뒤진 후였다. 이 사진들을 어떻게 해야 할지 모르겠다. 하지만 이 사진작가를 어디다 써먹어야 할지는 알겠다, 하고 레오 라트케는 생각했다.

그렇게 해서 레나의 큰오빠는 베를린에서 가장 큰 별 다섯 개짜리 호텔인 팔라스트 호텔에 오게 되었다. 호텔은 어두컴컴한 스칸디나비아의 겨울을 지내면서 빛을 최대한으로 이용하는 법을 터득한 한 스웨덴 건축가에 의해 설계되었다. 거울 처리된 창문과 역학의 법칙을 무시하듯 건물 밖으로 돌출된 객실부에 의해 호텔은 마치 버려져서 이제는 땅 위의 건물로 이용되고 있는 거대한 우주 정거장과 같은 느낌을 주었다.

팔라스트 호텔은 국가 속의 국가라고까지 할 수는 없어도 도시 속의 도시라고 부를 만한 규모였다. 따뜻한 음식은 24시간 내내 언제든지 주문할 수 있었다. 새벽 6시부터 호텔 전용 빵집에서 구운 신선한 빵이 아침 식탁에 올라왔고 점심부터 밤늦은 시간까지 프랑스 레스토랑 하나, 독일 레스토랑 두 개, 아시아 레스토랑 하나 등 각각의 호텔 레스토랑들이 열려 있었다. 카페, 전통 술집, 카페테리아, 음악이 라이브로 연주되는 나이트클럽이 각각 하나씩 있었으며, 피아노 바 외에도 호텔 로비에 '만남의 장소'로 자리 잡고 있는 벽난로 바가 있었다. 헬스클럽, 사우나, 일광욕실, 수영장, 인터숍, 미장원, 회의장이 있었고 어떠한 종류의 행사도 치러낼 수 있는 다양한 행사장과 회의장이 갖추어져 있었고 호텔 직속 화훼 전문가도 있었다. 구두 굽을 새로 갈아야 할 사람, 연극표를 원하는 사람, 렌터카, 항공권, 관광 안내, 통역사, 외국어가 가능한 비서가 필요한 사람들 모두가 호텔 서비스 센터로 갔다. 오럴 섹스를 주문하고 싶은 사람은 나이트 바로 갔다. 거기엔 문을 지키고 서 있는 고릴라들이 들여보낸, 돈으로 살 수 있는 살덩어리들이 널려 있었다. 세 대의 호텔 전용 리무진에는 다섯 명의 운전기사가 교대로 돌아가며 대기하고 있었다. 그 운전기사 중 세 명이 서베를린으로 차를 운전해서 나갈 수 있었는데 왜 다른 나머지 두 명은 국경을 넘어갈 수 없는지 그 이유를 소상하게 아는 사람은 자신을 사내 경비원이라고 밝히고 있는 베셀 씨 말고는 없었다.

아침 7시가 되면 이루 헤아릴 수 없을 만큼 많은 객실 청소원이 떼지어 출동했다. 1인용 객실에서부터 시작해 침실 다섯 개에 욕실 셋이 딸린 스위트룸까지, 호텔의 객실 수는 6백 개가 넘었다.

이 모든 것의 맨 꼭대기에 호텔 지배인 알프레트 분추바이트가 군림하고 있었다. 그는 카를로스 5세의 명구에 빗대어 "나의 왕국에서는 오븐이 꺼지지 않는다"라고 말하곤 했다. "나의 왕국에서는 해가 지지 않는다"라는 말을 남긴 왕이 루이 14세── 왜냐하면 그의 별칭이 태양왕이므로──라고 그는 착각하고 있었다. 같은 원칙에 따라 알프레트 분추바이트를 '오븐 왕'에 봉한다고 해도 그는 반대하지 않으리라. 그는 노조연합의 회원휴양소에서 견습 요리사로 직업 생활을 출발했고 타자 사무원 견습 교육을 받던 아내 쥐빌레도 거기서 알게 되었다. 그는 베를린 '노조의 집'에서 요리사로 일하다가 전문학교 교육을 받은 후에는 조리장이 되어 돌아왔다. 그 후 새로 문을 연 호텔 작소니아의 식당부 지배인으로 승격한 다음, 출세의 사다리에 한 발짝 더 높이 올라서기 위해 제11차 사회주의통일당 전당대회에서 연설을 하게 되었다. 텔레비전에 생방송으로 중계되던 이 전당대회에서 알프레트 분추바이트는 형편없는 망신을 경험했다. 심지어 서독 방송들도 가장 망신스러운 대목을 편집해 방송에 내보냈을 정도였다. 그가 바라던 높은 자리는커녕, 고속도로 휴게소 지배인의 자리가 떨어졌다. 그러나 두 해가 지나자마자 그는 그 구덩이를 벗어날 수 있었다. 베를린 팔라스트 호텔의 총지배인이 서독 관광박람회에 참가했다가 영영 돌아오지 않았던 것이다. 당은 같은 창피를 또다시 겪지 않기 위해 이번에는 당성이 건실한 동지, 알프레트 분추바이트에게 그 자리를 맡겼다. 사람들이 입을 가리고 주유원이라고 수군대는 것도, 그의 이름을 분트-추-바이트라고 부르며 그의 허리둘레와 연관지어 놀리는 것도 행복에 빠진 그를 방해하지 못했다. 1950년대에 시골의 한 견습 요리사로 시작한 그, 알프레트 분추바이트는 결국 베를린 최대 별 다섯 개 호텔의 총지배인의 위치에까지 올라왔다. 그의 왕국에서는 화덕이 꺼지지 않았다. 마지막 손님에게 오븐에 구운 토스트를 가져다주는 것을 끝으로 나이트 바의 오븐이 꺼질 때 벌써 제과부의 오븐에서는 아침식사로 나갈 크루아상이 구워지고 있었다.

화덕에 불씨가 꺼지지 않는 것이 사실이듯이 이 호텔이 알프레트 분추바이트의 왕국이라는 것도 사실이었다. 그의 잔소리가 필요하지 않을 만큼 사소한 일이란 이 호텔에서는 있을 수 없었다. 지배인 양복 차림으로 직접 소스의 간을 보는 것은 그래도 나은 편이었다. 심지어 객실 청소원 앞에서 직접 침대 시트를 끼워 보이고, 옷 보관소 직원에게는 옷걸이에 외투 거는 방법을 시범으로 보이고, 화장실 관리원에게 솔 쥐는 법을 보여주는 것을 그는 마다하지 않았다. 빵 굽는 시간이 35분에서 30분으로 단축된 것도 알프레트 분추바이트의 제안 때문이었다. 그는 자기 호텔의 일부 부서에서 당초 예정된 에너지 소비량의 17퍼센트까지 에너지가 절약되고 있다고 공공연하게 선전하고 다녔기 때문에 중간에 슬그머니 33분으로 늘어난 제빵 시간은 그 앞에서 쉬쉬하며 비밀에 부쳐졌다. 또한 그의 명령에 따라서 호텔의 꽃 장식을 새것으로 교체하는 기간이 엿새에서 닷새로 줄어들었다. 그러나 장식되는 꽃의 양도 6분의 1이 슬그머니 줄었다. 꽃을 전보다 빨리 갈아치우니 결과적으로 더 많은 꽃이 필요했던 것이다. 프런트에서 울리는 전화벨 소리의 크기라든지 레스토랑의 복장 규정, 직원용 화장실의 청소시간표 등을 정하는 데에서도 그의 명령이 낳은 결과는 비슷했다. 그의 지시 중 단 하나, 지하 주차장의 출구 가로대가 올라갈 때의 각도를 종래의 75도에서 90도로 변경하라는 지시만은 그대로 지켜졌다.

레나의 큰오빠가 온 것은 금요일이었다. 화덕이 꺼지지 않는 왕국으로의 첫 발디딤은 아주 고전적으로, 즉 회전문을 통해 이루어질 터였다. 그러나 고전적인 장면은 단 하나, 그의 가방이 문에 끼어 벌어진 희극뿐이었다. 그가 가방을 꺼내기 위해 호텔을 나가려는 사람마냥 뒤로 돌아선 것이 화근이었다. 문은 확 돌아갔고 다음 회전판에 발뒤꿈치가 냅다 부딪혔다.

스칸디나비아풍의 수수한 건축 양식에도 불구하고 레나의 큰오빠가 이 호텔에서 느끼는 두려움은 카롤라가 가졌던 두려움, 바로 그것이었다. 전통적으로 별 다섯 개의 호텔에 깔려 있는 바탕이란 배타성이 느껴지는 귀족적인 분위기인데 이 호텔은 거기에 덧붙여 달러나 서독 마르크로 계산하는 손님, 아니면 비자카드나 아메리칸 익스프레스 카드를 척 내밀 수 있는 손님에게만 열려 있었다. 비수기 동안 동독 마르크를 받는 객실 몇 개가 있기는 했지만 오히려 그것이 두 계급의 차이만 더 벌려놓는 결과를 만들었다. 동독 마르크를 내는 객실 손님들은 끊임없이 이류 손님 대접을 받는다며 착각 어린 푸념을 했다. 그들은 직원이 손님의 손짓을 보지 못하고 지나친다거나 손님의 표정만 보고도 원하는 것을 알아채지 못한다거나 또는 자신들의 무리한 요구를 들어주지 못할 때, 이 모든 것은 언제나 동독 마르크 손님의 호텔 객실증에 표시된 오렌지색 삼각형 탓이지, 보일락 말락 하는 손짓이나 표정 없는 얼굴이나 손님의 말도 안 되는 요구 탓이라고는 절대 생각하지 않았다.

레나의 큰오빠는 두 가지 의미에서 특이한 손님이었다. 몇 안 되는 동독 손님 중 한 명이라는 것이 그 하나였고 그럼에도 불구하고 서독 마르크로 계산서를 신청한다는 점이 다른 하나의 이유였다. 계산서가 유명 언론 출판사 앞으로 나간다는 점, 그리고 레오 라트케 이외에 다른 어떤 손님 한 명을 제외하고는 유일하게 무기한으로 호텔에 머무르게 된다는 점이 그에게 특별 손님의 지위를 부여했다.

레오 라트케가 팔라스트 호텔에 머문 지 거의 2주가 다 되어가고 있었지만 이렇게 아무런 생각이 나지 않는 것은 그로서는 처음이었다. 태풍의 눈 한가운데 앉아 있긴 한데 스토리가 없었다. 모든 것이 다 시시하게 여겨졌다. 장벽이 무너지며 자유가 선포되고 난 후로 센세이션을 일으킬 만한 사건은 없었다. 어떤 테마든 자세히 연구하면 할수록 더더욱 시시하게 느껴지기만 했다. 원래 좋은 특종거리란 더 깊이 파고들어가면 갈수록 재미있어지는 법이었다. 그에게 베를린은 깜짝 놀라 우왕좌왕하는 혼잡의 집단에 지나지 않았고 거기서는 그 무엇도 얻어낼 수 없었다. 그는 자신이 재미없어지기 시작했다. 그 내부에 있는 무엇이 모든 사람이 느끼는 흥분을 같이하기를 거부하고 있었다. 이 기분을 떨쳐버리기 위해 그는 요새 일어나고 있는 일들에 대해 거리를 두려고 시도하는 인간 군상들을 취재하기 시작했다. 그것은 아마도 그 자신을 마비시키고 있는 것이 무엇인지 알고자 하는 시도일지도 몰랐다. 그러나 그나마 이 일조차도 잘되지 않았다.

그래서 그는 매일 몇 시간이고 벽난로 바에 앉아서 술을 퍼마시며 자

기의 처지에 걸맞은 일, 즉 과거의 영광을 곱씹는 일을 반복했다. 자신의
과거가 지금의 무기력을 처음부터 없었던 것으로 해주기라도 하는 것처럼
주문을 걸었다. 그는 사람들 사이에 떠돌거나 글로 써지거나 출판되거나
방송되거나 주장되거나 거짓으로 꾸며지거나 누설되었던 자신의 화려한 과
거의 면면을 단 하나의 빠뜨림 없이 그곳의 모든 사람—호텔 도어맨 발
데마르, 바의 여종업원, 동료 등—에게 다 떠들고 다녔다. F1(Formular
1)을 취재하는 톰 울프를 리포터로서는 유일하게 단독으로 동행 취재할
기회가 있었는데 그 톰 울프가 레오 라트케를 두고 '더 그레이티스트 탤런
트 오브 저널리즘the greatest talent of journalism'이라고 말했다는 일화
를 이야기하면서 '오브 저먼 저널리즘of german jounalism'이 아니라 '오
브 저널리즘of journalism'이었다는 점을 레오 라트케는 강조했다. 사실
'독일 보도 언론 사상 최고의 몸값을 받는' 정식 리포터가 되기 전에 이미
그는 이미 최상급의 프리랜서 리포터였다. 그는 프리랜서로서는 사상 최
초로 원래의 원고에서 '쉼표 하나' 고치는 일 없이 타자기에서 뽑은 기사
그대로 인쇄되는 기록을 세웠다. 최고의, 유일한, 최고 몸값의, 최초의
—레오 라트케에게 최상급이라는 서술어는 러시아인의 앞가슴에서 빠져
서는 안 되는 훈장과 같았다.

레오 라트케는 오직 자신에게만 관심을 두는 인간이었다. 어느 날 학
창 시절 친구인 미국인 에릭이 아주 당연한 사실이라는 투로 지나가듯 말
했었다. 제일로 재미있는 존재는 바로 인간이야. 그것과 같은 당위성의
선상에서 레오 라트케는 생각했다. 제일로 재미있는 존재는 바로 나야.
그러나 동시에 그는 에릭에 대한 부러움도 느꼈다. 그는 그 말의 진실을
몸소 체험하고자 리포터가 되었다. 이 직업, 이 존재 양식을 유지하려면
타인의 내부로 뛰어들어야 하고, 그러려면 자기 자신이라는 존재를 벗어

놓고 그를 정신이 아득해지도록 때려눕혀야 했다. 자신을 똑똑하다고 생각하고 있는 레오 라트케는 본인이 만족할 만한 자신의 가치에 상응하는 값을 기삿거리에 부여하기 위해서 자신이 그리는 것들을 더 크게, 더 흥미롭게 만들어야 했다. 그가 하는 자기비하는 언제나 과장된 비하였고 그의 의욕은 언제나 과장된 의욕이었다. 끊임없이 새로운 기사를 찾아내느라 고심했고 거기엔 끝도 없었다. 데스크에서 뭐라고 지나가는 말만 떨어져도 장관과의 세 장짜리 대담 기사를 써내겠다고 의욕을 불태우는가 하면, 어떤 사람을 몇 시간 인터뷰하고 나서도 인터뷰 내용 중 반 토막의 문장만을 인용한 적도 많았다. 그는 경박하다고 치부되는 그 어떤 것도 마다하지 않았다. 그러나 그의 기사는 힘이 있었고 흥미로웠으며 수준과 인격, 또한 화려함을 갖추고 있었다. 그래서 그가 쓴 기사는 금방 표가 났다. 일그러진 거울 속에 살아 있는 레오 라트케가 보고 쓰고 묘사한 것인 만큼 그 기사들은 큼직큼직한 에너지로 넘쳤다. 그는 자신을 '역최기,' 즉 '역대 최고 기자'로 지칭하고 있었다. 그런 그가 지금 최대 위기에 봉착해 있는 것이다. 주위에 스토리가 넘쳐나는데도 아이디어는 없었다. 그는 이제 새로운 사진작가와의 공동 작업으로 이 위기에서 벗어날 수 있지 않을까 하는 희망을 품고 있었다.

그들은 이른 저녁 시간 벽난로 바에서 만났다. 레오 라트케는 필요 이상 큰 소리로 이야기함으로써 자신의 불안감을 덮어보려고 했다.

"그쪽에서 나온 사진집을 하나 구경했소. 사진집 제목이 『이 나라의 풍경』이더군요." 그는 조롱조로 씩씩거렸다. "제 것다운 것 하나 만들어보려고 당신들 노력 참 많이 했더군요. 하지만 그 자기 것이란 것이 과연 무엇인지 당신들은 말하지 않았소. 우리 쪽의 사진집은 『독일의 거실』 같은 제목을 달고 있소. 독일이란 바로 우리를 말함이오. 그렇다면 우리는 독일이고, 당신들은 이 나라라는 말이 되는군요." 레오 라트케는 몸을 앞으로 숙였다.

"첫 사진집을 뭐라고 이름 지을 생각이오?"

"아직 몰라요."

"생각해봐야 할 거요. 나랑 일한다는 건 이제 무명 시절은 물 건너갔다는 얘기니깐."

레오 라트케는 사진을 주제로 혼자 떠들기 시작했다. 레나의 큰오빠는 사진 얘기가 나올 줄 알고 있었지만 라트케의 불안감이 이처럼 클 줄은 예상하지 못한 것이었다. 우렁찬 목소리가 빈약한 내용을 보충이라도 해준다고 생각하는지, 그의 말투는 과장되게 거들먹거렸다. "잘 들어보시오. 헬무트 뉴턴도 자기만의 사진 언어가 있었소. 밤에 자동차를 도로변에다 세워놓고 그 뒷좌석에다 모델을 발가벗겨가지고 눕혔소. 모델더러 손가락으로 거시기를 만지작거리게 한 다음 그걸 찍은 거요." 레나의 큰오빠는 당황하여 주위를 둘러보았다. 레오 라트케의 목소리는 너무 커서 듣고 있는 그의 수준마저 같이 떨어뜨리고 있었다. "발코니 사진도 있어요. 한밤중에 12층 발코니에서 난간에는 샴페인 잔을 올려놓고 발가벗은 채 하이힐만 신은 모델을 찍은 사진 말이요. 또는 엘리베이터의 한 쌍도 있소. 두 사람은 서로 모르는 사이지만 여자가 밍크코트를 열어 보이는 거요. 그 속에 뭘 입었는지 아시오? 아무것도 안 입었소. 헬무트 뉴턴이 머릿속에 박혀 있으면 완전 다른 생각으로 세상을 볼 수 있는 거요. 한 번도 제대로 쳐다본 적이 없다는 이유로 자동차 뒷좌석이나 발코니의 누드모델을 보지 못했다고 말할 수는 있소. 엘리베이터 안에서 이제 나는 여자들을 유심히 보게 되었소. 특히 밍크코트를 입은 여자는 더더욱 말이오."

그는 크게 웃어젖혔다. 꼭 까마귀의 깍깍하는 소리 같았다. "사물의 인식이 통째로 바뀌는 거요. 엿보는 자의 쾌감을 알게 되면 다르게 볼 수 있다 이 말이오. 그 이유를 알아요? 그게 자신만의 사진 언어라는 거지요. 그런데 당신 사진에서는……"

레오 라트케는 말을 멈추고 잠시 생각했다. 헬무트 뉴턴론은 벌써 몇 년째 써먹고 있는 것인지 모른다. 그는 레나의 큰오빠가 부다페스트 난민 수용소에서 찍은 사진들을 쉬지 않고 이리 놓고 저리 놓으며 분류했다. 마침내 그는 레나의 큰오빠를 잠깐 쳐다보다가 말했다. "당신이 찍은 사진에 비해 당신 자신은 상당히 얌전해 보이는군."

"나는 과소평가당하는 보람으로 삽니다." 레나의 큰오빠가 말했다.

레오 라트케는 이 사진작가를 뚫어지게 보았다. 40년간의 사회주의로 파괴된 서른 살의 미친 영혼이 아닐까 하고 심각하게 생각하지 않을 수 없었다.

레오 라트케는 과소평가라는 것하고는 손톱만큼도 관련을 가진 적이 없는 인물이었다. 외모로 말하면 주위를 무색케 할 만큼 뛰어난 용모의 소유자였다. 그는 1미터 90센티미터의 키에 티 하나 없는 남유럽의 피부, 짧게 자른 검은 머리, 단단한 턱, 그에 비해 눈에 띄게 아담한 귀를 가지고 있었다. 그의 신체에서는 작은 것이 항상 더 눈에 띄었다. 작은 두상과 엉덩이가 그것이었다. 손은 큼지막했지만 손가락은 산부인과 의사의 손가락처럼 가늘었다. 그런데 단 한 가지 무식하리만큼 어울리지 않게 큰 부위가 있다면 그것은 그의 입이었다. 비뚤게 달려 있는 입술 때문에 언제라도 삐죽거릴 준비가 되어 있는 것처럼 보이는 입이었다. 얼굴에는 시비를 걸기 좋아하는 그의 성격이 씌어 있었다. 모두가 편안하게 합의를 본 것을 깨부수는 게 그가 사랑하는 일이었다. 그것은 그가 자신을 유일하고 강한 존재로 느끼게 하는 동력이 되었다. 그러나 그의 거친 행동거지는 스스로에 대한 미움에서 나온 건지도 몰랐다. 그는 일부러 자신이 잘 받은 가정교육을 엉망으로 분탕질해놓고 자신의 교육 수준을 골려주고 싶었다. 유식과 훌륭한 가정교육이라는 콤비네이션은 너무 평범한 데 비해 유식과 상스러움의 콤비네이션은 훨씬 스릴 있었다.

레오 라트케는 자신이 생각하고 있는 계획에 대해 이야기를 꺼냈다. 특별한 르포를 쓰고 싶다고 했다. 그것은 만날 '괴~엥장하다'고만 외치고 있는 허섭스레기 같은 최근의 주제도 아니고 고위층의 살림살이를 파헤치는 것도 아니며, 과중한 업무에 허덕이며 하루 열여덟 시간 동안 일하면서도 막무가내로 중요한 것과 그렇지 않은 것을 분간하려고 들지 않는 신인 정치가의 인물 탐방 같은 것도 아니라고 했다.

레오 라트케의 얘기는 길고 쓸데없었다. 그는 문득 자기가 하고 싶지 않은 일에 대해서만 설명을 늘어놓고 있다는 것을 깨달았다. 무엇을 쓰고 싶은 것인지 그는 몰랐다. 그는 조용하게 입을 다물고 생각에 잠겼다.

"당신 사진이 내 글보다 낫다는 이야기는 아니오." 이윽고 그가 말했다.

"그럴 수도 있겠죠." 레나의 큰오빠가 작게 말했다.

레오 라트케는 벌떡 일어났다. 계산이라도 하려는가 싶어 종업원이 이쪽을 쳐다보았지만 전혀 그럴 기색이 아니었다. 그는 그냥 나가버렸다. 레나의 큰오빠는 상대방의 행동을 어떻게든 해석해보려고 했다. 아무래도 여유 있고 평화로운 공동 작업이 펼쳐질 것 같지는 않았다.

하지만 레오 라트케가 입에 발리거나 꼬드김성의 찬사를 늘어놓지 않은 것이 레나의 큰오빠는 고마웠다. 자기가 얼마나 기가 막힌 인간인지 숨기지 않아주어서, 그를 좋아하지 않아도 되도록 해주어서, 그를 참아야 할 것인지 말 것인지 선택할 기회를 주어서 고마웠다.

174

그는 당장 가버리고 싶은 생각이 굴뚝같았다. 레오 라트케와 그의 사진 언어라는 것, 사실은 원래 써야 할 것을 놓쳐버렸기 때문에 궁리해낸 것에 불과한, 그가 쓰고 싶다는 특별한 르포에 둘러싸여 무엇을 어떻게 해야 될지 알 수 없었다.

지금 떠나게 되면 앞으로의 결과는 어떻게 될까를 생각하며 고개를 옆으로 돌렸을 때, 그는 자신의 결정을 180도 돌려주는 무엇인가를 보았다. 왜 고개를 틀어 옆을 보게 되었는지는 자신도 모르는 일이었지만 그는 자리를 떠나지 않았다.

레오 라트케가 다시 돌아왔다. 단순히 화장실에 다녀온 것이었다. 다소 긴장이 풀려 보이는 그는 이제 대화의 비공식적인 부분, 자유종목으로 들어갈 것임을 암시했다.

"당신이 부다페스트에서 작업할 때 갖고 있던 사진 장비는 더 이상 표준장비라고 할 수 없는 것이오." 레오 라트케의 말이었다. "우리 회사에서 보수를 받으면 그걸로 제대로 된 장비를 마련할 수 있을 거요."

"뭐 하려고요?" 레나의 큰오빠가 물었다. "그러면 자기만의 사진 언어가 엉망이 될 텐데요."

레오 라트케가 잠시 생각해보더니 자기를 비꼰 말은 아니라고 결론지었다. 하지만 그는 지금까지의 대화에서 웃던 것보다 더 크게 껄껄대고 웃었다. 그는 두 손으로 탁자 모서리를 꽉 붙잡고 머리를 뒷목 쪽으로 젖혔다. 그를 덮친 경련은 비단 글쓰기만이 아니라 웃음까지 얼어붙게 만들었다.

그가 다시 조용해졌을 때 레나의 큰오빠는 라이카를 내려놓고 필름을 새로 감았다.

"방금 날 찍었소?" 레오 라트케가 놀라서 물었다.

레나의 큰오빠는 라이카를 안주머니에 쏙 집어넣었다. 라트케는 주머니 속으로 사진기가 사라지는 것을 보더니 갑자기 잠잠해졌다. 거의 얌전해졌다고 해도 될 정도였다. 저런 사진집 속에서 자기 사진을 발견한다고 상상하니 유쾌하지 않았다.

"그걸로 뭐 할 작정이오?" 그가 물었다.

레나의 큰오빠는 눈을 찡긋해 보이며 이렇게 말했다. "독일 남자."

시간이 조금 지나 레나의 큰오빠는 다시 한 번 벽난로 바의 같은 자리에 가서 앉았다. 자기가 혹시 거울을 못 보고 지나친 게 아닌가 하는 것을 확인하기 위해서였다. 거울, 그것은 반들거리는 황동이나 유리판, 스탠드의 크롬 도금 받침대 부분일 수도 있었다. 앞뒤로 흔들거리는 유리문도 일순간 거울의 역할을 할 수도 있었다. 그러나 그곳에는 비슷한 것이 아무것도 없었다. 반들거리는 청동판도, 유리판도, 크롬 도금 스탠드 받침대도, 유리문도 그곳에는 없었다. 그렇지만 그는 그때 고개를 돌리면 꼭 그 알비노를 보게 되리라는 것을 알고 있는 사람처럼 고개를 돌렸던 것이다. 점쟁이가 가진 능력이라고밖에 할 수 없었다.

11월 10일 레나와 함께 동물원 역의 담배 자동판매기 앞에서 만났던 바로 그 알비노가 프런트에서 그에게 등을 돌린 자세로 방 열쇠를 받고 있었다. 그는 직원에게 무엇을 물어보기 위해 까치발을 하고 몸을 프런트 책상 위로 최대한 굽히며 서 있었다. 그는 저번에 봤을 때와 마찬가지로 어두운 청색의 고급 양복과 방울 끈이 달린 구두를 착용하고 있었다. 이 신비스러운 인물은 레나의 큰오빠를 매료시켰다. 그리고 그 수수께끼는 그가 계속 머물러야 할 충분한 이유가 되었다.

8. 발데마르는 물구나무를 선다

　　레오 라트케의 막혔던 글쓰기는 풀리지 않았다. 그러나 레나의 큰오빠 앞에서 그는 영감이 떠오르기를 기다리는 예술가에게는 당연히 아무것도 하지 않고 앉아 있는 시기도 필요하다는 듯 행동했다. 레나의 큰오빠도 예전보다 사진 찍는 횟수가 줄어들었다. 처음에는 편한 변명을 해보았다. 난 레오 라트케의 사진 담당이니까 그가 스토리를 찾아내지 않는 한 나도 일거리가 없다. 그렇지만 실제로는 그의 사진들에 내용 없는 임의성이 생겨나기 시작했다. 그만의 특별한 사진들은 마치 불어닥친 역병에 휩쓸린 것처럼 빠르게 씨가 말라가고 있었다.

　　또한 그는 이렇게 창작의 곤란이 온 데에는 외부의 영향도 있다고 생각하고 있었다. 그는 자기가 가진 몸값에 놀랐다. 약속된 하루 급료는 그가 환영금으로 받은 액수의 두 배였다. 호텔의 방값도 레오 라트케가 일하는 잡지사에서 전액 지불하고 있었다. 그는 자기로 인해 발생하는 비용에 대해 책임감을 느끼고 있었고 이 특별비용에는 그에 상응하는 특별활동으로 갚아야 한다고 믿었다. 그가 사진 사냥을 나갈 때 쓰고 다니던 애송이 위장 가면은 이제 거창한 활동비를 토해내는 이의 얼굴에는 맞지 않았다.

　　『존타크』 신문의 편집기자 바바라의 집에서 찍은 사진이 신문에 인쇄되어 나왔을 때 호텔 도어맨 발데마르가 그에게 말을 걸어왔다. 레나의 큰오빠는 요새처럼 정신없는 시절에도 발데마르가 신문 읽을 여유가 있다는 사실이 놀라웠다.

　　"내가 신문을 '읽는다'고 누가 그래요?"

그들 둘을 묶어주는 것이 있다면 그것은 두 사람 다 이쪽도 저쪽도 아니라는 사실이었다. 폴란드 태생의 발데마르는 열두 살 때 고향을 떠나왔고 레나의 큰오빠는 동독 국민으로서 서독인으로부터 자기의 조국을 촬영하라는 업무를 맡았다. 그의 급료와 호텔 체류비의 지불 수단으로 쓰이는 화폐는 그를 친숙하던 사람들로부터 멀어지게 하고 모르던 사람들과 같은 부류로 만들었다.

타인의 안락함을 생활의 수단으로 살아가고 있는 발데마르의 삶을 레나의 큰오빠는 이해하기 힘들었다. 안락한 이들의 잔일을 담당하는 것이 그가 가진 직업 내용의 전부였다. 발데마르는 20대 초반 아니면 중반쯤 되어 보였고 여드름이 핀 얼굴에 마른 체격, 신경질적으로 물어뜯어 거칠어진 입술을 가지고 있었다. 아직 사춘기를 벗어나지 못한 것처럼 보였다. 몸 전체에서 반항기와 모든 것에 대한 전면적인 거부가 물씬물씬 묻어나오고 있었다. 저런 청년이 어떻게 이런 호텔 서비스업계에 오게 되었는지 그것이 레나의 큰오빠에게는 수수께끼였다. 발데마르가 생기를 띠면서 자기가 쓰고 있다는 소설에 대해 얘기했을 때 비로소 그에게 발데마르는 살아 있는 인간으로 다가왔고 그 존재를 현실적으로 느낄 수 있었다. 어느 날 둘은 우연히 복도에서 마주쳤다. 발데마르는 크롬 도금으로 반짝거리는 가방 운반차에 몸을 기대고 15분을 얘기했다.

발데마르의 소설 『212장, 줄 간격 1.5』는 미국의 스타 선수를 누르고 누구도 예상치 못한 올림픽 경기의 금메달을 차지하기 위해 장장 9년 동안의 훈련을 통해 비밀리에 재능을 쌓아온 한 장대높이뛰기 선수의 이야기였다. 이 올림픽 꿈나무의 열여덟 살 생일에 다음과 같은 사고가 일어난다. 주인공은 장대가 부러지는 바람에 세계 신기록을 세울 정도의 높이에서 땅에 장대를 꽂는 오목하게 파인 곳——상자라는 이름으로 불리는

178

──으로 거꾸로 떨어져 목뼈가 부러진다. 꿈나무는 간신히 살아났지만 넷째 목뼈 아래로 몸이 마비된 데다가 일시적인 산소 공급 중단의 후유증으로 일부 뇌세포도 파괴되었다. 신체가 체온을 유지할 수도 없어 몸을 마치 미라처럼 이불로 둘둘 말아야 했다. 언어 능력이나 사고력, 시각, 호흡, 식사, 청각, 후각, 미각 등에는 이상이 없었다. 그는 코치가 되었다. 허공에서 떨어지면서, 즉 장대가 딱 하고 부러진 순간에서부터 목뼈가 부러지는 순간의 사이에 꿈나무의 눈앞에는 틀림없이 성공을 예언하는 어떤 훈련 방법이 환영처럼 펼쳐졌다. 이 훈련 방법을 그는 '위대한 계획'이라고 불렀다. 꿈나무는 마치 4차원의 세계에서 내려다보는 것처럼 그동안의 자기 인생을 굽어보면서 모든 우연적이고 비계획적인 것, 뜻하지 않은 사고와 돌발 상황의 가능성이 완전히 배제된 훈련의 실체를 똑똑히 보게 된 것이다. 지금까지의 운동 방법은 모두 주먹구구였다. 그리고 그 꿈나무는 자기가 세계 신기록을 깨기 위해서는 전에 생각했던 9년이 아니라 13년이 필요했다는 것도 알게 되었다. 바로 그 순간 네번째 목뼈가 부러지면서 화살 같은 통증이 그의 깨달음을 뇌피에 박아놓았다. 꿈나무는 의식을 잃었고 다시 깨어났을 때는 미라가 되어 있었다.

체육부의 고위 관계자는 꿈나무의 청원대로 그의 휘하에 훈련 그룹을 결성해주는 것은 물론, 보조역도 하나 딸려주었다. 보조역의 역할은 페스트로 죽은 사망자를 운반하던 것과 비슷하게 생긴 들것에다가 미라가 된 꿈나무를 싣고 다니다가 사건이 일어나면 즉시 그리로 들고 뛰는 역할이었다. 보조역은 들고 뛰는 것에는 이골이 나 있는 카메라맨이 원래 직업이었다.

소설은 꿈나무가 성공의 확신을 가지고 지도하는 훈련 팀의 열세 명 팀원 중 한 사람이 화자가 되어 전개된다. 레나의 큰오빠의 겸연쩍은 질문에 발데마르는 자신의 소설이 겉으로 보기에는 허무맹랑하고 현실과 동떨어진 이야기 같지만 이 허무맹랑함 속에는 막 성장하고 있는 청소년의 육체와 선수 양성, 기록, 한계, 야망, 좌절 등과 같이 많은 것이 담겨 있다고 설명해주었다. 또 모든 어린이가 올림픽 금메달 선수가 되어야 할 것처럼 야단인 이 나라에서 스포츠를 소재로 글을 쓴 작가가 아직 아무도 없다는 것이 말이나 되냐, 무슨 경험을 집단적으로 했는지는 몰라도 작가 선생들은 그런 것을 소재로 하기에는 너무 고귀하신 분들이라 기록경기에 대해서 착각 어린 콧대만 세우고 있다며 부르짖었다.

발데마르에게는 이야기가 진행됨과 동시에 목소리도 불어나는 특징이 있었다. 목소리는 커진다기보다는 날카로워진다고 할 수 있었다. 목에서 끼익끼익 쉰 소리가 날 때쯤 되어야 생각의 완성이 가까워졌다는 것을 알 수 있었다. 레나의 큰오빠는 이야기 중간중간에 가끔 질문을 넣어서 발데마르가 다시 원상태의 목소리로 돌아가서 점점 끽끽거리는 목소리로 발전할 수 있게 해주었다.

레나의 큰오빠가 발데마르 자신이 장대높이뛰기 선수였었는지를 물었을 때 그는 가방 운반차의 가로대를 감싸 잡더니 힘들이지 않고 물구나무서기를 해 보이며 유일하게 무언의 답변을 주었다. 사진을 한 컷 찍으며 소설이 과연 출판되는지를 물어보기에 충분히 여유 있는 시간이었다. 발데마르의 대답에는 망설임이 없었다. 다시 발을 땅에 디디고 나서 그는 말했다. 아시다시피 검열이 있잖아요. 자신의 소설이 철통같이 보호되는 금기의 영역인 체육계를 배경으로 하는 만큼 그동안 출판을 고려할 수 없었지만 몇 주 전부터 헐렁해진 검열이 이제 12월 1일을 기점으로 공식 폐지되면 폐지의 첫날인 12월 1일 바로 자신의 소설인 『212장, 줄 간격 1.5』를 출판사로서는 최고의 명성을 자랑하는 아우프바우 출판사에 직접 가져다줄 생각이라고 했다.

"그러고 나서," 목소리라기보다 끽끽에 가까운 소리를 내며 그가 말했다. "어떻게 될지는 한번 두고 봐야죠!"

쟤는 뭐가 되도 되겠어, 하고 레나의 큰오빠는 생각했다.

9. 대청산의 시간

와일드 빌리는 완전히 사랑에 빠져 있었다. 레나와 자기는 서로에게 잘 어울리는 한 쌍이 될 거라고 믿었다. 베를린에서 카를마르크스 시로 돌아오는 구급차 안에서 레나가 자기 농담에 몇 번 웃은 것 이외에 그들 사이에는 아무 일도 일어나지 않았다. 하지만 기어를 바꾸고 클러치를 밟고 손가락으로 사이렌을 능숙하게 착 켜고 안전하게 커브를 돌고 부드럽게 정지하며 아슬아슬하게 장애물 사이로 차를 통과시키는 일이 맡은 임무의 전부이던 그의 안에서 바야흐로 감정이란 것이 발전되기 시작했다. 스스로 생각해도 놀라운 사실이었다. 구급차의 운전기사로서 '마부석에서 엉덩이를 덜덜거리'고 '기어를 당기'고 '냅다 밟아대'고 '뿔피리를 날려버리'고 '뼈다귀를 모아서 실어 나르'던 그였다. 시야를 확보하면서 차 천장이 머리에 계속적으로 부딪히지 않게끔 자신의 1미터 99센티미터의 키를 구부리고 운전한다는 사실, 보행자 도로의 연석이나 갑자기 튀어나온 곳, 울퉁불퉁한 길이나 아스팔트에 뻥뻥 난 구멍을 피해가느라 운전석이 엉망으로 망가진 사실, 그리고 이런 원인들로 인해 그의 허리가 다 망가져버렸다는 사실은 만일 레나가 물리치료사가 아니었다면, 그리고 그가 그런 레나에게 반하지 않았더라면 스스로는 절대로 인정하지 않았을 사실들이었다. 약한 척을 하면서 어디어디가 아프다고 인정한 다음에야 그는 정기적으로 레나를 만날 기회를 얻을 수 있었다. 정형외과에서 마사지 치료 처방을 얻어내서 레나의 환자가 된 것이다.

그 감정 이외에 그가 발달시킨 것이 또 하나 있었으니 그것은 질투심이었다. 레나는 카를마르크스 시에서 혁명의 상징이었다. 그런 그녀와 동등한 위치가 되기 위해 와일드 빌리는 자기도 혁명가로서 두각을 나타내고 싶었다. 그 방법으로 그가 택한 것은 카를마르크스 시립병원에서 인체 실험을 한다는 소문을 추적하는 것이었다. 내과에서 약물 실험을 한다는 말이 떠돌고 있었다. 내과 부장 의사로 있는 옌스 헨제 교수라는 사람이 의약품 승인을 받지 않은 서독제 약을 환자들에게 처방하고 있다는 내용이었다. 더불어 그 대가로 받은 부정한 돈은 슈타지와 부장 의사가 서로 나눠 가지고 있다는 소문까지 돌고 있었다.

와일드 빌리는 헨제 교수의 주말별장이 어디 있는지를 알아낸 다음 결전의 그날을 위해 사진까지 찍어놓았다.

결전의 순간은 어느 월요일, 오후 4시에 닥쳤다. 전 직원 회의였다. 병원 식당은 유례없이 사람들로 꽉 들어찼다. 자리를 차지하지 못한 사람들은 책상 모서리에 엉덩이를 걸치거나 라디에이터에 등을 기대고 앉았다. 분홍색이나 하늘색의 간호사 복장들 속에 간간이 의사들의 흰 가운과 수술 팀의 녹색 또는 보라색 가운이 성글게 뭉쳐 있었다. 각 진료부의 부장들과 의료부 총 부장 의사는 출입구에서 가장 멀찌감치 떨어진 곳에 놓인 네 개의 책상머리에 나뉘어 앉아 있었다.

"저 사람들 이제 우리들한테 걸렸다!" 거대한 직원 집단을 앞에 놓은 부장 의사들이 손을 깍지 끼거나 초조한 것처럼 손바닥을 문지르고 곤란한 듯 이마를 문질러대거나 명상하듯이 얼굴을 손에 묻는 광경을 보며 와일드 빌리가 레나에게 말했다. 저 사람들 이제 우리들한테 걸렸다! 그렇다. 와일드 빌리가 레나의 발 앞에 엎드려 혁명을 갖다 바치려고 하는 것이다!

총 부장 의사가 회의의 개시를 선언할 때 와일드 빌리는 자기가 찍은 헨제 교수의 주말별장 사진을 사람들에게 돌리기 시작했다. 한쪽에서 무언가를 돌려보고 있다는 것을 눈치 챈 사람들이 자기 차례가 돌아오기도 전에 더 흥분하기 시작했다. 눈치가 빠르지 않은 축도 뭔가 폭로와 관련이 있다는 것을 느낄 수 있었다. 모종의 진상 규명을 하려는 게 틀림없었다. 사진에 와일드 빌리가 찍었다고 씌어 있기라도 한지 사진을 들여다본 사람마다 군중 속의 와일드 빌리를 찾으려고 고개를 두리번거렸다.

병원장은 연설에서 어려운 시기에도 변함없이 희생정신을 발휘해주고 있는 전 직원에게 감사한다고 말하고 물자와 인력의 부족에 대해서는 유감의 뜻을 표시했다. 그는 이번 직원회의가 이제껏 유례가 없었던 일임을 강조하면서 오늘 행사의 개최를 열화와 같이 요청해준 직원들에게 마이크를 넘긴다고 말했다.

그때, 계속 손을 위로 뻗쳐 들고 있던 와일드 빌리가 재빨리 기회를 잡았다. "헨제 교수님에게 질문이 있습니다." 크고 굵직하면서도 약간 술 취한 것처럼 들리는 독특한 목소리로 그가 말을 꺼냈다. "뭐냐 하면 인체 실험에 관한 것입니다. 교수님이 서독 쪽에서 돈을 받고 서독 제약회사의 약품을 시험하고 있다는 게 사실입니까?" 와일드 빌리는 그러면서 열쇠를 높이 들어 보였다. "출입문은 이미 봉쇄한 상태고요, 교수님의 대답을 들을 때까지 아무도 문밖으로 내보내지 않을 작정입니다." 그는 레나에게서 첫번째 감탄의 빛이 나오기를 기대하며 그녀를 쳐다보았다. 헨제 교수가 뭐라고 대답하든 그것은 일단 관심 밖이었다.

"저는 '당연히' 서독제 약품을 처방했습니다. 그러나 인체 실험의 목적은 아니었습니다! 이곳은 모든 물자가 모자라는 형편에 있습니다. 그런데 아직 시험 중에 있는 약품이 죽어가는 환자의 단 하나 남은 희망이 될수 있다면 '당연히' 그 약을 써야지요! 신약을 거부해서 환자를 죽게 내버려두었는데, 1년 후 세계 시장에서 발매되고 나면 너무 고가이기 때문에 이미 우리 형편으로는 살 수조차 없습니다. 나보고 그렇게 하라는 말입니까? 내가 그러면 좋겠어요?" 헨제 교수는 의자에 등을 기대고 팔짱을 꼈다.

"그렇지만 환자에게 그 약이 아직 시험 중에 있다는 사실을 알려주지 않았잖아요!" 와일드 빌리가 말했다.

"나 참, '당연히' 말 안 했지요! 환자를 위해섭니다. 자기가 실험쥐라고 생각하면 이 세상 천지에 병이 나을 환자는 하나도 없어요."

헨제 교수가 이렇게 쉽게 책임을 빠져나가다니, 와일드 빌리는 당황했다.

"소유하고 계신 대지에 핀란드식 오두막을 지으셨더군요." 간호사 한명이 외치며 와일드 빌리가 찍은 사진을 높이 흔들어 보였다. "보니까 다서방 제품이네요! 믹서는 물리넥스 제품, 전축은 아이와! 슈타지랑 결탁한 게 틀림없어요!"

"핀란드식 오두막이 불법입니까?" 헨제 교수의 침착한 맞대응은 간호사의 흥분에 견주어져 그를 더욱 돋보이게 했다. "지금 핀란드식 오두막이 인체 실험의 증거라고 말할 참입니까? 그 전축은 '당연히' 아이와 제품입니다! 환자들이 가끔 감사의 표시로 봉투를 놓고 갈 때가 있어요. 그안에는 뭐가 있나? 50마르크 한 장이 들어 있단 말입니다. 누런 배추 잎*으로요! 그럼 여러분들은 환자들한테 선물을 받은 적이 한 번도 없단 말입니까?" 그는 일부러 잠시 한 박자 쉰 다음 흥분한 간호사가 아무런 말도 못하고 있는 순간을 음미한 뒤 다시 말을 이었다. "우리는 여기서 근무시간 중에 미장원에 가는 것이 환자를 돌보는 사람의 바른 자세인지 그것을 먼저 토론해봐야 합니다."

흥분했던 간호사는 숨을 히익 들이쉬었고 여성들의 항의 어린 두런거림의 물결이 전체 공간에 얕게 출렁이다가 사라지는 듯했다. 그때, 다른 간호사의 신경질적인 부르짖음이 울려 퍼졌다. "미장원에 예약할 때마다 무슨 전쟁을 치러야 하는지 알고 하시는 말씀입니까? 3주 전부터 예약을 잡아놨는데 갑자기 근무 일정이 떨어져서 예약을 변경이라도 할라 치면 다시 처음부터 3주를 기다려야 한다고요. 아니면 허수아비 몰골이라도 하고 돌아다니란 말입니까?"

"3주 전 예약은 카르스텐 카슈니츠 살롱에서나 그렇지," 다른 간호사가 화를 진정시킬 양으로 이렇게 끼어들었다. "페하게PHG 미용실은 지나가는 손님을 주로 상대하니까 예약이 필요 없어요."

"뭐요, 페하게 미용실?" 신경질이 뻗쳐 있는 간호사가 되받았다. "내가 거기 한번 가보고 다시는 안 가요! 머리 하고 나서 두 달은 밖에 나다니질 못했다니깐!"

"제가 한번은 사촌을 따라서 슈투트가르트에 있는 미장원에 갔었는데요." 한 간호사가 자리에서 일어나 모든 방향을 보고 발언하느라 머리를 한 바퀴 빙 돌리며 헤어스타일을 공개했다. "거긴 예약 없이 가도 되더라고요. 만일 차례를 기다리게 되면 커피 드세요, 하며 커피도 한 잔 주고 손님, 손님 하고 공손하게 불러주는 건 물론이고요, 또 그 밖에도," 그녀

---

* 서독 마르크로 50마르크짜리 지폐를 의미한다. 동독의 50마르크 지폐는 갈색이 아니라 붉은색이었다.

는 파마머리를 흔들었다. "말이 필요 없어요, 말이!" 아무도 그녀의 연설을 이해하지는 못했지만 적어도 그녀의 슈투트가르트 파마는 모두가 구경한 셈이었다.

"그렇게 눈을 치켜뜰 필요는 없어요." 또 다른 간호사 하나가 와일드 빌리에게 책망하듯 말했다. "나한테도 겉모습은 중요해요. 가운에 묻은 얼룩 중에는 아무리 삶아 빨고 하오HO 회사에서 나온 얼룩제거제로 문질러도 절대 안 빠지는 얼룩이 있어요. 우리가 더러운 가운을 입고 다니면 우리 병원의 인상이 어떻게 되겠어요? 그런데 서독제 얼룩제거제로 빨면 아주 깨끗해지거든요. 그래서 저는 병원 운영진에게 서독제 얼룩제거제를 충분히 비치해줄 것을 요청하는 바입니다."

"맞소!" 다른 간호사가 외쳤다.

"아니면 서독제 얼룩제거제를 살 수 있도록 서독 마르크로 추가 수당을 주든지요!" 얼룩 없는 가운을 꿈꾸는 그 간호사가 연설을 마쳤다.

여자들은 이렇게 멍청한 존재란 말인가? 레나는 말이 나오지 않았다. 혁명의 소용돌이 속에서 열린 직원회의가 시작한 지 10분 만에 얼룩제거제와 헤어스타일로 골인한다는 것이 있을 수 있는 일인가? 여자들이 그렇게 멍청한가?

"우리는 도대체 월급 자체가 너무 적어요!" 한 간호사의 외침이었다. 레나는 더 이상 참고 있을 수가 없어 일어났다. "제가 보건부 장관에게 직접 찾아가서 월급 인상을 받아내도록 하겠습니다. 그러나 지금 시점에서 이런 것들이 중요한 게 아니지 않습니까!" 레나는 이렇게 외치고 헨제 교수 쪽으로 몸을 돌렸다. "슈타지도 인체 실험에 대해 알고 있습니까?"

"그럼 내가 그런 것을 비밀리에 한다고 생각합니까?" 레나의 급작스런 물음에도 흔들리지 않은 채 헨제 교수가 말했다. "서독에 내 환자들을 독살시키고자 하는 무리가 있다고 상상해보세요! 나를 협박하고자 하는 목적으로 말입니다. 안 될 말입니다. 그러면 나는 나 자신과 나의 환자들의 안전을 어떻게든 보장해야 되지 않겠어요? '당연히' 슈타지도 알고 있지요! 그리고 다시 한 번 말하건대 이것은 인체 실험이 아닙니다! 본인에게는 의약품계의 새로운 신약 개발을 알 수 있는 루트가 있기 때문에 약값이 무한대로 오르기 전에 미리 우리 환자들을 위해 도입한 것뿐입니다."

"승인되지 않은 의약품 처방으로 인해," 와일드 빌리가 말을 시작했으나 장내의 술렁거리는 소음 때문에 말을 계속할 수가 없었다. "그만 좀 합시다!" 많은 이가 투덜거렸다. 와일드 빌리는 장내의 소란을 나름대로 오해하고 계속 말을 이었다. "혹시 내가 술 취했나 생각하는 분들이 있나 해서 말씀드리는 건데요. 그게 아니고 혓바닥이 너무 크기 때문에 좀 이상하게 들리는 거예요. 자, 보세요!" 하고는 혀를 길게 빼고 좌중을 한 바퀴 둘러보았다. 여기저기서 웃음이 터져나왔다.

레나가 와일드 빌리의 질문을 이어받아 헨제 교수에게 다시 물었다. "승인되지 않은 의약품을 복용하고 난 후 죽은 환자가 있습니까?"

"죽은 환자는 '당연히' 아무도 없지요! 몇 명이 그 때문에 생명을 건졌는지, 그걸 물어보셔야지!"

"약을 복용했던 환자들 중 네 명이 평생 혈액투석을 해야 하는 것이 사실입니까?"

"그 환자들은 아직도 '살아' 있어요." 헨제 교수가 이렇게 말하자 좌중의 소란은 점점 더 커졌다. 그는 시간은 자기편이란 걸 느끼고 있었다. 최대 2~3분, 질문 딱 하나만 자신 있게 넘기고 나면 다 온 것이다. 그러고 나면 혁명의 물결은 다른 희생자를 찾아내어 삼켜버릴 것이다. "환자들에게 세번째나 네번째 심장마비로 6주 후에 죽겠느냐, 아니면 신장부전의 부작용이 있을지도 모르지만 약을 먹고 살겠느냐 물어보면 보통 둘째를 선택합니다. 뼈 하나가 부러지는 한이 있더라도 활활 불타는 집에서는 탈출하고 보는 게 당연하죠, 암요!"

"하지만 헨제 교수님," 닥터 마티스의 목소리를 들은 좌중의 시선이 그에게로 쏠렸다. "교수님에 대한 신뢰가 너무 깊은 피해를 남겼다는 것도 인정하셔야 하지 않을까요? 지금 질질 끌고만 있는 이 토론이 말해주고 있듯이 말입니다." 박수가 불붙듯 터져나왔다. 그리고 곧 잠잠해졌다. 닥터 마티스의 발언은 답답함으로 분통을 터뜨리고 있는 이들의 마음을 대변하고 있었다. 하지만 좌중은 닥터 마티스가 무슨 말을 할 것인지 몹시 궁금했다. "교수님이 부인하고 있음에도 불구하고 인체 실험이 계속 화두가 되고 있다면 이 병원에서 의사와 환자 간의 관계에 있어서는 안 될 일이 일어나고 있다고밖에 할 수 없습니다." 다시 박수가 터져나왔다. 이번에는 좀더 크고 열띤 박수였으나 역시 말미는 뭉텅했다. 사람들의 호기심은 점점 커져갔다. "이러한 이유로 교수님께서는 내과 부장의 지위에서 물러나시고 그 자리를 당에 소속되지 않은 다른 의사에게 넘겨 이 문제가 말끔히 해결될 때까지 일을 맡기셔야 합니다. 교수님이 내과 부장이라는 지위에서 행한 일은 단순히 우리 병원의 당면 과제에 그치는 것이 아니라 최소 스캔들감입니다. 이 일로 우리 시 전체가 들썩거릴지도 모릅니다. 교수님의 자리를 이어받는 사람은 불신의 벽과 싸워야 하는 과제를 맡게 될 것이므로 내과 내부에서 발탁된 의사여서는 안 될 것입니다. 소화기내과 출신은 더더욱……"

"여러 말 할 것 없이," 병원장이 심드렁하게 끼어들었다. "당신이 직접 맡아보겠소?" 박수가 터져나왔다. 그 해결 방법이 반가워서라기보다는 문제 하나가 빨리 해결되겠다는 기대에 찬 박수였다. 닥터 마티스는 이것이 자신을 응원하는 박수라고 이해하기로 했다. "교수님," 박수가 잦아든 후 그는 진지하고 또렷한 목소리로 말했다. "저를 믿어주시는 직원 여러분들의 성원으로 인해 아마도 제가 부득이하게……" 그는 말을 어떻게 마쳐야 할지 몰라 미소를 지었다. 그는 원하던 것을 손에 넣었다. 나름대로 자제해보려고 했지만 어쩔 수 없이 머금어지는, 속 보이는 미소였다. 득의양양함으로 귀를 향해 당겨진 입가의 각도는 다시 제자리로 돌리려고 해도 잘되지 않았다. 닥터 마티스는 이제 승자의 모습을 하고 있었다. 험난하고 힘든 시기에 지난한 중책을 맡은 사람으로는 보이지 않았다.

남자들이란 이렇게 우둔한 존재였던가? 레나는 자문했다. 남자들은 출세와 성공, 자리, 지위, 영향력 따위— 섹스 생각을 할 때를 제외하면 —밖에 머릿속에 없다는 말인가? 정말 그렇게 우둔한가?

직원회의는 다섯 시간이 넘게 계속되었다. 그들은 한참 동안 주변적인 주제들을 돌다가 한 번의 회의에서 모든 쟁점을 다 다룬다는 것이 불가능함을 깨달았다. 그래서 각자 주제별로 연구조가 결성되었다. 와일드 빌리는 장차 잘하면 서독으로 출장 갈 건수가 생길 것 같은 '양독 협력 과제 분과'에 배속되었고 레나가 들어간 분과는 '중간급 의료진의 사회적 여건 연구 분과'였다.

와일드 빌리와 레나가 회의장을 나왔을 때는 다섯 시간 동안의 토론, 집합, 말싸움, 횡설수설, 남 탓하기, 일어났다 앉았다 하기, 답답한 공기, 긴장 그리고 지겨움이 그 두 사람의 정신을 나른한 녹초 상태로 만들어놓고 말았다. 이들은 분노의 대협곡 굽이굽이를 무사히 돌아 될 대로 되라는 식의 평원에 도달한 것이다. 그리고 와일드 빌리는 여전히 레나를 향한 감정을 이고 지고 있었다. 그는 그녀를 한번 만져보길 간절히 원하고 있었다. 진하지는 않더라도 확실한 접촉 말이다. 그가 레나를 껴안았다.

레나가 거부하거나 언짢게 생각하지 않으리라는 것을 그는 알고 있었다. 그의 두 팔이 그녀의 몸통에 꽉 감겼다. "와, 당신들이 속한 중간급 의료진 말이야, 사람들이 각자 너무 달라서 같이 일하려면 엄청나게 스트레스 받을 거야"라고 만약 학교 과목에 로맨틱이 있다면 '가'를 받고도 남을 와일드 빌리가 말했다. "간호사를 이렇게 껴안으면 바로 단추를 풀 수가 있는데 당신네 마사지사들은 등에 단추가 없네." 그는 한동안 레나를 안고 단추를 풀어달라는 제안이 오기만을 기다렸다. 그러나 레나는 그의 팔을 풀어내고 이렇게 말했다. "그러니까 우리 마사지사들은 단추를 꼭 잠그고 있는 거예요. 우리가 스스로 끄를 때까지."

"그거 말 되네." 와일드 빌리는 알겠다는 식으로 말하고 옷을 갈아입으러 자리로 돌아가는 레나의 뒷모습을 물끄러미 쳐다보았다.

10. 루츠 노이슈타인, 나무 벤치에 앉다 (2)

루츠 노이슈타인 경감은 나무 의자에 앉아 사태를 분석해보고 있었다. 베를린의 붉은 시청* 복도, 어느 회의실 앞에 있는 나무 의자였다. 회의실 안에서는 조사위원회가 열리고 있었다. 루츠 노이슈타인 경감은 종종 법정 증언을 할 기회가 있었다. 형사 사건 경찰로서 법정 증언을 하는 것은 세상에서 가장 당연한 일 중 하나였다. 하지만 지금 이건 좀 다르다. 이건 경찰을 수사하는 조사위원회인 것이다.

---

* 19세기 중반에 지어진 베를린의 시청 건물. 붉은 벽돌로 지어져 붉은 시청rotes Rathaus으로 불리고 있다. 동·서독 분단 이후에 동베를린의 시청으로 쓰이다가 통일 후 다시 통일 베를린의 시청으로 쓰이고 있다.

평등한 발언권, 좋지, 하고 루츠 노이슈타인 경감은 생각했다. 자유 선거? 좋은 일이야. 언론 자유, 여행의 자유? 다 좋아. 그렇지만 이 조사위원회는 괜히 힘이나 과시하는 짓이 아니냔 말이야. 세상 어느 나라에 경찰이건 간에 경찰은 규정보다는 조금 더 세게 밀어붙이는 법이다. 우리를 허수아비로 만들자는 이 위원회의 수작은 뭔가? 처음 데모를 진압할 때 폭력을 쓰기는 했다. 그리고 한 달 뒤, 정부가 총사퇴했다. 다른 곳에서는 어떤 수준의 피해자가 생기는지, 무슨 무시무시한 전쟁이 벌어지는지 몰라서 그러는가. 순식간에 수십 명에서부터 수백 명의 사망자가 발생한다. 그런데 이번 사건에서는 죽은 이도 없다. 병신 된 놈도 없다. 다쳤다고 해봐야 그들의 전치 일수를 모두 합해도 6개월이 넘지 않는다. 그런데 저들은 벌써 몇 주 전부터 무슨 큰일이라도 난 것처럼 저러고 있다. 내무부 장관, 경찰청장 등 관련자 모두가 다 사퇴했고 진압대장은 몇 주 전에 병가 처리가 되었다. 그런데도 조사는 계속되고 있다. 마치 세상에서 제일 중대한 일이라도 되는 것처럼.

루츠 노이슈타인 경감이 호명되었다. 이 낯선 건물의 방을 구경하기는 이번이 처음이었다. 무슨 방어용 성(城)의 사격용 구멍처럼 창문은 좁다라니 길쭉하고 벽은 1미터나 되도록 두꺼웠다.

"안녕하십니까." 조사위원장 위르겐 바르테가 루츠 노이슈타인에게 인사했다. "당신은 1989년 10월 7일과 8일의 경찰 진압 진상조사위원회에 증인으로 이 자리에 소환되었습니다. 오늘 위원회를 이끌 본인의 이름은……" 위르겐 바르테는 자기 이름을 우물우물했다. 잘난 체하는 작자로군, 하고 루츠 노이슈타인은 생각했다. 모두가 자기 나비넥타이만 봐도 자길 알아보는 것이 자랑스러워 죽겠다는 심정이시겠지.

"성명과 생년월일을 말하시오!"

막 30세가 된 루츠 노이슈타인은 두 가지를 다 대고 나서, 자기는 위원회장의 이름을 못 들었다고 덧붙였다.

위르겐 바르테는 무시하는 듯한 말투로 딱 잘라 말했다. "이보시오, 나는 그동안 그 많은 신문을 받을 때마다 내 이름을 수도 없이 말했소. 당신 같은 안보기관의 사람들 앞에서 더 이상 그 짓을 반복하지 않을 거요!"

제법인데, 루츠 노이슈타인은 생각했다. 참관인들은 민망한 듯 종이에 사람 모양만 그려대고 있었다. 그들은 위르겐 바르테와 그의 성격을 잘 알고 있었다.

질의가 시작되었다. 루츠 노이슈타인은 10월 7일과 8일 양일간에 걸친 자신의 출동 상황을 그려야 했다. 어려운 일은 아니었다. 저는 공화국 궁전*의 부근에서 용의자들을 체포하여 팔라스트 호텔 뒤편 주차장에 대기하고 있던 차량에 싣고 이동했습니다. 제 업무는 차량을 감시하고 아무도 뛰어내리지 못하도록 지키는 일이었습니다. 아니요, 유례없는 과격한 진압이라는 것에는 동의할 수 없습니다. 외국에서 축구 경기가 끝난 후 경찰이 출동할 때의 강도에 비하면 7일과 8일에 있었던 출동은 아무것도 아닙니다.

그에게 비디오 화면이 보였다. 비디오카메라의 조명이 부족해 전체적으로 화면이 어두컴컴했다. 푸르죽죽한 색이 들어간 화면은 화소가 굵고 거칠었으며 계속 흔들렸다.

"자, 여기 사복을 입은 네 명, 아니 다섯 명의 남자가 여자 하나를 녹지대로 끌고 가서 곤봉으로 구타하는 것이 보이죠. 여자가 땅바닥에 누워 소리를 쳐도 구타를 멈추지 않고 있습니다. 이것이 비정상적인 행위가 아

---

* Palast der Republik: 동독의 의회인 인민회의Volkskammer와 국가 행사가 열렸던 의회당.

니라는 말입니까?" 이 질문을 한 사람은 세간에 잘 알려진 여성 언론인으로, 주로 여성 전문 기사를 써내 여성해방론자들의 우상이 된 인물이었다. 루츠 노이슈타인을 더 딱한 처지로 몰아간 사실은 이 여성 언론인이 지금 화면에서 맞고 있는 여자의 어머니라는 사실이었다. 얼마든지 두드려댈 수 있는 수천 명의 시위 인구 중 하필이면 유명 여성 운동가의 딸을 골라낸 바보들의 우두머리, 그 사람은 당연히 루츠 노이슈타인이었다. 그때 당시, 여자를 두들겨 패고 나서 신분증을 확인했을 때 그의 등에서는 식은땀이 흘러내렸었다. 후에 언론은 이 사건을 두고 경찰이 힘없는 여자들에게 얼마나 잔인하게 대응하는가의 예로 크게 다루었다. 이제는 그녀의 어머니가 기선을 잡을 때였다.

"경찰법이 허락하는 바로는……"

"경찰법은 우리도 알고 있습니다." 참관인 중 한 명이 말했다. "이것은 경찰법을 넘어서는 행위입니다."

"그러니까 시간 낭비 하지 말고," 위르겐 바르테가 콕 찌르듯이 말했다. 지금 슈타지 신문을 흉내 내어 비꼬고 있군, 하고 루츠 노이슈타인은 생각했다. 지금 위르겐 바르테는 슈타지가 자기를 다루었던 것과 똑같은 식으로 나를 상대하고 있어.

"저 진압 방식이 경찰의 일상적 대응 방식이라고 주장할 겁니까?"

"아닙니다."

"시위대에 특별히 강경 대응하라는 상부에서의 지시가 있었습니까?"

"그렇게 물으신다면……" 루츠 노이슈타인은 생각해보았다. 이 위원회에 그때 상황이 어땠는지 설명한다는 게 가능한 일일까? 과연 이들이 이해할 수 있을까? '이해하고 싶은 생각'이나 있을까? "직접적인 명령은 없었습니다."

"그럼 뭐가 있었소?"

"그때 분위기상 그래야만 했다고 말씀드릴 수밖에 없습니다."

"분위기라고요?" 여성 운동가가 기가 막히다는 조로 물었다.

"굳이 말하자면 그렇다지 않소." 위르겐 바르테가 성난 음성으로 말했다.

이 나비넥타이 선생은 아무것도 모른다. 당시는 모든 것이 첨예화되어 있었다. 시위대는 단순 불량배도, 보통 범죄자도 아닌 혁명집단이었다. 혁명집단의 진압에는 가차 없는 것이 우리의 상식이었다.

"예." 루츠 노이슈타인이 대답했다. "그때는 그런 분위기가 지배적이었습니다. 구체적인 상명(上命)은 없었지만 모두가 알고 있었습니다."

"뭘 알고 있었다는 말이요?" 콧수염을 기른 마른 체격의 남자가 물었다. 그의 '선해' 보이는 눈— 선하다'가 입에 담기에 조금 멈칫거려지는 단어이기는 했지만— 이 아니었다면 학교 선생쯤으로 보이는 사람이었다.

"한바탕 전쟁을 앞두고 있다 사실입니다. 사망자도 예상되는 상황이었습니다."

침묵이 회의실을 감쌌다. 루츠 노이슈타인은 말을 잘못했다는 느낌이 들었다. 비밀을 누설한 게 아닐까.

"방금 보인 저 비디오 화면은 당신의 관할구역에서 촬영된 것입니다." 여성 운동가 언론인이 말했다.

"예."

"그러니까 저기 찍힌 사람들도 당신네 대원들이겠죠?"

"예."

"알아볼 수 있습니까?"

"아니요."

"그러면 왜 당신네 대원들이라고 말하는 겁니까?" 자신의 풍부한 경험을 과시하기 위해 자신을 신문했던 조사관의 말투를 드러나게 흉내 내며 위르겐 바르테가 재빨리 물었다.

"제 부하들로 보이는 것은 확실합니다만, 화면상으로 알아볼 수는 없습니다. 저런 촬영 상태로서는…… 확인할 수 없습니다."

"화면을 다시 한 번 보면," 여성 언론인이 이렇게 말하면서 화면을 느리게 재생시켰다. "여기 곤봉을 들고 있는 사람이 하나, 둘, 셋, 그리고 한 명 더 보입니다. 그런데 여기 이 사람은 발로만 차고 있어요. 왜 곤봉을 사용하지 않고 있죠?"

여자를 발로 차고 있는 사람은 루츠 노이슈타인이었다. 골반에 한 대 날리고 배에 또 한 대. 단연코 자랑스러워할 만한 짓은 아니었다. 그러나 사람은 무리 속에서 동물이 된다. 이들은 그런 것들에 대해선 아무것도 모른다. 화면에 나온 그의 얼굴은 알아볼 수 없었다. 자신도 몰라볼 지경이었다. 그저 자신이 그날 한 행동으로 말미암아 자기라는 것을 짐작할 수 있었을 뿐이다. 골반에 한 대, 배에 한 대.

"경찰법은 진압용으로 쓰이는 곤봉의 사용에 대해 규정하고 있습니다. 곤봉을 비롯한 보조 도구의 사용은 경찰 대응의 강도가 높음을 의미합니다. 곤봉보다 한 단계 더 높은 보조 도구는 사격용 총기 한 가지밖에 없습니다. 경찰법에 따르면 곤봉을 사용하지 않은 경찰은 '보조 도구를 사용하지 않은 신체 대응,' 즉 중급 이하 강도의 대응 방법을 선택했음을 뜻합니다." 루츠 노이슈타인의 대답이었다. 이젠 당신들도 할 말이 없겠지, 한마디 한마디가 그의 입에서 흘러나옴에 따라 얼굴 표정이 점점 어두워지는 저 어머니라도.

"그러면 내 딸을 발로 찬 경찰관은 적절한 대응을 했다는 뜻인가요?"

"아닙니다. 그는 적절한 대응을 하지 못했습니다." 루츠 노이슈타인이 발끈하며 말했다. "경찰법에 의거해서 본다면 그는 곤봉을 사용하지 않음으로써 다른 대원들보다 경미한 강도로 진압에 임했습니다. 지금 더 이상 뭘 원하시는 겁니까? 허가되지 않은 시위였습니다. 우리는 시위대에게 해체하라고, 더 이상 시위를 진행하지 말라고 경고했습니다. 안보기관들의 대원들 사이에 퍼진 분위기는 더할 수 없이 팽팽했습니다. 그것 때문에 한 여성이 피해를 입게 된 것은 당연히 유감으로 생각합니다."

그러자 갑자기 분위기가 바뀌었다. 루츠 노이슈타인뿐만 아니라 옆자리에 앉은 그의 대원들의 기분도 찝찝해졌다. 다섯 명이서 여자 하나를 집단 구타하다니, 이 무슨 영웅적인 행동이란 말인가. 그때 그들은 분위기에 휩쓸려 있었다. 팽팽한 긴장감이 결국 다 방전된 후, 남은 건 제정신이었다. 제정신으로 돌아온 그들은 더 이상 계속하고 싶지 않았다. 그 이후에 그들은 그냥 체포 작업에만 매달렸다. 때리는 것은 다른 사람들이 했다.

위르겐 바르테가 비디오 플레이어의 리모컨을 달라고 한 뒤 오직 보기 괴로운 구타 장면만 계속해서 돌아가도록 작동시켰다. 여자가 땅에 쓰러져서 공포에 질려 소리 지르는 가운데 계속 몰매 맞는 장면이 30초쯤 나왔다. 루츠 노이슈타인은 자기가—아마도 그저 한 몫 거들기 위해서가 아니었을까—여자를 향해 발길을 날리는 장면을 볼 수 있었다. 한 발은 골반에 착륙하고 체중이 실린 다른 발은 땅에 내려앉았다. 그것은 눈먼 분노도, 냉정한 증오도 아니었다. 그가 그녀를 향해 몸을 날린 이유는 피를 보고 싶어서가 아니라 굴욕을 주기 위해서였다. 지금 다시 화면으로 보니 자신의 행동은 하나의 상징이었다. 그리고 배를 차는 행위에도 공적이고 사무적인 느낌이 담겨 있었다. 곤봉으로 때린 것은 그저 하나의 구타 행위일 뿐이었다. 화면으로 보니 그도 몇 차례 곤봉을 사용하고 있었다. 기억이 생생했다. 땅에 쓰러진 여자를 발로 차는 순간에 부끄러움을 느꼈던 기억도 되살아났다.

"한 가지 말해두고 싶은 것이 있습니다." 선한 눈을 가진 콧수염의 남자가 말했다. "상부 명령이 없었고 그날의 분위기가 그랬다는 증인의 주장은 납득이 갈 만한 부분입니다." 위원회 사람들이 고개를 끄덕였다.

"그러나 본인이 믿지 못하는 것은 비디오 화면의 대원들이 누구인지 모른다는 증인의 말입니다. 증인은 이 사건을 오늘에서야 처음 알게 되었다고 말할 작정은 아니겠죠."

"맞습니다." 위르겐 바르테가 생각을 한 군데로 모아가며 이야기를 이어갔다. "당신이 이 사태를 지휘했거나 심지어 동참까지 했을 가능성이 있고……" 위르겐 바르테는 잠깐 말을 쉬면서 루츠 노이슈타인을 뚫어질 듯 쳐다보았다. 루츠 노이슈타인은 바로 반론을 제기하지 못하는 자신에게 화가 났다. 별수 없이 자기도 똑같이 쏘아보는 수밖에 없었다. "아니면 작전대장이 얼마나 형편없는 능력을 가진 사람인지 알지 못했거나 둘 중의 하나요."

루츠 노이슈타인은 어쩔 수 없다는 듯 어깨를 들었다 놓으면서 눈을 아래로 내리깔았다. 비디오는 계속 반복해서 돌아가고 있었다. 벌써 여섯 번째는 되는 것 같았다. 몸을 날린다. 기다린다. 서 있다. 발로 찬다. 역겨웠다.

"정말 아무도 알아보지 못하겠다고요?" 콧수염이 물었다.

"전혀."

"자기 자신도 알아보지 못하겠습니까?"

루츠 노이슈타인은 고개를 가로저었다.

"우리가 피해자에게 발을 날린 자를 찾아냈다고 가정해봅시다. 그자를 어떻게 조치하면 좋겠습니까?"

루츠 노이슈타인은 자신이 증오스럽고 자신의 인생이 증오스러웠다. 대학을 나왔고 권력과 결혼한 30세의 그는 인생에서 무엇을 잘못한 것일까.

"증인에게 한 가지 말해두겠습니다." 루츠 노이슈타인이 침묵을 고수하는 가운데 콧수염 남자가 선하고 총명한 눈을 들어올리며 말했다.

"구타에 참가한 사람들이," 그가 구타 장면을 지적하며 말을 계속했다. "경찰관으로서 적합한지에 대해서는 우리 위원들 사이에 의견이 다릅니다. 하지만 우리 앞에 서 있는 사람들 중 떳떳함을 느껴도 될 사람은 없습니다. 지금 그들은 오직 자신들의 행위를 부정하기에 바쁩니다. 우리 위원들은 범죄자도 아니고 범죄자가 되고 싶은 생각도 없습니다. 그러나 그들은 우리를 범죄자로 만들고 있습니다. 우리는 이 사태에 어떤 도덕적인 물음을 던져야 할까를 묻는 단계까지 갈 겨를도 없습니다. 누가 언제 무엇을 저질렀나 그것을 증명하기에 매달려야 하니까요. 그러니까 이제 누가 그 여성을 발로 차고 밟았는지 밝히십시오. 안 그러면 제가 말하는 수밖에 없습니다."

"저는 누가 그랬는지 말할 수 없……"

"바로 당신이오." 선한 눈이 뜻밖에 그를 엄하게 가로막았다. "당신이 그랬소."

"아닙니다." 루츠 노이슈타인은 이렇게 말하고 나서 다년간의 신문 경험으로 보았을 때 이제 더 이상은 진술을 하면 안 되겠다는 것을 깨달았다. 그는 그것을 '부정(否定)의 패러독스'라고 불렀다. 어떤 행위를 부인할 때, 용의자의 반론이 논리적이면 논리적일수록 더 믿을 수 없게 된다. 죄 없는 사람이 용의자가 된다는 것은 난데없이 벼락을 맞는 것과 같은데 이성적으로 차근차근 반론을 펼쳐간다는 것은 의심을 더 확인시키는 결과를 낳는다. '아닙니다. 제가 하지 않았습니다. 왜냐하면, 게다가……' 이것으로 거짓말임을, 범인임을 확인할 수 있다. '아닙니다. 제가 하지 않았습니다'면 충분하다. 증거를 들이대면 이런 말까지 나올 수 있다. '제가 하지 않았습니다. 저는 죽어도 그런 짓을 할 사람이 아닙니다.' 그러나 그들은 아직 그를 그 지경까지 구석으로 몰지는 않았다.

비디오 화면은 흐릿했고 피해자는 가해자를 식별할 수 없다고 했다. 그는 지나간 일을 멀리멀리 던져버릴 것이고 동지들은 단결할 것이다. 위원회여, 회의하고 싶으면 회의하고 조사하고 싶으면 얼마든지 조사해라. 증명할 게 있으면 증명해라. 그, 루츠 노이슈타인은 협조하지 않을 것이다.

제3장

금요일 오후 1시 이후

1. 계절의 끝

출판물 검열이 폐지되던 날은 금요일이었다. 발데마르는 오전 근무를 하고 있었다. 레나의 큰오빠는 미국인 관광객들의 여행 가방을 관광버스 옆으로 옮기고 있는 발데마르를 보았다. 엄청나게 크고 무거운, 모두가 하나같이 20킬로그램은 넘어 보이는 가방들을 발데마르는 재빠르고 효율적인 동작으로 넘어뜨리고 굴리고 들어 올려가며 힘도 하나 안 들이고 원하는 곳으로 나르고 있었다. 거리의 곡예사를 해도 될 솜씨였다.

"오늘이 바로 『212장, 줄 간격 1.5』의 날이네요." 레나의 큰오빠가 말했다.

"오늘이 그날이에요. 퇴근은 3시고요, 여기서 아우프바우 출판사까지는 10분도 안 걸려요." 발데마르는 뭔가를 생각하는 듯 하늘을 올려다보며 말했다. "한데 퇴근이라…… 케케묵은 단어군요. 축하하지도 않고, 또 저녁이 되려면 아직 멀었는데* 말이에요. 정말 재밌어요."

---

* 퇴근, 또는 퇴근 후의 자유 시간을 뜻하는 독일어의 Feierabend는 축하하다feiern와 저녁 Abend이 합해져 만들어진 단어이다. 원래 축일Feiertag의 초저녁Vorabend이란 말에서 변형되었다.

레나의 큰오빠는 잘되길 빈다며 인사하고 그와 헤어졌다. 보건부에서 사진 촬영 약속이 있었기 때문이다.

신임 보건부 장관 뤼디거 위르겐즈 박사는 시대가 어떻게 돌아가는지 알고 있었다. 구 정부의 총사퇴와 함께 자신의 전임자였던 실무에 어둡고 아둔한 충성당원도 물러나고 나니, 어느 누군가는 그 자리에 앉아야만 했다. 자신이 속해 있는 현 정부는 곧 있을 자유선거를 통해 물러나기만을 위해 존재하는 정부였다.

뤼디거 박사는 선거 이후에도 자신의 장관 자리를 지키고 싶은 생각이 없었다. 직위 사수의 욕심은커녕 누가 그 자리에 계속 있어주십사 해도 싫다고 할 지경이었다. 그로서는 보건 체계가 통째로 무너지는 것을 막아내는 것만으로도 충분했다. 그러기 위해서는 의료 종사자들의 기분을 맞춰주는 것이 무엇보다 시급했다. 그들의 분위기는 바닥을 달리고 있었고 근무 조건도, 급여도 형편없었다. 의료 인력의 급감은 실로 무서운 속도로 이루어지고 있었다. 서독에서는 간병 인력이 부족하여 수요가 높은데다가 보수도 훨씬 좋았다. 바덴바덴에서 노인 환자를 돌보다가 유언장에 몇백만 마르크의 유산을 상속받도록 명시받은 간병사들의 이야기가 간호사들 사이에 퍼지면서 사태는 더욱 나빠졌다.

뤼디거 위르겐즈 박사가 보건부 장관으로서 해내야 할 임무는, 심각한 얼굴과 이해심 깊은 표정으로 고개를 끄덕이며 모두의 고충과 불만을 묵묵히 들어주고 결단력과 실행력의 냄새를 풍겨가며 모두에게 모든 것을 약속하는 것이었다. 그 약속은 희망을 불러일으키며 상당히 고무적인 약속이어야 하지만 자칫하면 불신이나 비관을 불러일으킬 수 있기 때문에 너무 과도하게 환상적으로 들려서는 안 되었다. 5월 초순에 선거가 있으니,

그때까지만 버틸 작정이었다.

버티다라는 말은 그가 이상스러울 만큼 자주 쓰는 말이었다. 정치에 관해 처음으로 생각을 해본 이후로 그는 이 단어를 계속 달고 다녔다. 뤼디거 위르겐즈가 열세 살이 되던 해, 그는 세상이 끝났다고 생각했다. 최후의 승리*를 향한 꿈이 영원히 깨어졌기 때문이다. 모두가 최후의 승리를 확신하고 있었으므로 그도 그것을 믿고 있었다. 다른 사람들이 배신감을 느낀 것처럼 그도 마찬가지로 배신감을 느꼈다. 이때의 경험으로 인해 그는 정치가들에게 사람들의 신뢰가 의미하는 것은 악마와 인간의 영혼이 갖는 관계와 같다, 즉 사람들의 신뢰란 무슨 수를 써서라도 **얻어야 하는 것**이라는 비밀스러운 확신을 가지게 되었다. 의심해보지 않는 사람은 어디까지나 자기 책임이었다. 보건부 장관으로서 그가 할 일은, 최악의 위기는 넘겼다는 믿음을 일깨우는 것이었다. 그런 식으로 몇 달만 더 버텨볼 생각이었다. 가지고 있는 모든 것을 다 퍼주겠다고 혀가 안 돌아갈 때까지 약속할 작정이었다. 나중에 그의 계획대로 사임하게 되면 그의 자리를 이어받을 사람이 어떻게든 뒷일을 수습해야 할 것이다. 뤼디거 위르겐즈 박사 자신은 수습할 아이디어를 가지고 있지 않았다. 그런 이유로 보건부 장관 자리를 지키고 싶은 생각이 털끝만큼도 없었다.

뤼디거 위르겐즈 박사는 1주일에 한 번씩 공청회를 개최할 계획을 세웠으나, '눈높이 공청회'라는 너무 앞서가는 제목에 부담을 집어먹고 '대화의 날'이라는 얌전한 제목으로 바꿔 실시하기로 했다. 자신의 힘으로 사태를 호전시킬 수 없음을 잘 아는 그의 바람은 오직 단 하나, '우리는 민

---

* Endsieg: 원래는 재공격이나 의구의 여지를 남기지 않는 완전한 승리라는 의미로 제1차 세계대전 당시부터 사용되던 말이었으나 히틀러 시대에 이르러 연합군에 대한 최종적인 승리라는 의미로 변용되어 쓰였다.

중이다'를 줄기차게 외쳐대던 시민들이 장관을 대면하고 흥분을 누그러뜨리면서 장관에게서 좋은 인상을 받거나 그의 말에 감동하는 것, 그리고 그들이 다시 각자의 고향으로 돌아갔을 때, 거기 그이가 우리 얘기를 진지하게 들어주더라, 우리를 걱정해주고 정말로 애쓰고 있더라, 라고 떠들고 다녀주는 것뿐이었다.

보건부에 시민들의 문의 편지가 쇄도하는 관계로 1주일 중 한 날을 정해서 공청회가 열렸다. 레나와 그녀가 속해 있는 '중간급 의료진의 사회적 여건 연구 분과'도 보건부 장관에게 민원을 제기했었다. 그 민원에 답장이라고 온 것이 제1회 '대화의 날'에 초대한다는 초대장이었다. 레나는 이번 일이 매우 중대하다고 생각한 나머지 레오 라트케가 일하는 잡지사에도 알릴 필요가 있다는 판단하에 잡지사의 동베를린 사무소에 전화를 걸었다. 기계에다 대고 용건을 말해야 한다는 것을 알게 된 그녀는 마치 기습 공격을 받은 것처럼 놀랐다. 레나에게 연락을 받은 큰오빠도 첫번째 대화의 날 오전 9시 정각에 회의실에 나타났다. 보건부는 행정의 투명성을 보여준다는 의미에서 촬영 허가도 내주었다.

"제가 왜 '대화의 날'을 금요일로 정했는지 그 이유를 아십니까?" 그가 시민에게 친근한 장관이 되기 위해 문간에 서서 첫번째 참가자를 맞으며—그 이후로도 들어오는 사람들에게 일일이—던진 질문이었다. "금요일은 벌써 주말인 것 같은 생각이 드는 날이지요. 그러나 장관인 저에게 금요일은 가장 중요한 날입니다. 생활에서 오는 걱정과 문젯거리들의 해결에 바치는 날이죠. 예전에는 그것을 '토대로부터'*라는 용어로 불렀으나 저는 이 말이 그리 중요한 것은 아니라고 생각합니다. 저 같은 경우는

---

* 마르크스의 토대-상부 구조Basis-Überbau 이론에서 나온 용어로 토대는 사회의 경제적 생산 구조를, 상부 구조는 이 토대에 의거한 법적·정치적·예술적 생산물을 의미한다.

여러 문제를 주말에 조용히 생각해놨다가 그다음 주가 시작됨과 동시에 바로 해결할 수 있지요." 그는 일단 이렇게 말을 시작해놓고는 갑자기 사무가 급하다는 듯이 본론으로 직행해서 "어디가 가려워서 오셨나요?"로 들어갔다.

뤼디거 위르겐즈 박사는 '시민에게 친근한 장관'의 역할을 멋지고 폼나게 해낼 욕심으로 가득 차 있었다. '장관과의 대화'가 열리는 장소는 보건부 내의 널찍한 회의실이었고 입구에 걸려 있는 대형 안내판에는 장관의 일정표가 공고되어 있었다. 일정은 15분 간격으로 9시부터 밤 10시까지 연달아 잡혀 있었다. 안내판은 장관에게 두 가지 의미에서 중요했다. 시민들은 기다리는 동안 장관이 보내는 금요일에 대해 생각해볼 시간을 가질 수 있으며 다른 측면에서는 산더미같이 밀려 있는 다른 일정들 속에서 각자의 용건이 가진 중요성을 상대적으로 축소시키며 민원인들이 너무 큰 희망을 걸지 않도록 유도하는 효과가 있었다. 또 눈치 빠른 사람이라면 장관의 일정표에 아침과 점심식사, 차 마시는 시간과 기타 쉬는 시간이 들어 있지 않은 것에 놀랄 것이었다. 뤼디거 위르겐즈 박사는 대신 방문객 접견 시 두 그룹에 한 번꼴로 인터폰을 통해 먹을 것을 주문할 생각이었다. "헨셸 양, 미안하지만 직원식당에서 계란을 얹은 빵 한 조각이나 뭐 그런 거 좀 갖다주시오. 오늘 아직 아무것도 못 먹어서. 그럼 부탁하오." 다음 접견객의 무리가 오면 빵이 도착하게 되어 있었다. "죄송합니다, 오늘 아무것도 못 먹어서 이렇게 됐습니다." 빵을 질겅질겅 씹으면서 자기가 하는 일이 아무나 할 수 있는 일이 아니라는 사실을 보여주는 것이다. "사실 보건부 장관이야말로 건강한 생활 습관의 모범이 되어야 하는데 말이죠." 여기서 시민들의 반응이 괜찮아 보이면 농담까지 할 생각이었다. "요새같이 생활의 변화가 일어나고 있을 때는 경쟁력 있는 보건정책을 위

206

해 전력을 쏟아야 한단 말입니다. 바로 저 자신이 그 성공적인 보건정책의 덕을 보게 될 테니까요!"

그는 공직자의 검소함을 나타내는 증거로 계란을 얹은 빵조각과 함께 슈프레크벨* 상표의 생수병을 탁자 위에 세워놓았다. 계속 빵을 먹어가며 답변해나감으로써 자신의 업무가 얼마나 쉴 틈 없이 바쁜가를 보여줄 계획이었다.

그러나 채 정오가 되기도 전에 뤼디거 위르겐즈 박사의 일정은 도저히 따라잡을 수 없을 정도로 밀려버렸다. 전국 에이즈(AIDS) 협회가 예상보다 훨씬 더 많은 시간을 잡아먹은 것이다. 이제 계란을 얹은 빵 따위의 전략은 완전히 잊혀졌다. 그가 배고픔을 느꼈을 때는 이미 손님 앞에서 뭘 먹는다는 게 눈치 없는 짓이라는 생각이 들었다. 그가 계획한 '대화의 날'은 와해되는 방향으로 나가고 있었다. 수술 중 일어난 의료사고로 한쪽 팔이 마비된 스무 살 난 아들을 데리고 퓌어스텐베르크 가족이 장관 앞에 앉았다. 서독에 가면 고칠 수 있으나 서독 의료보험이 없기 때문에 수술시키지 못하고 있다고 했다. 그때 문밖에서 소란스러운 소리가 들렸다. 드디어 문이 열리고 일곱 명의 여자가 마구 흥분하여 꽥꽥 욕을 해대며 누구 목소리가 더 큰가 경쟁하듯 서로 언성을 높이면서 회의실로 쳐들어왔다. 한데 저 여자들 뭔가 이상하다. 그들의 모습을 보자마자 그의 머리에 떠오른 생각이었다. 그런데 뭐가 이상한지 정확히 집어낼 수는 없었다. 여자들은 카니발에서 튀어나온 듯한 복장을 하고 있었다. 몇 명은 가발을 쓰고 있거나 진한 화장을 하고 있었다. 여자 일곱 명이 발산하는 엄청난 성적 도발성이 어디서부터 나오는 것인지 보건부 장관은 얼른 설명

---

* 슈프레크벨Spreequell: 베를린과 그 인접 주인 브란덴부르크를 중심으로 소비되었던 대중적인 상표의 생수 회사이다.

할 수 없었다.

"여기서도 또 한 번 우리를 기만하진 않겠죠?" 한 여자가 으르렁거렸다. "벌써 9시 반부터……"

뤼디거 위르겐즈 박사가 목소리에 정색을 하고 권위를 세워보려고 했다. "자, 자, 아가씨들," 그는 퓌어스텐베르크 가족의 아들의 놀란 눈빛을 맞받으며 말했다. "이제 곧 아가씨들 차례가 올 겁니다."

주위가 놀라 갑자기 조용해진 가운데 그는 순간적으로 일곱 명의 침입자가 남자라는 사실을 깨달았다. 일순간 아무 생각도 나지 않으면서 그의 머릿속은 빗자루 하나만 구석에 덩그러니 서 있는 대형 창고처럼 텅 비어버렸다. 이 이상 비현실적이려야 비현실적이 될 수 없는 상황에 던져진 것 같았다. 혼란의 진흙탕 밑바닥에서 뽈록하고 방울 하나가 끓어오르듯 그에게서 질문이 새어나왔다.

"어떤 일로 왔습니까?" 그 질문에는 '당신들은 누구요?' 또는 '도대체 무슨 일들이오?' 하는 물음이 담겨 있었다.

질문이 던져지고 2분이 지난 후 그가 알게 된 사실은 그들 일곱 명이 남자에서 여자가 되는 여정에서 길을 잃어버린 사람들이라는 것이었다. 그들은 오직 하나의 소망, 즉 그들에게는 비자연적이기 짝이 없는 자연이 준 성(性)을 바꾸는 것 하나만을 위해 살아왔다. 놀림과 단절, 심리 상담, 정신 치료, 각종 실험, 자해, 자살기도, 그리고 쉴 새 없는 불행감으로 그들의 삶은 얼룩져왔다. 그러나 마침내 그들의 소망이 공식적으로 인정받아 당국의 허락하에 수개월 예정의 성전환 치료가 시작되었다. 성전환을 실시할 수 있는 병원은 단 한 군데, 하나의 의료 팀뿐이었다. 그러나 그 의료 팀은 지난 늦여름 이후 서독으로 이주한 상태였다. 뤼디거 위르겐즈 박사 앞에 선, 한때 남자였으나 여자가 되고 싶어 하는 그 일곱 명은 미완성이었다. 그들은 남자도 아니고 여자도 아니었다.

"우리는 남자도 아니고 그렇다고 여자도 아닙니다. 우리는 그저……
버려졌을 뿐이라고요!" 한 명이 소리쳤다. 몸집은 작았으나 가느다란 입
술과 작은 눈 때문에 남자 같은 느낌을 주는 그의 얼굴은 여자처럼 꾸며
져 있었다. 가슴과 엉덩이, 목소리는 남자였고 부드럽고 나긋한 몸동작은
여자였다. "서독 병원에서는 서독 의료보험이 없는 우리를 받지 못하겠
대요."

그러자 옆에 있던 퓌어스텐베르크 가족이 고개를 끄덕거렸다. 자기들
도 같은 문제를 안고 있었기 때문이다.

"겁이 나서 거의 밖에도 못 나가고 있어요." 이렇게 말한 이는 굵고
낮은 목소리와 엄청난 팔뚝, 빈약한 유방을 가진 거대한 여장부였다. 조
심스럽고 공손하지만 솔직하게 자신의 의견을 말하는 그녀의 화법 속에서
는 누가 봐도 단연코 남성적이라고 할 수 있는 육체에 깃들인, 누가 봐도
여성적이라고 할 수 있는 특징이 드러났다. "호르몬이 다 떨어진 후로는
거의 예전과 똑같아져버렸어요. 하지만," 그녀는 가슴을 살짝 들어 올렸
다. "이제는 더 이상 남자로서는 살아갈 수 없어요. 정말이지 장관님, 밖
에 나갈 수가 없어요. 우리는 피해자란 말이에요!"

잠깐의 침묵이 스쳐갔다. 엄마 퓌어스텐베르크가 훌쩍이기 시작했다.
"죄송합니다!" 코를 팽 풀며 그녀가 말했다. "죄송합니다!" 그녀는 결국
회의실을 나갔다. 남편과 아들이 그 뒤를 따랐다. 뤼디거 위르겐즈 박사
는 전송 인사를 하면서 그들의 민원이 접수, 기록되었다는 손짓을 했다.

"모두가 자유를 얻었는데 우리만 아닙니다." 까칠한 수염의 여자가
남자 목소리로 말했다. 그 말은 뤼디거 위르겐즈 박사가 지난 몇 주간 들
었던 말 중 가장 슬픈 말이었다.

레나의 큰오빠가 오전 9시에 사진 촬영을 시작한 이후로 장관은 자신을 해결사, 격려자, 길잡이로 연출하는 데 여념이 없었다. 귀 기울여 시민의 목소리를 듣고 이해하는 듯 고개를 끄덕이며 격려의 악수를 나누는 장면이 사진으로 남는다는 사실이 그렇게 보람 있을 수가 없었다. 그러나 이제 그는 현재와 같은 시기에 장관 노릇을 한다는 것이 어떤지 알게 되었다. 계란을 얹은 빵과 '슈프레크벨' 생수와 '대화의 날'을 너무 쉽게 보았던 것이다. 자신의 작전이란 것들은 모두 애들 장난이었을 뿐, 그는 상상을 초월하는 엄청난 문제들에 직면해 있는 자신을 발견했다. 슬프고 당황한 눈으로 그 일곱 명을 바라보던 그는 한숨을 들이쉬며 자기가 장관이 아니었더라면 하는 생각을 했다. 30초 동안을 그러고 앉아 있던 그가 깨어나는 것처럼 보이더니 정상적인 국정 운행의 방법으로 문제를 해결해봐야겠다는 생각이 들었다. 일곱 명의 여자에게 그럴싸한 말 이상의 그 무엇을 약속해주고 싶었다.

서독에 주거지가 있다면 계속적인 치료를 부담해줄 만한 의료보험 조합 하나를 찾을 수 있다. 그러나 그런 식으로 책임을 넘긴다면 뤼디거 위르겐즈 박사는 장관으로서 자격미달이라는 것을 스스로 공표하는 셈이 된다. 장벽도 무너진 마당에 왜 주거지를 서독으로 옮기지 않느냐는 것은 물어보지 않기로 했다. 그들이 아직까지 서독으로 가지 않고 여기 남아 있다면 거기엔 나름의 이유가 있어서일 것이기 때문이었다.

치료를 담당하던 의사를 찾아내어 하던 치료를 끝마치도록 설득할 것이냐? 치료가 끝날 때까지 나랏돈으로 저들의 치료비를 댈 것이냐? 그렇다면 뤼어스텐베르크 가족은 어떻게 할 것이냐? 자선기관에 호소해 치료비를 내달라고 할 것이냐?

"제가 볼 때," 뤼디거 위르겐즈 박사는 입을 열었다. "주거지를 서독으로 옮기면 치료가 가능해진다는 것을 여기 있는 여러분 모두가 알고 있으리라고 생각합니다. 그렇지만 제가 지금 이렇게 보아 하니 그것은 여러분들에게 해결 방법이 되지 않을 것 같습니다. 제가 생각하는 해결 방법도 그것은 아닙니다."

바로 그 순간이었다. 문이 열리면서 레나가 롤러스케이트를 굴리며 다른 네 명의 간호사와 함께 들어왔다. 마치 천사의 무리가 회의실에 날개를 팔락거리며 등장한 것 같았다. 그들은 뤼디거 위르겐즈 박사에게서 얼굴을 떼지 않은 채로 회의 탁자 주변을 한 바퀴 빙 돌았다. 레나가 그에게 말했다. "왜 우리가 롤러스케이트를 타고 있냐고요? 롤러스케이트를 타고 달리지 않으면 일이 돌아가지 않기 때문입니다. 중간급 의료 인력의 3분의 1 이상이 빠져나간 상태이지만 환자 수는 그대롭니다. 우리들 월급도 그대로고요. 물리치료사가 3년의 전문학교 교육을 마치고 받는 보수가 얼마인지 아십니까? 480마르크입니다! 시간 외 잔업으로 근무 시간은 쌓여만 가는데 휴가로 대치할 여유도 없습니다. 많은 사람은 이런 상황이 싫어서, 또는 더 이상 버틸 수 없어 서독으로 떠나거나 최소한 병가 신청을 내고 있습니다. 끝없는 악순환이죠!"

일곱 명의 성전환자가 으스스하게 쳐다보았다. 그녀들은 난데없이 따귀를 한 대 맞은 느낌이었다. 레나와 간호사들의 공연은 그들이 그토록 마음고생을 하도록 만든 원인인, 여성성의 화려한 축제였다. 레나와 그 동료들의 존재는 부러움의 대상이 되었다. 하얀 가운 아래 아름다운 다리를 드러내고 위에는 젊은 유방이 옷깃을 팽팽히 당기는, 간호사라는 존재!

"급료는 인상하도록 하겠습니다." 뤼디거 위르겐즈 박사가 억양 없이 말했다. 미완성 성전환자들이 나타나더니 이제는 롤러스케이트를 끄는 간호사들이라니……

그러나 언제나 레나를 자랑스러워하고 경탄하던 레나의 큰오빠는 그녀들의 출현과 이 모든 극적 효과가 영 적절치 못하고 우스꽝스러웠다. 아직도 레나는 노래와 롤러스케이트면 다 된다고 믿고 있다. 그녀는 즐거운 혁명이 끝나버린 순간을 놓쳤다. 혁명은 끝이 났다. 정부가 사퇴하고 권력을 양도한 순간 매듭이 지어진 것이다. 권력, 그것은 이제 누구나가 가질 수 있다. 그는 속으로 중얼거렸다. 레나, 네가 거기에 끼고 싶다면, 출마해서 당선해라, 의회로 입성해라! 롤러스케이트로는 이제 더 이상 그 무엇도 증명할 수 없다. 이제 선거 용지의 붓두껍 표시만이 먹혀들 뿐이다.

뤼디거 위르겐즈 박사는 미완성 성전환자들에게 예의 바른 몸짓으로 양해를 구하고 난 다음, 임금 협상 문제의 초보자라는 것을 숨기지 못하고 말을 더듬거리며 "에, 뭐…… 한 30퍼센트 올리면 되겠소?" 하고 물었다. 레나는 놀라 그저 고개만 끄덕였다. 뤼디거 위르겐즈 박사는 회의록을 기록하고 있는 서기에게 받아쓰도록 했다. "30퍼센트!" 그러고는 재무부 장관한테 좀더 짜내야겠군, 하고 생각하며 롤러스케이트 사절단을 밖으로 내보냈다.

시각은 13시 26분이었다. 장관의 일정은 22시 15분까지 예정되어 있었는데 벌써 90분 이상이 밀려 있었다. 빵 작전은 깡그리 포기해야 했다. 그러나 그것은 시작에 불과했다. 다음 금요일에도 역시 대화의 날이 열리게 되어 있었다. 그다음 주도 마찬가지였다. 그러다 보면 언젠가는 선거날이 오겠지, 그는 생각했다. 그러면 뒷일은 누군가 다른 사람이 알아서 하겠지.

레나는 회의실을 나와 신발 끈을 풀었다. '밤을 새워서 협상에 들어가더라도' 장관에게서 8~10퍼센트는 받아내리라는 굳은 결심을 품고 왔었

212

다. 이제 그녀 앞에 던져진 것은 30퍼센트였으나 승리의 기쁨은 느껴지지 않았다. 보건부 복도의 분위기는 탁상공론만으로 탈락이 결정되었다는 소식을 방금 전해 들은 유력 우승 후보 팀의 선수 대기실의 분위기와 다르지 않았다.

"왠지 이제 롤러스케이트 탈 나이는 아닌 것 같아." 잠시 후 레나가 말했다. "이제 롤러스케이트는 땅속에 묻을래."

12층짜리 보건부 청사 뒤에는 넓은 8차선 도로가 있었는데 가운데 차선 넷은 터널로 들어갔다가 알렉산더 광장 밑을 지하로 통과해 다시 지상으로 나와 지상 차선과 합쳐지는 차선이었다. 레나는 큰오빠와 함께 터널 입구 도로가 경사지기 시작하는 지점으로 갔다. 그녀는 롤러스케이트를 도로에 올려놓고 살짝 앞으로 밀었다. 신발은 한 짝씩 제각각 구르면서 터널 속으로 들어갔다. 한 짝은 보행자 도로의 턱에 부딪혀 멈추었고 다른 한 짝은 도로를 넓게 가로지르는 하수도 철창살 속으로 빠졌다. 그들은 롤러스케이트를 찍기 위해 터널 안으로 조금 깊숙이 들어갔다.

"내가 이 시대에 대해 알고 있는 모든 것은 오빠의 사진을 통해서야." 훗날 레나는 종종 그렇게 말하곤 했다. 롤러스케이트를 찍은 사진은 인물이 들어 있지 않은 그의 몇 안 되는 사진 중 하나였다. 서로 떨어져 짝짝이가 된 롤러스케이트에서는 불행의 냄새가 느껴졌다. 그 불행은 자신의 시대, 롤러스케이트의 시대가 끝나버렸을 때 레나가 느꼈던 불행이었다.

오늘 저녁에 뭐 할 거야? 롤러스케이트의 주변을 이리저리 돌며 라이카를 들이대다가 레나의 큰오빠가 물었다. 레나는 서베를린의 빌머스도르프 구립도서관에 가볼 생각이었다. 그날 저녁에 그곳에서 프리츠 보데를 초청한 행사가 열릴 예정이었다. '시대의 증인 그 이상' '역사 그 자체'인 프리츠 보데는 '한 시대의 억압된 진실'을 표상하고 있으며 '말하는 1세기'

라고 했다. 그의 자서전은 어떤 대배우의 음성을 타고 낭독된 바 있었다. 프리츠 보데에 대해 많은 이야기를 들어왔던 레나는 빌머스도르프 도서관에서 그를 볼 수 있는 기회를 놓치고 싶지 않았다.

큰오빠는 레나와 함께 터널 밖으로 나오면서 필름의 마지막 장을 찍었다. 그것은 여검사 기젤라 블랑크가 찍힌 사진이었다.

2. 불에 탄 자국

기젤라 블랑크의 블라우스 소매에는 불에 그을린 자국이 나 있었다. 새로 난 그 자국은 10페니히 동전 크기보다 크지 않았지만 그 역사를 말하자면 거의 20년 가까이 거슬러 올라가야 했다. 당시 아직 법대 학생이었던 기젤라 블랑크는 졸업시험을 눈앞에 두고 있었다. 장래가 촉망되는 학생이었던 그녀는 딱딱한 법 문구에 생생한 악센트를 부여해 복잡다단한 법적 용어들을 말랑말랑하게 만드는 재주를 가지고 있었다. 그렇다. 말을 단어 하나하나로 이해하는 것, 그것은 정말 그녀만의 독특한 재능이었다. 누구에게 배운 것은 아니었다. 아마 연극에서 힌트를 얻은 것일지도 몰랐다. 논문이나 보고서도 항상 만점이었지만, 말솜씨 또한 여간 뛰어난 게 아니었다. 그녀는 순발력이 있었고 날카롭게 사물을 꿰뚫으며 조리 있고 명확하게 말할 줄 알았다. 변호사로서의 성공은 따 놓은 당상이었다.

기젤라 블랑크는 상당히 매력 있는 여자였다. 그건 부드러우면서도 또 그렇기 때문에 더욱 효과가 있는 그녀의 관능적인 목소리 때문만은 아니었다. 몸을 움직이는 모든 동작에 육체적 지능이 녹아들어가 있었다. 물체를 손에 쥐는 동작, 머리카락을 뒤로 넘기는 행동, 흔들흔들하며 걸어가는 걸음걸이, 이 모든 것은 그녀가 쾌락을 즐길 줄 알고 또 남에게 줄 수 있는 사람이라는 것을 알게 해주는 미묘한 신호였다. 사진으로 볼 때의 그녀는 아름다웠지만 실제로 보는 그녀는 누구라도 도저히 마다할 수 없을 정도였다. 이런 그녀의 매력이 너무나도 지배적인 나머지 그녀의 두 번째 특성인 대단히 높은 지능은 가려지고 있었다. 한번은 그녀와 친한 어떤 미국 심리학자가 호기심 이상의 관심을 가지고 그녀에게 어떤 테스트를 하나 시키고자 했는데 여기서 나온 기젤라 블랑크의 IQ는 212에 달했다. 이런 수치는 극도로 보기 드문 것이라, 피츠버그에 있는 카네기멜론 대학교에서 인공지능에 대해 연구하고 있던 이 친구는 시간이 날 때마다 그녀를 실험 대상으로 삼곤 했다.

기젤라 블랑크가 대학 졸업을 목전에 두고 있었을 때 동독 방송에서는 '텔레 로토'라고 하는 방송을 기획 중에 있었다. 재미없는 로토의 숫자들을 오락과 엮어서 내보내는 프로였다. 화면의 중앙에는 운영 장치라고 하는 것을 세웠다. 뭉툭한 볼링 핀의 모양을 한 이 장치의 끄트머리에서 공이 나와 소용돌이 모양의 트랙을 돌다가 아래에서 기계의 주위를 뱅뱅 돌고 있던 있는 서른다섯 개의 핀 중 하나를 치게 되어 있었다. 볼링 핀처럼 생긴 이 핀들에는 각각 당첨 숫자가 새겨져 있었다. 각 숫자에는 '잠깐 쉬어가는 코너'라는 순서에 속한 여러 종류의 여흥이 준비되어 있었다. 알파벳 순서로 정렬된 이들 코너는 '이야기'에서 시작해 발레, 샹송, 가요, 만화, 전통가요, 마술 등등으로 이루어져 있었는데 나중에 어린이들에게 가장 인기를 모았던 숫자는 19로서 '미니 수사반장'이었다.

방송에 필요한 사람은 세 사람이었다. 매 회마다 바뀌는 **사회자**는 자신들의 개성을 살려 미리 자료 화면으로 준비해둔 잠깐 쉬어가는 코너를 소개하는 역할을 맡았다. **추첨관**은 추첨된 숫자를 공고했으며 **공증인**은 추첨된 숫자들이 법률적으로 이상이 없음을 확인했다. 제작진은 시청자들에게 뭔가 볼거리를 제공하고자 하는 의도에서 스튜디오 조명에 땀을 뻘뻘 흘리는 뚱뚱한 추첨관과 시각적으로 반대될 만한 것을 집어넣자는 결론을 지었다. 그 대상은 공증인이었다. '진지한 느낌을 풍기는 예쁜 젊은 여성'을 찾자는 목표 아래 제작진이 법대 캠퍼스를 샅샅이 훑은 끝에 찾은 사람이 기젤라 블랑크였다. 성과는 제작진의 기대 이상이었다. 남은 것은 그녀가 졸업 시험만 통과하는 것이었다. 그녀에게는 장난보다 쉬운 일이었다.

기젤라 블랑크는 방송 출연이 재미있었을뿐더러 그 일은 그녀 안에 있던 자기 존재의 특별함을 밖으로 확인하는 계기가 되었다. 그러나 그녀는 자기가 어디에 발을 들여놓고 있는 것인지 알지 못했다. 그 방송일은 임시직이 아니라 고정적인 정규직으로, 8주나 2년 등이 아닌 종신 고용이었다. 그녀가 가지고 있던 재능, 지식, 영민함 등이 휴면에 들어갔다. 그녀는 1주일에 한 번, 딱 한 마디만 하면 되었다. "추첨은 규정대로 진행되었습니다"가 그것이었다. 방송이 4백 회가 넘게 진행될 동안 오직 이 한마디뿐이었다. 문장을 약간 변형시킬 자유 정도는 있었다. 반년 후에 그녀는 이렇게 말했다. "오늘도 역시 추첨은 규정대로 진행되었습니다" 또는 "이번 추첨도 규정대로 진행되었음은 물론입니다." 기젤라 블랑크는 자신의 직업을 지겨워하기 시작했다. 그러나 그녀는 컬트가 되었다. 모르는 사람들이 그녀에게 인사하면서 "여기도 다 규정대로 진행되고 있습니까?"라고 물었다. 디스텔 극장에서는 「모두 규정대로 진행되었습니다」라는 제목의 연극이 공연되었다. 훌륭한 법률가의 자질을 갖추고 있던 기젤라 블랑크는 농담의 주인공이 되었다. 아니, 그녀는 바보 같은 말이나 되풀이하는 예쁘장한 얼굴 이상 아무것도 아니었다. 그것이 미국의 학자가 연구 대상으로 삼던 두뇌에게 일어난 일이었다.

노동법의 측면으로 보면 그녀는 비비 꼬인 처지에 갇혀 있었다. 즉, 방송사와 국영 로토조합이 그녀를 놔줄 용의가 있을 때 그녀는 비로소 변호사가 될 수 있는데 그들은 영 그럴 기미를 보이지 않았다. 변호사협회가 그녀를 맞이하게 될 날만 기다리고 있었음에도 불구하고 아무 소용없었다. 그녀를 받아들이고 싶어 하는 측은 그녀를 손에 넣지 못하고, 그녀가 그 손에서 벗어나고 싶어 하는 측은 그녀를 놓아주지 않았다.

그러다가 기젤라 블랑크는 비도덕적인 제의를 받게 되었다.

직업적 업무를 수행하는 과정에서 국가안보부에 협조하겠다는 서명을 하는 것이었다. 그녀는 직업적 업무라는 게 당연히 장차 맡을 업무를 말하는 것임을 알고 있었다. 지금 방송에서 하고 있는 일을 슈타지에서 관심 있어 할 리 없었다.

슈타지는 그녀에게 여러 명의 후보자를 보냈다. 처음 보낸 두 사람은 수준미달로 딱지를 맞았고, 10분 이상 그녀의 귀를 빌릴 수 있었던 백발이 희끗희끗 비쳐 보이는 나이 지긋한 신사가 그녀를 담당할 접촉 인물로 낙착되었다. 그 신사가 프랑스어 관용구를 써가면서 그녀에게 설명해준 것은 슈타지가 반대 세력의 세(勢)와 조직 구조를 알고 싶어 한다는 것이었다. 만일 반대 세력이 인쇄물을 찍어내는 곳이 있다면 그곳이 어디이고, 만일 아무개가 책을 쓰고 있다면 그것은 무엇이며, 언제 어느 출판사에서 발행되느냐? 만일 원고가 서독으로 반출된다면 그 경로는 무엇이냐? 그러면서 그는 누구를 덮어씌울 증거를 모으는 것이 아니라 정황을 파악하고 싶은 것뿐이라고 했다.

이 제안은 많은 것을 내포하면서도 구속력 없는 홀가분한 제안처럼 들렸다. 그들은 만일, 이라는 가정법을 쓸 뿐이었다. 기젤라 블랑크는 현직 변호사가 아니라 변호사가 되고 싶어 하는 사람이었다. 그녀는 법을 잘 알고 있었다. 의뢰인이 배신하는 시점이 어디인지, 슈타지의 언어가 언제 발동하게 되는지 그녀는 잘 알았다. 사물을 항상 깊이 생각해보는 것이 천성이 되어버린 그녀는 한 가지 사실— 협조 활동을 뒷받침할 수 있는 법적 근거가 한 조각 존재하고 있다는 것— 을 알아냈다. 그래, 저들은 그저 정황 파악만을 목적으로 하고 있다고 하지 않는가.

기젤라 블랑크는 그 남자와의 대화에서 서약서의 본문을 구성해보았다. 받아적는 것은 그 반백의 동지가 했다. 법과 변호사의 직무 규정을 준수하는 한도 내에서 국가안보부에 협조할 것을 여기에 명시한다. 가명도 하나 정해야 했다. 그녀는 쓴웃음을 지으며 **공증인**이라는 이름을 택하고 달랑 한 장으로 이루어진 서약서에 만년필로 서명했다. 그날의 만남은 리텐 슈트라세에 있는 대형 재판부 건물에 있는 방에서 이루어졌다.

그날 이후로 모든 것이 달라졌다. 그녀를 잡고 놓지 않던 사람들이 그녀를 풀어주었다. 기젤라 블랑크는 변호사, 그것도 아주 뛰어난 변호사가 되었다. 그녀는 종종 일급사건으로 불리는 대형 정치재판의 변호를 맡았다. 그녀의 고객은 정부와 맞서는 젊은 예술인, 정부에 반대하는 철학자, 경제 계몽가, 야당 인물, 군 입대 거부자, 정치 지도자 등이었다. 어린 네오나치를 변호한 적도 한 번 있었다. 그녀의 철칙은 **체감 IQ 1백** 이하의 인물은 변호를 맡지 않는다는 것이었다. 정치계에는 미개인들이 넘쳐났고 그녀는 그들과 상대하고 싶은 생각이 조금도 없었다.

한 달에 한 번씩 가지는 반백의 동지와의 만남은 겉보기에는 수다를 떨기 위한 만남같이 보였다. 그들은 부담 없이 서로 대화하는 가운데 정보를 '교환'했다. 그때마다 기젤라 블랑크는 다른 사람보다 더 많은 것을 알고 있다는 느낌을 가지고 자리를 떴다. 그녀 자신은 합의된 선 이상을 넘지 않고 있었다. 그녀는 의뢰인의 정신 상태나 변호 전략은 물론 범행에 대해서는 이야기하지 않고 고소 내용과 관계가 없는 범위 내에서 의뢰인의 주변에 대해 말해줄 뿐이었다. 그녀가 건네준 정보에 처벌이 뒤따르지 않는다는 약속도 받아냈다. 복사기가 있는 위치를 알려주면 복사기는 압수되었다. 그러나 아무도 처벌되지는 않았다. 복사기를 운반해준 사람이 누군가를 알려주면 다음 운반 시 폭파되었다. 그가 처벌의 대상이 되지 않으리라는 것을 그녀는 알고 있었다. 그러나 행적을 들킨 운반책이 자신의 면책권을 알지 못할 경우, 그를 협박하기도 쉽다는 것도 똑똑한 그녀는 알고 있었다. 그렇게 협박당한 사람이 그녀 자신의 편안한 양심을 건드리지 못하도록 세세히 신경 쓸 줄도 알았다. 그가 누구를 불어버리면 이제 그 인물 차례였다. 그러나 누가 누구를 배신하든, 타인의 배신은 그녀의 책임이 아니었다.

블라우스 소매의 불탄 자국은 반백의 동지와 마지막으로, 정말 맨 마지막으로 만났을 때 생긴 것이었다. 그는 폭삭 늙어버린, 꺼져버린 듯한 모습을 하고 있었다. 어깨는 축 늘어지고 흐리멍덩한 눈빛에 목소리는 꺼져가고 말에는 힘이 없었다. 그는 떨고 있었다. 발걸음이 질질 끌렸다. 4주 전에 만났을 때부터 벌써 그는 예전의 그가 아니었다. 그때는 눈이 희번덕거리고 목소리는 떨렸으며 산만해 보였던 그였으나 이제 그런 모습은 전혀 보이지 않았다. 적색 거성이 백색 왜성이 되고 드디어 초신성 폭발의 조짐을 보이고 있었다.

지지난번에 그를 만났을 때 기젤라 블랑크는 자신의 신상 기록 파일과 서약서를 달라고 요청했었다. 그가 그것들을 가지고 나왔다. 이상한 작별이었다. 그의 말에 따르면 그녀는 신상 기록 파일을 없애버릴 수는 있지만 가져갈 수는 없다고 했다. 기젤라 블랑크는 왠지 파일을 한 장씩 갈가리 찢어서 휴지통에 버리는 것만으로 만족할 수 없는 기분이 들었다.

종이가 불타는 것을 눈으로 보고 싶었다. 그녀는 그 자리에서 고용 계약서를 구겨 불쏘시개처럼 만든 다음 세면대에 놓고 불을 붙였다. 나머지 서류도 똑같은 방법으로 한 장씩 없앴다. 이 방법밖에는 없다고 그녀는 생각했다. 자신이 법을 어떻게 해석하는지에 세세하게 관심을 가지는 이는 없을 것이다. 불꽃이 종이를 재로 만드는 동안 조각조각 난 단어들에서 자신이 건네주었던 정보들이 되살아났다. '종이가 탄다는 것이 얼마나 다행이냐.' 기젤라 블랑크는 크나큰 안도를 느끼며 정의가 그녀의 것이 되었을 때 느끼던 것과 같은 기분을 느꼈다. 이제 사람들 앞에서 해명할 수 있다. 난 위법적인 행위는커녕 직분에 어긋나는 행위도 하지 않은 것이다. 나는 나에 대한 신뢰를 이용했지만 그게 어쨌단 말이냐. 나는 의뢰인을 마치 새끼를 지키는 어미 사자처럼 보호했다. 의뢰인들은 그녀가 불 속을 걸어가라면 하나도 예외 없이 그렇게 할 것이다.

리텐 슈트라세 건물에서 한 달에 한 번 슈타지와 만남을 가졌던 사실을 누가 알아낼 수 있을 것이냐? **신상 기록 파일의 본인 열람을 허가하라!**같이 바보 같은 주장만 나오지 않는다면 말이다. 그녀가 맡았던 의뢰인의 신상 기록 파일에서 **공증인**이라는 정보원이 튀어나오는 일은 없겠지만 혹시 다른 서류들에서 간간이 여기저기 튀어나올 경우, 그러면 **공증인**이 누구냐? 하는 질문이 나올 수 있다. 그렇지만 결국은 찾지 못할 것이다. '종이가 탄다는 것이 얼마나 다행이냐.' 반백의 신사가 입을 열 수도 있지 않을까? 그녀는 그를 건너다보았다. 그는 완전히 지쳐서 그저 멍하니 책상 앞에 앉아 있었다. 초신성이 백색 왜성으로 일생을 마치는 것이 아니라 아무것도 방출하지 않는 블랙홀이 되리라는 것을 그녀는 알 수 있었다.

그를 잠깐 돌아보는 순간, 그녀는 그만 블라우스를 버리고 말았다. 지글거리는 재 한 점이 넓은 옷소매에 떨어져 겉이 살짝 탄 것이다.

종이가 다 타고 나서 그녀는 방에서 나가 법원 건물을 빠져나왔다. 오른쪽으로 꺾어 보건부 건물이 있는 브라이테 슈트라세를 따라 걸어갔다. 도로를 가르는 중앙분리선에 섰을 때 그녀는 겉옷의 소매를 걷고 불에 그을린 자국을 다시 한 번 확인했다. 자신을 보고 있는 사람이 있을 줄은 모르고 있었다. 그러나 그 순간 터널에서 올라오는 두 사람이 있었다. 한 명은 젊은 간호사였고 다른 한 명은 사진기를 든 남자였다. 기젤라 블랑크가 이 길을 수없이 건너다녔지만 차량용 터널에서 사람이 나온 적은 없었다. 하여간 이상한 시대였다.

사진작가는 기젤라 블랑크가 소매의 불탄 자국을 들여다보고 있을 때 셔터를 눌렀다. 서류를 태우고 난 뒤에 그녀에게 남은 자국이었다. 그녀는 왠지 모르게 들켰다는 느낌이 들었다. 사진작가는 그녀를 이상하다는 듯 쳐다보았다.

침착하게 행동해, 그녀는 자신에게 타일렀다. 저자가 어떻게 알겠어. 알 리가 없지. 잠자다가 잠꼬대하지 않는 이상 절대로 아무것도 나오지 않아.

3. 아우프바우에서 일어난 일 (1)

발데마르는 프란최지셰 슈트라세 32번지, 아우프바우 출판사 정문 앞에 서 있었다. 그는 『212장, 줄 간격 1.5』가 든 서류철을 가슴에 꼭 품고 철옹성같이 느껴지는 출판사 건물을 바라보았다.

사석(沙石)으로 된 큼직한 네모 돌로 올린 외벽에는 제2차 세계대전 당시에 만들어진 총탄 자국이 작은 분화구들을 이루고 있었다. 총알은 겉만

파 들어갔을 뿐, 두꺼운 벽은 손상시키지 못했다. 창문도 겁이 나게 생긴 것은 마찬가지였다. 도무지 출판사 건물 같지 않고 포트녹스* 같은 대형 저장고 같은 인상을 주었다. 그렇지만 나는 이 『212장, 줄 간격 1.5』와 함께 저 속으로 진격하련다, 라고 발데마르는 생각하며 어른 머리통이 부딪칠 만큼 높이 달려 있는 손잡이를 잡고 돌리며 온몸에 힘을 밀어넣어 육중한 문을 열었다. 여기서는 아무것도 호락호락하지 않군, 그는 생각했다.

그는 수위실에 이르렀다.

"여기 사장님을 뵙고 싶습니다."

"지금 자리에 안 계십니다."

"그러면 사장님 다음으로 높으신 분을 뵙고 싶습니다."

"무슨 용건이라고 할까요?" 정중한 말의 내용과는 전혀 동떨어진 말투로 수위가 물었다.

"검열 폐지 때문에 왔습니다." 발데마르가 말했다. "제 이름은 부데, 발데마르 부데라고 합니다."

그즈음 어디든지 우두머리들이 있는 곳으로 쳐들어가는 것은 어렵지 않았다. 모두들 국민에게 친근한 기관이 되려고 야단들이었고 문턱을 낮추거나 귀를 기울여주는 것은 친근한 기관이 가져야 할 특징이었다. 그러나 한편으로, **금요일 1시 이후에는 각자 하고 싶은 일을 한다**라는 법칙도 있었다.

"에를러 박사님은 아직 계십니다." 수위가 말했다.

"그분이 부사장님인가요?" 발데마르의 물음이었다.

"에이, 아녜요." 수위는 이렇게 말하고 나서 "에를러 박사는 엠, 그러

---

* 포트녹스Fort Knox: 미국 켄터키 주에 있는 미 연방 금궤 저장소.

222

니까……" 하며 계속 말을 골랐다. 생각하는 시간이 길어질수록 에를러 박사라는 사람의 지휘 범위는 작아지고 있었다. 그래서 발데마르는 서둘러 결론을 내렸다. "그래도 박사님이시잖아요." 중재하는 듯한 말투로 그가 말했다.

에를러 박사는 정말 몇 분도 안 되어 아래층 수위실로 내려왔다. 50대 중반쯤 된 상냥하고 친절한 사람이었다. 혁명적인 인물처럼 보이지도 않고, 그렇다고 혁명적 열정의 좋은 표적이 될 만한 사람으로도 보이지 않는 인물이었다. 1주일에 다섯 번, 일을 마치면 매일을 기분 좋게 퇴근할 것처럼 보이는 사람이었다.

그에 반해 발데마르는 혼란스러운 목표 의식과 특이한 단호함을 가진 사람이었고, 에를러 박사를 자기의 이상적인 상대라고 느꼈다. 발데마르는 에를러 박사에게 선택의 여지도 주지 않고 문밖 12월 초의 으스스한 냉기 속으로 그를 이끌었다. 건물의 모퉁이에 이르러 그는 슈프레 강의 건너편, 추밀원* 청사와 과거 제국은행 건물로 지어졌던 당 중앙위원회 건물을 가리켰다. "출판사가 이제 크게 한숨 놓았겠어요." 발데마르가 비장하게 말했다. "저 기관들이 손쓸 수 없는 거리로 벗어났으니까요. 오늘로서 검열 폐지가 공식화되었으니 이것을 계기로 삼아 박사님께 저의 『212장, 줄 간격 1.5』를 제출하는 바입니다."

모자나 목도리, 외투도 없이 양복저고리 바람으로 거리에 나왔던 에를러 박사는 원고를 받아 펼쳐보았다. 희미한 오후의 햇빛에 의지해 그는 선 채로 원고를 읽기 시작했다. 추위도 아랑곳하지 않는 것처럼 보였다. 바람에 숨결이 날렸다. 발가벗은 나무 아래 그는 그렇게 땅에 뿌리박힌

---

* 국회의장, 수상보다 상위에 있는 동독의 행정 최고기관.

채 정신없이 책을 읽는 증기 로봇처럼 서 있었다. 첫째 장을 다 읽고 나서 그는 더 원고지를 넘기는 대신 미소를 지으며 발데마르에게 말했다. "부데 씨, 감사합니다. 이제 출판사로 들어갑시다. 원고를 총무과에 있는 접수대장에 기입해야 하니까요."

2분도 지나지 않아 발데마르는 총무과에 당도해 있었다. 그가 그곳에서 본 것은 이 세상의 모든 쇼와 무대 공연, 모든 프로그램을 잊게 만드는 대단한 광경이었다. 그가 보는 것은 원고로 이루어진 산, 원고의 탑이었다. 그 틈바구니에 끼어 몸을 움직일 수 없을 정도로 방에 원고가 가득 들어차 있었다.

30년째 출판계에 종사하고 있는 에를러 박사조차도 검열이 폐지된 그 날처럼 그렇게 많은 원고를 한꺼번에 본 것은 처음이었다. 온 나라가 시작! 하는 신호 하나로 일제히 각자 책상 서랍 속에 묻혀 있던 것을 꺼내놓은 것 같았다. 두 명 있는 비서의 책상 위에는 두 개의 산더미가 서로에게 지탱하여 무너질락 말락 쌓여 있었다. 바닥에도 첩첩이 쌓인 원고의 탑이 우뚝우뚝 솟아올라 있었다. 탑과 탑 사이, 문과 책상, 캐비닛, 창문, 책장 사이에는 샛길이 나 있었다. 라디에이터 위에도, 창틀 위에도 원고가 켜켜이 쌓여 있기는 마찬가지였다.

책장의 칸칸에는 스무 명 정도 되는 편집부 사람의 이름이 붙어 있었는데 각 칸에 원고가 더 이상 올릴 자리가 없을 만큼 구겨넣어져 있었다. 각자 엄청난 양의 원고를 읽어대야 할 듯싶었다.

"이렇습니다." 에를러 박사가 말했다. "지금 상황이 보시는 바와 같습니다."

발데마르는 파랗게 질렸다. 에를러 박사가 조심스럽게 원고탑을 딛고 올라가 창문을 열었다. 몇 년인지 몇십 년인지 모를 세월을 서랍 속에서 지내며 그 안의 텁텁한 냄새를 빨아들였던 종이가 이 공간 안에서 그 냄새를 다시 폭발적으로 뿜어내고 있었다.

백지에 타이핑한 원고는 몇 개 되지 않았고 그나마 종이색이 노리끼리하게 변색되거나 심지어 갈색으로 변해 있는 것도 있었다. 대부분의 원고는 먹지를 대고 타이핑한 연분홍이나 베이지색 또는 연두색 용지였다. 손으로 직접 쓴 원고도 꽤 있었다. 그런 원고는 대부분 잉크를 사용했기 때문에 장중하고 안정되게 보이는 효과가 있었고 부정할 수 없는 유일무이성을 발산하고 있었다. 원고를 쓴 사람에게는 그 원고를 힘들게 읽는 자의 수고 하나만으로도 자신의 글이 더욱 가치 있어지는 것이다.

"이 원고를 쓰는 데 꼬박 2년이 걸렸습니다." 어마어마한 원고 더미에 모든 감각이 상실된 발데마르가 말했다. "하지만 이제 소용없게 됐군요."

"아녜요." 에를러 박사가 격려하듯 말했다. "글쓴이의 편지가 딸려오지 않은 것만 해도 좋은 징조지요."

그는 발데마르에게 접수대장과 함께 그가 바로 쓸 수 있도록 딸깍하고 누른 볼펜을 같이 내밀었다. 발데마르가 한숨을 쉬며 제목을 기입할 동안 에를러 박사는 **비요청 원고**를 묶는 데 쓰이는 고무줄을 찾았다. 고무줄은 눈에 띄지 않았다. 그 대신 가로세로 방향을 바꾸어 틀어가며 쌓인 원고 더미가 눈에 들어왔다. 모두 고무줄로 묶이지 않은 원고들이었다. 원고의 대홍수로 말미암아 고무줄까지 동이 난 모양이었다. 에를러 박사는 발데마르의 원고를 아래 원고와 엇갈린 방향으로 더미 위에 얹었다.

"이제 다 끝난 건가요?" 발데마르가 풀이 죽어 물었다.

"이게 끝이 아니길 바랍니다." 에를러 박사는 고통의 시간을 보내고 있을 발데마르를 위해 자기 방에 가서 커피를 대접하겠다고 말했다.

에를러 박사는 인정스러운 면을 보여주었다. 두 층 더 올라간 곳에 그의 방이 있었다. 그는 원고라고는 하나도 없는 대신 제대로 된 책다운 책들이 한 면 가득 꽂혀 있는 그 방의 낡은 소파에 발데마르를 앉혔다.

에를러 박사는 발데마르의 악센트에 관해 물었다. 발데마르는 자기가 폴란드에서 태어났지만 엄마가 '독일 사람'과 결혼해서 여기로 오게 되었다는 설명을 했다. 그는 자기네가 서독으로 가게 될 줄만 알았다고 했다. 껌과 코카콜라를 기대하며 좋아했는데 알고 보니 동독에서 내리더라는 거였다. 에를러 박사는 발데마르가 당시 몇 살이었는지 알고 싶어 했다.

"열두 살이었어요."

"지금은?" 에를러 박사가 물었다.

"스물네 살이요."

"12년이 두 번이라."

발데마르는 웃었다. 에를러 박사가 재밌는 부분을 건드렸네.

"열두 살이 되면 따지고 토론하기가 시작되지요." 에를러 박사가 말했다. "단순하고 놀이스러운 언어와의 관계는 끝나고 완전히 다른 방식으로 언어를 받아들이기 시작하는 나이가 바로 그때입니다. 우리 딸에게서 그런 점이 눈에 띄더군요. 갑자기 토론하려고 하는 거예요. 나는 열네 살에서 열아홉 살까지의 시기에 일어나는 토론을 통해 자신만의 말투가 형성된다는 생각을 하고 있습니다."

발데마르는 그래서 자기에게 무엇을 얘기하고 싶은 건지 이해가 되지 않았다.

"열두 살에 새로운 언어 속으로 들어간다는 것은," 에를러 박사가 계속했다. "집터만 파놓고 집을 올리지 못하면서 대신 다른 집터를 새로 파는 것과 마찬가지죠."

"혹시 지금 집 짓고 계세요?" 발데마르가 물었다. "자기 집을 짓는 사람들을 보면 항상 모든 것을 집 짓는 것에 비유하거든요."

에를러 박사는 웃었다. 바로 맞혔기 때문이다.

"하긴 맞는 말씀이군요." 발데마르가 말했다. "원래 내 안에 어떤 존재가 웅크리고 있었는지 난 이제 영영 알 수 없을 거예요. 비록 지금 독일어로 말을 하고 글을 쓰고 있지만 독일 말과 아주 가까운 관계를 가지고 있다는 느낌이 없어요. 할머니가 들려주시던 선과 정의에 관한 이야기, 전쟁 이야기, 또 옛날이야기들은 모두 폴란드 말이었어요. 내가 독일 말을 할 때면 마치 내가 내 옆에 서 있는 것 같아요. 오페라 구경 갈 때 입어야 하는 양복과 같은 것이죠, 독일어는. 마치 자전거와 같고요."

"자전거라고요?" 에를러 박사가 물었다.

"하나의 도구요. 타고 달리는 법을 배워야 해요. 발은 당연히 있고요."

"자전거 비유는 처음인데요. 한때는 나도 언어의 고향을 바꾼 작가들에게 굉장히 관심을 가졌던 적도 있었습니다만."

"그런 작가가 있어요?" 발데마르가 놀라며 물었다.

"이오네스코 알지요?"

"루마니아 이름처럼 들리는데요." 그 이름을 한 번도 들어보지 못한 발데마르가 말했다. 중요한 인물이라면 저도 모를 리가 없을 텐데요라고 말하려다가 에를러 박사의 방에 있는 수많은 책을 보고 움츠러들었다. 그래서 이렇게 물었다. "중요한 사람인가요?"

"바로 그 점을 말하려고 한 겁니다!" 에를러 박사가 말했다. "그는 언어가 얼마나 실제 삶과 들어맞지 않는지 발견했어요. 언어가 의사소통에 기여하는 것보다 오해를 만들어내는 것에 훨씬 더 많이 기여한다는 사실을 알아낸 겁니다. 인사말이나 의례적인 말, 관습 또는 표어 등을 통해서요! 이 모든 것이 다 뒤죽박죽의 혼란으로 끝난다는 것이죠."

"가령 퇴근Feierabend 같은 것 말씀인가요?"

"퇴근이라!" 에를러 박사가 크게 웃었다. "맞아요, 도대체 누가 축하를 한단 말입니까?"

"아직 밤도 아니고 말이죠."

"또 있습니다." 에를러 박사가 이어서 말했다. "이오네스코는 극작가였죠. 이 사람이 희곡을 썼어요. 프랑스어로요. 어릴 때 습득하지 않은 언어를 가지고 언어의 효율성을 객관화하려는 시도를 한 거예요. 내가 학생이었을 때 교수들은 무시했지만 우리 학생들 사이에선 이오네스코가 인기였죠. 그렇지만 아마 교수님네들도 이불을 뒤집어쓰고 몰래 읽었을 거예요."

"선생님이 잘 아시니까 묻는 건데요," 발데마르가 말했다. "저 이외에도 폴란드어가 아닌 다른 언어로 글 쓰는 폴란드인이 있습니까?"

"조지프 콘래드." 에를러 박사의 답변이었다. "그는 완전히 숙달이 안 된 상태에서 이미 영어로 글을 쓰기 시작했어요. 그의 작품은 옷 입을 줄 모르는 미남 같았어요. 번역되어 영어라는 옷을 벗으면 이미 대작가나 다름없었지요. 그러나 그의 영어 문체도 그와 같이 인정받기까지는 오랜 시간이 걸렸지요."

"모국어가 아니라도 글을 써서 먹고살 수는 있군요!" 발데마르가 말했다.

에를러 박사가 웃었다. "당연하죠! 노벨상까지 생각해볼 수 있어요! 베케트를 예로 들어봅시다. 그는 영어로 된 소설 두 개를 쓰고 나서 단어를 단어 자체로 듣고 싶다는 이유로 그다음엔 프랑스어로 썼어요. 단어에 따르는 메아리, 단어의 연상 작용을 제거하고 싶었던 거죠. 베케트는 문학 교수였는데 영어의 언어 재료는 몇백 년에 걸쳐 그에게는 너무 익숙해 있는 문학작품들에 쓰이고 또 쓰여 단어를 단어 그 자체로 쓰기에 너무 닳아 해어져버린 거예요. 영어라면 무슨 말이 어디 어떻게 쓰였는지 쉬지 않고 줄줄이 꿸 수 있는 그였지만 프랑스어는 단어를 문장 속, 문맥 속의 쓰임에 상관받지 않고 받아들일 수가 있었지요. 베케트가 성장하며 접한 문학 세계는……"

"제가 두려워하는 것이 바로 그거예요." 발데마르가 참지 못하고 말을 끊었다.

"모두들 이미 씌어진 책을 갖고 말하죠."

"그럼 무슨 책이 또 있지요?" 에를러 박사가 재미있다는 듯 물었다.

"아직 씌어지지 않은 책이요." 발데마르가 진지하게 말했다. "여태껏 씌어지지 않아도 괜찮았던 책 말입니다."

에를러 박사는 발데마르의 즉각적인 답변에 놀랄 뿐이었다. 발데마르의 반응은 진지했다. 그 진지함을 느낀 에를러 박사는 자리에서 벌떡 일어나 주위를 왔다 갔다 하며 팔을 휘저었다. "문학이라는 망망대해에 물방울 한 점을 더하기 전에 지구의 모든 바다를 다 건너봐야 한다는 듯한 발상이죠. 그렇지만 저는 맨 끝에 줄 서지 않겠습니다. 난 지금 여기 존재하고 있어요!"

"그렇다면 파나이트 이스라티의 이야기를 해드리죠. 아마 맘에 들 겁니다. 그도 성격이 급한 사람이었어요. 루마니아에서 태어나 찢어지게 가난하게 살다가 파리로 왔죠. 이스라티는 빨래어멈에게서 루마니아어를, 지저분한 주막에서 그리스어를, 뱃사람에게서 러시아어를 배웠어요.* 프랑스어는 자신을 채찍질하며 미친 듯 열심히 배웠지요. 그는 사전 한 권

---

* 파나이트 이스라티(Panait Israti, 1884~1935)의 어머니는 세탁 일을 하는 여자였고 아버지는 그리스인 밀매업자였다.

과 30권의 고전, 볼테르, 루소, 디드로 등등을 뗀 독학자였죠. 그가 배운 것은 궁전에서 신을 벗어야 하는 것을 깜박 잊은 농부에 비유할 수 있는, 고급 격식 프랑스어였어요. 직접 글을 쓰고 싶어 했던 그는 프랑스어의 사용을 통해 정신의 올림포스 신전에 안착하길 원했지만 그가 경험하고 글로 표현한 세계는 문학 취급을 받지 못했어요."

"저는 스포츠에 관해 썼는데요." 발데마르가 반항하듯 말했다. "어떤 자도 그걸 주제로 쓰지 않아요."

"거 보세요." 에를러 박사의 말이었다. "이스라티가 마음에 들 거라고 말했었죠? 이스라티는 일단은 올림포스 신전으로 가는 길을 찾지 못했습니다. 그렇지만 그는 프랑스어의 쇄신자가 되었어요. 그가 배운 프랑스어는 그의 경험치를 샅샅이 비추기에 부족했습니다. 이스라티는 프랑스어를 자기 머릿속에 눌러넣었지만 이제는 그가 프랑스어에 이스라티어(語)를 주입하게 된 결과를 낳았지요. 자신에 맞게 언어를 박아넣고 언어의 혁명아가 된 거지요……"

"그리고 자기의 세계를 프랑스어 속으로 밀어넣고요. 마치 전염병을 끌고 온 것처럼요." 발데마르가 말했다. "고상한 프랑스어를 루마니아의 외양간 냄새가 나게 한 겁니다."

"이스라티를 알고 있었어요?" 에를러 박사가 물었다.

"아니요, 당연히 모르죠." 발데마르가 말했다. "하지만 저는 눈앞에 그린 듯 상상할 수 있어요."

"우리 독일에서는 이스라티가 그다지 알려져 있지 않아요. 프랑스어로 썼으니까 그럴 수밖에요. 우리는 대신 파울 첼란이 있습니다."

"역시 못 들어봤어요!" 발데마르가 은근히 자부심을 느끼며 말했다.

"으음, 당신은 참 재미있는 사람이에요." 에를러 박사가 말했다. "원고를 출판사로 가져오는 젊은 작가들은 모두 자기가 뭘 읽어봤는지 구구절절 설명하거든요. 아무개 작가 이름을 대더라도 죄다 안다고 하죠. 그런데 당신은……"

"전 완전히 다른 종류예요." 발데마르가 말했다. "그런데 파울 첼란이 어떻게 되었다고요?"

"그는 루마니아어, 우크라이나어, 러시아어, 독일어, 동구 유대어 등등이 각기 혼재하면서도 사람들 사이에 서로 의사소통이 이루어지던 부코비나에서 성장했습니다. 파울 첼란은 독일어를 했지만 독일어 대화 상대는 늘 한 사람, 그의 유대인 어머니였죠. 독일어는 그에게 비밀 언어와도 같은 말로, 대중 의사소통 수단으로서의 역할을 할 필요가 없었어요. 그래서 그에게 독일어는 새로운 말을 발명하고 연상시킬 수 있는 공간이 무궁무진하게 많은 언어였어요. 어머니가 그의 말을 이해하는 것은 그리 어려운 일이 아니었죠."

"그래서 어떻게 되었어요?" 에를러 박사가 잠깐 말을 쉬어가자 발데마르가 물었다.

"파울 첼란의 어머니는 그의 모국어를 쓰는 야만인들에게 죽임을 당했습니다. 그러나 그는 독일어로 시를 썼어요. 그것도 프랑스에서요. 그는 그저 윙윙대는, 비독일어적 언어 환경에서 창조와 조형과 도안의 모든 자유를 부여받은 채 언어, 즉 자기가 생각하는 모국어를 배우는 작업을 계속 전진시키는 난해하고 다의적인 시를 썼지요. 한 사람이 자기 말을 이해하면 그것으로 족했어요. 그 사람이 더 이상 존재하지 않아 아무도 이해할 수 없다고 해도 어쩔 수 없다는 식이죠. 이런 방식으로 그는 완전한 단절로 가는 길을 계속적으로 추구했어요."

"그럴 계획은 없는데요." 발데마르가 말했다. "시를 쓰고 있는 것도 아니고요."

"파울 첼란의 반대 예로는 나보코프를 들 수 있습니다." 에를러 박사가 다시 이었다. "나보코프는 독일로 망명 올 때 러시아어도 가져왔습니다. 다시 독일을 떠났을 때 그의 언어도 그와 함께 여정에 올랐지요. 그는 세계 시민이 되기로 마음먹고 일체의 감상성 없이 세계 언어에 몰입하기로 했죠. 그는 언어 망명길에 오른 것이 아니라 고향을 바꿨어요."

"하지만 죽었죠." 발데마르가 말했다. "다들 죽었어요."

"또 밀란 쿤데라도 있군요. 내가 학생이었던 시절에는 그를 아직 몰랐습니다. 그에 대해서는 뭐라고 말을 할 수 없어요. 그는 체코인으로서 원래 체코 말로 글을 쓰지만 일단 먼저 프랑스어로 출판하는 사람이에요. 혹시 읽어봤다면 알겠지만 이 사람은 아주 특이한 문체를 갖고 있죠. 잘 읽히기는 하는데 그래도 이상하긴 합니다."

발데마르는 이번에도 역시 그의 작품 중에도 읽어본 것이 없었다. 발데마르는 자신이 아직 씌어지지 않은 책을 쓰겠다는 포부를 가졌으면서도 과연 어떤 작품들이 씌어졌는지는 모르고 있다는 사실이 모순처럼 느껴졌다.

"밀란 쿤데라의 작품 속에 등장하는 인물들을 보면 그들이 그저 '이름 붙인 초안(草案)' 같다는 느낌을 받습니다." 에를러 박사가 이야기를 이어갔다. "뛰어난 심리 해부에도 불구하고 그의 인물들은 작가적인 완성도를 추구하는 것이 마치 귀찮은 의무나 불필요한 행위인 것처럼 항상 즉흥적인 그 뭔가를 갖고 있어요. 쿤데라의 스타일은 그가 갖고 있는 사고와 표현, 그리고 표현과 인식 사이의 절대 불일치를 아는 것의 결과물일 수도 있어요. 그로서는 번역을 할 때 손실되는 부분을 미리 계산하고 들어가는 문체를 발전시킬 수밖에 없었다고 말할 수 있죠. 아, 그런데 혹시 당신 원

232

고를 손수 폴란드어로 번역할 수 있습니까?"

"잔인한 질문을 하시네요." 발데마르가 말했다.

에를러 박사는 미소를 지었다. "덴마크어로 시작해서 후에 영어로 돌린 이자크 디네센이라는 여작가가 있었지요. 이자크 디네센은 가면을 쓰거나 변장하는 것을 좋아했습니다. 새로운 언어를 포함해 카렌 블릭센이라는 인물로 한번 원하는 대로 살아보기 위해 제2의 삶을 누렸지요. 그런데 그녀는 자기만 이중생활을 한 것이 아니라 자기가 쓴 책에도 이중생활을 부여했어요. 마치 아름다운 곡을 위해 선율을 하나 더 쓰는 것처럼, 자기 작품들을 원본과 정교하게 비껴나가면서 손수 덴마크어로 번역을 했어요. 또는 동일한 그림이 약간 어슷하게 빗나가며 서로 겹쳐져 특수 안경으로 보면 전혀 다른 차원의 그림 하나로 보이는 것 같은 이치라고 할 수 있지요."

이에 발데마르가 말했다. "내 책은 폴란드어를 그리 잘하지 못하는 독일 사람이 번역하는 게 좋겠어요."

"훌륭한 대답입니다!" 에를러 박사가 말했다. "원고만 갖다주러 온 사람치곤 대단한 발전이네요! 벌써 번역상의 문제까지 토론하고 있지 않습니까?"

발데마르는 에를러 박사의 방에 있는 서가를 자세히 살펴본 결과 책의 반 이상이 폰타네*의 작품이거나 폰타네에 관해 저술된 책임을 알아차렸다.

"그 사람은 독일, 아주 원조 독일인이죠." 에를러 박사의 말이었다. "방금 말한 바와 같이 내가 다언어 작가들에게 흥미를 갖게 된 것은 이오

---

* 테오도르 폰타네(Theodor Fontane, 1819~1898): 독일의 작가. 『마르크 브란덴부르크 기행』『폭풍 앞에서』 등의 저서가 있다.

네스코를 통해서였죠. 난 그가 루마니아인이라고 생각했었어요. 그런데 그가 출생하고 성장한 곳은 파리였어요. 그는 자신에게 친숙한 언어를 가지고 의사소통의 패러독스를 그린 거예요. 그러니 내가 다언어 문제에 관심을 가지게 된 것은 처음부터 나의 착각에서 비롯된 거였어요. 너무 속은 것 같은 기분이 든 나머지 그다음부턴 정통 원조 독일 작가만 연구해야겠다고 생각했지요. 혹시 오늘 안으로 집에 가고 싶다면 지금 당장 가는 게 좋을 겁니다. 나는 일단 폰타네 얘기를 시작하면……"

"그럼 가보겠습니다." 발데마르는 재빨리 작별 인사를 했다.

금요일 오후 1시 이후 그도 다시 자신이 하고 싶은 일, 폰타네로 돌아갔다. 이 노인네는 이제 그만 대학 강의실에서 뛰쳐나와 독자들에게로 돌아가야 한다. 그러므로 폰타네 연구회가 조직되어야 한다. 제대로 된 사람들로 말이다. 에를러 박사는 목록을 작성했다. 폰타네에 관한 저술을 한 적이 있는 사람 한 명당 그렇지 않은 사람이 적어도 다섯 명꼴로 채워져야 하겠다. 폰타네 원작의 영화에서 주연을 맡았던 사람들에게도 편지를 보내기로 했다. 영화배우가 참가한다면 홍보는 자동적으로 되는 셈이다. 에를러 박사의 책상 위에 놓인 종이는 점점 사람들의 이름으로 채워지기 시작했다.

4. 혈중 알코올 농도 0.1퍼센트의 상태에서 예측하다

프리츠 보데는 거울 앞에 서서 영원한 인기가요인 「인생은 예순여섯부터」를 휘파람으로 불어대며 넥타이를 매고 있었다. 그는 저녁에 있을 행사에 대한 기대감으로 가득 차 있었다. "에다!" 그는 아내가 마치 옆방에 있다는 듯 크게 외쳤다. "생각 좀 해봐. 내 낭독회가 자유대학의 대강당으로 장소가 옮겨졌다는 거야. 도서관은 너무 작거든. 신청자가 너무 많아서 아예 넉넉하게 세 배나 큰 강당으로 변경한 거지. 휴우, 나 원 참……" 에다가 이 모든 것을 같이하지 못하는 것이 너무나도 안타까웠다.

벌써 45분 동안이나 알프레트 분추바이트는 호텔 로비 한가운데에서 기다리고 있었다. 출입구 밖의 상황을 둘러보는 척하며 대장의 가스를 빼기 위해 회전문을 통해 밖으로 나갔다 온 것이 벌써 세번째였다. 그러나 그는 가스의 분출을 문 바깥쪽에서 하지 않았다. 입김이 생길 때처럼 차가운 겨울 공기에 엉덩이에서 구름이 피어오를 것을 두려워한 것이다. 그래서 그는 회전문 안에서 방귀를 꿔었다. 회전문 안은 구름이 생기기에는 너무 따뜻했고 바깥으로 돌아 나오면 가스는 순식간에 흩어져버렸다. 회전문의 장점이었다.

알프레트 분추바이트는 제일 친한 친구, 발렌틴 아이히를 기다리고 있었다. 레오 라트케가 몸담고 있는 잡지가 그에 대한 심층기사를 보도하고 난 뒤 단 며칠 만에 발렌틴 아이히는 공공의 적이 되어버렸다. 알프레트 분추바이트가 호텔 로비의 한가운데 서서 친구를 비롯한 만천하에 보여주려고 하는 것은, 잡지에서 뭐라고 떠들어대든 나는 네 편이다! 하는 것이었다. 모든 세상 사람들은 이런 나를 봐야 한다. 그중에서도 레오 라트케가 꼭 봐야 한다. 그는 벽난로 바에 앉아서 큰 소리로 대화하고 있었다. 알프레트 분추바이트의 시위성 기다림을 전혀 알아채고 있는 것 같지 않았다.

레오 라트케는 목청을 높여 내기를 걸고 있었다. 늦어도 5년 안에 독일 통일이 이루어지리라는 것에 드레스덴 은행에서 나온 바스무트 씨와 내기를 걸려고 했다. "5년이 안 걸릴 거라니까요! 길어야 5년! 뭐라고요, 몇 년이 걸린다고요?" 벽난로 한쪽 어느 구석에서 누가 대답했다. 통일은 절대 되지 않아요. 레오 라트케는 손을 들어 위스키 한 잔을 주문했다. 여기 시대를 앞서가는 인물은 하나도 없군. 회의론자들만 가득 차 있어. "내 질문은 되냐 안 되냐가 아니고 언제 되느냐 이거요." 그는 소리쳤다. 그 자신도 5년은 너무 빠른 것 아닌가 하는 생각이 있었으나 혈중 알코올 농도가 0.1퍼센트에 이르고 나니 안 될 건 또 뭔가 하는 생각이 들었다. 암, 5년은 좀 무리한 감이 있기는 해도 가능한 기간이야.

알프레트 분추바이트는 자동문이 열리고 레오 라트케와 함께 작업하는 사진작가가 안으로 들어서는 것을 보았다. 레오 라트케가 모두가 들을 만한 큰 소리로 그에게 물었다. "독일 통일이 언제쯤 이루어질 것 같소? 얼마나 걸릴 것 같아요?" 알프레트 분추바이트는 사진작가가 어깨를 으쓱 들었다 놓으며 레오 라트케 옆자리에 앉아 그 앞에 사진이 든 봉투를 내놓는 광경을 보고 있었다.

레오 라트케는 마치 사진이 자기 것인 양 봉투를 쓱 집어 들었다. 그러곤 마치 얼굴에 양동이 물세례를 받은 것처럼 단번에 말짱한 상태로 돌아왔다. 알프레트 분추바이트는 무슨 사진들일까 궁금해졌다. 레오 라트케가 사진작가와 나누는 이야기는 무슨 내용인지 들리지 않았다. 알프레트 분추바이트가 아이들을 키워본 경험에 따르면 이랬다. 애들이 뛰고 소란을 피울 때는 괜찮지만 갑자기 조용해지면 무슨 일이 일어난 것이다.

레오 라트케가 자리에서 일어나더니 청바지 주머니에서 50마르크짜리 지폐를 뒤적여 꺼내 탁자에 던졌다. 그러면서 뭐라고 말하니까 사진작가가 움츠리며 고개를 끄덕였다. 레오 라트케는 사진과 함께 사라져버렸다. 사진작가는 혼자가 되었다. 종업원이 그에게 맥주를 가져다주었다.

레나의 큰오빠는 혼란스러웠다. 레오 라트케에게 남자도 아니고 여자도 아닌 사람들의 사진을 가져다주니 그가 하는 말이 나, 이 사람들 아는 것도 같은데 하더니 조금 있다가 아냐, 내가 그 의사를 알아요. 그 의사는 8월에 서독으로 갔소. 그리고 이 사람들은 이렇게 남겨졌단 말이오? 맞소?

보건부에서 무슨 일이 일어났는지 레나의 큰오빠가 단 한 마디도 설명하지 않았지만 그의 짐작은 정확했다. 레오 라트케가 거의 속삭이듯 목소리를 낮추어 사진을 찍은 곳이 어디냐고 물었을 때 레나의 큰오빠는 그가 스토리의 냄새를 맡고 있음을 느꼈다. 이 사진 아무도 보면 안 되오, 그가 조용하고 집요하게 말했다. 알겠소?

레나의 큰오빠는 점심에 찍은 사진의 두번째 인화지를 들여다보았다. 사진에는 사태의 크나큰 심각성을 드러내주는 일곱 명이 찍혀 있었다. 그것은 실로 문제가 육화(肉化)된 모습을 보여주는 사진이었다. 레나의 큰오빠가 원하는 것은 공정하고 공감할 수 있는 사진이었다. 공허하고 요란한 말 앞에서 그는 두려움을 느꼈다. 레오 라트케는 능력으로는 치면 최고일지 모르나 인간의 마음을 얻는 데는 실패할 것이다. 특수한 상황에 처해 있는 인간들에게는 더더욱 그럴 것이다. 레나의 큰오빠는 확신할 수 있었다. 인간은 그의 재능이었고 그의 흥미였다. 레오 라트케는 한 사람에게 열성을 보이기에는 너무나도 자기 자신에게 열중하는 인물이었다.

레나의 큰오빠는 이 일곱 명에게 레오 라트케라는 자아도취의 목소리 큰 인간을 조심하라는 경고를 했어야 했다. 타인에 대한 신중함이나 센스라고는 없는 인간, 이 이야기의 진기한 면에만 촉각을 곤두세우는 인간에 대한 경고 말이다.

"5년이 가능하다고 보십니까?" 레나의 큰오빠를 라트케의 대리인쯤으로 생각한 드레스덴 은행의 바스무트 씨가 물었다.

레나의 큰오빠는 고개를 들었다. 이상한 느낌이 들었으나 바스무트 씨에게 얘기하지는 않았다. **될 것이냐 안 될 것이냐** 하는 것도 아니고 **언제**를 묻는 것도 아닌 질문이었다. 레나의 큰오빠는 통일이 올 것이라고 믿었다. 그 통일은 **서방화된** 통일이 될 것이라고도 믿었다. 그가 쉽게 편을 가르는 사람이어서가 아니었다. 정치적으로 돌아가는 상황과 평균적인 인간들이 하는 행동에서 그는 일종의 중력이라고 할 수 있는 것의 존재를 느꼈다. 그 중력은 모든 것을 통일로 몰아가고 있었다. 마치 지하로 굴러들어간 레나의 롤러스케이트와 같았다. 구르고 또 굴러서 결국 밑바닥에 도달한다. 물도 흘러흘러 마지막에는 바다에 도달한다. 지금 움직임을 시작한 것도 결국은 독일이라는 하나 안에서 멈추게 될 것이다.

문제는 **될 것이냐 안 될 것이냐** 하는 것도 아니고 **언제냐도** 아니었다. 문제는 **독일이란 무엇인가**였다.

5. 근무가 끝나면

에를러 박사가 나갈 준비를 마쳤을 때 전화가 울렸다. 수위의 전화였다. 약속은 안 했지만 급한 용무를 가지고 어떤 작가가 와 있다고 했다. 에를러 박사는 내려가겠다고 했다.

아래층에서는 흥분으로 뭉친 덩어리가 그를 기다리고 있었다. 키 작은 턱수염 시인은 에를러 박사 주위를 촐싹거리며 왼쪽으로 돌았다가 오른쪽으로 돌았다가 옷소매를 잡았다가 에를러 박사와 수위에게 번갈아가며 말을 시켰다. 그 가을, 여느 대작가들과 마찬가지로 키 작은 턱수염 시인도──그도 대작가 축에 속했다──할 말이 많았다. 이제 그도 정치에 빨려 들어가 있었다. 그는 서두도 없이 바로 본론으로 들어가 마치 열심인 전도사가 부르짖는 것처럼 인민공화국* 설립의 필요성을 역설했다. 그는 이 사상에 심취된 정도를 넘어서 큰 깨달음에 이른 지경이었다. 눈알은 수면 부족으로 붉어져 있었고 인민공화국은 면도나 위생이 차지하는 자리까지 빼앗아버렸다. 눈과 코를 달고 있는 사람이라면 알아채지 못할 수 없었다. 수십 년간 무정부주의와 좌파 극렬주의로 경시되어왔던 인민공화국 제도를 다시 부활시키기 위해 키 작은 턱수염 시인은 트로츠키의 글에 새롭게 해설을 달아 국민에게 수십만 부 배포할 생각이었다. 이러한 목적으로 그는 타자기로 한 줄 간격으로 작성한, 열 장이 조금 넘는 낱장 해설본을 에를러 박사의 손에 쥐어주었다. 그 트로츠키 저작물의 번역본은 1926년의 번역본이 유일한 것이었는데 러시아어 교사로서 그만한 능력을 충분히 가지고 있다는 시인의 아내가 새로이 재번역했다고 했다. 모레면 완성이 되므로 다음 주에는 출판될 수 있으며 꼭 출판되어야만 한다고 했다. 또, 주체성 없는 정부는 지금 흡수 통합을 지향하고 있는 서독의 손에서 놀아나고 있다, 그러므로 더 이상 지체할 여유가 없다, 당신네 출판사가 대규모 출판사 중 하나이므로 국가가 비상사태에 처할 위험이 있는 지금 나는 책임감을 통렬히 느끼고 따라서 이 책을 출판해야 한다, 라고 했다.

키 작은 턱수염 시인은 광란 일보 직전의 상태에 있었다. 에를러 박사에게 장관 자리 하나를, 수위에게는 궁전 경호대 대장 자리를 기꺼이 수여할 기세였다. 그는 이 두 사람을 친한 사이처럼 대하면서 오직 우리

---

* 삼권분리나 정당 활동 없이 국민의 직접선거로 뽑힌 인민대표자들이 직접 통치하는 제도.

편, 동지라는 말을 계속 입에 달았다. 잠을 빼앗기며 철학을 전공한 철학도로서 번역 원고를 검토하고 새 주석을 달고 하는 동안에, 하지만 무엇보다도 변혁의 휘몰이를 지난 몇 주간 몸소 겪고 느끼면서 그는 무아지경의 경지로 빠져들었다. 일생 최고의 황홀한 시기를 몇백 시간 쉬지 않고 치달은 후 결국 도달하는 곳은 광란과 자살, 우울병, 심장마비 아니면 예술일 수밖에 없었다.

키 작은 턱수염 시인이 어느 정도로 현실에서 멀리 탈선해 있는지 에를러 박사는 그 위험 수위를 볼 수 있었다. 이웃의 안위를 걱정하는 천성을 가진 그는 키 작은 턱수염 시인에게 참을 수 있을 정도의 용량만큼씩만 현실을 깨우쳐주기로 했다. 그는 한 줄 간격으로 타자 친 열두 장짜리 종이 다발을 받아 들고 감사하다는 말을 한 다음 발데마르에게 한 것과 똑같은 제안──총무과에 가서 접수대장에 기입하자는 것──을 키 작은 턱수염 시인에게 했다. 어차피 열고 온 창문도 닫아야 했다.

엘리베이터가 2층에 도착해 문을 열었을 때, 복도에는 종이짝이 날아다니고 있었다. 낱장의 종이들이 복도 전체를 온통 휘덮고 있었다. 에를러 박사의 입에서는 그가 입에 담는 것은 물론이고 알지조차 못하고 있다고 믿었던 단어가 튀어나왔다.

총무부의 문은 닫혀 있지 않았고 몇 시간 동안 불어친 바람이 처음부터 쓰러질 듯 쌓여 있던 원고 더미를 날려 일대 혼란을 야기하고 있었다. 몇천 장의 원고지가 이리 날리고 저리 날리는 대혼란은 파괴분자의 작품처럼 쇼킹 그 자체였다. 창문에서는 커튼이 바람에 드라마틱하게 휘날리고 있었으나 너무도 다행히 창문 바깥쪽으로가 아니라 안쪽으로 날리고 있었다. 창문 밖으로 날아간 종이는 하나도 없었다.

에를러 박사는 전등을 켜고 미처 코트를 벗지도 않은 채 바닥에 쪼그리고 앉아 서류 가방을 옆에다 놓은 다음 그 각도에서 재난을 관찰했다. 그러고 나서 창문을 닫고 당연하다는 듯 묵묵히 정리 작업에 착수했다. 그러니 키 작은 턱수염 시인도 일단 인민공화국을 접어놓을 수밖에 없었다.

가장 수습이 쉬웠던 원고는 연속 용지에 인쇄되어 둘둘 말려 있었던 원고 세 부로서, 한 면씩 착착 접기만 하면 되었다.

그다음부터가 까다로운 작업이었다. 고무줄로 묶인 옛날 원고와는 달리 최근에 들어온 원고들은 다 흩날려 더미가 온데간데없었다.

에를러 박사는 종이 몇천 장을 자기 방으로 옮기려고 했다. 펼쳐놓고 분류 작업을 할 수 있는 자리가 있는 곳은 거기뿐이었다. 거기서는 책상, 소파, 의자, 서가, 창틀 등의 위에 벌여놓을 수가 있었다. 그는 일단 키 작은 턱수염 시인에게 한 더미를 가득 안겨서 먼저 자기 방으로 보냈다. 그런 다음 자기도 나머지를 한 뭉치 모아 뒤따라갔다.

가보니 키 작은 턱수염 시인은 소파에 누워 코를 골며 마취에 빠진 것같이 깊은 잠을 자고 있었다. 그러므로 소파 위에는 종이를 늘어놓을 수 없다는 결론이 났다. 잘하면 소파 팔걸이 부분을 이용할 수는 있을 것이다.

에를러 박사는 생각해보았다. 종이를 종류에 따라 분류하면 대혼란 상태를 일단은 정리된 혼란으로 만들어놓을 수 있을 것 같았다. 먹지를 대고 친 백색 용지, 회색 용지, 연두색 용지, 분홍색 용지들을 우선 각각 한 무더기씩 만들어놓고 원본 원고지는 그 나름대로 한 곳에 모아놓은 다음 나중에 누렇게 변색한 정도를 기준으로 다시 나누면 되겠다는 생각이 들었다. 손수 필사한 원고는 그들대로 따로 모아놓으니 나중에 그 안에서 골라내기는 어렵지 않았다. 복사본의 색깔뿐 아니라 질도 분류에 한 몫을 했다. 먹지 바로 밑에 있었을 첫번째 용지는 글자가 또렷하기 때문에 글자가 희미하게 찍힌 다섯번째 용지와는 확연히 구별되었다. 그래도 확실히 구별할 수 없을 때에는 문체의 특징 또는 반복해서 등장하는 작중인물의 이름을 기준으로 해서 나누었다.

그는 이제 작업 방식을 파악했다. 그러나 오늘은 그만 하고 내일 다시 와서 더 진행시키기로 했다. 이제 그만 집에 가고 싶었다. 오늘 밤 텔레비전에 고향으로 돌아온 풍자 시인이 출연하기로 되어 있었는데 그것을 놓치고 싶지 않았다. 그는 요란하게 코를 골며 소파에 누워 있는 키 작은 턱수염 시인을 조심스럽게 깨웠다. 그는 일어나자 민망한 듯 아무 말도 없이, 자신의 한 줄 간격으로 친 열두 장의 종이를 집어 들고 사라졌다.

6. 예순여섯 살에

프리츠 보데는 예순여섯 살에 정말이지 처음으로 살맛을 느꼈다. 낭독회가 큰 공간으로 옮겨졌다는 것에 자랑스러움을 느꼈고 이 뿌듯함으로 그의 인생 전체가 환해지는 느낌이었다. 청중이 수백 명이 된다는 것은 열두세 명의 청중보다 훨씬 강력하게 그가 지나온 인생 역정을 확인해주고 있었다. 은퇴한 베테랑은 대규모 청중 앞에 서니 비로소 시대를 증거하는 인물이 되었다. 그래서 그는 「인생은 예순여섯부터, 재미있는 인생은 예순여섯에 시작이지」를 노래 부르거나 코로 흥얼거리거나 휘파람을 불며 다녔다. 그다음 구절은 잊어버렸기 때문에 그 구절만 두 번 반복해서 불렀다.

그가 자기 나이를 운운하는 것은 그로서는 예외적인 일이었다. 그는 자기 삶을 이야기할 때 항상 연도로서, 정확히 말하면 뒤의 두 자리 숫자로 줄여서 말하곤 했다. 그럼으로써 그는 전차 운전사가 매일 다니는 노선에 익숙해 있는 것처럼 20세기를 샅샅이 알고 있는 것처럼 보이곤 했다.

1923년을 의미하는 1923년에 그는 작센의 크리미차우에서 철도 전철 (轉轍) 노동자와 봉재 기술자 사이의 세 자녀 중 둘째로 태어났다. 상당히 뛰어난 미모를 가지고 있어서 결혼 전에 모델 일로 부수입을 올린 바도 있는 그의 어머니는 재력 있는 한 유대인 변호사와 내연의 관계를 맺고 있었다. 오후에 두 시간 그를 만나러 갈 때면 동네의 소문을 피하기 위해 어머니는 항상 꼬마 프리츠를 데리고 갔다. 엄마는 꼬마 프리츠에게 이제 커튼 치수를 재야 한다고 말한 뒤 히르슈 씨와 함께 침실로 사라졌다. 꼬마 프리츠는 크리미차우 생활문화의 꽃이라고 할 수 있는 거실에 홀로 남았다. 모피로 장식한 가구, 벽난로, 의자가 열두 개 딸린 식탁, 벽에 걸린 세 개의 총, 그런데 그중에서도 꼬마 프리츠의 마음을 사로잡은 것은 수많은 장서였다. 그의 어머니가 커튼 치수를 재는 동안 꼬마 프리츠는 시간 가는 줄을 모르고 책들을 뒤적였다. 주로 세계지도, 백과사전, 『브렘스의 동물기』 등이었다. 어머니가 히르슈 씨를 대하는 태도가 아버지를 대할 때와는 전혀 다르다는 것을 그는 눈치 채고 있었다. 아버지를 대할 때면 어머니는 말하기도 귀찮아했고 싸늘했으며 갑자기 신경질을 부리곤 했다. 그러나 히르슈 씨에게는 눈길을 주며 쿡쿡 웃기도 했으며 그와 대화할 때는 목소리가 여러 색깔로 바뀌었다. 보데 씨네 집에는 책이 한 권도 없었으므로 꼬마 프리츠는 그때부터 여자에게 잘 보이려면 오직 책으로 승부해야 한다고 굳게 믿게 되었다.

그것이 바로 지식욕, 독서 광증의 원시폭발이었다. 꼬마 프리츠가 영재여서 그랬는지 아니면 특별히 지식의 욕구가 왕성한 아이여서 그런 건지는 선생들도 몰랐다. 그러나 어쨌든 코앞에 항상 책을 달고 다니던 그는 고등학교 졸업장을 딸 수 있었다. 대학에서 문학과 예술사학을 전공하려고 하던 그때 전쟁이 터졌다. 프리츠 보데는 징집을 받고 독일군 점령 하의 프랑스로 배치되어 사령부 전령병의 보직을 받았다. 그가 일할 사령부는 한 도서관에 터를 잡고 있었다. 그는 물구유를 발견한 말이 된 기분이었다. 전령병으로 복무한 지 2년이 되던 1944년 6월, 전쟁이 본격화될 즈음에 그는 이미 탈영을 감행할 만큼 지식인이 되어 있었다. 그러나 불행히도 그는 너무 지식인화되어 탈영에 실패하고 사형선고를 받았다. 사형은 유형(流刑)으로 변경되어 프리츠 보데의 말을 인용하자면 '자살 결사대'의 일원이 되어 동부전선으로 보내졌다. 그는 거기서 전쟁포로가 되었다. 말 그대로 손을 치켜든 채 소련 저격병이 겨누는 총구를 바라보면서 그는 공산당에 입당시켜줄 것을 간청했다. 심문에도 굴하지 않고 이런 자신의 희망을 계속 역설했기 때문에 그는 소련군의 의심을 받게 되었다. 왼쪽 갈비뼈 아래에 있는 화상 자국으로 보아 프리츠 보데가 근처에 위치하고 있던 나치의 슈투트호프 강제 수용소의 친위대원임이 틀림없으며 그 화상 자국은 그가 사방 몇 센티미터의 피부를 희생해서라도, 즉 그의 정체를 말해주는 혈액형 문신*을 화상으로 지워서라도 목숨을 건지려고 한 증거임이 확실하다는 것이 소련군의 생각이었다. 그 자국은 원래 겨드랑이 아래에 있어야 하지만 소련인들에게는 어떻거나 상관없었다. 친위대원이 아니라고 해도 최소한 독일인임에는 틀림없으니 그걸로도 충분하다는 식이었다. 시베리아로 보내진 프리츠 보데는 운명에 항거하지 않았다. 고된 노동과 한 끼 죽, 빈대가 들끓는 숙소, 여름의 모기떼와 겨울의 얼어붙는

---

* 나치 친위대원(SS 대원이라고도 함)들은 비상 시 수혈을 가능하게 할 목적으로 모두 겨드랑이 밑, 왼팔 안쪽에 자신의 혈액형을 표시하는 문신을 새기고 있었다. 전후 전범 색출에 도움을 주는 증거가 되었다.

듯한 추위, 이 모든 것은 프리츠 보데라는 인간에게 내려진 형벌이 아니라 친위대원에게 내려진 형벌이기 때문이었다. 소련인들에게 학대를 받고 있는 대상이 친위대원이라는 사실이 프리츠 보데를 위로해주었다.

1950년 여름에 프리츠 보데는 죽을병에 걸려 포로 신분에서 석방되었다. 죽는 것은 독일에 가서 하라고 했다. 그러나 그는 일생에 걸친 독서벽이 무엇 때문에 시작되었는데, 하늘이 이제까지 자기에게 여자를 점지해주시지 않았다는 사실을 도저히 받아들일 수 없었다. 이 이유가 가세하여 그는 살아남고야 말겠다는 강렬한 의지를 불태우게 되었다. 전쟁으로 말미암아 여자가 남아돌았던 당시의 상황도 이 숙제를 해결하는 데 큰 몫을 했다. 이리하여 프리츠 보데는 결핵을 이겨내고 성(性)적인 방면에서도 남은 숙제를 깔끔히 청산한 뒤 인쇄 및 출판사 설립 허가 결정을 담당했던 소련군 운영부에서 일하게 되었다. 그는 후에 작센 주의 도서관 발전에도 관여하고 1950년대 중반부터는 베를린에서 방송국 일을 하게 되었다. 그의 임무는 대중이 이해하기 쉬운 철학 방송을 만드는 것이었는데 그는 자기 무덤을 파는 줄도 모르고 불같은 열정으로 그 일에 뛰어들었다. 얼마 전까지 검열기관에서 일했던 그로서는 검열관들의 사고방식이나 그들이 남을 이용하는 방식을 잘 알고 있었고 국가 정보기관과의 사이에도 여러 가지 든든한 선을 대놓고 있었다. 그러나 1965년 헝가리 봉기*가 일어나자 동독 국가안보부 내부에서도 헝가리 반역 음모가 있다는 의심이 제기되어, 오래전부터 이번 계기로 배척받게 된 어느 헝가리 철학자의 시리즈를 계획하고 있던 것으로 밝혀진 프리츠 보데는 '음모 주동자'로서 '가면이 벗겨지게' 되었다. 그의 방송은 반역 음모의 주도적 출발점 및 공공연한

---

* 소련의 압제에 항거하며 일어난 대규모 독립 시위. 부다페스트에 진입한 소련의 적군(赤軍)에 의해 진압되었다. 헝가리 혁명이라고도 불린다.

봉홧불이었으나 국가안보부의 혁명적인 관찰 활동 덕분에 다행히 일이 터지기 전에 음모와 그 주동자 프리츠 보데의 정체를 밝혀냈다는 것이 그에게 떨어진 죄명이었다.

피고인들은 법정에서 좋은 모습을 보여주지 못했다. 그들은 결사동지가 아니라 직업 관계상 서로 아는 사이였을 뿐이다. 재판정은 민망한 남탓이 난무했다. 두 명의 피고인은 프리츠 보데를 경계하지 못했던 것과 그의 반혁명적 · 반평화적 · 제국주의적 선동 활동에 이용당한 것을 후회하는 반면에, 프리츠 보데와 다른 한 명은 혐의를 정면으로 부인하며 앞뒤가 맞지 않은 주장이나 당의 노선에서 조금이라도 벗어나는 행위에 대해 서로가 서로를 비난하는 가운데 상대방을 불리한 상황으로 몰아넣었다. 그들의 행위는 격조 있는 공개 비방을 넘어선 지 이미 오래, 악다구니 싸움질로 불러야 마땅할 지경이었다. 프리츠 보데는 자신의 책임 영역 안에서는 자유로이 사고했고, 당 지도부에서가 아니라 자신의 주변 영역에서 탄생한 사상일지라고 하더라도 새로운 사상이라면 언제든지 받아들일 준비가 되어 있었다고 인정해야만 했다. 그러나 절대 근본적인 회의를 품거나 당을 무너뜨리고자 하는 기반을 조성할 의도는 없었다고 했다. 하지만 그와 같은 주장은 같은 처지에 있는 피고인들조차 믿어주지 않았다.

그러나 재판은 검사 측에도 곤란함을 안겨주었다. 작위적이고 망상적인 죄목 이외에도, 서부전선 탈영병이 동부전선으로 보내진 것을 말이 되게끔 만들면서도 과거 그가 사형을 면한 것이나 동부전선으로 배치받은 이력이 프리츠 보데를 뿌리 깊은 반(反)공산주의 성향의 인물로 만드는 데 이용되어야 한다는 것이 검사 측의 의견이었다. 즉 다른 말로 하면 프리츠 보데는 아직까지 살아 있는 것 자체를 부끄러워해야 한다는 것이었다.

프리츠 보데는 11년 형을, 다른 피고인들은 그보다 낮은 형량을 선고

받았다. 4년 반의 감옥 생활이 지나 사면으로 풀려났을 때는 교도관의 잔혹 행위와 교도소 의사의 엉터리 치료로 한쪽 눈 하나가 이미 더 이상 손쓸 수 없게 된 상태였다.

　출옥 후 그는 유리안구를 받고 쉬쉬하는 가운데 재활 치료를 받았으며 학술원의 별 중요하지 않은 부서의 부서장을 맡게 되었다. 그리고 입을 다무는 조건하에서 상당히 높은 월급을 받았다. 그러나 그것은 실제적인 직업적 출세와는 거리가 먼 것이었다. 그는 기사의 몸종이 될 수 있었을 뿐, 기사가 될 수는 없었다. 그가 정년퇴직한 1988년, 함부르크의 한 대형 출판사에서 그의 자서전이 출간되었다. 책의 출판은 한마디로 사건이었다. 프리츠 보데는 모든 선정성을 배제하고 차분하나 충격 넘치는 사실성을 가지고 자신의 생을 풀어 내려갔으며, 이야기에 따르는 부수적인 효과 같은 것을 추구하지 않고 언제나 사실만을 근거로 하여 써 내려갔다. 그것은 서른세 번의 행복한 순간이 지나고 겨울에 새 보기처럼 희귀해진 심플한 스토리*였다. 그의 책에서는 폭력과 부당함, 또한 잘못 흘러간 인생까지도 한 시대에 바쳐야 하는 공물로 받아들이는 어느 성실하고 사심 없는 인간의 인생 이야기를 읽을 수 있었다. 원래는 똑똑한 지식인이었던 그가 맵고 쓴 인생 경험에도 불구하고 여전히 충성스런 사회주의자로 남을 수 있었던 것, 그리고 복권(復權)과 함께 자신이 당했던 일들을 잊고 마치 아무 일도 없었던 것처럼 행동했던 사실들이 이야기 가운데 두드러지게 부각되면서 사람들을 감동으로 몰아갔다. 젊은 독자들은 유례없는 비극으로 점철되어 있는 인생을 돌아보면서 그가 가지는 여유를, 나이 든 독자들은 소련군 포로 생활의 비참한 실상을 증언하는 산증인이라는 점에

---

* 『33가지 행복한 순간 33 Augenblicke des Glücks』『심플 스토리즈 Simple Storys』, 두 가지 모두가 작가 잉고 슐체(Ingo Schulze, 1962~)의 소설명이다.

서 그를 높이 샀다. 반공산주의자뿐 아니라 공산주의자를 옹호하는 사람들까지도 그가 살아온 삶에 대한 열렬한 존경심을 품었으며, 그 인생 역정을 근거로 삼아 자기들의 주장을 펼치곤 했다.

곧 프리츠 보데의 강연을 들으러 가는 것이 유행이 되었다. 그의 강연에 모여드는 이들은 정치에 대한 관심, 그리고 토론에 대한 열망, 정치·역사적 판단 능력을 다듬고 싶어 하는 욕구를 반영하고 있었다.

그의 책이 동독에서 크게 알려진 계기는 장벽이 열리기 두 주 전에 열린 도이치 극장의 낭독회였다. 훌륭한 일류 극단의 간판스타 격인 유명 배우가 하얀 조명을 받으며 무대 위 왕의 권좌 같은 팔걸이의자에 앉아 객석 깊이 울려 퍼지는 침착한 음성으로 그의 책을 읽어 내려갔다. 저자는 맨 앞줄에 착석해 있었다. 책 하나에 이보다 더 큰 영광이 바쳐질 수는 없었다.

서독에서는 그의 낭독회 날짜가 벌써 줄줄이 잡혀 있었지만 동독에서는 이제야 서서히 바람이 불기 시작하는 단계였다. 그리하여 장벽의 개방 이후에 '프리츠 보데 토론의 밤'의 좌석은 모두 동독에서 온 청강자들이 점령했다. 베를린 자유대학의 대강당으로 장소 변경이 된 그 금요일 저녁도 마찬가지였다. 동독 국영방송은 프리츠 보데 열풍을 틈타 한 시간의 시간차를 두고 저녁 시간 전체를 할애해 중계방송을 계획했다. 프리츠 보데는 이제 더 이상 자기 이야기의 주인이 아니었다. 그 유명 대배우가 마치 리어 왕이나 나탄, 파우스트, 크랍을 연기할 때와 마찬가지로 프리츠 보데의 글에 자신의 육체를 싣게 되면서 프리츠 보데의 인생은 막강하게 어딘가에 소속되어버린 느낌을 주게 되었다. 그의 인생은 불운하게 오해되기 시작했고 그렇게 오해하는 사람들 속에는 레나도 끼어 있었다. 그녀가 대강당으로 향한 이유도 극 속의 중요 등장인물을 완전히 자기 것으로 소화하는 그 대배우의 연기력을 높이 추앙했기 때문이다. 레나는 책을 낭독하는 프리츠 보데를 보면서도 마치 단어 하나하나가 그 대배우의 입에서 나오는 것 같은 느낌에 사로잡히고 있었다.

프리츠 보데는 그 저녁 내내 발동이 제대로 걸리지 않고 있었다. 자신에 대한 무지막지한 관심에 마음속으로 불안감을 느꼈다. 자신과 자신의 운명에 쏠리는 사람들의 흥미가 유지될 날도 이제 얼마 안 남았음을 느끼고 있었다. 소련군 강제 수용소, 전시용 공개재판, 마녀사냥 같은 것은 더 이상 사회 여론이 조심스럽게 살살 손대야만 하는 금기의 주제가 아니었다. 그리고 이제 고개를 들기 시작하는 새로운 이슈들은 프리츠 보데에게는 낯설 뿐이었다. 동독 경제의 능률화에 대한 방안을 묻는 질문이 나왔을 때 그는 우리에겐 매니저가 필요합니다!라고 두 번 반복해서 외쳤다. 전 강연 시간을 통틀어 그가 사용한 유일한 영어 단어였다. 우리에겐 매니저가 필요합니다! 청중석에서는 불만이 퍼져나갔다. 그들은 전 생애를 바쳐 일한 공산주의자에게서 노동자의 자치적 경영 실현을 위해 노력하겠다는 말이 나오기를 기대했을 것이다. 그러나 그는 그렇게 하지 않았다. "우리가 필요한 것은 매니저입니다! 능력주의와 개인적 이윤 추구의 부재에 우리의 비생산성의 원인이 있는 것 아닙니까?"

프리츠 보데는 이 말을 하면서 자기가 얼마나 뻔한 말을 하고 있는지 느끼지 않을 수 없었다. 이런 주장은 몇백이 넘는 청중을 이 자리에 몰려들게 한 이유와 아무런 관계가 없었다. 자신의 청중에게 무엇인가를 보여주기 위해 그는 반년 전 비텐베르크에서 열렸던 교회의 날 행사 때 펼쳤던 생각을 다시 펼쳐 보였다. 나는 당이 학문적인 세계관에 바탕을 두고 있다고 하면서도 왜 그 세계관을 연구하고 발전시키는 이들을 탄압하는지 그 이유를 알 수 없습니다. 한 사상가가 그의 사상 때문에 벌을 받는다면 이것은 이미 학문과는 상관이 없을 뿐만 아니라 오히려 학문의 반대가 되는 행위입니다! 프리츠 보데는 목소리를 높였다. 당시 비텐베르크에서는 밀려오는 박수의 휘몰이 때문에 말꼬리의 마지막을 높여야 했다. 생각하고 준비해서 터져나온 말이 아니었다. 말하면서 생각한 것이었다. 지금 그는 다시 박수를 유도하는 웅변 기술을 동원하여 그때와 동일한 주장을 펼치고 있었지만 대강당의 청중은 드문드문 소규모의 박수로 반응을 보일 뿐이었다.

　　그때 프리츠 보데가 멍하니 생각에 잠긴 채 자신의 유리안구를 꺼냈다. 그리고 두 손을 연단 위에 가만히 올려놓았다. 그는 할 말을 다했으므로 침묵하고 있었다. 더 이상은 하고 싶은 말이 없었다. 그는 유리안구를 연단 위에서 한 손에서 다른 손으로 데구루루 굴렸다. 6백 쌍이 넘는 멀쩡한 눈들이 지켜보았다. 강당 전체가 숨을 바짝 죽였다. 눈알이 구르고 있다. 연단에 설치된 마이크를 통해 구르는 눈알이 내는 부드럽게 갈리는 소리가 울려 퍼졌다. 지금 구슬치기의 구슬 노릇밖에 못하고 있는 이 눈알은 그의 생이 어떠했는지를 보여주는 증거였다. 승진에서 한 번 누락되었다거나 2년 동안 서독 출입을 못하는 금지를 먹었다거나 하는 정도가 아닌 것이다. 아니다, 그는 모든 것을 현금으로, 항상 현금으로 지불했다. 감옥, 사형선고, 자살 결사대, 시베리아, 그리고 유리안구. 이제 구슬치기용 구슬로 강등된 유리안구를 바라보며 그는 깨달았다. 나는 박물관의 전시품, 과거를 증언하는 지나간 증인에 지나지 않는다. 국가의 적도, 국가가 두려워할 대상도 아니다.

　　과거의 마녀사냥도 오늘에 와서는 지나간 얘기가 되었다는 것을 그는 알아야 했다. 15년이 걸려 이단의 마녀가 된 그였으나 이제 유리안구를 보면서 당연하고 평범한, 어쩌면 뻔하기까지 한 이념 때문에 치러야 했던

250

대가가 얼마나 비싸디비싼 것이었는지를 통감하고 있었다. 역사란 얼마나 욕심덩어리 이기주의자인 것인지. 역사는 가장 평범한 진리를 가르쳐주는 대가로 가장 가혹한 일들을 겪게 해준다. 문득 인생의 시간을 잘못된 곳에서 보냈다는 생각이 들었다. 순간 그는 반짝하고 잠깐 빛나다가 하얗게 꺼져갔다.

목 놓아 펑펑 울고만 싶었다. 마지막으로 운 것이 언제인지 기억나지 않았다. 눈이 망가지면서 눈물샘도 같이 파괴되어버렸는지 어쩐지, 그것조차 모르고 있었다. 그렇게 그의 눈물은 오래되었다. 사지가 굳어져서 일어나 연단 밖으로 나갈 수도 없을 것 같았다. 그는 눈을 감고 그의 유리 안구가 바닥에 떨어지는 소리를 들으며 왼쪽과 오른쪽에서 뜨거운 두 줄기의 물이 뺨을 타고 줄줄 흘러내리는 것을 느꼈다. 우는 것이 이렇게 쉬운 것이었구나, 놀라는 가운데에서도 두 눈에서 눈물이 나온다는 사실에 기뻤다. 자네도 다른 보통 사람들처럼 울 수 있군 그래, 프리츠 보데는 생각했다. 그리고 또 하나. 인생은 예순여섯부터, 즐거운 인생은 예순여섯에 시작이지.

청중들은 그 자리를 조용히 마무리함으로써 그를 배려해주었다. 사인회는 개최되지 않았다. 한 시간 늦추어 방송된 라디오는 보데가 **우리에겐 매니저가 필요합니다!**를 외치는 장면을 마지막으로 끝을 맺었다.

레나는 많은 것을 이해할 수는 없었다. 프리츠 보데는 역사책에만 나와 있고 실제로는 존재하지 않는 사건들이 가득한 인생을 살아온, 어디서 흠씬 두들겨 맞고 들어온 사람 같았다. 그러나 그가 이야기하기를 멈추고 유리안구를 꺼냈을 때 그녀는 그의 심정을 정확히 이해할 수 있었다. 그가 자기의 별이 지고 있는 것을 보고 있듯이 레나도 자기 별이 지는 것을 보았다. 보데의 별이 훨씬 더 높은 머나먼 하늘에서 지고 있다는 것을 알고는 있었지만 그래도 그와 동질감을 느꼈다.

어째서 끝난 것일까? 어째서 더 이상 전율을 느낄 수 없는 것일까? 집으로 돌아오는 길, 레나는 곰곰 생각했다. 날은 어두웠고 길 위에는 젖은 나뭇잎들이 내려앉아 있었다. 그것은 하늘로 흩뿌려지기에는 너무 오래되고 무거운 나뭇잎이었다.

7. 창공으로부터의 소식

한 시간이 넘게 발렌틴 아이히를 기다렸으니 충성의 표시로는 그만하면 충분했다. 알프레트 분추바이트는 비서에게 혹시 발렌틴에게 전화가 왔었냐고 물었으나 비서는 그로부터의 전화는 없었고 대신 알프레트 분추바이트의 아내 쥐빌레가 전화하여 퇴근길에 차로 마중 나와달라는 말만 했다고 전했다. "화가 나신 것 같던데요." 비서의 말이었다. 알프레트 분추바이트는 차에 올라탔다. 빨리 가야 했다.

화, 누구든지 요즘에는 화가 나 있었다. 쥐빌레 분추바이트도 화날 일이 있었다. 그녀는 노조위원장 리하르트 뮈체의 오른팔이었다. 그는 실세가 없는 힘없고 허약한 중늙은이였는데 그래도 우두머리의 명찰을 달고 있었기 때문에 권력자로 통하고 있었다. 그런 그가 표적이 되고 만 것이었다.

지난 월요일, 그는 엘프 99 방송국에서 나온 여기자의 친절한 급습을 받았다. 촬영 팀을 대동한 그녀는 아무런 사전 예고도 없이 그의 집 초인종을 눌렀다. 평소의 주장대로 인민에게 친근하게 다가가려면 촬영 팀을 집 안으로 모실 수밖에 없었다. 카메라맨이 집안 구석구석을 누비며 욕실

252

수도꼭지에서부터 음향 기기, 영상 기기, 숙녀화 수십 켤레 일체, 심지어 냉장고의 내용물까지 찍어대고 있을 적에 리하르트 뮈체는 자녀 교육에 문제가 있었음에 모든 잘못을 돌리고 있었다. 그는 무엇을 찍든 상관하고 싶지 않았다. 어쨌든 마침내 자신의 말을 들어주는 사람들이 온 것이다. 쉬지 않고 인민의 행복을 위해 일해온 것이 무엇인지 설명할 기회를 얻은 것이다.

그로부터 하루가 지난 화요일, 전날 찍은 화면이 방송을 탔다. 시청자들의 분노가 폭발했다. 9백만이 넘는 노조원은 배신감을 느꼈고 검찰 측은 수사의 필요성을 느꼈다.

리하르트 뮈체도 배신감을 느끼기는 마찬가지였다. 소중한 방송 시간이 한갓 쓸데없는 것들로 채워지고 있었다. 자기가 상냥한 여기자에게 했던 이야기들은 거의 방송으로 나오지도 않았고, 나왔다고 하더라도 원래 뜻과는 다르게 비춰지고 있었다. 대신 집에 설치된 사우나 시설의 나무문에 걸려 있던 보드랍고 폭신한 목욕 가운은 아주 세세하게 비춰지고 있었다. 누가 목욕 가운 같은 것에 관심이 있다고 저런단 말인가?

쥐빌레 분추바이트는 상관의 철없음에 거의 절망 상태였다. 내가 그의 오른팔이기는 하지만 그래도 그 정도로 골이 빈 자였다니! 어떻게 엘프 99 방송국에서 나온 사람들을 집 안에 들일 수가 있단 말인가! 촬영 팀을 집안 곳곳에서 마음대로 돌아다니게 놓아두다니! 어떻게 사람들이 목욕 가운에 관심 **없을** 것이라는 생각을 할 수 있단 말인가!

거기까지는 알프레트 분추바이트도 충분히 이해할 수 있었다. 노조중앙회 건물 앞에 차를 세우니 그새 큰일이 또 생겼는지 쥐빌레가 새로운 스트레스를 껴안고 차에 올라타 라디오 방송을 듣고 있는 알프레트 분추바이트를 방해했다. 라디오에서는 어떤 사람이 나와 쉴 새 없이 연설을 하고 있었는데 지난 몇 주간의 흥분의 울림이 느껴지는 그 연설을 듣고 있노라니 이상한 기분이 들었다. 지금 떠들고 있는 자는 이른바 예언자나 사회개혁자 종류인 것 같았는데 웬일인지 웃기고 있네 하는 생각이 들지 않았다. 정말 괜찮은 사람이 하나 나타났다 싶었다. 시간 가는 줄 모르고 듣고 있었는데 그때, 그의 아내가 분통을 터뜨리며 차에 오른 것이다.

검찰이 들이닥쳤다고 했다. 그들은 오후 1시가 조금 넘어 와서 수색 영장을 들이대며 직권남용과 부패 혐의로 수색한다고 했다. 리하르트 뮈체는 속이 뒤집힐 노릇이었다. 이젠 검찰에게까지 쫓기는 처지가 되었단 말인가!

자신에게 정치적 실권이 없는 것을 보상이라도 하듯, 리하르트 뮈체는 개인적 영달을 추구하는 데 대부분의 시간을 할애했다. 모든 것을 소유하게 되자 이제 그는 **무엇인가를 후세에 남기고** 싶어 했다. 그리하여 그는 도로의 이름을 변경하는 데 총력을 쏟게 되었다. 자신의 사후에 최대한 많은 거리가 자신의 이름을 따서 명명되기를 바라던 그는 면밀히 이 목표를 추구해나갔다. 베를린 시내의 거리를 어떻게 해보기엔 그의 역량이 좀 달렸지만 변두리 신설 주거 지역의 신작로라면 어떻게 해볼 수 있었다. 자신의 이름을 딴 거리가 생기건 말건 신경 쓰지 않던 인물들도 모두 자기 길 하나는 얻었는데, 억울했다. 그런데 그의 고향인 카를마르크스 시라면 시내 중심가를 공략해보는 것쯤 어렵지 않았다. 최고로 아름다운 거리로는 못 꾸밀지언정 최고로 아름다운 거리의 몇 손가락 안에 들 수 있게는 만들 수 있을 거야. 후에 리하르트 뮈체 슈트라세라는 이름으로 명명될 거리의 청사진을 그윽하디그윽한 눈길로 1백번째 쓰다듬고 있던 그의 사무실에 검사가 들어왔다. 다름 아닌 시내 구역의 거리 환경 미화를 위한 그의 노고를 보여주는 서류철이 책상 위에 놓여 있었으니 하나도 문제될 것이 없었다. "인민을 위해 일한 것이 직권남용이라면 얼마든지 잡혀가겠소!" 리하르트 뮈체는 이렇게 부르짖으며 수갑을 채워달라는 듯이 두 팔을 앞으로 내밀었다. "자, 어서요! 나는 아무것도 숨길 게 없소!"

쥐빌레 분추바이트는 그의 면상 앞으로 뛰어들고 싶은 심정이었다. 수색영장이 정당하냐 안 하냐를 따지거나 변호사를 부르거나 면책권 또는 국가 기밀을 이유로 들어 수색을 거부해야 할 마당에, 안으로 들이는 것도 모자라 검사가 원하는 것은 무엇이든지 쥐빌레 분추바이트를 시켜 대령시키고 있다. 그러고는 그 자신은 '금요일 오후 1시 이후는 각자 하고 싶은 일을 한다는 노동자의 모토'하에 집으로 가버렸다. 사건이 해결되는 대로 다시 정상 근무를 시작하겠다는 말을 남긴 채.

검찰 측이 그냥 전시용으로 건성건성 사건을 수사하고 있는 것이 아니라 정말로 리하르트 뮈체의 목덜미를 낚아채려 하고 있다는 것을 쥐빌레 분추바이트는 즉각 알아챘다. 검사는 정확한 곳에 치명적인 질문들로 가격하면서도 쥐빌레 분추바이트를 공범으로 의심하고 있는지 아니면 단순히 타자 치는 비서로만 여기고 있는지 짐작하게 하는 실마리는 전혀 제공하지 않았다.

"연대비(連帶費)에 대해서 묻더라구요, 알프레트! 그게 지금 몇억 마르크예요!" 그녀는 맥이 탁 풀린 듯 그렇게 외치며 차의 좌석에 주저앉았다. "연대비 가운데 외국으로 보내진 돈은 한 푼도 없어요. 다 여기서 불꽃놀이랑 축제 때 쓰인 비용으로 나갔어요. 아프리카 어린이들에게 돈이 돌아간 게 아니라 회의장에서 뷔페를 차리고 종이 국기 만드는 데 그 돈이 다 쓰였다는 사실이 밝혀지는 날에는 우리 어떻게 되는지 알아요?"

알프레트 분추바이트는 입을 꾹 다물고 있었다. 아내의 흥분을 달랠 도리가 없었다. 그는 라디오를 계속 듣고 싶을 뿐이었다. "발렌틴이 끌어다 모은 돈이 어떻게 되었나 남김없이 파헤쳐볼 작정을 하고 있는 거예요, 그 검사는. 그게 자그마치 서독 돈으로 공이 다섯 개 붙은 액수라고요!" 흥분이 조금도 누그러지지 않은 그의 아내는 계속 떠들었다. "결국 사무실까지 폐쇄하고 월요일에 수사를 계속한다고 하더라고요!" 그녀는 제정신이 아니었다. 흥분을 조금이라도 가라앉히는 데 도움이 될까 하여 그는 일단 무슨 말이고 꺼내고 봐야 했다.

"나는 오늘 발렌틴하고 약속이 있었는데 한 시간이 넘게 기다렸는데도 안 왔어."

"당연히 안 왔겠죠!" 쥐빌레가 화가 나서 소리 질렀다. "그 사람이 이 판국에 감자전 먹을 정신이 있겠어요? 판이 어떻게 돌아가고 있는지 알아챈 거라고요. 근데 당신은 뭐 하고 있는 거예요? 뭔가 대책을 좀 마련해봐요!" 그녀가 절망적으로 **대책을 마련해봐요!** 하고 부르짖고 나서 침묵이 찾아왔을 때 알프레트 분추바이트는 결의에 가득 찬 **우리에겐 매니저가 필요합니다**를 듣고 있었다. 그것은 마치 마술사의 주문과 같았다.

다음 날 알프레트 분추바이트는 아내의 성화에 못 이겨 서류철 몇 개를 주말별장의 헛간 속, 녹슨 쇠스랑들 사이에 숨겨놓은 상자에다 넣어두었지만 그래야 할 필요성을 전혀 느끼지 못한 채였다. 그것은 **우리에겐 매니저가 필요합니다**와는 너무도 거리가 먼 행동이었기 때문이다.

8. 도망자

발렌틴 아이히는 예순하나의 나이에 1미터 79센티미터의 키와 125킬로그램의 체중, 1천 마르크짜리 양복과 470마르크짜리 구두를 소유하고 있는 사나이였다. 알프레트 분추바이트가 봤을 때 그는 진짜 매니저였다.

발렌틴 아이히는 앞에서 나대는 인물이 아니었다. 재무부 장관, 경제부 장관, 경제 수석 등등은 다 다른 사람들에게 맡겼다. 그들은 책임을 져야 하는 인물들이었고 그는 뒤에서 줄을 잡아당기는 인물이었다. 오직 그 한 사람만이 모든 것을 알고 있었다. 그의 비서인 엘케와 아내 뤼디아만 제외한다면 말이다.

레오 라트케가 몸담고 있는 잡지사가 파헤친 바에 따르면 발렌틴 아이히는 특별임무를 맡고 있었다. 그의 임무는 말하자면 가난한 방앗간집의 딸*이 해내야 하는 일, 즉 지푸라기를 금으로 만드는 일에 비유할 수 있었다. 다시 말해 그가 맡은 역할은 외화를 국내로 끌어들이는 것이었다. 어떻게?라는 질문을 한다면 발렌틴 아이히의 대답은 '그게 쉬운 일이라면 내가 꼭 나설 필요가 없었겠지'라는 것이었다. 실제로 그에게서는 몇 세대가 지나고 나서 봐도 여전히 놀랄 만한 아이디어가 속출했다.

값싼 임금 덕분에 가끔씩 저가 상품 위주로 따내는 몇 가지의 굵직한 계약을 제외하면 수출은 거의 죽은 상태였다. 그 대신 양독 간의 친족 관계를 이용해 경제적 이익을 빨아낼 수가 있었다. 서독 거주인이 동독을 방문할 시 최소 환전금으로 25 서독 마르크를 25 동독 마르크로 바꿔야 했는데 이것은 한 사람이 하루당 바꿀 때의 금액이었다. 친족 두 사람이 온다면 50마르크, 주말 이틀을 묵는다면 벌써 1백 서독 마르크였다. 바꾼 동독 마르크는 모두 다 쓰고 가야 했다. 다시 바꿀 수도 없었고 서독으로 가지고 가는 것도 금지였다. 한편 주유소에서 차에 기름을 넣을 때는 동독

---

* 그림 형제의 동화 중 하나에 나오는 방앗간집 처녀는 아버지가 왕에게 자신의 딸이 지푸라기를 금실로 짤 수 있는 재주가 있다고 말하는 바람에 짚단을 금실로 만들라는 명령을 받고 성에 갇혀 어찌할 바를 모르고 울다가 난쟁이의 도움을 받는다.

돈을 쓸 수 없었다. 차량의 종류와 번호판으로 쉽게 식별이 가능했던 서독인들은 서독 화폐로만 주유할 수 있었다. 전국 주유소에 하달된 규칙이었다. 주유소에는 보통의 노란색에 빨간색 무늬가 들어간 주유대와는 별도로 녹색과 하얀색 페인트가 그어진 주유대가 따로 설치되어 노랑·빨강 주유대와 결국은 같은 지하 탱크에서 뽑아져 나오는 경유였지만 서독 마르크 전용으로 사용되었다. 녹색에 하얀색이 들어간 주유대에서 넣는 기름은 서독에서보다 항상 몇 페니히가 쌌다. 발렌틴 아이히의 계산으로는 모두가 이렇게 자발적으로 기름을 꽉꽉 채워넣을 경우 반드시 기름을 넣지 않으면 안 되는 몇 명에게 억지로 바가지를 씌우는 것보다 훨씬 더 많은 이익을 남긴다는 것이었다. 나라가 그렇게 넓은 것도 아니니 말이다.

또 한편으로는 인터숍 체인점이 있었다. 원래는 서독 사람들에게서 서독 마르크를 뽑아내기 위해서 생긴 숍이었다. 가족 전체가 서독에서 온 친척과 함께 인터숍에 온다고 가정해보니 발렌틴 아이히에게는 다른 좋은 생각이 떠올랐다. 누구든지 서독 마르크를 가진 사람은 다 드나들게 허가해야 한다. 이 작전은 서독에서 동독으로 선물을 보낼 때 현금을 보내는 결과를 낳았고 돈은 인터숍의 계산대를 거쳐 발렌틴 아이히의 계산대로 착륙했다.

이렇게 하여 서독 돈을 가진 사람과 가지지 못한 사람, 두 집단이 생겨나게 되었다. 정의로운 분배를 명분으로 삼아 통치권을 잡은 지배 세력으로서는 민감한 문제였다. 순전히 이론적으로 보거나 액면 그대로만 본다면 서독 돈이 없는 사람들에게 그것을 가질 수 있도록 해주는 것이 정부의 임무라고 할 수 있었다. 그러나 발렌틴 아이히와 그 일당들은 그럴 생각이 조금도 없었다. 그들은 돈 돌리기를 유지하기에도 바쁠 뿐, 사람들에게 꿈의 이상향을 만들어줄 수는 없었다. 외화벌이가 그의 임무이지 대외 홍보용 공산주의자를 자처하는 것이 그의 임무는 아니었다. 혁명의 낭만, 참 좋은 얘기이기는 하다. 우리 모두 한때 순진하던 어린 시절이 있었지만 장사를 하려면 현실감각이 있어야 하는 법이다.

총망라해보면 서독 돈으로 돈을 낼 수 있는 주유소인 인터탕크, 서독 돈으로 쇼핑할 수 있는 상점인 인터숍, 서독 돈으로 항공 티켓을 끊을 수 있는 인터플룩, 그리고 서독 돈을 내고 잘 수 있는 호텔인 인터호텔이 있었다.

그는 이렇듯 여러 곳에서 생기는 티끌을 싹싹 긁어모았다. 하지만 여전히 성에 차지 않았다. 그는 서독에 여러 회사를 차려 하나의 연결망을 만들기 시작했다. 허울뿐인 대표자를 가지고 서유럽 곳곳에 세워진 이들 회사는 소피텍스, 무지멕스, 코멕스 등등 여러 특색 없는 이름—이것 또한 발렌틴 아이히의 상상력에서 나온 것이었다—을 하고 있었는데 그들의 목적은 오직 하나, 외화벌이였다. 그것은 연합군 시절부터 금지되어 있었지만 발렌틴 아이히는 그 금지 규정을 뚫을 더 정교한 수법을 고안해냈다. 서독의 국가보조금 제도에 착안한 것이다. 즉, 방법은 이러했다. 소피텍스가 무지멕스로부터 1백 마르크를 주고 반제품을 구입하여 완제품으로 만들어 그것을 코멕스에 50마르크에 팔고, 무지멕스가 이 손해에 해당하는 금액을 국가에서 보조금으로 받는다면 완전히 이익이 나는 장사였다. 수법도 날이 갈수록 더 정교해졌다. 이 수법의 정교화 또한 발렌틴 아이히의 담당이었다.

위의 모든 수법이 레오 라트케의 잡지사가 며칠 전에 밝혀내어 보도한 내용이었다. 알프레트 분추바이트는 이 같은 분위기에도 불구하고 모두의 눈에는 사기꾼으로 비치는 그를 그로서는 당당히 친구라고 생각하며 공손히 기다렸었던 것이다. 그러나 발렌틴 아이히는 오지 않았다.

그 시각, 발렌틴 아이히는 빌머스도르퍼 슈트라세와 크루메 랑케가 만나는 교차로의 공중전화 박스 안에 울면서 서 있었던 것이다. 눈물이 볼을 타고 흘러 1천 마르크짜리 양복에 방울 지고 코에서 나온 것은 470마르크짜리 구두 위로 떨어졌다.

발렌틴 아이히는 도피 중이었다. 무엇으로부터 도망치는 건지는 몰랐지만 어쨌든 도망치고 봐야 할 것 같았다. 뒤에 숨어서 줄로 조정하던 때는 끝이 났다. 이제 그가 최고 중요 인물 중 하나라는 사실을 온 천하가 다 알게 되었고 일이 잘못 돌아간 데 대한 책임이란 책임은 다 그가 홀로 뒤집어쓰게 될 판이었다. 슈타지도 그들의 특기를 살려 그의 뒤를 쫓을 것이다. 그를 끝까지 몰아 처치해버릴 것이다. 그들이 발렌틴 아이히의 목을 쳐 군중 앞에 쳐들어 올리면 국민들이 그동안 자기네 슈타지에 대해 그릇된 생각을 가지고 있었다는 걸 증명해 보일 좋은 기회가 되는 것이다. 그는 그들을 알고 있었다. 그 자신이 그들과 한편이었기 때문이다.

발렌틴 아이히는 서독의 고위층과 선이 닿아 있었다. 그동안 도로 사용 요금이나 서독으로 탈출한 가장의 양육비 부담 비용, 서베를린의 쓰레기 수거 방법 등을 고위층 관료의 수준에서 서독 측과 협상하던 사람은 다름 아닌 그였던 것이다. 바이에른 주의 주지사와 통화하고 싶은 마음이 간절했으나 그는 이미 1년 전에 죽고 없었다. 씩씩거리며 숨을 벌렁거리던, 그 우악스런 바이에른 사나이가 살아 있었다면 여러 말 할 것 없이 바로 통했을 텐데. 그리고 그쪽도 발렌틴 아이히를 좋아하기는 마찬가지였다. 그는 **우리끼린데 어때** 하는 눈빛을 발렌틴 아이히와 교환하고 씹지도 않은 하얀 소시지를 입속으로 몽땅 삼켜버렸다. 발렌틴 아이히도 짧게 고개를 끄덕이고 나서 똑같이 했다. **우리끼리잖소.** 자기 자신이 가진 것과 같은 거대하고 막강한 분위기를 온몸으로 표출하고 있는 사람을 직업상 만나게 되기란 두 사람 다 아주 드문 일이었다. 그것은 유치원 때부터 계속 살아남은 본능이었다. 우리 둘이 뭉치면 이 골목은 우리 것이다.

이들 둘은 여러 면에서 비슷했다. 비열한 작은 눈도 같았고 사투리를 쓰는 것도 같았다. 주지사는 걸쭉한 바이에른 사투리를, 발렌틴 아이히는 베를린 사투리를 썼다. 그들은 또 어떤 면에서는 아주 달랐다. 주지사는 고개를 앞으로 빼고 어깨를 치켜올린 채 뚱뚱하고 짧은 손가락을 오므려 초조한 듯 갑자기 주먹 쥐었다가 폈다가 하기를 반복하며 손바닥을 바깥쪽으로 펼쳐 보인 자세로 서 있곤 했다. 마치 누구에게 금방이라도 달려들 듯한 기세의 술집 경호원 같은 인상이었다. 그에 비해 발렌틴 아이히는 레슬링 선수라고 할 수 있었다. 실제로 올림픽에서 금메달을 딴 경력까지 있었다. 그러나 그는 자아 정체성을 찾아 헤매던 신생국가의 스포츠 전설에 올랐던 그의 금메달 획득을 없던 일로 지우고 싶었다. 발렌틴 아이히는 광적인 침묵으로 일관하며 자신이 걸어왔던 생의 흔적을 몽땅 없앴다. 전설은 다시 씌어져야만 했다. 이제 전국의 어린이들은 동독 최초의 올림픽 금메달리스트는 볼프강 베렌트라는 이름의 권투선수라고 배우게 되었다. 그는 발렌틴 아이히보다 이틀 늦게 금메달을 획득한 사람이었다.

발렌틴 아이히는 비록 금메달리스트였던 과거를 숨길 수는 있었지만 레슬링 선수였던 것은 속일 수 없었다. 그는 유연하면서도 동시에 찌부러 뜨릴 것 같은 그 무엇을 가지고 있었다. 그의 몸놀림은 레슬링 선수의 몸놀림, 그것이었다. 본능적으로 어깨를 앞으로 약간 숙이고 약간 넉넉한 착지 자세에 팔꿈치를 엉덩이 쪽에 붙이는 최소한의 몸 신호를 사용해 사람들을 공간 안에서 이리저리 나누며 딱히 뭐라고 증명할 수 없는 강제성을 동원해 그가 원하는 질서를 만들어나가는 모습에는 강요하는 힘이 깃들어 있었다. 그가 어느 공간에 들어올 때는 탄력 있는 무릎을 조금 앞으로 굽히고 팔은 편안하게 늘어뜨린 자세로 상대방을 주의 깊게 살펴보며 평가하는 듯했고, 유유하게 걸어오는 동안 조금도 상대방에게서 눈길을 떼지 않았다. 아무렇지도 않은 듯 무심하게 하는 악수에서는 그의 완력이 전해져 왔다.

발렌틴 아이히는 레슬링 선수로도 성공했지만 또한 수완이 뛰어난 협상꾼이기도 했다. 협상을 레슬링 경기에서처럼 이끌어갔기 때문이다. 일단 잘 관찰하다가 결정적인 순간에 낚아채서 상대방이 손으로 땅을 쳐댈 때까지 물고 늘어지는 것이다. 협상 도중에 그는 상대방과 레슬링 경기를 펼친다면 어떻게 해야 할까 하고 상상해보곤 했다. 상대방이 앉는 자세를 고치면 그도 바로 반응했다. 그는 언제라도 승리를 이끌어낼 수 있는 기술을 쓸 수 있는 능력이 있었고 이로써 뭐라고 설명하기 힘든 종류의 열등감을 협상의 적수에게 안겨주었다. 이렇게 하여 그는 이상스레 부담 가는, 꺾기 힘든 협상자 중 한 명이 되었다.

그러나 전화를 할 때만은 그런 그의 특성이 전달되지 못했고 그 일이 있던 금요일 저녁, 그는 공중전화를 붙들고 있었다. 내무부 장관님과 통화를 원했지만 비서실까지 닿을 수 있었을 뿐이다. 장관인 파인레 박사님은 월요일이 되어야 통화가 가능하다는 것이었다. 급하신 용무라면 박사님께 어디로 전화드리라고 하면 될까요? 연락처가 없으시면 월요일까지 기다리셔야 합니다. 당신 때문에 파인레 박사와 전화 연결이 되지 않았다는 사실을 장관님이 알게 되면 댁의 사지가 네 동강 날 것이라고 발렌틴 아이히가 반대편 전화기를 잡고 있는 여인에게 아무리 강조해서 설명해도 비서실의 그녀는 마치 어린아이에게 하듯 발렌틴 아이히를 타이르는 것이었다. "아이히 씨, 제 말 좀 들어보세요. 어디로 연락을 드려야 할지, 이쪽에서 연락드릴 수 있는 전화번호가 없으시면 글쎄 월요일까지 기다리시는 수밖에 없다니까요!"

올림픽 금메달 선수였고 커다란 경제왕국의 설립자이자 수장인 그는 이제 어떻게 해야 할지 몰랐다. 그는 전화를 끊고 울었다.

아무도 날 보지 않았으면, 아무도 날 알아보지 못했으면 하고 그는 속으로 바랐다. 내가 왜 텔레비전에 나갔더란 말이냐! 국고가 비고 중앙은행이 국민들을 외화로 부강하게 만들어주지 못한다는 것을 말해주기 위해서였을 뿐인데, 그걸로 얼굴이 알려질 대로 알려져버렸다. 게다가 내 덩치에——제대로 된 이름으로 부르기로 하자——이 엄청난 상판까지 더하면…… 앞으로는 절대 이렇게 금요일 퇴근 시간 이후에 도피하지 않으리!

그는 공중전화 박스에서 나왔다. 1백여 미터 앞에 택시 승강장이 있었다. 줄지어 대기 중에 있는 택시의 맨 앞 택시 운전사는 터키어로 된 신문을 읽고 있었다. 외국인이다. 다행이다. 발렌틴 아이히는 생각했다. 외국인이니까 나를 알아보지 못할 테지.

그는 모아비트 지역에 있는 교도소로 가자고 했다. 그가 그곳에 도착한 시각은 9시 반이었다. 방탄유리 안쪽에 앉아 있는 공무원은 이 시간에 방문자를 맞는 일이 드물었다. 발렌틴 아이히가 그들에게 용건을 말하기도 전에 뒤에 있는 방탄문이 닫혔다. 독 안에 든 쥐 꼴이군, 발렌틴 아이히는 든든한 안도감을 느꼈다.

"자수하려고 왔습니다." 그는 이렇게 말하고 여권을 창구에 내밀었다. 공무원은 그의 여권을 받아 들고 한번 쓱 훑어보더니 구속영장이 내려졌느냐, 만일 그렇다면 언제부터 구속영장이 내려져 있느냐고 물었다. 발렌틴 아이히는 자기에게 구속영장이 내려졌는지, 언제 내려졌는지도 몰랐으나 "법적으로 볼 때 아마 틀림없이 구속영장이 발부되었을 겁니다" 하고 대답했다.

"무슨 혐의로요?" 공무원이 물었다.

"봉쇄 무역이요." 그는 가장 확실한 것부터 시작하자는 심산으로 대답했다. 국가보조금을 가지고 사기 친 것은 아직 밝혀내지 못했을 것이다. 그는 핵심 주동 인물로서 장막 뒤에 가려져 있었기 때문에 사건이 폭로된다고 하더라도 그에게까지 혐의가 오기는 힘들 것이다. 최소한 그가 만든 그물망은 정교하게 짜여 있었다. 막대한 금액의 세금을 뒤로 빼돌린 것도 아직 모르고 있을 것이다. 봉쇄 무역 하나만 나오게 될 것이 분명했다.

"그리고 또 있습니까?" 공무원이 물었다.

"첩보 활동이요." 발렌틴 아이히가 대답했다. 이 멍청이들은 이게 얼마나 큰 건인지 알고나 있는 건가. "내가 누군지 압니까?"

"그럼요." 공무원이 느긋하게 말했다. 옆 직원은 벌써 조서를 다 만들어가고 있었다. 발렌틴 아이히는 공무원이 어딘가와 전화 통화를 하고 있는 것을 보면서 두꺼운 유리가 그들 사이에 버티고 서 있는 것이 몹시 안타까웠다. 구치소 공무원이 상부로부터 무슨 지시를 받고 있다는 것만 추측할 수 있었다. 전화 통화가 끝나고 나서 발렌틴 아이히의 여권은 반 바퀴 돌아온 창구의 회전 선반 위에 얹혀서 다시 그에게 전달되었다. "구속 영장은 청구되어 있지 않습니다." 공무원은 짧고 간단하게 말했다.

발렌틴 아이히가 두려워하던 일이 일어나고야 만 것이다. "그러면 저는 스스로를 고발하고 싶습니다." 여권에 손도 대지 않은 채 그가 말했다. 그러지 말고 경찰서로 가시라, 하는 공무원의 권고에 지금 경찰서에 가봤자 이 사안을 이해하고 나를 즉각 체포해줄 사람이 없다는 주장을 내세워 경찰서로 가기를 거부하는 발렌틴 아이히의 끝없는 탄원이 이어졌다. 지금 도주 중에 있고 슈타지가 그의 목숨을 노리고 있는 상황에 처해 있기 때문에 체포당하기만 한다면 더할 나위 없이 반가운 일이라고 주장했다.

그래서 여기까지 온 것이라고 했다. 발렌틴 아이히는 이 공무원을 자기편으로 구워삶아야 일이 될 것 같았다. 하려고 하는 의지만 있다면 안 될 것이 없다. 그러니까 저 사람도 그렇게 하도록 내 손으로 만들면 된다.

하지만 공무원은 월요일에 경찰서에 가면 그의 자수 목적과 배경을 잘 이해할 만한 능력 있는 경찰들이 출근할 터이니 그렇게 하라고 권했다. 발렌틴 아이히가 말하길, 그것은 알겠는데 어쨌든 자기는 월요일까지 여기서 안전하게 구치되어 밤을 지내고 싶다고 했다. 두 공무원은 놀라 서로의 얼굴을 처다볼 뿐이었다. "서독 국가안보부에 전화 좀 걸어주시면 안 됩니까?" 발렌틴 아이히가 물어본다. "아니면 베를린 시청 내무국은 안 될까요? 월요일이 되기 전에 나한테 관심을 가지는 사람이 한 명은 있을 것 아닙니까!"

그러자 공무원은 수화기를 집어 올리며 다시 한 번 물었다. "국가안보부랑 시청 내무국이라고 했지요?" 이번에는 통화가 좀 오래 걸렸다. 전화를 끊고 나서 공무원은 "곧 이리로 전화 주겠답니다" 하는 말을 전할 뿐이었다. 이번 전화 통화도 책임자와 연결된 것은 아닌 듯했다.

공무원들은 담배도 피우고 신문도 읽다가 라디오를 듣기도 하면서 더 이상은 그와 대화하지 않았다. 뭉툭하고 정형화된 업무의 일상은 이런 희한한 상황마저도 그저 근무 규정에 나오는 조항 가운데 하나로 만들어버리고 말 뿐이었다. 근무 규정, 다 좋다 이거야! 하지만 이런 경우에도 지키라고 있는 것이 근무 규정이 아니잖아! 발렌틴 아이히는 부르짖고 싶었다.

공무원이 갑자기 수화기를 들었다. 전화기가 울리는 소리는 방탄 유리벽에 막혀 들리지 않았다. 통화는 짧게 끝났다. 그리고 공무원은 전화로 전달된 사항을 발렌틴 아이히에게 전했다. "시청에는 담당자가 월요일에 출근한다고 합니다. 그리고 국가안보부에 연락하는 일은 당신이 수감자가 아닌 이상 우리의 의무가 아닙니다. 월요일이 되기 전에는 어차피 거기도 사람이 없구요."

월요일, 월요일, 정말 지긋지긋한 월요일.

그때 두번째 공무원이 베를린 사투리로 웅얼웅얼거리면서 15년 근무에서 오는 무사안일의 지루함을 방탄벽 안에 풍기며 대화에 끼어들었다. "옷으로 주먹을 싸서 창문 하나 깨부순다고 여기 들어올 수 있다고 생각하면 착각이우. 여기서 나갔다가 다시 들어오려고 애들 몇 명이 그런 수작을 쓴 적이 있었는데 그래봤자 경찰이 와서 신분증 보고 벌금 딱지 하나 떼어주는 걸로 끝입디다. 잘 데가 없다면 저기 구호재단의 노숙자 수용소로 가보시구려."

발렌틴 아이히는 여권을 집어 들고 그곳을 나왔다. 원격 조정되는 출입문이 무례스럽게 활짝 열렸다. 국가의 외화 소득 담당자에게 노숙자 수용소에서 잘 것인지 스스로 결정하라니. 그는 직접 서독 국가안보부에 연락해볼까 하는 생각을 했다. 그러려면 일단 안내에다가 전화를 해야 할 것이고 안내에서는 또다시 월요일에…… 정말 어떻게 그토록 하나같이 천치 같을 수가 있을까? 그들이 그러고도 승리한 이유가 무엇이란 말인가? 금요일 저녁에서 월요일 오전 사이, 자기들에게 투항해오는 자를 만나주지 않는다는 것은 슈타지에서라면 말도 안 되는, 심지어 상상조차 할 수 없는 일이다!

호텔로 가서 잘 생각은 눈곱만큼도 없었다. 들킬 염려가 너무 많았다. 뭔가 특이한 아이디어가 없을까? 노숙자 수용소도 나쁜 생각은 아니었지만 그러기엔 그의 옷차림이 너무 좋아서 눈에 쉽게 띌 수가 있었다. 게다가 구호재단이라는 말에서 부다페스트 칠레베르츠 수용소가 생각나 입맛이 싹 가셨다.

그가 주장하는 이야기를 듣노라면 정신병원에 입원을 시켜야 딱 알맞을 지경이었다. 쫓기고 있다는 둥, 슈타지가 목숨을 노리고 있다는 둥, 내무부 장관, 국가안보부, 시청 내무국 등은 월요일이 되어야 만나준다는 둥…… 그 순간 번개같이 머리에 스치는 생각이 있었다. 교회는 어떨까? 교구 대표 목사인 리히트 교구장은 조용한 사람이다. 그는 **돈 받고 죄수 사주기**라는 끔찍한 이름으로 더 유명하던 수감자 양도 제도*에 관여하고 있는 사람이었다. 정치범이 풀려나 서독으로 올 때마다 서독 정부는 개신교 교단에 돈을 지급했고 이 돈은 다시 발렌틴 아이히가 만들어놓은 은행 계좌로 입금되었다. 매끄럽고 조용히 일을 처리하는 데 능숙한 실용주의자 리히트 교구장에게 물어보면 좋을 것 같았다.

쪽지에는 그의 전화번호가 적혀 있었다. 발렌틴 아이히는 근처의 공중전화를 이용하지 않았다. 모아비트 교도소는 동서 베를린 경계선 가까이에 있었고 양독 간 전화선이 언제나 폭주하는 관계로 경계선 부근의 공중전화는 단순히 전화 걸려는 목적으로 넘어온 사람들로 금요일 밤 11시 이후에도 북적거렸다.

그는 택시에 올라타서 택시 기사에게 전화국번을 보면 어느 구인지 알 수 있는가를 물어보았다. 택시 기사는 쪽지를 쓱 한번 보더니 "달렘이네요"라고 했다. 발렌틴 아이히가 20분 가까이 달려 내린 곳은 어느 공중전화 박스 앞이었다. 달렘에까지 전화 걸려고 오는 사람은 없겠지.

리히트 교구장은 아직 잠자리에 들기 전이었다. 발렌틴 아이히의 전화는 그로서는 너무 갑작스러운 것이었다. 그렇게 불쑥 하룻밤을 청할 만

---

* 동독이 정치범을 석방시켜 서독에 넘겨주는 대가로 서독이 동독에 돈이나 물자를 지급하던 정치범 양도 제도. 인도주의 차원이라는 명목으로 개신교단이 중간 역할을 했으며 통독 시가지 계속되었다.

큼 가깝게 지내던 사이는 아니었으니 말이다. 그렇지만 리히트 교구장은 딱 잘라 싫다고 말할 수 있는 사람도 아니었다. 그는 일단 근처의 한 호텔을 권했으나 발렌틴 아이히가 호텔 얘기에 얼마나 부들부들 떠는지 즉각 감지하고 이야기를 미적미적 돌리며 풀어갔다.

이것 참 곤란하네요

어떻게 해야 할지 정말 모르겠소!

밤에 갑자기 이러시면 어떡합니까

할 수 있는 건 다해봤소!

이거 너무나 급작스러워서 준비도 안 됐고

소파에서 자면 됩니다!

아침에도 드릴 게 없어요, 제가 다이어트 중이라서

상관없어요!

그럼 할 수 없지요, 주님의 이름으로 들어오십시오.

주님을 입에 올린 교구장은 스스로도 놀랐다. 감상에 젖지 않는 그는 모범 기독교 신자를 자처하고 싶은 생각은 절대 없었다.

그가 수화기를 내려놓자마자 발렌틴 아이히가 다시 전화를 했다. 주소를 물어보는 것을 그만 깜박했다고 했다. 10페니히 세 개만 집어넣었어도 통화가 되었을 것을 발렌틴 아이히는 이 전화를 하는 데 5마르크짜리 동전을 투입구에 밀어넣고 말았다. 작은 동전은 다 떨어졌지만 지금 그런 것을 따질 계제가 아니었다.

올림픽 금메달 선수였던 발렌틴 아이히는 마치 물 밖에 나온 고기의 심정이었다. 자신의 보디랭귀지에서 풍기는 억압적인 힘이 먹히지 않은 예를 세어보니, 전화로 하다 보니 그의 말을 자르기 쉬웠던 파인레 장관의 비서실장이 그 첫번째요, 그의 보이지 않는 위협에 끄떡도 안 하던 모아비트의 두 감독관이 그 두번째요, 항거하지 않고 십자가에 못 박힌 남자를 우상으로 삼고 있는 리히트 교구장이 그 세번째였다. 리히트 교구장이 앞 못 보는 사람이라고 해도 어차피 결과는 달라지지 않았을 것이라고 발렌틴 아이히는 생각했다.

리히트 교구장은 그를 서늘하고 무덤덤하게 맞으며 손님방으로 쓰이고 있는 욕실이 딸린 다락방으로 그를 안내했다. 시트가 씌워져 있는 침대가 놓여 있었고 욕실에는 수건이 걸려 있을 뿐 그 밖에 아무것도 없었다. "뭐 더 필요한 것이 있습니까?" 리히트 교구장이 귀찮다는 듯 물었고 발렌틴 아이히는 대답했다. "아~ 니요!" "내일은 언제 일어나시렵니까?" 교구장이 이어서 물었다. "글쎄요. 교구장님은 언제 일어나십니까?" "8시 반이요." "그럼 9시에 아침을 하기로 하죠?" 발렌틴 아이히가 주저하며 물었다. "말씀드렸다시피, 아침거리가 거의 없어요." 그는 이렇게 말하고 가버렸다.

그는 그 조그만 손님방에서 성경책을 발견했다. 교구장을 존중하는 표시와 함께 그의 세계를 알아도 볼 겸 해서 성경책을 읽어볼까 하는 마음이 일었다. 그러나 그에 대해 생각을 정리해보니 존경할 것도 없는 괴팍한 사람이라는 생각이 들었다. 한 번도 그에 대해 훌륭하다는 생각을 해본 적이 없었다. 교구장은 단지 고위급 공무원일 뿐 아무런 뛰어난 점도 없고 냄새나고 꽉 막혔으며 공허한 인간이다. 난 이 성경 안 읽을란다. 발렌틴 아이히는 대신 심야뉴스를 보았다. 그의 잠적에 대해서는 아직 아무도 모르는 모양이었다. 잘만 하면 월요일까지 버틸 수 있겠다.

다음 날 아침, 리히트 교구장은 그레이프 프루트로 아침식사를 시작했다. 발렌틴 아이히에게도 한 개를 권했는데 자기 것을 잘라서 나눠주지도, 과일 바구니에서 집어서 건네주지도 않았다. 과일은 이쪽으로 **굴러왔**

다. 리히트 교구장은 과일 바구니에서 과일 하나를 집어 식탁에 놓고 손바닥으로 탁 때려 발렌틴 아이히가 앉아 있는 쪽으로 데굴데굴 굴렸다. 발렌틴 아이히가 손으로 움켜쥐지 않았더라면 과일은 식탁 밑으로 떨어질 뻔했다. 리히트 교구장이 무턱대고 자기와 친목을 도모하고 싶은 생각이 없음을 그는 이해했다.

그는 자기가 현재 쫓기고 있는 처지이며 목숨이 왔다 갔다 하는 상황에 처해 있다는 점을 한쪽으로 염두에 두면서 다른 한쪽으로는 슈타지가 아무리 이를 악물고 위험한 일을 한다고 해도 모든 것에 전지전능하지는 않다는 점을 애써 강조하는 가운데 자기가 기본적으로 조심할 점만 지키면 그들이 여기까지 찾아올 리가 없다는 결론에 이르기까지, 생각을 꼼꼼히 정리해보았다. 아직 그가 탈주한 것도 모르고 있지 않은가. 발렌틴 아이히는 교구장에게 월요일까지만 머무를 수 있게 해달라고 청했다. 낮에는 집 밖으로 나가지 않겠다고 했다.

같은 시각, 한 시민모임에서 나온 시민들이 로스토크의 카벨스토르프 지역 항구 부근의 지하 창고로 진입을 시도하고 있었다. 회사 건물은 봉쇄되어 있었고 경비원들이 지키고 있었다. 정문에는 메텍스 주식회사라는 간판이 걸려 있었다. 발렌틴 아이히 제국 가운데 하나가 아닐까 하고 회사를 수상하게 여긴 스물서너 명의 로스토크 시민들이 갑자기 펜치, 쇠지레, 화염 절단기, 그 밖에 실제 쓰려고 하기보다는 상징적인 의미로 동원한 갖가지 작업 도구를 가지고 메텍스의 철조망 문에 서서 안으로 들어가려는 시도를 해 보았다. 역시 주변 마을 출신인 경비원들은 자기들이 감시하고 지켜야 하는 대상이 뭔지 모르고 있었던 데다가 호기심도 동해 순순히 협조해주었다.

지하 창고는 무기 창고였다. 아무도 생각하지 못했던 일이었다. 시민 모임은 원래 창고의 물건을 접수해 포르노와 캔맥주의 힘을 빌려 자신들의 원초적인 욕망을 해결하고자 하는 목적을 가지고 왔을 뿐이다.

그들 물건의 발견은 두 가지 의미에서 충격을 안겨주었다. 군대나 전투사단, 경찰이나 국가안보부만 무기를 가질 수 있는 줄 알았는데 이런 수상쩍은 회사도 무기를 소지할 수 있다는 것이 첫째 이유이고, 두번째 이유는 국가의 철석같은 절대원칙, 즉 공산주의 사회에서는 아무도 전쟁 준비를 하지 않는다는 믿음이 이번의 발견으로 인해 여지없이 흔들렸다는 점이다. 그것은 몰래 바지 주머니 속에서 주먹을 불끈 쥐며 사회에 울분을 토하던 사람들조차 평소에 믿어 의심치 않던 원칙이었다. 무기 수출이란 말도 안 되는 국민에 대한 우롱이었다. 사람들은 해명을 하라며 아우성을 쳤고 그들에게 해명을 해줄 수 있는 첫번째 인물은 발렌틴 아이히였다. 그러나 그는 종적을 감추었고 이미 텔레비전에서는 카벨스토르프의 무기 창고와 외화 유입 담당 발렌틴 아이히의 잠적 사이에 관련성이 있는 것으로 보는 저녁뉴스가 보도되었다.

이 시간에 발렌틴 아이히는 다락방에 홀로 앉아 어두워진 틈을 타서 '마니 분식집'에서 싸가지고 온 슈니첼을 먹고 있었다.

어디 간다고 하지는 않고 그냥 늦을 거라고만 말하고선 교구장은 집을 나갔다. 자기도 속이 편하진 않은 게지, 하고 발렌틴 아이히는 생각했다. 자칫하면 쉽게 손을 더럽힐 수 있는 사업을 통해서 알게 된 그를 이제 더욱더 공범으로 끌어들이고 있었다.

일요일 아침, 발렌틴 아이히는 예의상 아침식사를 하지 않았다. 월요일이 되자 그는 다시 내무부에 전화를 했다. 그동안 그의 도주는 국가의 위기라고 할 만큼 커다란 사건이 되어 있었다. 모든 수단이 동원되어 그를 추적하고 있었다. 발렌틴 아이히의 뚝심이 마구 흔들렸다. 낯선 집에 얹혀 있는 데다가 자기의 흉측한 얼굴 사진은 쉴 새 없이 텔레비전 화면에 나오고 있었다.

그는 내무부 장관에게 베를린으로 와서 자기를 데려가달라고 청했다. '모든 걸 다 말하겠다'고 몇 번이고 맹세했다. 자동차는 말할 것도 없고 기차나 비행기도 절대 타지 않겠다고 말하는 발렌틴 아이히에게서 내무부 장관은 그의 신경이 극도로 쇠약해져 있음을 눈치 챘다. 그러면 도대체 어떻게 여기까지 올 거냐는 장관의 물음에 발렌틴 아이히는 음울하게 대답했다. "나도 모르겠습니다." 기차를 타면 그 기차를 세우고 자동차를 타면 자동차를 가로막고 심지어 격추기를 동원해서 비행기까지도 착륙하게 만들 수 있는 것이 슈타지라고 그는 굳게 믿고 있었다.

내무부 장관은 발렌틴 아이히에게 제안하기를, 자기와 같은 정당 당원인 전 베를린 시장의 협조를 얻어줄 테니 비밀리에 비행기 맨 뒷줄에 앉아 오는 것이 어떻겠냐고 했다. 다른 승객들이 비행기에 오르기 전에 전 베를린 시장이 마련해둔 별도의 입구를 통해 비행기에 오르면 된다고 했다. 당연히 시장의 전용 운전기사가 그를 데리러 와서 비행장까지 안전하게 모셔다 줄 거라고 했다. 시끄럽지 않게 일을 처리하는 것. 발렌틴 아이히로서는 그 이상 어떻게 해볼 도리가 없었다. "그 맨 뒷줄엔 나 혼자 앉게 되는 거지요?" 그가 조그맣게 물었다.

"완전히 혼자지요." 내무부 장관이 약속했다.

9. 에를러 박사, 공식을 발견하다

토요일 정오, 흩어진 원고들을 다시 원래대로 해놓으려고 에를러 박사가 자신의 사무실에 들어온 순간 총무과뿐 아니라 이제 자신의 사무실에서까지 서랍에서 오래 묵은 종이가 내풍기는 큼큼한 냄새가 진동하고 있었다. 에를러 박사는 이 냄새가 싫었다. 그 냄새는 지나간 과거의 희망이 풍기는 냄새였다. 그는 더 이상 원고를 정리하고 싶은 생각이 없어졌다. 방에는 커다란 원고 더미 하나만이 남아 있었을 뿐이다. 모두 가치가 없는 원고들이었다.

에를러 박사는 지하실에서 대형 상자 하나를 가지고 와 낱장짜리 종이들을 그 안에 집어넣었다. 단어의 나열이나 반 토막짜리 문장, 문장의 서두 등이 계속해서 눈에 들어왔다. '사회주의는 ……할 수 없다' '그는 ……라고 굳게 확신하고 있었다' '확신의 부족' '굳건한 믿음' '사회주의를 믿고 있었다.' 그는 당 서기, 당 지구당 운영부, 가열한 비판, 동지, 개량 사회주의, 인간적 사회주의, 기타 사회주 등의 단어가 인플레이션을 이루고 있음을 발견했다. 그 단어들에서는 그들을 담고 있는 종이와 마찬가지로 얄팍하고 오래된 느낌이 났다. 키 작은 턱수염 시인이 왜 금요일 저녁에 한 줄 간격으로 친 원고 열두 장을 가지고 왔다가 그냥 바로 돌아가 버렸는지, 그 이유를 에를러 박사는 서서히 알 수 있었다. 글에 아무리 정교한 효과를 부여했다고 해도 키 작은 턱수염 시인 자신 역시 똑같은 말들을 쓰고 있음을 벌써 원고를 모으면서 알아차렸던 것이다.

그런데 원고 하나는 달랐다. 하얀 용지에 씌어진 물들지 않은 단어들. 별 의미도 하나 없는 무슨 사건을 잔뜩 설명하고 있는 문장들이었다. 그러나 에를러 박사는 눈을 뗄 수 없었다. 움직일 수도 없었다. 누가 쓴 글인지 그는 알았다. 금요일 오후에 그 첫번째 장을 읽은 적이 있었다. 다음 날인 일요일, 그는 한 줄 반 간격으로 친 나머지의 211장을 읽었다. 그리고 그 원고는 상자 안에 착륙하지 않았다.

발데마르가 소설의 소재에 관한 금기를 깨려고 그런 테마를 잡은 것은 아니었다. 그가 쓰려고 했던 테마, 즉 그의 테마가 우연히 금기시되어 있는 것뿐이었다. 그는 문학적 재능을 마음대로 펼쳐 보이기 위해 전문 스포츠라는 소재를 빌린 것이었다. 발데마르는 탈진, 고통, 두려움, 훈련, 환희, 힘, 속력, 도취의 순간을 말하고 싶었다. 검열이 없었다고 하더라도 발데마르는 결국 똑같은 것을 써냈을 것임을 에를러 박사는 알 수 있었다.

에를러 박사는 생각했다. 그래, 그게 바로 공식이야.

검열 폐지 하루 만에 그는 다음 출간될 책들이 무엇이 될지 짐작할 수 있었다. 검열과 아무 상관관계가 없는 책. 검열과의 싸움에 노련한 파르티잔들은—그들 중 하나는 금요일 저녁 그의 벨벳 소파에서 코를 골며 누워 있었다—지금부터가 고난의 시작이었다. 시대가 그들에게 안겨줄 수 있는 가장 최악의 사건이 검열의 폐지였다. 그래도 그들이 할 수 있는 것이 아직 가치가 있는지는 저절로 드러나게 될 것이었다. 확신이 없다면 그들은 스스로를 다시 정의 내려야 하겠지만 그들이 가진 재능이 거기에 따라줄지 그건 아무도 모르는 일이었다.

에를러 박사는 쓸모없는 원고가 가득 담긴 상자를 지하실에 갖다 놓았다. 그리고 그는 비로소 안도의 숨을 내쉬었다.

제4장
전복

1. 유디트 슈포르츠, 퉤 하고 뱉어내다

하필이면 면상을 숨기려고 눈앞에 펼친 바로 그 신문에서 바로 자기의 면상을 발견한 발렌틴 아이히를 실은 비행기가 착륙하던 바로 그 시각, 6백 킬로미터 동쪽으로 떨어진 팔라스트 호텔의 인터숍에서는 한 손님과 인터숍 부지배인 유디트 슈포르츠 간에 벌어진 언쟁에 레오 라트케가 끼어 있었다. 손님은 끝까지 동독 마르크로 물건값을 지불하겠다고 우기고 있었고 유디트 슈포르츠는 이 유치한 억지 요구를 거절하는 중이었다. 손님은 목청을 높이며 끈질기게 늘어지는 가운데 여기를 보라는 듯 고래고래 소리를 지르면서 가게 손님 중 유일하게 서독인으로 보이는 레오 라트케가 자기편을 들어줄 것을 은근히 바라는 눈치였다. 손님이 원하는 것은 소란이었고 레오 라트케가 원하는 것은 담배였다. 누구 편을 들어야 하는 이유가 그에겐 없었다. 그가 10마르크짜리 지폐를 계산대의 유리 진열장 위에 내밀고 담배와 거스름돈 6마르크 50을 받는 동안 옆에서 싸움은 전혀 수그러질 기색 없이 계속 진행되고 있었다. 이때 레오 라트케가 방금 받은 거스름돈을 그 손님에게 내보이며 "혹시 이 돈만큼 뭘 사시겠어요?" 하고 친절히 물었다.

거스름돈이나 몇 푼 쥐어주는 것으로 싸움에 순식간 종지부를 찍으며
자신에게는 하찮은 6마르크 50을 어떻게 써야 할까라는 생각으로 그 손님
을 더욱 혼란스럽게 만들고자 하는 아이디어는 그의 정밀한 사디즘에서 비
롯된 것이었다. 손님은 정말로 레오 라트케의 친절한 말투에 걸려들어 그
가 직접 보는 앞에서 물건을 고르겠다고 부득부득 우겼다. 방금까지 손님
과 싸우던 판매원이 지켜보는 가운데 그 말 많은 손님은 카세트테이프, 잼
이 든 하트 모양 렙쿠헨,* 틱탁 비스킷, 젤리, 아이스크림, 몽셰리 초콜릿
을 고르고 스마티 알알초콜릿 대형 포장을 골랐다가 다시 보통 크기로 바
꿨다. 6마르크 50이란 돈은 큰돈도 아니었지만 남길 생각도 없었다. 이렇
게 저렇게 물건을 짜맞춰본 후에 계산대에 뜬 액수는 6마르크 70이었다.
손님은 바라는 눈빛을 하고 레오 라트케를 쳐다보았지만 그는 끄떡하지 않
았다. 그는 그 돈으로 남을 도와주려고 했던 것이 아니라 6마르크 50짜리
실험을 한번 해보고 싶었던 것이다. 손님은 다시 상품 구성을 재개하여
딸기맛 마시멜로와 초콜릿 강정을 새로 추가하고 두플로 초코바와 레이더,
바운티 초코바도 옆에 늘어놓았다. 퍼즐이 오래 걸리면서 점점 귀찮아지
기 시작한 손님은 결국 결정을 내렸다. 초콜릿 강정 한 개, 스마티 알알초
콜릿 대형 포장 하나, 하리보 딸기맛 마시멜로, 거기다 틱탁 비스킷을 더
하고 나니 정확히 6마르크 50이 나왔다. 손님은 '아이히와 그의 장사'에
대해 뭐라고 으르렁거리더니 감사의 인사도 없이 가버렸다.

유디트 슈포르츠는 1989년 가을만 생각하면 지긋지긋했다. 그때 겪은
고생이 말도 못했다. 얼마 전까지만 해도 260제곱미터 크기의 가게에 오

---

* 계피, 생강, 정향 등의 향료가 들어간 주로 겨울철에 먹는 부드러운 전통 과자.

는 손님은 적어도 하루에 1백 명이 넘었다. 계산대가 13개에 한 교대당 열 여섯 명의 판매원이 손님을 맞고 있었다. 그러다가 동서가 열리자 그것으로 끝이었다. 서독 돈이 있는 사람들은 서독에 가서 물건을 살 수 있었다. 아직 인터숍에서 물건을 사는 사람들은 호텔 투숙객이 아니면 중과세를 물지 않는 담배나 술을 사려는 관광객들뿐이었다.

겉으로만 보면 유디트 슈포르츠는 조용한 나날을 보내고 있는 것으로 보였다. 그러나 그녀가 몇 달 전부터 노리고 있는 것은 팔라스트 호텔 의전부(儀典部) 부장의 자리였다. 그녀가 그 계획을 품게 된 것은 인기가수 롤란트 카이저*가 그녀의 인터숍에 와서 담배 한 보루를 사간 일이 있고 나서였다. 그녀는 그를 단번에 알아보았다. 한 달에 얼마간의 서독 돈을 지급받고 있던 그녀는 스스로가 사들일 생각으로 진열대에 남아 있던 그의 레코드판 다섯 개에 모조리 사인을 받았다. 그 인기가수를 영접하는 위치에 있는 의전부 부장이 너무 부러웠다. 부장이 정말 아무렇지도 않게 사무적으로 그 일을 하는 것이 또 한편으로는 부끄러웠다. 그가 「산타 마리아」와 「당신을 사랑한다는 것」을 부른 가수를 대하는 태도는 형식적이기 그지없었다. 그러나 그 유명 가수는 유디트 슈프로츠에게 담배를 살 때 기분이 좋았는지 그녀와 유쾌한 농담을 나누기까지 했다. 이것이 유디트 슈프로츠가 의전부 부장이 자기에게 딱 맞는 위치라고 생각하게 된 계기가 되었다. 원래 인터숍의 지배인은 스물네 살의 나이에 임신을 해서 출산 휴가 중에 있었기 때문에 유디트 슈포르츠가 지배인 대리로 숍을 운영하고 있었다.

9월 초부터 그녀는 지역 평생교육원에서 하는 프랑스어 강습에 다니

* 롤란트 카이저(Roland Kaiser, 1952~): 독일의 인기가수. 장년이 된 지금도 활발한 활동을 하고 있다.

며 직장 상사와 내연의 관계를 시작했다. 직장 생활의 성공을 보장하는 콤비네이션이었다. 지금 현재 있는 의전부 부장은 곧 퇴직을 앞두고 있었고, 인터숍의 지배인 대리로 있는 그녀가 특별한 출세의 길을 걷기 위해서는 역시 특별한 방법이 필요했다. 의전부 부장은 비행 공포증으로 주류에서 떨어져 나온 구 외교관 출신이었다. 그에 비해 그녀는 국내 상거래 전공으로 대학교 공부를 마친, 말하자면 판매 유통 전문이었다. 최대한 관대하게 봐준다고 하더라도 의전부 업무에 적합하다고 할 수 있을까 말까 한 경력이었다. 알프레트 분추바이트로 하여금 근엄함 그 자체이며 멋대가리 없는 저 백발의 자동 경례 로봇의 후임으로 그보다 훨씬 더 상큼한 활력을 가져다주는 얼굴 마담을 앉히도록 하고 싶었다. 알프레트 분추바이트가 '새로운 활력'과 '유디트 슈프로츠'를 동의어로 생각하게끔 하는 것이 그녀의 제1차 목표였는데 그 전망은 꽤 밝아 보였다. 그녀는 알프레트 분추바이트보다 열두 살이 젊었고, 일단 나이는 둘째치고 보더라도 아름다웠다. 그녀는 검은 머리, 검은 눈동자와 남국의 피부색을 지니고 있었다. 그리 크지는 않지만 그녀의 가슴은 눈에 띄었다. 그녀의 몸 중에서 큰 것은 하나도 없었다. 치아는 하얗고 다리는 가늘고 탄탄했다. 사람들은 언제나 그녀의 약간 위로 들린 코끝을 가지고 말하기 좋아했다. 남편인 하겐도 즐겨 '들창코' '꼬마 들창코' 또는 줄여서 '들코'라고 부르곤 했다. 그 이유를 알 수는 없지만 남자들은 언제나 그녀의 코에 자극을 받아 성적 환상의 날개를 펼치곤 하는 것처럼 보였다.

유디트 슈프로츠는 두 달 전부터 알프레트 분추바이트와 1주일에 한 번 잠자리를 같이하고 있었다. 너무도 간단하고 쉬운 일이었다. 그는 자기 앞으로 호텔 객실 하나, 즉 8062호를 쓰고 있었는데 인터숍의 내부 수리에 대해 의논드릴 게 있다는 명목으로 8062호에서 그와 처음 단둘이 만나고 난 후부터 유디트 슈프로츠가 계획한 일은 저절로 풀려나갔다. 그녀의 상관도 다른 남자들과 전혀 다르지 않았다. 허공을 게슴츠레 쳐다보는 눈을 하고 불타는 욕정을 애써 참는 듯한 소리를 목에서 뱉어내며 실수 또는 우연을 가장하고 살짝살짝 손을 대니 그는 과거에 맹세했던 당신만을 사랑하리를 잊고야 말았다. 그녀는 그가 자기를 또다시 만나지 않고는 견딜 수 없도록 만들었다. 그리하여 이제 그는 1주일에 한 번 인터숍에 전화를 걸어 8062호로 그녀를 불러내고 있었다.

그 월요일도 알프레트 분추바이트에게서 전화가 왔다. 2시 15분까지 8062호로 와달라는 전화였다. 월요일에는 언제나 3시에 보고회가 있었고 그들에게 주어진 시간은 그때까지였다.

그런데 유디트 슈포르츠가 매장을 가로질러 나가려고 할 때 한 손님을 둘러싸고 소란이 벌어지고 있었다. 판매원 여러 명이 둥그렇게 모여 유디트 슈포르츠를 보고 어떻게 좀 해달라는 눈빛을 보내고 있었다. 동독 국민이 서독 마르크로 180마르크나 되는 물건을 사면서 끝까지 동독 마르크로 지불하겠다고 하니, 그녀로서는 이 문제를 그냥 모른 척할 수 없었다. 인터숍 직원들은 요사이 저런 한심한 손님들을 부쩍 많이 상대해야 했다. 이제 곧 성탄절이 다가오는데 애들에게 뭘 선물해줘야 하지 않겠냐고 손님은 열을 냈다. 그로서는 그 작전을 몇 년에 걸쳐 생각해낸 것이 분명했고 이제 품에서 꺼내 공연을 펼쳐 보여야 할 때가 다가온 것이다. 그의 주장에 따르면, 서독인이 1:1의 환율로 서독 돈과 동독 돈을 바꾼다면 그도 역시 국가로부터 서독을 위해 구입된 물자를 똑같이 일대일의 환율을 적용해 동독 돈으로 사들일 수 있다는 것이었다. 그러고서 그는 인터숍에 있는 모든 사람이 다 들으라는 듯 "우리는 민중이다!"를 큰 소리로 삼창했다. 그것은 단순한 음절의 낭독이 아니라 주장과 요구와 증명의 한 연결고리로 내보이는 행위였다. 그가 목청 높여 제시한 논증은 동독 돈, 동독 마르크, 알루미늄 돈,* 서독 돈 180 등과 같은 단어로 화려하게 수놓여 있었다. 유디트 슈포르츠에게는 그의 정체가 뻔히 들여다보였다. 지난 수십 년 동안 얌전하게 DDR 마르크, D 마르크(서독 마르크), 통용 외환,** 외화 등의 공식적인 명칭을 쓰다가 지난날의 한을 풀고 싶은 듯 영웅처럼 날뛰는, 갑자기 제 세상을 만난 쫀쫀이인 것이다. 우리 매장에서는 자유로이 환금이 가능한 화폐로만 물건을 살 수 있으며 서베를린에서도 동독 돈을 받지 않는 것과 마찬가지 이치이다 등등 10분 동안 손님에게 설명을 하고 있는데 갑자기 그 손님이 괴상한 소리를 지르며 상품이 가득 든 바구니를 낚아챘다. 이제는 약탈이라는 명목까지 붙이려고 하는구나 하는 생각이 들었다. 단순한 절도가 아닌 봉기를 일으키고자 하는 것이 그 손님의 목적이었다. 인터숍을 약탈하는 것은 그들이 기본적으로 꿈꿔온 환상 가운데 하나였고 특히 요새 들어 사람들이 간이 커지면서 누구나 조금씩은 체제 반항적이 되어 있었다. 점잔 빼고 있는 이는 아무도 없었다. 이제는 그녀의 인터숍에서도 질서와 혼돈 사이의 힘겨루기가 벌어지고 있었다.

인터숍에서 약탈 행위가 일어나지 않았던 이유는 장벽의 붕괴 후 내국인 고객이 전혀 오지 않고 있다는 단순한 사실에 기인하고 있었다. 봉기의 횃불에 동참하는 사람은 아무도 없었다. 그 손님은 4주 늦게 뒷북을 치고 있었다.

어떤 호텔 투숙객이 쫀쫀이에게 사탕 몇 개를 쥐어주고 집에 보내고

---

* 동독의 동전은 알루미늄을 주재료로 만들어져 있었다.
** 동독에서 통용 외환Valuta이란 환금성이 있는 서방의 돈, 주로 서독 마르크, 미국의 달러화, 그 외 서유럽 국가의 화폐를 의미했다.

나서야 사건의 어이없음은 더욱 극명해졌다. 그러는 동안 유디트 슈포르츠는 거의 20분 가까이 시간을 흘려보내고 있었다. 그녀가 알프레트 분추바이트와의 섹스에서 어떻게든 조정해보아야 하는 시간이었다. 두 사람 모두가 보고회에 늦게 나타날 수는 없는 일이었다. 그들의 관계는 비밀이었으므로.

알프레트 분추바이트는 목욕 가운 차림으로 그녀를 맞았다. 드러내놓고 깜박이는 신호였다. 지난주에 그녀는 발기부전 문제의 해결을 구강을 이용한 애무로 거들어달라는 그의 말도 안 되는 요구를 거절한 바 있었다. 씻지 않은 상태에서는 싫다고 했다. 이제 그는 보라는 듯 목욕 가운을 입고 '인민회사 베를린 화학'이 인터호텔 체인점을 위해 개발한 목욕비누 냄새를 맡아보란 듯 풀풀 풍기면서 그녀 앞에 서 있었지만 그녀는 여전히 그의 물건을 입에 넣고 싶은 생각이 없었다. 보통의 방법을 써서 단단하게 만들어 자기 안으로 넣고 일을 마무리한 다음 옷을 입고 엘리베이터를 타고 내려가 회의실에 착석해야 하는데, 그녀에게 남은 시간은 딱 20분이었다. 침대 옆의 작은 탁자에는 시간이 되면 라디오가 켜지는 알람 시계가 붉은 색깔로 시간을 알리고 있었다. 그녀는 이제부터 계속 시간을 들여다볼 작정이었다.

유디트 슈포르츠는 알프레트 분추바이트에게 바싹 다가서서 헤어스프레이와 땀과 진하며 달콤한 푸아종 향수가 어우러진 향기가 그를 감싸게 될 것을 기대했다. 끝내주는 조합이었다. 그녀는 V자로 파인 목욕 가운의 옷깃을 잡고 손가락 끝으로 그의 가슴 위를 훑었다. 그녀는 그의 숨이 가빠지는 것을 느꼈다. 그의 속에 있는 무언가가 도끼질을 치면서 욕망이 발동하기 시작했다. 지금 그의 물건을 손에 쥔다면 그것은 물렁한 물체가 아닌, 점점 커져가며 제 모양을 찾아가는 물체일 것이다.

그녀는 그의 목욕 가운을 더 뒤로 열어젖히면서 그에게 좀더 바싹 다가갔다. 향기로 그를 더욱 어지럽게 만들고 애타게 할 생각이었다. 맥박이 뛸 때마다 진동은 강도를 더해갔다. 그녀 가슴의 봉우리 끝부분이 그의 살갗에 살짝 스쳤다. 그로 하여금 블라우스와 브래지어 속에 감춰져 있는 그녀의 젖꼭지를 느끼며 그 간지러운 감촉을 즐기게 할 차례였다.

"엘리베이터 안에서 팬티를 벗었어요." 그녀는 허스키한 목소리로 낮게 속삭이며 신음을 내뱉었다. 그러고는 그의 물건을 손에 쥐었다. 됐어. 이만하면 오늘은 입에 넣지 않아도 되겠어. 이젠 별다른 애무 없이도 그녀의 몸에 넣을 만한 상태가 되어 있었다. 2시 21분. 19분이 남아 있었다.

"왜 이렇게 늦게 왔소?" 그가 물었다. 속삭이지도 않았고 짜릿한 순간을 그대로 놔두지도 않았다. 어떻게든 펠라치오를 시키기 위해 애써 자신의 흥분을 가라앉히려고 하고 있음이 분명했다.

"소동이 있었어요." 자극적인 분위기를 유지하면서 그녀가 대답했다. "그렇지만 다 해결됐어요."

"무슨 소동?" 그가 정색을 하고 물었다.

"이따가 보고회에서 얘기할게요. 우선 우리……"

"무슨 소동이었냐 말이오?"

유디트 슈프로츠는 유혹녀의 역할을 더 이상 계속할 수가 없었다. 그녀는 지배인과 업무상 대화를 해야 하는 담당자로 돌아와 있었다.

"동독 돈으로 계산하겠다고 우기는 손님이 있었어요. 온통 난리를 피우고 물건이 든 바구니를 강제로 빼앗아가려고 하는 통에 자리를 뜰 수가 없었어요."

"손님이?" 알프레트 분추바이트가 물었다. "무슨 손님인데?"

"바깥쪽 손님이요." '바깥쪽'이란 강도를 완화한 표현이었다. 공식적으로는 '동독 국민'이란 호칭이 있었지만 팔라스트 호텔에서는 욕이나 다름없이 취급되고 있었다. 그것은 빈약한 경제적 수단을 가진 자, 즉 서방의 돈을 가지지 못한 자를 의미했다. 유디트 슈프로츠나 알프레트 분추바이트 모두가 동독 국민에 속해 있었지만 그들이 말하는 '우리'라는 것은 팔라스트 호텔의 직원이었고 '바깥쪽 사람들'은 동독 국민을 말하는 것이었다.

"동독 사람이었단 거요?" 알프레트 분추바이트는 성이 잔뜩 나서 물었다. 유디트 슈프로츠는 계획이 허물어져가고 있음을 느꼈다. 알프레트 분추바이트는 방 안을 성큼성큼 걸으며 왔다 갔다 했다. "이제 그들은 자기네들이 가진 돈으로 인터숍에서 쇼핑할 수 있다고 생각하고 있단 말이지? 그러려고 벌써 몇 주째 민주주의, 민주주의 하는 아우성을 치고 있는 건가? 이런 게 정말 민주주의라면 됐다고 해!"

"알프레트……" 그녀가 달래는 투로 애원해보았지만 이제 소용없었다.

"한 가지만 알아두시오. 이 인간들을 물리칠 수 있는 방법은 없소. 성탄절쯤이면 신(新)포럼인가 뭔가 하는 그것들이 인터숍을 자기네 손아귀 안에 쥐고 흔들 거요."

"아닐 거예요." 그녀의 이런 위로는 별 소용없었다. 알프레트 분추바이트는 현실로 돌아와 다시 발기부전이 되어 있었다. 그러나 아직 16분이란 시간이 남아 있었다. 그들은 다시 두번째 시도에 들어갔다. 그녀가 그를 아까처럼 자기 앞에 세웠다. 치마의 단추를 열고 지퍼를 내리고 검정과 갈색의 무늬가 들어간 블라우스의 리본을 풀어 내렸다. 엉덩이를 가볍게 살짝 움직이자 치마가 허리에서 흘러내렸다. 손가락 마디 정도만 남기고 면도한 그녀의 털이 알프레트 분추바이트의 눈에 들어왔다. 팬티는 이미 벗어던졌다는 말은 정말이었다.

그녀는 가슴을 앞으로 내밀며 어깨를 뒤로 한껏 젖히고 등에 걸친 블라우스를 끌어내리면서 남은 옷가지를 벗어 내렸고 이제 몸에 걸쳐 있는 것은 브래지어와 구두뿐이었다. 그 두 가지는 벗지 않았다. 알프레트 분추바이트가 볼 때, 섹스에서 구두는 방해되기도 했지만 한편으로는 옷 입을 때 시간을 절약하게 해줘서 편리하기도 했다.

알프레트 분추바이트의 목욕 가운이 벗겨져 바닥으로 흘러내렸다. 위기의 시대를 헤쳐나가야 하는 짐을 짊어진 총지배인으로 다시 돌아가지만 않아준다면 발기는 이대로 지속될 것 같았다.

벌써 몇 년째 섹스에서 발기 상태를 유지시키느냐 마느냐에 모든 관심이 총동원되고 있었고, 유디트 슈프로츠에게는 정말 지겹고 싫은 일이었다. 알프레트 분추바이트만 그런 것이 아니라 남편인 하겐도 그랬다. 하겐은 직업 배우였고 그녀보다 나이가 적었다. 자기와 할 때 문제를 겪는 것이 혹시 그가 동성애자라서가 아닐까 하는 것이 유디트 슈프로츠의 짐작이었다.

알프레트 분추바이트가 침대에 누웠다. 그녀가 그 앞에 무릎을 꿇고 앉았다. 그는 콧김을 힝힝거리며 총에 맞은 짐승처럼 겁이 든 눈을 하고 누워 있었다. 그녀가 왼손으로 페니스를 만지작거리기 시작하자 알프레트 분추바이트는 겁이 났다. 그녀는 손가락에 힘을 완전히 빼고 짓누르거나 할퀸다는 느낌을 주지 않으려고 손끝으로 조심스럽게 문질렀다. 길게 기른 손톱이 상대방에게 거세 공포증을 유발할 수도 있다는 사실을 그녀는 하겐과의 경험으로 알고 있었다.

시계를 한번 쳐다보고 나서 그녀는 보통 방법으로는 작업을 시간 안에 끝낼 수 없다는 판단을 내렸다. 그는 여태껏 한 번도 10분 안에 끝낸 적이 없었고 보통은 거의 20분이 걸리곤 했다. 베를린 팔라스트 호텔의 의전부장 자리를 노리고 있는 인터숍의 지배인 대리 유디트 슈포르츠는 그리하여 결단을 내렸다. 알프레트 분추바이트의 두 다리 사이에 무릎 꿇고 앉은 그녀는 눈을 질끈 감고 롤란트 카이저를 머릿속에 그리며 그의 것을 입에 물었다.

그가 원한 것은 다름 아닌 이거다. 방금 그렇게 화를 낸 것도 다 이러고 싶어서 그런 거야! 내가 그렇게 공들여서 만들어준 걸 차버리고 결국 시간에 쫓겨 이런 방법을 택할 수밖에 없게 만든 거지. 그의 페니스를 입술로 감싸고 회전 동작을 하며 위아래로 올라갔다 내려갔다 하면서 그녀는 의식을 다른 먼 곳으로 여행 보내버렸다. 그녀는 '이 짓거리'를 하게 만든 그 손님을 생각했다. 하지만 그 손님 같은 사람은 이제 한둘이 아닐 것이다. 그런 소동도 모자라서 결국 상관의 물건을 빨아야 하다니.

유디트 슈포르츠는 1989년 여름을 증오했다. 그 여름은 조금도 그녀를 봐주지 않았다.

그건 그렇고 그는 일을 마무리지을 기미가 보이지 않았다. 그렇게 달아올랐으면 2분 안에 끝이 나야 정상이었다. 또 무슨 생각에 빠진 모양이다. 무슨 생각을 그렇게 많이 하는지. 그는 걱정거리로 꽉 차 있다. 난 저런 처지는 되고 싶지 않다.

그때 유디트 슈포르츠의 머릿속을 번개처럼 때리는 생각이 있었다. 그녀는 알프레트 분추바이트의 페니스를 마치 껌을 뱉을 때처럼 뱉어냈다. 그녀는 알프레트 분추바이트도 이제 끝났다는 것을 알아차렸다. 그녀를 의전부장으로 만들어줄 사람이 그 누가 될지는 몰라도 알프레트 분추바이트는 확실히 아니었다. 분추바이트 자신이 6주 이상 계속 총지배인으로 버틸 수 있을지도 위태로운 상황이었다. 더 이상 그런 놈의 물건을 빨 필요는 없다.

"갈 시간이 됐습니다." 유디트 슈포르츠가 이렇게 말한 것은 3시 9분 전이었다. 그러고선 옷을 챙겨 입고 나갔다. 3시 7분 전에는 회의실에 앉아 있게 될 것이다. 회의가 시작하는 시간보다 7분 먼저. 그 7분은 알프레트 분추바이트를 절정의 순간으로 끌어올릴 수 있었던 7분이다.

알프레트 분추바이트는 몸을 일으켜 세우고 천천히 옷을 입었다. 시간을 재촉해야 하는 것은 아니었다. 그는 기분이 상했고 무시당했다는 느낌이 들었다. 아직 이대로 밀려날 수는 없었다. 그의 절친한 친구가 공공의 적으로 내몰려 서독으로 내뺀 것은 사실이다. 검찰이 아내가 일하는 사무실을 거꾸로 들고 탈탈 턴 것도 사실이다. "알프레트, 뭔가 대책을 좀 마련해봐요, 대책을!" 하고 그녀는 소리 질렀었다. 소리 지르기는 쉽다. 그는 도대체 어떻게 손을 써야 할지 알 수 없었다. 어떤 행동이 하지 말아야 할 것이고 어떤 행동이 해야 할 행동인지조차 알 길이 없었다.

그러나 이제 3시 3분 전, 그는 거울 앞에서 넥타이를 고쳐 매면서 자신이 원하는 바가 무엇인지 분명히 깨닫고 있었다. 유디트 슈포르츠를 다시 침대로 끌어들이고 말 것이다. 6분 전에 끊겼던 바로 그 지점에서 다시 계속하게끔 하고야 말 것이다. 페니스를 입에 넣는 것이 신상에 이로운 일이라는 것을 다시 깨닫게 해주는 상관이 될 것이다. 그렇게 할 것이다.

알프레트 분추바이트는 그렇게 해서 그날 저녁 준비 태세에 돌입했다.

2. 알프레트 분추바이트의 일생에서 가장 창피한 순간

알프레트 분추바이트는 벽난로 바의 제일 구석, 호텔 프런트와 창문 너머 호텔 출입구가 보이는 자리에 앉았다. 그가 앉아 있는 자리는 어두컴컴해서 사람들 눈에 거의 띄지 않았다. 그는 15분마다 한 번씩 자리에서 일어나 사람들 눈을 피해 로비 구석에 장식으로 놓여 있는 큰 화분 곁으로 건너가 화초를 돌보는 척했다. 그러나 실은 장청소를 하고 있었을 뿐이다.

그의 직업상 기다리는 일은 다반사였고 알프레트 분추바이트는 일거리가 없을 때 행하는 이 '일거리'에 대해서 가끔 생각해보곤 했다. 권력에 대해 그가 내리는 정의는 '다른 이를 기다리게 할 수 있는 권리'였다.

그에 따르면 기다림에도 종류가 있었다. 가장 많이 볼 수 있는 기다림은 얘기하거나 전화하거나 먹어가면서 부수적으로 수행할 수 있는 곁다리적인 기다림이었다. 이 곁다리적인 기다림은 또 그 안에서 두 개로 나누어졌다. 누구를 기다리느냐에 따라 달라지는, 드러내놓고 기다리는 것과 몰래 기다리는 것이 그것이었다. 알프레트 분추바이트로서는 주위에 숨기며 몰래 기다릴 필요는 없었다. 기다림의 최고봉이라고 할 수 있는 기다림은 시위적인 기다림이었다. 알프레트 분추바이트가 호텔 로비 한가운데에 몸소 나와 있을 때는 봉화가 올라간 것이나 다름없었다. 그러면 호텔 전체가 대기 상태에 있어야 하는 귀한 인물이 납신다는 의미였다. 시위적인 기다림은 업무상의 의무나 우정의 표시 그 이상으로서, 복종의 몸짓이었다. 친구 발렌틴 아이히에게도 해당되는 이 원칙은 알프레트 분추바이트가 생각하는 우정의 틀을 한 치도 벗어남이 없었다. 인간의 가장 친한 친구는 개라고 하지 않는가.

비밀스러운 기다림도 기다림의 한 종류였다. 지금처럼 말이다. 겉으로 봐서 기다리고 있다고 보이면 안 되며 도착한 사람이 알프레트 분추바이트가 자기를 일부러 기다리고 있었다고 느껴서도 안 된다. 벽난로 바의 여종업원조차도 총지배인이 맥주 한두 잔을 기울이며 종일 쌓인 피로를 풀어내는 중이라고 믿게끔 해야 한다. 그런데 이 맥주 한두 잔이 벌써 두 시간 반을 넘어가고 있었다. 그는 이제 어떻게 하면 아무 일도 없는 듯 태연하게 행동해야 할까 하고 고민 중이었다. 벌써 열 번이나 화초를 살펴보고 오는 중이었다.

옆좌석에서는 드레스덴 은행의 신사 두 명과 웨스트 엘비 은행에서 나온 신사 두 사람이 앉아 있었다. 자본주의 경제가 보낸 전령대요 특공대 요원인 그들은 자리를 함께하고 있는 레오 라트케나 그의 사진작가와 마찬가지로 무기한 예정으로 호텔에 묵고 있었다. 알프레트 분추바이트는 그들 여섯 명이 하는 얘기를 듣게 되었다.

"도이치 은행과 알리안츠 보험회사는 자기네 기수들한테 그랜드 호텔을 내줬다던데" 하고 드레스덴 은행의 바스무트 씨가 실망한 목소리로 말했다.

레오 라트케는 언제나 그렇듯이 쓸데없이 큰 소리로 "우리 직업은 정글의 전사에게 알맞은 일이지 공무원들이 할 일은 아닙니다. 저쪽 그랜드 호텔에는 지금 나의 경쟁자 또한 앉아 있죠. 그쪽이 시민운동가 한 사람과 인터뷰를 하자고 청하면 그는 일단 푹신한 카펫 속을 헤쳐나와야 하고, 내 동료들 앞으로 진출하는 데 성공할 즈음이면 그 시민운동가는 이제 더 이상 옛날의 그가 아닙니다. 이미 편안함과 호화로움이 그를 매수해버렸을 테니까요. 그런 의미에서 건배!"

"맞습니다." 웨스트 엘비 은행에서 나온 뚱뚱한 젊은이가 말했다. "여기는 음악이 흐르고 있지 않습니까!"

알프레트 분추바이트와 그들은 아무 관계가 없었다. 드레스덴 은행은 객실부 부장에게, 웨스트 엘비 은행은 영업부 부장에게 각각 문의를 해왔던 것이다. 이 두 부장은 은행 손님들을 마치 트로피를 자랑하듯 당당하게 앞에 세우면서 분추바이트를 쓸모없는 퇴물처럼 보이게끔 하는 데 주저하지 않았다. "바스무트 씨, 그리고 노이스 씨, 이쪽은 저희 호텔을 대외적으로 대표하고 계시는 총지배인 분추바이트 씨입니다." 알프레트 분추바이트는 두 사람에게 악수를 청하며 다짐하듯 말했다. "우리가 필요한 것은 매니저입니다!"

그랬다. 객실부장과 영업부장은 은행가 손님들을 쌍쌍이 옆구리에 끼고 있었지만 그의 친구 발렌틴 아이히는 공공의 적이 되어 있었다.

보고회의에서 유디트 슈포르츠가 객실부장 게오르크 베슈케에게 그윽한 눈길을 보내는 장면을 그는 놓치지 않았다. 매주 월요일에 열리는 회의에서 객실부장이 어깨에 스웨터를 걸치고 나타난 것이 오늘로 벌써 두 번째였다. 정확히 말하면 당(黨) 배지 위에 스웨터를 얹은 것이었다. 보이지 않게 하면서 당의 마크를 하고 다니는 것, 베슈케만이 할 수 있는 짓이었다. 어쩌면 벌써 떼어버렸는지도 모르지만 어차피 가려져 보이지 않았다. 그의 그런 탄탄한 기회주의는 유디트 슈포르츠 같은 이를 끌어당겼다. 그 둘 사이에 무슨 일이 일어나진 않겠지만 객실부장의 그러한 왕성한 활동력은 그가 경계해야만 할 대상이었다. 알프레트 분추바이트는 베슈케가 얼마나 총지배인 자리에 욕심을 내고 있는지 알고 있었다. 전 총지배인이 도피한 후 자기가 승진했어야만 할 자리를 과거 주유원이었던 분추바이트가 차지한 일로 얼마나 울분에 차 있는지도 알고 있었다. 그에 비하면 영업부장 쪽은 걱정할 필요가 없었다. 그는 평범함 하나로 일가(一家)를 이룬 인물로서 웨스트 엘비 은행을 고객으로 유치한 성공담을 10년 후에도 두고두고 자랑으로 되씹을 사람이었다.

지금 알프레트 분추바이트가 기다리고 있는 사람은 제7의 장기 투숙객으로 레오 라트케보다 먼저 호텔에 들어온 사람이었다. 그는 기다리는 동안 그가 받은 명함을 계속 보고 또 보았다.

베르너 슈니델, 특별 전권 대리인, VW.*

성명, 직위, 회사의 로고. 주소나 전화번호, 팩스번호는 없었다. 그러나 작은 알파벳 하나가 다른 큰 알파벳 위에 걸쳐져 있는 단순한 모양의 문장 하나는 모든 것을 말해주고 있었다. 파우(V) 베(W). 폴크스바겐 Volkswagen. 그는 두 알파벳을 이리저리 밀고 당기며 말을 만들어보고 있었다. 폴크스-바겐. 우리는 민중이다. 그렇다면 민중의 차는 어디 있는가? 우리는 민중이며 민중의 차를 감히 원한다.** 민중의 의지 폴크스바겐. 아니, 이건 좀 말이 안 되는군.

그런데 그는 어떠한 전권을 가지고 있다는 것일까? 열아홉 살인 데다가 좀 이상한 자였다. 새하얀 머리 색깔 하며. 반팔 셔츠 바람에 여드름이나 있고 항상 선글라스를 끼고 다닌다. 그가 폴크스바겐의 총회장인 에른스트 슈니델의 아들이 아니었다면 거들떠보지도 않았을 애송이였다. 또 밤늦게 호텔에 돌아오는 그를 보며 디스코텍에 다녀오는 길인가 보다라고 생각할 수는 있었을지라도 절대 리셉션이나 협상, 접대, 서류 검토 등등과 연관시켜 생각할 수 없었을 것이다.

10시 10분 전 베르너 슈니델은 하늘색 볼가*** 택시에서 내려 자동문을 통과해 프런트 쪽으로 걸어왔다.

"3005호실 열쇠 부탁합니다." 그는 저편 한구석에서 알프레트 분추바이트가 소리 없이 재빨리 자신 쪽으로 걸어오는 것을 전혀 알아채지 못한

---

* 파우베VW: 폴크스바겐의 약자.
** 폴크스바겐은 원래 국민차라는 뜻으로 폴크(Volk, 민중·국민)와 바겐(Wagen, 차)이 합쳐진 말이다. 그런데 바겐에는 다른 어원으로 감행하다, 감히 ~하다라는 다른 뜻이 있다.
*** 러시아산 승용차 모델.

채 프런트 직원에게 열쇠를 요청하는 중이었다. 등 뒤에서 자신의 이름이 들렸을 때 그는 놀라서 움찔하고 말았다.

"슈니델 씨께서 벌써 11월 10일부터 우리 호텔에 쭉 묵고 계시는데, 프런트 직원이 객실번호 정도는 이미 외우고 있어야 하는 것 아닌가!" 알프레트 분추바이트는 직원에게 이렇게 말하고 베르너 슈니델에게 환영의 표시를 하기 위해 두 팔을 벌렸다. 평소에 어두컴컴하던 얼굴을 펴서 친절하고 밝은 모습을 보여주려고 한 것이 그의 의도였으나 베르너 슈니델은 그런 그의 얼굴에서 만화영화에 나오는 즐거운 돼지가 생각날 뿐이었다. 베르너 슈니델은 몹시 놀랐다. 아무도 없는 한밤중에 거구의 남자가 등 뒤에 서 있는 것이다. 체중이 자신의 두 배는 더 나가 보이는 데다가 나이는 세 배 많아 보이는 남자였다. 알프레트 분추바이트는 자기가 친절이라고 생각하는 모든 것을 단어, 행동, 말투, 표정을 동원해 다 펼쳐 보였다. "슈니델 씨, 여기가 집이라고 생각하시고 편하게 지내십시오!" 그러면서 손을 앞으로 내밀었으나 베르너 슈니델이 집은 것은 직원이 건네준 방 열쇠였다.

알프레트 분추바이트가 내민 손을 거두지 않고 있었기 때문에 베르너 슈니델은 어쩔 수 없이 결국 그의 악수에 응할 수밖에 없었다. 알프레트 분추바이트의 승리였다. 그는 베르너 슈니델의 손을 흔들며 여간해선 놓지 않았다. 그가 생각하는 진심 어린 친절의 행위란 악수하는 손을 풀지 않는 것이었다.

베르너 슈니델은 아직 놀란 가슴을 진정시키지 못하고 있는 것처럼 보였다. 알프레트 분추바이트는 난 왜 이렇게 눈치가 없을까 하고 자책했다. 지금 내 앞에 있는 사람은 아버지가 아니라 아직 어리고 겁 많은 아들인데, 거기에 맞게 행동했어야 했는데 말이다. "슈니델 씨, 잠깐 한잔하시겠습니까?"

"그러죠." 베르너 슈니델이 아무 감정 없는 말투로 말했다.

알프레트 분추바이트는 그의 그런 수줍음에 큰 인상을 받았다. 얘는 시간을 잘 활용할 줄 안단 말이야. 은행에서 나온 저 작자들처럼 호텔이 좋네 나쁘네 하고 불평불만이나 하면서 시간을 죽이는 것과는 달라. 슈니델은 그에게 아직 웃음을 지어 보이지 않았다.

"아버님은 잘 지내십니까?" 벽난로 바에 자리를 잡고 앉으면서 알프레트 분추바이트가 물었다. 슈니델이 위스키를 주문하는 것을 보며 전직 요리사 알프레트 분추바이트는 역시 맥주를 즐기는 나랑은 품격이 틀려 하고 생각했다.

"아버님께서는," 베르너 슈니델은 약간 조급하게 말했다. "무척 바쁘십니다. 전략적인 일이 많아서죠. 자동차 산업계는 지금 큰 지각변동을 눈앞에 두고 있습니다. 10년 후에 유럽에는 단 여섯 개의 자동차 회사만이 살아남아 있게 될 겁니다."

알프레트 분추바이트는 그의 말에 "에이, 그럴 리가요!" 하고 받아치고 나서 금방 후회했다. 그것은 '거대 기업의 집중화'라는 화제에 영 적당하지 않은 말투였다. 슈니델의 어려 보이는 얼굴에 홀려 너무 방심했던 탓인가 싶었다.

"정말 그렇게 될 겁니다. 심지어 네 개만이 남을 거라는 말도 있어요. 여러 가지 상이한 연구에 따라 예측도 달라지니까요. 하지만 실망할 것 없습니다. 건재하는 그 기업들 안에 VW도 끼어 있을 거니까요."

그는 방금 날라온 위스키를 들어 건배를 했다. 알프레트 분추바이트는 슈니델에게서 어서 용건이나 말하라고 재촉하는 듯한 초조한 빛을 감지했다.

"혹시 무슨 용무로 여기 계신 건지 물어봐도 괜찮겠습니까?" 하고 알 프레트 분추바이트는 혹시 네가 거부하는 대답을 주더라도 아직 민감한 단계에 있는 이 대화가 완전히 망쳐지지 않을 거라는 여운을 넌지시 풍긴 채 그에게 물었다.

그러자 베르너 슈니델은 남이 듣지 않도록 몸을 낮추고 목소리를 죽여 말했다. "현장 연구를 하는 중입니다. 간단하게 말하면 상황 파악을 하는 것이죠. 조작된 통계 수치를 꼼꼼히 따져가면서 정확한 실제 수치를 찾아내가는 중입니다."

"특별 위원님 아니십니까."

"예, 특별 전권 대리인 맞습니다."

알프레트 분추바이트는 자신에게 따귀라도 후려치고 싶을 정도로 아득했다. 30분 동안이나 그의 명함을 손에 쥐고 만지작거렸으면서도 특별 전권 대리인을 특별위원으로 불렀던 것이다.

"어떤 일을 대리하고 계신지요?" 알프레트 분추바이트가 물었다.

베르너 슈니델이 위스키 한 모금을 마시더니 미소를 지었다. "제가 맡은 임무가 무엇인지 알고 싶으신 거죠?"

이럴 수가, 나를 무슨 스파이로 알고 있는 것 아닐까!

"말씀드린 것처럼 상황을 타진하고 있습니다. 그리고 특별한 전권을 위임받은 것도 사실입니다. 이사진의 교섭 역이라고 생각하시면 됩니다. 저는 직원 명단에도 올라 있지 않고 공식적으로는 존재하지 않습니다. 그러나 계약서에 날인하기 직전 단계까지 계약 건을 제가 준비합니다. 겉으로 요란하게 드러내놓지 않고도 일을 조용히 처리할 수 있죠."

열아홉 살에! 알프레트 분추바이트는 충격을 받았다.

"그러니까 VW의 게릴라 부대인 셈이군요? 소리 없는 킬러 말입니다."

"이 사실은 밖으로 나가지 않게 해주시면 좋겠습니다." 베르너 슈니델이 말했다.

"당연한 말씀을." 알프레트 분추바이트가 서둘러 말했다. "바로 VIP 고객으로 모시지 못하고 이렇게 시간을 끌게 된 점에 대해 죄송하다는 말씀을 드리고 싶습니다. 요사이 정세가 너무 어지러운 터라……" 하면서 그는 very important person의 숙박증에 붙일 72개의 꼭짓점이 모여 있는 기름종이에서 보라색 삼각형 스티커 하나를 떼어내 베르너 슈니델의 호텔 숙박증을 집어 그 오른쪽 상단에 붙였다.

"필요하신 것이 있으시면 언제라도…… 얼마나 더 우리 호텔에서 모시게 될는지요?"

"무슨 말씀입니까?" 베르너 슈니델이 차갑게 되묻자 알프레트 분추바이트는 내가 또 무슨 말실수를 했나 하고 뜨끔했다. 그는 순진한 척 두 눈을 껌벅거리며 용서해주십쇼 하는 표정을 지었다.

슈니델은 그런 그를 용서하며 말했다. "앞으로 얼마나 더 있게 될지 저도 모르겠습니다. 제가 하는 일이 세계기업을 위해 국민경제를 조사하는 일이라 2~3주 안에 끝나기는 힘들 것 같습니다. 제 일이 외부에 알려지면 안 됩니다. 만일 알려지면 즉시 철수해야 합니다. 볼프스부르크*에서 특별 전권 대리인을 파견하는 이유가 무엇이겠습니까? 먼지 하나라도 일으켜선 안 되니까 그런 거죠."

"알겠습니다."

"여기 호텔 매출액이 1년에 얼마나 됩니까?" 화제를 돌려! 라고 명령

---

* 볼프스부르크Wolfsburg: 폴크스바겐 그룹의 총본부가 있는 중부 독일의 도시.

이라도 하는 말투로 베르너 슈니델이 물었다. 그는 주위를 돌아본 뒤 말했다. "1천만 정도?"

"850만입니다." 꽤나 정확히 맞힌다고 생각하며 알프레트 분추바이트가 대답했다.

"850만." 베르너 슈니델이 하품을 했다. "우리 볼프스부르크에선 일교대에 생산하는 매출 액수입니다. 19초마다 골프 한 대씩이 공장을 빠져나가죠." 그의 말에서 지겨움이 묻어나와 이제 작별하는 순서만이 남아 있는 듯했다. 알프레트 분추바이트는 눈치 없이 지루하게 해드려 죄송하다는 사과와 함께 귀중한 시간을 내주셔서 감사하다는 인사말을 하며 그가 위스키 값을 내려고 하는 것을 말렸다. 베르너 슈니델이 자리에서 일어서자 그도 따라 일어서는데 그 순간 요란한 소리를 내며 방귀가 터졌다. 마치 방귀의 패러디 같은 방귀였다. 방귀 쿠션의 디자이너가 일생일대의 작품으로 완성하고 나서 이제 좋다! 하며 은퇴해도 좋을 정도의 방귀였다. 알프레트 분추바이트로 하여금 자신이 이토록 시간 가는 줄도 모르고 특별 전권 대리인에게 홀려 있었다는 사실을 상기하게 만드는 그런 방귀였다.

"와아…… 대단한데!" 레오 라트케가 방귀 소리가 나는 쪽을 뻔히 돌아보며 웃음을 터뜨렸다.

그러나 베르너 슈니델은 아무것도 듣지 못했다는 듯이 행동했다. 그는 자기가 방귀의 주인공이 아니라는 변명의 신호조차 보내지 않았다. 그리고 이제 곧 방사능 오염지대가 될 그곳을 천천히 걸어 나와 작별의 인사를 나눌 최적의 장소는 바로 여기라는 듯 엘리베이터 앞에서 걸음을 멈추었다.

얼굴이 시뻘게진 알프레트 분추바이트는 실망과 창피로 아무것도 할 수 없었다. 이것이야말로 내 인생의 최저 바닥이 아닐까 싶었다. 이 방귀는 예전에 생애 맨 처음으로 서독 출장을 간 길에 슈투트가르트 역전에 있는 서점에서 『플레이보이』지를 몰래 가지고 나오다 걸려서 본에 있는 동독 정부연락소에다가 알리겠다고 하는 바람에 혼쭐이 났을 때보다 더 창피한 방귀였다. 이 방귀는 3년 반 전, 당 총회에서 연설을 할 때 너무 떨린 나머지 연설 직전 다녀온 화장실에서 바지 지퍼를 올리는 것을 잊어버린 일보다 더욱 창피한 방귀였다. 이 방귀는 열여섯 살 때 세 명의 친구와 자전거 경주대회에 참가했을 때 마지막 남아 있던 한 방울의 힘까지 짜내느라 자기도 모르게 물똥을 한 바가지 쌌는데 이것이 다리를 타고 흘러내려가 페달을 통해 자전거 앞쪽 전체가 그걸로 뒤범벅이 된 것도 모르고 꼴찌로 도착한 다음에야 비로소 알아차린 일보다 더욱 창피한 방귀였다.

베르너 슈니델은 알프레트 분추바이트에게 상냥하게 손을 내밀어 악수를 청하면서 아무에게나 해줄 수 없는 이야기를 고백하듯 몸을 앞으로 가까이 숙이며 목소리를 낮추었다. "저도 옛날에는 그랬습니다. 위에서 발효된 음식이 장에서 더 이상 소화되지 않아서 그렇죠. 그런데 식사하면서 아무것도 마시지 않은 후로는 괜찮아졌어요."

엘리베이터가 띵! 하는 경쾌한 소리를 내며 준비되었다는 신호를 보냈다. 베르너 슈니델은 올라타려다가 다시 되돌아와서 아까와 같은 비밀스런 투로 말했다. "그리고 탄산은 아주 나빠요." 그러더니 다시 엘리베이터에 올라서서 당황한 알프레트 분추바이트를 홀로 문 앞에 남겼다. 방금 폴크스바겐 그룹의 특별 전권대사가 자신의 고민에서 벗어날 수 있는 길을 가르쳐주고 그동안 그렇게도 아무에게 말 못할 혼자만의 고민으로 끙끙 앓던 것과 똑같은 경험을 나에게 고백한 것 맞나? 그리고 폴크스바겐 그룹의 특별 전권대사가 나와 같은 고민을 털어놓았다는 것은 나를 자기와 같은 동급으로 올려놓겠다는, 뭐랄까 그런 뜻인가?

돌을 맞은 물웅덩이처럼 그의 생각은 사방팔방으로 튀겨져 나갔다. 그는 얼른 엘리베이터 안으로 뛰어들어가 베르너 슈니델의 손을 잡고 이번에는 절대 놓지 않았다.

"슈니델 씨, 제가 뭔가 해드릴 일이 있거나 제가 아는 분들을 소개해드릴 일이 있다거나 또는 원하시는 것이 있다면 무엇이든……" 엘리베이터의 문이 닫혔다. 그는 꼭 도움이 되게 해달라고 베르너 슈니델에게 간청했다. "집단공장의 공장장들이나 사장들, 죄다 알고 있습니다. 중간에 다리를 놓을 수 있다면 제게 큰 영광이겠습니다. 당연히 그럴 필요가 없으실 줄은 알고 있습니다만, 혹시라도……" 문이 열리고 알프레트 분추바이트는 베르너 슈니델의 옆에서 자리도 바꾸지 않고 나란히 따라 걸었다. "주니어 스위트룸을 드리겠습니다. 당연히 종전과 같은 객실료로 모시겠습니다. 제가 회장님을 알고 있는 바로는 이렇게 아드님에게 중요한 임무를 맡기신 것이 지당하다고 생각됩니다. 회장님이 절 믿고 맡기실 수 있도록 아무쪼록 조금이라도 도움이 되는 방법이 있지 않겠습니까." 알프레트 분추바이트는 베르너 슈니델의 팔을 부여잡으며 그가 호텔 방문을 열쇠로 열자 벽지 가게 주인이 온갖 벽지 종류를 설명하듯이 자신의 교제 범위를 선전하기 시작했다. "저와 친분이 있는 인사들로 말씀드릴 것 같으면 전구 생산업체인 나바라의 사장, 공구 생산업체인 WMW의 사장, 제 아들 녀석과 그 사장 자제가 서로 친구 사입니다. 또 바르노프 조선소, 독일 제국철도, 작센링, 로보트론, 화학 협동공장 비터펠트의 사장들을 비롯하여——화학 계통에 관심이 있으십니까? 에, 또 주택시공조합 사장도 2주에 한 번 우리 호텔에서 식사를 하고 가지요. 음료 협동공장, 1년에 몇억 개가 넘는 달걀을 생산하고 있는 가금류 산업협동농장의 사장 등등도 잘 알고 있습니다. 제 연줄과 슈니델 씨의 자본력을 합하면……" 알프레트 분추바이트는 기력이 쇠하여 입을 다물었다. 그가 그렇게 많은 말을 하고 모든 계통을 두루 다 끌어다 얘기했건만 '제가 하는 일이 세계기업을 위해 국민경제를 조사하는 일이라'의 파워를 따라가기에는 역부족이었다. 1년 내내 고생해봤자 저쪽에서는 일교대에 이루어내고 있었다. 그와 이 연약한 소년 사이에는 밤과 낮만큼의 차이가 있었다.

"한번 검토하도록 하겠습니다." 베르너 슈니델이 말했다. "하지만 제 아버지께 보고하거나 하는 일은 없도록 해주십시오. 그 일은 제가 합니다. 아버지는 끌어들이지 마십시오!"

"물론입죠……"

"그리고 주니어 스위트룸은 감사히 받겠습니다!"

다시 알프레트 분추바이트가 뭐라고 구구히 설명을 시작하려고 하자 베르너 슈니델은 단호히 감사의 표시를 하면서 그가 방을 나갈 때까지 "감사합니다! 감사합니다!"를 반복했다.

문이 잠겼다. 알프레트 분추바이트는 큰 숨을 내쉬고 마지막 여운이 주는 환상에 젖어들었다.

베르너 슈니델은 바로 다음 날로 주니어 스위트룸으로 옮기고 양복 겉저고리에 꽂는 손수건처럼 보라색 V.I.P. 삼각 스티커가 보이도록 겉저고리 주머니 위로 호텔 숙박증을 삐죽 뺀 상태로 사흘을 돌아다녔다. 직원들 사이에서는 선글라스를 낀 흰머리 귀신이 특별히 잘 모셔야 하는 특별고객 명단에 올라갔다는 소식이 퍼졌다. 호텔이 가지고 있는 리무진 중 최고 차종인 BMW 735 모델이 그의 앞으로 배정되었다. 유럽의 최대 자동차 생산업체의 특별 전권대사인 그가 아직 면허증이 없는 관계로 운전기사도 같이 딸려 나왔다. 알프레트 분추바이트는 여기저기 전화를 돌려 협동농장 사장들이나 지배인들에게 자신의 최고 주요 고객을 소개하면서 그가 하는 일이 세계기업을 위해 국민경제를 조사하는 일이라는 말을 누구이 강조했다. 열다섯밖에 안 돼 보이는 열아홉의 알비노 베르너 슈니델은 기사가 모는 차를 타고 위태위태한 직책에 앉아 있는 고위급 중요인사들과 접촉하며 자신이 맡은 업무를 훌륭히 잘해내고 있는 것처럼 보였다. 그가 이제 필요한 것은 단 하나, 여자 친구였다.

3. 츠비카우 측에서 바라본 자동차 공업의 역사

카틀린 브로인리히는 불행한 열아홉 살이었다. 그녀는 깨어나지 않는 악몽 같은 현실을 살고 있었다. 즉, 그녀의 용모는 아름답지 않았던 것이다. 그녀는 사무 요원 양성 과정——딱딱한 직업명과는 달리 모두 여학생들만으로 이루어진 과정이었다——에 다니고 있었고 옆 친구들의 탐스런 머릿결과 상큼하고 발랄한 얼굴, 말끔한 외모와 그녀 스스로 '탄탄한' 아니면 '여성스러운' 몸매라고 이름 지은 몸매들을 부러워했고, 그들이 다른 사람들과 편지를 주고받으며 흥미로운 사람들과 사귀고 끊임없이 새로운 경험들을 하는 것을 보며 이런 자신이 정말로 마음에 안 든다는 생각을 하고 있었다. 윤기라곤 없는 금발은 짚단처럼 부스스했고 자기도 외모에 신경 쓰고 있다는 것을 보여주기 위해 파마머리를 시도했을 땐 마치 머리통에 새집을 얹고 다니는 것 같아 보였다. 손톱에 매니큐어를 하면 여성스러워 보이기는커녕 자신이 보기에도 페인트를 칠한 느낌만 났다. 화장에서도 쓰디쓴 경험만 맛볼 뿐이었다. 한번은 1주일에 세 번 정도 마주치는 옆자리의 여학생인 율리아를 경이에 가득 찬 얼굴로 계속 쳐다보았다. 율리아가 참다못해 물었다. "왜 그래?" "네 눈이 그렇게 예쁜 줄 정말 몰랐다." 카틀린 브로인리히가 부러움에 가득 차 말했다. 율리아가 웃으면서 조그맣게 속삭였다. "아름다운 눈의 비결은 오로지 속눈썹과 아이라인에 달려 있어." 그렇지만 눈에 띄는 것은 율리아의 신비롭게 빛나는 눈이지 메이크업이 아니었다. "화장과 눈의 관계는 그림 틀과 그림의 관계와 같아. 그림이 제대로 빛을 발하기 위해서는 틀이 필요해." 그녀의 이야기는 설득력이 있었다.

그래서 카틀린 브로인리히도 마스카라와 아이라이너를 이용해 신비감을 주는 그윽한 눈매를 연출하려고 시도했다. 그런데 몇 번을 다시 고쳐서 시도해도 거울을 보면 전혀 자연스럽지 않았다. 그녀는 '매일 보던 내 얼굴이라서 그럴 거야' 그리고 '일단 나가고 보자'는 생각으로 자신을 설득한 후 사무실에 나가 직장 상사에게 아침 인사를 하며 그를 기대에 찬 얼굴로 쳐다보았다. 직장 상사는 잠시 의아해하는 것 같았다. 그렇지! 뭔가 눈에 띄긴 띄는 모양이지! 그러더니 잠시 후 그는 뭔가를 알아챈 모양이었다. "그래, 왜 너라고 안 되겠니." 그는 이렇게 중얼거렸다. 그의 이 한마디는 카틀린 브로인리히로 하여금 울음을 터뜨리게 하고 말았다. 눈물로 화장이 번져 그녀는 화장실로 향해야 했다. 나중에 율리아는 말했다. 때로는 그림을 망치는 틀도 있다고.

카틀린 브로인리히는 모든 종류의 질책에 관해 굉장히 민감했다. 아버지의 음성은 오랫동안 그녀에게 이 길로 가지 말라는 신호를 보내는 곤충의 더듬이와도 같은 역할을 했다. 아버지의 훈계는 조급하고 고압적인 투였으며 요구하는 조였다. 종국에는 카틀린 브로인리히가 아무리 그러지 않으려고 해도 훈계가 아닌 아버지의 보통 말씀도 모두 훈계로 받아들이는 단계에 이르게 되었다. 세상 전체가 자기를 향한 하나의 거대한 질타로 느껴졌다. 그리하여 자신의 존재를 오로지 거부의 강약으로 인식했다. 그녀가 가진 비극은 바로 여기 있었다.

그녀의 이런 의식은 몸에 깊이 배어 있었다. 그녀는 자신과 율리아를 끊임없이 비교해야 했다. 율리아는 부족함이 없었고 무엇보다도 그녀에게는 큰 키와 생동감 넘치는 입과 도톰한 입술, 건강하고 숱 많은 머리카락, 웃는 눈이 있었다. 말하는 속도도 빠르고 얘기할 때는 자기도 모르게 목소리가 커지는 경향이 있었다. 볼은 통통하고 풍성한 가슴에다가 말할 때 상하좌우로 활달하게 손짓을 하는 버릇이 있었다. 율리아의 모든 것은 자연스럽게 그녀 안에서 피어난 것 같아 보였고 끊임없는 분출 그 자체를 상징하는 듯했다. 그에 반해 카틀린 브로인리히는 끊임없이 의기소침해지며 스스로에게 한계를 짓는 것처럼 보였다. 그렇게 된 데에는 아버지의 역할이 컸다. 딸을 보호하고 밖에 내놓지 않아서 카틀린의 육체를 드러낸다는 것은 생각지도 못했다. 율리아는 꽃피는 봄이요 카틀린은 비 내리는 1주일이었다. 그녀의 피부는 창백하고 목소리는 조그맣고 눈은 내리깔고 다녔으며 눈빛은 멍했다. 웃을 때는 손으로 입을 가리고 웃었다.

카틀린 브로인리히가 작센링 공장 주재 당 서기의 비서로 취직이 되면서부터 일생의 불운이 시작되었다. 1988년 4월의 한 화요일, 어느 산부인과에서였다. 눈빛만으로 상대방의 힐난을 알아챌 수 있는 것이 아니라 상대방이 '남들이 알아채지 못하게 혼자 하는 생각'도 카틀린 브로인리히에게는 힐난의 한 종류였다. 그래서 카틀린 브로인리히는 '겉으로 드러나지 않는 타인의 생각'을 미리 염려해 비위생적이라는 비난을 받지 않기 위해 여성 청결 스프레이를 사용할 것을 결심했다. 진찰실에 들어가기 직전에 뿌리면 너무 스프레이 뿌린 티가 날 수 있으므로 미리미리 뿌려둘 생각이었다. 카틀린 브로인리히의 평소 생각으로는 청결 스프레이는 안 쓰면 안 되는 사람들만 뿌리는 물건이었으므로 절대 자기가 그것을 사용했다는 티를 내고 싶지 않았던 것이다. 청결 스프레이는 그 자체를 사용한 티는 내지 않으면서 '한 소리 들을 만한' 냄새를 견제하는 데 필요했다. 정기 검진 90분 전 카틀린은 구내식당 옆의 화장실로 사라졌다. '사라졌다는' 표현이 맞는 것이, 부끄럽다는 이유로 화장실 안에서 조용함의 단계를 넘어서서 소리를 전혀 내지 않기 때문이다. 화장실에는 다른 여자 한 명만이 있었는데 누가 아직 안에 있다는 것을 알 길 없는 그녀는 나가면서 화장실의 불을 끄고 나갔다. 그 화장실에는 창문이 없었다.

카틀린 브로인리히는 어둠 속에 홀로 남았다. 눈을 감으나 뜨나 차이가 없을 정도로 캄캄했다. 그녀는 핸드백을 집어 스프레이 통을 꺼내 뚜껑을 열고 두 번 길게 뿌렸다. 순식간에 냄새가 퍼지면서 피부가 엄청나게 화끈거렸다. 그녀가 집은 것은 헤어스프레이였다. 어두워서 통을 잘못 집은 것이다. 달라붙는 헤어스프레이를 닦아내기 위해 휴대용 휴지를 찾았다. 거칠거칠한 화장실 휴지로는 안 될 것 같아서였다. 그녀의 손이 닿은 것은 핸드백 속에서 연대 쿠폰*과 함께 뭉쳐 돌아다니던 뭉쳐진 화장지였다. 쿠폰의 톱니처럼 생긴 옆면이 화장지의 부드러운 펄프 성분에 붙어 있었다. 안타깝게도 카틀린이 그것을 볼 수는 없었다. 그녀는 꼼꼼히 잘 닦고 나서 화장지를 변기 안에 버렸다. 청결 스프레이를 뿌리고 난 뒤에 팬티를 올린 그녀는 불을 켜서 혹시 잊은 건 없나 하고 점검해보지도 않은 채 컴컴한 화장실을 나갔다.

정기검진을 위해 진찰실에 들어선 카틀린은 산부인과에는 치마를 입

---

* 연대 쿠폰Solidaritätsmarke: 구 동독에서 국제연대기금의 명목으로 대부분의 노동자가 반강제적으로 구매했던 우표 모양의 딱지.

고 가라는 충고를 따른 것에 대해 스스로 만족하고 있었다. 옷은 입고 있는 상태였지만 '준비된 상태'였던 것이다. 그러나 진찰대에 올라가자 무서워지면서 어찌하면 좋을지 몰랐다. "근데 여기 뭐가 있네요?" 두 다리 사이를 검사하던 츠반치히 선생이 말했다. 그리고 그녀 앞에 내민 종잇조각은 50페니히짜리 연대 쿠폰 한 장이었다. 다른 여자들 같았다면 깔깔대고 웃음을 터뜨렸을 것이다. 그러나 카틀린 브로인리히는 얼굴이 홍당무가 되었다. 창피하기가 이루 말로 못할 지경으로, 땅으로 꺼지거나 쥐구멍에라도 숨고 싶었다. 츠반치히 선생은 어린 환자의 민망함을 즉시 깨닫고 분위기를 완화할 요량으로 농담 반, 진담 반으로 이렇게 물었다. "압제받고 있는 다른 민족들과의 연대 정신이 이 정도밖에 안 되면 되겠습니까?" 그리고 페달을 밟아 휴지통 뚜껑을 열고는 연대 쿠폰을 던져넣었다.

카틀린 브로인리히는 이 사건으로 두 가지 행동 방침을 결정했다. 그 첫번째는 절대 다시는 츠반치히 선생의 병원에 가지 않는다는 것이다. 소음순에서 연대 쿠폰을 떼어낸 의사의 얼굴을 다시 마주 본다는 것이 너무 창피했다. 두번째로 그녀는 즉시 연대금의 납부 금액을 한 달에 2마르크로 올려서 내기 시작했다. 그녀는 의사의 농담을 즉시 개선하라는 질책으로 해석할 뿐, 그 안에 담긴 아이러니는 잡아내지 못했다.

그런데 바야흐로 그녀가 전혀 예상치 못한 일이 일어나게 되었다. 그녀가 눈에 띄게 된 것이다. 눈에 띌 뿐만 아니라, 다른 사람들을 제치고 우뚝 서게 되었다. 그녀가 다니는 사무 요원 양성 과정 학급은 각자 1인당 최저 주문액인 50페니히짜리 연대 쿠폰 하나씩만 주문하기로 이미 합의가 되어 있는 상태였다. 그래서 주문량을 나타내는 그래픽이 언제나 동일한 선을 유지하고 있었는데 갑자기 그 평화로운 상태가 위협을 받게 된 것이다. 외부 물체가 질서를 깨뜨리고 익명성을 거부하며 돌출해 올랐다.

그 이름은 카틀린 브로인리히였다.

　사람들은 생각해보았다. 30명의 수강생 중 왜 혼자서 다른 사람의 네 배가 되는 연대 쿠폰을 사는 것일까? 카틀린이 츠반치히 선생의 병원에서 있었던 일화를 아무에게도 말하지 않았으므로 사람들은 가장 설득력이 있어 보이는 배경, 즉 카틀린 브로인리히는 골수 당원이라는 설을 가장 유력하게 꼽게 되었다. 그녀는 연대 쿠폰의 필요성을 절실히 느끼고 있으며 압제받는 민족의 승리를 마음속으로 기원하고 있다. 그녀는 신문에 난 기사를 그대로 믿는 사람이다. 양성 과정이 끝나고 수강생들이 모두 실무에 배치되는 순서가 왔고 배치표 안에는 마침 작센링의 당 서기의 비서 자리도 있었다. 그 자격 조건을 본 사람들에게 카틀린 브로인리히보다 더 적합한 사람은 떠오르지 않았다.

　평범하고 말 잘 들으며 소심하지만 놀랍게도 당성이 굳건한 카틀린 브로인리히야말로 인민에게 친근하고 소박한 사장임을 자처하려고 애쓰는 작센링 사장도 미처 모를 정도로 차디찬 테러가 자행되고 있는 당 서기 사무실에 적임자가 아닐 수 없었다. 거기서는 화초들마저 정기적으로 죽어나갔다. 그래도 카틀린 브로인리히는 총 17개월을 그 사무실에서 견뎠다. 아무도 무엇을 정확히 설명해주지 않는 17개월이었다. 단 한 번도 칭찬받지 못하고 오직 혼만 나던 17개월이었다. 친절하거나 관심 어린 말을 한 번도 들어보지 못하고 끝난 17개월이었다. 재투성이 아가씨로서 보낸 17개월이었다.

　마지막 근무일이자 가장 혹독했던 근무일이었던 그날, 카틀린 브로인리히는 일을 마치고 집으로 향하고 있었다. 그때 전방 20미터 앞에 군청색의 거대한 서독제 승용차가 멈추어 섰다. 주위에는 아무도 없었다. 차문이 열리더니 오케스트라가 화려한 음악을 연주하기 시작했다. 왕자가 나타났나 봐. 카틀린 브로인리히는 정신을 잃고 빨려 들어갈 수밖에 없었다.

그녀에게 마지막이자 가장 혹독했던 근무일이었던 이날은 12월의 둘째 화요일이었다. 공장에서는 저녁 근무조가 근무 시작을 거부하고 있었다. 전날에는 아침 근무조와 밤 근무조가 월요 시위에 참가했고 츠비카우시 전체가 행진하고 있을 적에 저녁 근무조는 생산 작업을 계속하고 있었다. 이렇게 중립을 지킨 사실이 후회가 되었던지 저녁 근무조는 이제 와서 어제 하지 못한 것을 만회하려고 6백여 명 되는 근로자가 뭉쳐 본부 건물 앞으로 몰려와 직장 지구당 위원장의 창 앞에 서서 연신 "슈타지 물러가라!"를 외쳤다. 원래 주장하려고 했던 게 꼭 그것은 아니었지만 딱히 떠오르는 문구도 없었고 시위대가 그동안 마치 경찰이 신분증을 내밀 듯이 그들의 구호를 떳떳이 내밀어왔기 때문에 슈타지 물러가라!만 외쳐도 그들의 뜻은 충분히 전달되고 있었다.

직장 지구당 위원장은 그날 사무실에 없었고 사무실의 나머지 직원, 즉 사무실장인 케르스틴 슐츠, 비서인 마리온 하르트비히, 그리고 사무보조 카틀린 브로인리히 이렇게 셋만이 남아서 사무실 이삿짐을 싸고 있었다. 그러나 그들은 사무실 이전 자체에는 관여하지 않게 되어 있었다. 그들이 비록 작센링 공장에 소속되어 있었지만 작센링 사장인 헬프리트 슈라이터 박사가 모두에게 분명히 천명한 대로 '사업과 당의 명확한 분리'의 원칙에 따라 당 사무실이 작센링 공장에서 추방당하는 것이었기 때문이다.

슈타지 물러가라! 구호가 끝이 나지 않을 기미를 보이자 창문 너머로 빠끔히 밖을 내다본 세 여자는 사람들이 정말 자기네들을 두고 외치는 구호임을 알아차리고 자기네들은 보통 사람이다, 슈타지가 아니다, 하는 것을 보여주기 위해 건물 외부에 달려 있는 철계단으로 나올 것을 결심했다.

서로가 상대방에게서 어떤 냄새도 맡을 수 없었던 세 여자가 계단에 모습을 드러냈을 때 슈타지 물러가라! 구호는 더욱 커지고 거세졌다. 가장 당황한 사람은 카틀린 브로인리히였다. 그녀는 당원도 아니었으나 슈타지 물러가라! 하는 구호는 자신을 향해 비난하고 있는 것처럼 들렸다. 그녀는 이 비난에 자신도 구호로써 변명해야 한다고 느꼈다. 한마음이 되어 소리치고 있는 수백 명의 사람에게 홀로 대항하여 아래로 뭐라고 외치는 카틀린 브로인리히의 믿을 수 없는 행동의 증인이 된 자는 마침 공장 운영진과 헬프리트 슈라이터 박사에 관해 대화를 나누고 있다가 점점 커지는 슈타지 물러가라!라는 구호에 호기심을 느낀 베르너 슈니델이었다.

주먹을 흔들어대며 목청을 높이는 군중 앞에서 카틀린 브로인리히가 계단을 내려와 마치 대장이 군사들을 조용히 시킬 때의 손짓을 하면서 진정할 것을 청하고 난 뒤 "우리는 민중이다!"라고 외치고 슐츠 씨와 하르트비히 씨를 건너다보며 흡사 자기에게 동참하기를 권하는 듯한 눈빛을 보내는 것을 베르너 슈니델은 목격했다. 그랬다. 그녀는 슐츠 씨와 하르트비히 씨를 민중에 끼워주면서 자기가 받은 17개월간의 구박을 다 용서해줄 용의가 있었던 것이다.

슐츠 씨는 당황한 듯 옆으로 비켜섰으며 하르트비히 씨는 기가 막혀 일그러진 얼굴을 했다. 군중은 잠시 기막혀 하는 듯하다가 웃어젖히기 시작했다. 이 웃음은 점점 좁혀져 카틀린 브로인리히는 급기야 6백 명의 저녁 근무조 노동자 앞에서 만천하에 웃음거리가 된 자신을 발견했다. 슈타지 물러가라! 하는 구호는 더 이상 부활되지 않았고 사람들은 흩어졌다. 민중의 기대는 채워진 것이다.

카틀린 브로인리히는 다시 건물로 돌아와 화장실에 들어가 문을 걸어 잠갔다. 그녀의 시도는 실패로 돌아가고 말았다. 민중이 되자고 했던 그녀의 제의는 단박에 묵살당하고 말았다. 그녀가 '우리는 민중이다!'를 외친 것은 그날이 처음이자 마지막이 되었다.

예의 그 12월의 둘째 화요일은 베르너 슈니델에게 큰 의미가 있는 날이었다. 그는 알프레트 분추바이트의 제안을 받아들여 작센링 공장의 사장인 헬프리트 슈라이터 박사에게 연락을 취하도록 조치했다. 폴크스바겐이 트라반트와 대화를 시작할 거라는 사실은 이제 명확해진 일이었다.

화요일 아침, 그는 크라우제 씨와 팔라스트 호텔을 출발했다. 크라우제 씨는 자기 집의 차가 트라반트였으므로 신구 모델의 출시 순서와 내장 옵션, 모터 사양, 트라반트를 분양받기까지 기다리는 대기 시간, 정비소 현황, 부품의 구입, 문제 부위, 고장 시의 행동, 안전상의 약점 등을 베르너 슈니델에게 상세히 알려줄 수 있었다. 크라우제 씨는 마지막 45분간을 트라비 유머 시리즈로 채웠다. 베르너 슈니델은 이 모든 것을 듣고 난 후 트라반트는 여느 보통 자동차가 아니라는 결론을 내렸다.

헬프리트 슈라이터 박사는 정문에 서서 귀빈의 방문을 기다리고 있었다. 그는 자신의 주위에서 어떠한 일들이 벌어지고 있는지 파악하고 있었다. 손님은 오후 1시에 도착하기로 되어 있었지만 슈라이터 박사가 정문에 서서 기다리기 시작한 것은 오전 9시 45분이었다. 사방에서 공격당하고 자리에서 쫓겨날 위험이 도사리고 있었지만 여기만은 안전했다. 서독에서 주요한 인사의 방문을 받기로 되어 있는 한 누구도 그를 손댈 수 없었다. 폴크스바겐의 특별 전권 대리인과 약속이 되어 있는 한 누구도 그를 어쩔 수 없었다. 그가 파악하고 있는 정국이란 거기까지였다.

길이 지배한다. 지난번에 그는 이 문구를 꿈으로 꾸기까지 했다. 자동차를 만들고 있는 사람은 그였고, 그 자동차들 때문에 길이 닦였다는 얼토당토않은 논리력이 그에게 '길이 지배하는' 데 대한 책임을 묻게 되었고 이 혼란은 그를 꿈에서 깨어나게 했다. 그가 깨어나자 꿈은 산산이 부서지고 우스운 난센스가 되었다. 그 꿈은 뭐라고 설명할 순 없지만 깊고깊은 강력한 죄책감으로 그 안에서 자리 잡게 되었다.

그러나 그 꿈에서 한 가지 가르침은 있었다. 길은 지배하지만 그는 길이 아니다. 그는 길에 좌지우지당하는 신세였다. 그를 보호해주는 사람은 이제 아무도 없었고 길은 그를 자기가 하고 싶은 대로 조종할 수 있게 되었다. 다행히도 7천 명의 직원을 거느린 공장을 관리하겠다고 나서는 길은 하나도 없었다. 그리고 폴크스바겐의 높으신 분들이 그리로 납시는 한 아무도 사장을 건드릴 수는 없었다. 그들 우두머리를 이리로 끌어들이는 데 성공할 인물이 나 말고 후에라도 나올쏘냐!

그런데 그를 위기에서 구원해줄 주인공이 하필이면 왜 그들이냔 말이다. 그는 서독이라면 아주 지긋지긋했다. 카롤라가 떠난 이후 가족은 더 이상 제대로 된 가족이 아니었다. 조국을 떠난 딸을 두고 그는 얼마 동안 매우 조심스럽게 행동해야 했다. 만일 그것이 영원한 추방이었다면 그는 사장이라는 위치상 감당하기 힘들었을 것이다. 페스트와 콜레라 사이에서 어떤 것도 선택할 수 없었던 그는 딸의 탈출을 숨길 수밖에 없었다. 그러다가 톱니바퀴가 맞물려 돌아가기 전에 체제가 안녕을 고한 것이다. 그래도 그는 서독의 카롤라를 만나길 거부했다. 딸을 그렇게도 사랑하고 있었는데도 말이다. 그의 아내는 하루가 멀다 하고 카롤라를 찾아갔다. 아내는 심지어는 카롤라가 여길 떠나게 된 주원인인 그 젊은이를 성탄절에 집에 초대하기까지 했다. "한번 여기두 와봐야쥬. 카롤라가 어디서 살다 납치가 됐는지, 여기가 워딘지를 알게유." 아내는 이렇게 주장했으나 헬프리트 슈라이터 박사는 정말 마땅치 않았다. **납치**라는 말에서는 슬픔이 묻어나오고 있었고 그 젊은이가 카롤라를 납치해갔다는 것은 사실이었다. 게다가 아내 로스비타는 그를 농부의 딸에게 눈길을 준 왕자의 위치로 승격시키고 있었다. 로스비타는 매일 서독에 있는 카롤라 이야기만 했다. 입만 열었다 하면 성탄절 타령이었고 밤낮 하는 얘기라곤 카롤라를 서베를린으로 데려간 그 젊은이가 우리 가족에게서 어떤 인상을 받을까 하는 그 얘기뿐이었다. 다시 말하면 일개 대학생 하나가 그들을 어떻게 볼 것인가 하는 문제였다. 젊은이는 왕자가 아니었고 슈라이터네도 가난한 농부가 아니었다. 7천 명이 일하는 기업체의 운명을 짊어지고 있다는 것이 무엇인지, 또 기술자들이 서독으로 일을 찾아 떠나고 동시에 몇백 서독 마르크면 살 수 있는 값싼 중고차가 동독 시장으로 유입될 경우 작센링이 어떻게 해야 살아남을 수 있을지 몰라 속수무책으로 있는 남편은 아내에게 그저 관심 밖인 것 같았다. 언제라도 식구들에게서 얻을 수 있었던 든든함은 사라지고 그는 무엇을 해도 허탈하기만 했다. 정문 앞에서 세 시간 동안 기다리고 있었던 것은 체념의 표현이었고 동시에 답답함의 표현이기도 했다. 하지만 어떡하란 말인가? 아내는 월요 시위에 참가해 시위대의 하나가 되었지만 혹시라도 누가 알아보지나 않을까 겁을 내고 있었다. 이것도 답답하지 않다고 할 수 있을까?

　그 화요일은 특별했다. 화요일은 전날 월요 시위의 흥분이 이어지는 날이었다. 사람들은 정문을 지키고 서 있는 그를 곱지 않게 쏘아보며 다음은 네 차례다 하고 말하는 것 같았다. 도무지 끝이 날 것 같지 않았다. 퇴진, 당의 지도적 역할 포기, 여행의 자유, 언론 자유, 사상의 자유, 슈타지의 해체──사람들은 원하는 것은 뭐든지 얻어냈다. 그러고도 데모를 계속하고 있다. 헬프리트 슈라이터 박사는 이렇게 단정지었다. 이 데모는 요구사항들의 집합이 아니다. 이제 데모는 거꾸로 요구사항을 새로이 탄생시키기 위해 존재하고 있었다. 그들이 그의 퇴진을 요구하는 것도 이젠 시간 문제였다. 장관, 당 중앙위원회 총무, 지구당 위원장 등 그의 위에 있던 인물들은 모두가 퇴진하고 없었다. 헬프리트 슈라이터 박사는 어제가 되어서야 직원 총회에서 작센링 주재 직장지구당 위원장에게 정치적 활동을 금지하는 조치를 내렸다. 그는 이 소식을 당 중앙 사무국에도 임원으로서의 위엄을 지키며 떳떳하고 당당하게 통보하고자 했다. 그런 그가 그만 퓨즈가 나가고 말았다. 그는 갑자기 직장지구당 위원장인 오펠에게 직원증을 내어줄 것을 완강히 거부하며 그가 보는 앞에서 그것을 찢어버렸다. 앞으로는 방문자 증명서를 가지고 공장에 출입할 수 있으며 그것도 사무실의 철수 준비를 위한 목적 이외에는 안 된다고 못 박았다. 직원들은 깜짝 놀랐다. 사장이 자신의 당 서기를 만인이 지켜보는 가운데 뭉개버릴 줄은 어느 누구도 상상하지 못한 일이었다. 헬프리트 슈라이터 박사도 자신이 그럴 줄은 몰랐다. 사무실을 폐쇄시키고자 한 것은 사실이었지만 사태가 이렇게 흘러갈 줄은 생각하지 못했었다. 그가 직원들이 요구하는 대로 계속 전진하며 변화의 선두에 서고자 했던 이유는 두려움이었다. 한두 주 정도는 사람들이 그의 행위를 기억해줄지도 모르지만 그다음에는 완전히 잊혀지든가 아니면 마땅히 끔찍하다는 평가를 받게 될 것이다. 그는 오펠과 지난 수년간 같은 층에서 근무해왔다. 누구에게나 말을 걸고 대뜸 용건을 말하는 이 다리가 짧고 땅땅한 체격의 남자를 그다지 좋아하지는 않았다. 어느 날 슈라이터 박사의 아들 마르코가 친구에게 가져다주려고 트라비 부품 하나를 옆구리에 끼고 아버지의 사무실을 나가는데 오펠이 그를 불러 세운 일이 있었다. 마르코와 마찬가지로 헬프리트 슈라이터 박사도 나쁜 짓을 하다가 들킨 것처럼 움찔했다. 자동차의 교체 부품을 가져갈 때는 비록 그 사람이 그것을 정식으로 분해하여 제대로 값을 지불했다고 하더라도 옆사람은 못 본 척해주는 것이 예의였다. "자네 말이야." 오펠은 잠깐 뜸을 들이기 위해 말꼬리를 올렸고 마르코는 부품을 옆구리에 낀 채로 섰다. "자네 군대 복무 기간이 얼마나 되지?" "3년이요." 마르코가 눈치 좋게 거짓으로 대답했고 오펠은 그의 어깨를 두드리며 말했다. "그래, 조국이 군인들을 원하고 있네!" 그의 다음 꿍꿍이가 계속 이어질 것 같아 마르코는 계속 서 있어야 했다. 드레스덴 사람으로서 온갖 종류의 귀족적 예절에 대해 친근감을 가지고 있었던 헬프리트 슈라이터 박사로서는 죽어도 생각하지 못할 뻔뻔함이었다.

헬프리트 슈라이터 박사의 입장에서는 민망하기 짝이 없는 이 비(非)권위주의적인 태도에는 또 다른 특징이 하나 더 있었으니 그것은 바로 한스 베르너 오펠이 보여주는 모욕에 대한 면역성이었다. 그가 서투르고 둔한 사람이란 것은 맞는 말이었지만 그래도 성격은 좋았다. 증오의 대상이었던 당의 서기관인 그에게 내놓고 욕을 하는 사람도 많았지만 그럴 때마다 그는 애수로 마음이 아릴 뿐이었다. 비아냥거림은 대중을 위해 자신을 희생하는 사람들에게 항상 뒤따르는 배경음악 같은 것이었고 적대시되는 일은 혁명가의 운명이었다. 그는 위협을 가한다거나 겁을 주기보다는 자신의 인격을 예로 삼아 반공산주의의 오류를 증명할 생각이었다. 술책을 쓸 줄 모르는 그의 성격 탓에 전 직원 앞에서 한 방에 날려버리기는 쉬웠지만 바로 그 점 때문에 헬프리트 슈라이터 박사는 마음이 영 개운하지 못했다. 이 나라는 우리 모두를 협잡꾼으로 만들고 있어, 그는 중얼거렸다. 우리 마음속에서 나쁜 것들을 밖으로 끌어내고 있잖아. 그래서 모두가 이 나라에서 등을 돌린 것일지도 모르지.

1시에서 10분 정도 지나 차가 당도했다. 군청색의 고급 모델 BMW였다. 둔중하게 조용히 미끄러져 들어오는 차에 비해 차단기는 급하고 방정

맞게 위로 팅 하고 올라갔다.

　그날 오후는 공장 견학으로 시작되었다. 헬프리트 슈라이터 박사의 안내를 따라 들어간 베르너 슈니델은 막 생산 라인에서 나오는 발랄한 트라반트 한 대를 보자 일류 스타 요리사의 요리를 본 레스토랑 평가단의 심정에 사로잡혔다. "차체 모양의 밸런스도 맞고, 아주 꾸밈없는 느낌의 차군요. 아주 편안해요. 트라비라는 이름도 깜찍하고 말입니다. 디자인은 나무랄 데가 없습니다. 문도 문처럼 생기고 바퀴도 제대로 생겼습니다. 앞의 보닛 부분에도 꼭 있을 것만 있고 라이트는 꼭 동그란 눈 같군요. 뒤에는 테일 핀 스타일의 느낌을 주려고 했군요. 대단합니다. 진짜 1백 프로 자동차군요."

　헬프리트 슈라이터 박사는 보닛 뚜껑을 열어 모터를 한번 들여다보게 했다. "이게 달린단 말씀입니까?" 베르너 슈니델은 자기도 모르게 이렇게 내뱉어놓고 자기에게서 튀어나온 말에 대해 곧바로 후회했다. 당연히 달릴 수 있을 수밖에 없지 않겠는가. 3백만 대에 달하는 다른 트라비처럼. "그럼 한 바퀴 돌아봅시다!" 유쾌한 어조로 말하고 나서 그는 헬프리트 슈라이터 박사가 운전석에 자리를 잡는 동안에 조수석에 착석했다. 둘은 거의 동시에 차문을 닫았다. 문이 닫히면서 너무도 싸구려 소리가 났기 때문에 베르너 슈니델은 자기가 여기서 더 이상 칭찬만을 늘어놓는다면 사람들의 의심을 살 우려가 있겠다고 판단했다. "차문은 차의 명함과 같은 것이라고 아버지가 항상 말씀하셨습니다. 사람들은 이유도 모르는 채 어떤 자동차에 이끌리게 되는데 아버지께서는 그것이 문을 닫는 순간이라고 말씀하셨습니다. 우리한테는 그것만 전문으로 연구하는 연구자가 따로 있을 정도죠. 우리가 만드는 문은 한 치도 어긋남이 없이 딱 맞게 설계되어 있어서 공기도 통하지 않습니다. 마지막 문을 닫을 때는 좀 무겁게 닫히는데 그 이유는 차 안 공기가 빠져나갈 곳을 찾지 못하기 때문이죠." 헬프리트 슈라이터 박사는 배리배리한 특별 전권 대리인의 말을 공손하게 경청했다. 그렇지만 몰랐던 내용은 아니었다.

그가 이윽고 시동을 걸었다. 시동은 첫번째 시도에서 바로 걸렸다. '다행이다, 창피는 면했군' 하고 헬프리트 슈라이터 박사는 생각했다. 2행정 모터의 챙챙거리며 출랑거리는 소리가 폴크스바겐 맨의 귀에 자동차의 소음이 아닌 잔디깎이 기계로 들리지 않기를 간절히 기도했다.

베르너 슈니델은 자동차 전체가 전부 진동으로 휩싸이고 있음을 감지했다. 보통 자동차에서 내는 울림은 편안하게 감싸는 느낌을 주는 경우가 많은데 이건 거의 정신적 테러에 가까웠다. 사회주의의 폴크스바겐이라고 할 수 있는 이 집단이 노동자들을 살금살금 진행되는 뇌세탁의 굴레에 묶어놓으려는 것이 아닐까 하고 생각했다.

"이 차는 생산하도록 우리에게 주어진 차이지, 우리의 생산 능력을 말해주는 차는 아닙니다." 헬프리트 슈라이터 박사는 이렇게 말하고 기어를 1단으로 놓았다. 변속기는 핸들 오른쪽에 위치한 파이프 비슷한 손잡이였는데 위로 잡아 빼거나 아래로 누른 다음 올리거나 내려서 조종하게끔 되어 있었다. 그 변속기로는 절대 어느 누구라도 보통 자동차 바닥에 있는 기어 변속기를 조절할 때처럼 남자답고 절도 있는 동작으로 조작할 수는 없을 성싶었다. 헬프리트 슈라이터 박사는 마치 만년필을 쥘 때처럼 변속기를 잡았다. 그래도 하나로 이어진 앞좌석 때문에 크롬색으로 반들반들 빛나는 변속 장치를 부득이 핸들 옆에 장치할 수밖에 없는 일부 여타의 자동차가 가진 섬세한 우아함은 발산되지 않았다.

자동차에는 곧 가속이 붙었다. 적어도 가속 시간 때문에 창피할 일은 없겠군, 하고 헬프리트 슈라이터 박사가 만족스럽게 진단했다. 그 대신 소음은 점점 커져가고 있었다. 베르너 슈니델이 차의 내부 장식에 관심을 나타냈다. 내부에는 꼭 필요한 것들만으로 갖추어져 있었는데 그 단순성 이란 고고한 깨끗함이나 의도적인 간결성을 표출하고 있는 것이 아니라, 사람을 무시하는 듯한 수준의 스파르타풍이었다. 뼈와 거죽만 남긴, 최소 한의 존재 가능성을 보여주는 수위의 내부라고 할 수 있었다. 앞쪽 창문 은 손잡이를 빙빙 돌려서 내리는 식이었는데 그렇다고 팔을 걸치기에는 너 무 작은 손잡이였다. 안전벨트가 달려야 할 위쪽에는 물렁한 고무로 된 밴드가 매달려 있었다. 보조석 앞의 서랍이 있어야 할 자리에는 널찍한 선반 같은 것이 장착되어 있었다. 역시 인색하다는 느낌이 들었으며 개인 의 개성이나 섬세함과는 거리가 멀었다. 차는 좁고 시끄러웠으며 자리도 불편했다. 이런 차를 끌고 저 멀리 흑해까지 휴가를 가는 이 민족의 여행 열은 정말 이만저만 대단한 것이 아니겠는데, 하고 베르너 슈니델은 생각 했다.

약 45분간의 공장 견학을 마치고 베르너 슈니델은 다시 사장실에 딸 린 회의실로 들어왔다. 헬프리트 슈라이터 박사는 각 부서의 부장 일곱 명과 백발의 회계 책임자를 동석시켰다. 베르너 슈니델은 자기와 가까운 바로 앞자리에 배석시켰다. 폴크스바겐이 왜 자기네들한테 특별 전권 대 리인을 파견했는지 그 영문을 알 수는 없었지만 어쨌거나 헬프리트 슈라 이터 박사는 희망에 차 있었다. 특별 전권 대리인은 무엇을 새로이 시작 하고자 온 것이지, 무엇을 방해놓으려고 온 것은 아니다, 라는 것을 그는 감지하고 있었다. 그렇기 때문에 그는 모든 임원진을 모아놓고 보여줄 작 정이었다. 나를 쏘아 넘어뜨리려고 하는 자는 폴크스바겐과의 공조를 저해하는 자이다.

　회의는 희한하게 시작되었다. 헬프리트 슈라이터 박사는 너무 격식을 갖춘 말투를 자제하며 임원들을 차례차례 소개시켰다. 특별 전권 대리인 앞에서 너무 나서지 않으려는 것이었다. 슈니델은 공산주의의 임원회의니까 수다나 좀 떨고 나오면 되겠지 하고 한순간 생각했다가 이 회의를 주도할 사람이 자신이라는 데 퍼뜩 생각이 미치자 전혀 편하지가 않았다. 도대체 이 남자들은 누군가 싶게 낯설었다. 그들은 거의 비굴할 정도로 만면에 웃음을 띄우고 그의 명령이 떨어지기만을 기다리고 있었다. 슈니델의 앞에는 그의 스무 배가 넘는 인생 경험들이 버티고 앉아 있었다. 슈니델에게 권위를 부여하고 있는 것은 오직 그가 그들 공장의 스무 배가 넘는 자산을 보유한 회사에서 나온 사람이라는 사실 하나였다.

　임원들은 그에게 어떻게든 도움이 되려고 열을 내고 있었다. 백발의 회계부장은 백발의 특별 전권 대리인에게 웃음을 보냈다. 그 웃음에서 그가 베르너 슈니델을 그동안 신문에서 그렇게 떠들어대던 **청소년, 우리의 지원과 믿음이 절실히 필요한 청소년**으로 보고 있다는 것을 알 수 있었다. 회계부장은 군대에서 생활을 했고 어떤 이를 자해 혐의로 고발하여 법정에 서게까지 한 적이 있었다. 그는 소련의 전쟁 포로가 된 와중에 오히려 거기서 새로운 확신을 얻게 되었다. 그 확신은 질문을 던져보지도, 찾아 나서지도, 의심해보지도 않고도 얻은 확신이었다. 이 확신은 그로 하여금 뜨거운 가슴 없이도 사고하고 자기주장을 펼칠 수 있게 만들었다. 돈을 다루는 회계일은 그에게 일정 거리를 유지하는 객관성을 부여했다. 그가 책임져야 하는 사항은 없었으며 그저 일어난 일에 대해 대차대조만 산출하면 되는 일이었다. 이렇듯 충실히 객관을 따르는 것은 그의 특징이 되었다. 그러나 그가 회계부장이 되면서부터는 그저 숫자만 계산하고 있을 수는 없게 되었다. 그의 숫자는 일어난 사실을 조작하는 역할을 맡아야 했으며 그는 숫자를 가지고 거짓말을 해야 했다. 그는 숫자를 다룰 줄은 알았지만 거짓 숫자 놀음을 할 줄은 몰랐다. 단 4년 만에 그의 머리는 하얗게 세어버렸다. 그런 그가 이제 눈물이 그렁그렁한 푸른 눈을 하고 웃고 있었다. 그는 웃고 있었으며 준비되어 있었다.

생산부장은 심각하고 부정적인 표정으로 보고 있었다. 슈니델의 나이가 도무지 마음에 들지 않았다. 기술부장도 슈니델을 바라보는 표정이 영 못 미덥다는 식이었지만 쏘아보고 있지는 않았다. 산전수전 다 겪은 엔지니어로서는 새파란 아들이 왔다는 것에 실망했다는 설명이 옳을 것이다.

"저희는 지난주에 트라반트를 이을 후속 모델의 생산을 결정했습니다." 이제부터 본격적인 회의를 시작하겠다는 말투로 헬프리트 슈라이터 박사가 말을 꺼냈다. "플란 주식회사가 생산 준비 작업을 담당하기로 되어 있는 볼프스부르크에서 말입니다."

"저는 처음 듣는 얘깁니다." 베르너 슈니델은 이렇게 말하자마자 사람들 전체가 자신의 말을 모욕으로 받아들였다는 것을 눈치 챘다. "죄송합니다만 저는 정말 모르는 사항입니다. 제가 벌써 이쪽으로 나와서 상황 분석에 나선 지가 몇 주째가 되지만 모(母)그룹의 모든 활동 상황을 파악하고 있는 것은 아니라서 말이죠." 그가 미안한 듯 헛기침을 했다.

"모르고 계실 리가요!" 기술부장의 말이었다. "신문에 죄다 났는데요."

"죄송하지만 말씀드렸다시피 저에게는 아직 전해진 바가 없습니다."

순간 전체 작센링의 실망이 베르너 슈니델 앞에 무더기로 쏟아졌다. 수년 전부터 폴크스바겐과 작센링은 협력 사업을 시행 중에 있었다. 카를마르크스 시에서는 폴크스바겐 자동차에 들어갈, 가히 자동차의 심장이라고 할 수 있는 모터가 생산되고 있었다. 이렇게 생산된 모터는 지금까지는 모두 볼프스부르크로 납품되었지만 이제부터는 새로이 제작될 트라반트 신(新) 모델에도 장착되어나갈 예정에 있었다. 그러나 폴크스바겐 쪽에서는 이 프로젝트에 그리 열성을 보이지 않았고 이름 없는 협상단이 와서 계약서의 자잘한 사항들만을 가지고 씨름하려고 할 뿐이었다. '자동차 산업의 역사를 다시 쓰'거나 '상호 관계를 더욱 돈독히' 할 생각은 없는 것 같았다. 달랑 사장 한 명만이 와서 계약서에 서명하고는 축배로 든 잔을 다 비우지도 않고 휑하니 갔을 뿐이다. 츠비카우에서 자동차가 어떻게 만들어지고 있는지 알고 싶어 하지도 않았다.

부장 한 명이 비아냥거리듯 툭 던진 바에 따르면 츠비카우 시에서의 자동차 생산의 역사는 '볼프스부르크보다' 오래되었다고 했다. 얘기가 역사 이야기로 돌려지자 마치 봇물이 터진 것 같았다. 베르너 슈니델은 10분이 넘도록 츠비카우의 눈으로 바라본 자동차의 역사를 들었다. 여기저기서 말들이 쉴 새 없이 우박 떨어지듯 우수수 떨어지며 한 명이 숨이 차서 하던 말을 쉴라 치면 다음 사람이 받아서 계속 이어가며 그동안 마음속에 품고만 있었던 이야기들을 쏟아냈다. 그들은 유머 시리즈에 나오는 트라비는 잘못된 것이라고 주장했다. 자동차의 차체가 유머에 나오는 것처럼 마분지가 아니고 플라스틱이다. 종이랑은 아무 관련이 없다. PVC와 에폭시수지로 이루어진 혁명적인 신소재가 "마분지와 무슨 상관이냐?" 또 1950년대에 발명된 이 소재로 말할 것 같으면 철보다 가볍고 따라서 연료 소비 면에서 경제적이며 녹슬 염려도 없다. 하지만 광산업이 정부의 대대적인 지원을 받고 있던 서독에서는 자동차 산업이 철강 차체를 다른 소재로 대체할 필요성을 느끼지 못한 것이다. 게다가 전 세계적으로 우리처럼 2행정 모터를 자동차에 사용하는 예는 없다. 만일 대형 자동차 회사가 2행정 모터를 개발하기 시작한다면 오늘날 종전과 완전히 다른 2행정 모

318

터가 발명되어 있을 것이다! 차체 또한 현재와는 판이하게 다를 것이다! 우리는 트라비로 끝내려는 게 아니다, 그 망할 놈의 계획경제가 겨우 트라비의 생산을 가능하게 했을 뿐 계속적인 개발을 하지 못하게 한 것이니까 트라비가 놀림감이 된 게 당연하다, 시작은 참 좋았는데 말이다! 또 그 뭐냐, 그 회전 피스톤 엔진도 그렇다, 기술 방면에 조금이라도 관심이 있는 사람은 회전 피스톤 엔진의 우수성에 입을 모은다, 연소실이 세 개 있어서뿐만 아니라—— 셋이라는 숫자는 얼마나 조화롭고 안정된, 왕의 숫자이냐! 엔진 본체에 들어앉아 그 안에서 피스톤을 들었다 놨다 하는 오토 모터 또는 디젤 모터와는 달리 연소실이 모터의 회전 숫자에 똑같이 맞추어 돌기 때문이다, 회전 피스톤 엔진이 바탕에 깔고 있는 이론은 또 얼마나 기가 막히게 좋냐 하면 에너지가 방출되는 순간에 연료는 그 자신이 생산하는 바로 그 움직임에 예속된다, 즉 연료는 그가 불살라지는 목적인 그 움직임을 경험하고 가는 것이다. 세계적으로 혼다와 트라반트만이 이 참신한 공학적 아이디어를 이용해 대량생산을 꾀하고자 했지만 혼다가 중간에 개발을 중단하니 트라반트로서도 어쩔 수 없이 개발을 접어야 했다, 이번에도 또 혼자서 무인도에 홀로 떠 있을 수는 없지 않느냐.

그렇지만 가장 가슴 아픈 사연은 해치백에 있었으니 이미 1960년대 말에 현재 트라반트의 후속 모델의 시제품이 혁신적인 디자인을 가지고 존재하고 있었는데 그 당시에는 명칭도 붙지 않은 그 디자인을 오늘날에는 해치백이라고 부른다, 이 모델이 베를린의 당 중앙위원들에게 처음 소개되었는데 그들이 입을 모아 말하기를 이런 것은 우리 노동자들에게 필요 없다고 하더라, 그런데 1972년 르노Renault에서 자동차 산업 역사상 처음으로 해치백 외형을 가진 R5 모델을 생산하고 1975년부터는 폴크스바겐의 폴로가 그 뒤를 따르면서 다른 이들에게는 씨앗과 같은 역할을 했지만 정작 자신은 생산할 수 없었던 우리 츠비카우 측의 아픔을 어찌 말로 할 수 있었겠는가.

1960년대에 생산되기 시작해 현재까지도 죽 나오는 트라반트에 대한 책임을 져야 할 사람은 이 안에 아무도 없다는 사실을 베르너 슈니델은 알게 되었다. 혁신적 아이디어와 열정, 이상주의적인 도전 정신을 가지고 츠비카우에서 자동차 생산이 이루어졌다는 사실은 아무도 부인할 수 없을 것 같았다. 이미 1930년대 초반에 이 지역에서는 단 6주 만에 그 전설적인 DKW F1 모델이 착안 단계에서부터 대량생산에 이르렀던 것이다. 그러나 언제 적 얘기인지 모르는 그런 옛날이야기는 집어치우자. "트라반트는 우리가 만들어야만 하는 자동차이지, 만들 수 있는 자동차는 아닙니다!" 결국 기술부장이 이렇게 부르짖었다. 폴크스바겐 사람이 1960년대 후반의 그 시제품을 본다면 틀림없이 작센링 앞에서 설설 기면서 굽실거리게 될걸, 하고 생산부장은 믿고 있었다. 그런데 시원찮은 부하 몇 명이나 달랑 보내고 우리를 무시하며, 단 술 한 잔도 함께 비우지 않고, 게다가 전령이라고 온 사람은 우리가 지난주 협약한 내용도 모르고 있다니!

이상이 츠비카우의 입장에서 바라본 자동차 산업의 역사였다.

여덟 명의 임원과 경리부장이 베르너 슈니델을 적대적으로 쏘아보며 침묵했다. 그는 헛기침을 하며 조심스럽게 달래보았다. "말씀드렸지만 저는 그룹 조직에 완전히 묶여 있는 사람이 아닙니다. 여기 온 것도 회사가 보내서 온 것은 아닙니다. 저는 세계기업을 위해 국민경제를 조사하고 있는 사람입니다. 그렇지만 전략적 사안에 대해서는 회장님과 직접 연결되어 있지요."

그의 말은 별 효과를 내지 못했다. 임원들은 이미 화가 난 상태였고 베르너 슈니델이 창밖으로 시선을 돌렸을 때 6백 명의 저녁 작업조 또한

"슈타지 물러가라!"를 외치며 화를 내고 있었다. 그는 민중이고자 발버둥 치는 카틀린 브로인리히의 우스꽝스러운 등장을 지켜보았다. 그러면서 여기서 이대로 물러선다면 자신도 화가 나지 않을 수 없으리라는 것을 알 았다.

그는 두서없이 일단 시작했다. 이러다가 이 자리의 분위기를 띄워줄 흥이 생기겠지 하는 기대 속에 마구 말을 만들어댔다. 그는 조급하게, 떠듬거리며, 숨을 계속 몰아쉬며 이야기했다. 심장은 쿵쿵거리고 가슴은 가쁘게 벌렁댔다. 그는 자신의 스무 배가 넘는 인생 경험들을 앞에 대면하고 있다는 사실을 의식적으로 잊으려고 노력했다. 말해! 이렇게 자신에게 명령했다. 말해, 그러면 나머지는 어떻게든 알아서 될 거야!

"새로운 시작을 해보시겠다고요? 좋습니다. 기업 경영의 입장에서 말입니다. 슘페터, 창조적 파괴를 말하는 것이죠. 여기 테스트 주행 코스가 있습니까? 없다고요? 슘페터, 프리드리히 슘페터를 아십니까?" 슘페터의 앞 이름이 프리드리히가 아니라는 것만은 확실히 알고 있었지만 그가 다녔던 상업고등학교에서 자주 슘페터의 이름을 들먹거리던 선생님의 이름이 프리드리히 씨였다. "슘페터는 기업에 중대한 역할을 부여하는 자유경제 체제를 주창하던 학자 중 한 명이었습니다. 카를 마르크스는," 이번에는 성과 이름을 확신할 수 있었다. "기업보다는 노동자에게 더 큰 관심을 가졌지만 말이죠. 여러분께서는 자신이 노동자 계급이라고 하시거나 노동자를 대표 또는 지도한다고 항상 주장하고 계십니다. 그런데 죄송한 말씀입니다만 우리 폴크스바겐에서 노동자들은 컨베이어 벨트 앞에 서 있습니다. 만일 우리 쪽에서 나온 사람들이 여러분들에게 혹시라도……" 손으로 뭘 휙 떨어버리는 듯한 제스처. "그랬다면 여러분들이 경영자라는 것을 그 사람들에게 확실히 주지시키지 않아서입니다. 자, 이제는 시작해야 합니다. 여러분들의 경영 능력을 증명해 보이십시오!"

어찌어찌하다 보니 여기까지 왔다는 것이 베르너 슈니델 자신이 보기에도 신기했다.

"프리드리히 슈페터와 그의 창조적 파괴, 다시 말씀드립니다. 기업이 가진 능력은 기업의 역사적 존재 이유 그 자체입니다. 여기 테스트 주행 코스가 있습니까? 없다고요? 좋습니다. 그러면 그냥 저쪽의 길을 사용하도록 하지요. 제 일생의 제일 첫번째 기억은 우리, 그러니까 폴크스바겐이 독일에서 더 이상 딱정벌레 모델을 생산하지 않고자 했던 것과 관련이 있습니다. 자동차의 전설인 딱정벌레, 달리고 또 달리던 딱정벌레가 더 이상 달릴 수 없게 된 것입니다. 뉴스의 외국 소식 보도 코너에서 기자가 거리에 서 있는 걸 보시곤 아버지는 아직도 이렇게 말씀하십니다. 딱정벌레 안 나오는 거리가 없구나. 여러분 보십시오. 암스테르담, 리우, 베이루트, 자카르타 할 것 없이 딱정벌레 한 대 나오지 않는 거리 화면은 없습니다. 회사 이름은 폴크스바겐이었으나 딱정벌레가 바로 폴크스바겐이었는데 이제 그것이 더 이상 나오지 않게 된 것입니다. 그리하여 전 이사진들이 테스트 주행 도로로 진출하여 각자 한 대씩 딱정벌레 운전석에 앉아 열심히 달리다가 시속 70~80킬로에서 브레이크를 밟았습니다. 도로의 왼쪽은 젖어 있었고 오른쪽은 말라 있었습니다. 차들은 모두 핑글핑글 돌기 시작했죠. 순식간에 타이어가 뭉개지면서 연기가 피어오르고 모터가 서버렸습니다. 이것을 각자 네다섯 번 연거푸 반복했습니다. 대단한 미끄럼 파티였죠. 그것은 신나고 기이하며 엄청나고 광적인 경험이었지만, 그 무엇보다도 기업가 정신에서 나온 시도였어요. 그들은 차에서 내린 다음 생산 라인을 중단시키고 골프를 만들기 시작했습니다. 그리고 다시는 딱정벌레에 오르지 않았습니다. 그런 경험은 한 번으로 족한 법이죠."

일단 한 소절 쉰다.

"경영인이고 싶으십니까? 그렇다면 해보십시오! 테스트 주행 코스가 없다고요? 그러면 저쪽 아래 도로를 이용하도록 하겠습니다. 트라비 아홉 대를 준비해주십시오." 그러고선 헬프리트 슈라이터 박사에게 말했다. "저는 당신과 같은 차에 타도록 하겠습니다."

20분 후, 베르너 슈니델은 달리는 아홉 대의 트라비 가운데 하나에 앉아 있었다. 가속을 주다가 갑자기 확 급정거한 자동차들은 뱅글뱅글 돌았다. 납작납작한 건물 지붕의 그림자가 드리워진 쪽은 아직 얼음이 있었기 때문에 일부 얼음 표면이 녹아내린 부분과 어울려 차의 왼쪽 바퀴는 얼음 위에, 오른쪽 바퀴는 마른 도로 위에 걸치게 되어 브레이크를 밟으면 곧바로 확확 돌았다. 그들은 딱딱한 경질 벽돌로 지은 공장 건물의 뒤편을 돌아 다시 처음 출발점으로 돌아왔다.

슈니델은 사람들을 계속 몰아쳐대야 했다. 그가 볼 때 사장과 일곱 명의 임원, 그리고 회계부장은 너무 몸을 사리고 있었다. 처음으로 한 바퀴를 돌 때 1단 기어 이상의 속도로 달리는 사람은 아무도 없었고 급정거 흉내만 낸 급정거를 했다가도 운전학원에서 가르쳐주는 것 같은 대처 방법을 써서 곧바로 다시 차를 추스르곤 했다. 슈니델은 두 팔을 마구 흔들어대며 소리소리쳤다. 눈같이 하얀 완전 백발을 하고 선글라스를 낀 이 남자는 에너지와 광기와 광신으로 넘쳐나고 있었다. "달려요! 더 빨리! 3단을 넣으라고요! 쭉 나가다가 급브레이크! 슘페터! 창조적 파괴! 그렇지! 그렇지! 계속 밟으라니까요! 스피드! 슘페터! 슘페터를 위하여!" 베르너 슈니델은 가련한 체격으로 열심히 채찍질하듯 소리 지르며 과장된 몸짓을 불쑥불쑥 내지르더니 마침내 뱅글뱅글 맴만 돌던 카라반에게 활기를 뿜어 넣는 데 성공했다. 차는 미끄러지면서 제자리에서 돌며 가던 방향으로 죽

미끄러져 나갔기 때문에 차의 회전은 사실상 그렇게 위험하지는 않았다. 헬프리트 슈라이터 박사의 차에 타 조수석에 앉아 운전수를 열렬히 응원하던 그는 차가 회전하자 놀이공원의 롤러코스터를 탄 사람처럼 마구 소리를 질러댔다. 그러나 이렇게 세 바퀴를 돌고 나자 약의 강도를 더 높여야 했다. 그는 차에서 내려 쉴 새 없이 떠들어댔다. 눈에서 미친 빛이 번득번득거렸다. 씩씩하는 숨소리와 의미를 알 수 없는 동물적인 소리의 파편이 빠르게 내뱉어지는 말 속에 뒤섞이고 있었다. "슘페터. 더 잘해야 됩니다. VW보다. 맨 앞 차가 부딪칠 때까지 브레이크를 최대한 나중에 밟으세요. 그다음 차들이 차례로 부딪치는 겁니다. 그러면 성공이에요. 창조적인 파괴죠. 모두 산산조각이 나야 합니다."

맨 앞차가 최대한 늦게 브레이크를 밟아 반드시 빙그르르 돌면서 공장 건물 벽에 미끄러져 부딪히는 것이 슈니델이 원하는 일이었다. 또 뒤따라오는 차들도 마찬가지로 늦은 브레이크를 밟아 빙그르르 돌다가 9중 추돌을 일으키며 모두 전파(全破)되어야 했다. 베르너 슈니델은 헬프리트 슈라이터 박사가 운전하는 첫번째 트라비에 탔다. 헬프리트 슈라이터 박사는 생각하기를, 아무리 그가 회장의 아들이고 상황 파악의 임무를 맡고 있는 특별 전권대사라고 해도 이건 너무 심한 것 같았다. "저한테는 딸린 식구가 있습니다." 그가 나지막이 말했다. 그 말이 떨어지기가 무섭게 베르너 슈니델이 고함을 질렀다. 식구라는 말에 신경질이 난 듯 보였다. "그래서요? 우리 아버지도 딸린 식구는 있습니다. 그런데 제가 제대로 아버지 얼굴이나 본 적이 있는 줄 아십니까? 주말이나 휴일에 아랑곳없이 항상 바쁘게 일하시다 보니 저녁 9시 이전에 집에 들어오신 적이 없습니다. '무에서는 아무것도 나오지 않는다'가 그의 구호였어요. 아무리 어머니가 뭐라고 해도 아버지는…… 노력이 없으면 결과도 없어요!"

그 말이 아닌데, 헬프리트 슈라이터 박사는 그만 주눅이 들어 기어를 1단에 넣고 바퀴 사이의 그림자 모서리를 밟으며 차를 출발시켰다. 2단으로 기어를 올렸다가 다시 3단으로 바꿨다. 이번에는 정말 늦게 브레이크를 밟을 생각으로 천천히 가속을 붙였다. 그리고 기어를 4단으로 올렸다. 그는 옆에 앉은 베르너 슈니델이 약삭빠르게 재빨리 안전띠 매는 것을 기분 좋게 확인했다. 안전띠의 찰칵 하는 소리가 들리자마자 그의 오른발은 브레이크를 밟았다. 차는 돌기 시작하면서 그와 그 옆에 동승한 폴크스바겐의 특별 전권대사도 같이 돌렸다. 베르너 슈니델은 비명을 질렀다. 신이 나서 지르는 소리가 아니라 무서워서 지르는 소린 게지, 헬프리트 슈라이터 박사는 생각했다. 모든 것이 빙빙 돌았고 아무것도 손쓸 수 없었다. 벽이 가까이 닥쳐오는 것이 보였다. 슈라이터 박사는 자동차가 정말로 저 벽에 충돌할 것이라는 걸 깨달으며 마지막 생각을 가다듬으려고 애를 썼다. 음, 오늘 옛날 차를 망가뜨리는 건 잘하는 거야. 만날 하던 그 타령이 아니라 오늘은 정말 새로운걸. 그리고 만일 내가 살지 못하게 된다면 난 내 아이들이 아빠가 그러리라곤 상상도 하지 못하던 종류의 죽음을 맞게 되는 거야.

벽에 제일 먼저 부딪힌 쪽은 트렁크 부분이었다. 그러나 도는 힘이 너무 강해 곧 운전사가 앉은 쪽도 벽에 미끄러져 닿았다. 헬프리트 슈라이터 박사는 지나온 인생이 눈앞에서 거꾸로 흘러가는 장면을 기대했지만 그러한 일은 일어나지 않았다. 그는 자기에게 아무 일도 일어나지 않은 것을 확인했다. 베르너 슈니델도 역시 괜찮아 보였다. "괜찮습니까?" 그가 이상하리만치 침착하게 물었다. 그는 죽음의 공포로부터 순식간에 깨끗이 돌아와 침착해져 있었다.

헬프리트 슈라이터 박사를 보고 얘기하느라 슈니델이 미처 보지 못한 뒤차가 특별 전권대사에게 약간의 타격을 주었을 뿐, 심각한 정도는 아니었다.

트라반트 한 대를 받기 위해 걸리는 시간은 14년이었고 속속들이 들어와 부딪치는 차들이 내는 굉음은 슈라이터 박사의 눈앞에 14년 간격으로 지난 연도수를 비춰주었다. 지금 자기 손으로 박살 낸 트라비를 신청한 것은 지금 군복무를 하고 있는 아들 마르코가 막 초등학교 1학년에 들어갔을 때였다. 그렇게 오래 기다려야만 겨우 받을 수 있던 차를 파괴하다니, 어찌 이런 수치가 있을 수 있단 말이냐! 마르코가 초등학교에 들어가기 14년 전에는 동서장벽이 세워졌었지. 두번째 충돌음을 들으며 헬프리트 슈라이터 박사의 머릿속을 지나가는 생각이었다. 뺑뺑 부딪치는 소리가 거듭될수록 그의 마음은 점점 어두워져만 갔다. 장벽이 세워지기 14년 전에 우리는 모두 다 굶고 있었다. 그 14년 전에는 그가 아직 태어나기 전이었고 히틀러가 정권을 잡고 있었다. 그 14년 전은—그는 이제 역사 속의 숫자에서만 움직일 수 있었다—카프의 쿠데타*가 일어난 해였고 또 14년 전을 더 거슬러 올라가면 아우구스트 호르흐가 츠비카우에다 자동차 공장을 세운 일이 있었고 그 14년 전에—1891년에는 떠오르는 일이 없었고 1877년도 마찬가지였다. 1863년은 미국 남북전쟁이 일어난 해였다. 이로써 창조적 파괴의 향연은 대단원의 막을 내렸다. 헬프리트 슈라이터 박사는 기분이 안 좋았다. 자신은 포트섬터**에서 첫 총성이 울린 이후로 모두가 기다려왔던 것을 단 몇 초 만에 파괴시킨 것이다. 이거야말로 죄악이고 인간으로서 할 수 없는 짓이며 신성모독이다, 그는 생각했다.

---

* 1920년대에 바이마르 공화국에서 볼프강 카프Wolfgang Kapp 등 제국 군대의 일부를 주동자로 하여 일어난 우익 쿠데타.
** 포트섬터Fort Sumter: 미국 남북전쟁의 시발점이 되었던 전쟁지.

아홉 대의 차는 대부분 옆으로 겹겹이 부딪쳐 마지막 차의 운전자인 회계부장만이 문을 열고 차에서 나올 수 있었다. 다른 사람들은 창문을 빙빙 돌려서 내린 다음 나오거나 깨어진 창문 사이로 몸을 빼냈다. 서로 돕지 않고는 안 되었다.

그들은 아무 말도 없이 모여 섰다. 베르너 슈니델이 예언한 바에 따르면 이제 그들은 새로 태어난 기분을 느껴야만 했다. 그런데 새로 태어난 듯한 느낌은 어디에도 없었다. 이제 끝났으므로 그들은 안심했고 살아 있다는 것이 기뻤다. 다친 사람은 없었고 차는 몽땅 날아갔다. 베르너 슈니델은 창조적으로 파괴된 무리들을 둘러보며 말했다. "이제 여러분들은 경영인입니다." 그는 장중하게 선언하며 각자에게 손을 내밀었다.

공장 직원들은 이미 모두 모여들어 있었다. 미치지 않고서는 임원 여덟 명에 심지어 회계부장까지 합세해 어린 알비노 청년이 시키는 대로 광란의 질주를 할 수는 없는 거야, 그들은 숙연함에 젖어들었다.

베르너 슈니델이 크라우제 씨가 운전하는 리무진에 몸을 싣고 작센링을 떠나고 있을 때—차의 음향 기기에서는 그리그의 「페르 귄트」에 나오는 「솔베이그의 노래」가 흘러나오고 있었다— 그는 아까 층계에서 우리는 민중이다!를 외쳐서 비웃음을 당하던 그 여자의 옆을 지나고 있었다. 그녀는 숨기려는 기색을 보이지도 않고 길 한복판에서 울고 있었다. 여자의 얼굴은 울부짖음으로 일그러져 있었다. 눈물이 줄줄 흐르며 코를 지나고 있었고 입술은 그로테스크한 젤리였다.

베르너 슈니델이 결정하는 데는 몇 초도 걸리지 않았다. 그는 운전사에게 차를 잠깐 세워줄 것과 음악을 크게 틀어주기를 청했다. 그런 다음 차문을 있는 대로 활짝 열어젖혔다. 카틀린 브로인리히에게서 스무 발짝 떨어져 있던 차는 보도블록에 가까이 대어져 있어서 문을 열어젖히니 그녀가 지나갈 수 없었다.

카틀린 브로인리히에겐 스무 발짝만큼의 시간이 있었다. 무례한 놈. 열아홉. 내려볼래? 열여덟. 아니면 누가 타야 되는 건가? 나는 아니겠지. 열여섯. 나더러 타라면 탈 텐데. 열일곱. 음악. 고전음악. 열넷. 그때 극장에서 「아마데우스」를 봤지. 열셋. 우리는 어울리는 한 쌍이 될걸. 열둘. 뭘 듣고 있는지 물어보지 그래. 열하나. 괜찮은 사람이라면 집에까지 바래다주겠지. 열. 내가 일생에 하고 싶었지만 한 번도 해보지 않은 일. 아홉. 그러니까 뭘 좀 해보란 말이야. 말 한번 시켜봐. 혹시…… 아홉. 말을 걸어. 어떻게? 여덟. 음악 소리가 크다. 소리를 질러야 되잖아. 일곱. 그렇게 핑계만 댈 거야? 내일은…… 여섯. 이게 뭐야, 아무도 없고 문이 열려 있네. 정말 어마어마한 썰매다…… 다섯. 그냥 들어가서 앉아버려. 넌 열아홉 살이잖아! 넷. 그래, 알았어. 그럼 네가 책임져. 셋. 그래. 그래 봤자 쫓아내기밖에 더 하겠어. 둘. 카틀린, 정신 차려, 새하얀 가죽 시트야! 하나. 여기를 봐라! 너희들이 민중이면 나는 귀하신 몸이다!

카틀린 브로인리히는 그런 시트에 앉을 때의 우아하고 가벼운 몸짓 대신에 머리부터 들이밀며 차에 올랐다. 마치 마차에 올라탈 때의 동작이었다. 자신이 너무도 재투성이 아가씨처럼 느껴졌기 때문에 베르너 슈니델은 왕자, 그의 자동차는 마차가 될 수밖에 없었다.

그녀는 그와의 사이에 아이를 주렁주렁 낳고 싶어 했을지도 모른다. 한 가지 확실한 것은, 그녀가 그날 밤에 베르너 슈니델과 잤다는 사실이다. 베르너 슈니델은 별 다섯 개짜리 호텔의 주니어 스위트룸에 숙박하고 있었고 최고 고객 명단에 올라 있었으며 사장들과의 약속 장소로 모시고 가드리는 전용 기사가 딸려 있었으며 그들과의 만남에서는 최고로 정중한 대우를 받았다. 그리고 이제 그는 돈으로 살 수 없는 것, 여자 친구까지 얻었다.

베르너 슈니델은 스스로에게 만족했다. 지능적 사기꾼치고 그는 제법 잘해내고 있었다.

4. 베레나가 프랑스 영화를 볼 때

베레나 랑게는 열세 살 때 반년 동안 유도를 배운 적이 있었다. 그러나 매트리스가 너무 딱딱한 데다가 넘어질 때마다 계속 머리가 울리며 아팠기 때문에 곧 그만두어야 했다. 그러나 그 2년 반은 전 인생을 통하여 훌륭한 교훈으로 남았다. 베레나는 상대방이 공격하는 그 힘을 이용해 그를 물리친다는 유도의 원리에 감탄했다. 문제없이 깔끔하게 나가고 있는 혼외정사도 유도의 힘이 컸다.

그녀는 검사의 아내처럼 들킬 염려 없이 바람을 피울 수 있는 사람은 이 세상에서 없을 거라는 확신을 가지고 있었다. 검사는 모든 것을 명명백백 밝혀내고자 하는 강력한 욕구를 가지고 있다. 그러나 자신의 아내를 의심한다는 행위는 사이코로 가는 징후이며 사생활과 공생활을 구분하지 못하는 행위로 의심되고 있는 터였다. 베레나는 남편의 모든 의심이 시작되는 바로 그곳에서 사적인 용건을 가지고 남편에게 접근했다. 이른 오후 남편의 사무실로 전화를 걸어 저녁에 영화 구경을 가자며 아양을 떤다. 보고 싶다고 하는 영화는 항상 프랑스 영화로 한다. 남편은 영화 구경을 그리 좋아하지 않으며 더구나 프랑스 영화는 더욱 이해할 수 없다며 빠져나갈 궁리를 한다. 그래도 그녀는 계속 졸라 마침내 남편으로 하여금 혼자

보내는 게 좋겠다는 계산을 하게 한다. 뾰로통해 있는 척을 하면서 그녀는 벌써 카를리와의 만남에 방해가 될 게 없다는 기대에 들떠 있다. 말도 안 되는 게임이었지만 그녀는 그것, 즉 바람을 피우면서 동시에 고발하는 것이 직업인 남편의 양심을 불편하게 만드는 것이 좋았다. 이것이 유도와 다른 점이 있다면 유도보다 월등하다는 것이었다. 남편은 카티야에게 저녁 빵을 만들어주고 방에 데려다 재운 다음 베레나가 저녁, 때로 밤늦게 집에 들어오면 혼자 극장에 보낸 미안함을 표현하기 위해 꽃다발이나 초콜릿 등을 선사하곤 했다. 한번은 술이 들어간 초콜릿을 먹다가 술이 식도를 타고 흐르는 순간, 동시에 몸에서 카를리의 정액이 흘러나온 적도 있었다. 웃음이 터져나왔다. 장벽이 무너지던 그날 밤, 한 조각 의심도 받지 않고 애인의 품에서 곧바로 남편의 품으로 바꿔 안기던 그날 밤보다 훨씬 더 맘에 드는 순간이었다. "왜 그래?" 아내가 웃는 영문을 모르는 마티아스가 물었다. "뜨거워." 베레나가 말했다. 그 이후로 그녀는 술이 들어간 초콜릿을 먹을 때마다 뜨거운 것이 흘러들어가고 동시에 흘러나가던 그 순간이 생각났다.

그녀는 자신의 이중생활을 사랑했다. 또 목요일마다 가지는 카를리와의 만남도 사랑했다. 새 작품은 항상 목요일에 개봉되고 있었으므로 자신이 극성스런 프랑스 영화 팬이라는 것을 더 믿음직스럽게 포장하려면 목요일 오후가 가장 좋았다.

카를리는 말하자면 로토 당첨과 같은 행운이었다. 언제까지라도 바라볼 수 있을 것 같은 그의 푸른 눈. 이마에 드리워진 금발 한 줄기. 그리고 그의 페니스. 카를리가 그것을 넣을 때 베레나는 마치 자기가 그것의 길이를 재고 있는 것 같은 착각이 들었다. 미술학도인 그는 마치 19세기에서 온 것 같은 사람이었다. 열정과 순진한 진지함으로 사물을 대하는 그였지만 실제로 무엇을 성취해내기에는 너무 착했다. 베레나가 그를 처음 만난 것은 그의 집 앞에서였다. 그는 양팔에 커다란 상자를 하나씩 들고 있었다. 그가 그녀에게 말을 걸며 옷 주머니에서 열쇠를 꺼내 출입문을 열어줄 것을 부탁했다. 윗도리 주머니에서요, 아니면 바지 주머니에서요? 그녀가 물었다. 윗도리 주머니요. 그가 대답했다. 그러자 그녀가 받았다. 실망이네. 그의 놀라는 표정에 그녀는 끄떡하지 않았다. 그가 잘못 들은 게 아니었다. 그녀는 윗도리 주머니에서 열쇠를 꺼내 문을 열어주었다. 위에 올라가면 여자 친구가 문을 열어줘요? 불장난스런 기분에 사로잡혀 베레나가 물었다. 난 여자 친구가 없어요, 그에게서는 화난 기색이 보였다. 그럼 내가 같이 올라가줘야겠네! 베레나는 당황하여 말했지만 이번에도 그의 눈길에 꿋꿋하게 버텼다. 그의 눈은 불안해하면서 크게 놀란 듯한 빛을 하고 있었다. 저 파란 눈이라니! 그 눈은 아이의 눈이었다. 그녀가 위층의 그의 집으로 올라오고 그가 바닥에 상자를 내려놓았을 때 그녀가 말했다. 당신 때문에 숨차 죽겠어요. 카를리랑은 모든 것이 식은 죽 먹기였다. 그에게서 원하는 것은 모두 다 얻을 수 있었고 카를리는 그녀의 손바닥 위에서 놀았다. 그는 그녀가 원하기만 하면 언제나 시간을 내주었고 어느 날 그녀가 관계를 정리하자고 해도 울고불고하지 않을 것이며 잠자리에서도 언제나 두 번의 제대로 된 오르가슴을 선사했다. 그녀가 하고 싶을 때는 그로 하여금 예의 그 놀라운 물건을 하나 만들게 했고 아주 아득히 멀리서 오는 그것은 그녀에게서 비명을 질러대게 했다. 그러면 그는 자기가 그녀에게 몹쓸 짓이라도 한 것처럼 그 푸른 눈에 놀란 빛을 띠고 그녀를 쳐다보았다. 스무 살 여자아이들이 왜 이런 애를 그냥 가만히 놔두는지 그 이유를 베레나는 도무지 이해할 수 없었다.

둘이서 스펀지 매트리스 위에 기분 좋게 나란히 누워 있을 때 카를리가 머릿속에 새로 떠오른 생각을 늘어놓았다. 베레나는 뮤즈가 되고 싶은 열망에 타오르는 한 여자의 흠모를 받고 싶어 하는 그를 느꼈다. 그가 별로 집착하지 않는 성격이라서 그걸 드러내놓고 강요하는 스타일이라고 할 수는 없는 데다가 자기도취의 표현 방법이 너무 서툴렀기 때문에 그녀는 그가 귀엽게까지 여겨졌다. 그의 집안은 온통 그가 보내는 신호투성이였다. 그 집을 방문하는 사람들은 그 집에서 정확히 그가 원하는 대로 그에 대한 이미지를 받고 가도록 꾸며져 있었다. 작은 도시들에서 열린 전설적인 연극 포스터들은 그가 특정한 종류의 사회참여를 유지하고 있음을 알게 했고 그가 잠자는 방은 주류(主流)에 대한 그의 비(非)순응주의를 강조하고 있었으며 거친 나무판자 위에 벽돌을 끼워넣어 만든 책장은 그의 순발력 있는 문제 해결 능력과 텅 빈 지갑을, 방대한 레코드판 컬렉션과 무광택 표면 처리된 음향 기기 세트는 그가 음악 애호가임을 나타내고 있었다. 타인이 자신에 대해 어떻게 생각하게 할 것이냐에 대해 카를리는 신경을 많이 쓰고 있었다.

그들이 만나는 목요일 중 어느 날, 그는 서베를린의 한 사진 작업실에서 50마르크를 받고 사진 모델을 섰다는 얘기를 들려주었다.

"모델 서는 대가로 겨우 50마르크를 받았단 말이야?" 베레나는 이렇게 말하고 몸을 일으켜 세워 그를 살펴보았다. 그녀의 무거운 두 가슴이 그의 가슴팍을 살짝 스쳤다.

"이렇게 잘생긴 사람이 열 배는 더 받았어야지."

카를리가 빙그레 웃었다. 그가 맘에 들어하는 것은 이런 것이었다. 스무 살짜리 여자애한테는 이런 말을 들어본 적이 없었다.

"누드모델?" 베레나가 그의 불알을 살짝 들어 올렸다. 그의 페니스가 다시 딱딱해지기 시작하는 것이 느껴졌다. "아니면 포르노?"

"아니, 그냥 얼굴."

"얼굴만 찍는 데 50마르크나 줘?"

"광고용 사진이야. 얼굴 전문 에이전트. 얼굴이 갖가지 별별 광고에 쓰인대."

"네 얼굴이 무슨 광고에 쓰인다고 그러던?"

"몰라. 그 사람들도 모르고. 대기실에 자기네 모델이 나온 광고가 붙어 있더라구. 2천만의 고객이 만족하는 슈파르카세 은행, 뭐 이런 광고였어. 보고 나서 바로 잊어버리는 얼굴 있지. 그런 얼굴이 셋이었어. 그 옆에는 서로 돕는 적십자, 그런 게 있었고, 어쨌든 전혀 중요하지 않은 것들이야. 광고업자가 사람 얼굴이 필요할 때 어디선가 고를 수 있어야 하니까."

"돈 버는 방법도 참 가지가지네." 베레나가 말했다.

"그 사람들이 아무 생각도 하지 말라고 하더군." 카를리가 그때의 촬영을 떠올리면서 말했다. "그런데 아무 생각도 안 하는 것, 그게 어떻게 가능하냐고."

"그래서 무슨 생각을 했는데?"

"당연히 당신 생각을 했지." 그의 대답이 베레나를 황홀하게 만들어 카를리는 다시 그녀 위로 덮쳐야 했다.

그가 들려주는 얘기들은 언제나 재미있었다. 그에게 인생은 아직 새것이었고 흥미로웠다. 그러나 그는 베레나의 삶에 관심을 가지기엔 전혀 역부족이었다.

한번은 발가벗고 베레나 옆에 누운 카를리가 그녀에게 느긋한 어조로 물었다. "당신 직장에 다녀?"

"응."

"정말?"

"정말이야."

"가정주부인 줄 알았는데."

"으음."

"아기도 있어?"

"이젠 아기라고 할 수 없지. 일곱 살이면 많은 일을 혼자 할 수 있으니까."

"일곱 살?" 그가 놀라 물었다.

그는 아무 말도 하지 않았다. 베레나는 그가 침묵하는 이유를 알았다. 얼마 전까지만 해도 그 자신이 일곱 살이었는데 이제 일곱 살짜리 아이를 둔 여자와 관계를 가지고 있는 것이다. 처음으로 카를리는 자신의 감정을 추슬러봐야 했다. 그녀 직장이 어디인지 물어보는 것을 그는 그만 잊어버렸다.

섹스가 끝나고 나서 두 사람은 언제나 한참을 서로에게 붙어서 누워 있곤 했다. 이윽고 카를리가 TV의 리모컨을 돌리더니 엘프 99 채널에 고정시켰다.

"그전에 언젠가 저 방송국에서 나를 몰래카메라로 찍는 게 아닌가 하는 생각을 한 적이 있었지."

"엘프 99에서?" 카를리가 물었다. "몰래카메라는 서독에만 있잖아."

"사실상 그렇지. 하지만 만일 몰래카메라를 찍는 동독 방송국이 있다면 저자들밖에는 없을 거야."

"저들이 어떻게 했기에?"

"박물관에서였어. 스웨덴에서 온 국회의원들을 데리고 안내를 하고 있었지. 외무부에서 나한테 그 임무를 맡으라는 전화가 왔었어. 그런데

334

갑자기 맹인 여자 한 사람이 나타나서—그 여자는 내국인이었어—사람들 사이에 끼어든 거야. 그러더니 계속 내 말꼬리를 잡고 늘어지면서 여기저기 내 설명을 지적하고, 마치 자기가 훨씬 더 잘 알고 있다는 듯 말이야. 스웨덴 국회의원들은 어리둥절 갈피를 못 잡고…… 완전히 초현실주의 그 자체였지."

"무슨 안내였는데?"

"나 박물관에서 일하고 있잖아."

"전혀 몰랐는데."

"물어본 적도 없으니까. 큐레이터로 일하고 있어."

"어디서?"

"국립미술관. 19세기 담당."

침묵. 그녀가 미술 전문가라는 사실을 그는 일단 소화시켜야 했다. "어쨌든 스웨덴 사람들 앞에서 막스 리버만, 카스파르 다비트 프리드리히, 아돌프 멘첼에 대해 설명하고 있는데 이 여자가 내 말에 자꾸 끼어드는 거야! 지식이 아주 없는 여자는 아니었어. 하지만 비생산적인 데다가 뭐라고 해야 할까, 잘난 척을 하는 거야. 내가 뭐 하나라도 설명에서 빠뜨리면 그게 큰 실수나 되는 듯 말이지. 자기가 더 잘할 수 있는 것처럼! 그런데 그 여자의 딱한 처지를 생각하면 나로서는 뭐라고 이래라저래라 할 수도 없는 노릇이고. 미술관의 맹인 미술 전문가— 말이 돼? 그러니까 몰래카메라의 장난이라고 생각할 수밖에."

방송이 끝나고 베레나는 침대에서 일어나 샤워하고 옷을 입은 후 가버렸다. 그녀가 늘 하는 방식이었다.

그러나 1주일이 지나 카를리가 그녀의 몸속으로 들어갔을 때는 무언가가 약간 달라져 있었다. 카를리는 일에 집중할 수 없었고 그녀 몸에 대한 탐욕이 더 이상 느껴지지 않았다. 그를 만족시키는 그녀의 능력이 어딘가 손상된 듯했다.

"왜 그래?" 그녀가 물었다.

이리저리 말을 돌리다가 이윽고 카를리는 탓하는 듯, 아니 거의 따지듯이 말했다. "나는 국립미술관에서 항상 미술의 거장들에 둘러싸여 생활하는 여자와는 잘 수가 없어. 내가 막스 리버만이나 카스파르 다비트 프리드리히의 대리인 같다는 느낌이 자꾸 들어."

베레나는 즐거웠다. 카를리는 그녀를 실제의 거장들은 손이 닿을 수 없이 멀리 있기 때문에 아무 미술학도에게나 붙는, 광적인 화가 팬fan 군단의 하나로 생각하고 있었다. 그녀는 그를 놀리면서 그를 품 안에 바싹 끌어당겨 그를 몸 안으로 들여보냈다. 자, 되잖아.

일이 끝난 후 그들은 여느 때처럼 나란히 누웠다. 카를리가 텔레비전을 켤 때까지 그녀는 그의 품 안에서 웅크리고 있었다.

1주일에 두 번 방송되는 프로그램이었다. 베레나는 그중 한 번은 카를리의 집에서 보고 다른 한 번은 자신의 집에서 보았다. 시간이 지날수록 그녀는 엘프 99가 몰래카메라를 위해 일부러 상황을 연출해야 할 필요가 없다고 생각하게끔 되었다. 엘프 99는 원래 시사 르포를 위주로 하는 방송이었으나 얼마 지나지 않아 정치적인 이슈를 많이 다루게 되었다. 언론 통제가 폐지되자 엘프 99의 경험 미비에서 오는 서투름은 오히려 재미있는 결실을 보게 되었다. 기존 방식에 편입되지 않았던 그들은 즉시 자기들 앞에 떨어진 자유를 이용해 무엇이건 만들어낼 수가 있었다. 방송의 내용은 다른 방송국에 비해 더 현실과 가깝고, 직접적이었고, 신선했다. 베레나가 집에서 엘프 99를 볼 때면 남편인 마티아스 랑게 검사도 불러 함께 보았다. 리하르트 뮈체를 취재한 방송분도 둘이 같이 보았다. 이 리하르트 뮈체라는 사람은 너무나도 보기 민망한 인물이었다. 집 안이 저급한 취미의 사치품으로 뒤덮여 있었는데도 그는 전혀 굽히는 기색 없이 자기가 뭘 잘못했냐고 큰소리쳤다.

방송이 나간 다음 날 분노한 어떤 노조 간부가 마티아스 랑게의 사무실에 쳐들어와서 리하르트 뮈체를 대상으로 고소장을 냈을 때, 마티아스 랑게 검사는 관할 소재를 분명히 했다. 관할 소재를 정하는 데 통용되는 것은 사건 발생지 원칙이었다. 반틀리츠*의 숲 속 주택가에 있는 리하르트 뮈체의 집이 아닌, 베를린 미테 구역의 사무실을 사건 발생지로 할 경우 이 사건은 마티아스 랑게의 담당이었다. 그의 상관은 이에 대해 감히 이의를 제기하지 못했다. 마티아스 랑게는 사건의 수사에 착수하여 리하르트 뮈체의 사무실을 압수 수색하고 그의 신분증과 여권을 압수했다.

베레나가 예의 그 용의주도한 계획하에 남편과 함께 프랑스 영화 구경 가기에 실패하면서 방금 전에 엘프 99의 취재 팀이 남편을 인터뷰했다는 것을 알게 된 그날도 카를리는 섹스 후 리모컨을 돌리고 있었고 베레나는 그의 품에 안겨 있었다. 그때 남편이 화면에 나타났다. 그녀의 몸이 굳어졌다. 마치 냉동된 것처럼 바로 차가움이 느껴졌다. 카를리조차도 그녀가 이상해진 것을 눈치 챌 정도였다. 텔레비전에서는 남편이 말하고 있다. 여덟 개의 대리석 동상의 출처와 수입품인 제펠프리케 회사의 바닥 온돌장치 비용의 출처는 아직 밝혀지지 않았습니다……

"저 사람이 누구더라……" 곰곰 생각하던 카를리에게 그 인물이 누구인지 떠올랐다. "그때 본홀머 다리에서 본 그 사람이다! 저 사람은……"

---

* 반틀리츠Wandlitz: 베를린 외곽의 브란덴부르크 주에 있는, 호수를 끼고 있는 유명 휴양 지역.

이때 화면 하단에 자막이 떠올랐다.

마티아스 랑게
검사

"남편이 검사였어?" 카를리는 경악했다. "왜 저 사람이 검사야?" 원래 말하려는 뜻은 그것이 아니었지만 충격을 받은 그는 달리 표현할 방법이 없었다.

카를리는 감정을 수습해보려고 애를 썼다. 맙소사, 저 녀석 비장감에 빠지고 있군, 베레나는 생각했다. 그녀가 일어섰다. 카를리 제발 이 순간 어리석은 말은 하지 말아줘, 그러면 우리는 끝이야. 우리 여자들은 민감한 존재야. 세상에는 한 남자를 완벽하게, 그리고 영원히 추하게 만들고 마는 그런 어리석은 짓들이 있단다.

카를리는 아무 말도 하지 않고 화면에 나오는 베레나 남편의 행동을 계속 지켜보았다. 그녀는 화가 났다. 카를리의 책상에 놓여 있던 보관함을 열어보니 거기에는 열두 개의 유리안구가 들어 있었다. 그중 하나를 꺼내 방 안 여기저기를 비춰보았다.

"이게 뭐야?"

"유리안구야." 화면에서 눈을 떼지 않은 채 카를리가 대답했다.

"카를리…… 이것들 새거야? 여기서는 처음 보는 건데."

"새거야."

"이걸로 볼 수 있어?" 그녀는 방 수색을 그만두고 유리안구를 몸에 대더니 탐사기처럼 몸 위 곳곳, 팔, 가슴, 배꼽 위로 굴리기 시작했다. 그러더니 유리안구를 자기 눈과 정면으로 마주 보게 했다. 눈에는 눈이었다.

카를리는 이제 화면에서 눈을 돌려 그녀를 보고 있었다.

"카를리가 어딜 제일 맘에 들어하는지 한번 볼래?" 그녀가 이렇게 유리안구에게 말하며 그것을 점점 아래로 끌어내렸다. "카를리가 여기다 키스하면 나는 미쳐버리지." 나직한 속삭임이 점점 작아지며 다시 젖어들기 시작하는 두 무릎 사이에 유리안구가 도달할 때까지 그녀의 손은 유리안구와 함께 점점 아래로 미끄러져 내려갔다. "봐," 그녀가 유리안구에게 말했다. "잘 보라고" 하면서 양다리 사이로 유리안구를 쑥 감추었다.

카를리는 보면서도 믿어지지 않았다. 베레나가 저런 변태적인 짓을 할 줄은 생각지도 못했다. 열린 입은 닫히지 않았고 말도 나오지 않았다. 유리안구을 다시 찾고 나서 그가 말했다. "눈알을 좀 가만히 놔둬. 아직 쓸 데가 있단 말이야. 지금 참여하고 있는 예술가 그룹에서 집을 점거하고 있는 중인데 새로운 아이디어가 하나 있거든……"

베레나가 눈알을 신경질적으로 매트리스 위에 던졌다. "카를리, 오늘따라 나한테 딱딱하게 왜 그래?" 그러면서 옷을 다시 입었다. 샤워는 생략하기로 했다. 도대체 왜 그러는 거야? 서른세 살의 여자가 스물두 살의 남자에게 육체를 보이는 것이 창피한 일이야? 내가 너무 늙은 거야?

그 물음에 그녀는 놀랐다. 아직까지 그녀 자신이 스스로에게 그런 질문을 던져본 적이 없었고 이런 질문을 던질 때에는 무언가를 의미하고 있는 것이다. 그녀는 자신이 젊다고 생각하고 있었지만 스물두 살의 남자에게 서른세 살의 여자는 어쨌든 늙은 것이었다. 카를리가 그녀가 가진 경험의 덕을 본 건 사실이었을지언정, 그에게 원숙한 여자가 최고의 상대는 아니었다. 이렇게 끝나게 된 것이 그녀로서는 잘된 일인지도 몰랐다. 그는 그녀를 모욕한 것이 아니라 그저 노력을 기울이지 않았을 뿐이다. 그 자신은 그녀가 자신에게 지겨움을 느끼게 된 것도 깨닫지 못하고 있을지 몰랐다.

5. 재난이 관측되다

베르너 슈니델은 거울 앞에 섰다. "파국이 목격되고 있다." 그는 나지막이 내뱉었다. 거울 앞에 서서 이 말을 할 때마다 그는 맨 처음으로 그것을 들었을 때가 떠올랐다. 열여섯 살, 단체 수학여행으로 간 런던의 노팅힐 유스호스텔 세면실에서 거울에서 한 뼘 정도로 가까이 얼굴을 들이대고 여드름을 어떻게 처리할 것인가 하고 고민하고 있을 때였다. 그때 급우인 홀거 뮐러가 '망할 놈의 크로모필라'를 중얼거리며—크로모필라는 '만성적인 아침 막대기'의 준말이라고 함—이불을 걷어젖히고 잠옷 바지 속에서 뚜렷하게 불룩 튀어나온 것을 숨기지 못한 채 면도를 하기 위해—아이들에게 과시하기 위한 것이 아니라 정말로 면도를 해야 했으므로—세면도구를 챙겨 세면실을 찾았다. 이 홀거 뮐러가 세면실을 나가면서 바로 이 말을 던졌던 것이다. 파국이 목격되고 있다.

베르너 슈니델은 아직 선글라스를 쓰기 전으로, 빨간 눈을 하고 자신을 응시하고 있었다. 고등학교 1학년이 될 때까지 급우들은 그에게서 선글라스를 벗기는 장난을 일삼았다. 못하게 방어할라 치면 완력을 써서 강제로 벗겼다. 그러면 그는 눈을 감았다. 아이들이 딱 한 번 실제로 그의 눈을 본 적이 있었다. 여럿이서 그를 붙들어 매고 라이터를 귀 가까이에 들이댔다. "눈떠, 안 그러면 머리카락 탄다!" "안 돼!" 그는 소리를 지르며 눈을 번쩍 떴다. 놀라 뒷걸음질 치는 떼거리들을 보며 베르너 슈니델은 자신이 인간이라기보다는 괴물로 느껴졌다. 급우들의 충격은 씻을 수 없이 강렬했다. 그리고 그 뒤로는 아무도 그의 안경을 벗기려고 하지 않았다.

슈니델은 자기 얼굴을 가만히 살펴보았다. 하얀 머리카락. 하얀 눈썹. 하얀 속눈썹이야 선글라스를 끼면 감춰지지만 하얗게 난 까슬까슬한 턱수염은 또 하나의 문제를 야기하고 있었다. 턱수염이 난 부분은 온통 여드름으로 뒤덮여 있었고 턱수염은 실제로는 안쪽으로 자라나고 있다고 해야 했다. 수염은 일단 처음에는 밖으로 자랐다가 곧 매일매일 수없이 많은 수염이 새로 생겨나면서 피부 밑으로 파고들어 여드름이라는 형태로 곪아버려 문제를 일으켰던 것이다. 슈니델은 어느 호텔에 가든지 욕실에 항상 비치되어 있는 1회용 바느질 세트에서 바늘 하나를 꺼내 피부 속에 숨어 있는 수염을 하나하나씩 끄집어냈다. 매일 아침 처치할 여드름이 스물네댓 개는 되었다. 마치 육체가 일으키는 레지스탕스 반란군의 공격에 맞서 싸우는 것과 같았다. 만약 수염의 색깔이 짙었다면 여드름이 빨간 알람등처럼 신호를 보내기 전에 미리 처치할 수 있었겠지만 베르너 슈니델의 피부에 난 하얀 수염은 새로 내린 하얀 눈 위의 하얀 명주실처럼 눈에 보이지 않았기 때문에 일단 여드름으로 빨갛게 염증을 일으켜서 눈에 띄게 한 다음에 작업에 들어가야만 했다.

너무도 눈에 띄고 너무도 크레틴병*적이며 너무도 충격적인 빨간 눈인지, 자신이 생각해도 한심한 투명 턱수염인지, 아니면— 베르너 슈니델은 한숨을 푹푹 쉬며 아래를 내려다보았다— 백발로 자라나는 음모인지, 자연이 자신에게 내린 이 운명들 중 무엇을 가장 최악으로 손꼽아야 할지 모를 지경이었다. 아래만 보면 산타클로스라고 해도 될 정도였다.

---

* 갑상선 호르몬의 이상으로 영아에게 생기는 발육저하병.

무엇이든 할 수 있지만 성생활만은 하지 못하는 이상한 동화 속 인물 말이다. 그의 성(姓)인 슈니델*도 성기를 유치하게 바꿔 부른 것에 지나지 않았다.

그는 팬티를 꿰어 입고 선글라스 뒤에 눈을 감추었다. 웃는 연습을 해보았다. 안 되는군, 차라리 안 하는 게 낫겠어. 아마도 그는 밝고 환한 웃음은 영영 지어 보이지 못할 것이다. 그러기엔 입술이 너무 굳어 있었다. 마조히스트적인 즐거움을 가지고 스스로 확인한 바에 따르면, 그의 치아는 크지도 않고 가지런하지도 않았으며 그렇다고 별로 하얗지도 않았다. 만일 그가 건강하고 튼튼한 치열을 가지고 있다고 해도 창백한 낯빛에 가려 눈에 띄지도 않았을 것이다.

그러나 이런 신체적 이상으로 덕을 보는 점도 있었다. 덕분에 베르너 슈니델은 특별한 독보적인 존재가 되었다. 신체적으로 보았을 때 그는 동년배의 열아홉 살짜리들보다 현저히 뒤떨어졌다. 키가 작고 몸매가 빈약했으며 그의 동그스름한 얼굴은 색소 결핍으로 인해 실제로 볼 때도 하얄 뿐더러, 더 이상은 창백할 수 없는 정도의 창백함을 가지고 있었다. 얼굴이 주는 전체적인 인상은 창백함이었다. 그가 수많은 영화에서 보았던 도전적이거나 조소 어린 입술 모양은 나오지 않았고 좌절감이라든가 또는 그가 서른 살 정도 된 여자들의 입 모양에서 종종 느꼈던 입술의 각에서 볼 수 있는 모서리는 아직 새겨지지 않은 상태였다. 그의 얼굴은 일중독자들에게 나타나는 피곤하고 늘어진 얼굴도, 항상 씩씩한 표정의 운동선수들이 가지고 있는 피에로같이 실룩거리는 하모니카 모양의 근육질 얼굴도, 비관론자의 분노 어린 얼굴도 아니었다. 파인 구석이라고는 한 군데도 없

---

* 슈니델Schniedel: 보통 농담 삼아 남자 또는 남자아이의 고추를 뜻하기도 한다.

고 주름이라고는 한 줄도 없었다. 오직 여드름뿐이었다. 마치 사춘기 같았다. 그가 자기 몸의 자세가 어떻게 변해가는지를 문득 깨닫게 되었을 때 일은 더욱 심각해졌다. 가끔씩 그는 열두 살 아이 정도의 운동신경을 보였다. 신경 쓰지 않다 보면 두 발끝을 안으로 모으고 있을 때도 있었다. 또 항상 머리는 앞으로 수그리고 다녀, 꼭 모르는 장소에 혼자 떨어진 사람마냥 자신감이 없어 보였다. 사람들이 보면 학생신문의 편집부원 같다고 할까, 길을 잃고 헤매는 아이 같았다. 여기서 그가 결정권자들의 세상에서 살고 있다는 것을 아무도 믿어 의심치 않는 것보다 더 중요한 사실은 없었다.

그 대신 그는 역설적으로 자기가 풍기는 별난 분위기에 주목했다. 그를 재는 잣대는 일반인을 재는 잣대와는 다른 것이었다. 어떤 열아홉 살짜리도 자신을 폴크스바겐 그룹의 특별 전권대사라고 소개할 수는 없을 것이다. 사람들에게 그는 신동 아니면 괴물이었다. 둘 다 가능한 일이었다. 그는 사람들의 상상을 뛰어넘는 인물이었으며 그 자신도 그렇게 되고자 했다. 그는 머리 염색이나 화장, 컬러 렌즈 모두를 거부했다. 타인이 그에게 요구하는 취향대로 살 필요가 없었다. 세상으로부터 사랑받고자 할 필요도 없었고, 자기가 볼 때도 세상이 자기를 사랑해야 할 이유도 없었다. 그저 자신을 특이한 한 존재, 별종으로 봐주면 족했다. 사람들에게 오싹함을 불러일으킨다거나 마음을 불편하게 만든다거나 심지어 알 수 없는 뻣뻣한 두려움을 느끼게 한다면 그것으로 된 것이었다. 그는 그가 발산하고자 하는 분위기를 만드는 데 성공하고 있었다. 그래서 어느 누구도 그가 연출하려고 하는 인물과 그가 동일한 인물임을 의심하지 않을 터였다.

그의 이름은 정말로, 그리고 원래부터 베르너 슈니델이었다. 멀쩡히 잘 지내던 그의 인생에 끼어든 사람이야말로 에른스트 슈니델이었다. 베르너 슈니델은 니더작센 주의 상업고등학교에 다니고 있었는데, 어느 날 선생님 한 분이 폴크스바겐의 생산이사인 에른스트 슈니델과 그가 혹시 친척 관계인지 물어왔다. 베르너는 아니라고 했다. 그로부터 2년 후, 에른스트 슈니델은 그룹 총수가 되었고 슈니델이란 이름이 갑자기 세상 사람의 입에 오르내리게 되면서 상업고등학교에서도 그 이름을 알게 되었다. 아무리 베르너 슈니델이 경제계의 거물인 에른스트 슈니델과 우연히 성이 같다는 관계 이상이 아니라고 주장해도 다른 사람들은 그가 왜 그 관계를 애써 부정하는지 그 이유를, 즉 납치의 희생물이 되지 않기 위해, 항상 아버지와 비교되지 않기 위해, 보통의 청소년으로 취급받기 위해 등으로 충분히 상상할 수 있었다. 그의 이름인 베르너도 그의 부친이 경제계의 거물이라는 증거로 한몫했다. 베르너라는 이름은 경제성, 객관성 및 유행의 변동에 굴하지 않는 내구성, 즉 독일의 회사 총수가 선호할 만한 가치가 느껴지는 이름이었다. 누가 베르너라는 이름을 가지고 있다면 모두들 1943년경 태생으로 생각하고 있었다. 1970년에 그 이름은 이미 유행에 뒤처진 지 오래였다.

베르너 슈니델이 회장의 아들이 아니라는 것이 밝혀지자 사람들은 그에게 속은 것처럼 야단이었다. 그러나 그는 한 번도 자기가 회장의 아들이라고 주장한 적도 없었고 특별히 크게 떠들면서 열변을 토하지는 않았어도 그 관계를 쭉 부정해왔다. 그는 원래 그 상업고등학교와 런던의 스쿨 오브 이코노믹스의 협력을 담당하는 위원회에 있었다. 교장은 그에게 직접적으로 말하기를, 슈니델이란 이름은 그 이름이 사람들이 그것을 듣고 연상하는 이미지를 제대로 풍겨낼 때에 한해서 학교의 간판이 될 수 있다고 했다. 다시 말하면 학교 전체가 사기꾼 학교가 되지 않으려면 그가 위원회에서 탈퇴해야 했다. 그리하여 베르너 슈니델이 위원회의 일을 포기하고 나가게 되자 마치 그가 만든 허풍의 궁전이 무너져버린 데 대한 대가를 치르는 모양새처럼 되어버렸다. 학교의 분위기는 일순간에 적대적으로 바뀌어 그는 이제 더 이상 학교를 다니지 못할 정도가 되었다.

베르너 슈니델은 심한 마음의 상처를 받았다. 그런데 이로 인해 마음의 상처가 그에게 어떤 효과를 불러일으키는지 또한 경험하게 되었다. 그의 안에서 무엇인가가 말하고 있었다. 내가 저지르지도 않은 행동에 대한 벌을 받아야 한다면 최소한 지금이라도 한번 저질러봐야겠다! 그리고 실행했다. 일단 폴크스바겐의 본부로 가서 경비에게 자신의 이름을 말하고 신분증을 내보이니 다른 절차 없이 바로 출입이 허가되었다. 그는 사무실 가운데 하나로 들어가 직원들의 출장 경비가 계산되는 곳이 어딘지, 명함을 인쇄하는 곳이 어딘지 알아냈다. 슈니델이란 이름을 가진 이에게 정보를 주지 않을 사람은 없었다. 그는 당장 인쇄소에 전화를 걸어 회사 압인(壓印)이 찍힌 파란 로고의 명함 1백 장을 주문했다. 즉시 찾아갈 수 있게 서둘러달라고 했더니 인쇄소는 분부대로 했다.

지난 아픔도 거의 잊고 대만족스런 기분으로 베르너 슈니델은 본부를 나왔다. 경비원들의 깍듯한 인사에 친절히 답하면서. 다음에 받을 모욕에 대한 완벽한 준비를 갖춘 것이다.

모욕에 맞설 무기를 갖추고 나니 이제 주위의 반응에 민감해져도 될 것 같은 느낌이 들었다. 등 뒤에서 수군거리는 소리를 듣거나 같은 나이 또래의 아이들, 또는 자기를 향해 욕을 할 것 같은 또래 아이들을 볼 때, 자기의 접근 시도가 실패로 돌아갈 때 그는 언제나 슈니델 수법을 이용해 강해질 수 있었고, 이 수법이 가장 잘 통하는 곳이 바로 호텔이었다.

일단 호텔로 전화를 걸어 폴크스바겐 그룹 회장의 출장 담당자라고 자기를 소개한 다음 슈니델 2세가 며칠 동안 머무를 객실을 예약했다. 전화를 거는 호텔은 통상 특급 호텔이었고 그가 말하기를 슈니델 2세는 까다로운 성격의 소유자이니 특별히 신경 써서 대접해주었으면 좋겠다고 덧붙였다. 잡비를 포함한 체류비 일체에 대한 계산서는 회사 본부로 보내달라고 했다. 연락처로 남길 전화번호로 베르너 슈니델은 항상 회사 본부의 근로자 대표위원 사무실에 딸린 팩스번호를 주었다. 이 번호는 회사 전화번호처럼 보이기는 하되 몇 번에 걸친 통화 시도 끝에 호텔 측이 팩스를 보내도 회답을 얻지 못할 번호로 신중하게 선택한 것이었다. 근로자 대표위원 사무실에서라면 특급 호텔에서 회장 앞으로 보낸 잘못 온 팩스를 일부러 담당자를 찾아 갖다주거나 할 일은 없을 터였다.

작전은 잘 들어맞았다. 베르너 슈니델은 한 호텔에서 푹 쉬고 나서 다음 날 아침이 되면 호텔을 나갔고 계산서는 회장실 앞으로 보내졌다. 조금이라도 문제가 발생하기는커녕 그는 호텔을 떠날 때, 아니 이미 호텔에서 체크인을 할 때 벌써, 잘 모셔야 할 손님인 동시에 괴팍한 손님으로서 자신이 가진 힘에 도취되었다. 크리스털 샹들리에, 리셉션을 담당하는 아름다운 아가씨들, 우아한 분위기, 침대 시트, 수건, 호텔 종업원들, 은식기 등등이 모두 손 닿는 곳에 있었다. 그는 상위층 1만 명이 누리는 생활을 언제든지 누릴 수가 있었다. 여기선 아무도 그를 업신여기지 못했다.

계산서가 점차로 쌓여감에 따라 수법도 더욱 교묘해졌다. 한번은 예약을 하는데 그쪽에서 폴크스바겐이 '우리 호텔과 특별 계약을 맺은 것이 있는지'를 물어왔다. 교묘한 질문을 통해 알아낸 결과, 그는 회사와 호텔 사이에 연간 일정한 수의 객실을 채워주고 특별 할인 등을 받아내는 계약이 맺어진 경우 예약 시 손님 측에서 그 사실을 언급해야 한다는 사실을 알게 되었다. 그다음부터 슈니델이 여행 담당자인 바그너 씨가 되어 전화를 할 경우 "확실한지는 모르겠지만 원래 그쪽 호텔과 특별 계약을 맺어놓은 것이 있을 텐데요"라고 한마디 더 해줌으로써 상대방의 신뢰를 높였다. 어느 날은 그가 직접 그 계약을 흥정해서 성사시킨 적도 있었다. 폴크스바겐 매니저가 하이델베르크의 '철기사(鐵騎士) 호텔'에 머무르게 될 경우 정상 객실 가격의 20퍼센트나 할인해주겠다는 조건이었다.

베르너 슈니델은 전국 곳곳을 다녔다. 함부르크에서는 '애틀랜틱 호텔'과 '프랑크푸르터 호프'에서, 슈투트가르트에서는 '체펠린 호텔'에서, 뮌헨에 가면 '사계절 호텔,' 뒤셀도르프에서는 '빌라 빅토리아'에서 잤다. 그는 특히 브레멘을 마음에 들어해서 그 도시에 특급 호텔이 없었음에도 아랑곳하지 않고 두 번이나 방문했다.

놀랍게도 그의 이름 슈니델은 자동차 판매장에서는 반응을 얻지 못하여 이동 시에는 기차를 이용해야만 했다. 폴크스바겐 대리점에서도 마찬가지였다. 모두들 운전면허증을 보자고 할 뿐 아무도 면허증을 집에 두고 왔다는 변명에 끄떡도 않았다. 면허증 없이 시험 운전을 이용해 주말 동안 독일의 호텔 업계를 탐험해보겠다는 그의 계획은 실행 불가능한 것으로 증명되었다. 세 개의 폴크스바겐 대리점을 전전하면서 대리점 직원의 명함과 같은 인쇄소에서 박은 자신의 명함과 그의 유명한 이름을 들이밀었음에도 불구하고 작전에 실패하고 나서 그는 그냥 호텔 숙박에 만족하기로 했다. 그다음으로 찾아간 호텔에서 그는 자동차 판매장에서의 치욕을 만회할 요량으로 주말 동안 머무르며 프랑스 식당에서 다섯 코스로 된 요리와 룸서비스로 뵈브 클리코 한 병을 즐겼다.

숙박료는 단 한 건도 지불되지 않았다. 지불 청구서를 받은 부서에서 별다른 검토를 거치지 않고 여행 경비를 지불할 것을 희망하던 베르너 슈니델의 예상은 빗나갔다. 폴크스바겐의 회장이라고 해도 여행 중 자기가 먹고 쓴 사적 비용은 본인이 지불하고 있었던 것이 그 이유 중 하나였다.

그리하여 맨 첫번째 청구서부터 눈에 띄기 시작했다. 실수는 호텔 측에 있었다. 호텔이 특별 조건이라는 단서에 주목해 회사 측에 전화를 걸어 끈질기게 매달렸다면 사기 행각은 당장 드러났을 터였다. 회사는 베르너 슈니델로 인해 발생한 비용에 대해 전혀 책임감을 느끼지 않았다. 하지만 그의 명함은 회사 인쇄소에서 산재(産災)보호실로 넘겨졌다. 조사를 해본 결과 사기꾼 하나가 명함을 도용한 것으로 판명이 났다. 베르너 슈니델이 란 인물 앞으로 발생한 청구서를 지불하지 말 것이며 그 외 베르너 슈니델 과 관련된 모든 사안은 산재보호실로 넘기라는 내부 공문이 회사 안에 내 려졌다. 산재보호실에서는 더 이상 조사에 들어가지도 않았고 베르너 슈 니델을 고소하지도 않았다. 직접적인 피해자는 폴크스바겐 그룹이 아니었 던 것이다.

여기서 베르너 슈니델이 청구서를 실제 회사 주소로 보내게 한 것이 잘한 것이냐 하는 문제가 제기된다. 그건 잘한 일이었다. 바그너 씨가 호 텔에 제시한 주소가 폴크스바겐 그룹이 통상적으로 여행 경비를 처리하는 창구와 다르다는 것이 호텔 직원의 눈에 띌 경우 베르너 슈니델이 꼼짝없 이 곤란해질 것이 분명하기 때문이었다.

그러나 그에게도 곤경이 닥쳐왔다. 유능한 신입사원이라면 될수록 많 은 호텔을 거치면서 경험을 쌓는 것이 호텔 업계에서는 흔히 볼 수 있는 일이었고 일류 호텔들 사이에서는 항상 막대한 인원 이동이 일어나고 있 었다. 이렇게 이동하는 사람들은 출세욕이 넘치는 이들이었다. 그들은 기 억할 필요가 없는 일들까지 다 기억했고 명령이 내려질 때까지 기다리는 대신 스스로 알아서 척척 처리했다. 그들은 미래의 매니저감이었고 자신 들도 그것을 알고 있었다. 그들은 순한 양의 탈을 쓴 늑대였다.

11월 9일 저녁, 베르너 슈니델은 쾰른에 있는 **돔 호텔**의 114호실에서

베를린에서 지금 막 터진 사건을 전해주는 '타게스테멘' 뉴스를 시청하고 있었다. 그때 문을 두드리는 소리가 들렸다. 그는 "예?" 하고 응답했다. 뭔가 수군거리는 소리가 나는 듯하더니 "룸서비스입니다" 하는 대답이 들렸다. 그는 아무것도 시킨 것이 없었다. 문에 귀를 가까이 대니 다시 수런거리는 소리가 들렸다. 재차 노크 소리가 났다. "룸서비스입니다."

베르너 슈니델은 잽싸게 신발과 양복저고리, 서류 가방을 챙겨 욕실로 들어간 뒤 문을 걸어 잠그고 신을 꿰어 신었다. "지금은 안 돼요." 그는 욕실에서 크게 소리 질렀다. "문밖에다 놓고 가면 안 됩니까?" "사인을 하셔야 하는데요." "그럼 잠깐만 기다리세요." 신발은 이미 신었고 서류 가방은 서둘러 잠그고 양복저고리를 둘러 입었다. 코트는 옷장에 그냥 둘 수밖에 없었다. 문을 따고 들어오는 소리가 들렸다. 누군가가 욕실로 들어오려 하고 있었다.

그는 욕실 창문으로 빠져나와 발을 디딜 만한 추녀 위에 몸을 실은 뒤 결국 4미터 아래 풀숲으로 뛰어내렸다. 호텔 앞에는 경찰차가 와 있었다. 땅에 착지하는 그를 보는 한 행인에게 슈니델은 고개를 까딱해 보였다. 그러고는 냅다 달렸다. 모퉁이를 돌기 직전에 뒤를 돌아다보았다. 자기 쪽을 보고 있는 사람은 없었다. 룸서비스라니! 엄청난 아마추어들이군!

아까 뉴스를 보면서 베를린으로 갈까 하는 생각을 하던 참이었다. 동서 장벽의 붕괴와 같은 절정의 순간을 그도 직접 체험하고 싶었다. 파리에서 출발하여 쾰른을 거쳐 베를린으로 향하는 밤열차도 있었다.

그는 1등칸에 올라타 베를린에 도착할 때까지 내처 갔다. 열차가 베를린 동물원 역에 도착하여 정차했을 때 그는 사람들의 발걸음 소리와 아기들 울음소리에 잠을 깼다. 잠에서 깬 그는 객실의 칸막이 문을 활짝 열고 서로서로 가운데로 붙여 모아 널따란 평상같이 만들었던 좌석들도 기동 타격대가 급습 작전을 펼치듯이 재빠르게 도로 제자리로 돌려놓았다.

베르너 슈니델은 1등칸을 탔으나 당연히 표는 없었다. 펼친 의자들 밑에 누워 있었는데 이제 모습을 나타내게 되었으니 놀라지 않을 수 없었다. 그를 발견한 아이들은 그들대로 깜짝 놀랐다. 그 아이들이 찾고 있던 것은 사람, 특히 의자 밑에 있는 저런 사람이 아니라 빈 병들이었다. 열차는 온통 빈 병을 수거하려는 아이들의 손에 넘어가 있었다.

빈 병을 모으러 다니는 사람은 아이들뿐만이 아니었다. 노인 몇 명도 객실을 돌아다니고 있었다. 그러나 그들은 빈 병 모으기가 체면을 떨어뜨리는 일이라고 생각하여 완벽하고 말끔한 스타일이 타인들 앞에서 행해지는 천한 일을 할 때의 부끄러움을 막아주는 방어벽이나 되는 것처럼 체면치레에 막대한 신경을 쓰며 행동하고 있으므로 아이들에 비해 수거율은 현저히 떨어지고 있었다.

겉모습에 많은 주안점을 두는 것 또한 베르너 슈니델도 마찬가지였다. 그는 양복바지를 몇 번 탁탁 털어 승객들이 그동안 객차 바닥에 흘리고 간 모래알들을 날려버렸다. 그리고 열차 화장실에서 종이 티슈를 가져와 광이 날 때까지 구두를 문질렀다.

그는 주머니에 땡전 한 푼 없는 사람 같은 인상을 주지는 않았다. 입고 있는 양복도 싸 보이지 않았다. 공장 직영 특별 세일에서 반값에 구입한 양복임을 남들이 알 리 없었다. 그런데 구두는 정말 돈이 들어간 것이었다. 구두가 좋아야 사람이 빛나 보이는 것을 그는 종종 경험했다. 그는 '구두가 **지위를 결정한**다'라는 문구를 말 그대로 받아들이고 있었다. 상대방을 가늠해보면서 구두를 보는 사람은 거의 없다는 바로 그 사실이 구두를 봄으로써 상대방이 얼마나 값이 나가는 사람인지에 대해 많은 것을 알 수 있는 이유였다. 베르너 슈니델은 구두를 보는 데 숙련되어 있었고 자신이 구두에 일가견이 있는 다른 사람의 기준에도 합격할 수 있다는 것을 스스로도 알고 있었다.

베르너 슈니델은 앞으로 다가올 일을 예감하고 있었다. 열차는 아직 장벽이 무너지기 전에 파리를 출발했고 지금 베를린 동물원 역에 정차한 열차에 올라타 와글거리며 떼거리로 열차를 장악하고 있는 빈 병 수거인들은 모두 동독인이었다. 수중에 가진 돈도 없는데 벌써 경쟁은 치열했다. 그들 중 대부분이 아직 서독 돈을 한 번도 구경하지 못한 사람들이었다. 그리고 곧 갖가지 선물이 저들 앞에 쏟아질 것이다. 자기한테 환영금을 주지 않는다는 것은 말도 안 되는 일이었다. 베를린에서 온 저들에게도 베를린에서 환영금이 나온다고 하는데, 쾰른에서 온 그에게는 무엇이 떨어진단 말인가?

그래도 아침은 공짜로 먹을 수 있었다. 오이로파 센터 건물 앞에 화물차가 와서 바나나, 요구르트, 초코바, 커피 등을 나눠주었다. 밀려드는 사람들 사이에 끼어든 베르너 슈니델은 아까 열차 안의 노인네들이 병을 모으러 다닐 때와 같은 원칙에 따라 행동했다. 밀치거나 힘을 쓰지 않았는데도 사람들의 소용돌이에 의해 화물차 앞으로 서서히 떠밀려 아침거리를 받았다.

잠시 후 그는 몸에 향수를 뒤집어쓰려고 카데베*로 갔다. 진열대에서는 이미 테스터가 싹 치워진 후였다. 향수란 향수는 전부 다 테스트하고 사지는 않는 동독 손님들의 물결이 너무도 거대하게 밀어닥친 탓이었다. 베르너 슈니델은 완벽하게 치장한 거만한 태도의 판매원에게 갔다. 카데베의 화장품 부에 있는 여직원들은 모두 부업으로 슈퍼모델이나 미스 저

---

* 카데베KaDeWe: 베를린 중심에 있는 전통 있는 명문 백화점으로 베를린의 백화점 중 가장 크고 물건의 수준이 높다고 할 만하다.

머니를 하고 있는 것 같아 보였다. 가장 예쁜 아이들은 고등학교에서는 치어리더가 되고 리우에서라면 삼바 여왕이 되며, 베를린에서는 카데베의 판매원이 될 거야, 그는 생각했다.

향수 테스트를 해보기 위해서는 이 공주님들 중 한 명에게 말을 걸어야 했다. 그는 '내 아내가' '현재' '미국에' 있는데 어쩌고저쩌고 중얼중얼거리면서 아내가 타고 오는 '비행기'가 내일 도착하면 깜짝 선물을 하나 하고 싶다고 했다. "이건 뭡니까?" 하며 그는 파코라반의 국방색 향수병을 손으로 가리켰다. 판매원이 그가 물건을 살 손님인지 아닌지 아직 확신하지 못하는 것처럼 보였으므로 그는 떼 지어 카데베를 돌아다니고 있는 동독 사람들을 곁눈질하면서 판매원에게 안됐다는 투로 한마디 건넸다. "저 사람들도 참 괴롭겠어요. 보기만 하고 사지는 못하니."

"사는 사람들도 많아요." 판매원이 그의 말을 정정했다. "환영금 받은 게 있으니까요."

그녀가 파코라반 테스터를 가져와 손목 안쪽에다 뿌려주려고 했으나 슈니델은 그녀 앞에 목덜미를 내밀었다. "여기다 뿌려주세요! 우리 동료들이 뭐라고 하는지 봐야죠."

판매원은 그의 쇄골 사이에 향수를 뿌렸다. "한 번 더." 그가 부탁하자 한 번 더 뿌려주었다.

그가 갈 때쯤 그의 주위에는 이미 판매원에게 똑같이 목덜미를 들이미는 동독 고객들이 몰려들어 있었다. 어쨌거나 자기가 해결해야 할 문제는 아니었다.

그는 환하게 웃으며 자유를 즐기는 사람들의 무리 사이를 헤치고 타우엔치엔 거리를 따라 걸었다. 그에게는 그들 모두가 동독에서 온 사람들인 것처럼 느껴졌다. 사람들 대부분은 얼룩덜룩하게 탈색 가공된 청바지를 입고 있었다. 나이가 든 사람들은 일에 찌들고 지쳐 보여 쉰 살 이상으로 보이는 사람들 가운데 생기와 기운이 넘쳐 보이는 사람은 단 한 명도 없었다. 그러나 여기저기서 쉴 새 없이 "야! 저기 봐, 저기!" 하며 터져나오는 감탄과 놀라움의 탄성이 그의 귓가를 스쳐갔다. 가게의 진열장이든 날렵하게 잘 빠진 자동차이든 재미있는 광고용 간판이든, 사람들의 탄성을 들으면서 그는 자신에게는 새로울 것 없던 세계가 그들에게는 얼마나 경이로운 것인지 알게 되었다.

베르너 슈니델은 시간이 없었다. 코트가 없어서 추웠다. 그는 동물원 역에서 본 다섯 개의 빨간 알파벳 글자 간판을 내건 백화점으로 들어가고자 했으나 앞으로 전진하는 속도는 굉장히 느렸다. 동독 사람들은 모두 가족 단위로 돌아다니고 있는 것 같았는데 혹시 잃어버리기라도 하면 어쩌나 하는 걱정으로 서로 손을 꼭 잡고 똘똘 뭉쳐 도저히 그 사이를 뚫고 나가지 못하게 하고 있었다. 심지어 섹스 숍에서도 가족 전체가 뭉쳐 있었다. 동독 사람들은 이상한 사람들이야, 베르너 슈니델은 생각했다. 엄마를 모시고 섹스 숍을 가다니.

그가 들어간 백화점은 사람들로 넘쳐나고 있었다. 베르너 슈니델은 화장실이 급했다. 다행히도 화장실 앞에는 화장실 지킴이가 없었다. 다만 보라색 비닐종이를 씌운 탁자만이 앞에 놓여 있었을 뿐이다. 그걸 보자 그는 돈을 벌 수 있는 좋은 방법이 떠올랐다.

그는 엘리베이터를 타고 맨 위층으로 올라가 카페테리아에서 사람들이 보지 않는 틈을 타 찻잔 받침을 하나 슬쩍했다. 다시 아래층으로 내려온 그는 탁자 위에 그것을 내려놓고 떡하니 찻잔 받침의 주인 행세를 했다.

첫번째로 들어온 사람은 60대 노인이었다. 그는 밝은 회색의 재킷과 몸에 잘 맞지 않아 보이는 헐렁한 청바지를 입고 있었다. 그는 자기 부인과 팔짱을 끼고 오다가 화장실 앞에서 팔짱을 풀었다.

한마디면 족했다. "선불입니다."

손님은 당황한 듯 아내를 쳐다보았다. "당신이 해줄려오?" 하고 그는 화장실로 들어갔다.

그의 아내는 괜히 수줍은 척하며 말했다. "의사가 그러는데 우리 양반은 화장실에 자주 가야 헌다우."

슈니델은 '의사가 그러는데 화장실에 자주 가야 한다'는 것의 말뜻을 이해할 수 없었지만 더 이상 이러쿵저러쿵할 여지를 주지 않았다. 그는 접시를 몇 치 그녀 쪽으로 밀어내며 자신의 주장을 밀어붙였다.

"독일이 다시 하나가 된 오늘 같은 날에는 좀 봐줄 수도 있는 거 아니우?" 그녀가 말했다. 슈니델은 눈에 띄지 않게 머리를 좌우로 흔듦으로써 국가를 들먹이는 카드로도 자기를 이길 수 없음을 보여주었다.

그녀는 단념하고 지갑을 꺼냈다.

"30페니히요." 슈니델이 말했다.

"우리는 저쪽에서 건너온 사람들이에요."

"이쪽도 먹고살아야죠."

그녀는 완전히 항복해버렸다. 느릿느릿 동전 세 개를 세어서 접시 위에 놓았다. 그녀에게는 하나하나가 아까운 돈이었다.

양복 차림에 비싼 구두를 신고 서 있는 그는 하루하루 먹고사는 것을 걱정해야 하는 화장실 지킴이로는 보이지 않았다. 그러나 다시 한 번 자신이 내놓은 반론을 머릿속에 사열시켜본 결과 자기가 침착하고 적절하게 잘 대꾸한 것 같았다. 우리도 먹고살아야 한다. 그야말로 당장 먹고살아야 했다. 주머니에 말 그대로 동전 한 닢도 없는 그의 사정을 그들이 어찌 알겠는가? 게다가 이곳에서는 공짜가 없다는 사실을 그들도 이제 배워야 한다. 좋다, 버스와 지하철이 그들에겐 무료이고 오늘은 바나나와 커피도 공짜였다. 그들이 환영금을 받아가는 마당에 우리가 동독에 들어갈 때는 하루에 꼬박꼬박 25마르크씩 의무 환전을 해야 한다. 그렇다, 그의 마음에 가장 들었던 것은 '우리'였다. 우리도 먹고살아야 한다. 그것이 고급 양복을 걸친 서베를린의 화장실 지킴이가 통일 독일을 새로운 고향이라고 주장하는 짠순이 동독 아주머니에게 한 말이었다.

화장실로 들어오는 사람들은 거의가 동독에서 온 사람들이었다. 슈니델은 기본적으로 선불제로 운영했다. 길을 막으려는 것 비슷한 몸짓을 하며 돈의 액수만 말하면 그만이었다. 그는 남녀 모두와 '우리는 저쪽에서 왔어요— 우리도 먹고살아야죠'의 토론을 벌여야 했는데 예상대로 여자들이 조금 더 부끄러워했다. 그가 지켜본 바에 따르면 여자들은 공중화장실을 이용하는 것에 크나큰 부끄러움을 가지고 있었다. 어느 여자든지 서둘러 화장실 안으로 살짝 사라지고 싶어 했다. 화장실 안에서 그들은 죄짓다가 들킨 사람처럼 느끼고 있었다. 그가 지독한 조치를 취할 수밖에 없었던 적이 딱 한 번 있었다. 접시 옆에 서서 "30페니히요!"를 외치는 그에게 거만하고 짓궂은 눈길을 던지며 어떤 젊은 여자가 들어갔다. 그녀는 돈도 내지 않고 화장실 칸으로 들어가 문을 잠갔다. 슈니델은 어느 칸으로 들어가는지를 눈여겨봐두었다가 소리 내지 않고 문 앞으로 가서 섰다. 그녀의 물줄기 소리가 시작되었을 때 그는 나지막하지만 여자에게는 충분히 들릴 만한 크기로 말했다. "공짜 오줌은 없어요." 기겁을 하며 물줄기가 뚝 끊기는 것을 그는 들을 수 있었다. 그다음 그는 여자에게 들리도록 발소리를 내며 자리로 돌아갔다. 마음 놓고 계속 오줌을 누게 하기 위해서였다.

여자는 돈을 냈다.

시간이 조금 지나고 그는 돈 받은 값을 하기 위해 대걸레를 들고 남자 화장실 바닥을 청소하기 시작했다. 지키는 사람이 없어도 돈을 내달라는 신호로 그는 접시 위에다 동전 세 닢을 남겨놓았다. 그가 자리로 돌아왔을 때 접시는 비어 있었다.

정확히 오후 1시가 되니 진짜 화장실 지킴이 아주머니가 와서 불평불만을 입에 달고 자기 영역으로 재진입했다. 그녀는 슈니델을 '애송이'라고 부르며 이 광경을 "원 살다 살다 별꼴을 다 보네"라고 했다. 도대체 왜 저렇게 화를 낸단 말인가? 나는 아무것도 빼앗아간 것이 없는데! 젊은 청년이 양복을 입고 화장실 지킴이를 자처한다면 이것은 화를 낼 일이 아니라 도리어 업계의 평가절상이 아니던가!

지난 두 시간 반 동안 베르너 슈니델이 벌어들인 돈은 거의 40마르크에 달했다. 그는 아주 뿌듯했다. 사실, 뿌듯해도 되는 정도를 넘어 뿌듯했다. 호텔에 특별 전권대사로 머물기 위해서 일단 그가 필요로 하는 것은 모욕감, 상실감, 무력감의 감정이었다. 그는 이러한 감정들을 일종의 해방 작전을 통해, 즉 어느 누구도 손댈 수 없는 존엄성의 보증수표인 어떤 존재에 발동을 걸어 전멸시키고 싶었다. 그는 장난치지 않았다. 그가 행한 것은 복수였다. 이곳 베를린에서도 잠잘 곳을 얻기 위해서만 복수할 수는 없을 것이다. 그것은 오직 가치 있는 존재라는 느낌을 얻기 위해서였다.

베르너 슈니델은 지하철로 들어갔다. 외투도 없이 밖은 너무 추웠다. 지하철 동물원 역은 마치 비상사태라도 난 듯했다. 지하철은 모두 공짜였다. 이런 공짜 선물을 그냥 놓친다면 어리석은 일이었다. 어느 방향에서 오는 객차든지 지하철은 모두 사람들로 꽉꽉 차 있었다. 행복에 넘치는 환한 얼굴의 사람들이었다.

그러다가 그는 담배 자동판매기를 이리저리 치며 담배를 꺼내 당기는 손잡이*를 잡고 흔들어대는 한 사람을 보게 되었다. 그 사람은 헛수고만 하고 있었다. 열차가 도착하자 그는 화를 내며 열차에 올라탔다.

이제 베르너 슈니델에게 임무가 생겼다. 기계를 잘 살펴보니 방금 그 남자가 돈을 잃은 첫번째 희생자가 아닐 것이라는 결론을 내리게 되었다. 마지막으로 넣은 동전이 막 동전 투입구 틈에 끼어 있는 것이 보였다. 그는 기계의 옆판을 쾅쾅 치면서 자기가 유일하게 가지고 있던 2마르크짜리 동전을 써서 투입구에 끼어 있던 마지막 동전을 밀어 눌러 넘기는 방법을 써서 결국 투입구를 뚫었다. 단 한 번의 시도로 20마르크가 벌렸다. 벌어들인 동전 가운데에는 2마르크짜리 동독 동전이 두 개 있었다. 그것이 동전 투입구를 막은 원인이 된 것 같았다.

베르너 슈니델은 동전 구멍에다가 그 2마르크짜리 동독 동전 두 개를 끼워넣었다. 돈은 틈에 끼어서 넘어가지 않았다. 됐다. 그는 옆 의자에 앉아 자리를 잡고 기다렸다. 자동판매기는 돈만 삼키고 담배는 내어놓지 않았다. 그의 비신뢰성은 신뢰할 수 있는 것이었다. 단 몇 분 만에 손님들은 그냥 지하철을 타고 가버릴 것이냐 고장의 원인을 규명할 것이냐 하는 문제에 봉착하게 되었고 그들이 내린 결론은 지하철이었다. 다섯번째의 손님이 실망만을 안고 간 뒤에 베르너 슈니델은 다시 재공작을 시행했고 이번에도 성공이었다. 다섯 명이 될 때까지 기다리고, 수거하고——이런 식으로 몇 시간이 흘러갔고 베르너 슈니델은 돈을 손에 쥐었다. 언젠가는 결국 수리공이 와서 기계를 폐쇄하거나 고칠 것이고 그러면 좋은 시절도 다 간 것이다.

---

* 독일의 담배 자동판매기는 담배 종류마다 손잡이가 달려 있고 이 손잡이를 서랍을 열 때처럼 당겨 빼내도록 되어 있다.

그런데 젊은 여자가 한 명 다가왔다.

여자는 베르너 슈니델보다 키가 크고 날씬했다. 그녀는 청바지에 두 꺼운 울로 짠 스웨터를 입고 있었는데 이 스웨터는 홀쭉하게 몸에 맞으면서 거의 정강이 가까이까지 내려오고 있었다. 머리색은 짙었고 약간 구불거리면서 어깨께에 닿았다. 한 걸음씩 걸을 때마다 머리가 살짝 찰랑댔다. 그녀의 얼굴은 섬세하고 부드러우면서도 동시에 왕족 같은 품위를 풍기고 있었다. 베르너 슈니델은 자동적으로 노프레테테*를 떠올리지 않을 수 없었다. 그렇다, 그는 저 젊은 여자가 왕비라고 해도 믿을 것 같았다. 담배 자동판매기의 사용안내서를 열심히 읽고 있는 것을 보고 그는 그녀가 동쪽에서 왔다는 사실을 알았다. 환하고 풍부한 표정의 눈으로 안내서를 읽는 그녀의 이마에 세로로 조그맣게 주름이 졌다.

순식간에 베르너 슈니델은 그녀에게 반해버렸다. 그녀는 다섯번째 손님이었다. 그녀가 가고 나면 다시 2마르크짜리 동전을 집어넣어 막힌 것을 뚫어내고 동전을 모두 우르르 쏟아내게 할 수 있었다. 그는 벌써부터 동전 냄새를 고대하고 있었다. 냄새만으로 어떤 것이 그녀의 동전인지 알아낼 수 있을 거라고 확신했다.

젊은 여자는 손잡이를 당기고 흔들어도 보며 환불 단추를 눌러보기도 하면서 손으로 기계를 탕탕 치기도 했다. 모두 헛수고였다. 베르너 슈니델은 그녀에게 다가갔다. "무슨 문제가 있는 것 같아 보이는데요?"

"네." 그녀는 답답하다는 듯 말했다. "돈을 넣었는데도 아무 반응이 없어요. 서독 마르크로 4마르크나 되는데!"

"그럼 어디 볼까요!" 베르너 슈니델은 이렇게 말하며 자동판매기의

---

* 노프레테테Nofretete: 네페르티티라고도 한다. 고대 기원전 16세기의 이집트 왕비. 원통형의 머리 장식을 쓰고 있는 채색 흉상이 발견됨으로써 유명해졌다.

마술사를 자처하고 나섰다. 항상 '감성과 환상'을 이용해야 한다면서 두드리고 때리고 흔들기를 반복했다. 그는 이렇게 그녀의 흥미를 자기에게 이끌기 위해 필요한 짓은 모두 했다.

그러더니 결국 그는 이런 말을 했다. "아무래도 2마르크 동전을 하나 더 집어넣어야 되겠는데요. 어쩌면 한 푼도 못 건질 수 있고요." 그녀는 울상을 짓고 그를 쳐다보았다. 느끼고 있는 것을 바로 다 말해주는 그녀의 얼굴이 그는 너무 좋았다. 열심히 읽어 내려가던 것, 도와줄 것을 부탁하던 것, 즐겁게 그가 하는 것을 구경하던 것, 그리고 이제 돈이 날아갈 수 있다는 슬픈 소식을 듣고 나서의 반응. 그는 그녀를 거의 알지 못했지만 자기가 영원토록 그녀에게 새로운 감정을 만들어줄 수 있을 것이라는 걸 알았다. 그저 그런 그녀를 보고자 하는 마음으로 말이다. 그래서 그는 이제 그녀에게 기쁨을 주기로 했다.

"그럼 특별히 힘써드리지." 그는 이렇게 말하곤 2마르크 동전을 투입구에 집어넣고 위를 누르며 옆판을 진동시키니 막혔던 것이 뚫렸다. 그는 원래 하던 대로 환불 단추를 누르지 않고 커다란 몸짓을 써가며 그녀에게 손잡이를 당겨 담배를 꺼낼 것을 권했다. 그녀가 정말로 활짝 웃었다!

이제 설명이 길어지면서 그는 자동판매기를 가리켰다. "사실 내 돈 2마르크도 저 안에 들어 있는데…… 담배 반 갑이나 3분의 1까지는 원하지 않고요, 당신이랑 같이 있으면 담배 반 대를 피워도 행복할 것 같은데." 그는 자기가 한 말이 얼마나 느끼하게 들리는지 알고 있었지만 어차피 세련된 매력이 그의 차지는 아니었다.

"반 대요?" 여자가 말했다. 베르너 슈니델은 그녀의 표정에서 동독의 노프레테테인 그녀가 11월에도 선글라스를 끼고 있는 지하철의 알비노인 자신에게 거부감을 느끼지 않고 있음을 읽을 수 있었다.

"뭐, 그러니까……" 베르너 슈니델이 말했다. "우리가 마지막 담배한 대를 나눠 피운다면 그때까지는 서로를 좀더 알게 되지 않을까 그거죠."

그녀는 웃을 수밖에 없었다. 이 괴상하기 짝이 없는 친구의 수작이 어이가 없어 웃음밖에 나오지 않았다. 그를 부끄럽게 만들거나 못되게 굴 생각이 있어서 그런 게 아니라 저 애가 자기에게 어떻게 그런 기대를 할 수 있는지, 그것이 기가 막혔던 것이다. 그녀는 웃으며 뒤돌아섰다.

그것이 베르너 슈니델로 하여금 다시 마음을 먹게 한 하나의 전환점이 되었다. 그것은 그때부터 시작해 등 뒤의 팔라스트 호텔 방문을 닫는 그 순간까지 그의 내부에서 일어난 단 하나의 유일한 움직임이었다. 그렇게 목적 없이, 하지만 꽤 많이는 걷지면서 돌아다녔던 그날은 그로 인하여 하나의 목적과 긴장감을 가지게 되었다.

베르너 슈니델은 18마르크나 되는 마지막 수거분을 거두지 않은 채로 지하철역을 떠나 동물원 역사로 들어가서 20마르크를 동독 돈 180마르크로 환전한 다음 아무 술집에나 들어가서 옷걸이에 걸려 있는 따뜻해 보이는 감청색의 자그마한 외투를 슬쩍하고 다시 지하철로 가 프리드리히 슈트라세 역까지 갔다. 서독 국민이 줄을 서는 줄에 합류해 의무 환전을 마치니 더 이상의 검사 절차는 없었다. 국경수비대들은 슬렁슬렁 일하고 있는 것 같았다. 그는 자신에게 상처를 안겨준 젊은 여자의 나라에 복수했다.

공중전화를 찾은 그는 전화번호 안내에 전화를 걸어 팔라스트 호텔의 번호를 얻어냈다. 그러곤 팔라스트 호텔에 전화해서 자신을 바그너라고 활기차게 소개하며, 몇 시간째 전화기를 붙들고 씨름하고 있었는데 오늘은 동서 간 통화선이 이러쿵저러쿵, 날이 날이니만큼 이러쿵저러쿵했다. 폴크스바겐 그룹의 특별 전권대사인 슈니델 2세의 도착을 알려드리려고 했는데 벌써 도착하셨을지도 모르겠네요, 아니면 지금 금방이라도 도착하실 텐데 빈 방이 있습니까? 예, 비어 있는 방이 있습니다. 바그너 씨는 객실료를 모든 부대 비용과 함께 자기 앞으로 청구해줄 것을 요청했다. 제 연락처를 알려드리겠지만 독-독 간 전화선 연결 상태를 고려해볼 때 과연 소용이 있을까요? 그래도 연락처를 주십시오. 베르너 슈니델은 회사 근로자 대표위원 사무실의 전화번호를 두 번 따다닥 읊어댔다.

호텔에 도착해 빠르게 로비를 가로질러 프런트로 향하는 그의 잰 발걸음은 지하철역을 떠날 때와 똑같은 속도를 유지하고 있었다. 그는 진짜와 거의 동일한 와인색의 가짜 보테가 베네타 서류 가방을 프런트의 긴 책상에 척 올려놓고 가방을 연 다음, 어디서 난 남의 비행기표, 몽블랑제 만년필, 인쇄된 종이 한 장, 나흘 된 『프랑크푸르터 알게마이네 차이퉁』지를 일부러 보이도록 속을 뒤적거렸다. 한참 동안 뒤지며 찾는 척을 하더니 결국 명함을 꺼내 여권과 함께 책상에 올려놓았다. 프런트 직원은 몇 분 전에 통화했던 바로 그 여직원이었다. 그는 오늘의 교통 상황, 혼잡함, 동독에 오니 택시 잡기 힘들더라, 서베를린은 사람 때문에 길을 다닐 수가 없다, 바그너 씨가 전화를 했더냐, 오늘 같은 날에 갑자기 방을 예약해야 하다니 그 불쌍한 친구가 신경을 여간 써야 하는 게 아니다 등등 쉴 새 없이 말을 쏟아부었다. 여직원은 그의 속도를 따라잡기 바빴다. 그녀가 숙박증을 내어주며 얼마 동안 머무를 예정인지를 물었다. 그건 아직 모르겠고 일단 있어보겠다고 그가 무심히 말했다. 그런데 아침식사는 몇 시부터 몇 시까지지요? 2분도 안 되어 방 열쇠를 손에 쥐고 엘리베이터에 올라타는 그의 뒷모습을 바라보며 여직원은 동료에게 이렇게 말했다. "저 사람이나 저 사람 비서는 말하는 게 정말 속사포야."

엘리베이터의 문이 닫히자 계산서의 첫 줄이 작성되기 시작했다. 슈니델 씨가 투숙하고 있는 스튜디오 룸의 가격: 1박당 190(서독)마르크.

그로부터 몇 주간 베르너 슈니델은 눈에 띄지 않게 조용히 움직였다. 팔라스트 호텔이 슈니델이라는 자신의 이름을 알아주길 원하지도 않았다. 집에 갈 수는 없었고 경찰의 추적을 받고 있는 터였다. 같은 수법을 서독의 호텔에서 한 번 더 써먹을 수는 없었다.

그렇게 해서 그는 나갈 날짜를 정하지 않은 채 몇 주가 넘도록 팔라스트 호텔에 묵게 되었다. 호텔 직원들은 본사에서 그를 동독으로 파견한 이유가 피해를 일으켜도 가장 작게 일으킬 인물이기 때문이라고 추측했다. 그는 손님으로서 정중하고 바른 대우를 받았지만 떠받들어지지는 않았다. 슈니델은 하릴없이 앉아 어떻게 해야 할지 행동의 방향을 모르고 있었다. 그러는 중에 알프레트 분추바이트가 나타났다.

베르너 슈니델이 자기에게 주어진 역할이 어떤 것인지를 파악하는 데는 약간의 시간이 걸렸다. 그는 유럽 최대의 자동차 생산업체의 특별 전권대사이며 회장의 아들에 그치지 않았다. 그는 공권력이 힘을 잃은 시대에 공권력의 존재에 힘을 실어줄 마지막 희망이었다.

그는 여태껏 딱 한 번, 자기에게 기대되는 역할을 거부했었다. 그리고 그것은 그에게 별로 좋지 못한 결과를 가져왔다. 이제 그는 그런 실수는 두 번 다시 하지 않았다.

일은 마치 장난처럼 쉬웠다. 아침을 먹으러 가서 그는 은행 사람들 가까이에 자리를 잡고 그들이 동독의 경제 상황에 대해 얘기하는 것을 몇 가지 주워들었다. 거물급 경제 인사들과의 연결은 알프레트 분추바이트가 열성을 가지고 추천함으로써 이루어졌다. 그들 중 누군가와의 만남은 거의 성사된 바나 다름없었다. 두려움, 호기심, 의구심, 포기감, 학구열, 처량함 같은 감정이 베르너 슈니델을 찾아들었다. 그러나 거만하거나 깔보는 마음, 적대감 같은 것은 들지 않았다. 그는 두 가지 액션으로 사람들을

놀라게 했다. 그 첫번째는 그의 표현에 따르면 '당신네들'에게 자산의 잔
존 가치 0 이상은 감가상각이 되기 때문에 대차대조표의 손익계산은 크게
의미가 없다고 무심히 지나가듯 던진 지적이었다. 그것은 베르너 슈니델
이 아침식사 때 옆자리의 대화를 엿들은 것을 상업고등학교에서 조금 배
운 회계 시간의 지식과 접목시켜 이해한 내용이었다. 이러한 그의 지적이
맞는지 회사의 회계 담당자에게 물어보는 사장들도 심심치 않게 있었다.
그의 말이 맞는다는 확인을 받은 그들의 눈에는 슈니델이 갑자기 슈퍼맨
으로 떠올랐다. 겨우 열아홉의 나이에 세계기업을 위해 국민경제를 조사
하고 있는 것으로는 모자라 사회주의 경제의 세세한 회계 방식까지 알고
있다니.

그러나 사람들이 더 깊은 인상을 받는 것는 그가 '모(母)기업'이란 말
을 운운할 때였다. 그는 이 단어를 툭하면 입에 올리거나 드러내게 쓰지
않았다. 모두가 입을 모아 구호를 외치고 통일 조국을 위해 축배를 드는
요즘 같은 때 자본으로 철철 흘러넘치는 넓은 가슴을 가진 어머니를 데려
다 놓는 것이 손해 보는 일이 아니라는 것을 그는 짐작했다. 슈니델의 입
에서 모기업이라는 말만 나오면 그분들의 태도가 갑자기 달라졌다. 그들
은 물렁물렁해지면서 순하고 나긋나긋해졌다. 눈물이 그렁그렁 어리기도
했다. 통일된 조국에서 거대 모기업의 보살핌을 받는 것, 그것이 그분들
이 갈망하는 것이었다.

베르너 슈니델은 욕실을 나왔다. 카틀린은 아직도 침대에서 자고 있
었다. 이제 이 카틀린 브로인리히는 처치 곤란이었다. 그리고 밤의 잠자
리도. 베르너 슈니델에게 사랑에 빠지는 것은 전혀 문제가 아니었다. 그
는 그가 어떤 여자를 사랑할 수 있다는 사실 하나만으로도 그 여자에게 빠
졌다. 그는 단 몇 초 만에 결정을 내리고 2분 후에는 머릿속에서 연애편

지를 쓰고 있었으며 10분 후에는 둘이서 함께 만들어가는 삶이 펼쳐지고 있었다. 그러나 카틀린 브로인리히가 가장 가혹했던 날이자 마지막 출근일이 되었던 그날, 마치 마차에 올라타듯 그의 BMW 승용차에 들어왔을 때 그는 얼마 안 가 이 여자라면 사랑에 빠지는 게 상당히 힘들겠군 하는 것을 직감했다. 첫번째 보고 또다시 보아도 그녀에게서 연정을 바칠 만한 그 무엇도 찾아낼 수 없었다. 신비롭게 반짝이는 눈, 신중한 제스처, 도발적인 포즈, 가슴을 포함해 멋진 몸의 곡선 같은 것은 찾아보려야 찾아볼 수가 없었다. 손가락의 마디가 예쁘다는 이유 하나만으로도 충분히 그 여자와 사랑에 빠질 수 있던 그였다. 그 손가락 마디에 보내던 사모의 눈길은 흡사 연정의 박테리아가 증식하듯 손가락의 나머지 전체를 대상으로 퍼져나갔다. 그러나 카틀린 브로인리히에게서 그는 박테리아가 둥지를 틀만한 곳을 찾을 수 없었다. 박테리아가 둥지를 틀기는커녕, 그녀가 입을 열고 특유의 작센 사투리로 뾰로통해 엉뚱한 말을 해댈 때면 베르너 슈니델이 가지고 있던 모든 로맨틱한 상상이 여지없이 무너졌다. 호신술도 필요 없어, 슈니델은 생각했다. 혹시나 누가 덤벼들려고 했다가도 저 여자 말소리만 들으면 바로 생각이 싹 없어질 테니까.

카틀린 브로인리히는 슈니델의 차에 오를 때 자존심이 몹시 상해 있었다. 혁명이란 것에 이제 적대감밖에 남아 있지 않았다. 그녀를 민중의 하나로 취급하기를 거부하고 도리어 슈타지로 만드는, 그런 앞뒤 못 보는 답답한 혁명은 "없어도 돼"라고 그녀는 말했다. 또 그녀가 당 사무실에서 일했던 것은 사실이지만 그녀 자신은 당원도 아니었고 혜택을 받은 일도 없다고 했다. 혜택이라면 당 사무실이 폐쇄된 지금 실업자 신세가 된 혜택이 있을 뿐이고 회사가 절약 정책을 펴고 있는 마당에 그런 경력을 가진 그녀를 다른 부서에서 불러줄 리도 없다고 덧붙였다.

"비서가 하나 필요한 참인데" 하는 말이 불쑥 베르너 슈니델의 귀를 울렸다. 아마도 그것은 가련한 신세타령의 홍수를 막으려고 본능적으로 그의 입에서 튀어나온 말인지도 몰랐다. 그러나 자기 입에서 나온 그 이야기를 스스로 듣는 순간 그는 잘한 결정이라는 생각을 했다. 그녀는 가짜로 연기하는 것과는 비교가 되지 않을 정도로 그가 맡은 배역을 믿어줄 것이며 그가 보는 앞에서도 언제나 그가 만든 창조물의 효력을 발휘해줄 것이다. 자기가 믿고 있는 그 존재에 그녀도 약간은 포함되어 있기 때문이다.

그는 그녀에게 깍듯한 존칭을 사용하기로 결정하고 무급여로 6주 동안 시험 근무를 할 수 있냐고 물어보았다. 서독에서는 모두들 으레 그렇게들 하나 보다 하고 생각한 카틀린 브로인리히는 그렇게 하겠다고 했다.

슈니델도 직접 경험한 것이지만, 항상 놀림받고 자존심에 상처를 입으면서 살아왔었다는 사실이 그녀로 하여금 순식간에 그를 평소 무의식 속에서 언제나 소망해오던 상사로 만들었는지도 모른다. 이 상사는 그녀의 보잘것없는 삶에 종지부를 찍어줄 것이다. 그녀가 고향인 츠비카우에 돌아가면 그녀는 이미 몇 주가 넘도록 밤낮을 가리지 않고 서독의 매니저를 보좌하고 스케줄을 관리하며 우편물을 분류하고 지시를 받아적던 사람이 되어 있을 것이다. 그녀를 비웃던 모든 사람은 할 말을 잊을 것이다. 재투성이는 신데렐라가 되어 금의환향한다. 서독의 돈벼락이 그녀의 머리 위로 쏟아져 내릴 것이다. 그녀가 고향에 가면.

슈니델은 그를 남자로 인정해주는 여자와 아직 한 번도 경험이 없었으므로 이때야말로 절호의 기회라는 것을 느꼈다. 베를린으로 돌아오는 길에 그는 차 안에서 일부러 복잡한 설명을 곁들여 방금까지 공산당 사무실에서 근무한 사람을 비서로 채용했다는 사실을 모기업에서 알면 좋아하지 않을 것이라고 했다. 사무원이 필요할 경우 서독의 취업 알선 회사에서 사람을 하나 소개받으라는 권고를 내릴 것이 분명하다는 설명도 했다. 카틀린 브로인리히는 경악했다. 바로 오늘까지 그녀가 공산당원 밑에서 일했다는 것, 그건 분명히 부정할 수 없는 사실이었다.

그렇지만── 베르너 슈니델이 말을 계속했다── 누구나에게 한 번의 기회는 더 있는 법, 카틀린 브로인리히가 고개를 세차게 끄덕였다. 그러므로 그녀에게 그 두번째 기회를 주겠노라고 그는 말했다. 일단 모기업 본부에서는 모르게 하자며, 그것은, 즉 호텔에서 그녀의 방을 하나 더 빌리면 청구서에 올라가 모기업에서 알게 되므로 그럴 수가 없다는 뜻이었다. 그렇다면 베를린에 있는 친구네 집에서 묵겠다는 카틀린 브로인리히의 제안에 그는 항상 대기 상태에 있어야 하는 그녀의 임무에 부합하지 않으므로 곤란하다는 대답을 주었다. 단 하나의 해결 방법은 베르너 슈니델이 묵고 있는 주니어 스위트룸의 넓은 침대뿐이었다. 그래도 해결 방법이 있다니 카틀린 브로인리히는 안심이 되었다.

불을 끄고 나서 베르너 슈니델이 그녀에게 덤벼든 것에 그녀는 놀라지 않았다. 오히려 예상하고 있던 일이었다. 당 사무실에서 자본주의의 착취에 대해 수없이 들어 귀에 못이 박힌 그녀였다. 자본주의자가 노동자의 육체를 제 마음대로 한다는 사실은 새로운 사실도 아니었고 그저 수많은 자본주의의 병폐 중 하나일 뿐이었다. 그러나 카틀린 브로인리히는 자본주의를 역겹게 생각하고 싶지 않았다. 오히려 자본주의에 투항하고 싶었다. 그래서 그녀는 자발적으로, 그리고 최선을 다해서 그를 만족시켰다. 남자들과 몇 번 스쳐간 경험은 있었다. 사춘기 후반 시절, 올빼미 쏘기라고 하는 놀이에서 여러 여자애들 사이에서 뽑힌 적이 꽤 여러 번 있었던 것이다.

그녀는 침대에 누워 계속 자고 싶었다. "카틀린," 그가 손뼉을 딱 치며 외쳤다. "타임 이즈 머니Time is money!"

6. 말하는 법을 배우는 국민

어느 금요일, 레오 라트케는 레나의 큰오빠와 함께 그가 일하고 있는 잡지사의 성탄절 만찬에 참석하기 위해 함부르크를 향해 달리고 있었다. 만찬은 일단 편집부에서 주관하는 간단한 리셉션으로 시작해서 다 함께 버스를 타고 식이 열리는 비밀의 장소에 도착하게끔 계획되어 있었다. 그 비밀의 장소란 함부르크 항구의 옛 대형 창고를 개조한 것으로, 건물은 붉은 벽돌로 되어 있고 천장에는 철골 지붕이 그대로 지나가게 되어 있었다. 산업시대에 지어진 그 실용 건물은 이제 하얀 식탁보가 덮인 식탁, 먼지 한 점 없이 윤이 나는 와인 잔, 촛대 등 고급스럽고 값비싼 물건들로 다시 장식되어 있었다. 실내 전체가 은은한 빛에 휘감겨 있었다. 음식을 날라주는 서비스 요원들은 풀을 빳빳하게 먹인 앞치마를 두르고 고급 호텔의 조리장인 루이스 C. 야코프가 오늘 밤을 위해 특별히 새로 만든 메뉴를 나르고 있었다.

잡지의 발행인이 모임을 개시하는 연설을 통해 올해가 그 잡지사 사상 최고의 한 해였음을 강조했다. 영업적 이익만을 놓고 본다면 동독 건으로 몇 년은 더 밀고 나갈 수 있다고 했다. "인정할 건 인정합시다. 우리에게 이 위기는 이익이 되었습니다." 그리고 앞뒤 문맥과는 상관없이 이렇게 말을 맺었다. "어쨌든 오늘 저녁은 '폐허에서 일어서다'라는 모토로 축하하도록 합시다."

이 발행인처럼 연설을 못하는 인물도 드물었다. 레오 라트케가 아는 한, 그처럼 명약관화한 사회적 의미를 그처럼 연설치(演說痴)적으로 오해에 빠뜨리는 사람도 없었다. 마음만 먹으면 언제라도 몇백만 명의 독자를 상대할 수 있는 사람이 왜 겨우 몇백 명의 사람에게 미칠 영향에 신경을 써야 한단 말인가? 극단적인 것에 사람들이 흥미를 보이듯 레오 라트케도 엉망진창의 연설에 매료되었다. 똑똑하고 카리스마가 넘치기까지 하는 사람들이 특히 많은 사람 앞에서 연설을 망치는 일들, 예를 들면 요점에서 더 이상 나가지 못하고 있을 때, 강조하다가 걸려 넘어질 때, 속도에 너무 열을 올릴 때 또는 리듬에서 멀어질 때, 그리고 긴 문장을 말하다가 말이 엉켜버릴 때, 그러다 결국 가지를 쳐내고 나서야 갈피를 잡을 때, 적당한 인용구가 번번이 매끈한 비누처럼 빠져나갈 때, 문장이 ~ 때문에라는 말로 덕지덕지 기워져 있을 때, 어디로 향하는 여정인지 청중들이 갈피를 못 잡고 있을 때 그는 그 매력에 사로잡혔다. 레오 라트케는 말하는 것에 대해 자주 생각하곤 했다. 그 자신이 말 잘하는 사람은 아니었다. 그렇지만 자신도 조금 있다가 한 연설 하려고 생각하고 있었다.

이런 규모의 파티에 참석하는 것은 레나의 큰오빠로서는 생전 처음이었다. 버스가 창고 건물 앞에 멈춰 섰을 때 그는 잡지사가 비용을 절감하기 위해 폐허의 부활을 축하하는 것이 아닌가 하고 생각했다. 큰 무도회장보다는 지하 묘지가 비용이 싸게 드는 것이다. 그러나 레오 라트케는 분명히 '호화'라고 했었다. 레나의 큰오빠는 그의 말이 점점 이해가 가기 시작했다. 그날의 파티는 거하고 번잡스럽지 않으면서도 비싸야 했다. 그런 종류의 호화로움은 아는 사람에게만 보이는 법이고 그러니까 더더욱 즐거움이 배가되는 것이라고 레오 라트케가 설명했다.

그날 저녁은 과연 호화로웠다. 가장 큰 호화로움은 손님들에게서 나왔다. 처음에 그는 손님들의 옷차림인가 하고 생각했으나 나중에 생각해 보니 그것은 그들이 입은 옷이 아니라 그들이 풍기는 향기였다. 그러나 그 자리를 특별한 것으로 만들어준 것은 따로 있었으니 그것은 매너, 남자들의 매너였다. 그들은 테이블을 사이에 두고 투덜대는 시늉을 하기도 하고 느슨히 힘을 뺀 부드러운 여유를 보이면서 서로의 말에 적당한 반응 또는 맞장구를 치거나 사람 좋은 웃음을 사이사이에 날리기도 했다. 그들의 대화에는 리듬이 있었고 그들의 놀이는 세련된 놀이였다. 그들은 배우인 동시에 관객이었고, 그들이 말하고 보여주고 행동하고 펼쳐지는 모든 것은 모든 이가 보고 있기 때문에 행해지고 있는 일이었다. 마치 '미디어 분야에서 성공한 인물들의 사교 활동'이라는 주제로 연극과 학생들이 펼치는 즉석 공연에서 언제든지 교수가 그만 하라는 명령을 내리고 각자의 점수를 매길 것 같은 느낌이 들었다. 그러나 이 배우 수련생들은 돈 많이 버는 기자들이었다. 그러니 오늘의 공연은 스타 극단이 펼치는 대형 호화 공연인 셈이었다.

레오 라트케는 팔라스트 호텔에서 5주째나 머물고 있었음에도 불구하고 아직 한 줄의 기사도 완성하지 못하고 있었다. 동료들이 그들의 하늘같이 높은 기대를 칭찬의 탈을 씌워 그 앞에 들이밀었을 때 레오 라트케의 위기감은 더욱더 심해졌다. "레오, 말 좀 해봐, 도대체 무슨 꿍꿍이를 품고 있는 거야!" 또는 "레오, 이번엔 정말 기대되네. 한 달 넘게 동베를린에 있다는 게 사실이야?" 또는 "레오, 자네랑 처지를 바꾸고 싶군. 이런 시절에 그런 곳에 있다니— 불멸의 기사는 따 놓은 당상이겠어."

레오 라트케는 웃어넘겼다. "그럼!" 또는 "나도 그렇게 생각하고 있어" 등으로.

후식으로 넘어가기 전에 그의 순서가 왔다. 그는 줄 없는 마이크를 손에 쥐고 무대에서 왔다 갔다 하면서 나머지 빈손으로는 연설을 뒷받침했다. 언제나 그렇듯 그는 목청을 높임으로써 긴장감을 극복해보려고 했다. "존경하는 동료 여러분"으로 시작하는 그의 목소리가 스피커를 울렸다. "저는 레오 라트케이고 11월 중순부터 동베를린에 머물고 있습니다. 그곳의 전화망은 1926년 당시의 것으로서, 농담이 아닙니다, 아니 아니, 아직 웃으면 안 됩니다. 아직 웃기려면 멀었습니다. 에, 1926년의 전화망으로서, 따라서 전화 문화도 그 당시의 것으로 머물러 있습니다. 비서에게 **팩스하세요**, 하면 깜짝 놀라 쳐다봅니다. 바보짓*을 하라는 뜻으로 알아듣기 때문이죠. 그리고 이런 것도 있습니다. 이것 다들 아시죠?" 그는 마치 카세트 데크처럼 생긴 검은색의 네모난 플라스틱 상자를 높이 들어보였다. "그런데 과연 동에서 온 제 동료도 이게 뭔지 알고 있을까요? 이리 좀 나와보겠어요?" 레나의 큰오빠가 자리에서 일어났다. "이 사람은 아주 뛰어난 사진작가입니다!" 레오 라트케가 외쳤다. "박수 부탁합니다!" 박수는 레나의 큰오빠가 무대 위로 나와서도 한참 동안 계속되었다. 레오 라트케가 그 작은 전자제품을 가리키며 그에게 물었다. "이게 뭐지요?"

레나의 큰오빠는 카세트 플레이어나 녹취기 같은 것은 알고 있었지만 이것은 뭔지 몰랐다. 4백 쌍의 눈이 지켜보는 앞에서 그는 모른다고 할 수밖에 없었다.

"이것은 자동 응답기입니다." 레오 라트케가 말했다. "사람을 무대 위로 불러내서 바보를 만들다니 내가 너무 심했지요. 나도 압니다. 하지만 수고해주셔서 고맙습니다!"

---

* 영어의 팩스와는 별도로 독일어의 Fax(보통 복수로)에는 바보짓, 우스꽝스러운 행동이라는 뜻이 있다.

레나의 큰오빠는 다시 자기 자리로 향했다. 레오 라트케가 자기 등 뒤에서 무슨 짓을 하는지, 사람들 사이에서 웃음소리가 일어나는 것을 들을 수 있었다.

"자동 응답기!" 마이크가 필요 없을 정도로 쩌렁쩌렁하게 레오 라트케가 외쳤다. "동독에서는 전화기가 있는 사람이 거의 없기 때문에 따라서 전화 걸 일도 거의 없습니다. 전화기가 있는 집에서도 전화벨 소리를 들을 일이 거의 없죠. 이렇게 가뭄에 콩 나듯 전화가 걸려오니 만일 외출했다고 해도 전화를 못 받을 일이 거의 없습니다. 자동 응답기를 발명한 이가 동독인이 아니라는 것 하나는 확실하다고 할 수 있겠죠. 비유를 하면 채식주의자에게 통닭용 가위와 마찬가지라고 하겠습니다."

그는 윗옷 주머니에서 카세트테이프 하나를 꺼내 높이 쳐들어 보였다. 그의 말은 느렸고 구절 하나하나에는 힘이 들어가 있었다.

"동료 여러분, 여기 보시는 이것은 우리 동베를린 사무소에 있는 자동 응답기의 카세트테이프입니다." 벌써 웃는 사람이 있었다. "말하자면 '국민들, 발언하는 법을 배우다'라고 할 수 있겠습니다. 어디선가 시멘트 한 포대가 엎어지거나 보통 사람 같으면 1주일에 단 한 번 운전 강습 시간이 배당되는데 당 서기의 아들이라고 두 번 강습을 받는 일이 발생한다면 우리는 이것을 기사화하지 않을 수 없습니다. 그러나 그러기 위해선 일단 제보가 들어와야 합니다. 문제는 바로 여기서 시작됩니다." 그는 테이프를 들고 흔들어댔다. "이건 박물관 전시감입니다! 우리 동베를린 사무소에서의, 즉 우리 동쪽 동포들의 자동 응답기적인 첫 경험이 담긴 생생한 육성입니다. 말하는 법을 배우는 국민들, 이거야말로 역사의 기록입니다!"

레오 라트케는 테이프를 재생기에 넣고 시작 단추를 누르며 마이크를 스피커 앞에다 바싹 댔다. 죄송하지만 지금은 전화를 받을 수 없습니다. 전화 거신 분의 성명과 전화번호, 용건을 남겨주십시오.

삑~ 하는 신호가 들리고 시큰둥한 남자 목소리가 나왔다.

"뭐? 뭐? 우리말도 제대로 못하나?" 짤깍하더니 그대로 끊겼다.

다음 전화를 건 여자는 "힉, 에구머니나!" 하더니 끊었고 다음 사람은 잠깐 동안 말이 없더니 "이게 뭐야? 에이, 모르겠다!" 하면서 역시 끊어버렸다. 그다음 전화를 건 사람은 처음에는 그저 깔깔거리고 웃더니 두 번째 시도에서는 써놓은 것을 읽어 내려가는 것이 느껴졌다. "저의 이름은 쿤체이고, 역사 교사입니다. 비어만 사건에 대해 보도한 1976년호를 아래 말씀드리는 주소로 보내주시기를 부탁드립니다."

그다음 전화는 그저 딸깍 끊기는 소리뿐이었다. "이런?" 레오 라트케가 말했다. "이번엔 뭔가 나오겠죠." 마찬가지였다. "이번에는 진짜로." 역시 아무 말 없이 끊을 뿐이었다. 그렇게 똑같이 세 번이나 계속되는 딸깍 소리에 레오 라트케는 코멘트 없이 몸짓만으로 진행을 계속했다. 제스처를 적게 취할수록 관객의 웃음소리는 커져갔다. 일곱번째의 딸깍을 듣고 나서 그는 카세트를 멈추었다. "자동 응답기를 향한 테러군요!"

"이러니까 갑자기 머쓱해지네." 다음 전화 건 사람이 말했다. 그런데 사람들이 배를 부여잡고 고꾸라진 것은 그 다음 전화였다. 전화를 건 여자는 골똘히 생각하고 난 뒤 한마디 하고, 또 골똘히 생각한 다음 한마디 하는 노력을 보였지만 생각 속에서 엎어졌다 자빠졌다를 반복하고 있었다. 힘겹게 한 문장씩 끝날 때마다 관중의 웃음보가 터졌다. 레오 라트케는 잠깐 중단하고 사람들이 몸을 추스를 때까지 기다려야 했다. 장내는 웃음의 도가니로 잠겨들었고 사람들은 눈물을 흘리며 옆사람을 붙잡고 쓰러졌다. 여자의 전화는 3분 넘게 계속되었다. 결국 마지막에 여자는 자기가 왜 전화를 걸었는지 용건을 잊어버렸다고 고백했다. 코미디가 따로 없었다.

그다음 목소리의 주인공이 누구인지 레나의 큰오빠는 바로 알아차렸다. 레나의 목소리였다. 레나는 조그맣게, 그러나 떨리는 목소리로 옆에 있는 듯한 사람과 이야기했다. "이런 건 한 번도…… 나 대신 좀 해볼래요? 정말 이상해요." 그러자 옆사람인 것 같은 사람이 우렁찬 목소리로 말했다. "여보세요?"

이 목소리도 역시 아는 목소리, 와일드 빌리의 목소리였다. 아는 두 사람의 음성을 관객의 입장에서 들으니 이상한 느낌이 들면서 마음이 불편해졌다. 레나의 큰오빠는 자신이 배신자로 느껴졌다.

레나의 목소리는 잘 들리지 않았다. "우리가 간다고 말해요. 12월 1일 금요일에 보건부 장관을 찾아간다고요. 이건 무슨 테이프나 그런 종류 같아요."

"아하," 와일드 빌리는 이렇게 말하며 레나가 시킨 대로 읊어댔다. "우리가 갑니다! 12월 1일, 금요일에 보건부 장관을 찾아갑니다. 당신들이 그 일에 대해 기사를 써도 될 것 같습니다."

레나가 속삭였다. "우리 롤러스케이트를 타고 간다고요!"

"여성분들은 롤러스케이트를 타고 갈 겁니다." 와일드 빌리가 그녀의 말을 반복했다. 그러더니 레나에게 물었다. "과연 취재하러 올까?"

레나가 들릴락 말락 하게 속삭였다. "일단 끊어요!"

"일단 끊습니다." 와일드 빌리가 이렇게 말하더니 다시 잇기를 "아, 맞다. 내 말소리가 좀 이상하게 들릴지도 모르겠는데 그건 술 취해서가 아니고요, 혓바닥이 좀 커서 그래요" 하더니 끊었다. 다시 터진 관중의 웃음보는 가라앉지 않았다.

레나의 큰오빠는 몽둥이로 한 대 맞은 기분이었다. 전경들의 철벽 앞에서도 겁을 잃지 않던 레나였다. 그런데 3백 킬로미터 떨어진 이곳, 자신의 목소리가 담긴 작은 카세트 하나를 그녀는 어찌하지 못하고 있었다. 사람들 앞에서 펼쳐지는 코미디의 주인공이 되고 있었다. 레나의 큰오빠는 웃는 사람들만을 탓할 수 없었다. 와일드 빌리가 레나가 시키는 대로 고스란히 자동 응답기에 말하는 장면, 그렇지만 결국 어쩌겠다는 건지 내용 없는 용건이 된 것은 정말 우습고 코믹하기 그지없었다. 그리고 와일드 빌리가 결국 그 큰 혓바닥까지 들먹였을 때는 레나의 큰오빠까지 웃어야 했다.

레오 라트케는 진행을 계속했다. 이번에는 여자가 나와 처음에는 머뭇거리더니 곧 결연한 목소리가 되어 말했다. "그러니까 제 남편이…… 제 남편이…… 호엔쇤하우젠의 감옥에 있었는데 슈타지가 남편에게 몰래 방사능을 쏘였습니다. 남편은 그 사실을 알고 있지만 증명할 방법이 없습니다. 지금은 암에 걸려 있습니다. 이걸 기사화할 수 있으신지요?"

깊은 우물에서부터 올라오는 침묵과도 같은 경악이 관객들을 휘감았다. 큰 홀이나 스타디움만이 낼 수 있는 고요의 소리였다.

"가끔씩은 이런 미치광이도 있죠." 레오 라트케가 차갑게 말했다. "아직 하이라이트는 남아 있습니다. 말을 더듬거나 떠듬떠듬하는 줄만 알았더니 횡설수설거리기도 하더란 말입니다!"

레오 라트케가 설명하는 바에 따르면, 이번에 나오는 전화 녹음들은 모두 30분 간격으로 토요일 저녁 시간에 온 것이라고 했다.

전화기 너머에서는 어지러운 소리가 들리고 있었고 계속 사람을 부르거나 돌연 중단되는가 하면 다른 사람에게 수화기를 넘겨주기도 하고 다른 사람에게서 빼앗기도 했다. 전화는 잘레 운스트루트 지역에 있는 포도밭 경작주 협의회의 포도주 시음회 도중 걸려온 것이었다. 포도밭 주인들은 자기네들이 만든 포도주의 뛰어난 품질에 감탄한 나머지 잡지사의 취재 대상이 되기에 충분하다고 즉흥적으로 의견 일치를 보았던 것이다. 역시 자동 응답기는 이들에게도 알려지지 않은 신기술이었다. 그러나 그들의 신념은 시음과 시음을 거듭하면서, 그리고 전화와 전화를 거듭하면서 점점 더 확고해졌다. 처음의 부끄러움이 어디론가 사라지더니 귀여운 자아 상실의 도를 넘어 우격다짐의 객기를 부리는 데까지 이르렀다. 그런데 전화 횟수가 거듭될수록 그들의 말은 점점 알아듣기 힘들어지고 있었다. 급기야 자기네들이 만든 포도주에 대한 탄복이 혀가 풀린 상태로 전달되면서 뒤에선 노랫소리가 들리기 시작했다. 노랫소리는 시간이 지날수록 엉망이 되어갔다. "혓바닥이 계속 커지고 있는 걸까요?" 레오 라트케가 바람을 넣었다. 사람들은 포도밭 주인들이 어떻게 전화기 다이얼에 제대로 손가락을 끼웠는지 의아할 지경이었다.

레오 라트케는 일요일 아침에 왔다는 마지막 전화를 들려주었다. 포도밭 경작주 협의회의 회장 되는 사람이 전날의 숙취에 절어 쉰 목소리로 힘겹게, 단어를 혼동해가며 사과했다. 그러더니 결론적으로 말했다. "에이, 다 없었던 걸로 합시다."

레오 라트케가 기계를 껐다. 장내는 환호로써 그에게 답례했다. 그러나 레오 라트케는 아직 끝난 것이 아니라는 표시를 했다.

"사랑하는 동료 여러분, 진정해주십시오. 감사합니다! 잘레 운스트루트 지역의 리슬링에 대해 이만큼 많이 들었으니 과연 어떤 포도주일까 여러분께서도 궁금해지셨을 것 같습니다. 그래서 저 레오 라트케가 번거로움에도 불구하고 그 귀한 포도주를 여러분께 맛보게끔 하기 위해 준비했습니다."

그의 말이 떨어지자마자 스물네댓 명의 남녀 서비스 요원이 백포도주

잔이 가득 놓인 둥근 쟁반을 받쳐 들고 일제히 실내로 쏟아져 나왔다. 그가 짧은 인사말을 마침과 동시에 사람들의 잔은 포도주로 가득 채워졌다.

레오 라트케가 잔을 들었다.

"우리 모두 거리의 구호에 맞춰 잔을 듭시다. 우리는 하나의 민족이다!"

그는 청중을 향해 건배를 한 다음 모든 청중과 함께 마시고 잔을 내려놓았다. 그리고 얼굴을 찡그렸다.

"우리도 하나의 민족입니다." 그가 말했다.

그날 저녁, 레오 라트케는 연말호에 자기 기사가 들어갈 자리로 몇 장을 비워놓을 것을 발행자에게 부탁했다. 지금 성전환 시술 도중 의사에게 버림을 당하고 성적 황무지의 방랑자가 되어버린 일곱 명의 성전환자에 대해 기사를 준비하고 있는 중이라고 했다. 발행자는 좋아했다. 그런 스토리야말로 연말 호에 걸맞은 색다른 냄새를 풍기고 있는 스토리라고 했다. 레오 라트케가 보낸 취재 요약서를 본 편집부의 분위기도 역시 상승되었다. 그들은 「변태들의 오산」과 같은 어조의 기사가 나오길 기대하고 있었다.

그러나 정작 오산을 한 쪽은 편집부였다. 레오 라트케에게 놀란 것은 레나의 큰오빠도 마찬가지였다. 그는 이 시끄럽고 남 생각이라고는 조금도 없는 인간이 뜨거운 논란을 불러일으키면서도 동시에 많은 감동과 존엄성을 내포한 그런 기사를 쓰리라고는 생각하지 못했었다. 잘생기고 성공했고 여자 좋아하는 이성애자로서 라트케는 일곱 명의 이상한 존재와 벌인 인터뷰를 가지고 자동 응답기의 초보자들을 놀릴 때처럼 얼마든지 그들을 놀림감으로 만들 수 있었다. 그러나 어떤 것 하나 때문에 라트케는

376

그렇게 할 수 없었다. 그 어떤 것이란 레나의 큰오빠가 찍은 사진들이었다. 그 사진들에는 어떠한 꾸밈도, 어떠한 요란스런 효과도 없었다. 그들은 이 남자도 아니고 여자도 아님 사이를 조심스럽게 건너다니고 있었다. 레오 라트케는 자꾸만 사진을 바라보게 되는 자신이, 그들에게 사로잡히게 되는 자신이 싫었다. 강조점을 찍는 사람은 자신이고 싶었다. 결국 주인공은 자신이기 때문이었다.

숨을 멈춘 상태에서 셔터를 누른다고 레나의 큰오빠가 말한 적이 있었다. 그래서 레오 라트케도 평소 자기 스타일과는 다르게 숨을 멈추고 쓴 것 같은 기사를 쓰기로 했다. 그는 숨 막히게 빠른 속도로, 기이하게, 모든 수단 방법을 과시하듯 과열되게 쓰는 것을 좋아하던 사람이었다. 그런데 이번에는 이야기 자체에만 주의를 기울였다. 특히나 놀라운 것은, 단 하나의 스토리에만 집중했다는 것이었다. 그리하여 그는 일곱 명 모두에 대해서가 아니라 단 한 사람, 하이디에 대해서만 썼다.

하이디는 자포자기 상태에 있었다. 남자의 육체는 아무리 해도 벗어지지 않았다. 이런 절망적인 심정에서 그녀는 레오 라트케에게 모든 이야기를 털어놓았다. 라트케는 훗날 말하기를, 자기가 할 일은 이 똥 같은 얘기를 닦아내는 것뿐이었다고 했다.

하이디는 라이너라는 이름을 가지고 태어났다. 남자애가 되고 싶은 마음이 없던 그녀는 여자아이들과 놀았다. 하이디는 그때의 심정을 '다른 여자애들과 놀기 위해 그 남자애를 데리고 간 것'이라고 표현했다. 훗날 남자로 살 것이라는 생각은 추호도 해본 적이 없었다. 어떤 일이 있어도 절대 남자가 되지 않겠다는 결심을 한 순간을 그녀는 기억하고 있었다. 다섯 살인가 여섯 살 때였다. 그녀는 욕실 서랍을 뒤적이다가 립스틱, 파우더, 파마 클립, 머리끈, 오데코롱, 로션 등등을 발견했다. 그것은 여자에게 있어야 하는 아름답고 부드럽고 윤이 나고 향기로운 물건들이었다. 그러고 나서 하이디는 아빠의 면도 도구로 시선을 돌렸다. 우연히 전기면도기의 뚜껑이 열리면서 흘러나온 것은 그녀가 평생 본 것 중 가장 징그러운 것이었다. 면도기의 안쪽에 검은 밀가루가 뭉텅뭉텅 뭉쳐서 빳빳하게 끼어 있었다. 자신이 그런 물질을 생산한다는 것은 하이디로서는 상상할 수조차 없었다. 어느 편을 선택해야 할지 그녀는 그때 알았다.

남몰래 수없이 엄마의 옷가지와 구두를 신어보고 아바의 두 여성 멤버인 아그네타와 아니 프리드 또는 바카라*의 몸짓을 흉내 내어보았건만 신체의 발달은 그녀의 결심과는 관계없는 쪽으로 나아갔다. 변성기가 오고 가슴과 얼굴에 듬성듬성 털이 솟기 시작하더니 나중에는 검게 윤이 나는 털로 변해갔다. 그녀의 육체는 그녀가 싫어하고 징그러워하는 그런 짓을 했다. 이런 육체를 어떻게 해야 할지 알 수 없었다. 이제 하이디는 꿈속에서나 그리워하는 도리밖에 없었다. 그녀는 라이너가 되었다.

그때의 기분을 말로는 표현할 수 없었다. 끝없는 단절과 소외만이 있었을 뿐이다. 그러던 어느 날, 라이너는 가수 아만다 리어**의 이야기를 듣게 되었다. 금발에다 섹시하고 도발적인 여성의 매력을 모두 갖추고 있는 저음의 여가수 아만다 리어가 과거에 남자였다는 것이다. 그 소식은 마치 한줄기 빛과 같았다. 이제 평생을 남자로 살 필요가 없어졌다. 라이너는 광적인 열성 팬처럼 아만다 리어에 관한 모든 것을 모으기 시작했다. 레코드, 신문기사, 콘서트 티켓, 무엇보다 수많은 사진을 모아들였다. 그

---

* 바카라Baccara: 1970년대에 활동한 스페인의 여성 듀오. 디스코풍의 히트곡 「Yes Sir, I can Boogie」 등을 발표했다.
** 아만다 리어(Amanda Lear, 1939~): 홍콩에서 태어난 유럽계 가수. 모델로도 성공적인 활동을 했다.

녀에게 몇 번이나 편지를 썼지만 답장은 오지 않았다. 그렇지만 중요한 것은 그게 아니었다. 중요한 것은 과거에 남자였던 여자가 존재한다는 사실이었다. 그녀의 존재를 몰랐다면 그는 열일곱이나 열여덟 살의 어느 날 스스로 목숨을 끊었을지도 몰랐다.

그러나 그는 그것을 계기로 카니발 축제를 새로이 발견하게 되었다. 그는 당연히 항상 여자 분장을 했다. 공주나 뱀프, 숲의 요정, 아만다 리어, 댄서, 얌전한 롤라,* 논다니 등 어떤 차림을 해도 디스코텍의 조명 아래 서면 여지없는 여자였다. 그는 남자들의 수작을 상대하면서 그들이 신체의 일부분을 만져도 뭐라고 하지 않았다. 그는 수많은 남자애에게 혀키스를 가르쳤고 때로는 급작스럽게 손을 이용해 만족을 주기도 했다. 그는 자신이 진짜 여자보다 더 나은 여자라는 것을 알고 있었다.

"교외를 달리는 전철은," 그녀가 말했다. "디스코텍처럼 어둡지가 않잖아요. 그러면 어쩔 수 없이 상대방이 알아차리지 못하도록 계속 껴안고 만지고 할 수밖에 없었어요. 아니면 손으로는 남자에게 자위를 시켜주면서 혀로 귀를 간질이곤 했죠. 나 자신을 여자로 느꼈기 때문에 너무 흥분되었어요. 그래서 여자라는 것이 무엇인가 하는 정의를 나 스스로 만들어냈죠. 그렇지만 만에 하나 사실이 알려지면 그걸로 바로 끝이에요. 남자애들에게 곤죽이 되도록 두들겨 맞았겠죠. 언젠가 하루는 고위층 집안 아들이 걸려들었는데— 정말 진짜로 장관 아들쯤 되는 애였어요. 그 애랑 전철을 타고 가면서 손가락을 부지런히 움직이고 있는데 갑자기 그 애가 자기 성(姓)을 말하는 거예요. 그래서 어디서 많이 들어본 이름이다, 라고 하니 그 애가 그 사람이 자기 아버지라고 하는 거예요. 재수 옴 붙었다고

---

* 마를레네 디트리히의 노래에 나오는 여주인공.

생각하고 그가 하자는 대로 해주다가 생각해보니 이 애는 진짜 여자 친구, 오래 사귈 만한 여자 친구를 찾고 있다는 느낌이 들었어요. 카니발을 핑계로 무조건 놀아보자는 게 아니었던 그는 너무 진도가 빨리 나간다 생각했던 것 같았어요. 나는 다음 정거장에서 내렸어요. 내가 자기 아버지 때문에 그런 집안과는 괜히 엮이기 싫어서 도망가는 거라고 그가 믿어주길 바라면서 말이죠. 그런데 내리려고 문 앞에 서서 뒤를 돌아다보니, 그 애가 알아차린 것 같더라고요. 그의 표정은 예감과 경악이 뒤섞인 표정이었어요. 그 보건부 장관이 자기 앞에 선 사람들의 정체를 파악했을 때 지은 표정도 바로 그 표정이었어요."

라이너가 카니발 기간에 하고 돌아다닌 짓은 불장난과 같았다. 그는 항상 모르는 사람들이 모인 곳에서만 활동하는 것을 원칙으로 했다. 유혹당한 유혹자와 함께 가려고 하는 장소가 밝으면 밝을수록, 그 유혹자가 정신이 말짱하면 말짱할수록 탄로 날 위험은 컸다. 정체가 탄로 나게 되면 비웃음과 망신을 당하는 것은 물론 증오와 폭력 보복도 피할 수 없었다. 그러나 한편으로 라이너는 여자로서의 존재감을 될 수 있는 한 빈번하게, 그리고 진하게 느껴보고 싶은 유혹을 떨칠 수 없었다. 여자란 무엇이며 여자로서의 존재를 어떻게 조절할 수 있다는 겁니까? 레오 라트케가 물었다. 가슴이 크면 클수록, 입술이 붉을수록, 다리가 길수록, 속옷이 야할수록, 아랫도리를 많이 쓸수록 여자다운 여자인가요? 하이디는 많이 생각하지도 않았다. 여자라는 것은 남자에게서 이성을 앗아가는 존재예요. 카니발은 라이너가 남자들, 그러니까 '놈들'을 홱 돌게 만들 수 있는 기회였다.

아만다 리어도 아무 소용없이, 라이너는 자살을 시도했다. 군대 소집영장이 나오고 나서 사흘 후였다. 그는 신체검사에서 의사에게 손을 모아

빌며 자신은 절대 군대에 갈 수 없다고 하소연하고 징병검사위원회에서 그에게 합격 판정을 내린 직후 자신이 불합격되어야만 하는 이유를 밝힘으로써 그들의 결정을 돌려보려고 했지만 아무것도 통하지 않았다. 1년 반 동안이나 남자로서 그들의 예식에 참여하고 그들의 우악스러움을 견디며 여자답고 여성스러운 모든 것을 조금도 허용하지 않는 환경에서 살아간다는 것은 상상만으로도 공포 그 자체였다. 그는 입술을 빨갛게 칠하고 약통의 약을 뭉치로 삼킨 다음, 실패로 돌아가는 게 원칙인 전형적인 '제발 도와주세요 자살'을 감행했다. 파란색 여름 원피스를 입고 헛소리를 하며 소파 위에서 이리저리 구르는 그를 발견한 사람은 어머니였다. 빨간색 립스틱은 이미 옅은 회색의 코듀로이 소파에 묻어 번져 있었다. 약은 치사량에는 미치지 못했지만 간이 영영 손상되어 앞으로 술은 입에 대지 못하게 되었다.

라이너는 정신과 치료에 들어갔다. 소집 명령은 취소되었고 끝내는 징병 대상 면제 판정까지 받았다. 담당 정신과 의사와의 첫 면담에서 그는 곧바로 기절하기에 이르렀다. 그 여의사는 그를 이해하고 있었던 것이다. 그녀는 그가 생전 꿈에서 상상했던 것보다 더 그를 잘 이해했다. 놀랍게도 그녀는——이것이 그를 기절시킨 원인이었다——그의 처지를 그 자신보다 더 잘 알아맞혔다. 그녀는 그를 괴롭히던 것들을 정확하고 분명한 언어로 바꿔주었다. 아만다 리어도, 그리고 당연히 화장 거울 앞에서의 탐색도 그 여의사는 잘 알고 있었다. 여자 옷이 가능하게 해주는 자유와 만족의 기쁨까지 그녀는 모든 것을 알고 있었다. 카니발의 모험이 끝난 후, 그녀는 라이너에게 카니발 기간을 잘 이용했느냐고 먼저 물어오기까지 했다. 현재 성전환자의 문제를 거론할 때 꼭 등장하는 문구인 '잘못된 육체 속에서 살고 있는 듯한 느낌'이란 말도 그 여의사에게서 처음 나온 말이라고 했다.

아만다 리어 덕분에 그동안 자신도 알지 못하고 별다른 기준도 없이 속으로 삭아만 가던 문제가 해결 가능한 것으로 떠올랐다. 그녀의 문제는 그녀만의 문제가 아니었다. 아만다 리어 문제를 통해 알게 된 사람들로 모임이 결성되기에 이르렀다. 그녀들은 그때까지 서로의 존재를 몰랐었다. 그들이 모일 수 있는 장소나 통로란 존재하지 않았다. 그들 중 대부분은 자살 시도를 통해서 비로소 자신의 문제를 인식했고 아만다 리어 덕분에 그 문제가 무엇을 말하는지 알게 된 사람들이었다.

동독에서 성전환 시술이 의학적인 치료 방법으로 인정받게 된 것은 그것의 필요성을 절감한 의사들과 심리학자들이 펼친 솜씨 좋은 설득 작전 덕분이었다. 한 사람의 정체성을 완전히 바꿔버리는 치료법에 권력자들이 가만히 있을 리가 없다는 것은 당연했다. 권좌에 있는 이들로서는 여자 아닌 여자를 열심히 땀 흘리는 노동자 계급의 침실에 눕히려고 하지 않을 것이 분명했다. 그러나 성전환 시술의 찬성자들은 이러한 논쟁까지도 가지 않았다. 그들은 성전환 대상자들 사이에서 보이는 높은 자살률을 들고 나섰다. 자살률이 국민 복지와 행복을 나타내는 중요한 척도로 통용되고 있었기 때문에 성전환 치료는 자살률을 낮추는 치료 방법으로 선전되었다.

라이너는 시술을 받기 위한 모든 조건을 갖추었지만 나이가 모자랐다. 그러나 영원히 남자의 육체를 끌고 돌아다니는 형벌을 당하지 않아도 된다는 사실에 기다림 따위는 문제가 되지 않았다. 그는 정기적으로 정신과의 시술 준비 과정에 다녔고 그의 정신 상태는 하이디가 되는 백일몽과 아직 하이디로 살지 못하는 데서 오는 우울증 사이를 왔다 갔다 했다. 여성 특유의 자태와 몸짓은 이미 몸에 밴 지 오래였고 종종 '호모 새끼'라고 욕을 얻어먹어도 그것을 몸에서 떨어뜨려버릴 수 없었다.

시술은 처음에 알약 형태로 된 호르몬 제제를 복용하는 것으로 시작되었다. 그것은 에스트로겐이었다. 메스꺼움, 열 오름, 폭식과 같은 반응이 나타났으나 각오하고 있던 바였다. 그러한 모든 증상은 여자들에게만 나타나는 증상, 즉 임신 증상이었다. 몸이 견뎌내기 힘든 나날이었지만다 잘되어가는 징조였다. 또한 그가 '주머니'라고 부르는 음낭도 절단되었다. 그날은 그의 생애에서 가장 기쁜 날이었다. 남성 호르몬의 생산이 모두 중단된 그의 육체는 여성성으로 흘러넘쳤다. 가슴이 자라기 시작했다. 피부가 부드러워지면서 매끄러워졌다. 비뇨기관으로만 존재하는 그의 페니스는 작아졌다. 라이너는 안개 속의 인물처럼 사라져갔다. 그리고 그곳에서 하이디가 나타났다.

하이디는 라이너의 면도기를 쓰레기통에 던져버리고 미용실에 예약을 했다. 하이디는 여자 화장실을 이용했다. 하이디는 '한때 라이너였던 하이디'라고 자신을 소개하는 편지를 친구들과 친지들에게 돌렸다. 놀랍게도 그녀는 많은 격려의 답장을 받았다. 심지어 무식하고 권위적이며 꽉막혔다고 생각했던 남자들도 긍정적인 반응을 보냈다. 하이디는 행복했고희망과 긍정으로 가득 차 있었다.

그런데 갑자기 담당 의사가 사라진 것이다.

성전환 시술은 호르몬 요법, 외과적 수술, 그리고 심리적 치료가 병행되는 과정으로 이루어져 있었다. 눈에 보이는 것은 호르몬과 메스가 담당했고 두 가지 모두 한 명의 의사가 맡고 있었는데 그가 없어진 것이다.

그녀는 일단 호르몬 알약의 복용을 계속했으나 알약이 다 떨어지고 난뒤에 다시 새 약을 처방해줄 의사가 없었다. 심리상담사는 처방전을 쓸수 없게 되어 있었고 아직 남아 있는 외과적 시술이 가능할지도 불투명했다. 치료는 연기되었고 훗날을 기약하는 수밖에 없었다. 심리 치료만이 계속되었다. 거기서 전무후무한 상황이 벌어졌다.

"그것은 육체가 정신을 상대로 벌이는 전쟁이었고 폭탄 역할을 한 것은 호르몬이었어요." 하이디는 레오 라트케에게 설명하려고 애썼다. 여성 대대(大隊)의 후속 지원군이 끊기자 그녀의 육체는 반동혁명을 시작했다. 유방이 다시 작아지고 몸에서도 남자 냄새가 났으며 심지어 다시 발기가 일어난 적도 두 번 있었다. 그러나 제일 끔찍했던 점은 그녀가 이제 하이디라는 여자를 믿을 수 없게 되었다는 것이었다. 완전한 여자가 아니었음에도 불구하고 자신감 있게 사람들 앞에 나서던 그녀는 이제 밖에 나가기가 두려워졌다. 서명을 할 때도 어떤 이름으로 해야 할지 자신이 없었다. **하이디 라이너 슐뤼터**가 가장 솔직한 이름 같아 보였다. 남자 화장실로 들어가야 할지 여자 화장실로 들어가야 할지 말 그대로 어찌할 바를 몰랐다. 결국 심리 치료에도 나가지 않게 되었다. 조금만 참아보자는 타령을 더 이상 들어줄 수 없었다.

그러던 중 장벽이 터졌다.

그것은 서독에서 치료를 마무리할 수 있는 좋은 대안이었고 그러려면 거주지를 서독으로 옮겨야 했다. 그렇지만 그것은 그녀가 원하지 않았다. 그녀는 자기 주위에서 하이디로 인정받았고 그곳에서 든든함을 느꼈다. 라이너의 직장 동료들조차—라이너의 직업은 웨이터였다—하이디와 계속 함께 일하고 싶어 했다. 여기서는 모든 거부감에 당당히 맞설 수 있었다. 그러나 서독에 가면 자신은 특이한 별종으로 결국 특별한 성적 대상만을 취급하는 그들끼리만의 물에서 놀게 될 것이 분명했다. 이와 같은 결단과 자포자기의 뒤섞임 속에서 그녀는 같은 고민을 가진 다른 여섯 명의 남녀—남자든 여자든 가진 고민은 공통적이었다—와 함께 보건부 장관 뤼디거 위르겐즈 박사를 찾아 지원을 요청한 것이다. 그녀가 레오 라트케를 만났을 때 이미 자포자기는 결단보다 커져 있었다.

레오 라트케는 그녀의 이야기를 연말 송년 호에 실었고 기사는 커다란 반향을 일으켰다. 스무 명이 넘는 의사가 잡지사로 연락을 해와서 하이디나 다른 여섯 사람을 끝까지 무료로 치료해주겠다는 제의를 해왔다. 그중에는 네덜란드 의사와 스위스 의사도 있었고 심지어 직접 와서 치료를 재개하겠다는 캐나다의 의사도 있었다.

레오 라트케는 하이디에게 그 편지들을 모두 부쳐주었다. "이걸로 하고 싶은 대로 알아서 하십시오. 그리고 어떻게 되어가는지 소식을 전해주십시오"라는 말과 함께.

하이디는 그 편지들을 가지고 원하는 대로 했을 것이다. 아마도 그랬을 것이다. 어쨌든 레오 라트케는 그녀에게서 아무 소식도 듣지 못했다.

7. 베르너와 행사 정리 요원

베르너 슈니델은 브란덴부르크 문의 재개통 기념식에서 양측의 베를린 시장 두 명과 나란히 문을 가로질러보는 것이 소원이었다. 통제구역 안으로 들어가는 데 필요한 출입증은 알프레트 분추바이트를 시켜 구했다. 하루 종일 비가 내리던 12월 23일 오전, 그는 서베를린의 폴크스바겐 자동차 판매장인 에두아르트 빈터 대리점으로 들어가서 부드러운 비닐재로 만들어져 펴면 회사의 마크도 따라서 활짝 펴지는 우산을 하나 샀다. 우산의 중앙에서 V의 꽁지가 W의 가운데 꼭짓점과 만나고 있었다.

카틀린 브로인리히는 개막식에 데리고 가지 않았다. 밤이면 밤마다 그녀를 상대로 욕심을 채우고 포르노 잡지에서 보았던 각종 체위로 이리저리 실험을 하면서 특별 섹스 강습에 이용했던 것은 사실이지만 낮에는 각자의 길을 가는 것이 편했다. 그녀를 아메리카 기념 도서관으로 보내면서 시킨 임무는 일간신문의 기사를 샅샅이 뒤져서 폴크스바겐, 에른스트 슈니델, 그리고 알프레트 분추바이트가 연결시켜주려고 하는 회사들에 관련된 기사를 수집하도록 하는 것이었다. 그 밖에는 그녀가 할 일이 없었다. 그녀는 원하기만 하면 도서관에 비치된 재미있는 각종 패션 잡지, 홈패션 잡지, 애완동물 잡지 등을 구경할 수 있었지만 조사를 마치자마자 열람실을 떠났다. 그녀는 자기에게 주어진 단조로운 임무가 마음에 들지 않았다. 슈니델이 사장들을 만날 때 옆에서 회의록을 작성하는 일이 훨씬 좋을 것 같았다. 그녀는 자기가 '잔크팁세'가 아니라고 계속 주장했고 그런 그녀의 멍청함에 베르너 슈니델은 점점 더 그녀를 싫어하게 되었다. 카틀린은 '크산티페'*를 장크티프세, 즉 시비 걸기 좋아하는 여사무원으로 자유 번역했던 것이다. 그래도 그 정도라면 베르너 슈니델도 어원을 유추해볼 수 있었고 자우프카파덴**이라는 말을 창조해내어 과도한 알코올 섭취로 인한 자제력 상실이라고 진지하게 풀이해놓는 것까지 어느 정도 이해해줄 수 있었다. 그녀가 콘줌Konnsumm***이라고 쓸 때는 콘줌Konsum이라는 상점 체인을 말한다는 사실을 그는 그 가게 앞에 서보고 나서야 알 수 있었다. 그리고 그 아베파우(ABV)란 도무지 뭐란 말인가? 그리고 다용도입방체****란? 이 여자의 무식은 검은 밤보다 깊었으나 그것보다 더 큰 문제

---

* 크산티페Xantippe: 소크라테스의 아내. 악처.
** 교양어로 에스카파덴(Eskapaden, 아슬아슬한 시도)이라는 말이 있다.
*** '소비'라는 뜻이다.
**** 과거 동베를린 알렉산더 광장에 있던 다용도 건물을 사람들이 쉽게 부르던 이름이다.

는 사투리 때문에 도대체 이 여자가 하는 말을 알아들을 수가 없다는 것이었다.

브란덴부르크 문의 재개통식 현장에는 그치지 않고 비가 계속 내렸다. 몇만 개의 우산이 펼쳐졌다. 민주주의의 경건함에 대해 역설하는 고위 정치가들의 연설이 뭉게뭉게 수증기가 되어 우산들 너머로 사라졌다. 상황이 상황이니만큼 박수 소리는 뜨문뜨문했다. 두 손이 다 자유로운 사람이 몇 안 되었던 것이다.

베르너 슈니델은 정식 교육을 받지 않은 보디가드 한 명을 발견했다. 소위 정리 요원이라고 불리는 사람들 중 하나였다. 슈니델은 그에게 우산을 받쳐 들게 했다. 그 행사 정리 요원은 전직 슈타지맨이었는데 슈타지가 그의 전직이 된 지 얼마 되지 않았기 때문에 '전직' 자가 붙는 것에 잘 적응하지 못하고 있는 것처럼 보였다. 지난 몇 주간 그의 직업 생활은 롤러코스터와 같았다. 지난여름 그는 검사로서 조국을 탈출하는 이들을 고발하겠다는 꿈을 안고 우수한 성적으로 법과 대학을 졸업했다. 그런데 그의 계획이 실현되기도 전에 장벽이 무너졌다. 윗사람과 담판을 지은 결과, 젊고 힘도 좋으니 경호 업무를 맡는 게 어떠냐는 제안이 나왔다. 검사보다는 못하지만 아무것도 아닌 것보다야 낫지 않겠느냐는 것이었다. 경호원이 되기 위해서는 6개월간의 교육을 받아야 하지만 교육을 받기 전에 행사 정리 요원으로서의 경험을 쌓아야 한다고 했다.

그러니까 베르너 슈니델은 이 정리 요원에게 명함을 보여주고 독일 회사들 중 가장 독일적인 회사의 로고가 찍힌 하얀색 대형 우산을 맡긴 것이다. 원래 여성 경제부 장관의 주변을 경호하는 임무를 맡았던 이 정리 요원은 축사를 들으면서 머리에 떠오른 생각에 푹 빠져 있었다. "권력은," 연사가 외쳤다. "민주주의에서 시간적으로 제한된 것입니다." 권력이 무력(無力)으로 끝나버릴 수밖에 없다면 그 권력은 벌거벗은 임금님이요 빌어봤자 소용없는 황금 송아지 아닌가, 정리 요원은 생각했다. 권력을 얻으려는 이유가 대체 무엇인가? 경제 거물이 자신의 권력을 내놓아야 했던 적이 과연 있었는지, 그는 그런 예를 듣지 못했다. 그래서 그는 베르너 슈니델이 내민 우산을 거머잡았다. 경제부 장관에게는 자기 말고도 정리 요원이 한 사람 더 배정되어 있었다. 슈타지가 경호해야 할 인물은 굉장히 많았다. 각 장관에게 정리 요원들이 딸려 있어서 장관이 원하든 원하지 않든 날마다 24시간 뒤에 따라다녔다. 남는 게 그런 사내들이었다.

베르너 슈니델은 자기가 여성 경제부 장관에 딸린 그 정리 요원의 덕을 보고 있음을 알아차렸다. 여장관은 그의 옆에 서서 검은 접이우산을 직접 받쳐 들고 있었다. 베르너 슈니델이 그녀에게 고개를 까딱했다. 그녀도 답례로 고개를 끄떡하고 악수를 청하면서 조금 수선스러운 동작과 함께 연설이 끝나면 그와 이야기하겠다는 신호를 보냈다.

베르너 슈니델은 당장 사진을 찍어줄 사람이 필요했다. 그러나 사진 기자들의 관심은 모두 수상이나 주지사, 베를린 시장한테만 몰려 있었다. 그는 맡은 바 임무를 수행하느라 비에 줄줄 젖고 있는 몸종을 옆에 대동한 채 브란덴부르크 문 앞에서 여장관과 어깨를 나란히 하고 있는 멋진 장면을 연출했다. 세계적인 명성을 자랑하는 마크가 찍힌 대형 우산 밑에 있는 그와, 세찬 바람을 견뎌내지 못하는 접이우산 때문에 쩔쩔매고 있는, 그가 조사하고 있다는 국민경제를 책임진 여성 경제부 장관. 누구라도 척 보면 알 수 있는 상징 아닐까! 그것은 그가 항상 말해오던 **세계기업을 위해 국민경제를 조사하는** 한 장면이었다.

언젠가 먼 훗날 자서전을 쓰리라는 구상에 잠긴 여장관은 연설은 듣지 않은 채 자신이 서독의 젊은 경영인과 나란히 '장관님도 손수 우산을 드는 인민민주주의!'의 원칙을 실천하고 있는 지금의 상황을 잘 받쳐줄 만한 문구를 생각해내고 있는 중이었다. 사람들은 그런 글을 좋아한다. 다른 사람이 받쳐주는 우산이야말로 인민들이 그처럼 몰아내고 싶어 거리로 뛰쳐나오기까지 하는 지배층의 거드름, 특권 아니던가. 백성과 가깝다는 것은, 즉 자기 우산을 자기가 드는 것이다.

연설이 끝났다. 베르너 슈니델은 박수를 치면서 그녀에게 몸을 돌려 이렇게 말했다. "양손이 자유로우니 훨씬 좋은데요."

슈니델이 자기 명함을 그녀의 정리 요원에게 보여주었을 때 그녀는 명함에 새겨진 이름까지는 정확히 읽지 못했지만 회사의 로고가 선명히 빛을 발하는 것은 볼 수 있었다. 그러나 베르너 슈니델을 가까이서 보자 과연 폴크스바겐이 제대로 된 장소에 제대로 된 사람을 보낸 건지 의심이 생겼다. 그래도 그녀는 마구 밟아서 꺼뜨리려고 해도 계속적으로 번져가는 불꽃마냥 시간이 지날수록 점점 자라나는 의구심을 없애보려고 애썼다.

"폴크스바겐도 참석하다니 기쁜 일입니다." 그녀가 말했다.

"제가 폴크스바겐을 대표한다고 너무 과장해서 생각하실 필요 없습니다. 저는 그저 말하자면 이곳 상황을 파악하고 있는 중입니다. 전략적으로 말이죠."

"어디어디 가보셨죠? 작센링, 아이제나흐에 가보셨으리라고 생각합니다만⋯⋯"

"예, 예⋯⋯ 당연하죠⋯⋯ 전략적으로 봤을 때 거기서 몇 가지 해야 할 일이 있었습니다. 우리가 새로 설립한 회사와의 협력이라든가⋯⋯"

"합작회사 말씀인가요?" 여장관이 거들었다.

"자세한 사항은 제 임무가 아니라서요. 전체를 보고 있는 것이 제 일이라고 생각하시면 됩니다. 저는 세계기업을 위해 국민경제를 조사하고 있습니다."

그녀는 요점이 나오길 기다리는 사람처럼 그를 바라보다가 결국 자신의 명함을 꺼내 그에게 건네주었다. "혹시 저희의 지원이나 정보가 필요하시면 주저하지 마시고……"

"감사합니다!" 베르너 슈니델은 명함을 받고 자신의 것을 꺼냈다.

"1월 중순에 있을 회동에 참석하시나요?" 여장관이 물었다.

"1월 중순이요? 그때 뭐가 있습니까?"

"재계와 산업계 인사들의 만남입니다. 슈니델 회장님의 사절단 중 한 분이시라면 그때 만나뵙도록 하죠."

슈니델이란 이름에 그는 아직 명함을 쥐고 있던 손을 도로 거두어들였다. 머릿속에서 내달리는 생각이 있었다. 가공의 아버지인 에른스트 슈니델은 실재하는 인물이다! 여장관이 에른스트 슈니델을 만나서 아들의 안부를 묻는다거나 특별 전권대사 운운하기라도 하면 큰일이다. 브란덴부르크 문에서 폴크스바겐을 만났다는 사실 자체를 당장 잊어버렸으면 좋으련만. 그러려면 지금 바로 그녀의 눈앞에서 사라져주는 수밖에 없다.

"제게 명함을 주시려던 참이었죠?" 베르너 슈니델이 불안해하는 낌새를 알아챈 여장관이 물었다.

"아뇨, 에, 죄송합니다, 이것 한 장밖에 없어서, 또 곧바로 수상님을 만나 인사를 드려야 하기 때문에…… 경제부 장관님을 만났는데 계속적인 외부 근무로 인해 명함도 다 떨어지고 참 상황이 곤란하게 되었네요. 말씀드리자면 그렇습니다." 그는 악수를 청했다. "만나뵈어서 반가웠습니다." 그때 정리 요원이 "슈니델 씨, 우산 여기 있습니다" 하며 내민 우산을 재빨리 낚아챘다. 나름대로 머리를 조아린다는 뜻에서 나왔지만 지금 상황에서는 전혀 불필요한 말이었다. 베르너 슈니델은 당황했고 여장관은 혼란에 빠졌다. 그 정리 요원은 슈니델의 명함을 보자마자 자기의 새 주인이 된 기업가에 대한 충성의 뜻으로 그의 이름을 바로 머릿속에 암기했던 것이다. "뭘 혼동하고 있나 보군요." 베르너 슈니델은 이렇게 말하고 바로 사라졌다.

이상한 사람이야, 여장관은 생각했다. 저런 사람을 보내다니, 우리를 무시하는 게 아니고 뭐겠어.

8. 손자

베르너 슈니델은 성탄절을 할머니 댁에서 보냈다. 아버지의 어머니, 그러니까 친할머니였다. 베르너 슈니델의 부모는 그가 열한 살 때 이혼했다. 다른 형제가 없이 외동이던 그를 어머니가 맡았고 어머니는 곧 '이혼의 원인이 된 그 사람'과 재혼했다. 그 사람은 어머니보다 네 살이 어린, 재미없기 짝이 없는 사람이었다. 그의 직업은 베르너 슈니델이 열일곱 살이던 어느 날 '새'에게 통계 과목의 과제를 도와달라고 부탁하면서——그는 절대 '새아버지'라고 부르지 않았다——알게 되었다. '새'는 그를 도와줄 수 없었다. 베르너는 그가 통계학자Statistiker인 줄 알고 있었는데 그게 아니라 역학 전문 토목기사Statiker였던 것이다. 베르너 슈니델의 어머니는 포르타 베스트팔리카 시 당국의 건설과에서 일하는 건축기사로, 건축허가를 검토하는 일을 하고 있었고 아버지는 시공 책임자였다. 아버지는 15년 동안 고생해서 모은 돈을 잘 투자해서 불린 다음 꿈의 나라인 브라질로 이민 가서 여생을 보내는 것이 소원이었다.

베르너 슈니델의 아버지는 직업에 전력투구했다. 공사를 열 개까지 맡은 적도 있었다. 주말이나 공휴일, 휴가도 모르고 일했다. 가족과 함께할 시간도 없었다. 그러다 보니 슈니델 부인의 기대 수준은 말을 한번 시작하면 결국엔 언제나 장황해지고 여름 샌들에 양말을 받쳐 신는 지독히도 매력 없는 남자마저도 충족시켜줄 수 있는 상태로 하강했던 것이다. 아버지의 속도 감각은 남달랐다. 그는 자기를 부르는 휘파람 소리가 나면 달려나갔다. 10분 늦게 도착한 것만 뺀다면 원만하게 진행된 이혼 법정에서도 12시에 콘크리트가 도착하니까 이만 먼저 가봐야 하겠다는 말을 뒤로하고 절차가 다 끝나기 10분 전에 자리를 뜬 사람이었다.

베르너가 생각하기에는 그것도 하나의 훌륭한 개성이었다.

이렇게 15년을 고생한 후에 그의 아버지는 정말 브라질로 떠났다. 성공에 모든 것을 쏟아붓느라고 이혼 전에도 아들을 거의 몰랐고 이혼 후에도 그 사실은 달라지지 않았다.

열한 살이 되자 어머니가 자기를 데리고 집을 나가서 다른 사람에게로 갔다――이것이 베르너 슈니델이 요약한 자기 인생이었다.

베르너 슈니델은 재미없는 '새'의 성을 받아들이고 싶지 않았다. 그래서 그는 다섯 명으로 이루어진 그 집에서 슈니델이라는 성을 대문 명패에 붙이고 있는 유일한 사람이 되었다. 이 이름표는 계속적인 갈등의 원인이 되었는데, 재미없는 새의 주장에 따르면 사람들이 자신이 결혼하지 않고 동거하는 것으로 의심할 수 있는 위험이 있다는 것이었다. '위험'과 '동거,' 이 두 단어는 그의 우주에서 절대적으로 배척해야 할 몹쓸 단어였다.

그의 어머니가 들어간 집에는 새의 딸인 두 명의 여자 아이가 있었다. 베르너보다 일곱 살이 어린 쌍둥이였다. 그들은 자기 아버지에게 딱 붙어가지고, 자기네들을 의붓동생Stiefschwestern이란 말을 줄여 '우리 SS'라고 부르는 이상하게 생긴 의붓오빠에게 서먹하게 굴었다. 베르너 슈니델은 카렌과 마렌이라는 쌍둥이의 이름을 거의 불러본 적이 없었다. 쌍둥이가 나타나는 곳은 어디든지 '어쩜 이렇게 앙증맞냐' 아니면 '너무 귀엽다' 또는 '너무 이쁘다' 등의 탄성이 따라다녔다. 그에 반해 알비노 아이는 앙증맞지도 귀엽지도 예쁘지도 않았다.

오직 할머니 한 분만이 그가 마음 놓고 풀을 뜯을 수 있는 영혼의 푸른 초원이었다. 할머니는 오직 할머니들만이 보여줄 수 있는 그런 사랑으로, 아무런 조건 없는 끝없이 넓은 사랑으로 손자를 사랑했다. 할머니는 그를 가르치려들려고도, 훈육시키려고도 하지 않았다. 한 번도 무엇을 금지시킨 적이 없었고 그가 할머니를 시험하려고 도를 넘는 행동을 했을 때도 그가 잘 알아들을 수 있게 타일렀다. 해야만 하는 것, 하면 안 되는 것이 없으면서도 보호받고 있는 아이, 그것이 할머니 댁에서의 베르너 슈니델이었다. 자신의 아들이 손자에게는 모자란 아버지였고 특히 이 아이야말로 부모의 관심을 더욱 특별히 필요로 하는 아이라는 것을 생각해볼 때, 할머니의 마음속에는 못해준 것을 보상해주고 싶은 심리도 있을 터였다.

할머니는 그가 선글라스를 끼지 않은 자기 얼굴을 보여줄 수 있는 유일한 사람이었다. 그는 할머니에게서 사람의 아침 냄새와 저녁 냄새가 다르다는 것을 처음 알았다. 할머니의 집은 그가 화장실에서도 문을 걸어 잠그지 않는 유일한 장소였다.

쾰른의 돔 호텔에서 도망치던 사건이 있은 후, 경찰은 그의 주거지로 등록되어 있던 곳, 즉 어머니가 새로 결혼해 들어간 그 집에서만 그를 찾았다. 새는 그가 평소 정확하고 단정한 표현으로 지칭하던 '새 아내의 아들'이 이중생활을 펼치고 있다는 것을 알게 되자 집의 문패를 떼어버렸다. 단일한 하나의 성으로만 이루어진 새 문패가 달릴 때까지의 나흘 동안 대문의 초인종 옆 문패 자리는 비어 있었다.

베르너 슈니델의 사기 혐의 목록은 길고도 길었다. 그의 어머니는 그가 지금도 호텔을 돌아다니며 사기를 치고 다니고 있으며 경찰에 잡힐 때까지 계속 그러고 다닐 것이라고 짐작해버렸다. 그래서 그녀는 옛날 시어머니인 베르너의 친할머니에게 전화를 걸어 소식을 물어볼 생각까지는 미처 하지 못했다. 경찰의 추적 의지도 명패가 떼어진 그 집 문 앞에서 더이상 나아가지 않았다.

12월 24일 아침, 베르너 슈니델은 크라우제 씨를 시켜 볼프스부르크로 차를 몰게 한 다음 시내 중심가 근처에서 내렸다. 성탄절 휴가비를 받아 챙기려는 크라우제 씨의 시도는 수포로 돌아갔다. 환영금으로 받은 돈이 자녀들의 소망을 채워주느라 얼마나 빨리 나가버렸는지 모른다는 그의 하소연은 그가 베르너 슈니델과 작별하면서 선사한 성탄절 선물과 마찬가지로 전혀 소용없었다. 여섯 살짜리 딸아이가 직접 그린 그림 속에는 아빠가 말하던 남자가 그려져 있었다. 그러나 그것은 실제로는 주문 제작된 그림으로서 크라우제 씨가 딸 옆에 앉아서 아빠의 자동차와 경찰관 역의 산타클로스와 크리스마스 트리와 웃고 있는 닥스훈트 한 마리를 끌고 가는 재미있는 슈니델 씨가 어디어디 위치해야 할지 일일이 일러준 그림이었다.

그렇지만 웃고 있는 닥스훈트도 돈지갑을 열게 하지는 못했다. 베르너 슈니델은 '선물 몇 개를 더 사야 한다'며 골목 안으로 사라졌다.

주머니가 달랑달랑한 그였지만 할머니가 사는 바트 슈바르타우에 가는 기차표를 살 돈은 딱 되었다. 기차표를 살 돈을 제외하고 나니 30페니히가 남았다. 화장실 지킴이를 할 때 가차 없이 돈을 걷기를 잘했다고 생각했다.

그가 나타나자 할머니는 너무도 좋아했다. 초인종을 누르자마자 연방 그의 이름을 불러댔다. 할머니는 현관문을 열기가 무섭게 그의 목을 끌어안으며 기쁨에 들떠 그를 안으로 들인 다음 그의 앞에 슬리퍼를 내놓으며 왜 이렇게 짐이 간단하냐고 놀라워하며 그에게 옷걸이를 건넸다. 세상에 애 좀 봐라. 상업고등학교 다니느라 바쁠 텐데도 이 할미를 보려고 여기까지 다 찾아오다니, 게다가 성탄절에 말이다. 학교는 잘 다니고 있는 게지, 나중에 훌륭한 사업가가 될 거다. 은행장이 될 거야, 암, 암, 되고말고. 저 젊은이가 노인네들한테 얼마나 잘하는지 소문이 퍼지면 영감들한테 재산을 물려받은 돈 많은 할머니들은 죄다 너한테 몰려들 거고 그러면 몇 년 안에 은행장은 따 놓은 당상인 게야.

할머니는 돈이 있더라도 은행들이 유치 경쟁을 벌일 만큼 돈 많은 부인은 아니시지 않냐고 베르너 슈니델은 부드럽게 말씀드렸다.

"누가 또 알겠냐?" 할머니의 말이었다. "저기 저쪽에서 지금 일어나고 있는 일을 보면 옛날 그 집을 도로 찾을 수 있을지?"

할머니는 그 집에 대해 자세히 설명을 해주었다. 노인연금을 수령할 수 있는 연령이 되기 직전인 1965년에 후두암으로 세상을 떠난 할머니의 남편은 1940년대 후반에 베를린의 프리드리히 슈트라세에 있는 큰 다세대 주택을 상속받았다. 그 집에서는 이렇다 할 이익을 거두지 못했고 지방자치정부의 관리하에 들어간 후로 할아버지는 서류상의 소유자로만 남아 있게 되었다. 할머니는 아직 그 집의 주소도 가지고 있다고 했다. 베르너 슈니델은 할머니께 그 주소를 적어달라고 부탁드렸다.

그는 할머니가 소멸해가는 것을 느꼈다. 할머니는 기억을 하지 못하고 똑같은 질문을 자꾸자꾸 반복했다. 세 번이나 반복했던 이야기를 또다시 들려주곤 그가 이미 들은 얘기라고 말씀드려도 믿으려고 하지 않았다.

가슴이 아팠다. 그는 할머니를 사랑했다. 할머니는 그에게 만물의 이치를 밝혀주던 분이었다. 선(善)함을 어떻게 알아보는지, 신이 죽음을 통해 인간에게 알려주려고 하는 것이 무엇인지, 우주가 정말로 끝없이 무한한 것인지 할머니는 알고 있었다. 그는 할머니의 스러짐을 받아들일 수 없었다. 그것은 할머니에게 어울리지 않았다. 할머니께 병원에 가보셨냐고 여쭈었더니, 병원에 갔더니 의사가 하는 말이 늙으면 다 그렇게 가끔씩 깜박깜박하게 마련이라며 아침저녁으로 복용하는 약을 처방해주더라고 했다. 할머니는 그 약이 건망증 치료용이 아니라 하루에 두 번 복용해야 하는 약이 있다는 사실 자체를 기억시키기 위해서 주는 약인 것 같다고 말하면서 웃었다. 베르너 슈니델은 그 약이 할머니에게 거의 생활의 전부처럼 되고 있다는 것을 차차 알게 되었다. 할머니는 무엇을 잊어버렸다 싶으면 아침에 약을 먹었는데 그럴 리가 없다며 갸우뚱했고 저녁이 가까워오면 이따가 자기 전에 꼭 잊지 말고 약을 먹어야 한다는 말을 10분 간격으로 계속 반복했다. 할머니는 가끔씩 정신이 왔다 갔다 했다. 하루에 세 시간 정도는 활기 있고 팔팔했으며 그럴 때는 창문과 문들이 모두 다 활짝 열린 상태였다. 그러다가 시간이 지나면 그 창문은 다시 닫히고 말았다. 체력이 더 이상 따라가지 못하는지 하루 세 시간 이상은 지탱하지 못했다. 그 세 시간이 다하면 할머니는 뇌를 흔들침대에 얹어놓고 새로운 것이 들어오지 못하도록 막은 채 옛날이야기를 1백 번 되풀이해서 돌리면서 습관의 힘에 몸을 맡겨 수월하고 안락한 상태에서 나머지 시간을 보냈다.

성탄절 전야, 할머니는 부끄러워하면서 '돈밖에 안 들었다'며 그에게 봉투를 건네주었다. 성탄절 직전이라 가게들이 너무 붐비는 데다가 다리가 옛날 같지 않아서 그렇게 했다고 했다. 그러나 할머니는 그가 돈 선물을 제일 좋아하리라는 것을 알고 있었다.

10시 반에 그는 서부영화를 보았다. 할머니는 '오늘 같은 날 저녁에 총질이나 해대는 저 따위 영화를 보려고 하다니' 등의 잔소리를 늘어놓지 않았다. 할머니는 그와 나란히 영화를 보다가 잠이 들었다. 그가 TV를 끄자 할머니는 다시 깨어나 약 먹는 것을 다시 한 번 상기한 다음 그에게 잘 자라는 인사를 했다.

앞으로 절대, 절대로 다시는 할머니와 같이 성탄절을 보낼 수 없을 것임을 그는 느꼈다. 자신의 삶을 어디서부터 어떻게 살아야 할지 알 수 없었다. 집을 얻을 수도, 가정을 꾸릴 수도 없었다. 그는 어떠한 삶도 상상할 수 없었다. 천하에 필요 없는 무용지물, 세상에 있을 가치가 없는 사람이라는 생각뿐이었다.

9. 유토피아의 좌절에 대하여

다니엘 데티엔에게는 새 여자 친구가 생겼다. 그녀의 이름은 비프케였다. 그녀가 산책하는 것을 좋아했으므로 그도 같이 산책을 해야만 했다.

그는 언제라도 새로운 경험을 받아들일 준비가 되어 있음을 보여주는 인물이었다. 그는 밴드에서도 연주한 경험이 있었고 합창단에서 노래 부른 적도 있었으며 에스페란토어를 배웠고 '유대인 묘소를 위한 참회하는 시민모임'에서 활동했고 3주 동안의 동유럽 배낭여행, 아기 보기 일, 빵집 일, 가구점 일을 했으며 유명한 시인과 토론하기도 했고 광대버섯을 가지고 실험을 해본 적도 있었다. 산책은 여태껏 해본 적이 없었다.

산책을 하려면 제대로 해야지, 생각을 하자 제국시대의 문학작품에 등장하는 '명절 복장'이 머릿속에 떠올랐다. 그는 증조할아버지의 옷이 들어 있는 고리짝을 열어 턱까지 올라오는 뻣뻣한 찰탁식 칼라와 중산모자를 꺼냈다. 그만하면 충분했다. 칼라를 목에 두르고 중산모자를 머리에 얹고 뻣뻣하게 구부린 오른팔을 동행자에게 내밀고― 다니엘 데티엔은 그 두번째 금요일에 그런 모습으로 산책에 나타날 생각이었다. 비프케는 황홀해했다. 그녀는 아직 한 번도 그런 차림으로 산책을 해본 적이 없었다. 다니엘은 인생을 즐길 줄 아는 별종이었다.

그들은 포츠담 광장에서부터 브란덴부르크 문까지 걸었다. 그들이 브란덴부르크 문을 찾은 것은 그날이 처음이었다. 끝을 때리는 망치 소리로부터 나오는 날카로운 금속성의 소리가 차가운 겨울의 공기 속에서 챙챙 울리고 있었다. 장벽을 끌로 떼어가는 이들은 벽의 그림이 가장 진하게 스프레이되어 있는 부분에서부터 작업을 해나가기 시작했다. 울긋불긋한 표면은 마치 파렴치한이나 상스런 도적 떼들이 휩쓸고 지나간 뒤처럼 떨어져나갔다. 콘크리트의 회색만이 그 뒤에 남았다. 회색은 점점 더 커져서 결국 장벽은 한때 그것을 건설했던 사람들이 의도했던 대로의 흉물스러운 모습으로 남을 것이었다.

산책을 하던 두 사람이 브란덴부르크 문에 가까워졌을 때 음악 소리가 들렸다. 거리의 음악가 세 명이 브란덴부르크 문 앞에서 연주를 하고 있었다. 두 사람은 기타를, 나머지 하나는 콘트라베이스를 뜯고 있었다. 세 사람 모두 손톱 부분을 자른 털실로 짠 손가락장갑을 끼고 있었다. 이들이 무대에 서도 손색없을 만큼 멋지게 노랫가락을 맞추자 갑자기 다니엘 데티엔은 이들이 거리의 음악가가 아님을 알아차렸다. 이들 셋은 세계적인 스타요 음악사의 한 페이지, 록의 영웅들이었던 것이다. 여름 내내 그들의 음반만 들었던 적도 있었다. 그런 그들이 지금 브란덴부르크 문에 서서 연주를 들려주고 있는 것이다. 라디오를 통한 홍보나 포스터, 스피커, 입장료도 없었다. 다니엘 데티엔은 그들이 자기들 방식으로 베를린에게 감사를 표시하려고 하는 것이 아닐까 하고 생각했다. 다니엘 데티엔은 니카라과, 인도, 팔레스타나, 미국, 덴마크에 펜팔 친구가 있었다. 지난 몇 주가 그 자신에게뿐만 아니라 전 세계 사람들에게 내린 축복이라는 사실이 요즘 들어 그에게 더더욱 선명한 사실로 다가왔다.

"괜찮은데," 한 곡이 끝나고 비프케가 박수를 치면서 다니엘에게 속삭였다. "그렇지만 나 같으면 저 나이가 되도록 거리의 음악가로 남아 있기는 싫을 것 같아."

"지금 제정신이냐?" 다니엘 데티엔이 말했다. "저 사람들은 크로스비, 스틸스 앤드 내시잖아!"

"그 크로스비, 스틸스, 내시 앤드 영 말이야?" 비프케가 말했다. "닐 영이 있었던 그 밴드?"

다니엘이 끄덕였다.

"그런데 닐 영은 왜 없어? 왜 그 사람 없이 연주하는 거지?"

다니엘 데티엔은 아무 대꾸도 하지 않았다. 이 비프케라는 애는 한심해도 한참 한심한 애다. 히트 곡이 있다는 이유 하나로 닐 영은 전부이고 저들은 아무것도 아니라는 생각을 하고 있다. 그는 세 사람의 음악가를 둘러싸고 서 있는 관중들을 둘러보았다. '비프케 종류들' 사이에서 '전문가'를 가려내어 그들만의 눈길과 그들만의 미소를 교환하기 위해서였다. 관객들 사이에는 몇 안 되는 전문가와 수많은 비프케가 있었다.

다니엘의 상상은 음악에 영감을 받아 이곳저곳 방랑의 길을 떠났다. 저 세 명의 세계적인 스타, 음악의 영웅들이 어떤 하나의 꿈을 좇아 이곳 브란덴부르크 문까지 왔다는 것을 이해할 수 있을 듯한 기분이었다. 그 꿈은 평화의 꿈이었다. 다니엘 데티엔은 그것으로 마지막 전쟁이 될 다음 전쟁을 두려워하는 세상에서 자라났다. 그는 학교에서 원자폭탄 투하 시의 대처 방법에 대해 배웠고 언제라도 사람들을 수용할 준비를 갖춘 벙커를 보았었다. 이제 이 공포는 더 이상 존재하지 않았다. 어딘가에서 전쟁이 일어나듯 어디서엔가부터 평화가 시작된다면 그것은 바로 베를린 브란덴부르크 문 앞에서라고 이 세 명의 음악가는 꿈꾸었던 것이다. 그들은 그 시작부터 같이하고자 했다. 그것은 낭만과 비장함 같은 것이었다. 다니엘은 아마도 아직 세계대전이 벌어질 무렵에 접속법 제1식으로 씌어진 레온하르트 프랑크의 소설을 생각했다. 그 소설에서는 '모든 사람이 평화!'를 외치며 돌아다니는 탓에 도시 전체가 마비되고 만다. 노동자들은 공장을 떠나고 군인들은 병영을, 철도원은 마차 철도를, 광부는 갱도를, 화류계 여인은 홍등가를, 보헤미안은 카페를 나와 이 '평화!'라는 말에 흠뻑 젖어 만나는 사람마다 평화를 부르며 인사한다.

"이제 어디로 갈래?" 조금 있다가 비프케가 물었다. "춥다."

다니엘은 자신은 전혀 여기를 떠나고 싶지 않다는 눈짓을 했다.

다른 사람들도 추운 것은 마찬가지였고 더구나 그들의 대부분은 자기들이 누구의 연주를 듣고 있는지도 모르고 있는 형편이었다.

다니엘 데티엔이 **크로스비, 스틸스 앤드 내시**에게 기대했던 꿈은 이루어지지 않았다. 많은 사람이 새로 오고 또 자리를 뜨곤 했으나 청중의 숫자는 그들이 거리로 흩어져서 한 도시를, 한 대륙을, 한 세상을 평화!라는 단어로 감염시킬 정도로 많아지지 않았다. 이러니 유토피아가 실현되지 않는다고 한들 뭐가 이상할 것인가, 하고 다니엘 데티엔은 생각했다.

비프케는 결국 혼자 갔다. 다니엘은 오랫동안 듣고 있었다. 추워서 덜덜 떨리는 건 그도 마찬가지였지만 이 순간을 함께한다는 것은 특별하고도 유일했다. 이렇게 브란덴부르크 문 밑에서 손만 뻗으면 닿을 수 있을 정도로 가까이 서서 **크로스비, 스틸스 앤드 내시**의 연주를 듣는다는 것, 그 것은 요사이 일어난 그 엄청난 일들을 구체적으로 느낄 수 있게 해주었다.

그는 연주가들이 짐을 챙길 때까지 거기 있었다. 스티븐 스틸스는 다니엘의 중산모를 보고 재미있어했다. 다니엘은 영화에서 보던 것처럼 모자를 벗어 펄럭이며 "생큐, 스티븐, 생큐 올" 하고 정중하게 인사했다. 그리고 그는 인류가 그들에게 주어진 단 하나의 큰 기회를 놓치고 만 것은 아닐까 하는 생각을 하며 자리를 떴다.

10. 장군으로부터의 힌트

레오 라트케는 데트몰트에 있는 양친의 집에서 성탄절 휴가를 보냈다. 이혼 후 사지를 잘린 사람처럼 지내는 그의 형 슈테판도 와 있었다. "이제야 온 식구가 다 모였구나." 비극을 어떻게든 긍정적으로 돌려보려는 심산으로 어머니가 말했다. 아이들이 하나도 자신의 가정을 꾸미지 못한 것에 어머니는 마음이 불편했다. 작은 애는 벌써 몇 년째 전 세계를 돌아다니며 한 곳에 만족을 하지 못하고 새로운 자극을 찾아 정처 없이 떠돌아다니는 생활을 계속하고 있었다. 또 얼마 전부터는 호텔에서 숙식을 하고 있다는 소리도 들은 터였다. 그의 생활은 가족이란 것이 끼어들 틈이 없는 자유롭고 호화로운 유명인의 생활이었다. 그에 비해 조용하고 책임감 깊은 슈테판은 대도시에서 공부를 계속하는 아내 아나나와 몇 년이 넘도록 주말부부로 살아왔다. 아기를 낳고 나서도 그녀는 그가 대학병원 의사로 일하고 있는 도시인 뮌스터에 거의 머물지 않았다. 그녀에 대한 가없는 사모의 징표로 결혼 후 그녀의 성(姓)인 슈테른하겐을 받아들인 것으로 그는 만족했다. 같은 철자로 시작하는 성과 이름을 가졌다는 이유로 동생 레오를 부러워하던 그도 이제 부러울 것이 없었다. 아니나는 이탈리아로 들어가 페데리코 펠리니와 줄리에타 마시나의 사랑 이야기에 관한 책을 썼다. 영화평론가를 지망하는 그녀는 기자들, 영화감독들, 배우들, 영화 제작자들, 영화제 운영자들을 잘 알고 있었고 영화계 파티에 다녔다. 그것은 그녀에게 익숙한, 그녀만의 세계였다. 그녀에게 뮌스터는 너무 좁았다. 무엇보다도 영화 평론가가 뮌스터에서 뭐 할 게 있겠는가? 개인 병원의 밀집도가 가장 높다는 뮌헨으로 그녀를 따라가서 이웃 병원 옆에 또 하나의 개인 병원을 열 것이냐, 아니면 이미 정해진 의대 교수로서의 길을 계속 따라갈 것이냐 그가 미처 생각해보기도 전에 그녀는 그를 '내팽개'쳤다. 그의 표현에 따르자면 그랬다. 그녀는 금방 같은 업계에서 일하는 새 남자를 만났고 그녀가 그 남자와 성탄절을 같이 보내는 동안 슈테판은 최소한 그녀에게서 받은 성이라도 빼앗기지 않기 위해 행정 법정에 출두할 준비 작업을 하고 있었다.

형과 동생 사이에 이상한 라이벌 의식이 존재하고 있었지만——그것은 상이한 두 인생 설계 간의 경쟁이었다——슈테판은 자신의 슬픔을 숨기려고 하지 않았다. 어머니가 과자를 만들 밀가루 반죽을 밀대로 밀어 펴는 동안 슈테판은 아니나가 했던 못된 짓들을 늘어놓았다. 성탄절 양초에 불을 붙이는 아버지 옆에서 그는 그녀와의 마지막 전화 통화를 말하며 격분했다. 양친이 선물을 풀어볼 때 슈테판은 양육권 소송에 관해 상세한 이야기를 주절주절 풀어놓았다. 그러나 레오 라트케는 전혀 승리감을 느낄 수 없었다. 승리감은커녕, 아이의 엄마가 자기처럼 위험하고 불안정한 삶을 사는 남자와 사귄다는 사실은 모범 사위의 전형인 슈테판에게 너무나 억울하고 가혹한 일이라는 생각이 들었다.

그즈음 레오가 느끼는 리포터로서의 무력감은 나날이 커져가고 있었다. 성전환자에 대한 그 기사는 그저 하나의 기만일 뿐이었다. 원래 연말 특집 호 기사를 쓰려고 동베를린에 앉아 있는 것이 아니잖은가. 하나의 사건을 그만의 언어에 담가 새로 탄생시키고 싶다는 그의 욕구는 자취를 감추었다. 왜 그런지 그 이유를 그는 알 수 없었다. 이런 시기에 동베를린에 있으면서 아무것도 느끼지 못한다는 것, 그것은 한 사람의 리포터에게 암시와도 같은 징후였다. 예전에는 다리 위에서 반 시간 동안 서 있거나 지하철에 오르거나 백화점 안을 돌아다니거나 학교 앞에서 기다리다 보면 많은 소득이 있었지만 그런 것은 이제 아무 재미도 없었다. 아직 그런 것에 목말라하는 스물두 살짜리 무보수 여자 인턴사원이라면 그런 일을 시킬 수 있을지도 모른다. 그러나 그는 아니었다. 거리에서 일어나는 일들이 아무 쓸데없는 일, 그의 언어로 바뀌어질 가치가 없는 것으로 느껴졌다. 가만히 생각해보면 신문을 만든다는 일 자체가 의미 없이 여겨졌다. 그의 형은 사람을 낫게 하고 있었다. 사실 그것이 진짜였다. 그런데 그는 어떤가? 아무도 써달라고 요구하지 않은 기사를, 아니면 다른 수많은 사람도 쓰는 일들에 대해 쓰고 있을 뿐이다. 그런 일은 당장이라도 때려치울 수 있었다.

퇴역한 공군 장군인 그의 아버지에게는 보고 형식과 비슷한 대화로 아들들의 근황을 물어보는 습관이 있었다. 그의 딱딱함은 감정의 메마름에 그 원인을 두고 있었으나 그 메마름은 한편 그가 생각하는 전통이란 것과 잘 공존하고 있었다. 그래서 그는 한 번도 "어떻게 지내고 있냐?" 하고 물어본 적이 없다. 대신 항상 "병원에서는 무슨 새로운 소식이 있냐?" 또는 "요즘은 무슨 일거리를 하고 있냐?"고 물었다. 전직 장군의 질문은 식사 후 가느다란 시가를 입에 물며 시작되는 의례적인 행사였다. 그는 슈테판과 레오의 이야기를 들으며 질문으로 이야기의 흐름을 조절하고 한두 마디의 지나가는 말로 그의 구체적인 의중을 알 수 있게 했지만 절대로 아들들에게 자기의 의견을 강요해본 적은 없었다. 그는 장기적으로 봤을 때 결국은 자기 생각이 항상 옳았다는 확신으로 스스로 만족하고 있었다.

그리하여 성탄절 당일, 점심을 먹고 나서 슈테판이 병원에 새로 도입된 당시 최신 설비인 컴퓨터 단층촬영(CT)장치를 설명할 때만 해도 특별히 이상한 점은 없었다. 이 장비는 놀랄 만큼 입체적인 영상을 제공하며 뇌수술과 뇌병변 관련 질환의 진단에 혁명을 일으켰다는 것이 그의 말이었다. 아버지가 그에 대해 더 질문을 하자 슈테판은 새로운 단층촬영 기법으로 치료가 가능해진 병을 예로 들어 설명하면서 그 원인을 선천성 뇌혈관 기형에 두고 있는 신체적 장애나 감각 상실, 그리고 언어 장애 같은 것들이 그에 속한다고 했다. 뇌의 해당 부분이 '막혀' 있는지, 그리고 그 부분을 다시 활성화시킬 수 있는지 앞으로 그 기계의 덕분으로 알 수 있게 될 것이라고 하며 비록 그런 병들이 드물기도 할뿐더러 수술을 원하는 환자도 많지 않을 테지만 정말 엄청나게 획기적인 치료법이 될 것이라고 덧붙였다. "성서적인 예언이로구나." 아버지가 말했다. "장님은 앞을 보게될 것이요 앉은뱅이는 걷게 되도다." 그러자 비유를 하자면 그렇지만 대부분의 시각 장애인과 신체 장애인은 다른 이유로 보거나 걷지 못하는 것이라고 슈테판이 말했다.

"그렇지만 네가 만일 맹인 한 사람을 찾아낸다면 말이다." 아버지가 생각나는 대로 소리 내어 말했다. "그래서 그 사람을 수술한다면 말이지," 그는 시가를 빨아들이며 레오를 돌아보았다. "그러면 네가 거기에 대해 써야 한다."

그는 몸을 뒤로 쭉 젖히고 만족스러운 듯 아들들을 바라보았다. 그는 자신이 이번에도 역시 쓸 만한 힌트를 제공했다는 것을 알고 있었다.

11. 눈 속의 세 남자

성탄절 아침, 틸로는 자동차 문이 닫히는 소리에 눈을 떴다. 그는 이불을 젖히고 일어나서 창밖을 보았다. 밤사이에 눈이 내려 슈라이터 씨네의 현관문 기둥 위에서 하얀 눈이 탑을 이루고 있었고 철망 담장 사이사이에 무늬를 이루며 아슬아슬하게 붙어 있는가 하면, 나무들과 길을 하얗게 덮고 있었다. 몇 개의 발자국을 제외하곤 눈의 이불은 고스란히 덮여 있었다.

헬프리트 슈라이터 박사가 시트로엥의 운전석에 앉아 있는 것이 보였다. 시동은 걸려 있지 않았고 자동차가 꽁지부터 빠져나가야 할 마당의 문은 닫혀 있었다. 카롤라의 아버지와 별 신통한 대화를 나눌 수 없었던 틸로는 이것이 기회다 싶었다. 자동차 옆에 쌓인 눈을 치워내거나 밀어야 할 일이 생길지도 모른다. 틸로는 재빨리 옷을 입고 밖으로 나갔다.

차 밖에서 무엇이 어른거리는 것을 느낀 헬프리트 슈라이터 박사가 고개를 돌렸다가 곧 다시 제자리로 돌렸다.

틸로가 조수석 문을 열었다. "안녕히 주무셨어요!" 그가 인사했다. "항상 제일 먼저시네요."

헬프리트 슈라이터 박사는 낮게 뭐라고 웅얼거렸다. 어쨌건 퉁명스런 말투는 아니었다. 조수석에는 슈라이터 부인이 성탄절 선물로 준 새 시트 덮개가 놓여 있었다.

"참 좋은 선물이지요?" 덮개를 무릎 위에 얹으면서 틸로가 말했다.

"당장 써보시려고요? 저도 마찬가지로 좋은 선물을 받으면 그러고 싶어지지요."

헬프리트 슈라이터 박사가 틸로를 바라보았다. 틸로는 입을 다물었다.

"학생은 여기를 어떻게 생각해요?" 헬프리트 슈라이터 박사가 물었다. 말을 채 시작하기도 전에 헛기침이 나왔다. "솔직하게 말해봐요."

"그러니깐……" 틸로가 머뭇거렸다. "제 느낌을 말씀드리자면 모든 것이 그러니까……"

"그러니까?"

"에…… 너무 손상된 것 같아요."

"손상됐다고, 으흠. 그래, 손상이라." 헬프리트 슈라이터 박사는 그 말을 음미했다. "우리가 손상된 것처럼 보인다고."

틸로는 가만히 있었다. 다시 거둬들일 어떤 것도 없었다.

"제 기억에는 더 젊으셨던 걸로 기억됩니다." 틸로가 말했다. "발라톤에서는 멀리서만 뵈어서요……"

"그게 어떻게 시작된 건지 아나, 자네?" 한참의 침묵 뒤에 헬프리트 슈라이터 박사가 말을 꺼냈고 틸로는 갑작스러운 **자네**라는 낮춤말과 함께 부드러워진 말투에 놀라서 박사가 자기 자신과 대화하고 있는 것이 아닌가 하는 생각이 들었다. "카롤라가 없어졌을 때가 그 시작이었네. 자네와 함께 가버린 것을 알고 있었지만, 나는…… 맙소사, 내 딸, 내 딸이 말이야. 한번 그 애가 서독으로 튀어버리면 다시는 재입국이 안 돼. 몇 년이 그렇게 흘를지 모르는데 작별 인사도 없이, 아무것도 없이 갔단 말이야. 온갖 사방을 다 다니면서 애를 찾아 헤매고 한밤중에 그 거지 같은 발라톤에 서서 혼이 다 나갈 때까지 애 이름을 불러댔어. 마침내 해양 경비대가 왔는데 하나도 놀라는 기색이 없더군. 앞으로 10년 동안 카롤라를 못 보게 될 것이라고 생각했어. 아무것도 눈에 보이지 않았고 젖은 바지를 입은 채로……" 그는 코웃음을 지었다. "이 좋은 차에 그대로 올라탄 거라네."

틸로가 운전석에 잠깐 눈길을 주니 과연 좌석에는 더러운 물 자국이 보기 싫게 남아 있었다.

"자동차를 보더니 아내가 기겁을 하더군. 나더러 도로 깨끗하게 해놓으라고 하는 거야. 세탁소에다 맡기라나 뭐라나. 하지만 내가 카롤라를 찾아다니던 그날 밤, 그 시간들을 나는 그렇게 쉽게 지워버리고 싶지 않았어. 대사건은 그다음에 터졌지. 그때 마르코는 기동 경찰대에 있었고. 회사에서는 온통 정신없는 일들이 일어나고 신(新)포럼이니, 월요 데모니, 파업이니, 그만두자구. 저 사람 딸이 도망을 갔든지 어쨌든지 아무도 신경 쓰지 않더란 말이야. 사장이요 당의 핵심 인사인 슈라이터, 그러니까 그는 꽉 막힌 고집불통이요 체제의 일부분으로서 제거되어야 할 인물이었지. 하나 딸년이 없어졌는데 아버지가 된 사람으로서 아무렇지 않을 수가 없다는 거, 그걸 아는 사람이 없더란 거지."

그는 오른팔을 뻗어서 새 시트 덮개를 집어 들고 포장지를 만지작거렸다. "세탁할 수 없단 말일세. 알겠나? 그냥 이렇게 놔두었으면 좋겠어."

틸로가 고개를 끄덕였다. 헬프리트 슈라이터 박사는 새 시트 덮개를 다시 내려놓았다.

"그때 그날 밤, 발라톤에서 뭔가가 깨져버렸다네. 그 이후로는 내가 자동판매기 같다는 생각이 들어. 병가라도 냈으면 딱 좋겠어. 더 이상 하고 싶지 않아. 더 이상 할 수도 없어. 마당에서 소일이나 하는 걸로 만족할 수 있을 텐데. 계절이 오가는 것을 느끼고 말이야. 저 눈을 보노라면……"

두 사람은 현관문이 열리는 소리를 들었다. 쌓인 눈 때문에 문소리가 부드러웠다. 마르코가 실내화를 신은 채로 눈이 하얗게 쌓인 정원으로 걸어 나왔다. 안색이 좋지 않아 보였다.

실내화를 신은 탓에 마르코는 자기 아버지가 만들어놓은 발자국을 따라 걸음을 딛고 있었다. 그렇지만 차의 뒷문을 열기 전의 두 발자국은 어쩔 수 없이 새 눈을 밟아야 했다.

"안녕히 주무셨어요?" 그가 자동차에 타면서 인사했다. "어디 갈 데라도 있으신가요?"

"아니다." 헬프리트 슈라이터 박사가 말했다. "그냥 앉아 있는 거다."

모두들 말이 없었다. 마르코는 조금씩 눈이 녹아내리기 시작하는 실내화의 코끝을 바라보았다.

"성탄절 아침의 분위기란 정말 이상한 것 같아요." 틸로가 침묵을 깨고 말했다. "이 정적 말예요. 여느 아침에는 이런 정적이 없거든요."

그들은 정적에 귀를 기울였다.

"너무 조용해서 저 멀리 아기 예수가 우는 소리가 들린다고 생각될 정도죠." 틸로는 이렇게 말하며 웃음 지어야 했다. "우리의 주님이자 구원자의 울음소리요."

"눈 때문일는지도 모르지." 박사가 말했다. "모든 것을 덮어버리니까. 소리까지도." 그러더니 아들을 향해 말했다. "어디 소리뿐만이겠냐. 안 그러냐, 우리 아들?"

마르코는 끙 하는 알 수 없는 소리를 냈다. 그는 아버지가 무슨 말을 하는지 알고 있었다. 어젯밤 그는 술을 너무 많이 마셔서 결국 밖으로 나가 화단에다 먹은 것을 다 토하고 말았던 것이다.

"틸로가 뭐라고 했는지 알아?" 조금 있다가 헬프리트 슈라이터 박사가 말했다. "우리가 다 너무……"

408

"손상되었다고요." 마르코의 아버지가 그 단어를 잘 기억해내지 못하자 틸로가 말했다.

"맞다. 손상되었단다."

"맞는 말인데요, 뭘." 마르코가 쉰 목소리를 냈다. "적어도 저에게 해당하는 부분은 그래요."

세 사람은 이렇게 차 안에 앉아서 세상과의 아늑한 단절감을 느끼고 있었다.

마르코는 손상되었다는 말을 숙취와 연결시켰으나 그 단어에 대해 계속 생각할수록 자기가 다른 식으로 장기적 시간에 걸쳐 손상되었다는 생각을 하게 되었다. 인디언의 천막이나 이글루 속에 들어앉은 것마냥 눈 속 자동차 안에 모여 앉은 지금 그 얘기를 할 수 있을 것 같은 생각이 들었다. 그는 생각을 가다듬었고 다른 두 남자는 침묵했다.

"탈영하고 싶은 마음이 굴뚝같아요." 마르코가 무겁게 입을 열었다. "다시 돌아가고 싶지 않단 말입니다. 전보다는 훨씬 나아졌고 참아야 할 일도 없으니 이제 경찰도 더 이상 국민들을 탄압하지 않는다고 생각할지 모르지만, 밖에 있는 사람들은 아무것도 몰라요."

이런 식으로 계속 이야기를 이끌어갈 수 없다는 것을 깨달은 마르코는 단조에서 장조로 바꿔 분위기를 누그러뜨렸다. "틸로, 너희 나라 군대에도 E운동이라는 게 있어?"

"평화운동이라는 게 있다는 건 알고 있지." 틸로가 말했다.

마르코는 짧게 웃었다. "E운동은 그와 정반대 운동이야. 원래는 EK 운동이라고 하는 건데 공식적으로는 존재하지 않지. EK는 제대 대상자 Entlassungskandidat의 줄임말이고. 1년에 두 번, 5월 초와 11월 초에 징집이 이루어지니까 그에 따라서 제대하는 사람도 6개월마다 한 번씩 나오게 돼. EK는 곧 제대하게 되는 사람들을 일컫지. 군대는 계급사회지만 진짜 센 계급 체제는 계급의 높고 낮음에서 오는 게 아니라 언제 제대할지에 따라 정해져. 이건 표면화되진 않았지만 속속들이 박혀 있는 사실이야. 새로 막 들어온 애들은 신참으로서 완전히 졸때기지. EK들은 애네들을 가지고 자기 하고 싶은 대로 다 해. 애들은 마치 몸종처럼 부려지면서 뛰라면 뛰고 청소는 물론 항상 대기하고 있어야 돼. 장교들은 이것을 눈감아주지. 신참내기들이 군대 생활의 쓴맛과 압박을 된통 겪으면서 명령에 복종하는 법을 배우고 이러쿵저러쿵 잡소리하지 않게 되길 원하는 게 그들이야. 내가 그 일을 겪게 되었을 때 생각했지. 학교에서 배운 막심 고리키의 말, 인간, 그 얼마나 당당하게 들리는가. 그런데 군대에 가니까 노예제도와 파시즘을 합쳐놓은 것같이 돌아가는 거야. 그 안에서 겪어야 하는 일은 이루 말로 다 할 수 없어. 내가 바로 그 당사자니까. 바로 나한테 일어나는 일이니까. 정말 기가 막혀."

마르코는 눈을 감고 고개를 흔들었다. 그가 겪었던 일을 아직도 믿을 수 없다는 듯. 그는 잠깐 쉰 뒤에 다시 말을 계속했다.

"그렇게 6개월이 지나고 나자 좀 괜찮아졌어. 그런데 정치적 불안정이 시작되더군. 탈출민들이 속출하더니 라이프치히에서 월요 데모가 시작되었어. 우리들은 정말로 선동 자극되면서 계속 정치교육을 받았지. 명령만 내려지면 모든 적을 전멸시켜야 하며 반공산주의 혁명과 사태의 극단화 등등을 어쩌고저쩌고…… 그러면서 신참들에게 공포감을 조성하고 EK들이 편하게 지낸다는 이유로 갑자기 장교들이 E운동을 적대시하기 시작한 거야. 반(反)공산 혁명을 타도하기 위해서는 공포에 질린 병사나 놀고먹는 병사 따위가 필요한 게 아니라 군기가 바짝 든 군대가 필요하니까."

마르코는 넓적한 손으로 머리를 긁었다. 갈퀴의 빗살처럼 손가락이 넓게 퍼졌다.

"장교들은 내가 생각하고 있던 바로 그 점을 짚어준 거야. 한 번도 E운동에 맞서 나서지 않았기 때문에 내가 항상 경멸해왔던 그들이 말이야. 그리고 지금은…… 뭐라고 말해야 할까…… 마음속으로 어느 정도 그들을 존경하는 마음도 있어. 한심한 일이지만 그들과 나를 **동일시**하기도 했지. 나는 그들이 원하는 대로의 인간이었어. 의욕을 가진, 안 그래? 의욕을 가지고 의무를 수행하는 말 잘 듣는 전경이었지. 만일 진짜 전면전으로 이어졌었다면 아마 나도 동참했을 거야. 동참하되, 잘못된 편에 서 있었을 거라고." 마르코는 입 안이 말라드는 것을 느꼈다. "그 열차 사건이 일어났을 때," 그는 회상했다. "우리는 역을 봉쇄하는 임무를 맡았어. 그때 내 바로 앞에 서서 나를 완전히 졸아들게 만든 내 나이 또래의 여자 한 명이 있었어. 국가와 체제에 대해 마구마구 화를 내고 있었는데 그녀의 화는 정당한 것이었지. 한 10분은 그렇게 나를 갖고 메다꽂았을 거야. 너는 명예도 없느냐, 네가 그리 멋있어 보이느냐, 다른 사람들이 하나같이 이 유치원을 지긋지긋해하고 있는 것이 보이지도 않느냐, 거울을 보면 창피한 생각이 들지 않느냐, 어머니를 사랑해본 적이 없느냐, 이런 짓에 자신을 팔면서 어떻게 밤에 편히 잘 수가 있느냐, 만일 여자 친구가 있다면 그녀가 네가 이런 인간이라는 것을 아느냐 하면서. 나는 거지 미치광이를 무시할 때처럼 그 여자를 무시하려고 했지만 그녀가 도덕적으로 나보다 낫다는 생각을 씻어버릴 수가 없었어. 2~3주가 지나자 그녀가 라디오에 나오더군. 「그래서 우리는 친구가 될 수 없는가」라는 노래를 불러서 말이야."

"'어째서'야." 헬프리트 슈라이터 박사가 끼어들었다. "노래 제목이 「어째서 우리는 친구가 될 수 없는가」라고."

"'그래서'인 줄 알았는데." 마르코가 말했다.

"그러니까 그 노래의 여가수가 네 앞에서 10분 동안 떠든 그 여자였다는 말이지?" 틸로가 물었다. "내가 아는 어떤 애는 말이야, 조니 로튼*이 자기 눈에 가래를 뱉었다고 좋아하면서 자랑하던데."

"나는 하나도 자랑스럽지 않았어." 마르코가 말했다. "노래를 듣고 이름이 레나라는 것을 알았지. 그 레나라는 여자가 날 그렇게 설득시키는 중에 나는 나를 그 자리에 서게 한 데 책임이 있는 자들을 미워하기 시작했어. 장교들, 국가…… 모든 것을. 그런데도 후에 난 훌륭한 임무 수행과 신중한 대처라는 명목으로 격려를 받고 특별 승급이 되었어. 1년이 지나면 모두 계급이 올라가기 때문에 나도 어차피 한 달 있으면 승급될 처지였지. 그런데 그 한 달이 지나자 무슨 일이 일어났는지 알아? 장벽이 무너지면서 체제 전체가 마구 흔들리게 되었어. 내가 그네들과 아무 상관이 없다는 걸 보여주기 위해……" 그는 머뭇거리면서도 하던 말을 계속했다. "나는 다시 EK운동을 시작했어. EK가 되었으니 그 위치로서 말이지. 장교들은 나의 적이었고 나의 적인 그들이 금지시킨 운동이기 때문에 다시 시작한 거야. 이번에는 내가 겪었던 것보다 훨씬 더 심하게, 그렇게 말이야."

"어떻게 했는데?" 틸로는 궁금해했다. "상상이 잘 안 간다."

마르코는 바로 대답하지 않았다.

"그 얘기는 하고 싶지 않아." 결국 그는 이렇게 말했다.

잠시 한 번 더 쉰 후에 그는 말을 이었다. "새로 들어온 아이들은…… 아주 괜찮은 아이들이었어. 그들을 보고 감탄한 게 사실이야. 그들과 함께 거리의 소요도 같이 들어왔지. 그들은 당당하고 그리고…… 너무도 존

---

* 조니 로튼(Johnny Rotten, 1956~): 영국 출신의 가수로 섹스 피스톨스의 전 보컬 멤버이다.

엄이 넘쳤어. 그들은 하잘것없이 근면하기만 한 시민이나 겁먹은 시민, 미래의 좀생원이 아니었어. 그걸 보고 내가 생각한 것은 내가 할 수 있는 한도 내에서 최대한 그들의 존엄에 상처를 내고 긍지를 짓밟아버리자는 거였어. 나 자신을 장교들과 구분짓고 싶다는 그 의도 하나 때문에."

"그 애들한테…… 사과했니?" 틸로가 물었다.

"아직." 마르코가 말했다. "그런데 해야 될 것 같아."

"그래." 틸로가 말했다. "네가 지금 여기서 우리에게 말하듯이 그들한테 이야기한다면……"

"내 말은, 지금 완전한 자유가 주어진다면, 그러니까 우리가 뭘 해야 하고 뭘 허용해야 할지 아무도 명령하지 않는다면, 나는 왜 내가 원하는 대로 되지 못하고 있는 거지? 왜 나는 이렇게 나쁜 놈이란 말이야? 난 좀 더 다정하고 친절한 사람이 되고 싶은데. 너처럼." 그는 틸로를 보면서 이렇게 말했다. "어제 내가 계속 되풀이해서 '자유는 강인한 사람만이 얻을 수 있다. 강인함이란 친절함이다'라고 말했을 때 내가 정말 말하고 싶었던 것이 바로 그거였어. 원하는 대로의 사람이 될 수 있었음에도 불구하고 난 우호적인 사람이 되지 못했다는 걸 말하는 거지. 난 약한 인간인 것 같아."

"어쨌든," 틸로가 어색한 듯 말했다. "내가 생각하기엔 나와 너희들 사이에는 큰 차이점이 있는 것 같아. 그 얘기는 카롤라와 자주 했었지. 난 정치로 인해 크게 불편함을 겪은 적이 없어. 항상 크게 힘들이지 않고 고개를 쳐들 수 있는 한도 내에서 형편껏 살아왔지."

"그리고 우리는 **손상**됐고 말이지." 이 말을 하자 이상하게 몸에서 힘이 빠져나가는 것을 느낀 헬프리트 슈라이터 박사가 일부러 명랑하게 틸로에게 물었다. "카롤라는 잘 지내고 있는 거지?"

"예." 틸로가 말했다. "이번 여름에 미국으로 여행 가서 좀 돌고 오려고요."

"미국!" 슈라이터 박사가 외쳤다. "맞군, 이제는 그 애도 갈 수 있지."

"어르신이 얼마나……" 틸로가 주저하다가 결국은 말을 이었다. "그걸 마음에 담고 있는지를 진작 알았더라면……전 잘 모르겠지만, 이렇게 된 것이 잘된 일인 듯해요." 틸로가 말했다. "부모가 자식한테, 또 자식이 부모한테……"

"그렇다네." 헬프리트 슈라이터 박사가 거들었다. "괜찮아."

다섯이 둘러앉아 점심으로 차린 거위 요리를 먹으면서 헬프리트 슈라이터 박사는 대화의 물줄기에서 그만 아내를 쉬게 해주어야겠다고 생각했다. 전날에도 아내는 평소보다 훨씬 더 많이, 더 빠르게, 더 크게 말한 데다가 말꼬리마다 거의 매번 웃음소리를 덧붙였던 것이다. 그녀는 편안한 분위기를 만들어내기 위해 성탄절의 최전방에서 온 힘을 다해 싸우고 있었다.

"이 청년이 아까 재미있는 얘기를 했거든." 헬프리트 슈라이터 박사가 말을 시작했다. "뭐라고 하면 좋을까, 우리가 자기네 사람들과 아주 다른 정치적 환경의 틀 안에 끼워져왔다는 말을 했소. 예를 들면 우리 마르코가 불과 열아홉 살인데도 우리는 지금 그 애가 민중을 탄압하게 되지나 않을까 걱정해야 하는 형편이잖소."

"당신이 걱정은 무슨 걱정을 하셨다고 그러셔유!" 슈라이터 부인이 말했다.

"열아홉이라는 사실이 중요한 거지." 헬프리트 슈라이터 박사가 고집을 부렸다. "2주 전에 저 건너편에서 온 열아홉 살짜리 한 명이 우리 공장을 방문했소. 그는 폴크스바겐 그룹 회장의 특별 전권대사였어. 그래서 생각했지. 저 건너편에는 여기랑은 다른 기회들이 있구나 하고."

"아무리 그래도 열아홉 살에는 안 되죠!" 틸로가 말했다.

"정말이라니까!" 헬프리트 슈라이터 박사가 말했다. "특별 전권대사 맞아. 여기 보게!" 그는 지갑에서 회사의 푸른 마크가 그려져 있는 명함을 꺼내 내밀었다. "열아홉 살이라니까."

"절대 그럴 리 없어요." 틸로가 말했다.

"그럴 리 없기는 왜 없나!" 헬프리트 슈라이터 박사의 말이었다. "회장의 아들이긴 하지. 그렇지만 여기 이렇게 씌어 있잖아? 특별 전권대사!"

"아녜요." 틸로가 말했다. "그래도 안 돼요. 아무리 그런 사람의 아들이라도요."

틸로와 헬프리트 슈라이터는 칼과 포크를 접시 위에 벌여놓은 채 서로를 바라보았다. 각자 상대방이 자신의 주장에서 한 발짝 물러서거나 주장을 상대화시키거나 심지어 포기하기를 바라고 있는 것에 두 사람은 놀랐다. 카롤라와 마르코, 슈라이터 부인은 둘 중 한 사람만을 믿을 수밖에 없었다.

"사실 틸로가 아는 것이 많기는 해요." 카롤라가 이렇게 외교적으로 말하곤 식사를 계속했다.

12. 레오 라트케, 쉿!

다시 베를린으로 돌아오는 레오 라트케는 이제 무엇에 대해 쓸 것인지 알고 있었다. 특별한 르포 기사를 만들어줄 실마리— 맹인에게 빛이 찾아오다──를 드디어 찾은 것이다. 아버지의 아이디어는 말 그대로 번개가 되어 꽂혔다. 찌릿하고 전기가 오면서 앞이 환해지고 거대한 망치로 맞은 느낌이었다. 이제 남은 것은 글로 씌어지는 일뿐이었다.

일생에 최초로 눈앞의 붕대가 벗겨지는 장면을 글로 써낼 수만 있다면 지금 온 나라 사람들이 겪고 있는 감정들, 즉 부자연스러운 상태가 그 누구도 꿈꾸지 못했던 환상적인 종말을 맞게 된 것, 온 국민을 압도하는 새로운 경험들과 거기서 넘쳐나는 행복, 어린아이의 동심, 열린 가슴, 희망…… 이 모든 것을 아무도 상상하지 못했던, 그러나 누구라도 이해할 수 있는 우화로 풀어나가고 싶었다. 그는 독일인을 대표하는 행복한 한 사람, **세상에서 가장 행복한 사람** 하나를 보여주고 싶었다. 기사의 제목은 장벽이 열린 그다음 날 베를린 시장이 한 말에서 따온 구절로 할 생각이었다.

그 맹인은 동독 사람이어야 하며 날 때부터 앞을 못 보는 사람이어야 했다. 이 스토리 안에는 모든 것이 다 들어 있었다. 동서독, 물자 부족 경제, 빼앗긴 인생, 새 출발. 한 사람의 인생에 이 전부가 모두 녹아들어 있었다. 시각 장애는 장벽 뒤의 삶이고 장벽은 캄캄함을 은유한다는 상징성을 차치하고서라도였다. 마침내 장벽이 무너뜨려진 그곳에는 레오 라트케, 그가 있다! 그야말로 리포터들 가운데 진정한 악마로다!

레오의 형은 새해가 되면 곧바로 희귀한 타입의 맹인 선정에 착수할 예정이었다. 그는 자리를 박차고 일어나 새로운 환경에서 새로운 경험에 몸을 맡겨 무거운 생각들을 저 멀리로 내몰고 싶었다. 상처받은 가슴을 어루만져줄 학계 내에서의 자기 확인과 내면의 만족감을 얻고 싶은 마음도 있었다. 될 수 있으면 사람을 빨리 찾아야 하는 데는 의학적인 이유도 있었다. 어두컴컴한 계절이라야 수술 후 눈에 가해지는 충격이 적은 것이다.

베를린으로 돌아온 그날 저녁 벽난로 바에 앉아 자기의 계획을 늘어놓는 레오 라트케의 목소리는 평소답지 않게 조용했다. 비밀 유지를 위한 것이었다. 레나의 큰오빠는 그것으로 레오 라트케의 진지한 심정을 알아볼 수 있었다.

레오 라트케는 몸이 달아 있었다. 상을 탈 만한 빅 스토리에 필요한 모든 재료가 다 갖추어져 있다는 것은 알고 있었지만 다만 어떻게 이야기를 풀어나가야 할지가 너무도 명확하게 떠오르는 것이 위험스러웠다. 계획한 바와는 다르게 돌아가야 할 것 같았다. 스토리를 가지고 오래, 괴롭도록 오래오래 씨름을 했을 때만이 월척을 낚을 수 있었다. 반대로 말하면 하나의 이야기를 오래 붙들고 있으면 있을수록 점점 더 좋아지는 그였다.

레오 라트케는 호기심으로 잔뜩 기대에 부풀었다. 이제 다시 싸움판이다. 그는 마침내 막강한 기자로서 제자리로 되돌아온 자신을 느꼈다.

13. 관계, 정리되다

12월 30일 다시 팔라스트 호텔로 돌아온 베르너 슈니델에게는 두 가지 해결해야 할 문제가 있었다. 폴크스바겐 그룹 회장인 진짜 슈니델이 3주일 있다가 베를린으로 올 예정이며 팔라스트 호텔에 머무를 거라는 소식이었다.

그 밖에 또 베르너 슈니델은 카틀린 브로인리히를 쫓아낼 궁리를 하고 있었다. 그동안 둘이서 상당히 훌륭한 섹스 기법을 발전시켰다는 점에서 조금 아깝기는 했다. 카틀린은 그녀의 테크닉으로 그를 기꺼이 만족시켜주었다. 그는 그녀의 대상이었고 그녀에게 자신의 욕망을 내맡겼다. 카틀린은 교묘하게 두 오르가슴을 일치시켰다. 그녀는 안경을 벗은 그를 보고 놀라지 않았다. 그는 그녀의 등을 가끔 쓰다듬기도 했고 계산에서 나오지 않은 재빠른 키스를 하기도 했다. 그것은 친밀감에서 아무 생각 없이 우러나온 것이었다. 그녀와 같이 어울리는 것이 그는 더 이상 부담스럽지 않았다. 사랑에 빠진 것은 단연코 아니었지만 그녀를 '내쫓게' 되면 그때는 그녀가 그리워질 것 같았다. 그렇게 될 것 같았다.

그녀에게 뭐라고 해야 하나? 보통은 말 한마디면 해결될 일이었다. 카틀린, 얘기 좀 하자. 그러나 그녀는 너무도 둔해서 그렇게 말하면 알아듣지 못할 것이었다.

카틀린이 그날 맨 처음으로 등을 돌리고 그를 타고 앉아서 둘의 오르가슴을 동시에 이끌어내고 난 후, 느긋하고도 생기 있게 그의 옆자리 베개에 널브러졌을 때 그가 말했다. "카틀린, 우리 얘기 좀 해야겠다."

"그럴 줄 진작에 알고 있었슈." 가만있다가 그녀가 말했다. "당신 진짜 아니쥬."

"왜 그런 생각을 했지?" 그가 조용히 물었다.

"첫번째루 당신 아버지란 사람에 대해 읽어봤쥬. 후 이즈 후Hu is Hu에서유. 거기에 당신 아버지가 나왔는디 딸만 둘이 있구 아들은 없다구 하데유."

"그건 『후 이즈 후Who is Who』야. 테러리스트와 납치범들이 제일 먼저 읽어보는 책이지……"

"아서유, 내가 한번 정리를 해볼게유. 나한테 도서관에서 뭘 조사해야 허는지 적어준 적이 있잖유. 그때 그 쪽지가 뭐였느냐 허면 학생 버스 통학권의 뒷장이더라 그 말이유. 당신 이름이 버젓이 나와 있는! 첨에는 뭔가 혼동이 있었나 부다 하고 생각허고 있었쥬. 근디 나중에 맥도날드에서 먹을 걸 사오라고 날 보내믄서 보너스 포인트 도장을 모아오라고 허더니 정말로 도장을 찍어왔나 꼬박꼬박 챙기는 걸 보구 당신이 진짜가 아닌 줄 알았어유. 한번은 꼭 쉬킨맥나캣(치킨맥너겟) 메뉴로 사와야 헌다고 부득불 그러는데 그 이유가 도장을 세 개 연달아 찍어준다는 거였어유. 그때 100퍼센트 확신혔쥬. 허지만 걱정 꺼유. 아무헌테도 얘기 안 헐 테니깐."

그래, 그 맥도날드 포인트 도장. 베르너 슈니델은 이 여자가 자기 목을 부러뜨릴 것이라는 걸 알았다.

"우리 그동안 서로 좋았던 거지유?"

"응." 그가 말했다.

"참말이지유?" 그녀가 베개에 묻고 있었던 얼굴을 들었다.

그가 고개를 끄덕였다.

"나두 그려유." 카틀린이 이렇게 말하며 그에게 몸을 기댔다. "당 사무실은 정말 지긋지긋했는디, 당신이 진짜가 아니라서 참 아쉽게 됐네유."

"이제 뭘 할 거지?"

"모르겠어유. 근디 나 이쁘다고 생각해유?" 부끄러워하면서 그녀가 물었다.

베르너 슈니델은 거짓말하기조차 귀찮았다. "다른 건 몰라도 침대에선 끝내주지."

"침대에서 끝내준다구유," 카틀린이 아이러니하게 되풀이했다. "아주 최고 전문가다운 말이구먼유!"

다음 날 그는 그녀의 충성심과 독립적인 일 처리 능력, 순발력, 전문지식, 뛰어난 철저함 등과 더불어 얼음같이 찬 물에 빠진 후에 그녀가 보여준 수영 능력을 높이 평가하는 근무평가서를 그녀에게 타자기로 받아치게 했다. 근무평가서는 앞으로 직장 생활에서의 성공을 기원하며 카틀린을 훌륭한 사원으로 추천해 마지않는 문구로 끝을 맺고 있었다. 폴크스바겐의 공식 편지지는 가지고 있지 않았다. 그래서 그 대신으로 그는 자신의 명함을 근무평가서의 상단에 클립으로 끼워넣었다.

그녀는 단출한 짐만 챙겨서 문을 뒤로하고 나갔다. 과업 하나는 해결되었다. 나머지 과업을 어떻게 해결할지는 이제 생각해봐야 할 일이었다.

14. 무차별 발포 지역

엘프 99의 시청자들이 초대된 가운데 1990년의 시작을 축하하는 축제가 브란덴부르크 문에서 열렸다. 수많은 사람이 몰려들었다. 어찌나 빽빽한지 사람들 사이에 틈이라곤 없었다. 심지어 조금이라도 더 공기를 호흡하기 위해 가슴을 벌렁거리며 투쟁해야 할 정도였다.

내가 이 시대에 대해 알고 있는 모든 것은 오빠의 사진을 통해서야. 레나는 종종 이렇게 말하곤 했다. 브란덴부르크 문에서 열린 이 섣달 그믐밤 축제에서 레나의 큰오빠는 필름 세 통 분량의 사진을 찍었다. 그가 찍은 것은 호러였다. 그가 찍은 것은 자만(自慢)의 향연이 되고 만 축제에서 제정신을 차리지 못하고 있는 국민들이었다. 폭죽을 담배처럼 양 입술 사이에 물고 있는 남자들을, 불을 붙인 것도 모자라 막 윗부분이 쉭쉭거리며 타들어가고 있는 로켓 폭죽을 하늘로 쏘아 올리지 않고 마냥 손에 들고 있는 청소년들을, 변종 과일처럼 나무에 대롱대롱 매달려 있다가 나뭇가지가 부러지는 바람에 다른 이들을 함께 휩쓸며 보리수 아래로 겹겹이 떨어

420

지는 사람들을, 아무리 사람들을 등에 태워도 한이 없을 것만 같은 장벽의 꼭대기를 굳건히 지키고 있는 사람들을, 브란덴부르크 문의 피뢰침에 위험천만하게 기어올라가 마지막 남은 빈 한 점까지 모조리 정복해버린 무모한 사람들을, 브란덴부르크 문의 꼭대기에 서 있는 이륜전차 동상의 기사들을, 집채 높이나 되는 대형 스크린의 철골구조에 올라가 서거나 앉거나 하며 듬성듬성한 구조물을 무겁게 누르고 있는 수백의 사람을, 그 구조물이 흔들리면서 부러지고 결국 무너져내리는 장면을 그는 찍었다.

그가 찍은 것은 미쳐버린 국민이었다.

미친 짓 중 가장 심한 미친 짓은 사진으로 담지 않았다.

그래도 축제는 축제였어. 레나의 큰오빠는 생각했다. 탈선하도록 운명지어진 축제였다. 자유는 무법으로 찬양되었다. 한도라는 게 없었으므로 지킬 한도도 없었다. 단 몇 주 만에 딱딱한 단일 체제는 저 멀리로 쓸려나갔다. **아무도 우릴 막을 순 없어**의 기분은 그 무엇보다도 황홀했고 그래서 그들은 스스로를 막지 않았다. 감히 손도 댈 수 없었던 건축물은 그 신성함을 벗어야 했다. 수십 년 동안 마치 격리 수용된 환자처럼 무차별 발포 지역 안에서 가슴 시리도록 홀로 서 있어야 했던 그것에 사람들이 떼 지어 몰려들어 잠을 깨우더니 마침내 손아귀에 집어넣고 말았다.

미친 짓 중 가장 심한 미친 짓은 자정이 조금 지난 시각에 일어났다. 브란덴부르크 문의 꼭대기로 올라가 이륜마차의 말 등에 올라타 있던 사람들 중 누구 하나였다. 그들은 새해를 축하하며 샴페인을 병째 들고 마셨다. 그 26미터 아래에는 수백 명의 사람이 모여 있었다. 브란덴부르크 문의 위에 있던 사람들은 빈 술병을 높이 날렸다. 병은 높이 솟았다가 아래로 뚝 떨어졌다. 누군가를 정통으로 즉사시킬 직격탄이었다.

브란덴부르크 문의 발치께에서는 한 치의 틈도 없이 사람들이 들어차 손을 들어 올려 손목시계를 볼 수조차 없었다. 새해는 마치 풍문처럼 찾아왔다. 베레나 랑게는 누군가가 "새해를 축하해요!" 하고 외치는 것을 듣고 남편에게 "새해를 축하해요!"라고 따라 외쳤다. 마티아스 랑게 검사는 못 믿겠다는 얼굴을 하고 그녀를 쳐다보았으나 그녀는 자기도 모르면서 알고 있는 체를 했다. 자기 말이 맞다는 걸 강조하기 위해 그녀는 "1990년이 밝았어요!"를 외치며 눈을 감고 입을 삐죽 내밀며 새해의 키스를 기다리는 시늉을 했다. 그러나 남편은 그녀의 입까지 전진하지도 못했다. 다른 사람들보다 머리 하나는 큰 어떤 남자가 서 있다가 그 틈에 수지 맞았다. 그는 "그럼 제가 맡겠습니다" 하더니 베레나에게 키스했다. 베레나는 놀라 눈을 떴다. 이 축제를 위해 일부러 베를린까지 온 이 남자는 "새해를 축하합니다!"를 외쳤다. "이렇게 계속되기만 한다면 아주 좋은 한 해가 되겠네요." 베레나는 행운의 추첨에서 당첨이나 된 것처럼 기뻐하며 웃음 지었다. 마티아스 랑게 검사는 화가 치밀어 다른 곳으로 눈을 돌려버렸다. 내 베레나인데, 도대체 저 여자는 왜 만날 저러고 다니지! 저렇게 쉽게 좋아하는 티를 내다니, 아주 웃음을 펑펑 퍼주고 다닌단 말이야! 장벽이 열리던 그날, 처음 보는 남자랑 팔짱을 끼고 다니는 그녀를 건져냈을 때도 역시 마찬가지였다. 마티아스 랑게는 그녀가 이번에도 또 대화를 주거니받거니 하는 것을 들을 수 있었다. "벌써 건배한 것같이 보이네요?" 베레나가 묻자 그 남자가 대답했다. "아니요, 취한 게 아니라요, 혓바닥이 커서 취한 것처럼 들리는 것뿐이에요." "아하, 그래요?" 베레나가 재미있다는 듯 말했다. "여기 보세요!" 그 낯선 남자가 이렇게 말하자 조금 있다가 "와우!" 소리가 들렸다. 이걸 다 들어줘야 하다니, 마티아스 랑게는 민망했다. 생각 같아서는 베레나를 이곳에서 끌어내고 싶었다.

하늘에서 술병이 날아오는 것을 본 사람은 아무도 없었다. 마티아스 랑게 검사는 다른 쪽을 보고 있었기 때문에 병을 맞는 것조차 보지 못했다. 병은 회전하면서 거의 수직으로 와일드 빌리의 정수리에 떨어졌다. 베레나는 놀라 비명을 질렀다. 와일드 빌리의 눈앞이 까매졌다. 몇 초간 정신을 잃었으나 바닥으로 쓰러지지는 않았다. 축제에 들뜬 군중 때문에 쓰러질 자리가 없었다.

"무슨 일이에요?" 베레나가 놀라서 물었다.

"괜찮아요." 와일드 빌리가 말했다.

"마티아스, 당신 방금 봤어요?"

"아무것도 못 봤는데." 마티아스 랑게가 말했다.

"브란덴부르크 문 위에서 누가 샴페인 병을 던진 것 같아요." 베레나는 공포와 동정심에 휩싸였다.

"괜찮아요." 와일드 빌리는 다시 이렇게 말했으나 상황은 전혀 그렇지 않은 것처럼 보였다. 그의 눈은 고통으로 감겨 있었다. 그는 천천히 겨우겨우 덧붙였다. "내가 말하는 게 좀 이상하게 들리긴 해도 다친 건 아니에요. 혓바닥이 커서 그런 거죠."

"정말 괜찮은 거예요?" 아무래도 이상한 생각이 든 베레나가 믿지 못하겠다는 투로 물었다.

"예, 예." 와일드 빌리가 말했다. 그는 잠깐 눈을 떴으나 너무 아파서 금방 다시 감아야 했다. 여기서 빠져나가 어디에 좀 앉고 싶었다. 미칠 지경으로 머리가 아팠다.

"도와줄까요?" 베레나가 물었다.

"괜찮아요." 와일드 빌리는 이렇게 말하고 군중 속을 헤쳐나가기 시작했다. 눈을 거의 뜨지 못할 정도로 고통이 심했다. 단 한 번도 사나워본 적이 없던 그는 갑자기 화염병을 들고 브란덴부르크 문으로 돌진하고 싶

다는 생각이 들었다. 미친 나라, 우리나라는 미친 나라가 돼야 한다. 그 말은
이런 뜻으로 한 말이 아니었다. 그는 두꺼운 군중의 벽을 헤치고 계속 나
아갔다. 통증은 머리를 텅 비워 거의 아무 생각이 없이 행동하도록 했다.
그는 남보다 큰 몸집과 완력과 큰 키 때문에 항상 남에게 피해나 가지 않
을까 몸가짐을 아주 조심스럽게 해야 한다는 의무감을 가지고 있던 사람
이었다. 그러나 지금은 길을 막고 있는 사람들을 실례한다는 말도 없이
우악스럽게 옆으로 밀쳐내며 가고 있었다.

보도의 연석이 눈에 들어왔다. 사람들도 그렇게 빽빽이 서 있지는 않
았다. 연석 위에 간신히 자리를 잡았다. 쉬자. 통증이 덜해질 때까지 기다
리자. 고통으로 무릎이 덜덜 떨렸다. 통증으로 인한 구토가 몰려왔다. 몸
전체를 다 비워내고 울고 토하고 똥 싸고 오줌 싸고 싶을 정도로 심했다.
내 안에 아무것도 없으면 아프지도 않겠지, 그는 생각했다. 죽으면 오히려 가
뿐하겠다.

이렇게 그는 자신이 죽을 것이라는 걸, 지금 그리고 여기서 죽고 있
다는 걸 깨달아가고 있었다.

생각이 오락가락하다가 깜박거리더니 꺼졌다.

무차별 발포 지역에서 머리에 직격탄을 맞고 뻗다

내가 마지막 사람이군

1990

미친 나라에서 죽다.

미친 나라가 되다.

왜 미친 나라지.

그러고 나서 그는 유리 조각, 축포, 쓰레기 위로 모로 쓰러졌다.

사람들은 그가 술에 만취해서 인사불성인 것으로 여겼다. 그를 일으

켜 세우려고 하는 사람들도 있었으나 대부분은 그를 피해 옆으로 돌아가거나 그의 위로 넘어 다녔다.

레나의 큰오빠는 그를 찍고 나서야 그가 와일드 빌리임을 알아보았다. 그는 사태의 심각성을 알아차렸으나 구조대원과 구급차는 주저앉은 대형 스크린 구조물에서 와르르 떨어진 수십 명의 부상자를 치료하는 데 총동원되어 있었다. 레나의 큰오빠가 구조 대원들을 대형 사고의 현장에서 끌어내는 데 성공했을 때 와일드 빌리는 그 자리에 없었다.

다음 날 아침 레나의 큰오빠는 다시 브란덴부르크 문을 찾았다. 그는 아침 햇살을 받으며 그믐날 축제가 남긴 잔해를 찍었다. 부주의로 그만 발아래 짓밟혀버린 놀이 블록처럼 철골이 어지러이 널브러져 있었다. 파리 광장*은 종이 테이프와 유리 조각들로 뒤덮여 있었다. 유리 조각들은 수많은 사람의 발에 밟히며 산산이 부서져 있었다. 신발 바닥 밑에서 뿌드득 소리가 났다.

고물 더미 앞의 폐허, 지저분한 쓰레기와 몇 점의 핏자국, 이렇게 새해는 시작되었다.

와일드 빌리가 누워 있던 자리에 서자 레나의 큰오빠는 이제 알 것 같았다. 와일드 빌리는 일어나서 간 것이 아니라 실려간 것이다. 지나가던 사람들이 구급차를 불러와 레나의 큰오빠가 할 일을 대신해주었다.

구조 대원들이 차에 실어올린 것은 중상자였으나 응급센터에 도착해 내려놓은 것은 사망자였다. 구급차 운전사는 구급차에서 죽었다.

---

* 파리 광장Pariser Platz: 브란덴부르크 문 앞의 광장.

제 5 장
미친 나라

1. 몇십억만을 논하라

알프레트 분추바이트는 잘해나가고 있었다. 전환기라는 것은 한번 이해하기만 했다 하면 세상에서 제일로 간단한 일이었다. 이젠 재미나기까지 했다. 협의회라든가 직접민주주의, 시민운동 같은 것 때문이 아니었다. 그것들은 일하기 싫어하는 이들을 위한 것이었다. 사람들은 이제 경제에 대해 이야기하기 시작했고 그는 경제를 잘 알고 있었다.

그는 머릿속에서 **애용 단어 목록**을 써 내려가기 시작했다. **능률**, 좋은 단어였다. 눈을 감고 그 단어를 생각하면 마치 가위처럼 종이를 날카롭게 동강 내는 날이 잘 선 칼이 보였다. **특별 전권대사**도 좋은 말이었다. 눈을 감고 그 단어를 생각하면 서류 가방을 손에 들고 알프레트 분추바이트 앞에서 세 명의 부서장과 활기차게 담화하는 베르너 슈니델이 보였다.

베르너 슈니델의 편에 서기로 한 것은 잘한 일이었다. 좀 별난 모습을 하고 있기는 하지만 그의 뒤에는 자본이 버티고 있었다. **특별 전권대사**, 그것은 **제국보호대사***나 추밀원 고문과 같은 지위를 가지고 있었다. 자기

---

* 1939~1945년 독일제국의 점령하에 있던 체코슬로바키아의 일부 지역(보헤미아와 모라비아)을 관할하는 제국보호기관의 수령.

편으로 끌어들이길 잘한 것이다. 그는 베르너 슈니델이 순전히 자기의 주선을 통해 만났던 사람들을 쭉 열거해보고 그를 존경하지 않을 수 없다는 결론을 내렸다. 이제 겨우 열아홉 살인데 교묘하게도 실을 쓱쓱 잘 짜나가고 있단 말이다. 처음부터 일에 합세하길 잘했어. 알프레트 분추바이트는 생각했다. 비록 조연이긴 하지만 그래도 나를 기억해줄 거야. 날 소홀히 하지 않을 거야.

그의 당이 특별 당대회를 통해 헌법에 명시된 '지도적 역할'을 공식적으로 포기하고 나서 알프레트 분추바이트가 곧바로 내린 결론은 탈당이었다. 그는 월요일 오후 3시에 열린 간부회의에서 옷깃에 달려 있던 당의 배지를 후벼내어 책상에다 던졌다. "가지려면 가지시오. 스스로 권력을 내놓는 당은 더 이상 내가 있을 당이 아니오. 30년이 넘도록 진실한 당원이었는데 이제 와서 이렇게 배신을 당하다니!"

오늘의 이 액션, 특히 '당 배지를 책상에다 툭 던지기'는 미리 연습한 것이었다. 그 쪼끄만 물건은 바닥 같은 데 떨어지지 말고 책상 한가운데 지점에 착륙해야 했다. 일은 성공적이었다. 세번째로 말을 반복했을 때는 조금 창피한 생각이 들기는 했다. 그러나 아무것도 모르고 있던 관중들은 창피하기보다 놀랄 뿐이었다. 정말 멋들어지게 잘해냈다. 유디트 슈포르츠도 증인이고 말이다.

객실부 부장은 몇 주 전부터 회의 때면 어깨에 두르고 들어오던 노란 스웨터를 벗을 때가 되었다. 이제 그 스웨터 아래에 뭐가 있는지 보여줘야만 했다. 쳇! 아직도 있구먼! 알프레트 분추바이트는 속으로 승리의 환성을 터뜨렸다. 유디트, 내가 제일 처음인 것 봤지? 나야말로 오늘의 스타요, 개척자요, 아방가르드요, 넘버원이야!

게오르크 베슈케는 핀으로 된 당 배지를 옷깃에서 손쉽게 떼어내고 나서 가볍게 말했다. "그동안 내놓고 다니기가 대단히 싫었습니다." 그는 '대단히'라는 단어를 잘난 체하듯이 '대~단히'라고 강조하며 발음하며 요 사이 눈에 띄게 자주 입에 담고 있었다. 드레스덴 은행 손님한테서 주워 들은 게 틀림없었다. 알프레트 분추바이트는 그에 반해 '가비다-알'이라 고 했다. '카피탈(Kapital, 자본)'이 가지고 있는 파열음의 날카로운 모서 리를 입술로 찍어내지 않고 늘어지듯 순하게 굴려내어 가족적이고 지루할 정도로 친숙한 그 단어의 면모를 드러내었다. 영업부장은 '자유경제'라는 말을 즐겨 말 속에 여기저기 뿌리고 있었으나 그것은 아무런 스타일도 우 아함도 없고 그저 꽉 막힌 모범생이나 하는 짓처럼 보였다.

영업부장도 마찬가지로 의자 등받이에 걸어둔 겉저고리에서 당 배지 를 떼어냈다. "당원이냐 아니냐가 아니라 능력이 좌우하는 겁니다." 그가 말했다. "자유경제니까 말입니다." 그리고 게오르크 베슈케의 발언과 일 란성 쌍둥이라고 할 만한 발언을 덧붙였다. "저 또한 그동안 달고 다니기 싫었습니다." 그러더니 배지를 바지 주머니에 밀어넣었다.

이것이 알프레트 분추바이트의 취향대로 흘러간 첫번째 회의였다. 이 대로 두 번만 더 가면 저번에 유디트 슈포르츠와 멈춘 곳에서부터 다시 전 진할 수 있을 것이었다.

당 배지가 없으니 알프레트 분추바이트가 생각했던 것보다 일은 더 쉽 게 진행되었다. 다른 직원들보다 20년은 더 나이 먹고 50킬로는 더 나가 는 그는 그것으로써 권위를 세울 수 있었다.

그는 현대적이고 기업가스럽게 들리는 '대화의 기술'을 연습했다. 우리 는 고객에게 최상급의 안락함을 드리는 현대적인 서비스 기업입니다. 현대적 으로 들리지 않는가. 이성적이고 객관적이며 자신감이 있어 보였다. 그가 직접 작성한 문구였다. 옛날에는 이랬다. 인터호텔 체인의 주요 부분을 이루고 있는 팔라스트 호텔은 연간 850만 서독 마르크의 외화 매출액으로 인민 경제계획의 달성에 중요한 몫을 담당하고 있다. 이것도 그가 직접 지은 것이었다. 이거야말로 팔방미인이 따로 없었다.

그는 이 글짓기가 재미있었다. '전환기'도 썩 괜찮은 말이었다. 이젠 모든 것이 거꾸로 돌아가고 있었다. 그는 너무너무 '죽도록' 신이 났다. 나는 상관없으니 전환기는 언제 와도 좋다. 쓰러질 때까지 전환해라. 하지만 그때 당시 맨 처음으로 '민주주의'와 '우리는 민중이다' 따위를 가장 시끄럽게 외치던 자들은 지금 힘들이 쭉 빠져 있다. 그러나 그는 아니다. 그는 시류를 타고 있다. 지금 막 시작했는데! **전환기**, 이 얼마다 대단한 말이냐! 이 얼마나 대단한 경험이냐! 지난번 직원총회 때는 초조한 듯 책상을 달달 두드리며 외쳤다. "근로자 경영위원회 오라고 해요! 이제는 좀 제대로 된 근로자 경영위원회가 있어야지!" 그는 4백 명의 직원이 지켜보는 앞에서 중대한 과업을 떠맡지 못해 몸이 달아 있는 것처럼 멋진 쇼를 연출해냈다. 노동조합을 그의 공식적인 이름인 FDGB로 부르면서 눈을 감고 이 약어를 말할 때면 그의 눈앞에는 붉은 노조원 명단집과 울긋불긋한 연대 쿠폰이 보였다. 노동조합은 요사이 진짜 노동조합이 되기 위한 준비를 하고 있었다. 그는 그들에게 조금씩 독을 흘려넣어야만 했다. 근로자 경영위원회도 그래서 부른 것이었다. 그들이 제대로 일을 시작하기 전에 그는 마음에 안 드는 인간들을 모두 쫓아내고 사회공익적이기는 하나 사업적으로 책임을 지지 않는 모든 것을 폐지했다. 근로자 경영위원회 건은 아주 좋은 아이디어였다. 그것은 작센링의 헬프리트 슈라이터에게 배운 것이었다.

이제 그는 다시 이번 월요 임원회의에서 유디트 슈포르츠에게 점수를 따려고 생각하고 있었다. 슈니델 건이었다. 식사 전에 물을 마시지 말고 탄산이 든 것을 피하라는 그의 충고는 신통했다. 알프레트 분추바이트는 슈니델의 원칙을 행동 규범으로 삼고 난 후로 더 이상 가스를 생산하지 않았다. **원칙**과 **행동 규범**이라, 알프레트 분추바이트는 생각했다. 절대 입 밖에 내지 말아야지, 안 그러면 다 망치게 된다.

사람들이 둘러앉았다. 유디트 슈프로츠의 탈당은 그의 탈당보다 1주일 늦게 이루어졌다. 식당부 부장과 기술부장은 그의 권좌를 위협할 야망도 없었고 그럴 인물들도 못 되었다. 그들은 그저 열심히 피리만 불어댈 뿐이었다. 식당부 부장은 독일 기독민주당(CDU)*에 입당했다. 그는 2년 전 성탄절에 예배 참석차 교회에 가다가 미끄러진 사고를 노동법에 의거한 출퇴근 사고로 인정받기 위해 뻔뻔하게도 성탄절 예배가 '사회적 활동'이라고 우긴 적이 있었다. 그리고 기술부장은 자유민주당(FDP)**에 입당했다. 다 비겁한 놈들이다. 사회주의통일당(SED)에 들지 않으면 안 되었을 때 곧바로 납작 엎드리며 피리 불던 그들이 아니었던가. 오직 의전부장만 사회주의통일당-민주사회당(SED-PDS)으로 이름을 바꾼 사회주의통일당에 아직 당원으로 남아 있었다. 그는 탈당을 하기에는 너무 나이가 들었고 당의 배지도 달고 있지 않았다. 하긴 여태껏 한 번도 달고 다닌 적이 없었다. 그랑세뇌르 셰프 뒤 프로토콜Grandseingneur Chef du protocole——당원으로 있는 것이 바람직하게 생각되던 예전에는 당 배지를 달고 있지 않더니만 이제 당원이 아닌 것이 옳은 일이 되니 오히려 탈당도 안 하고 있다. 저 꼭두각시는 아마 한 번도 당원으로서의 유리함이

---

* Christlich Demokratische Union Deutschlands: 독일(구 서독) 양대 정당 중 하나로 1945년 결성되었으며 중도 보수적 성향을 가지고 있다.
** Freie Demokratische Partei: 경직된 사회보장보다는 자유주의 경제, 자유 경쟁을 기치로 하는 정당으로 1948년 결성되었다.

어떤 것인지 자문해보지도 않았을 것이다.

"새해 초였던 지난주에 우리의 가장 중요하신 손님과 개인적으로 이야기를 나누어보았습니다." 알프레트 분추바이트가 말을 시작했다. "슈니델 씨는 부친 되시는 폴크스바겐 그룹의 에른스트 슈니델 회장님께서 경제부 장관과의 회담에 초청되셨다는 소식을 전해줬습니다. 에른스트 슈니델 회장님의 예약은 받았습니까?"

질문은 객실부장을 향한 것이었다.

"1월 17일에서 18일까지 슈니델 회장의 예약이 완료되어 있는 상태입니다." 객실부장은 훌륭한 능력을 썩히며 지루한 나날을 보내고 있는 부관(副官) 스타일로 따분해 죽겠다는 듯이 말했다. 슈니델 이야기만 나오면 언제나 저렇게 퉁명스러워졌다. 분추바이트로선 자기가 가장 아끼는 손님의 지위를 가지고 그를 괴롭힐 이유가 하나 더 늘어났다.

"말씀드렸다시피 저와 베르너 슈니델 씨 간에 있었던 장시간의 담화에서 슈니델 씨는 자신이 맡은 임무의 범위를 다시 한 번 설명했습니다. 사소한 일이나 하려고 그 사람이 여기 있는 게 아니지 않습니까? 그분은 동독 경제의 재편성을 위해 꼭 필요한 핵심 인물, 바로 핵심 인물입니다. 세계기업을 위해 국민경제를 조사하고 있는 사람이란 말입니다. 그의 과업이 성공하느냐 안 하느냐는 폴크스바겐이 참여하느냐, 한다면 어느 정도로 하느냐에 달려 있습니다." **참여하다**, 다행히 제때 생각이 나주었다. 애용 단어 목록에 추가해야겠다고 마음먹었다. 대강의 법칙은 이랬다. 이전에 **착취하다**와 **착취**가 쓰이던 곳에 이제는 **참여하다**와 **참여**를 써야 했다.

"그러나 자유경제에는 거저먹자는 사람들이 많이 있소. 또는 뭐, 폴크스바겐의 도약을 시기하는 기생충들이라고 합시다. 산업 스파이 분야가 얼마나 광대한지, 게다가 그 수법도 다양합니다. 그러니까 우리 슈타지는 거기다 대면 부모 없는 애송이란 말이오. 전화 도청, 지향성 마이크로폰, 밀착 감시, 쓰레기통 뒤지기, 가택 침입, 심지어 옷에다가도 도청 장치를 다는 수도 있어요. 이미 세 번이나 에른스트 슈니델의 의복에서 도청 장치가 발견되었지요. 제가 보기에 우리 슈니델 씨, 즉 베르너 슈니델은, 에…… 그는 내가 다른 사람보다 좀더 가까이 알고 있지요." 아아, 멋들어진 말이다. "그는 정식 경영인에 비해 조금 더 익명으로 활동하기 쉽기 때문에 여기 있는 것이오. 사람들이 자신을 그리 대단치 않게 여기는 것을 이용하고 있지요."

"바로 거기에 키포인트가 있다고 봅니다." 객실부장이 맞장구를 치듯 말을 막으며 자랑스럽게 주위를 둘러보았다. 샘이 났던 그는 서독에서는 열아홉 살짜리라도—뱃사람식으로 말해—선장의 지휘봉을 쥘 수가 있다는 사실에 아직도 적응을 하지 못하고 있는 이들 앞에서 잘난 척을 하고 싶었다.

"그래서 슈니델 씨, 즉 베르너 슈니델 씨는 부친 앞에서 자신이 우리 호텔에 머물고 있다는 어떠한 표시도 내지 말라는 부탁을 했습니다. 부친이 도청을 당하고 있다면 아들의 익명성도 위험해지기 때문이죠."

사람들은 곰곰이 생각을 해봐야 했다. 알프레트 분추바이트는 그들에게 필요한 만큼 생각할 시간을 허용해주었다.

"그 말은 그의 부친 앞에서 아들이 전혀 여기 투숙하고 있지 않은 것처럼 행동하라는 말입니까?" 유디트 슈포르츠가 물었다.

"유디트, 바로 맞혔어요." 알프레트 분추바이트가 대답했다. 그리고는 객실부장을 보았다. "아들 슈니델 씨와 부친 슈니델 씨라고 말하는 것 자체가 벌써 틀렸소."

"왜요?" 영업부장이 물었다.

"대답해주시겠소?" 알프레트 분추바이트가 객실부장에게 물었다. 당신들은 초등학생이나 다름없어, 알프레트 분추바이트는 자신이 둔 한 수에 만족하며 생각했다. 우등생이 바보를 가르치는 게야.

그러나 객실부장은 고개를 좌우로 흔들며 왜 아들과 부친이라고 말하는 게 잘못된 것인지 말하려고 하지 않았다. 유디트 슈포르츠가 객실부장 대신 나섰다. 그녀는 그의 편으로 붙고 있었다. 그래, 착하지, 아이야.

"그거야 당연한 일이죠," 그녀가 말했다. "대화가 도청되었는데 거기에 부친 슈니델 씨라는 말이 나오게 되면 그건 아들 슈니델이 있다는 얘기가 되죠. 그러면 그 경제 슈타지들이 갑자기 아들에게 관심을 갖게 될 거고요. 따라서 결론적으로 그의 익명성과 전체 과업이 위험해집니다."

"와, 꼭 존 르 카레John le Carré의 소설 같네요." 기술부장의 말이었다. "도청기는 어디서 발견되었습니까?"

"보통 양복저고리 깃 안쪽에 있었소." 알프레트 분추바이트가 차갑게 말했다.

그러자 영업부장이 손가락 두 개로 자기의 저고리 깃을 훑었다. 저게 지금 뭐 하는 짓이야? 알프레트 분추바이트가 생각했다. "아킴, 지금 당신이 도청당하고 있을지도 모른다고 생각해서 그러는 거요?" 기가 막혀 그가 물었다. "당신은 슈니델 씨처럼 중요한 인물도 아닌 것 같은데."

"죄송합니다." 자기 행위의 어이없음을 눈치 챈 영업부장이 불에 덴 것처럼 화들짝 손을 내렸다.

이어지는 민망한 침묵을 이용하여 새로운 화제를 꺼낸 이는 게오르크 베슈케였다. "제가 부친 슈니델…… 그러니까 에른스트 슈니델 씨에게," 그는 자기 말을 정정한 다음 계속했다. "아드님 앞으로 되어 있는 청구서를 처리해달라고 요청해도 되겠습니까? 여태껏 쌓인 것이 1만 5천 마르크 이상 됩니다. 그런데 아직 단 한 푼도……"

"쇼르슈,* 지금 청구서 얘기는 하지 마시오." 알프레트 분추바이트가 말을 가로막았으나 객실부장은 감히 말대답을 했다.

"아니요, 청구서 얘기는 해야 하겠습니다. 이건 우리의 모든 영업 방침에 지극히 위배되는 일입니다! 늦어도 1만 마르크가 되면 중간 결산을 하게 되어 있습니다! 그런데 제 앞엔 아무것도 없습니다. 신용카드 번호도, 지불 보증서도……"

다시 한 번 객실부장의 말을 끊으려는 알프레트 분추바이트의 두번째 시도는 조금 더 성공적이었다. "슈니델 씨가 모든 면에서 특이한 손님이라는 것은 나도 인정하오. 그렇지만 뉴스는 보고들 있는 거요? 뉴스에서 거론되는 숫자들을 들어본 적이 있는 거요? 거기선 몇십 억이 왔다 갔다 하고 있소. 몇백만, 몇억 따위는 끼지도 못해요. 오직 몇십억 단위만이 얘깃거리가 되오. 슈니델 씨가 바로 그런 판에 끼어 있단 말이오. 그런데 당신은 그깟 돈 몇 푼을 가지고 이러니저러니 하고 있소. 쇼르슈, 제발 부탁이오. 지금 바깥세상이 어떻게 돌아가고 있는지 제발 정신 좀 차리시오."

아버지 같은 충고였지만 또한 거만하기 짝이 없는 충고였다. 유디트도 듣고 있을까? 듣고 있었다.

"알프레트," 영업부장이 말을 꺼냈다. "내가 보기에 당신이 슈니델 씨를 너무 과대평가하고 있을지도 모른다는 생각이 드는데……"

대담하다, 대담해! 알프레트 분추바이트가 생각했다.

"당신이 마침 우리의 가장 중요한 손님이라는 말을 꺼냈으니 말인데……"

---

* 게오르크Georg를 영어식 또는 프랑스어식으로 하되 독일식 악센트를 섞어 발음한 것이다.

"그럼 아니란 말이요? 그 말고 다른 더 중요한 손님이 누구요?"

객실부장은   영업부장은

"드레스덴 은행 사람들"   "웨스트 엘비 은행 사람들"

이라고 동시에 말했다. 두 사람은 서로를 쏘아보았다.

드레스덴 웨스트 엘비 은행은 은행은 급속한 성장률을 전통 깊은 금융기관으로서 보이고 있으며 전국에 지점망이 높은 흑자 경영으로 널리 퍼져 있으며 뚜렷하게 높은 더 많은 지명도와 이윤을 시장점유율을 내고 있습니다. 가지고 있습니다.

"그러면 내가 얘기 하나 할까요." 동시에 서로 목소리를 높이느라 말의 내용을 잘 전달하지 못한 두 싸움닭 사이에 끼어들어 사태를 수습하며 알프레트 분추바이트가 말했다. "난 이 두 은행 손님들로 인해 불러들인 사람들이 맘에 들지 않아요. 지난주에 어떤 청년을 엘리베이터에서 끌어내린 적이 있었는데 마치 알바니아 불량배 같은 차림이었소. 위층으로 가려고 하기에 무슨 일 때문이냐고 했더니 드레스덴 은행에 간다고 하잖소. 기술자로서 독립하려고 하는데 전화가 없기 때문에 무선 휴대전화를 마련할 돈을 빌리러 가는 거라고 합디다. 드레스덴 은행이 여기서 하는 일이란 바로 이런 것들이오. 그런데도 우리의 최고 고객이란 말이오? 슈니델 씨, 베르너 슈니델 씨의 활동 상황을 나도 조금 구경할 기회가 있었소. 그가 지난해 성탄절 이전에 만난 사람들이 어떤 사람들인지 알아요? 대단합디다. 다른 사람 같으면 반년이나 기다려야 할 인사들을 그는 단 1주일 만에 만나더란 말이오. 지금은 출장 활동이 다소 줄었지만 프로젝트 구상 중에 있는 것 같소. 그렇지만 한 가지는 내가 확실히 말할 수 있소. 그는 무선 휴대전화용의 소액 대출 건을 처리하고 있지는 않다는 거요."

"아마 그럴지도……" 영업부장이 조그맣게 대꾸했다. "하지만 그런

은행 뒤에는 자본이 버티고 있질 않습니까!"

"그것 또한 착각 중 하나요." 알프레트 분추바이트가 활기에 가득 차서 말했다. 그는 할 수만 있다면 다들—유디트 슈포르츠만 빼고—내보내고 싶을 정도로 힘이 가득 넘쳐났다. 그렇지만 지금은 일단 이 은행 숭배자 두 사람을 쏴서 거꾸러뜨릴 때였다. 땅으로 꺼지도록 아주 단단히 망신을 주리라. 그러고는 그 위에 모래를 뿌리는 거다. 오줌을 갈기는 거다. 그는 생식기적인 활동이 당기기 시작했다.

"은행이 돈을 가지고 있다는 것도 착각이오. 대체 뭘 믿고 그렇게 은행을 신뢰하는 거요? 돈이 필요하면 은행으로 가니까 모두들 은행은 돈이 많다고 생각하고 있소." 여기서 한번 쉬어준다. "그런데 은행의 돈이란 누구 돈이요? 그걸 한번 생각해본 적이 있소? 그 돈은 은행 돈이 아니라 은행에게 돈을 갖다 바친 사람들, 그러니까 보통 예금주들의 것이오. 그들이 모두 돈을 도로 찾겠다고 하면 은행에는 한 푼도 없는 셈이 되는 거요." 두번째로 쉬어준다. "그에 비해 폴크스바겐은 자동차를 만들어 팔고 있소. 이자를 내고 있으니 그들은 은행에도 이익을 가져다주고 있는 거지요. 이렇게 볼 때 당신이 좋아하는 웨스트 엘비 은행의 돈은 결국 폴크스바겐의 돈이라고도 할 수 있소. 가능한 얘기지요."

다들 할 말이 없었다. 침묵하는 게 당연하겠지. 더 이상 무슨 이러쿵저러쿵이 소용 있겠어? 어쨌든 경제가 실제로 어떻게 돌아가는지 분추바이트 자신도 한 번 더 생각하게 하는 계기는 되었다.

그런 다음 그는 회의를 해산했다. 그는 만족에 겨워 홀로 회의실에 남았다. 이제 한 번의 회의만 남았군, 유디트. 옛날보다 훨씬 좋았다. 그의 성기가 발기했다. 정말로 그랬다. 회의로 인해 발기가 되다니, 여태껏 그래본 적이 없었다. 이것이 모두가 말하던 전환기라는 거야, 그렇게 대단하다는 전환기. 그러자 아직까지 한 번도 사용해보지 않았던 단어가 나왔다. 그도 어쩔 수 없었다.

이거야 미치겠군!

2. 진짜 슈니델 (1)

알프레트 분추바이트는 호텔 로비에 서서 기다렸다. 그는 숭배의 가장 최상급인 과시적 기다림의 형식을 갖추고 기다리고 있었다. **모두들 여길 보라고! 내가 기다리는 사람은 그럴 만한 가치가 있는 사람이야!** 그가 맨 마지막으로 기다렸던 사람은 발렌틴 아이히였고 그 이후로 발렌틴만큼 대단한 인물을 기다릴 기회가 없을 것만 같은 불안감이 들었다. 자신의 봉사심을 바칠 거물이 더 이상 나타나지 않을까 봐 두려웠다. 하지만 그의 이런 생각은 틀린 것이었다. 그는 마침내 한 사람을 찾았고 그 한 사람이란 에른스트 슈니델이었다.

베르너 슈니델 또한 에른스트 슈니델을 기다리고 있었다. 그는 **비밀스런 기다림**의 자세를 취하고 있었다. 그는 호텔 로비의 가죽 소파에 앉아서 『프랑크푸르트 알게마이네 차이퉁』을 뒤적였다. 고개를 들면 호텔 입구와 프런트가 보이게 되어 있었다.

게오르크 베슈케의 기다림은 알프레트 분추바이트의 분류에 의거한다면 **곁다리적인 기다림**이었다. 그는 자신의 사무실에 앉아서 전화를 하고 있었다. 프런트 직원에게는 에른스트 슈니델이 도착하면 곧바로 연락을 주도록 일러놓았다. 게오르크 베슈케가 보기엔 부자간의 숨바꼭질 놀이가 아무래도 심상치 않았다. 도청 장치가 달린 의복이나 지향성 마이크로폰 같은 것을 그는 믿지 않았고 마음속 깊은 곳에선 전권대사에 대한 믿음은 거의 없어지고 있었다. 게오르크 베슈케는 이 작당질을 가까이서 들여다보고 싶었다.

에른스트 슈니델은 특별 제작된 아우디 A8을 타고 21시 12분에 도착했다. 알프레트 분추바이트가 눈짓을 하자 입구 도어맨이 문밖으로 달려나가 문을 활짝 열어젖혔다. 에른스트 슈니델에게는 거의 짐이 없었다. 서류 가방 하나만을 들고 있었고 그 서류 가방을 손에서 놓지 않았다.

알프레트 분추바이트는 양팔을 활짝 벌리며 환대해 손님을 맞았다. 입이 찢어져라 웃는 바람에 얼굴 살이 밀려 눈이 새우 눈이 될 지경이었다.

에른스트 슈니델은 신하들을 우르르 몰고 다니는 것을 좋아하지 않았다. 그는 눈치가 빠르고 똘똘하며 부르면 곧바로 달려오는 직원을 원했다. 그가 아침에 손뼉을 딱딱 치며 "로마를 건설해라!"라고 외치면 저녁에는 로마가 거기 서 있어야 했다. 알프레트 분추바이트가 그와 악수를 하며 "슈니델 씨![1] 뵙게 되어서 반갑습니다![2] 어떻게 지내십니까?"하고 물었을 때 그는 시간이 아까울 뿐이었다. 그래서 에른스트 슈니델은 심심하니 시간이나 때워보자 하는 생각으로 알프레트 분추바이트의 말 한마디마다 꼬리말을 달아보았다.

1. 내 이름은 내가 안다. 그러니까 당신은 나한테 와서 내 이름을 말할 필요가 없어.

2. 내가 당신이 가장 좋아하는 영화라도 된다는 거야?

3. 그건 내 주치의가 알아서 할 문제야.

에른스트 슈니델은 유연한 신체를 가지고 있었지만 딱정벌레차를 타고 돌아다니며 편안함을 누릴 수 있는 사람은 아니었다. 그는 뛰어난 춤꾼인 데다가 모험가였다. 크고 파란 눈과 큰 입, 눈에 띌 정도로 앞으로 선 귀를 가진 그의 광대 같은 얼굴 때문에 사람들은 그를 과소평가했다. 결정적인 일이 걸려 있다면 정말로 질기디질긴 녀석이 될 수 있다는 것을 에른스트 슈니델은 스스로도 알고 있었다. 그렇지만 그건 앞서 말한 대로 그런 일이 있을 때뿐이었다. 자신을 일의 노예라고 생각하지 않는 그는 이따금씩 양어깨에 걸쳐진 의무를 유쾌하게 던져버리기도 했다. 호텔 바에서 환영의 술을 한잔 사드리겠다고 하는 알프레트 분추바이트의 제안을 그는 잘라버렸다. 유감천만하게도 시간이 없습니다. 세상의 모든 분추바이트는 그런 것쯤 다 이해하고 있을 것이다. 그러면서 에른스트 슈니델은 자신이 **항상** 시간이 있다는 것도 알고 있었다. **내게 중요한 것을 할 시간.** 쉰이 넘은 톱 매니저를 위한 그 밖의 다른 모든 생활신조는 폐색증만 일으킬 뿐이야, 이렇게 에른스트 슈니델은 스스로에게 일렀다.

알프레트 분추바이트와는 단지 숙박부를 기입하면서 어깨너머로 대화했을 뿐이었다. 몇 주 전까지 프런트 창구에서 터져나온 서류와의 싸움에 비하면 지금의 절차는 담담하게 죄를 참회하고 형의 감면을 받는 행위와 다름이 없었다. 그는 사인을 하고 그 대가로 방 열쇠를 받았다. 그는 알프레트 분추바이트에게 작별 인사를 하고 밤인사를 한 다음 그를 홀로 놔두고 가버렸다.

그가 엘리베이터를 향해서 걸어가고 있을 때 점근선의 곡선을 그리며 베르너 슈니델과 객실부장이 그의 뒤를 따랐다. 그들은 거의 동시에 에른스트 슈니델이 등 뒤로 풍기고 있던 향수 구름에 도달했다. 그러나 게오르크 베슈케가 에른스트와 베르너 슈니델을 따라 엘리베이터에 타려고 하자 베르너 슈니델이 앞을 막으며 작게 속삭였다. "집안일입니다."

알프레트 분추바이트는 이 광경을 지켜보고 있었다. 이 게오르크 베슈케란 녀석이 그 얼마나 믿지 못하겠다는 눈을 하고 엘리베이터의 층수 표시를 째려보는지를. 엘리베이터는 중간에 쉼 없이 바로 에른스트 슈니델의 방이 있는 8층까지 올라갔다. 엘리베이터는 베르너 슈니델의 주니어 스위트룸이 있는 3층에 서지 않았다. 정말 부자간이 대화를 나누고 있는 것처럼 보였다.

알프레트 분추바이트가 게오르크 베슈케에게 아는 척을 하며 다가와 자신의 악의를 마치 위로처럼 들리게끔 내비치며 고소해했다.

"아들이 자네를 물먹이던가? 난 아버지한테 물먹었네."

게오르크 베슈케는 그런 빈정거림을 상대할 정신이 아니었다. 감시 장치를 제거하도록 시킨 일이 죽도록 후회되었다. 그건 기계 때려 부수기 운동*이나 마찬가지였다. 객실 몇 개는 도청 장치를 그대로 놔뒀어도 될 뻔했는데. **감시 경비원도 내보냈고**…… 어차피 그대로 데리고 있을 수는 없었다. 특히 요새 같은 때에는. 하지만 단추들을 모조리 주르륵 뽑아버리다니! 옛날이라고 다 나쁜 것만은 아니다.

3. 진짜 슈니델 (2)

가방 안에 뭐 좋은 것이 들어 있나 보자. 오늘 저녁 읽을거리. 10만 달러짜리 책이다. 요새 같은 환율이라면 20만 달러짜리라고 하는 편이 낫겠다. 살펴봐. 투명 비닐지, 스프링철, 목질이 섞이지 않은 종이. 맛있겠는데. 34페이지. 이걸 **슬라이드**라고 부르더군. 컨설턴트의 말문을 막히게 하는 건 간단해. 영어를 섞어 쓰지 못하게 금지하면 되지.

---

* 일명 러다이트 운동으로 1811년 자신들의 일자리를 빼앗은 기계들을 파괴하던 영국 노동자들의 노동운동.

442

여섯 명의 컨설턴트가 경영학적인 연금술의 지식을 다 끌어모아 3주를 들여 이 서른네 장짜리 슬라이드를 만들었다. 포어캐스트, 인터뷰, 익스퍼트 오피니언, 시나리오 애널리시스, 코스트 베네핏 어세스먼트, 피저빌러티 스터디 등등. 그들은 보스턴 컨설팅에서 나온 사람들이었다. 새로운 일을 시작하려고 할 때는 그들을 불러다 썼다. 그들은 이것을 전략적 방향의 재설정이라고 불렀다. 매킨지는 경비 절감 쪽 전문이었다.

10만 달러짜리 책, 한번 훑어보지 그래.

채 서른네 장이 안 되는데. 각 장마다 무슨 그래픽이나 통계, 막대기, 원, 상자, 화살표 같은 게 그려 있군. 읽을거리를 달랬지 누가 색칠공부책을 달라고 했냐고 얘기해야 돼. 하하!

여섯 명이 3주 동안 여기에 매달렸다. 각자에게 최소한 4천 마르크는 줘야 한다, 하루당 말이다! 단연코 그들 중에는 그 두 배를 받는 이도 한두 명 있을 것이다. 또는 그 이상을 줘야 할 수도 있다. 이 컨설턴트들은 싸구려 장난감이 아니다. 이들의 임무는 1분의 오차도 없이 정확히 3주후, 오직 너 하나만을 위해 네 앞에 종이 한 장을 내밀어 네가 내일 그 장관과 만났을 때 아무것도 모르는 말더듬이가 되지 않도록 해주는 데 있다. 그 여장관은 한때 모스크바에도 있었으니 나중에 분명히 뭔가가 되긴 될거야. 우두머리들을 한꺼번에 30명이나 자기 밑으로 끌어들이겠다고 고집을 피운 것은 그녀로선 좀 역부족이었지. 자리에 올라 과욕을 부리는 것은 신참내기들이 번번이 저지르는 실수야. 하지만 우리 쪽 경제부 장관을 떠올려보면 뻐꾸기 한 마리가 가면 또 다른 뻐꾸기가 오고, 과욕 같은 것과는 애당초 상관이 없지. 지금 시간이 21시 32분. 지금으로부터 90분 후면 너는 20만 달러짜리 책을 마치고 난 후일 거다. **동독의 변화—폴크스바겐의 기회: 현재의 상황과 바람직한 전략 제안.** 말라빠진 제목이다. 먼지가 풀썩일 정도로 말라비틀어진. 이럴 때 맥주가 없으면 안 되지. 그런데 지금 미니바에서 맥주를 하나 꺼내 먹는다면 잠이 올지도 몰라. 마지막 10페이지를 남기고 잠들어버린다구!

에른스트, 너무 그러지 마.′3만 달러짜리 맥주라고 생각하면 되지 뭐. 그러자 다른 목소리가 말했다. 이런 호사가 또 어딨겠어.

4. 진짜 슈니델 (3)

그 여자를 아가씨라고 부르지 마. 아가씨가 아니잖아. 너보다 겨우 네 살 젊을 뿐인데. 이 초청은 도대체 뭐냐. 주사위는 이미 던져졌는데. 너희 나라에선 사람들이 자꾸만 도망치고 있고 본*에선 나 몰라라 하고 있어. 본은 도와주지 않아. 싸늘한 시선만 보내고 있을 뿐이지, 그것도 아주 얼음같이 싸늘한. 본에서는 말하길, 전부 내놓든가 그게 아니면 아예 손대기도 싫대. 그러면 너희들은 이를 악물고 끝까지 버텨보겠지. 하지만 결국은 백기를 흔들게 되고 말 거야. 너희 나라가 본의 차지가 되고 나면 그때 비로소 돈이 나올 거다. 너희 나라는 나무를 향해 정면 돌진한 거야.

그 여자를 아가씨라고 부르지 마.

지금이 어떤 판국인지 그건 그녀도 알고 있겠지. 우리를 부른 걸 보니 수레를 진흙탕에서 끌어내보겠다는 심산인 거야. 그런데 지금 보니 생각과는 영 다르게 일을 풀어가고 있네. 초기 지원 혜택에 대해 이야기하고 있잖아. 일이 돌아가는 형상을 파악하고 있는 거야.

---

* 본Bonn: 독일 통일 시까지 서독의 수도였다.

그런데 이 여자가 공산당원이라고? 믿을 수가 없어. 이전에 그네들의 경제라고 하는 것은—정말 말하기도 민망하군. 서독의 기업가 아저씨, 아저씨네도 이렇게 커다란 터빈 있어요? 아저씨, 아저씨, 이건 우리가 조립한 마이크로칩인데요, 제대로 잘 만든 건가요? 그런데 그녀는 다르다. 계획경제나 여기 우리가 이렇게 둥그렇게 모여 앉은 것에 대해 농담하지 않는다. 여기에 들어와 회의 책상을 보니—순순히 인정해!—모두가 같은 자격으로 참여하는 원탁회의가 열리겠구나 하는 생각이 들었겠지. 하지만 틀렸어. 협의회 얘기는 나오지도 않아. 그녀로서는 그런 것 필요하지 않아. 옷 입는 법도 그녀는 알고 있는걸. 투피스 정장을 입었어. 여자들이 비즈니스 정장을 입고 앉아 있는 곳이라면 네가 기관단총이라도 들고 들어갈 수 있다는 걸 알고 그러는 것처럼 말이야. 네가 제일로 싫어하는 게 그거잖아. 그런 여자들을 계획적으로 네 주위에서 제거해나가지. 비즈니스 정장이나 입고 다른 곳에 가서 출세해라. 에른스트 슈니델이 칼자루를 쥐고 있는 한 폴크스바겐에서는 안 돼. 한데 이 여자는? 옷차림, 머리 모양, 화장, 무엇 하나 흠잡을 데가 없군. 웃을 줄도 아는데. 그런 건 어디서 배운 거야. 공산주의자들에게 배운 건 아닐 테고.

이 회의실은 너무 동독스럽군. 묵직한 커튼 하며 푹신하게 천을 입힌 의자, 게다가 무늬목 판자로 덧댄 벽은—웃겨서 배꼽 빠지겠네!—아늑함을 주기 위해서라나. 정면 벽에 걸려 있는 이 그림은 새로 가져다가 건 그림인 게 확실해. 방금 전까지만 해도 굳게 결의에 찬 전방의 군인들이나 연못에 모여 있는 즐거운 아이들, 엄마는 실험실에 아빠는 철근 공사장에 있는 그런 그림들이 걸려 있었겠지. 이제는 안 되니깐 떼어버리고 추상화를 걸었어. 안전하게 가자는 거지. 온통 분탕질된 하얀 그림. 분명히 우릴 따라 한 거야. 여자가 도이치 은행과 얘기를 한 게 틀림없어. 도

이치 은행은 어디나 항상 하얀색으로 그린 그림을 걸어놓잖아. 못 그림도 들어가고. 도이치 은행분들을 한번 만나고 와서 자기가 회의실을 꾸밀 수 있는 실력이 된다고 생각하는 모양인데, 틀렸어요. 아무리 노력해도 동독 티가 나. 이 여장관 하나만 여기 분위기에 좀 안 맞는군.

지금 그녀는 말을 하면서도 어느 사람을 주시하고 있어. 쳐다보는 것도 아니고 그렇다고 눈길을 거두는 것도 아니야. 그녀는 그걸 할 줄 알아. 그녀가 옛날부터 쭉 그래왔다고 나는 확신할 수 있어. 너는 누가 영업 이사인지 항상 알아보잖아. 영업 쪽 책임자들은 훈련된 족속들이야. 출세를 향해 달려온 타입들이라구. 배운 대로 뭐든지 하는 자들이지. 하긴 잘하는 짓이야. 그런데 보통 같으면 그들이 훈련받았다는 걸 알 수가 있는데 그녀는 모든 것을 잘해내고 있긴 해도 훈련된 사람은 아니야. 넌 그런 사람을 원하지.

그녀한테 한번 물어볼래? 에른스트, 하지 마! 공산주의자잖아! 저렇게 잘하고 있는데 왜 그래! 저런 걸 이르는 말이 있는데, 입속에서만 맴돌고 튀어나오지 않네…… 맞다, 신뢰성. 그녀에게는 신뢰성이 있어. 훌륭한 일급 노조원장감이야. 융통성 있게 협상하면서도 저기 산업노조연맹의 돌머리들보다 더 많은 것을 얻어낼걸. 그녀가 장관이 아니라면 뭐가 될지 궁금해지는데. 벌써 무슨 계획이 있겠지.

아직 정해둔 계획이 없다면? 폴크스바겐은 안 될까? 인사 담당 이사 같은 걸 시키면 아주 잘할 거야. 공산주의의 때는 좀 벗어야 하겠지만 오늘 보니까 티 나지 않게 잘 감추고 있는 것 같은데, 적어도 지금까진 말이야. 나중에 물어볼래? 어떻게 물어봐야 하는데? 이런 것 생각해보신 적 있으십니까, 장관으로서의 활동을 마치고 나서 자유경제 체제하에서…… 그러면서 바로 설문지를 주면 되지. 장관직을 마치시고 나면 그다음 뭘 하실 계획이십니까? 그건 새벽 술집에서 만난 여자를 네 방으로 데리고 가려는 수작처럼 들린다. 장관님의 스타일이 제게——더 구체적으로!——장관님의 능력과 장관님의——그렇게 말해도 될까? 그럼!——신뢰성이 제게 큰 인상을 남겼습니다. 그래서 제 생각에는——제 생각에는이라니, 미쳤냐? 네가 앙드레 헬러*나 헤르만 반 벤**식 노래나 만드는 똘마니야, 아니면 회장이야? ——그래서 장관님께 폴크스바겐의 최고 자리를 하나 제의하겠습니다. 그래, 그게 원래 네가 하고 싶은 말이긴 한데 그러면 너무 노골적으로 마음을 드러내는 게 돼. 여자가 퇴짜를 놓으면 어떻게 하지? 그래도 네가 직접 찔러봐야지 헤드헌터들한테 맡겨서는 안 돼.

찔러보다는 적절한 말이었다. 너 열다섯 살 적에나 이렇게 수줍어했잖아. 오늘의 독일로 말할 것 같으면——에른스트 슈니델은 한 여성 공산주의자를 유혹하고 싶지만 어떻게 해야 할지를 몰라하고 있다. 이런 처지가 될 줄 너는 꿈에도 몰랐겠지.

잘~한다, 에른스트. 넌 그녀한테 휘둘리고 있어. 그녀는 일이 어떻게 굴러가는지 알고 있는 인물이야. 통일이 된다면——아무리 빠르다고 해도 최소 4년은 있어야 통일될 거라는 것은 정신이 온전치 못한 사람도 다 아는 사실——새 골프가 출시될 텐데 그건 비쌀 거란 말이야. 여기 사람들은 일본제 차나 오펠 카데트, 아니면 10년 된 메르세데스 리무진을 사겠지. 여기서도 폴로는 부진할 거야. 스무 살만 되면 여기 여자들은 애 낳기 경쟁에 들어가니 가족용 승용차 시장은 있겠지만 폴로는 글렀어. 마치 머릿속 생각을 읽듯이, 마치 **동독의 변화——폴크스바겐의 기회: 현재 상황과 바람직한 전략 제안**을 손에 넣은 것처럼 그녀는 그걸 네게 설명하고 있어.

---

* 프란츠 앙드레 헬러(Franz André Heller, 1947~): 오스트리아의 다방면 예술가.
** 헤르만 반 벤(Herman van Veen, 1945~): 네덜란드의 대중가수, 작곡가 겸 작가.

폴크스바겐은 여기에서 팔릴 차를 여기에서 만들어야 한다고. 금전적인 효과도 효과지만 이미지 구축에 좋을 거야. 뭐 반대 의견 있으면 말해봐. 네 말이 맞아. 하지만 위험 부담은 어떻게 되는지 그녀한테 설명하게 해야 할 것 아냐. 만약 잘되면 우리는 이윤이 생기는 거고 저들도 세금을 거두어들이니까 이익을 보게 되지만, 그 반대로 투자했다가 안 팔려서 재고만 잔뜩 쌓이게 되면 손해는 우리가 몽땅 떠맡아야 한다고.

저길 봐, 그녀가 슬픈 표정으로 보고 있다. 자본론에 많은 기대를 걸었는데. 마르크스를 믿었는데. 그가 한때 한 말을 오늘에 맞추어 바꿔보면 이렇지. 이익이 날 전망이 높으면 높을수록 자본도 활발해진다. 유명한 말이야. 공산주의자들은 모두 외우고 있는 구절이거든. 당 교육의 시작과 끝에 모두 입을 모아 주기도문처럼 제창하지. 그런데 그녀는 지금 자본론과 함께 책상 앞에 앉아 있어. 그리고 그 책상에 앉은 사람들은 모두 회의적으로 나오고 있어. 그래, 아가씨야——아가씨라고 부르지 마! ——자본이란 건 예나 지금이나 변함없이 똑같단다.

이제 그녀는 애국이라는 카드를 꺼낸다. 역시 공산주의자는 어쩔 수 없어! 기가 막히군! 네 앞에서 동독의 시칠리아화(化)를 운운하네. 시칠리아 섬에는 가본 적 있나? 아이고 아가씨——저 여자를 아가씨라고 부르지 말라니까! ——네 말이 맞긴 하지만 에른스트, 잊지 마. 작센 주가 어떻게 되든 네가 상관할 바가 아냐. 너는 폴크스바겐 책임자라고.

방금은 또 무슨 말이야? 세계기업이 국민경제의 상황을 조사하고 있다면 그 기업은 국민경제의 지원을 믿어도 된다니. 좋은 말인 것 같긴 한데, 너 상황 조사 같은 것에 대해 무슨 말 한 적 있어? 저 여자 말은 대체 어디서 나온 얘기야? 우리는 벌써 여기서 츠비카우, 카를마르크스 시에 왔었고 그리고 곧 아이제나흐에도 갈 거라는 걸 그녀도 알고 있을 텐데.

정신은 아주 말짱해 보이는데 상황을 조사한다는 건 도대체 무슨 뚱딴지 같은 소리람?

그냥 아는 척하고 넘어가. 아무 말도 하지 말고. 30명 앞에서 창피를 줄 수야 있나. 여자가 가뜩이나 힘들어하고 있는데 말이야.

너, 방금 여자라고 했어?

5. 게오르크 베슈케의 분노와 기쁨

에른스트 슈니델은 퇴실하면서 프런트 직원에게 뭐라고 말을 건넸다. 프런트 직원은 그 말을 조장에게 전하고 조장은 다시 객실부장에게 올렸다. 그리고 객실부장은 오후 3시 직후 월요 임원회의에서 알프레트 분추바이트에게 보고했다.

"그가 뭐라고 그랬다고요?" 알프레트 분추바이트가 믿지 못하겠다는 투로 물었다.

"3만 달러짜리 맥주를 마셨다고 그랬습니다." 게오르크 베슈케가 개의치 않고 대답했다.

"누구한테 그 말을 했다는 거요?"

"여직원 슈타이저에게요." 게오르크 베슈케가 개의치 않고 대답했다.

"그럼 이리로 좀 오라고 하시오. 지금 즉시." 알프레트 분추바이트가 말했다.

"10분 전에 퇴근했습니다." 게오르크 베슈케가 개의치 않고 대답했다.

알프레트 분추바이트는 인터폰 위로 몸을 구부렸다. "정문 도어맨에게 슈타이저 양이 벌써 퇴근했는지 물어보시오. 아직 퇴근하지 않았다면 지금 이리로 보내시오." 몇 초가 지나고 비서가 다시 인터폰으로 전해왔다. "슈타이저 양은 아직 나가지 않았다고 정문에서 그러는데요."

"도대체 그 말이 무슨 뜻이었을꼬?" 알프레트 분추바이트가 사람들을 향해 말했다. "3만 달러짜리 맥주라."

아무도 몰랐다.

"그는 어젯밤 베르너 슈니델과 함께 8층에 있는 자신의 방으로 올라갔소." 알프레트 분추바이트가 마치 메그레 수사반장*을 흉내 내는 것 같은 말투로 말했다. "방에서 그는 아들과 앞으로의 계획에 대해 이야기를 나누면서 미니바에서 맥주를 꺼내 마셨소. 베르너 슈니델은 부친에게 자기는 조금 더 여기 머물러야 할 것 같다고 말했을 거요. 요새 우리 경제가 어떤 상황인지 뉴스에서 들어 여러분들도 다들 알고 있겠지요. 우리가 꿈꾸지도 못했을 만큼 깊고 심각한 위기에 처해 있소. 당연히 베르너 슈니델도 그것 때문에 힘들 거요. 처음에 생각한 것보다 훨씬 더 말이오. 그는 회장에게 잡비 지출의 총액을 3만 달러로 올려달라고 요청했을 거요. 에른스트 슈니델은 맥주를 다 들이키기도 전에 허락을 내렸을 거고. 그래서 그 맥주가 3만 달러짜리 맥주라고 한 것이오."

그는 승리감에 넘쳐 좌중을 둘러보았다. 너무 잘했……

"우리는 청구서를 서독 마르크 단위로 내고 있습니다." 게오르크 베슈케가 개의치 않고 대답했다.

"달러는 국제 화폐요!" 알프레트 분추바이트가 말했다. "당신이 마르크로 계산한다고 해서 국제적인 기업이 비용을 마르크로 환산하고 앉아 있을 거라고 생각하는 건 아니겠지?"

---

* 벨기에의 추리 작가 조르주 심농(Georges Simenon, 1903~1989)의 탐정소설에 나오는 주인공.

게오르크 베슈케는 아무런 말대꾸를 하지 않았다. 그는 에른스트 슈니델이 한 말에 대해 적당한 이유를 댈 수는 없었으나 알프레트 분추바이트의 설명도 믿지 않았다.

문을 두드리는 소리가 나더니 푸른 눈과 부드러운 입술의 금발 천사 글로리아 슈타이저가 들어왔다. 게오르크 베슈케가 평상복을 입은 그녀를 보기는 오늘이 처음이었다. 근무복은 여자들을 거의 흉하다고 할 만큼 얌전하게 만들었고 그녀들의 매력을 희미하게 덮어버렸다. 무릎을 가리는 치마 때문에 다리는 거의 보이지 않았고 펑퍼짐한 블라우스는 가슴 치수를 전혀 오리무중으로 만들어버릴 만큼 헐렁했다. 머리는 항상 묶고 다녀야 했다. 그런데 이제 글로리아 슈타이저는 한 명의 여직원에서 여성으로 변해 있었다. 그녀는 청바지를 입고 무릎 위까지 올라오는 스웨이드 부츠를 신고 있었다. 위에는 엉덩이를 덮지 않는 하얀색의 짧은 털 재킷을 입고 있었는데 그것은 그녀가 자기의 주제를 잘 파악하고 있다는 것을 보여주는 것이었다. 청바지를 입은 그녀의 엉덩이는 끝내주게 예뻤다. 모직으로 짠 분홍 장갑과 폭신한 분홍 귀마개는 추위를 막아주고 있었다. 엉클어진 금발은 게오르크 베슈케로 하여금 손으로 매만져 푹신해진 털이불을 생각나게 했다. 스무 살의 그녀는 게오르크 베슈케 앞에서 시골 처녀의 순진함을 연기하고 그의 수작에 그저 웃기만 하면서 그의 말이 무슨 뜻인지 아무것도 모르는 척했었다. 이제 그는 그녀가 그녀의 행동처럼 순진하지 않았었다는 것을 눈으로 보고 있었다. 무릎 위로 올라오는 검정 스웨이드 부츠라니!

"슈타이저 양," 알프레트 분추바이트가 시작했다. "당신은 오늘 아침 슈니델 씨의 청구서를 작성했지요?"

"네."

"어땠습니까?"

"그분은 8시경에 왔습니다. 엘리베이터에서 내려 열쇠를 반납하고 청구서를 달라고 하셨습니다. 미니바를 사용하셨냐고 제가 여쭈었더니 맥주 한 병, 이라고 말씀하시더군요. 그래서 5마르크 50입니다, 라고 했어요. 그런데 청구서가 인쇄되는 동안에 그러시는 겁니다. 그건 3만 달러짜리 맥주였어요, 라고요."

"그래서 뭐라고 했습니까?" 알프레트 분추바이트가 물었다.

"3만 달러짜리 맥주를 5마르크 50에 드셨다면 가까운 시일 내에 다시 저희 호텔을 찾아주시리라고 믿습니다, 하고 말씀드렸습니다."

"그러니까 뭐라고 하던가요?"

"좋은 하루 되라고 말씀하셨습니다."

"그 밖에는요?"

"당신 눈과 같이 아름다운 하루 말이오, 라고 말씀하셨습니다." 글로리아 슈타이저는 킥킥 웃어야 했다.

객실부장 게오르크 베슈케는 기뻐해야 할지 화를 내야 할지 알 수 없었다. 그는 글로리아 슈타이저가 자기에게 항상 '내게 손대지 말아요 양(孃)'을 연기한 데 대해 화가 났다. 그녀는 그것과는 정반대였다. 그녀는 자신에게 정신이 팔려 약간 덜떨어진 짓을 하는 손님들을 보며 즐거워했고 상대방으로 하여금 찬사를 스멀스멀 올라오게 했으며 근무시간에 남자들과 잘 떠드는 여자였다. 매력을 죽여버리는 근무복을 입고 있음에도 불구하고 항상 자유롭게 풀어진 분위기를 가지고 있어서 남자들은 아침부터 발정 난 수고양이들처럼 그녀 주위를 떠돌곤 했다. 그녀는 그런 사람이었다. 그러나 이런 모습일 줄은 그도 몰랐다. 소외감으로 화가 났다. 대단히 화가 났다.

그러나 게오르크 베슈케는 곧 기뻐하기로 맘을 돌렸다. 3만 달러짜리 맥주에 대한 알프레트 분추바이트의 해석보다 더 좋은 해석이 떠오른 것이다. 즉, 두 사람은 그저 가볍게 농담을 주고받은 것뿐이고 손님이 금발 천사 앞에서 잘난 체를 하고 싶어 나눈 의미 없는 대화이다. 아무리 회장이라지만 그도 남자인 것이다.

베르너 슈니델과 에른스트 슈니델은 서로 만나지조차 않았을지도 모른다. 베르너 슈니델은 위장을 위해 8층으로 같이 올라간 다음 다른 길을 통해서 3층의 자기 주니어 스위트룸으로 돌아왔을지도 모른다. 베르너 슈니델은 에른스트 슈니델의 아들이 아니며 폴크스바겐 소속도 아닐지 모른다. 그렇게 되면 알프레트 분추바이트는 더 이상 총지배인 자리에 앉아 있을 수 없을 정도로 톡톡히 망신을 당하게 된다. 그러면 게오르크 베슈케, 그가 후임을 맡아 총지배인이 된다. 황홀한 상상이었다.

알프레트 분추바이트의 3만 달러 맥주에 대한 해석은 모두의 고개를 끄덕이게 만들었다. 오로지 여직원 글로리아 슈타이저가 어떤 여자로 변신했는지를 본 게오르크 베슈케만이 예외였다.

6. 두 번의 대화

레오 라트케는 창가에 서서 1월처럼 텅 빈 바깥을 내다보고 있었다. 성탄절 직후에 느꼈던 환희는 사라지고 꽉 막힌 글쓰기의 위기가 그를 계속 물고 늘어졌다. 창작에 도움이 될까 하여 그는 지난 몇 주간 각 층을 돌아다니며 여기저기 스위트룸을 옮겨 다녔다. 그는 오랫동안 돔Dom이 보이는 좋은 방에 살았다. 그러다가 건축적으로는 무가치한 것으로 치부

되는 그 제국시대의 개신교식 거대 건물의 모조품스러움에 거부감을 느꼈다. 그래서 넓은 안뜰이 보이는 다른 방으로 옮겼다. 그러나 그곳에는 그가 있는 장소가 제공해야 할 유일무이함이 결여되어 있었다. 그래서 그는 1970년대에 지어진 아파트 단지가 보이는 새로운 방으로 옮겼는데 이번에는 그것이 주는 사회적 사실주의가 너무 버거웠다. 그리하여 이젠 거리를 향해 나 있는 방을 주문했더니 그런 방이 나왔다. 그 거리는 카를 리브크네히트 슈트라세로, 동베를린 중심가 중의 하나였고 '전통 깊은 거리'로 유명한 운터 덴 린덴과 바로 연결되고 있었다. 거리에 면해 있는 방을 선택한 것은 레오 라트케로서는 마지막 시도였다. 거리에서 나는 소음 때문에 통상적으로 그런 위치에 있는 객실은 최하급의 객실로 취급받고 있었다. 그러나 레오 라트케는 열린 창문에서 들려오는 자동차의 모터 소리, 매연, 교통 소음에 몸을 내맡기고 자극과 방해를 동시에 받고 싶었다. 바깥에서 생이 요동치는 소리를 그는 듣고 싶었다.

그런데 교통 소음이 없었다. 밤 10시 반에 창문을 열었는데 기어를 3단으로 높이 올려놓고 달려오다 저 멀리로 사라지는 트라비 한 대가 있었을 뿐이다. 레오 라트케는 이 동베를린을 무시하기 시작했다. 이런 걸 중심가라고! 이런 게 수도라고! 여기서 아무 생각도 안 나는 게 당연했다.

그때 전화벨이 울렸다. "예!" 레오 라트케가 쩌렁거리도록 큰 목소리로 받았다. 힘이 불끈불끈 넘친다는 인상을 주고 싶었다. 혹시 편집부장일지도 모르니까. 글 쓰고 있는데 방해하고 있다는 인상을 줘야 했다.

"찾았어." 흥분한 목소리가 말했다. "이름은 자비네 부세이고 서른한 살이야."

레오 라트케의 생각이 풀썩거렸다. 혼동인가, 그는 생각했다. 그렇겠지, 방을 바꿨으니까. 그런데 무슨 스토리라도 나올 만한 얘긴가?

"내가 그 여자를 다시 한 번 자세히 살펴보긴 해야 되는데," 여전히 흥분을 가라앉히지 못한 목소리가 말했다. "늦어도 모레까지는 정확한 것을 알게 될 거야. 레오, 어떻게 생각해?"

내 이름을 어떻게 알고 있지? 레오는 혼란에 빠졌으나 전화를 건 사람이 형이라는 걸 곧 알아챘다. 형의 저런 모습은 본 적이 없다. 형이 흥분하면 저렇구나.

"응." 레오가 말했다. "좋을 것 같다. 그러니까 모레란 말이지? 지금 그 맹인 일로 전화한 거 맞지? 사람을 찾았다고."

"당연하지, 그것 말고 그럼 뭐겠어?" 슈테판이 물었다.

"일단 머릿속을 정리해봐야겠어. 난 우리의 맹인 환자가 남자일 거라는 생각을 했었거든."

"남자로 할지 여자로 할지 우리가 미리 정해두진 않았잖아. 선천적인 맹인, 이라고만 얘기했었지."

"맞아." 레오 라트케는 이렇게 말하면서 자기 형이 얼마나 콤플렉스에 걸려 있는지 다시 한 번 느꼈다. 다른 사람이 자기 정당화를 하는 것을 형은 싫어했다. "나는 맹인, 하면 남자가 연상되어서 그래. 오이디푸스 때문에 그럴 거야. 하지만 여자 맹인도 괜찮아. 서른한 살이고. 훌륭하다!"

"그 여자는 동베를린에 살고 있어!" 슈테판이 자랑스럽게 말했다.

"와, 그럼 바로 이 동네 아냐!"

레오 라트케의 형, 신경외과 전문의 슈테판 슈테른하겐 박사는 그 동독에 산다는 맹인을 자기가 어떻게 찾아냈는지 거침없이 줄줄 쏟아부었다. 레오 라트케는 그냥 건성으로 들으면서 글 쓰는 데 얼마나 걸릴지, 언제까지 제출할지 그리고 언제 활자화될지를 곰곰이 생각했다. 그는 형이 불러주는 대로 몇 가지 사항을 적고 나서 맹인의 주소를 받은 후 그다음 계획을 구상 중이었다. 그러나 형의 목소리에 그의 구상은 중단되었다. 쉴 새 없이 쏟아지는 말의 폭포수가 끊기더니 슈테판의 목소리가 또렷해졌다. 그는 마치 받아쓰기라도 시키는 것처럼 천천히 말했다. "레오, 나의 이 계획은 선구자적인 행위야. 내가 너의 계획에 맞출 일은 절대로 없을 거다."

"알았어." 레오 라트케가 대답했다.

통화가 끝난 다음 레오 라트케는 레나의 큰오빠에게 전화를 걸어 지금 당장 벽난로 바에서 만나자는 이야기를 할 참이었으나 레나의 큰오빠는 전화를 받지 않았다.

레오 라트케는 전화벨이 열 번 정도 울릴 때까지 수화기를 들고 있었다. 일거리가 있으면 그의 사진기자는 자고 있을 게 아니라 벌떡 일어나야 했다. 몇 시가 되었건 상관이 없었다. 레오 라트케니까.

그때 레나의 큰오빠는 갑작스레 베를린으로 올라온 레나와 벽난로 바에서 이야기를 나누고 있었다.

그녀는 "보여줄 게 있어" 하더니 흥분하여 신문 하나를 가방에서 꺼냈다. 그는 레나가 보여주는 사람이 누구인지 바로 알아보았다. 찌르는 듯한 눈빛, 안경. 틀림없었다. 13년 전이었지만 세월은 아무 흔적 없이 그를 스쳐 지나가지 않았다.

그는 카를마르크스 시의 근교에 있는 한 소극단의 신임 단장이었다. 그에게도 이름이 있었다. 파울 R. 마준케. 그것은 레나의 큰오빠가 한때 개라고, 천하에 개만도 못한 놈이라고 부르던 인간에게 절대로 허용할 수 없는 명성 높은 이름이었다. 레나의 큰오빠는 그를 그 녀석이라는 명칭으로 기억 속에 저장해두었고 다시는 그에 대해 듣게 될 일이 없기를 바랐다. 다시 얼굴을 마주치기 원치 않았던 건 말할 필요도 없었다. "네가 이 남자를 어떻게 알아?" 레나에게 물었다. 그를 바라보더니 침을 꿀꺽 삼키는 그녀의 눈에 눈물이 가득 고였다.

"이 남자가 너한테 무슨 짓이라도 한 거야?" 레나의 큰오빠가 물었다. 레나가 끄덕였다. 그 바람에 첫번째 눈물 줄기가 뺨으로 흘러내렸다. 그러면서도 그녀는 그를 똑바로 쳐다보고 있었다. 그녀는 말을 할 준비가 되어 있었지만 평범한 일상의 소음이 그들의 대화 속에 끼어들 수 있는 여기 벽난로 바는 적당한 장소가 아니었다. 그들은 대회의장으로 가는 인적 끊긴 복도에서 딱딱하고 투박하게 생긴 갈색 안락의자 두 개를 발견했다. 시간이 조금 지나서 레나가 이야기를 시작했다.

"오빠가 군대에 갔을 때였어. 나는 그때 초등학교 2학년이었는데 우리들은 착한 일을 하면 적어넣는 선행(善行) 공책이 있었지. 나는 오로지 착한 일을 하고 싶었고 그래서 온통 착한 일들만 잔뜩 하고 다녔지. 그런데 어느 날 아침에 어떤 남자가 나랑 같이 엘리베이터에 올라탔어. 그런데 갑자기 엘리베이터가 그냥 서버리는 거야. 그 남자는 자기가 의사, 소아과 의사라면서 어제 한 엄마가 아기를 데리고 자기 병원에 왔는데 아기가 벌에 목구멍을 쏘였더래. 그는 쏘인 곳이 부어서 아기의 숨이 막히지 않도록 그 부위를 식혀주었대. 그리고 오늘도 또 계속 식혀줘야 한다고 했어. 반드시. 그런데 이렇게 엘리베이터 안에 갇혀 있으면 아기가 죽을지도 모른다는 거야. 하지만 자기한테 마법의 요구르트가 있으니까 엘리베이터를 다시 움직이게 할 수 있다고 했어. 내가 마법의 요구르트를 만드는 것을 도와주면 아기가 살아날 수 있댔어. 그 마법의 요구르트는 어디 있냐면 자기 고추에 있대. 자기가 만지라고 말하면 만질 수 있냐고 그러는 거야.

나는 이상한 생각이 들었지만 아기가 죽는 것은 싫었어. 이윽고 그가 바지를 열고 그걸 이리저리 만지작거렸어. 위로 솟은 그것은 마치 파이프 같았고 절름발이의 조그만 다리 같았어. 그런 것은 처음 보았어. 놀랍고 끔찍한 광경이었어. 그러더니 그는 그것을 문지르고 숨을 헐떡거리면서 땀을 흘리기 시작했어. 무서운 생각이 확 들었어. 일이 어떻게든 빨리 끝나서 그가 하던 짓을 멈추고 엘리베이터가 다시 움직이기만 바랄 뿐이었어. 그런데 그가 말하는 거야. 자, 지금 만져! 나는 너무도 겁이 나서 감히 만질 생각을 하지 못했어. 그런데 그가 내 손목을 확 잡아채더니 억지로 갖다 대려고 그러는 거야. 그러더니 엘리베이터 안에 온통 흘리는 거야. 그건 내 손이 닿기도 전에 이미 나오기 시작했어. 나는 눈을 꼭 감고 선행 공책과 이제 죽지 않아도 되는 아기를 생각했지.

그는 걸레인지 휴지인지 그런 걸로 다 닦아내고 나서 단추 몇 개를 눌렀어. 그러니까 엘리베이터가 진짜로 다시 움직이는 거야. 나중에 경찰이 알아낸 바에 따르면 그는 단지 주 개폐기 단추만을 껐을 뿐이라고 했어."

레나는 사람의 발자국 소리를 들은 것 같아 말을 멈추었다. 그러나 그건 착각이었다.

"나는 학교에 지각을 했고 선생님한테는 그저 엘리베이터가 고장 나서 그랬을 뿐 다른 일은 없었다고 말했어. 일단 그 얘기는 거기까지야. 더 끔찍한 일은 나중에 일어나. 그날 오후 나는 학교 부속 탁아소에서 엘리베이터에 갇혀 있었던 일이랑 거기서 마법의 요구르트를 갖고 있던 어떤 남자를 도와 아기를 구한 일을 이야기했어. 그 마법의 요구르트가 어디서 나왔는지는 이야기하지 않았어. 거기가 자랑스러운 나의 얘기 중 단 한 군데 좀 꺼림칙한 부분이었거든. 그때까지도 나는 그 아기의 일로 선행을 한 것이라고 믿고 있었어. 그런데 보모가 선생님을 모시고 오더니 다시 한 번 그 이야기를 해보라는 거야. 그들은 마법의 요구르트에 굉장히 관심을 보였고 그것이 남자의 바지에서 나왔는지 아니면 고추에서 나왔는지 알고 싶어 했어. 어떻게 알았는지 모르지만 어쨌든 그들은 알고 있었어. 그게 너무 놀라웠지! 그래서 나는 순순히 다 털어놓았어. 선생님은 보모에게 경찰을 부르세요, 라고 했어. 나는 어떤 방에 혼자 들여보내졌어. 엄마에게도 연락이 갔어. 내가 나쁜 짓을 한 건가? 단지 아기가 죽길 바라지 않았던 것뿐인데! 왜 경찰이 오고 다른 아이들에게서 나를 떼어놓으며 엄마를 오라고 한 것일까? 나쁜 짓 한 게 아니잖아! 내가 엄마 손에 이끌려 집으로 향했을 때 모두들 내가 크게 나쁜 짓이나 한 것처럼 나를 쳐다보는 거야!"

이야기를 하는 동안 레나의 목소리는 점점 높아졌고 단어의 선택이나 목소리의 색깔도 어린아이처럼 되어갔다. 그만큼 그녀는 당시의 상황을 눈앞에 직접 맞닥뜨리고 있었다. 그러더니 목소리가 가라앉으면서 현재로 되돌아왔다. "그 이후로는 계속 내 안의 뭔가가 이상해. 남자들과의 관계에서 뭔가를 잘못하면 즉시 내가 비난받고 있다는 생각이 들면서도 무엇 때문인지 그 이유는 모르겠어. 다만 분명한 것은, 그때 엘리베이터에서 일어났던 일은 그 이후에 일어난 일에 비하면 그나마 나은 편이었던 거야. 그 남자는 나한테 나쁜 짓을 했지만 그 나중의 일도 나한테는 힘들었어. 남자가 했던 이야기는 적어도 그럴듯은 했어. 사실은 아니었지만 내가 이해할 수 있었던 이야기였지. 그런데 나중에 일어난 일은 전혀 이해할 수 없었어. 아무도 설명해주지도 않았고. 그저 이런 말만 들었을 뿐이야. 나쁜 일이었지만 네 잘못은 아니라고. 난 도통 이해할 수 없었어! 몇 주가 지나 경찰에게서 편지가 왔지. 수사가 중단되었다는 내용이었어. 관내에 있는 모든 엘리베이터가 새로 수리되어 이제는 열쇠를 가진 사람만 주 개폐기 단추를 누를 수 있게 되었대. 원래의 그 사건에 대해선 누구도 입을 열지 않았어. 나는 깨달았지, 그 사건은 지워져야만 할 사건이란 것을."

"그래서 내가 몰랐었구나." 레나의 큰오빠가 침통하게 말했다.

"난 잊을 수 없었어. 지난해 가을에 오빠한테 그 최면당한 사건을 들었을 때 나도 거의 얘기할 뻔했어. 내가 그 노래 가사를 만든 것이 바로 그날 밤이잖아. 난 내 안의 모든 거부를 다 끄집어내고 싶었어. 노래의 1절이 이렇지. 달리는 전차 안에 앞에 앉은 한 남자 귀에서 무얼 꺼내 들여다보고 있네. 원래는 다르게 쓰려고 했었어. 처음엔 이렇게 써보았지. 엘리베이터에 안에 올라타는 한 남자. 그런데 그다음이 생각 안 나는 거야. 엘리베이터 사건 이후로 자기 몸에서 코딱지, 콧물, 귀지, 아니면 마법의 요구르트를 꺼내는 남자들에 대한 혐오감이 생겼고 그건 어느 여자라도 다 이해할 거야."

레나가 벌떡 일어섰다. "그놈의 이름은 파울 R. 마준케야." 그녀는 성이 나 소리쳤다. "가운데 있는 R자 때문에 정말 화가 나! 자기가 무슨 존 F. 케네디야, 아니면……"

신문기사는 플라이츠에 있는 한 극단에 관한 것이었다. 전에 있던 단장이 퇴출된 다음 마준케가 새로이 단장이 되었다. 플라이츠가 고향인 그는 배우가 되었고 1980년대 초반에 서독으로 건너가 연출가로 활동했다고 신문은 쓰고 있었다. 이제 그는 정치와 예술, 동과 서, 연출과 연기 양쪽에 모두 지식을 갖춘 사람이 되어 다시 돌아온 것이다.

신문기사는 작품 「욕망이라는 이름의 전차」의 리허설에 대해 자세히 쓰고 있었다. 마준케는 스텔라를 연기하는 여배우가 스탠리 코발스키에 떠밀려 바닥에 넘어지는 장면을 연출하고 싶어 했는데 그가 보기에 영 '실감 나지' 않았으므로 배우들은 이 장면을 계속 반복해서 연습했다. 신문에는 가녀린 여배우 한 명, 그리고 완력을 마구 휘두르기를 주저하는 덩치 크고 힘 센 남자 한 명이 마준케와 함께 있는 사진이 실려 있었다. 이 '바닥에 내팽개치기' 장면을 관객들은 비명으로가 아니라 오직 우악스런 장면 그 자체를 통해서만 실감한다고 마준케는 생각하고 있었다. 코왈스키 역의 배우가 여배우를 수차례 바닥에 내동댕이치는 장면을 반복했는데도 마준케가 만족해하지 않자 그 배우는 과연 감독이 머릿속에 그리고 있는 것이 무엇인지 알고 싶어 그에게 직접 내동댕이쳐지려고 그 앞에 섰다. 그러나 마준케는 가녀린 여배우를 움켜잡더니 인정사정없이 마룻바닥 위에 거칠게 던져버렸다. 남자 배우가 마준케에게 달려들어 멱살을 움켜쥐었다. 그때 마준케가 거기에 모인 사람들을 향해 말했다. 이것이 바로 자기가 원했던 것, 즉 분노를 이끌어내는 것이었다고.

스텔라 역의 여배우는 겨우겨우 몸을 추스를 수 있었다. 이건 신체상해요, 범죄이고 대단히 혐오스런 행위이므로 절대 용납할 수 없다고 코왈스키 역의 배우가 말했다. 마준케가 대꾸하기를, 그렇다면 당신 같은 사람은 우리 극단에서도 필요 없다고 했다. 이 시대가 온갖 잔인함과 미개한 행위로 가득 차 있기 때문에 극단도 그것에 맞추어야 한다고 했다. '우리가 정말로 동시대적인 극단이 되고 싶다면' 그렇게 조심스럽거나 미적으로 아름답게 나갈 수만은 없다는 말이었다.

극단 측은 마준케의 거친 행동에 처음엔 충격을 받았으나 언쟁 끝에 결국 마준케의 편으로 돌아서고 말았다.

이 문장을 끝으로 신문은 플라이츠의 신임 극단장에 대한 기사를 마무리하고 있었다. 기자의 입장은 분명히 나와 있지 않았다. 그는 자신이 목격한 인물이 예술가의 탈을 쓴 사디스트라는 것을 차마 밝히지 않았다. 마준케는 서독으로 넘어갔다가 다시 귀향한 인물이기에 한 명의 기자가 자기의 양심이 꺼림칙하다고 해서 감히 마구 도마 위에 올릴 수 없는 도덕적 보너스를 누리고 있었다.

"같이 갈래?" 레나가 물었다.

"가서 그 사람한테 뭐라고 할 건데?" 큰오빠가 물었다. "그때의 일을 따질 거야? 그런 일은 절대 미리 생각한 대로 되지 않는 법이야."

"뭐라고?" 레나가 분노했다. "우리가 불리할 건 하나도 없어! 그 자식이야말로 나쁜 놈이고, 오빠와 나에게 손댄 것도 그 자식이야. 그런데 그 자식이 지금 새롭게 자리 하나를 꿰찼어. 그는 그 자리에서 물러나야 돼."

"글쎄 그게 그렇게 되지 않는다니까." 큰오빠가 말했다.

레나가 그를 빤히 바라보았다. "그래서 오빠는 플라이츠로 가지 않겠다는 거야?"

"난 그 변태에 대해 별로 신경 쓰지 않으련다." 그가 말했다. "그가 이름을 갖고 있다는 사실 하나만으로도 난 버거워."

그들은 잠자코 있었다.

"그런데 이상한 점이 하나 있어." 잠시 후 레나가 말했다. "그 녀석은 다 큰 남자애들, 그리고 어린 여자애들을 범하고 있어."

레나의 큰오빠도 그 점이 이상했다. "권력이야." 그가 말했다. 그건 그도 그 변태에 대해 신경을 쓰고 있다는 걸 말해주고 있었다. 그는 천천히 말하면서 마준케에 대해 상상을 해보려고 애썼다. "그는 자신 앞에 힘없이 놓인 자들을 마음대로 할 수 있는 권력을 원하는 거야. 그의 본능적 욕구가 남들보다 강해서는 아니야. 극단이라면 그는 자신의 변태성을 마음대로 추구할 수 있을뿐더러 그 때문에 칭송받을 수도 있어. 극단 측에선 우리를 원하지 않아. 우리는 방해만 될 뿐이야."

레나는 일어나서 작별 인사도 하지 않고, 뒤를 돌아보지도 않고, 가지 말라고 붙잡아주길 바라지도 않고 천천히 멀어져갔다. 그녀의 큰오빠는 똑똑하고도 약한, 사고(思考)의 창백함으로 병약해진 사람이었다. 그녀는 똑똑하지 않아도 되었다. 굳은 의지만으로도 충분했다. 마음만 있다면 그와 함께든 혼자든 그녀는 플라이츠에 갈 것이었다.

7. 색깔을 논하는 맹인

며칠 후 레오 라트케가 택시를 탔을 때 동베를린의 회색 건물들은 1월의 뿌연 햇살 속에 그 무거운 향기를 가득 내뿜고 있었다. "와, 여긴 온통 낡은 것투성이군." 한숨을 내쉬며 레오 라트케가 말했다.

레나의 큰오빠는 이 말을 여러 번 들었지만 장벽이 열리기 전까지 그는 그 말뜻을 이해하지 못했었다. **오래됨**과 **다 쓰러져감**은 같은 것이며, 집이 오래되면 자연히 쓰러져가는 것처럼 보이게 마련이고, 건물의 나이는 얼마나 낡아 보이느냐로 추측할 수 있는 법이라고 그는 오랫동안 생각해왔었다. 서독을 보고 나서야 비로소 그는 항상 쓰러져감과 무너져감에 대한 것을 입에 올리던 서독 사람들을 이해할 수 있게 되었다. 그가 서독에서 본 것은 오래전 옛날에 지어진 것이 아니라 마치 방금 전에 지어진 것처럼 보이는 깔끔하고 눈부신 건물들이었다. 거리를 걸으면서 그는 1910년의 거리에 서 있는 것 같은 느낌이 들었다. 와, 여긴 온통 다 오래된 것들뿐이잖아! 당시 그는 그렇게 생각했다.

그러나 그는 지금 레오 라트케와 또 그런 얘기를 하고 싶지는 않았다. 단지 이렇게만 말할 뿐이었다. "모든 것이 다 어떻게 인식하느냐에 달린 거지요."

그들은 이제 시력의 회복이라는 선물을 받게 될 맹인 자비네 부세의 집으로 향하는 택시 안에서 그 이상 별다른 대화를 나누지 않았다.

자비네 부세는 본인이 직접 문을 열어주었다. 그녀는 혼자 살고 있었다. 레오 라트케의 형에게 전화가 오기로 약속이 되어 있었기 때문에 그녀는 흥분해 있는 상태였다. 형은 CT 촬영의 검사 결과를 분석해서 그녀가 뇌수술을 받을 수 있을지의 여부를 오후 4시 정각에 전화로 알려주겠다고 했다. 이제 한 시간 반만 기다리면 전화가 오게 되어 있었고 인터뷰와 사진 촬영을 위해 두 남자까지 와 있었다. 자비네 부세에게 모든 관심이 집중되어 있었고 그로 인해 커져가는 흥분은 끈질기다고 할 만한 자신감으로 표출되고 있었다. 레오 라트케가 그녀를 인터뷰할 동안에— 인터뷰는 어렵지 않았고 심지어 레오 라트케는 그녀가 자기의 장애에 관한 이야기를 너무 앞세워 강요하는 듯한 느낌을 받았다— 레나의 큰오빠는 사진을 찍었다. 자비네 부세는 그가 렌즈에 담았던 피사체 중 가장 특이한 피사체 가운데 하나였다. 그녀의 두 눈은 숲속에 버려져 언어를 비롯해 삶에 필요한 모든 행위의 훈련을 받지 못한 두 아이와 같이 황폐화된 상태로 존재하고 있었다. 검은 점이 찍힌 장애인 완장이 없다고 해도 한눈에 그녀가 가진 시각 장애를 알아볼 수 있었다.

레나의 큰오빠에게는 **여자들은 너무 자주 거울 앞에 선다**라는 문구가 생각났다. 한 번도 거울 앞에 서본 적이 없는 이 여자를 찍으면서 그는 이 문구가 가진 경멸의 효과에 대해 다시 한 번 새롭게 생각해보았다. 그녀의 욕실 세면대 위에 거울이 있기는 했으나 그녀에게는 단지 차갑고 매끄러운 유리 조각에 지나지 않았다.

자비네 부세는 놀라울 정도로 풍부한 상상력을 동원해 앞이 보이는 사람의 습관을 흉내 내고 있었다. 앞이 보이는 사람들을 깜짝 놀라게 하는 것이 그녀 삶의 원동력이었다. 그러나 앞이 보이는 사람을 비슷하게라도 따라 한다는 것은 그녀로서는 당연히 불가능했으므로 그녀의 도전 가운데 대부분은 결국 민망함을 안겨줄 뿐이었다. 그녀가 실제로 '거울을 보며' '매무시를 고칠 때'는 들어서 아는 한도 내에서 할 수밖에 없었다. 레나의 큰오빠는 그녀가 원격 조종되고 있는 것처럼 느껴졌다. 앞을 보는 사람들이 거울을 보면서 하는 동작들, 즉 얼굴을 펴고 편안한 표정을 지어 보인다거나 입가에 붙은 빵 부스러기를 떼어낸다거나 하는 사소한 것들을 맹인들은 하지 않는다. 앞을 보는 사람들이 거울 앞에서 하는 행위는 자신의 얼굴이나 외양, 표정을 느끼기 위한 것이다. 맹인의 얼굴에는 **내 모습이 지금 어떤가?** 또는 **내가 다른 사람에게 어떻게 비칠까?** 하는 표정에 대한 고민이 빠져 있다. 그들의 얼굴에는 조화라든가 뉘앙스의 풍요로움, 생기 같은 것이 결여되어 있다. 맹인의 얼굴은 아직 날것으로 갈라져 있었을 때의 원시 지구가 가진 얼굴과 같다.

사진사가 눈에 보이지 않을 때 좋은 사진을 건질 수 있다는 사실을 레나의 큰오빠는 알고 있었지만 맹인 앞에 서니 오히려 자기 모습이 숨겨진다는 느낌이 들지 않았다. 말더듬이가 말하길 좋아하듯 자비네 부세도 사진 찍히길 좋아했다. 청하지 않았는데도 계속 포즈를 취했다. 레나의 큰오빠는 그녀가 **측면 사진**이나 **기대고 앉다** 또는 **편히 앉다**와 같은 사진관 용어들을 잘 알고 있다는 느낌을 받았다. 찰칵하는 셔터 소리가 나면 그녀는 다시 자세를 바꿨다. 등을 곧추세우고 앉아 머리를 하나로 묶는가 하면 그다음엔 다리를 꼬고 앉았다가 무릎에 팔을 세우고 몸을 앞으로 기울인 채 그 쓸모없는 눈으로 카메라 쪽을 바라보기도 했다. 마치 스튜디오 촬영 시 차례를 처음부터 끝까지 머릿속에 줄줄 꿰고 있는 것처럼 보였다. 그와 동시에 그녀는 레오 라트케와 대화를 계속했는데 이것 또한 하나의 포즈, 대화를 이용한 포즈 취하기였다.

자비네 부세는 사진 찍히기만 좋아하는 게 아니라 초상화로 그려지는 것도 좋아했다. 그녀의 침실에는 여섯 점의 초상화가 걸려 있었다. 그녀는 레오 라트케에게 어느 것이 가장 잘되었는지를 물었다.

"저기 저거요." 그녀의 부담스러운 행동을 치사한 방법으로 물리치는 것 외에 다른 도리가 없는 레오 라트케가 대답했다.

"난 이게 마음에 드는데요." 레나의 큰오빠가 말했다.

"맨 왼쪽에 있는 거요." 레오 라트케가 말했다.

"난 저 큰 그림." 레나의 큰오빠가 말했다.

"그래요." 자비네 부세가 말했다. "다들 맨 왼쪽의 그림 아니면 큰 그림이 마음에 든다고 해요. 왼쪽 그림은 앞이 보이지 않는 것의 묘사가 좋다고 하고 큰 그림은 내가 전혀 맹인 같지 않게 그려져서 좋대요. 전 당연히 큰 그림이 제일 마음에 들고요."

침실에서 나가는 레오 라트케가 한숨을 쉬며 말했다. "내 이름을 간텐바인이라고 하자."

"내가 좋아하는 책이에요!" 자비네 부세가 말했다.

그녀는 앞을 보는 사람보다 더 잘 보고 싶어 했다. 시력이 없다는 것이 그녀에게는 순발력과 조심성으로 극복할 수 있는 상태에 불과한 듯했다. 그녀는 주제넘게 철학을 논하는 고등학생처럼 과도하게 열을 내며 회화와 미학에 대해 강요하는 듯이 가르치려고 들었다. 자신의 실명을 가로막은 상태에서 눈이 보이는 이들의 특성으로 울타리를 치면 자신이 실명했다는 사실이 없어지기라도 하듯이. "난 막스 리버만에 대한 건 다 알아요!" 이렇게 말하더니 그의 창작 활동 중 일어난 색깔의 변화나 붓놀림의 변화, 소재의 변화 등 화풍의 변화에 대해 일장 연설을 늘어놓기 시작했다. 화가의 그림을 한 번도 보지 못했지만 그의 모든 것을 알고 있는 듯했다. 그건 괴이한 일이었다. 그녀는 색에 대해 논하는 맹인이었다.

　　레오 라트케는 장차 수술을 마치고 눈을 떴을 때 그녀가 누워 있을 병실 침대 바로 맞은편에 막스 리버만의 그림 한 점을 걸어놓으면 좋겠느냐고 그녀에게 물었다. 자비네 부세는 혼란에 빠졌다. 그리고 침묵했다. 그러더니 따지듯 말했다. "수술을 받을지 아직 결정되지도 않았잖아요." 그의 질문은 남에게 보이기 싫은 그녀의 두려움을 정통으로 찔렀던 것이다.

8. 인민당을 조사하다

　　방귀가 나오지 않고 그에 따라 뱃속을 맴돌던 공기도 없어지고 나서 알프레트 분추바이트는 허리띠를 구멍 두 개만큼 졸라서 맬 수 있게 되었다. 분트-추-바이트로 놀림받던 그의 이름이 30년 만에 처음으로 마땅치 않게 생각되었다. 절대 눈치 빠른 사람이라고는 할 수 없는 그도 베르너 슈니델이 건네준 충고를 매우 고맙게 여기며 기회가 있을 때마다 벽난로 바에서 그와 이야기를 나누길 청했다. 이 젊은 특별 전권대사에게는 배울 점이 많이 있었다.

　　"이 호텔이 앞으로 전망이 있다고 보십니까?" 베르너 슈니델이 조사하고 있다는 그 국민경제의 심각한 낙후성에 대해 이야기가 나왔을 때 알프레트 분추바이트가 이렇게 물은 적이 있었다.

　　"중심의 하나로 성장한다면 그렇다고 할 수 있죠." 잠깐 생각을 하고 나더니 베르너 슈니델이 대답했다. "여기선 선거 파티를 하지 않으십니까?" 현 정부가 선거일을 7주 앞으로 당겼다는 뉴스 보도를 듣자 선거 파티라는 단어가 그의 머릿속을 스치고 지나갔다.

"어느 당의 파티…… 말씀이십니까?" 알프레트 분추바이트가 우물쭈물하며 물었다.

베르너 슈니델이 얼마나 그 물음을 한심하게 생각하는지가 선글라스를 꼈는데도 얼굴에 확연히 드러났다.

"죄송합니다." 당황하여 괜히 헛기침을 하며 알프레트 분추바이트가 말했다. "하지만 그쪽에는 아는 사람들이 없습니다. 혹시 아시는 분들이 계시면 연결을 해주실 수……"

"설마 나한테 선거 파티를 조직해달라고 하시는 건 아니겠죠."

알프레트 분추바이트는 입을 다물었다. 자기가 너무 무례하게 서두른 것 같았다. 그렇다, 자신은 지난 수십 년 동안 잘못된 당에 있었다. 이제 다시 처음부터 시작하는 수밖에 없다는 것을 그는 마음 깊은 곳에서부터 깨닫고 있었다.

알프레트 분추바이트가 약간의 후회를 씹고 있을 때 베르너 슈니델은 곰곰이 생각하고 있었다. 이 알프레트 분추바이트란 자를 돕지 못할 건 또 뭐냐. 지루하던 참이었다. 그는 할머니가 유산으로 상속받은 집이 어떤 것인지 조사해보았다. 그것은 메마른 물질과 다르지 않았다. 도저히 이해할 수 없는 법과 규정과 시행령과 최고법원의 판례가 뒤엉킨 덩어리였다. 게다가 적어도 두 가지의 상이한 법 체제가 모두 유효함으로써 일은 더욱 복잡했다. 여태껏 한 번도 들어보지 못한 개념들이 그의 주위를 어지럽게 돌고 있었다. 그것들이 무슨 뜻인지 조사하고 나서 그는 갖가지 서류들과 증명서를 구하거나 읽어봐야 한다는 것을 알아냈다. 어디서 그 서류들을 찾아내야 할지는 아무도 몰랐다. 증명서가 있어야 할 관공서에서는 그것이 아직 존재하는지 아닌지조차 몰랐다. 설사 아직 남아 있다고 하더라도 어디 갔는지 찾아지지를 않았다. 그건 재미라곤 하나 없는 일이었고 그래서 베르너 슈니델은 기분을 전환할 겸 파티를 열고 싶었다.

"내가 할 수 있는 일이 있나 한번 두고 보기로 합시다." 이 말이 불쑥 입에서 튀어나왔다.

"그래주시겠습니까?" 알프레트 분추바이트가 물었다.

"그렇게 하겠습니다." 베르너 슈니델이 말했다. "내가 할 수 있는 일이 뭔지 생각해보지요."

자신이 약속한 것이 **저명인사**였기 때문에 베르너 슈니델은 이들을 찾기 위해 서베를린 기독민주당원의 내부 사정에 대한 조사에 들어갔다. 보수정당인 이 기독민주당 소속의 국회의원들 이름을 알아본 다음 그들의 자택 주소를 조사했다. 보수 세력의 인물들과 콘라트 아데나워 재단이 주최한 각종 행사에서 연설한 연설자와 사회자들의 명단을 뽑았고 풍부한 지식으로 서베를린 보수당의 사고방식에 대해 호의적인 기사를 자주 내는 기자들의 이름을 적었다. 며칠을 걸려 강경보수적인 한 일간지의 몇 년치 분을 훑어 내려가면서 독자들의 편지와 그 투고자의 이름을 살펴보았다. 참석자가 누군지가 나와 있는, 친당적 성향을 가진 중산층 연맹의 회의록을 수록하고 있는 소위 회원지라는 것도 조사했고 이전 선거 때 출마한 인물의 명단과 각 지구당 수장의 명단도 연구했다. 그는 또 서베를린 기독민주당의 분과조와 이익단체, 산하기구 등에서 펴낸 출판물도 열람했다. 그 자신 거의 당원으로 등록해도 될 지경이었다.

그러고 나서 단 이틀 만에 베르너 슈니델은 각 인물의 주소를 거의 다 알아냈다. 몇몇 주소는 현주소가 아닌 것을 알 수 있었다. 그래도 그는 옛날 주소를 그대로 적었다. 우체국에서 알아서 새 주소로 보내줄 것이었다.

당의 공식 마크가 찍혀 있는 편지지는 베를린 시의원 센터에 있는 기독민주당 사무실에 가서 몇 장 슬쩍할 수 있었다. 한 사무기기점에 가서 그는 살까 말까 망설이다가 나중에 환불할 수 있다는 직원의 다짐을 받고 나서야 새 타자기를 사기로 결정한 손님을 연기했다. 그는 방학이라 학생들이 거의 나타나지 않는 자유대학의 빈 강의실에 들어가 앉아 알프레트 분추바이트 앞으로 보내는 편지를 타자기로 찍기 시작했다. 편지의 발신자란에는 전 베를린 시장의 이름과 그 밑에 현 원내 교섭단 의장의 이름을 덧붙이고 사인을 그려넣었다. 그의 사인은 '베를린의 방송'이라는 전시회의 방명록에 맨 처음으로 올라 있는 서명에서 본 것이었다. 알프레트 분추바이트 앞으로 된 그 편지에는 여덟 장으로 된 성명과 주소 명단이 딸려 있었다. 그는 편지를 복사점으로 가지고 가서 팔라스트 호텔 앞으로 전부 팩스로 보냈다. 그다음 타자기는 도로 반환했다.

베르너 슈니델이 저녁에 호텔로 돌아오자 기분이 들떠 있던 알프레트 분추바이트가 그를 벽난로 바로 끌고 갔다.

"슈니델 씨, 감사합니다! 전 베를린 시장께서 제게 손수 명단을……"

"시장이란 사람들은 눈치 보는 데는 둘째가라면 서러울 종족들이지요." 베르너 슈니델이 완전히 무시하는 태도로 이렇게 말했다. "그네들이 원하는 것은 단 하나요. 우리가 자기네 지역에 공장을 열어서 영업세를 내는 것, 바로 그거요. 만난 지 이제 겨우 이틀 되었을 뿐인데, 이틀! 그런데 몇 명이나 적어 보냈습디까?"

"거의 4백 명 됩니다, 주소도 함께요!" 알프레트 분추바이트가 말했다.

"4백 명이라고요!" 베르너 슈니델은 킁 하고 코웃음을 내쉬었다. "심하게들 과대 반응했군요."

"저명인사들 중 최고의 저명인사들이란 말입니다!" 알프레트 분추바이트가 말했다.

"알았습니다." 베르너 슈니델이 말했다. "슈니델의 요청을 거절할 자가 있겠소."

알프레트 분추바이트가 양복저고리 안주머니에서 새하얗게 빛나는 편지 봉투를 꺼냈다. "그래서 초대장을 만들어보았습니다."

그는 두터운 고급 용지로 된 카드를 보여주었다. 멋들어지게 모양을 낸 글자체로 다음과 같이 씌어 있었다. DDR에서 열리는 최초의 자유선거를 기념하여 1990년 3월 18일 팔라스트 호텔의 대회의장에서 리셉션을 개최하오니 부디 참석하셔서 자리를 빛내주시기를 바랍니다. 시작: 17시 30분. 그리고 총지배인의 서명이 들어가 있었다. 가로로 길쭉한 카드의 상단에는 세 개의 단어가 나란히 찍혀 있었다. 첫번째로 **자유**가 검은색으로, 둘째로 **번영**이 붉은색으로, 세번째는 **법**이 금색으로 춤추고 있었다. 카드의 뒷면에는 호텔의 약도가 그려져 있었다.

"어떻게 생각하십니까?" 알프레트 분추바이트가 자랑스럽게 말했다.

"영 아니군요." 베르너 슈니델이 말했다. 알프레트 분추바이트는 충격에 휩싸여 카드를 들여다보았다. "세 글자는 통일, 법, 그리고 자유입니다. 또 이 대문자 세 개는 보기 싫으니 없애주십시오. 저명인사를 초청하자는 것이지 무슨……히피들을 초청하자는 게 아니지 않습니까." 히피라는 말은 잘했다, 베르너 슈니델은 생각했다. 알프레트 분추바이트에게 그보다 더 혐오감을 주는 말은 없었다. "그리고 가장 중요한 것을 빠뜨리셨더군요." 슈니델이 계속했다. "대형 뷔페와 주차장 말입니다. 카드 하단에 작은 활자체로 이렇게 적으세요. 대형 뷔페, 괄호 치고 더운 음식과 찬 음식. 그리고 주차장 완비. 안 그러면 아무도 안 옵니다."

알프레트 분추바이트는 그의 말을 받아적었다.

"그리고 뷔페는 당연히 무료로 제공되어야 하겠죠……" 베르너 슈니델은 계속 말을 이어갔다. "이 호텔이 좀 쫀쫀하게 구는 경향이 있는 것 같은 인상을 받았기 때문에 말씀드리는 겁니다. 저는 여기서 제가 왜 때때로 경고가 담긴 듯한 눈길을 받아야 하는지 모르겠습니다. 환영받지 못하고 있다는 느낌을 가끔씩 받습니다."

알프레트 분추바이트의 얼굴이 벌게졌다. 경고하는 듯한 눈길이란 게 오르크 베슈케의 눈길이렷다. 다음 회의 때 그의 면상에다 윽박지르고 곤죽을 만들리라. 바싹 오그라들어 아무 소리도 못하도록. 도대체 내 꼴을 어떻게 만드는 거야! 슈니델 집안 사람이 이 호텔에서 환영받지 못하고 있다고! 베슈케란 작자가 아직 쓴 맛을 못 본 거다.

"뷔페는……"

"대형 뷔페요." 베르너 슈니델이 말을 막았다.

"여부가 있겠습니까. 대형 뷔페는 당연히 무료로 하는 거지요." 알프레트 분추바이트가 말했다. "그 밖에 다른 점은 괜찮습니까?"

줄이 북북 그어지고 보충할 점이 가득 적혀 있는 카드를 그가 베르너 슈니델에게 내밀었다.

"다른 것들은 괜찮습니다." 베르너 슈니델은 이렇게 말하고 카드를 조그만 조각으로 잘게 찢어버렸다. 약간의 채찍도 필요해, 안 그러면 그는 백날이 가도 배우지 못할 거야.

9. 깡통이 내는 소리

"어머나, 당신이 누군지 알아요!" 슈라이터 부인은 레나에게 악수를 청했다. "그 노래 불렀던 분이죠?"

472

"그러네요. 노래 부른 그 아가씨 맞아요." 시민운동연합에서 나온 후보자이자 민주화 운동 초기의 활동가가 말했다. 그는 그때 극장에서 열린 '일반 시민 공개의 날'이 엉뚱하게 끝나자 극장 앞에서 어디로 갈까를 놓고 싸우던, 시민운동가풍의 외모를 풍기던 두 사람 가운데 하나였다. 그 후보자의 이름은 라인하르트 초케였고 여전히 청바지를 입고 니켈 안경과 덥수룩한 수염을 두르고 있었다. 그는 '선거운동원'으로서의 마지막 '등장'——그 두 단어는 그가 아주 싫어하는 단어였다——을 하고 있었다. 레나를 자기편으로 끌어들였으면 하는 것이 그의 간절한 바람이었다. 레나는 '노래 부른 그 여자'였고 레나를 가진 사람은 혁명의 정신을 가진 거나 마찬가지였다.

그들은 벌써 오전 9시에 **니슐** 앞에 모였다. 캠핑 테이블을 펴고 녹색이 어우러진 깃발 천으로 테이블을 덮고 커피가 든 보온병을 그 위에 올려놓고 유인물을 죽 펼쳐놓았다. 깃발 천에 덧대어 붙인 웃고 있는 노란 고슴도치는 테이블 장식의 중심으로 사람들의 눈길을 모았다. 슈라이터 부인은 여자들끼리의 친숙함으로 레나의 믿음을 샀다. "나도 여기 사람은 아니랍니다. 츠비카우에서 왔는데 거기서 너무 이름이 알려진 처지라서요. 부끄러운 일은 아니지만, 남편이 옛날 정부와 아주 가까운 사이예요. 그래서 내가 참여하는 걸 신(新)포럼 사람들이 별로 환영하지 않았어요."

"남편께서 뭘 하시는데요?" 레나가 물었다.

"그게 뭐 그렇게 중요하겠어요. 난 자식들 때문에 정치의식을 갖게 되었어요. 우리 아이들은 아가씨와 비슷한 나이예요. 딸아이는 지난해 여름에 헝가리를 통해서 저쪽으로 건너갔고 아들 녀석은 기동 경찰대에 있었죠. 아들이 동족을 향해 총부리를 겨누고 있으니 엄마 된 입장으로서 걱정을 안 할 수 없었죠. 정말 참 힘들었어요."

라인하르트 초케가 슈라이터 부인이 타고 온 시트로엥을 손으로 가리켰다. "한 가지는 설명을 해주셔야겠구면요. 보통 우리 팬들은 저런 차에서 내리질 않아유."

"예." 자기가 선택한 당이 자기를 자꾸 다른 당으로 밀어내려고 하자 슬퍼진 슈라이터 부인이 대답했다. "전 일찍 안착한 편이에요. 이제 그걸 어쩌겠어요?"

다른 당들도 니슐 주변에 스탠드를 차리기 시작했다. 민주사회당에서 나온 후보자는 동상 바로 앞에 스탠드를 차리지 않고 행인들이 가장 많이 다니는 길목에 자리를 잡았다. 그는 양복을 입고 있었다. 그는 여론조사 결과로 인해 자신감에 충만해 있었으며 벌써 승리를 확신하고 있었다. 이제 오늘 하루만 거리의 변덕에 몸을 맡기면 월요일부터는 국회에서 자리 하나가 방긋 웃으며 손짓하고 있을 것이었다.

보수정당에서 나온 후보자는 길거리에 바싹 붙여서 스탠드를 마련했다. 그는 파라솔을 펴서 행인들의 눈길을 끌었다. 가슴께까지 올라오는 높은 탁자는 세 사람이 둥그렇게 서서 대화를 나눌 때 중심으로 삼을 구심점으로 매우 훌륭했고 '자유와 번영'을 약속하는 고급 선거 플래카드를 붙일 때의 기둥으로서도 알맞았다. 정당 이름이 비스듬하게 기운 꼴로 박힌 새 파라솔, 새하얀 종이로 만들어진 유인물, 부드럽게 반들거리는 후보자 소개용 접이식 인쇄물, 장비를 싣고 온 차의 자동차 번호 등, 이 정당이 서독의 정당이라는 점을 말해주지 않는 것은 이 스탠드에서 하나도 없었다. 비와 매연으로 인해 진회색으로 뿌옇게 된 건물들 사이, 울퉁불퉁 깨지고 갈라진 돌길 위에서 이 스탠드는 누가 봐도 말쑥한 세계에서 보낸 전령이었다. 사람들의 눈에 들어오는 것은 카를 마르크스가 아니라 길가의 이 하얗고 붉은 한 점이었다. 스탠드가 다 차려지자 후보자는 승리의 자신감이 넘치는 표정으로 주위를 둘러보았다. 그리고 마지막 카드를 끄집어냈다. 몸 반쪽이 짐차 안으로 쑥 들어가더니 캔음료 한 판을 들고 나와 파라솔의 발치에 내려놓았다. 그러고는 차에서 두번째 판과 세번째 판을 들고 나왔다. 그는 계속해서 캔음료를 날라다 놓았고 결국 파라솔 옆에는 꽤 많은 캔음료가, 그리고 그의 얼굴에는 상당한 만족감이 쌓였다.

레나는 자유민주당의 스탠드로 가 아는 얼굴에게 인사했다. 닥터 마티스가 거기 있었다.

"레나, 우리 당에 오면 잘 맞을 텐데." 닥터 마티스가 말했다.

"저마다 똑같은 소리만 하네요." 레나가 말했다.

"겐셔*가 있는 당은 우리 당 하나야." 닥터 마티스가 말했다.

"우리에겐 기지**가 있다!" 공산주의의 맥을 잇는 정당***에서 나온 누군가가 소리쳤다.

레나는 시민회관을 꽉 채운 사건이었던 이 공산주의 연합정당의 선거운동대회에서 기젤라 블랑크의 활약상을 직접 보았다. 주지사 자리를 놓고 가망 없는 싸움을 벌이던 기젤라 블랑크는 연설을 마친 뒤 청중의 질문을 받았다. 레나와 마찬가지로 기젤라 블랑크도 독일이 정당이나 파에 묶이지 않고, 두 독일이 동등한 주체로서 신중하고 중도적인 통일의 길을 선택한다면 그것이 무엇이든지 환영하고 있었다. 그녀는 인간의 생산성을 불러일으키고 동시에 영리 추구에서 오는 파괴성을 지양하는 경제 형태,

---

* 한스 디트리히 겐셔(Hans-Dietrich Genscher, 1927~): FDP 소속 정치가로 1974년부터 거의 20년 가까이 서독 외무부 장관을 역임했다.
** 그레고르 기지(Gregor Gysi, 1948~): 구 동독 사회주의통일당 때부터 활동한 좌파 정치가.
*** 구 동독의 사회주의통일당(SED)이 장벽 개방 이후 SED-PDS 연합정당이 되고 통일 후에는 PDS로, 2007년부터는 좌파당 Die Linke으로 그 맥을 계속 이어가고 있다.

즉 열심히 일하는 자에게 상을 주면서 일반 대중을 보호하는 경제 형태를 찬성하고 있었다. 또 그녀는 군비 축소, 병역 대체 근무, 법치국가, 적극적인 세제정책을 주장하고 있었다. 논리적이고도 동시에 이상주의적인 그녀의 주장은 손에 잡힐 듯 가깝게 느껴졌다. 그러나 다른 정당들은 이 모든 것을 피해가면서 절망스러운 속세의 물에 젖어 있었으며, 외부적 제한이라는 것을 핑계 삼아 포기하고 있었다. 실험은 없다! 이것이 보수적인 독일연합*이 내건 슬로건이었다.

불과 반년 전까지만 해도 한심하고 거만하며 꼴 보기 싫고 단조로웠던 당이 기젤라 블랑크와 같이 위트가 넘치고 아름다우며 똑똑하고 매력적인 인물을 앞에 내세웠다는 점이 레나는 신기했다. 그녀의 연설을 듣고 있노라니 레나의 마음속에서 이 공산주의 연합정당을 찍지 못할 이유가 점점 하나씩 사라져갔다. 그러나 지속적으로 퍼져가는 찬성의 기운은 일순간 뚝 끊기고 말았다. 수천의 청중 앞에서 레나가 **슈타지 기록을 공개하라!** 라는 민중의 요구에 대한 당의 입장을 묻는 질문을 던졌을 때였다.

기젤라 블랑크는 대답 대신 말투에 이례적으로 신중함을 실어 다시 질문을 했다. "당신은 기록이 개방될 경우 살인과 폭력이 일어나지 않는다고 장담할 수 있습니까? 슈타지가 유발한 모든 고통으로 인해 수많은 증오, 개인적인 증오가 야기되지 않을 거라는 것을 당신은 보증할 수 있습니까? 우리가 종이 몇 장 때문에 서로를 죽여야 될까요?"

순간 깊은 수렁이 생겼다. 레나와 기젤라 블랑크 사이뿐만 아니라 전체 청중과 기젤라 블랑크 사이에도 깊은 골짜기가 파였다. 객석에서 수런수런하는 소리가 터져나왔다. 여긴 뭔가 잘못되어 있어, 레나는 생각했다.

---

* 독일연합Allianz für Deutschland: 1990년 동독 최초의 자유선거 시 기독민주당 등 몇몇 당이 결성한 연합정당.

레나가 물어본 것은 다 이유가 있어서였다. 방송국의 녹음실 담당자로 레나의 노래를 녹음했던 이네사가 한 공개 토론에서 슈타지에 협력했던 자신의 이력을 밝히고 나서 레나 자신도 슈타지에 협력한 것이 아닌가 하는 의심을 받았기 때문이다. 당시 슈타지 협력의 별다른 혐의 선상에 있지 않았던 이네사의 고백은 갑작스러운 것이었다. 그것은 수년간에 걸친 이중생활을 청산하고자 하는, 진실을 밝히는 행위였다. 그 고백으로 인해 자신의 이름과 자신이 제작하고 있는 방송 프로그램이 타격을 받으리라는 것을 알고는 있었으나 자신의 이중생활 가운데 어두운 면에만 이목이 집중되리라는 것은 예상하지 못했던 일이었다. 삽시간에 그녀는 슈타지의 청탁 아래 그들의 메시지를 사람들의 뇌수에 전달하는 **슈타지 이네사**로 불렸다. 레나가 **슈타지 기록의 공개**라는 주제를 건드렸을 때 그녀 또한 암묵적으로 슈타지 이네사의 공범으로 의심받게 되었던 것이다.

카를 마르크스 동상 앞에서 레나는 그때의 시계 기술자를 다시 보았다. 그는 구급차 위에서 연설을 하기 전에 마지막으로 대했던 환자였다. 격식을 갖춰 옷을 입고 질질 몸을 끌 듯이 걸어가고 있었으므로 그의 원시적인 힘은 더욱더 무시무시하게 느껴졌다. 모자나 목도리, 장갑 같은 것도 몸에 두르지 않은 그는 보수당의 유인물을 나눠주고 있었다. 그는 추위하지 않았고 손은 따뜻했다. 단단하게 맨 폭이 좁은 가죽 넥타이는 마치 느낌표같이 눈에 띄고 싶어 하고 있었다. 그는 어슬렁거리는 거인처럼 주위를 왔다 갔다 하다 몇몇 행인을 선택해 자기 정당의 유인물을 갑작스럽게 그들의 손에 쥐어주었다. 그 보수당의 스탠드에는 퀴히발트에서 제25주년 건국기념일 전날 밤에 국기에서 망치, 컴퍼스, 곡식 이삭의 문장*

---

* 구 동독과 구 서독 국기의 바탕은 검정, 빨강, 노랑의 삼색기로 동일하지만 구 동독의 국기에는 망치와 컴퍼스를 이삭 줄기가 둥그렇게 둘러싸고 있는 문양이 가운데에 배치되어 있다.

을 오려낸 혐의로 감옥에서 2년을 보냈던 과거의 수감자 한 명이 앉아 있었다. 그가 겪은 운명에서 힌트를 얻어 당원들은 통일 독일을 지향하는 카를마르크스 시의 시민들에게 처벌 없이 국기에서 망치와 컴퍼스와 곡식 이삭을 솜씨 좋게 오려내주는 서비스를 벌이고 있었다. 그 서비스에는 끊임없이 손님들이 몰려들었다.

그녀를 발견하고 강간범의 눈빛으로 뚫어져라 바라보는 시계 기술자의 영역을 레나는 접근하지 않았다. 유인물을 나눠주는 일이 지겨워졌던 그녀는 보수당에서 하얀색과 빨간색이 어우러져 있는 캔음료를 나누어주기 시작하자 유인물 나눠주기를 중단했다.

추운 3월 초에 콜라로 사람들을 꼬이는 것이야말로 흔히 하는 바보짓이라고 그녀는 생각했다. 그러나 사람들은 앞다투어 콜라를 채갔다. 보수당의 콜라 캔음료 더미는 레나가 준비한 뜨거운 민권운동가적 커피로 채워진 종이컵의 탑보다 훨씬 빨리 허물어져갔다. 익숙하지 않은 그 신기한 용기는 뚜껑을 딸 때 치익! 하는 소리를 내면서 유권자들에게 작은 재미를 안겨주었다. 다 마시고 난 캔은 놀랄 만큼 가벼웠다. 그 가벼움은 유권자들이 일상적으로 보아온 생선이나 채소가 든 양철 캔과는 비교가 되지 않았다. 손으로 가볍게 찌그러뜨릴 수 있다는 점도 하나의 즐거움이었다. 휴지통은 곧 찌그러진 콜라 캔으로 가득 채워져 갔다. 캔 더미는 산처럼 커져갔고 그 위로 쌓여가는 캔은 텅, 하는 소리를 내며 땅으로 떨어졌다.

캔을 집으로 가져가는 사람들도 많았다. 후보자가 그들을 부추겼다. "내일 연합정당의 승리를 축하하며 드십시오!"

그 광경을 보고 화가 난 레나는 광장 한복판에서 토론을 벌였다. 민주사회당과 후공산당, 보수당의 후보자들 및 자유당의 닥터 마티스, 시민운동연합의 라인하르트 초케가 모여들었다. 레나가 보수당 후보자를 놀렸

478

다. 3월 아침부터 뜨거운 커피 대신 차가운 콜라를 마실 분은 보수당으로 가시라고 외쳤다. 서독에서 왔으니까 무조건 좋을 것이라고 생각하시는 분들도 그쪽을 뽑으시라고 외쳤다. 인간들이 너무나도 바보 같았다. 역전에서 데모가 있은 지, 목숨을 걸고 경찰에게 소리를 지른 지 불과 6개월이 지났을 뿐이다. 당시의 정치적 상황은 미개했고 참을 수 없을 만큼 괴로웠다. 그 모든 소요의 결과로 이루어진 자유선거가 코카콜라 캔으로 결정이 나야만 한다면 그녀에게는 그것만큼 처참한 배신이 없었다. 이 배신이란 단어는 보수당 후보자의 심기를 심히 건드렸고 그는 레나의 면전에서 슈타지 히트 곡을 낸 사람이 무슨 배신 운운할 수 있냐고 말했다.

슈타지 히트 곡이라니, 레나는 따귀 맞은 기분이었다.

"그래요, 슈타지 히트 곡이지." 보수당 후보자가 말했다. "슈타지가 녹음하고 슈타지가 믹싱하고 슈타지가 방송한 것 아니오. 코러스도 슈타지가 넣었더만!"

"맞는 말이긴 하죠." 민주사회당 후보자가 말했다. "그런데 노래의 후렴구에 다른 뜻이 담겨 있을 수도 있어요. 어째서 우리는 친구가 될 수 없는가라는 구절은 자, 우리 친구로 지내자고요!가 될 수도 있죠."

"나도 그동안 그렇게 이해해왔는데." 공산주의 연합정당의 여성 후보자가 말했다. "모두가 같은 목적을 갖고 있다, 그거군요! 모든 사람은 형제다!"

"아니에요!" 레나가 부르짖었다.

"그렇지만 당시는 대화를 통한 정치의 시대였잖아요?" 공산주의 연합정당의 여성 후보는 고삐를 늦추지 않았다. "어째서 우리는 친구가 될 수 없는가라는 말은 당연히 화해의 손을 내밀자는 말이죠."

그녀는 레나에게 손을 내밀며 어떻게 하면 되는지를 보여주며 이렇게 말했다. "어째서 우리는 친구가 될 수 없나요?"

"무슨 뜻인지는 내가 더 잘 알아요!" 레나는 화가 나 그녀의 손을 뿌리쳤다. "내가 노래했고 내가 가사를 썼어요! **어째서 우리는 친구가 될 수 없는가는 우리는 절대로 친구가 될 수 없다**는 뜻이에요!"

"이제 와서 그런 소리를 하는군요." 보수당의 후보자가 말했다.

"이제 좀 그만 하세요." 레나는 자신이 이성을 잠시 잃은 것을 깨닫고 절망했다. "당신이 말하는 **자유와 번영** 말이에요! 그렇게 목에 넥타이를 매고 면도를 하고 서류 가방을 들고 서서 거창한 말을 하고 다니니 꼭 자유가 뭔지 알고나 이야기하는 것 같네요. 그런 사람이 자유를 내거는 것을 보니 내가 원하는 자유는 그게 아님을 이제 확실히 알겠어요. 지금 당신 모습이 어떤지 아세요? 자동차 운전자들을 위한 자유의 상징 같아요!"

"그래도 롤러스케이트 타는 사람들보다는 그 사람들이 더 많은걸요." 보수당 후보자가 메마르게 내뱉었다.

"또 그 번영이라는 것 말인데요, 배에 기름 끼고 지루하고 완고한 그 번영 말예요. 그것은 인생에 대해 아무것도 아는 게 없이 이미 다 살아버린 사람들을 위한 번영일 뿐이에요."

"바로 그겁니다." 보수당 후보자가 여유를 부리며 말했다. "당신 같은 그런 사람들을 위해서도 우리는 자유를 드리고 있어요. 번영하지 않기로 선택한 사람들 말이죠. 우리의 논지를 뒷받침해주셔서 감사합니다." 그는 너그러운 몸짓을 하며 레나에게 코카콜라를 하나 내밀었다.

레나는 받지 않았다. 대신 다른 당의 후보자들을 둘러보며 물었다. "여러분은 어떻게들 생각하세요?"

"이번 선거에선 코카콜라를 마시는 것 이외에는 다른 기대를 하지 말아야 할 거라는 점에서 전 당신과 의견을 같이합니다." 민주사회당 사람은 이렇게 말하면서도 바로 자기 목소리를 높였다. "그렇다고 당신처럼 코카콜라까지 반대하는 건 아니지만요." 그러더니 사방을 향해 골고루 목소리를 높이며 그대로 생방송으로 내보내도 될 만큼 장중하게 짧은 연설을 시작했다. "그러나 유권자들이 제게 독일의 통일에 이바지하라는 과제를 맡기신다면 저는 사회적으로는 정의, 경제적으로는 효율, 환경적으로는 친환경적인 구조로의 재편성에 박차를 가하기 위해 제 모든 힘을 다 쏟아부을 것입니다. 유복한 신랑을 만날 수 있도록, 신부를 더 아름답게 꾸미겠습니다."

"다들 제정신이에요?" 레나가 소리 질렀다. "아름답게 꾸미러 그럼 이만 저는 가봐야겠네요!"

그녀는 보수당 스탠드로 성큼성큼 걸어가 국기에서 잘라낸 망치-컴퍼스-곡식 이삭 문장을 어깨며 머리, 팔에 얹었다.

"저 슈타지가 미쳤나?" 문장을 잘라냈던 구 수감자가 고래고래 소리를 질렀다. 순식간에 그녀는 국가의 상징이 빠진 국기로 둘러싸였다. 비바람에 바래고 낡은 국기들은 나라에 행사가 있을 때마다 빈번히 충실하게 사용되어왔음을 보여주고 있었다. 그랬다. 이 국기들도 진실 하나를 말해주고 있었다. 그들에게 실려 펄럭이던 국가와 같이 그들도 흉물스럽기는 마찬가지였으나 가운데에 있는 검정, 빨강, 노랑의 그 상징은 독일이라고 하는 미래의 약속처럼 선명한 것이었다.

"슈타지 *끄나풀아*, 그만 해!" 국기를 휘두르던 어떤 사람이 그녀에게 붙어 있는 문장을 떼어내려고 그녀의 팔을 쳤다. 순식간에 퍽퍽 하는 소리가 잇따르면서 이곳저곳에서 국기봉이 레나를 향해 날아들었다. 문장이 나뭇잎 떨어지듯이 레나의 몸에서 다 떨어졌는데도 구타는 그치지 않았다. 독일을 가지고 장난치면 못쓴다. 그것은 몰매 잔치가 아닌 따끔한 훈계요,

경고였다.

그날 밤 레나가 저녁 근무를 마치고서 그녀의 철저한 완패가 펼쳐졌던 장소인 니슐에 가까이 다가갔을 때였다. 멀리서 윙윙거리는 수상한 소리가 들렸다. 그 소리는 점점 카니발 때 나는 타다닥하는 소리처럼 들려왔다. 주위에 널려 있는 콜라 캔을 쓸어서 길 가장자리로 한데 모으는 청소차에서 나는 소리였다. 레나는 그 소리가 거슬렸다. 캔 하나하나마다 그걸 마셨을 사람이 생각났다. 마신 사람은 모두 속임수에 넘어간 것이다. 그녀는 캔을 비웃었으나 이제는 캔이 그녀를 비웃고 있었다. 캔음료를 마신 사람들이 승리의 노래를 불렀다. 그들의 승리는 이제 공식화의 절차만을 눈앞에 두고 있었다.

10. 검정 막대가 위로 뻗어 올라갈 때

니슐 골목에서 콜라 캔이 딸그락거리는 소리를 들으며 레나가 예감했던 것은 다음 날 18시 1분에 확정된 사실이 되어 나타났다. 텔레비전이 그래프를 보여주었다. 색색의 막대기들이 위로 치솟아 있는가 하면 낮은 득표율로 바닥 언저리를 장식하고 있는 것도 있었다. 색깔이 보일락 말락 하는 막대기들은 중요하지 않은 것으로 여겨져 제대로 보여주지도 않았다.

맨 처음 약진세를 보여준 것은 사회민주당(SPD)의 붉은 막대기였다. 그러나 막대기는 22라는 숫자에서 멈추었다. 예정된 승자치곤 미약한 결과였다. 그다음으로 기독민주당(CDU)이 나섰다. 검정색 막대기는 계속 쭉쭉 뻗어 올라가더니 40에 이르러서야 겨우 멈추고 한숨을 돌렸다. 구

질서를 흔들더니 결국 전복시키고야 만 시위의 주동자 90연합당의 녹색 막대기는 눈 깜짝하자 벌써 멈추어 있었다. 이 세 당으로 모든 것이 결정 나버렸다. 사상은 표현하고 있었으나 어떤 분위기를 대표하지는 못하고 있었기에 어느 누구도 뭐라고 예상하기 힘들었던 자유민주당(FDP)은 8퍼센트를 기록했다. 공산주의 연합당의 짙은 빨강 막대기는 14퍼센트까지 올라갈 수 있었고 기젤라 블랑크는 이것을 두고 약삭빠르게 해석하기를, 이전보다 지지율이 낮아졌다는 것은 그만큼 당이 새롭게 탈바꿈하는 데 성공했다는 증거라고 했다.

　베르너 슈니델이 검은 막대기가 위로 뻗는 모양을 지켜보고 있었던 곳은 그 막대기가 자라날 때마다 같이 기뻐하는 사람들이 모인 틈바구니에 서였다. 그곳은 오각형으로 각이 진 땅의 생김새 때문에 **단풍잎**이라고 불리는 피셔인젤*의 어느 대형 음식점에서 열린 기독민주당의 선거 파티였다. 검은 막대가 붉은 막대를 제치고 뻗어 올라갈 적에 수백 명의 사람이 숨을 멈추었고 결국 혼자 우뚝 솟아올라 멈추었을 때는 모두 정신없이 환성을 질러댔다. 팔들이 나뭇가지처럼 번쩍 올라갔고 베르너 슈니델은 왼쪽에 있던 남자와 오른쪽에 있던 여자에게 얼싸안겼다. 환성이 잦아드는가 싶더니 박자에 맞춰 망치 소리처럼 퍼지는 구호에 실려 장내는 다시 뜨거워졌고 구호의 의미가 다 닳아 없어지고 소리가 바닥날 때까지 외침은 계속되었다. "도이칠란트,** 도이칠란트, 도이칠란트, 도이칠란트, 도이칠란트, 도이칠란트, 도이칠 란트, 도이칠 란트, 도이칠 란트, 도이칠 란트, 도이칠 란트, 도이칠 란트, 도이칠 란트, 도이칠 란 도이칠 란 도이칠 란 도이칠 란 도이칠 란……"

---

* 피셔인젤Fischerinsel: 베를린 슈프레 강에 딸린 작은 섬.
* 도이칠란트Deutschland: 독일.

그리고 맥주 한잔.

레나는 집에 혼자 앉아 검은 막대기가 올라가는 광경을 보았다. 그녀는 텔레비전을 끄고 창밖을 보았다. 모든 것이 낯설었다. 이대로 여기 있긴 싫어. 그녀는 집 밖으로 나갔다.

발렌틴 아이히가 검은 막대기를 지켜본 곳은 아름다운 바이에른에 있는 한 소도시의 작은 집에서였다. 그와 나란히 소파에 앉은 아내 뤼디아가 말했다. "원, 세상에!" 이 셋집의 집세를 내주는 사람은 한 소시지 제조업자로, 그는 부부의 냉장고도 채워주고 있었다. 아이히 부부는 맨 밑바닥부터 다시 시작해야 했다. 검은 막대가 하늘로 치솟는 것을 본 그들은 지금이야말로 시작해야 될 때라는 것을 알아챘다. 그들은 서로 눈짓을 교환하더니 뤼디아가 발렌틴 앞으로 전화기를 갖다 밀며 말했다. "그러지 말고 한번 해봐요."

발데마르는 텔레비전 앞에 사람들이 떼로 몰려들어 있는 호텔 로비에서 검은 막대가 치솟아오르는 것을 보고 있었다. 그는 상관인 객실부장 게오르크 베슈케가 승리의 기쁨에 차서 "됐어!" 하고 간절히 소리치는 것을 들었다. 베슈케는 급히 손가락을 딱 마주치면서 벽난로 바에서 샴페인을 가져오라고 주문했다. 그가 모시고 있는 드레스덴 은행의 신사들은 느긋하게 선거 결과를 지켜보았다. 선거 결과를 보고 두 신사 중 나이 든 쪽이 건배를 하며 말했다. "결과를 보니까 우리가 일할 만하겠는데." "예." 젊은 쪽이 대답했다. "선거를 다시 치르게 되지나 않을까 걱정했는데 말이죠."

프리츠 보데가 검은 막대기가 뻗는 것을 본 곳은 그가 선거 결과에 대해 논평을 하기로 해 앉아 있던 엘프 99 방송국의 한 스튜디오였다. 그는 어쩔 수 없이 후공산당이 추구하는 목표에 마음이 갔지만 낭만적인 동기에서 민주사회당을 찍었다. 그는 투표자들을 욕하고 싶은 마음을 억지로 참아야 했다. **우리에겐 매니저가 필요합니다**라는 말은 이러자고 한 말이 아니었다. 그동안 그가 느끼고만 있던 것이 숫자로 확인되었다. 여태껏 그의 인생 좌표와 전혀 상관이 없던 그 무엇인가가 시작된 것이다. 그러나 그날 밤 그는 전 세계 37개 국가의 통신원들에게 코멘트 하나를 날릴 수 있었다. 촛불로 혁명을 성취한 이들이 캔음료로 패배하는 것을 이상하게 여기지 말지어다.

카틀린 브로인리히는 친구 율리아의 집에서 검은 막대기가 위로 뻗어가는 모습을 지켜보았다. 먹을 것으로 소시지와 감자 샐러드가 있었다. "40퍼센트면 괜찮네." 율리아의 어머니가 말했다. "겨자 더 줄까?" "예." 카틀린이 말했다. "1백 퍼센트면 더 좋았을 텐데."

트릭 비틀스의 한 명인 마른 야코프는 뮌헨에 있는 월세 비싼 자신의 집에서 검은 막대가 위로 뻗어가는 모습을 보았다. 선거 결과는 그를 분노하게 만들었다. 그는 유권자들의 속마음을 바로 꿰뚫어보았다. 그것은 다른 편으로 슬그머니 숨어들려는 몇백만 명의 거대 사기극이었다.

헬프리트 슈라이터 박사는 바트 도베란*의 휴양 센터에 있는 텔레비전 화면에서 검은 막대가 올라가는 것을 보았다. 좋은 결과였다. 불확실한 세계 개량의 판타지보다 확실한 부의 건설을 그는 더 우선으로 쳤다. "사람들은 돈을 선택한 거야, 군말 없이." 실망의 빛이 얼굴에 역력한 아내에게 그가 이렇게 설명해주었다. "이제 이렇게 됐으니 끝까지 해봐야지!"

키 작은 턱수염 시인은 샤를로텐부르크의 한 술집에서 검은 막대가 올라가는 것을 보았다. 『르 몽드』지의 통신원으로 있는 어떤 이가 그와 그의

---

* 바트 도베란Bad Doberan: 독일 북부 발트 해의 로스토크(구 동독) 근처에 있는 작은 휴양 도시.

아내를 초대한 자리였다. 막대가 쭉 올라가자 그는 입을 굳게 다물었다. 결국 그는 1814년의 빈 의회로부터 그 선거 당일까지를 포괄적으로 어우르는 비평을 분석적으로 냉정하게 몇 마디 했을 뿐이다. 그는 선거 결과에 중요성을 부여하길 거부했고 그러면서도 사르트르의 『파리 떼』 이야기를 했다. 그는 마취당한 느낌이었고 그날 저녁 어느 때보다 술을 많이 마시고 어느 때보다 말을 적게 했다. 아내가 그의 무릎에 가벼이 손을 올려놓자 그는 눈을 감고 앞으로는 절대 정치에 관심 두지 않을 것을 소망했다.

폰타네 전문가인 에를러 박사는 장차 거실이 될, 전기 공사를 막 다마친 공간의 건물 뼈대 안에서 검은 막대가 올라가는 것을 보았다. 에를러 가족은 15개월 전부터 일요일마다 집터 공사장에서 하루를 보내고 있었다. 에를러 박사는 고무장화를 신고 있었다. 그는 선거 결과에 역사적인 의미를 부여해, 이제 독일 통일은 정치가 맡아야 할 과제가 되었다고 해석했다. 이번 자유선거에서 더 많은 것을 기대했던 그였으나 서독 화폐에 대한 욕심이 사고를 흐릿하게 마비시켜 독일 통일 회의론이 고개를 내밀 수 없게 만들었다. "이젠 어떻게 되는 거죠?" 그의 열여섯 살짜리 딸이 그를 보며 물었다. "이제 사람들은 여태껏 단 한 번도 성공하지 못했던 일을 해내야만 할 거다." 그가 말했다. 그는 원래 국가 통일에 반대하는 입장에 있는 사람이었으나 **실험은 없다!**라는 슬로건이 그의 역사 지식을 우롱하고 있었다.

다니엘 데티엔은 후공산당의 선거 파티에서 검은 막대가 올라가는 것을 지켜보았다. 그는 경악에 못 이겨 눈을 감아버렸다. 갑자기 환성이 터져나왔다. 눈을 떠 보니 짙은 빨강 막대기가 14에 멈추어 있었다. 예상 득표율이 0.1퍼센트씩 올라갈 때마다 열광적인 환호성이 터져나왔다. 신기한 정당이다, 다니엘이 생각했다. 자기 정당 이외에는 관심이 없군. 정당

제1후보자인 기젤라 블랑크의 사무실에서 오랫동안 허드렛일을 맡아 해왔을 뿐 아니라 고교 졸업장이 없는 목사 아들 다니엘 데티엔은 자기도 다른 정당에 가볼 권리가 있다고 느꼈다. 그래서 그는 밤이 늦도록 이 파티에서 저 파티로 옮겨 다녔지만 어느 단 한 군데도 자신이 있을 곳은 아니라는 생각이 들었다.

보건부 장관 뤼디거 위르겐즈 박사는 검은 막대가 올라가고 있을 때 소파 위에서 잠들어 있었다. 직무 완수에 모든 것을 바친 그는 국정을 돌보는 일에 지쳐서 단 하루도 더 장관직을 하고 싶지 않았다. 이제 남은 일은 인수인계를 준비하는 일이었다. 여느 금요일처럼 15분 간격으로 진행되는 마지막 '대화의 날'은 일단 보류하기로 했다. 전임자의 노고를 알려주는 뜻에서 후임자에게에게 할당해줄 생각이었다.

하이디 슐뤼터가 검은 막대가 올라가고 있는 것을 본 시간은 혼자 텔레비전을 보며 손톱에 빨간색 칠을 하고 있을 때였다. 놀라움의 후! 소리가 자기도 모르게 새어 나왔다. 그녀는 즐거이 **독립여성당**을 찍었었다. 여성이 되고 싶은 것은 물론이요 게다가 독립적인 여성이라면 더욱 좋았다. **독립여성당**은 예상 득표율 산정에 끼기에는 너무 작은 집단이었다. 하이디는 어차피 소수 그룹에 속하는 것에는 익숙해져 있었다.

위르겐 바르테는 '민주주의의 집'에서 검은 막대의 상승을 지켜보고 있었다. 검은 막대기는 그의 머리통을 후려갈기는 것 같았다. 시민운동 연합은 3퍼센트의 지지를 얻었고 공산주의 연합정당은 그 다섯 배를 얻었다. 도대체 말도 안 되는 일이었다. 보수당도 그들보다 하등 나을 게 없는 이들이었다. 겁쟁이들, 다들 하나같이 말이야, 듣기 좋은 말만 살살 하는 것들, 유령당 당원 주제에 긴 줄에 겨우 대롱대롱 매달린 게 무슨 자랑이라고. 이제 콜Kohl 등에 업혀 선거에서 이기니 그 사람 좋은 일만 한 거야. 수염이 덥수룩이 자란 남자들과 길게 머리를 기른 여자들이 위르겐 바르테 주위를 에워싸고 있었다. 그들은 가죽 재킷을 입었거나 등산화를 신고 있었으며 헐렁하고 치렁치렁한 옷이나 털실 스웨터, 오버롤 또는 팔레스타인 남자들이 두르는 머릿수건을 두르고 있거나 아기를 안고 있거나 하고 있었다. 위르겐 바르테는 나비넥타이를 매고 있었다. 우리 꼴을 보니 3퍼센트를 받아 마땅하군, 위르겐 바르테는 분통이 터졌다.

유디트 슈포르츠는 59센티미터 크기의 JVC 브라운관에서 비추는 검은 막대를 보고 있었다. 이 텔레비전은 없는 흠을 꾸며내어 본인이 직접 가격을 인하한 뒤 자신의 가게에서 산 것이었다. 그녀는 벽장에서 퀴라사오 한 병을 꺼내와 한 잔 따랐다. 서독의 돈이 승리했다면 이제 곧 인터숍은 없어질 것이다, 그녀는 생각했다. 그녀는 한 잔을 비우고 다시 한 잔을 따랐다. 사람들에게 서독 돈이 생기면 내가 지금 가진 모든 것을 그들도 가지게 될 것이다. 잔을 마시고 나서 세번째 잔을 채우면서 이 한 병을 오늘 저녁에 다 비워버리리라, 하고 마음먹었다. 다른 사람들도 다 가질 수 있게 된 퀴라사오는 더 이상 마시고 싶지 않았다. 이제 더 이상 자신을 특권층이라고 느끼며 살기는 힘들어지리라. 아주 불가능하지는 않겠지만 힘들게 될 것은 뻔하다.

카클리는 '종말의 파티'라고 선포된 한 파티에서 검은 막대기가 솟는 것을 보았다. 마룻바닥은 썩어가고 있었고 바닥에 깐 깔개 사이로 갈대풀이 삐져 나와 있었다. 전기는 옆집의 지하실에서 따왔고 카클리를 쉴 새 없이 지껄이게 만드는 마약은 서독에서 가져온 것이었다. "다시 한 번 찬찬히 주위를 봐두라구!" 그가 파티 손님들에게 외쳤다. "이런 집! 이런 찻잔! 이런 자동차! 이런 벽지! 이런 상표! 이런 것들 이제 다 없어질 거니까!" 바닥에 난 구멍이 뚫리면서 무너져내리는 바람에 아래층으로 떨어지며 그가 또 외쳤다. "이런 바닥도!"

카롤라 슈라이터는 틸로와 북미 여행의 상품 소개가 나온 카탈로그를 뒤적이다가 검은 막대의 상승을 보게 되었다. 그녀는 격동의 순간을 가까이서 경험해보지 못한 것에 대해 후회를 하고 있는 자신을 틸로에게 고백할 용기를 아직 한 번도 내지 못했다. 동독을 알던 그녀는 이제 서독을 알게 되었지만 정작 가장 멋진 사건은 놓쳐버리고 말았다. 그녀는 선거에서 투표도 하고 싶었다. 온갖 추측이 난무하던 선거였고 어떻게 결과가 날지 아무도 모르던 선거였으며 또 엄청나게 많은 일이 그 결과에 좌지우지되는 선거였다. 그리고 결과는 실망이었다. "감(感)이 있는 사람들이네, 저 사람들!" 자기가 한 말의 여운을 되새기던 카롤라는 저 **사람들**이란 말이 의미심장하다는 생각을 했다.

마티아스 랑게 검사는 저녁을 먹으며 검은 막대가 치솟는 것을 보았다. "저것 좀 봐!" 놀란 그가 베레나에게 외쳤다. 선거 결과에 소름이 끼쳤다. 그가 아는 주위 사람들 가운데는 저 검은 막대의 상승에 일익을 담당했을 만한 사람이 거의 없었다. "인민의 이름으로라는 말을 항상 하고 있지만, 내가 실상 그 인민에 대해 얼마나 아는 게 없는지!" 그가 말했다. 넌 나에 대해 얼마나 알고 있니, 베레나가 생각했다. 자신이 선거 승리자의 한 사람이라는 사실을 그녀는 당연히 아무에게도 말하지 않았다.

알프레트 분추바이트는 자기가 개최한 선거 파티에서 검은 막대가 올라가는 것을 보았다. 빽빽하게 모인 사람들의 머리 위 높은 곳에 텔레비전 한 대가 아래를 향해 구부정하게 매달려 있었다. 막대가 위로 뻗어나가자 긴장하고 있던 사람들에게서 폭포 같은 환성이 터져나왔다. 박수는 많지 않았다. 거의 모든 손님이 손에 술잔을 들고 있었기 때문에 박수를 치기가 힘들었다. 가장 앞줄에 서 있던 알프레트 분추바이트는 손님들을 향해 뒤를 돌아보았다. 얼굴에 웃음이 가득 번지기까지에는 약간의 시간이 걸렸다. 그 웃음은 얼굴의 살들을 밀어내고 눈을 더욱 조그맣게 만드는 행복에 겨운 웃음이었다. 파티 주최자는 그였고 결과도 손님의 마음에 드는 것이라야 했다. 손님의 마음에 드는 결과는 그의 마음에도 들었다.

알프레트 분추바이트는 베르너 슈니델이 어디 가 있는지 몰랐다. 그는 감사하다는 말을 전하고 싶었다. 얼마나 많은 사람이 초대에 응했는지 모른다. 3백 명은 족히 될 것이었고 그중에는 시의원 두 명과 심지어 전직 시 행정위원까지 있었다. 알프레트 분추바이트 자신은 30명 정도 되는 미미한 수의 손님만을 동원할 수 있었다. 그러나 서베를린 손님들은 전혀 지루해할 줄 몰랐다. 그들은 거의 자기들끼리만 모여 있었고 그들의 사교성 덕분에 알프레트 분추바이트는 몇몇 새로운 사람들을 소개받을 수 있었다.

"당신이 이 파티를 개최한 분이군요." 태닝한 얼굴에 주름이 온통 자글거리며 퍼져 있는 한 부인이 그에게 갑자기 다가서며 말을 걸었다. 안경알의 밑단에 반만 둘러진 안경테 하며 반지를 끼고 있는 좌우 세 손가락, 헐렁하게 늘어지는 소매의 색색 줄무늬 니트, 목걸이, 귀걸이, 의치 등, 알프레트 분추바이트에게는 정신없이 특이한 그녀의 옷차림이 먼저 눈에 띄었다. 그녀의 남편은 배 앞으로 두 손을 깍지 끼고 그녀 옆에 서 있었다.

"마음에 드십니까?" 알프레트 분추바이트가 물었다.

여자는 두 눈을 꼭 감더니 숨을 들이쉬었다. "대단해요!" 힘을 주어 말하더니 다시 눈을 뜨고 팔을 떨쳐버리는 시늉을 했다.

"다행입니다!" 알프레트 분추바이트가 말했다.

"이 정도 결과라면요!" 여자가 말했다. "우리 남편이 30년 넘게 부동산 분야에서 일하고 있는데 여기 와서 이렇게 보니…… 모양이……"

알프레트 분추바이트는 여자가 무슨 말을 하는 건지 모르면서도 고개를 끄덕였다. 자기 이야기가 나오자 남편은 알프레트 분추바이트에게 고개를 끄덕하고 명함을 건네며 악수를 청했다. **하겐 C. 뢰르슈**라고 씌어 있었다. 이름을 보니 떠오르는 것이 있었다. 1970년대 후반…… 건설 자재 스캔들…… 시 건설위원회 의원의 사퇴…… 시멘트의 등급이 원래 시공되어야 할 등급과 달랐기 때문에 뭔가가 무너진 사건이었다. 알프레트 분추바이트는 그 당시 시멘트가 다 같은 시멘트가 아니라는 사실이 신기해서 저녁 뉴스에 보도된 그 사건에 흥미를 가지고 지켜본 기억이 났다.

"그런데 기독민주당원이 이토록 큰 호텔을 경영할 수 있다니, 전 말예요, 사회주의통일당원이 아니면 그런 일은 맡기지 않을 거라고 생각했거든요. 기독민주당원이시죠?"

"기독민주당이요?" 그는 당황하여 질문을 이해하지 못한 시늉을 했다. 벌써 몇몇 사람이 그들의 대화를 듣고 있었다.

"사회주의통일당원은 아니시겠죠." 부인이 그렇게 말하자 알프레트 분추바이트가 재빨리 대답했다. "아닙니다, 당연히 아니죠."

"아니면 옛날에 당원이셨거나……" 부인이 노래하듯 큰 소리로 말을 이었다.

"저는 항상 경제에 흥미를 느껴왔습니다." 알프레트 분추바이트의 측면 공격이었다. "우리에게 기독민주당은 경제를 대표하는 정당은 아니었습니다. 오히려 좀…… 기독교적인 느낌을 받는다고 할까요?"

"그러면 사회주의통일당은 경제당이었나요?" 부인이 발끈했다. "그

당 때문에 여기 이렇게 보이듯이 전부 다 망가진 거잖아요."

"호텔 운영은 잘되고 있었습니다." 알프레트 분추바이트가 말했다. "항상 흑자를 봤지요." **목표 완수**라는 단어는 그가 단어 목록에서 이미 지워버려서 없기 때문에 쓰지 않았다.

갑자기 정문 도어맨 발데마르가 알프레트 분추바이트 옆에 와 섰다. "전화 왔습니다." 발데마르가 말했다. 장신구를 주렁주렁 매단 부인의 눈길을 받는 알프레트 분추바이트의 머리에는 이상한 상상이 떠올랐다. 만일 저 여자가 목을 맨다면 며칠이고 바람 부는 대로 딸랑딸랑 소리가 날 거야.

"누군가?" 알프레트 분추바이트가 물었다.

"슈니델 씨입니다."

마치 배달시킨 것처럼 딱 맞춰 온 전화였다. 전과자 건설업자의 부인에게 감히 망신을 당하려는 찰나 그는 "실례하겠습니다, 슈니델 씨께서 저와 개인적으로 통화하고 싶어 하십니다"라고 말할 수 있었다. 자기네들이 옛날에 퇴출당한 리그에 이제 그가 입성하고 있다는 사실을 저들이 깨달아야 할 텐데!

알프레트 분추바이트는 성큼성큼 빠른 걸음으로 긴 복도를 통해 대회의장을 빠져나와 호텔 로비로 갔다. 프런트 직원이 수화기를 들고 흥분하여 그를 향해 손짓을 하고 있었다. 그 전화 통화는 그의 일생에서 가장 훌륭한 전화 통화였다.

"예, 분추바이트입니다!"

"베르너 슈니델입니다. 결과 잘 나왔지요, 안 그렇습니까?"

"예, 정말 이럴 줄 누가 알았겠습니까!"

"거긴 어떻게 돌아가고 있습니까?"

492

"아주 좋습니다, 잘 돌아가고 있어요. 감사합니다. 지금 오신 손님만 해도 벌써 3백 명이나 되는데 결과가 이렇게 좋으니 앞으로 더 불어나지 않겠습니까?" 1.28마르크를 당신에게 빚졌습니다, 라고 말하려고 했으나 베르너 슈니델이 이해하지 못할 게 분명했다.

"손님의 동서 비율이 어떻게 됩니까?" 슈니델이 물었다.

"제가 볼 때 90:10 정도 됩니다."

"큰일이군." 베르너 슈니델이 실망하는 것 같았다. 알프레트 분추바이트는 자신이 말실수한 것을 깨달았다. "그러니까 90퍼센트가 서독 손님이고……"

"아, 그랬군요! 진작 그렇게 말씀하시지! 제가 전화한 이유는 다른 게 아니고, 잠시 후 신임 베를린 시장과 함께 거기 들를까 해서 말입니다." 베르너 슈니델이 여유를 부리며 물었다.

"그렇게 하실 수 있겠습니까?" 알프레트 분추바이트는 이렇게 되물었다가 눈앞이 캄캄해지면서 다시 이렇게 말했다. "당연하신 말씀을! 아니, 예! 오십시오! 언제쯤 오시겠습니까?"

"아직 좀 시간이 걸릴 것 같습니다. 여기 일도 바쁘긴 하지만 기꺼이 가기로 하지요. 사람들을 붙잡아두고 계세요! 꽉 차야 됩니다!"

"당연히 그렇게 하겠습니다!"

"정 안 되면 문이라도 걸어 잠그세요!"

"그렇게 하겠습니다!"

"됐습니다, 그럼 나중에!"

"정말로 감사합니다!" 알프레트 분추바이트가 이렇게 말했으나 베르너 슈니델은 벌써 전화를 끊은 상태였다.

알프레트 분추바이트는 부지런히 몸을 움직이는 것이 그 영예에 대한 보답이나 되는 것처럼 수선을 떨기 시작했다. "시장님께서 오신다." 그는 이렇게 말하고 프런트 직원에게 지금 당장 몇 분 안으로 손봐야 할 것들을 손가락으로 지적하기 시작했다. 말할 때 동사는 건너뛰었다. 그가 밋밋한 기둥을 가리키며 "꽃!" 하면 프런트 직원은 호텔 전속 화환 업자에게 전화를 걸어 탐스런 새 꽃꽂이를 주문해야 했고 "외투 보관소!" 하면 직원한 명을 시켜 외투 보관소를 지키라는 뜻이었고 "정문!" 하면 빗자루질, "방명록!" 하면 방명록 준비, "사진!" 하면 사진 촬영할 준비를 갖추라는 뜻이었다.

그는 흥분해 있었으나 겉으로는 침착하고 느긋하게 비춰지려고 애썼다. 드레스덴 은행의 신사들 앞에서 기쁨을 드러내면 안 되었다. 그는 세상에서 가장 평범한 일이라는 듯 마치 지나가는 인사말처럼 그들 앞에 이 거사를 선보이고 싶었다. "여러분들, 저 뒤에서 열리는 행사에 와보시죠. 조금 있다가 시장님께서 오실 겁니다."

"선출된 시장이요, 아니면 옛날 시장이요?" 둘 가운데 젊은 축이 물었다. 똘똘아, 고맙다! 정말 기막힌 질문이다!

"당연히 선거로 선출된 시장님이죠." 그가 대답했다.

"아직 현직에 오르지 않은 시장이요." 시기심을 숨기려야 숨길 수 없는 게오르크 베슈케가 샘을 내며 말했다.

알프레트 분추바이트는 파티장으로 돌아가 서베를린 손님들 사이에 섞였다. 변호사, 건축가, 공무원, 역사학 교수 등이었다. 사람들은 삼삼오오 무리를 지어 활기차게 떠들고 있었고 무리는 흩어졌다가 다시 새로 뭉치곤 했다. 기독민주당(CDU)은 10년 동안 서베를린 행정부를 이끌고 있었으나 지난 1년 전부터는 권력을 놓친 상태였다. 그때부터 그들은 꼼짝도 못하고 앉아 날씨나 이야기하고 있었으며 아무 자리도, 또 아무 계약도 나눠줄 수 없었다. 알프레트 분추바이트는 그들을 보며 생각한 게 있었다. 그것은 족벌 정치였다. 그것은 그가 몸담고 있었던 당과 너무 다른 당이었다. 그의 당에 소속된다는 것은 종속성이 더욱 상승한 존재가 되었음을 의미했다. 그 대가로 출세의 사다리도 더 높은 곳까지 뻗어 올라갈 수 있었다. 그런데 이 당은 여기저기에 촉수를 집어넣는 부산스런 문어발들을 위한 네트워크였다. 그는 이런 당이 맘에 들었다. 옛날부터 이런 당에 들어가고 싶었다.

뢰르슈 씨와 그 아내, 저 걸어 다니는 골동품 가게가 저기 있군. 설마 내가 도망친 거라고 생각하곤 있진 않겠지. "다시 한 번 죄송합니다." 최고로, 가장 최고로 기분 좋은 알프레트 분추바이트가 말했다. "영광스럽게도 조금 있다가 새로운 시장님께서 방문하신다는 소식을 접했습니다."

"뭐라고요, 여기로요?" 뢰르슈 부인이 물었다.

"예, 그렇고말고요!" 내 말을 전혀 믿지 않는 사람들이군. 알프레트 분추바이트는 이제 자기 쪽에서 그들을 괴롭히기로 작정했다. "그런데 뢰르슈라는 성함을 어디서 들은 적이 있는 것 같습니다. 계속 생각해봤는데요……"

"우리 남편은 유명 대기업을 운영하고 있습……"

"건설 회사요?"

"아, 그건 **한참 전** 옛날얘기구요. 부동산 투자업……"

"1970년대 후반에 사고가 한 번 있지 않았습니까?" 뢰르슈는 감옥에 들어가기까지 했었지, 갑자기 이야기의 전말이 모두 생각난 알프레트 분추바이트가 말을 끊었다. "건설 현장에서 일어난 사고였지요, 아마? 뭐가 무너져 인부 두 명이 사망하는 사고였지요?"

"네, 뭐 그랬어요. 다른 시멘트를 갖다 붓는 바람에요. 그렇게 되니까 사장으로서 목을 내놓을 수밖에요." 뢰르슈 부인이 불쾌한 듯 말했다.

"그럼 바로 전과자가 되는 거고 말입니다." 그녀 앞에다 전과자라는 멋진 말을 늘어놓기 위해 일부러 동정 어린 목소리로 그가 말했다.

"바로 그래요." 뢰르슈 부인이 대답했다. "매일 그렇게 책임을 떠안고 살아갈 필요는 없는 것 아니겠어요? 그래서 우리는 업종을 한번 바꿔보자, 한 거죠. 안 그래요?"

베르너 슈니델은 수화기를 내려놓고 다시 파티장으로 갔다. 파티장은 시끄러웠고 음식을 날라주는 사람들이 장내를 뛰어다니고 있었으며 사람들은 서로 어깨를 두드려가며 웃고 있었다. 텔레비전 앞은 서로 밀치며 서 있는 사람들로 혼잡을 이루고 있었다. 신임 시장이 카메라 앞에 나섰다. 그는 당내에서조차 거의 알려지지 않은 인물이었다. 선거운동을 한 당사자는 헬무트 콜이었지만 시장 후보는 다른 사람이었다. 그러나 그 시장 후보는 선거를 며칠 앞두고 사퇴해야 했다. 슈타지의 한 장교가 독일 연합당의 단일 후보인 그 시장 후보가 20년 넘게 슈타지에서 일해왔다고 공식적으로 폭로했던 것이다. 믿을 만한 이야기라고 보기 힘든 주장이었지만 그 후보의 반대 주장은 더욱 어처구니없었다. 그는 신경쇠약을 명목으로 병원에 기어들어가 선거를 나흘 앞둔 날 흑·녹·청의 색동 목욕 가운을 입고 기자들을 맞은 자리에서 자신의 혐의가 완전히 밝혀질 때까지 모든 관직에서 물러나겠다고 밝혔다. 즉, 그것은 자신이 그들 밑에 있었다는 것을 인정하는 셈이었다.

그리하여 선출된 새 후보는 잘 알려지지 않은 사람으로서, 자신에게 갑작스레 떨어진 임무에 아무 준비가 되어 있지 않은 사람이었다. 그는 지금 자신이 완수해야 하는 관직을 목표로 활동해오던 사람이 아니었다.

베르너 슈니델은 그를 텔레비전에서 보았다. 그는 너무 흥분한 나머지 미처 기뻐할 여유도 없어 보였다. 그는 수많은 카메라와 마이크 때문에 정신을 차리지 못하고 있는 것처럼 보이는 데다가 계속해서 자기보다 키 큰 사람들에 둘러싸여 있었다. 그는 모든 이를 항상 위로 치켜떠 봐야 했고 스탠드 테이블은 그에게 너무 높아 테이블에 올려놓은 팔이 보기에도 불편해 보였다. 베르너 슈니델이 볼 때 그는 자신이 꼭두각시이며 운명에 의해 선택된 장난감이고 하늘에서 건 내기의 대상이라는 것을 알고 있는 듯했다. 반년 전까지만 해도 자유선거가 있을 줄은 아무도 상상하지 못했었고 단일 후보에 대한 루머가 짙어지면서 선거 1주일 전이 되어서야 자신이 새 후보가 되리라는 것을 알게 되었을 터였다. 그리고 선거일 저녁이 될 때까지 아무도 그를 승리자로 예측하지 않았었다.

베르너 슈니델은 그가 얼마나 자신에게 주어진 임무를 충실히 하려고 하는지 지켜보았다. 그는 시달리고 지친 얼굴이면서도 웃고 있었으며 의례적인 인사말 속으로 얼른 도피하기 일쑤였다. 감사드린다. 특히 헬무트 콜에게 감사한다. 도이칠란트. 압도적인 승리. 도이칠란트. 의심의 여지가 없는 증거. 도이칠란트. 시장경제. 통일. 내일이면 일터로. 자유를 이루어냈다. 할 일이 많다.

베르너 슈니델은 어떻게 하면 그를 빼낼 수 있을지 알 것 같았다.

그 후보자의 당선을 그 누구도 알기 전부터 이미 그는 **단풍잎**에서의 선거 파티에 오도록 미리 일정이 짜여 있었다. **단풍잎**은 선거 보도 센터가 차려진 **공화국 궁전**에서는 걸어서 3분 거리, 팔라스트 호텔에서는 그 반대편 방향으로 2분 거리에 있었다. 후보는 9시 반에 **단풍잎**에 도착하려고 했으나 당선자가 되자 예정에 없던 순서들이 생겨났다. 10시 반경, 선거 파티를 주최한 측은 그를 모셔가고자 보도 센터 입구에서 기다리고 있었다.

베르너 슈니델이 그들 사이에 슬쩍 끼어 명함을 내밀며 자신이 새 시장님을 다음 장소로 안내하겠다고 했다.

곧 차량이 도착했다. 양복을 입은 사내들이 보였으나 경호원은 없었다. 시장이 나왔다. 남자 셋이 따라붙었다. 시장이 차 안으로 몸을 들이밀려고 하는 순간 베르너 슈니델이 그의 곁으로 다가갔다. 명함을 건네주고서 재빨리 말했다. "죄송합니다만 그쪽으로 좀 가셔야 되겠습니다. 이왕 여기까지 오셨는데 우리를 모른 체하시면 되겠습니까. 여기서 지척이니 그저 잠깐 인사만 하시면 됩니다."

시장은 싫다 좋다 말이 없었다. 벌써 몇 시간 전부터 사람들에게 시달리고 있던 그였다. 버거워하는 기색이 역력했다. 그는 사람들이 이끄는 대로 끌려가고 있었다. 흡사 약 기운에 취한 것 같아 보였다.

시장의 부인을 비롯한 다른 사람들이 탄 두번째 차량이 도착했다. 차는 꽉 차 있었다. 베르너 슈니델은 팔라스트 호텔에 전화를 걸어 호텔 차량 행렬의 선두에서 깃발을 나부끼던 700시리즈짜리 BMW를 불렀다. 통화는 간단했다. 잠시 후에 시장님이 가시는데 그 차가 필요하다, 당장 보내라, 지금 당장!

통화를 끝낸 다음 그는 시장과 그의 일행을 모시고 왔던 두 명의 운전기사와 이야기를 나누었다. 그는 명함을 보여주면서 다음 행선지는 팔라스트 호텔이며 시장님도 이미 그렇게 알고 계시다고 했다. 그리고 시장이 타고 왔던 차에 올라탔다.

안에서는 시장이 연설을 계속하고 있었다. 감사하다. 특히 헬무트 콜에게 감사드린다. 도이칠란트. 압도적인 승리. 도이칠란트. 의심의 여지가 없는 증거. 도이칠란트. 시장경제. 통일. 내일이면 일터로. 자유를 이루어냈다. 할 일이 많다.

잠시 후 팔라스트 호텔에서 보낸 BMW 리무진이 도착했다. 운전석에는 입구 도어맨 발데마르가 앉아 있었다. 전용 운전사가 퇴근을 해버려 어마어마하게 커다란 이 차의 운전이 그에게 맡겨진 것이다.

발데마르는 베르너 슈니델을 찾으러 **단풍잎** 안으로 들어갔다. 실내는 반 정도만이 차 있었고 몇 시간에 걸친 탄성과 몇 시간에 걸친 먹고 마시기가 뒤섞인 승리의 축제는 거의 끝나가고 있었다. 이 흥청망청 잔치판은 파장 분위기였다.

시장이 연설을 막 끝냈을 때 애국심에 흠뻑 도취된 한 사내가 무대 위로 기어올라와서 마이크를 거머쥐고 독일 여성들을 향한 독일인의 충성심으로 독일 와인에 취해 노래 한 곡을 부르기 시작했다. 그 노래는 그날의 단어를 두 번 연거푸 부르며 시작되는 노래였고 그는 자신이 품은 뜻을 몸짓으로 표현하려는 의도로 흔들거리는 오른팔을 위로 들어 올렸다. 가사를 몰라 두번째 소절 이상 넘어가지 못하고 비틀거리는 그의 노랫가락처럼 팔이 허공에서 휘청거렸다. 그 팔에는 어디서 뭣 때문에 새겼는지 모르는 유치한 무늬의 문신이 새겨져 있었다. 쭉 뻗지 못한 팔은 몽유병 환자의 그것 같았다. 이 광경을 본 발데마르의 등에선 식은땀이 쭉 흘러내렸다. 통일이라는 것이 과거에 독일이 멈추어 서야만 했던 그 지점에서 다시 계속하기만 하면 되는 것이라고 이해하는 사람들이 있구나, 하는 생각을 했다.

남아 있던 사람들의 시선은 출구를 향해 나가던 시장에게 쏠려 있었으므로 그 광경을 본 사람은 발데마르 말고는 거의 없었다. 발데마르는 밖으로 나갔다. 남녀들이 헤어지며 인사를 나누고 있었다. 베르너 슈니델이 검은 메르세데스에서 내렸다. 발데마르는 그에게 다가갔다. "안녕하십니까. 모시러 왔습니다."

"난 시장님과 함께 가겠소." 적절한 순간을 놓치지 않기 위해 손님들이 흩어지는 모습을 계속 주의 깊게 눈으로 쫓으며 베르너 슈니델이 말했다. "누구를 태워야 할지 알려줄 테니 먼저 가시오!"

승자의 개인 보좌관이 그가 타고 갈 메르세데스에 타려고 하자 베르너 슈니델이 명함을 들이밀며 몹시 급하고 바쁜 일이라는 투로 그에게 일렀다. "팔라스트 호텔의 선거 파티에 가야 되오. 시장님과는 이미 다 얘기가 되어 있는 일이오. 저걸 타고 가시오!" 그는 비서를 BMW로 데리고 가 차문을 열고 그를 안으로 집어넣었다. 담당관의 손에는 명함이 쥐어져 있었다. 슈니델이라는 이름은 아는 이름이었다. 파란 마크도 아는 마크였다. **특별 전권대사**라는 말은 묵직하게 들렸다. 리무진도 마찬가지로 묵직하게 느껴졌다. 심지어 줄 장식이 둘러진 제복을 갖춰 입은 운전기사도 와 있었다. 그 개인 보좌관은 그런 식으로 모셔진 적이 아직 한 번도 없었다. 게다가 팔라스트 호텔이면 바로 이 근처 아닌가. 이렇게 생각한 그는 순순히 BMW에 탔다. 베르너 슈니델이 문을 닫아주고 시장의 차로 서둘러 걸어갔다. 시장은 메르세데스에 올라타려는 참이었다. 그의 부인은 벌써 다른 차로 바꿔 타 앉아 있었다. 베르너 슈니델은 발데마르에게 출발하라는 신호를 주고 시장의 메르세데스 조수석에 올라탔다.

"저 차 뒤를 따라가면 되오." 베르너 슈니델이 운전기사에게 말했다.

"저런, 저런." 시장이 말했다.

피로에 지친 승자의 기분을 밝게 해줄 요량으로 베르너 슈니델이 말을 걸었다. "콜 박사께서 자신의 선거 후가 어땠는지 말씀을 해주시던가요?" 이렇게 말하는 동시에 베르너 슈니델의 머릿속에는 콜이 선거를 통하지 않고 권좌에 올랐던 사실이 떠올랐다.

"아니요." 너무 지친 나머지 의심을 품어볼 겨를도 없는 시장이 말

500

했다.

"기회가 되면 한번 물어보시죠." 베르너 슈니델이 말했다. "그리고 제 인사도 전해주십시오." 그는 시장에게 다시 한 번 명함을 건넸다.

"슈니델, 폴크스바겐." 그가 힘없는 목소리로 읽었다. 자동차 안이 너무 어두워 회장이라는 단어와 똑같은 글자 수의 **특별 전권대사**라고 씌어진 글자를 읽어낼 수는 없었다.

조수석에 앉아 있던 베르너 슈니델이 시장을 향해 얼굴을 돌리고 웃어 보였다. 시장의 눈에 비친 것은 한밤중에도 선글라스를 끼고 있는 고등학생 같은 알비노였다. 그는 기력이 다 떨어져 베르너 슈니델이 회장이 아니라고 생각할 힘도 없었다. 무명의 그가 갑자기 시장이 되는 마당에 열아홉 살짜리가 회장이 되지 못하라는 법도 없었다. 세상이 미쳐 돌아가고 있었고 자유 세상 아래에서는 안 될 일이 없었다.

"당신이 회장 되십니까?" 이렇게 말하는 시장의 피곤한 머릿속이 아주 약간 맑아졌다.

"아직은 아닙니다." 베르너 슈니델이 말했다. "제 부친께서 회장이시죠."

그들은 어느새 팔라스트 호텔에 도착해 있었다. 발데마르가 행렬을 이끌어 호텔의 전용 리무진의 선두 차량으로 쓰이는 그 육중한 BMW를 몰고 호텔 진입로로 들어섰다. 다른 두 대의 차가 그 뒤를 따랐다. 그러나 발데마르가 차를 가지고 호텔을 출발할 때 베르너 슈니델의 지금 당장! 이라는 말에 너무 허겁지겁했던 나머지 그는 차를 쭉 계속 몰아 시장님을 호텔 정문에서 내려드려야 할지 아니면 저 아래 슈프레 강변으로 몰아 대회의장의 입구에 내려드려야 할지 그 지금 당장!만으로는 알 수 없었다. 그래서 발데마르는 꽃 장식이 새로이 드려지고 자기가 바닥을 비로 쓸었던 호텔 정문을 향하기로 생각했다. 그런데 그곳에 가보니 총지배인이 나와 기다리고 있지 않았다. 그리하여 발데마르는 침착하게 정문을 지나 한 바퀴 둥 그렇게 차를 돌려 대회의장으로 향했다. 그러나 그곳에서도 알프레트 분추 바이트의 모습은 보이지 않았다. 분추바이트는 차량 행렬이 호텔 정문으로 들어오는 것을 보고 대회의장에서 호텔 안을 가로지르는 빠른 길을 통해 로비로 나왔던 것이다. 그가 로비에 도착했을 때 행렬은 이미 아래로 내려가고 있었다. 세 쌍의 브레이크 등이 그를 비웃고 있었다.

발데마르는 대회의장 앞을 한 바퀴 빙 돌고 나서 다시 정문으로 향하는 길로 올라가기 시작했다.

"여기 이미 한 번 지나온 데가 아닙니까?" 발데마르의 뒤를 따르는 자신의 메르세데스가 호텔 진입로로 다시 들어서자 시장이 물었다.

위에는 알프레트 분추바이트가 서 있었다. 그는 아기 같은 행복한 웃음을 머금고 흔쾌한 악수를 청하면서 시장을 맞았다. "안녕하십니까, 동……" 이놈의 혀는 잘라버려야 해, 그가 되뇌었다. 최초의 자유선거로 뽑힌 시장을 동지라고 부르는 행위는 호텔 총지배인으로서, 경영인으로서, 그리고 이 시대를 사는 사람으로서 완전히 부적격이라는 것을 말해주는 더할 나위 없는 증거 중의 증거였다.

"예," 베르너 슈니델이 말했다. "그럼 뒤쪽으로 가시죠!" 베르너 슈니델이 알프레트 분추바이트의 생각을 들여다보기라도 한 듯 '가자Gehen'라는 말을 분추바이트가 한 '동지Genosse'라는 말과 비슷하게 발음하면서 말했다. 알프레트 분추바이트는 온몸이 마비된 듯 그저 베르너 슈니델과 나란히 걸었을 뿐이다. 활짝 웃고 있는 특별 전권대사와 놀란 총지배인, 그리고 지쳐 있는 승자의 모습이 사진에 찍혔다. 시장은 환영의 박수 물결을 가르고 먼저 대회의장으로 들어갔다. 마이크와 샴페인 잔이 그의 손에 쥐어지고, 연설을 시작한 그는 사람들이 왜 자기 말을 못 알아듣는지 그 영문을 샴페인 잔이 아니라 마이크에 대고 말해야 된다는 것을 깨달았을 때 비로소 알아차렸다.

감사하다. 특히 헬무트 콜에게 감사드린다. 도이칠란트. 압도적인 승리. 도이칠란트. 의심의 여지가 없는 증거. 도이칠란트. 시장경제. 통일. 내일이면 일터로. 자유를 이루어냈다. 할 일이 많다.

그리고 그는 자기 앞으로 내밀어진 방명록에 뭔가를 끄적거리며 써넣은 다음 메르세데스 안으로 사라져 그곳을 떠났다. 육중한 덩치의 알프레트 분추바이트는 연약한 베르너 슈니델을 마주 보고 서서 진심 어린 감사의 말을 전하려고 활짝 웃어 보였다.

"우리 호텔에서 맥주 한 병이 얼마인지 아십니까?" 그가 물었다.

"모릅니다." 베르너 슈니델이 말했다. "왜 물으시죠?"

"1마르크 28페니히입니다."

"아, 그렇습니까." 영문을 모르는 베르너 슈니델이 말했다.

"이제 제가 슈니델 씨에게 1마르크 28페니히를 빚지게 되었습니다."

알프레트 분추바이트가 이렇게 말하며 고마운 마음으로 공손하게 악수를 청했다.

"우리 이제 서로 편하게 이름을 불러도 되지 않겠습니까?" 베르너 슈니델이 물었다.

"좋습니다!" 알프레트 분추바이트가 말했다. "아주 좋아요! 난 알프레트라고 합니다. 그리고 당신한테 1마르크 28페니히를 빚졌네요." 그러고 보니 마치 발렌틴과 얘기하는 것 같은 느낌이 들었다. 얘도 감자전을 잘 먹을까?

"전 베르너라고 합니다." 이렇게 말하며 베르너 슈니델은 생각했다.

나는 당신한테 2만 마르크 이상 갚아야 할 빚이 있다네.

레나는 텔레비전을 끄고 창밖을 내다보며 생각했다. 여기 이대로 있기는 싫어. 그녀는 집 밖으로 나가 기차를 타고 베를린으로 향했다.

레나는 호텔 로비에 몇 시간이고 앉아 큰오빠가 오기만을 기다렸다. 그러나 그는 레오 라트케와 함께 다니며 행복하거나 만족하고 또는 놀라거나 실망한 얼굴들을 찍고 있는 중이었다.

호텔 로비에서는 저녁 내내 특별한 분위기가 연출되고 있었다. 새로 자리를 옮긴 텔레비전 앞에서는 웃으며 술 마시는 잔치 분위기가 연출되고 있었다. 마치 은행 강도 일당이 도주에 성공하고 난 후 텔레비전을 보며 경찰이 아무 단서도 찾지 못했다고 확신하며 안도감에 저마다 잘났다고 떠들어대는 것 같았다.

정문 도어맨 발데마르는 사람들의 행동을 눈짓으로 평가하고 있었다. 레나는 그와 이야기를 나누게 되었다. 단번에 재미있는 사람이라는 생각이 들었다. 그의 삶 전체는 강력한 거부 그 자체였고 세상의 모든 보통적인 것에 대한 오만을 드러내고 있었으며 뻔한 말투와 형식적인 말치레를 못 참아냈다. 이곳저곳 아무 데나 들어맞는 인간은 아니었으나 재미있고 특이하고 흔히 볼 수 없는 그런 인간이었다. 레나는 발데마르가 가진 그런 불같은 편협함은 아무리 그녀가 다른 견해를 보인다고 해도 꺾이지 않겠지, 하는 생각을 했다.

레나는 그가 폴란드에서 왔고 이제 몇 주 후에는 자유대학에서 사회학을 전공하게 된다는 사실을 알게 되었다. 레나에게도 계획은 있었다. 그녀는 베를린으로 오고 싶었지만 아직 살 곳을 마련하지 못한 처지였다. "아는 사람들한테 물어봐줄게요." 발데마르가 말했다.

그러고 있는데 호텔 로비가 바쁘게 들썩거리기 시작하더니 발데마르는 대형 BMW 차를 몰고 호텔을 출발해야 했다. 조금 있으니 새로 당선된 시장이 나타났다. 그녀는 거의 모욕당한 느낌이었다. 당당함이라곤 눈 씻고도 찾아볼 수 없는 저 모양새라니! 그런 종류의 인간은 언제나 눈에 띄지 않게 마련이다. 장벽이 무너지고 그다음 날 보았던 그 알비노 아이와 같이 나타난 시장을 보자 — 그녀는 그를 곧바로 알아보았다 — 자신의 생각이 옳다는 것을 그녀는 더더욱 확신할 수 있었다. 하나도 별 볼 일 없는 인물이야. 이류 인생들이 지금 제 물을 만나 날뛰고 있다. 그녀는 자신이 일류라는 걸 알고 있었다.

레나의 큰오빠는 자정이 넘어서 돌아왔다. 레나가 와 있을 줄 상상하지 못했으니 그의 놀라움도 그만큼 컸다. 보건부에서 찍은 사진에서 그녀를 보았던 레오 라트케는 실제의 레나가 사진에 찍힌 모습 이상일 줄은 생각조차 못했었다. 그들 셋은 벽난로 바에 자리를 잡았다.

"아주 거지 같은 날이야." 레나가 말했다.

레나의 큰오빠는 레나가 선거 결과에 실망해서 그러는 거라고 생각하고는 근엄하게 연설하기 시작했다. 그러는 동안 레나는 거울처럼 반들거리는 벽을 통해 그녀가 그동안 보아온 어떤 여행 가방보다도 큰 가방들을 가지고 발데마르가 차에서 내리는 광경을 지켜보았다. 그것은 미국 여행 가방들로서 발데마르의 전문이었다. 그는 버스 기사가 보도블록에 내려놓은 가방들을 서두르는 기색 하나 없이 능률적인 동작으로 하나씩 척척 옮겨 정확히 자로 잰 듯 남는 자리 없이 큰 카트로 옮겨 실은 다음, 그 무거운 카트를 여러 장애물 사이사이로 솜씨 좋게 밀었다.

그가 그렇게 요령 좋게 착착 일하는 것이 레나는 마음에 들지 않았다. 그녀는 그가, 아니 바로 그이기에 자신의 의무에 거리를 두는 모습이 보고 싶었다. 그러나 지금 그녀가 보고 있는 것은 일과 자아 사이의 상당한 일체감이었다. 그녀가 기대했던 것은 반항적이고 고집 센 인간이었다. 그런데 그가 업무 지시를 받기 위해 여행 가이드를 쳐다보는 태도는 그의 가치관에 맞지 않는 근무성을 보여주고 있었다. 그는 집단에 조금도 반기를 들려고 하지 않았으며 마치 호텔에 그대로 녹아들어간 듯이 보였다. 금테나 금줄이 둘러진 유니폼은 어쩔 수 없이 입었다고 해도 그 유니폼을 입고 머슴 노릇을 자청하고 있는 모습을 보노라니 쾌씸한 생각이 들었다. 방금 전까지 그의 뻣뻣함과 패션이나 다수에 대한 오만, 그의 경박한 자신감에 흥미를 느끼던 그녀였다. 그런데 지금 일하고 있는 그를 보면 다른 사람과 하나도 다를 것이 없었다. 큰오빠마저도 그녀가 차마 입에 올리지도 않은 D로 시작하는 나라가 어째서 필요한 것인지 역설하면서 그녀의 화를 돋우고 말았다. 도이칠란트라는 나라가 세워져야 비로소 지난여름부터 시작된 일련의 움직임들이 안정을 찾을 수 있다.

큰오빠가 계속 이야기하는 동안 발데마르가 짐을 옮기는 모습을 보고 있던 그녀의 마음속에서는 레오 라트케와 단둘이 앉아 있었으면 하는 생각이 솟아올랐고 그 생각은 그녀의 심장을 뛰게 하고 피를 귀 언저리로 솟아오르게 했다. 큰오빠를 떼어내려고 결심한 그녀는 마음속에 있던 생각을 말했다. "그렇게 안정이 중요하다면 위로 올라가서 안정을 취하시지. 지금 바로 그렇게 하는 게 좋을걸."

레나의 큰오빠는 열쇠를 집어 들고 아무 말 없이 사라졌다.

"아주 거지 같은 날이었어요."

"15분 전까지만 해도 나도 그렇게 생각했지요. 그런데 지금은……" 레오 라트케가 웃었다. "다시 희망이 보이네요."

그는 자아에 대한 무한한 확신감을 내뿜고 있었다.

"그런데 말예요, 원래 옛날부터 그렇게 잘생겼었나요?" 그것은 그녀의 감각이 잡은 맨 처음의 느낌이었다. 그리고 종업원이 왔을 때 그녀는 맨해튼이 무엇인지도 몰랐지만 다만 그 이름에서 드넓은 세상의 느낌이 났기 때문에 맨해튼을 주문했다. 주문하면서도 그녀는 종업원에게로 얼굴을 돌리지 않았다. 그녀는 레오 라트케와 마주 앉아 있었고 그의 눈길을 놓칠 만큼 가치 있는 것은 아무것도 없었다. 레오 라트케도 같은 것을 주문했다.

"그러니까," 레나가 재촉했다. "내가 물어봤잖아요."

"어려운 질문인데요." 레오 라트케가 대답했다. "4년 전에는 이렇게 생겼었죠." 그가 여권을 끄집어냈다. "그리고 15년 전에는 이랬고요." 운전면허증이었다.

레나가 웃었다. "내가 같은 질문을 받는다면 직원증을 보이면서 이렇게 말해야겠네요. 이건 3년 전, 그리고 6년 전 걸로는 자유 독일 청년단의 단원증이 있고요, 개척대원증은, 잠깐만요, 그러니까 13년 전이 되겠네요."

내가 지금 무슨 말을 하고 있는 거야, 생각하며 그녀는 웃었다.

주문한 칵테일이 나왔다. 그는 그녀와 잔을 부딪쳤다.

"이래도 거지 같은 날이에요?" 그가 물었다.

"아니요!" 그녀가 대답했다. "내 첫번째 맨해튼이에요. 당신만 괜찮다면 지금 마구 얘기하고 싶은 심정이에요. 아무 바에나 들어가 맨해튼 한 잔, 하고 주문만 하면 엠파이어스테이트 빌딩이랑 자유의 여신상, 또 브롱크스, 그리고…… 맨해튼에 또 뭐가 있더라? 당신은 이미 가본 적이 있을 테죠."

"브롱크스는 맨해튼이 아니에요. 할렘이 맨해튼에 있지. 그리고 세계

무역 센터, 타임스스퀘어, 브로드웨이, 센트럴 파크, 그리니치빌리지……"

"어디가 제일 멋있었어요?" 레나가 물었다.

"어려운 질문인데요." 레오 라트케가 곰곰 생각했다. 레나는 그가 진짜로 생각하고 있는 것이 기뻤다. "5번가와 59번가가 교차하는 모퉁이에서, 그러니까 센트럴 파크의 사우스이스트 코너와 시내를 바라보면 왼쪽에는 트럼프 빌딩이, 오른쪽에는 임페리얼 양식으로 멋있게 지어진 그랜드 센트럴 플라자 호텔을 보게 되죠. 그러고 나서 시내를 향해 걸어 들어가면 백 걸음 걸을 때마다 교차로를 만나게 돼요. 그 교차로마다 **매번** 말 그대로 거리의 **협곡**이 펼쳐지고 그 협곡은 교차로마다 **매번** 달라요. 뉴욕의 고층 빌딩들은 저마다 다르게 생겼지만 너무도 아름답고 너무도 멋있죠. 따로 떼어놓고 봐도 멋지고 같이 모아놓아도 멋있어요."

레나는 레오 라트케가 설명해주는 장소에 있는 듯한 느낌을 받으려고 두 눈을 감고 칵테일을 조금씩 흘려넣으며 상상의 날개를 펼쳤다. "계속해요." 그녀는 이렇게 짧게만 말하고 천천히, 아주 천천히 마셨다. 레오 라트케는 그녀가 무슨 게임을 하고 있는지 알아차렸다.

"맨해튼은 상상을 초월할 정도로 시끄러워요. 소방차의 사이렌 소리, 청소차, 공기 해머, 쉴 새 없는 자동차의 경적 소리, 경찰의 호루라기 소리 등등. 뉴요커들은 모든 것을 최대한 시끄러운 방식으로 만들어놓는 데에 아주 선수들이에요. 지하철이 역에 들어올 때면 귀에 진짜로 통증이 느껴지죠. 이 도시에선 오직 둘 중 하나가 될 수 있을 뿐이에요. 유명해지거나 미치거나. 소음보다 더 시끄러워지거나 소음에 먹혀들거나."

레나의 맨해튼은 비어 있었다. 그녀는 다시 눈을 떴다.

"이제 조금 있으면 카를마르크스 시가 다시 켐니츠라는 옛 이름으로 돌아갈지를 결정하는 투표가 있어요."

"당신은 어디에 표를 던질 생각인데요?" 레오 라트케가 물었다.

"아무 데도 안 던져요. 어떻게 되든 나랑은 완전 상관없다고요. 이젠 더 이상 아무것에도 관심 없어요. 어느 날…… 갑자기 그렇게 됐어요. 이제 와서 새삼스럽게 그게 뭐 그렇게 중요한 일인지 모르겠어요. **맨해튼 사람**, 이건 뭔가 특별한 게 있어 보이는데 **켐니츠 사람**이나 **카를마르크스 시 사람**, 이건 둘 다 영 형편없이 들려요."

그 증거로 그녀는 작센 사투리를 읊어댔다. "처녀, 켐니츠 하나 줘유~! 카를마르크스 하나 가져와유~! 림바흐-오버프로나."

"림바흐-오버프로나가 뭔데요?" 레오 라트케가 물었다.

"제가 입고 있는 속옷이 림바흐-오버프로나 내복 집단생산공장 제품이거든요." 그녀가 신이 나서 말했다. 회사 이름도 사투리의 악센트를 섞어 발음했다.

"정말 재밌어지는데요." 레오 라트케가 말했다. "오버프로나산(産)의 내의*라."

레나는 하하거리며 웃었다. 이렇게 웃은 것이 얼마 만인가? 오버프로나에서 나온 내의라니, 전에는 생각지도 못했는데 이렇게나 웃기다니!

"그 내의 한번 봤으면 좋겠어요." 레오 라트케가 말했다.

"어쩌면," 레나가 가볍게 응수했다. "나중에 기회가 생길지도 모르죠."

레오 라트케는 그녀 앞 테이블의 가장자리에 손을 올려놓았다. 그녀가 원한다면 손을 잡을 수도 있었다. "그 기회라는 게 지금일지로 몰라요."

레나는 숨을 들이마시며 가슴이 올라가고 상반신이 꽉 차오르는 것을 느꼈다. 몸이 갈기갈기 찢기는 것 같은 강력한 느낌이 점점 커져가는 것

---

* 오버프로나Oberfrohna와 내복Untertrikotagen에는 각기 위와 아래라는 뜻이 담겨 있어 대구를 이룬다.

을 느낀 그녀는 두 눈을 감아버렸다. 다시 눈을 떴을 때 그녀는 레오 라트케의 손을 쥐고 약간 비틀거리며 자리에서 일어나고 있었다.

엘리베이터 안에서 그녀는 그에게 꼭 붙어 있었다. 그의 두 팔은 그녀를 감싸 안고 있었고 방으로 들어오자 비로소 그는 정부로서의 모습을 그녀에게 드러냈다. 머뭇거림 없는 그의 손길은 여자를 어떻게 다뤄야 하는지 알고 있었다. 그의 단단한 페니스를 부드럽게 감싸 안으면서 레나는 흥분되었다. 두꺼운 핏줄이 이 신체 기관에 어떤 강력한 권위를 부여하고 있었다. 이게 바로 남자와 여자야, 그녀는 생각했다.

그들도 전혀 알지 못했던 일이 벌어지고 있었다. 그녀의 입술이 그의 가슴을 거쳐 쇄골로 미끄러질 때는 마치 그 입술이 점점 커져 밖으로 뒤집어질 것 같았다. 이윽고 그녀가 누웠을 때 찢어지는 듯한 짧은 통증이 다리 사이로 지나갔다. 그녀는 눈앞에 그림을 펼쳤다. 자신이 모래사막 언덕의 그늘진 자락에 누워 있었다. 한 번씩 부딪칠 때마다 태양을 향해 조금씩 위로 올라갔다. 모래언덕이 얼마만큼 높은지 알지 못했지만 얼마의 시간이 지나 갑자기 언덕의 꼭대기가, 태양이 가까이 다가왔고 갑자기 그녀의 내부에 있던 불이 꺼지면서 모래언덕의 꼭대기를 넘어 반대편에 이르러 머리를 아래로 하고 언덕을 미끄러져 내려갔다. 거기엔 햇살이 있었고 따뜻하고 아름다웠다. 어질어질했고 아마 소리도 질렀던 것 같았다.

감았던 눈을 떴을 때, 그녀는 자신의 두 눈동자가 반짝거림을 알았다. 그리고 그녀는 그의 두 눈을 바라보았다. 자신이 그 안에 있던 전류를 모조리 다 앗아간 것 같았다. 그의 눈에서 타오르던 불이 이제 그녀 안으로 들어온 것처럼 보였다. 그녀가 자신의 모든 감각을 다 경험하고 그에게 이끌리는 마음, 뭐든지 이야기하고 싶은 마음, 환희에 들뜬 마음으로 넘쳐나고 있을 동안 레오 라트케는 축 처지고 있었다. 긴장은 풀어지고 행동

510

은 느려지고 게으른 만족감에 젖어들었다. 그는 꺼지고 그녀는 불붙었다.

욕실로 들어간 그는 문을 잠갔다. 레나는 그걸 보며 생각했다. 저런 거라면 우리 둘은 아마 이루어지지 못할 거야.

11. 아우프바우에서 일어난 일(2)

아우프바우 출판사의 총무과는 다시 예전의 모습을 되찾았다. 온 바닥에 흩어져 쌓여 있던 원고 뭉치들은 다 검토를 거친 후였다. 창턱에는 다시 화분이 놓였고 책상들은 말끔히 치워져 있었고 문도 다시 열고 닫을 수 있었다. 새로 도착하는 원고는 이제 거의 없었고 원고들은 전과 같이 고무줄로 묶여 각 편집부 담당자 칸으로 들어가고 있었다. 각 칸마다 두세 개의 원고가 놓여 있었으니 담당자들이 검토하고 읽어봐야 하는 원고의 양은 예전 수준으로 줄어든 것이다. 모든 것이 예전과 같았다. 비요청 전송 원고는 20분마다 하나씩 거절되고 있었다. 20분을 읽어본 후에 영 수준 미달의 원고라는 결론이 내려지면 다시는 그 결론을 바꿀 도리가 없는 것이다. 뭐 하러 계속 읽어야 한단 말인가?

에를러 박사는 사람들에게 상자들을 지하 창고에 갖다 놓았다고는 말했지만 지하실로 직행하지 않은 원고가 하나 있다는 사실은 언급하지 않았다. 정말 좋은 원고라면 담당자들의 눈에도 띄게 될 것이다.

원고는 눈에 띄었고 편집부를 매료시켰다. 편집자들은 돌려가며 그 원고를 읽었다. 원고를 읽은 사람은 눈을 반짝거리며 다음 사람에게 전해 주었다. 특이한 이야기나 아름다운 이야기들이 출판사에 보내진 예는 전에도 많았다. 그러나 이렇듯 특이하면서도 특이하게 아름다운 이야기는 근래에 없는 일이었다.

발데마르의 글은 단순한 문장과 그림 같은 단어들로 이루어져 있었다. 애당초 발데마르에게는 차가운 적확성으로 글을 만들려는 욕심 같은 건 없었다. 그의 글에는 그와는 다른, 너그러운 참을성이 있었다. 그가 쓴 단어들은 명확하지 않았고 표현해야만 하는 뜻을 다른 흥미로운 방식으로 비껴나갔다. 그것은 마치 발데마르가 독일어를 심각하게 여기지 않는 데서 오는 것처럼, 마치 장난감을 가지고 놀 듯하는 데서 오는 것처럼 보였다. 그의 문장 구성은 불안정하고 감정으로 넘쳤으며 그로테스크했다. 발데마르의 글쓰기는 샤갈의 그림 그리기와 같은 것이 아닌가 하고 에를러 박사는 느꼈다.

출판사 경영진은 내년 상반기 출판사 프로그램을 발데마르의 책으로 시작하자는 결정을 내렸다. 에를러 박사가 발데마르에게 편지를 썼다. 좋은 소식이 있으니 만날 약속을 잡을 수 있게 전화를 부탁한다는 내용이었다.

12. 신기록

베르너 슈니델은 거의 5개월 동안 팔라스트 호텔에 묵고 있었다. 그의 객실료는 2만 4,670마르크로 불어났다. 게오르크 베슈케는 돈을 받아내려고 시도해보았지만 실패하고 말았다. 슈니델 2세는 번번이 잘도 빠져나갔다. 객실부장인 베슈케는 두 번 면담을 요청했지만 슈니델은 나타나지 않았다. "미안합니다. 갑자기 급한 일이 생겼습니다" 등등의 뻔한 말로 모면하기 일쑤였다. 한번은 베슈케가 아무런 예고 없이 청구서에 대한 이야기를 꺼냈다가 싸늘한 답변만을 받고 돌아서야 했던 적이 있었다. 그 검은 안경을 쓴 허연 녀석은 "지금 그런 이야기나 하고 있을 만큼 한가하지 않습니다"라는 말을 이빨 사이로 내뱉고 가버렸다.

또 한번은 알프레트 분추바이트를 앞세우고 간 적도 있었다. 그러나 그는 슈니델이 버럭 화를 터뜨리는 것을 보지는 못했다. "내가 지금 무슨 일 때문에 바쁜지 보이지도 않아요?" 알프레트 분추바이트는 자신의 체중의 반도 안 나가는 절친한 친구에게 당해야 했다. "내 머리가 뭘로 꽉 차 있는지 알기나 합니까? **부동산**이란 거 들어나 봤어요? 매일 서류 더미 속에 파묻혀서 이곳의 법 체제를 공부하면서 1952년 이후 헌법재판소의 재판 기록을 모조리 읽어보고 있는 나더러 요금 청구서를 가지고 오다니요? 우리 회사에 방을 예약한 그 누구냐, 바그너 그 사람이 있잖습니까. 그 사람한테 청구서를 보내시고 다시는 나한테 그런 것 가지고 오지 마세요! 여기가 특급 호텔입니까, 아니면 다달이 월초에 월세를 내야 하는 싸구려 하숙집입니까……" 등등이었다. 알프레트 분추바이트는 자신에게 욕이 나왔다. 당연히 베르너 슈니델은 다른 일로 정신이 없겠지. 객실부장도 이제는 시절이 달라졌다는 사실을 깨달아야 해. "계획경제 시절의 기준들은 이미 물 건너간 지 오랩니다." 알프레트 분추바이트는 간부회의에서 이렇게 선언했다. "최고경영자라는 건 이미 그 자체가 지불 능력이 있다는 얘깁니다. 그러니까 은행 통장을 흔들어대는 대신 명함을 내미는 거지요."

알프레트 분추바이트는 돈을 못 받아낸 사정을 미주알고주알 떠벌리지 못하도록 객실부장을 가로막으며 슈니델 씨가 사안을 이해하고 청구서를 폴크스바겐의 바그너 씨에게 보내도록 부탁했다는 말을 들려주었다.

예약을 받을 때 받아두었던 전화번호로 전화를 걸어보았으나 번번이 통화가 되지 않았다. 몇 시간이 넘도록 시도를 계속한 끝에 겨우 연결된 바늘구멍 같은 동서 간 전화 라인을 통해 통화할 수 있었던 사람은 담당자도 아니요, 바그너 씨는 더더욱 아니었다. 다만 팩스의 신호음만이 들릴 뿐이었다. 며칠 후 다시 시도해보았지만 결과는 같았다. 예약 전화를 받을 때 받아적었던 전화번호는 잘못 받아적은 것으로 결론이 났다. 그런 일은 예전에도 있었던 일이다.

이제 객실부장 게오르크 베슈케가 직접 나섰다. 그러나 액수의 압박은 점점 심해지고 매일 불어나기만 할 뿐이었다. 하지만 아무리 그렇다고 해도 폴크스바겐에 직접 전화를 걸어 사실 여부를 알아보는 일은 할 수 없었다. 그건 절대 있을 수 없는 일로서, 너무나 무식하고 질 나쁘고 명백한 결례였다. 그런 질문을 한다는 것 자체가 벌써 의심을 하고 있다는 사실로 받아들여지게 될 뿐이었다. 그리고 의심도 하지 않으면서 그런 행위를 한다면 그것으로 끝, 게오르크 베슈케는 공장 노동자 합숙소의 관리소장 자리에 만족해야 할 것이다. 중요한 손님이 돈을 낼 수 있을 것인지 아닌지를 불안해하는 객실부장은 특급 호텔의 객실부장이라고 할 수 없었다.

이것이 게오르크 베슈케가 처해 있는 상황이었다. 그리고 곧 그의 생일이 왔다.

슈니델에게도 생일은 있었다. 그것이 언제란 말인가? 호텔에 처음 들어오던 날 베르너 슈니델이 작성한 숙박부에 따르면 9월 29일이었다. 그러나 객실부장 게오르크 베슈케는 모른 척하기로 마음먹었다. 그는 폴크스바겐에서 전해 듣는 것으로 하기로 했다.

호텔의 교환원이 간신히 폴크스바겐 그룹의 회장 비서실과 전화 연결에 성공했을 때 객실부장 게오르크 베슈케가 수화기를 넘겨받았다. 그는 꼭 이 통화를 직접 하고 싶었다. 그는 모든 종류의 중요한 대화에 끼고자 하는 습관을 가지고 있었다.

"예, 저는 베를린의 팔라스트 호텔의 객실부장으로 있는 베슈케라고 합니다. 슈니델 씨가 몇 달 전부터 저희 호텔에 중요한 손님의 한 분으로 장기 투숙하고 계신데요, 그래서 생일을 챙겨드리려고 하고 있습니다. 이리로 연락드리면 혹시 알 수 있을까 해서 전화드렸습니다만……"

"슈니델 씨라고요?" 상대방은 슈니델 씨가 지금 분만실에라도 들어갔다는 소식을 전해 들은 것처럼 너무도 깜짝 놀라고 있었다.

"예, 슈니델, 베르너 슈니델 씨요."

비서인지 아닌지 아무튼 그 상대방 여자가 수화기를 손으로 가리고 전혀 뜻밖이라는 투로 옆에다 대고 "베르너 슈니델?"이라고 말하는 것이 들렸다.

소리는 더욱 작아졌다. 수화기는 손으로 막고 있었고 상대방은 전화기 저편에 앉아 있는 데다가 그것은 1990년 초의 동서 전화 라인이었다. 게오르크 베슈케는 그중 한 단어를 알아들을 수 있었다. 그것은 안전관리과라는 말이었다.

그러더니 전화 속의 상대방이 다시 전화기로 돌아와서 말했다. "잠시만 기다리십시오, 연결해드리겠습니다!"

그걸로 연결이 끊어졌다. 완전히 죽어버렸다. 음악 같은 것도 들리지 않았다. 여기서 게오르크 베슈케는 자신이 질긴 사람이라는 걸 증명해야 했다. 그런데 왜 연결이 완전히 죽어버린 것일까? 또 뭐가 잘못된 건가?

타닥 하는 소리가 들렸다. 타닥 하는 소리가 다시 한 번 들렸다. "안전관리과의 포케입니다. 슈니델 씨 건으로 전화하셨죠? 베르너 슈니델 맞습니까?"

"예, 그렇습니다."

"귀 호텔에 묵고 있다고요?"

"예."

"에에, 그러면 잘 들어보십시오. 하이델베르크, 함부르크, 뮌헨, 브레멘에서도 저희 앞으로 청구서가 날아와 있는데요. 저희와 그 꼬마랑은 아무 관계도 없습니다. 그자는 폴크스바겐 직원도 아니고 특별 전권대사도 아니에요. 그냥 그런 식으로 속이고 돌아다니는 자라고요. 그런데 요금이 얼마 정도 나왔기에 그러십니까?"

"2만 4,670마르크요."

"아, 축하합니다! 신기록 갱신이군요. 그자가 아직 귀 호텔에 묵고 있습니까?"

"예." 게오르크 베슈케는 자리에 털썩 앉고 싶어졌다. 그의 목소리가 떨리고 있었다. "예, 아직 있습니다."

"그럼 그자가 짐 싸서 좀 덜 화려한 숙소로 이사 나가야 할 날도 멀지 않았겠군요. 더 이상은 드릴 말씀이 없습니다. 그렇지만 우리는 그자와 아무 상관도 없습니다. 그자를 위해 돈을 내준 적도 없고 앞으로도 그럴 생각이 없습니다."

"고맙습니다. 그건 됐습니다." 게오르크 베슈케가 말했다. "고맙습니다. 고맙습니다. 안녕히 계십시오!"

그는 전화기가 부서져라 꽝 하고 수화기를 내려놓았다. 그러곤 사무실 문을 닫고 기쁨의 춤을 덩실거렸다. 이제는 걸렸다. 알프레트 분추바이트의 귀빈, 사기꾼 녀석!

그는 검은 선글라스의 허연 녀석이 그렇게 좋아질 줄은 꿈에도 생각하지 못했다. 이 순간이 왔으니 그가 그동안 한 짓을 모두 용서해주고 싶었다. 정말 멋진 생일 아닌가!

객실부장 게오르크 베슈케는 경찰을 불렀다. 출동한 경찰은 그의 주니어 스위트룸에 강력반 경감 한 명을 배치시켜 저녁에 들어올 베르너 슈니델을 기다리도록 했다.

베르너 슈니델이 저녁 9시 반 호텔에 들어섰을 때 유혹을 참지 못한 게오르크 베슈케는 한잔 사겠다며 그를 벽난로 바로 청했다. 슈니델은 그 제의를 받아들였다. 계산서 건이 아니라는 것이 어렴풋이 느껴졌다. 객실 부장은 기분이 편안해 보였으며 이상하게 행복해 보였다.

그들은 게오르크 베슈케의 생일을 축하하며 잔을 들었다.

"그런데 하루 종일 무슨 일을 하시는 겁니까?" 게오르크 베슈케가 물었다. 그는 정말로 궁금했다. 할 일 없는 인간이 몇 달 넘게 도대체 뭘 하고 다니는 걸까?

슈니델은 손을 가로저었다. "그런 얘기는 이제 그만 하고 신경 끄고 싶습니다." 피곤한 듯 그가 말했다.

넌 이제 앞으로 계속 쉬면 돼, 게오르크 베슈케가 생각했다. 그는 슈니델의 잔을 가리키며 기분 좋게 말했다. "저희 호텔이 사는 겁니다."

베르너 슈니델이 자신의 방에서 루츠 노이슈타인 경감의 손에 체포되어 호텔 밖으로 끌려나가는 광경을 게오르크 베슈케는 보지 못했다. 그는 알프레트 분추바이트와 전화 중이었다. 새로운 소식을 전해주어야 했기 때문이다.

13. 발데마르, 찻잔을 덜덜 떨게 하다

발데마르는 경비실 앞에서 에를러 박사를 만나 건물 안으로 안내되었다. 사람들 모두가 그를 아는 체하며 반갑게 인사하고 그의 책에 대해서 칭찬의 말을 했다. 발데마르는 이 친절한 사람들 중 한 사람의 이름도 제대로 머릿속에 저장할 수 없었다. 에를러 박사의 방에서는 출판사 사장과 편집부장, 그리고 발데마르를 담당할 편집자가 기다리고 있었다. 이 출판사는 작가를 만드는 곳이지 책을 만드는 곳이 아니라고 사장이 말했다. 편집부장은 그의 작품이 아주 훌륭하긴 한데 제목은 다른 것으로 바꿔야 할 것 같다고 했다. 담당 편집자는 자기도 핸드볼 선수였다고 말하며 문학 종사자가 아니라 전 운동선수의 입장에서 봤을 때도 훌륭하다는 칭찬을 할 수밖에 없다고 했다. 에를러 박사가 말했다. "일단 자리에 앉을까요?"

그들은 자리에 앉았다. 커피와 과자가 나왔다. 발데마르는 아무런 희망도 없이 원고를 갖다 내던 그때의 검붉은 코듀로이 소파에 다시 앉았다.

에를러 박사는 폰타네에서 시작되어 국회의원 선거에서 끝나는 일장 연설을 펼쳤다. "다시 통일된 나라가 세워질 겁니다. 그렇게 되면 우리가 처음 겪게 되는 상황이 펼쳐지게 될 것이고요. 우리가 살아왔던 곳은 더 이상 존재하지 않을 거고, 우리 손에 쥐어지는 건 낯선 것이 될 겁니다."

"발데마르 씨, 당신의 책은 소외라는 이 문제를 언어로 형상화하고 있어요." 사장이 말했다.

"정체성이란 주제는 문학에선 아주 오래된 테마예요. 인간은 언어를 사용함으로써 정체성을 느끼고 또 정체성을 부여하지요." 편집자가 말했다.

"맞는 말입니다. 당신은 당신의 언어가 아닌 언어를 가지고 노력하고 있어요." 에를러 박사가 말했다.

발데마르는 에를러 박사가 왜 **맞는 말입니다**, 라고 했는지 이해할 수 없었다.

"발데마르 당신은 폴란드 말도 못하죠." 사장이 말했다.

"사실은 아무것도 못하죠." 편집자가 말했다. 지금 나를 모욕하는 건가? 이렇게 생각하면서도 발데마르는 이 토론의 목적이 무엇인지 알아내려고 애썼다. 이 토론은 너무 빨리 질러나가고 있었다.

"맞습니다!" 에를러 박사가 말했다. 또 맞습니다!를 외치는군, 발데마르가 생각했다. "언어적으로 봤을 때 당신은 집이 없다고 할 수 있죠. 양면이 다 미완성이지만 당신이 그렇게 옆으로 비껴나가는 방식은 정확히 가운데를 맞히는 것보다 더 좋습니다. 우리는 곧 우리 사회가 아닌 다른 사회에서 살아가야 할……"

"그래서 당신의 책은 아주 섬세하고 설명이 불가능한 수수께끼 같은 방식으로 정곡을 찌를 수가 있는 겁니다." 사장이 말했다. "조금 있으면 곧 시장경제가 도입될 것이고 그렇게 되면, 이런 표현을 써서 미안합니다만 **모든 걸 계산하지 않으면 안 되기** 때문에 우리가 지금 독자들의 빈 곳을 찔러줄 수 있는 책을 찾고 있는 것이죠."

갑자기 사장과 편집부장, 편집자가 횡설수설하며 떠들기 시작했다. 모두들 발데마르의 책이 왜 가려운 데를 긁어주는 책인지 이유들을 늘어놓다가 사장이 어수선한 분위기를 정리하며 결론의 말을 내렸다.

"우리들은 당신이 큰 성공을 거두리라고 생각합니다."

"그럼 그건 제 책을 내주신다는 뜻인가요?" 발데마르가 물었다.

사장과 편집부장, 편집자, 에를러 박사는 기가 막힌 듯 서로를 쳐다보았다. 알고 있을 줄 알았는데! 그러니까 여기 온 것 아닌가!

"당연하죠!" 사장이 말했다. "당연히 당신 책을 낼 겁니다! 여태까지 계속 그 얘기를 하고 있지 않습니까!"

"그럼 그렇다고 말을 해줄 것이지!" 발데마르가 이렇게 부르짖고 벌떡 일어섰다. 그는 문을 쾅 닫고 복도로 나가 신이 나서 힘껏 발을 바닥에 탕탕탕 세 번 굴렀다. 어찌나 세게 굴렀는지 에를러 박사의 방에 놓여 있던 커피 잔 다섯 개가 모두 흔들릴 정도였다. 그러고는 출판사 전체가 울리도록 환성을 질렀다.

"보시다시피," 에를러 박사가 민망한 듯 말했다. "저 애는 달라도 한참 다르다고 제가 그러지 않았습니까."

제6장

돈, 없을 때와 있을 때

1. 안심

5월이 시작되고 며칠이 지났다. 아파트 건물들로 둘러싸인 오각형의 광장은 놀랍게 변해 있었다. 비둘기가 앉지 못하도록 화염절단기로 벽 가까이 바짝 붙여 잘라진, 떨어져 나간 발코니의 T자형 이중 철제 도리와 1백 년은 되었음 직한 낡은 벽돌이 벗겨진 회칠 사이로 모습을 드러내고 있는 그 집을 레나가 그에게 보여준 지가 이제 겨우 4주 정도 되었을 것이다. 1층에 있는 집에는 블라인드가 내려져 있었고 페인트가 벗겨나가 원래의 색을 알 수 없게 된 지 이미 오래되었다. 몇십 년 묵은 글자가 과거에 이 집에서 무엇이 팔리고 있었는지 알려주고 있었다.

페인트 & 래커

이 집이 이렇게 폐허처럼 된 이유는 다른 집들의 쇠락 원인과 다르지 않았다. 다만 지하실 창문 옆에 파여 있는 수많은 총알 자국이 베를린을 두고 벌어진 거점지 확보 전투에서 여기에 자리를 잡고 앉은 사수가 끈질긴 총격전의 목표물이 되었으리라는 것을 추측하게 했다. 헐벗은 나무들과 낮게 깔린 구름이 우울함을 한층 더하고 있었다.

그러나 지금의 광장은 싹 달라져 있었다. 연녹색의 잎들이 눈에 띄게 푸릇푸릇 돋아나 있었다. 잎사귀들이 점점 커지면서 태양에 반사되어 반짝이는 잎 색깔도 함께 짙어져갔다. 햇빛이 비치자 칙칙한 건물에도 입체감과 음영과 색깔이 드려졌다. 거기에 맑고 푸른 하늘이 어울려 근사함을 더하고 있었다. 여기 서서 기다리는 것도 그럭저럭 참을 만하군, 나쁘지 않아, 하고 레오 라트케가 생각했다. 광장의 중앙에 있는 조그만 공원과 놀이터도 사람들로 북적이고 있었다. 불과 4주 전에 레나가 기쁨에 들떠 집 하나를 가리키며 "나 여기서 살게 됐어요!"라고 얘기했을 때 그는 그녀를 이해할 수 없었다.

그녀는 안마당으로 난 출입구로 쑥 들어가더니 건물의 옆으로 나 있는 출입구 안으로 사라져버렸다. 그는 그 뒤를 따라 들어갔다. 문은 폭이 좁고 낮아서 들어갈 때 머리를 숙여야만 했다. 복도의 조명을 위해 설치된 전선줄은 두꺼웠고 마치 샤워기 줄처럼 금속성의 물질로 감싸져 벽 밖으로 나와 복도를 통과하고 있었다. 계단은 좁았다. 층층마다 문이 있었다. 그들은 맨 꼭대기층으로 올라가 한 집으로 들어갔다. 천장이 너무 낮아 레오 라트케가 손을 위로 뻗으니 닿을 정도였다. "너무 괜찮지 않아요?" 레나가 신이 나서 말했다. 레오 라트케의 기준으로 이 집은 완전히 허물어져가는 집이었다. 황량하고 축축한 폐허였다. 욕조 위로는 육중한 보일러가 달려 있었는데 부석부석한 벽에서 떨어지기라도 한다면 사람 하나는 때려잡고도 남을 만한 보일러였다. 싱크대 수도꼭지에는 새끼손가락보다도 가늘고 계단마냥 구부러져 있는 수도관이 달려 있었다. 크롬 도금된 그 수도관의 끝에는 플라스틱의 꼭지가 달린, 분홍빛이 섞여 있는 오렌지색의 고무관이 나와 있었다. 레나는 이 집에 감격해했고 레오는 경악했다. 그녀의 감격을 망치지 않으려고 레오는 아무 말도 하지 않고 그 대신 자기의 생각을 다른 데 돌릴 요량으로 물을 틀어 거기 달린 작은 손잡이를 직사(直射) **물줄기 기능과 물뿌리개 물줄기 기능** 사이로 왔다 갔다 돌리며 놀았다. 그 집에는 방이 두 개 있었는데 방 하나는 손바닥처럼 작았고 나머지 방 하나는 그 조그만 방으로 들어가려면 거쳐야 하는 방이었다. 부엌도 단독으로 되어 있는 것이 아니라 뒤가 트여 있어 부엌을 통해 화장실 겸 욕실로 들어가게 되어 있었다. 화장실 변기에는 더께가 이를 드러내고 웃고 있었고 욕조를 둘러치고 있는 세 줄의 타일을 제외한 나머지 부분의 벽에는 전부 벽지가 발라져 있었다. 복도의 폭은 현관문이 겨우 안으로 열리는 데 지장이 없을 만큼만 컸다. 현관문을 들어서면 왼쪽에는 방이, 오른쪽에는 부엌과 욕실이 있었다. "베를린에 내 집을 얻다니! 방도 두 개나 되고! 화장실도 집 안에 있다고요! 창문도 다 남향이에요! 어때요?" 레나가 외쳤다. 레오 라트케는 아직도 빗장이 질러져 있는 창문을 쳐다보며 어떻게 대답할지 몰라 수도꼭지를 가지고 장난을 계속했다. 직사―물뿌리개―직사―물뿌리개. 물줄기 소리가 확연히 달랐다.

"손 좀 봐야 할 게 많은 집이야." 그가 말했다.

지금 레오 라트케는 다시 그 집 앞에 서 있었다. 그보다 열 살은 족히 어려 보이는 남자 다섯 명도 그와 함께 기다리고 있었다. 그는 그들 중 단연 돋보였다. 옷을 잘 입은 그는 햇빛을 받아 고급스러운 와인 색으로 윤이 나는 갈색 모카신을 신고 있었고 연한 색의 면바지와 가벼운 코트를 입고 있었다. 그리고 목에 두른 노란색의 캐시미어 목도리는 안에 입은 검은 스웨터와 조화를 잘 이루고 있었다. 스웨터에는 두 올만큼의 섬세한 두께로 세로의 물결무늬가 왼쪽으로 꼬여 있는 붉은 무늬가 들어가 있었다. 남자들 중 레오 라트케만이 유일하게 애프터셰이브 로션을 사용하고 있었다.

레오 라트케는 레나와 자신이 사귀고 있는 사이인지 아닌지 알 수 없었다. 그녀는 아무 때나 자기가 오고 싶을 때 오면서도 그에게는 항상 자기가 원할 땐 언제라도 와주기를 바랐다. 그들의 관계에 대한 어떤 언급도 그녀는 거부했다. "나는 그런 토론이 싫어요." 주말에 파리로 여행을 간다거나 휴가를 같이 보내는 것 등 어떤 계획을 세운다는 것 자체가 불가능했다. "두고 보죠"라든가 "그 전에 할 일이⋯⋯" 같은 말이 레나가 늘상 하는 말이었다. 서른 중반의 레오 라트케 곁에 있는 이 여자는 책임감 없고 자기중심적이고 유아적인 스무 살의 여자였다. 그는 복잡한 연애 관계는 절대 바라지 않았기 때문에 구속력 없는 이 관계는 포기할 수 있었으나 레나는 포기할 수가 없었다.

그는 레나가 자기 외에 다섯 명의 남자 일꾼을 더 부른 사실이 싫었다. 그 혼자서도 너끈했을 텐데, 아니면 아예 그를 부르지 않았다고 해도 나쁠 건 없었다. 그런데 자기들 다섯 사람끼리도 오늘 처음 만난 사이임에도 불구하고 서로 두Du라고 부르면서도 레오 라트케에게는 지Sie라고 부르는 이러한 일*은 레오 라트케가 레나를 만나고서부터──둘이 사귀는 건지 아닌지도 모르는 채── 계속해서 겪는 일이었다.

선거가 있었던 그 3월 18일 밤에 그들은 두 번 섹스를 했고 그 두 번은 다 레나가 원한 일이었다. 하고 싶은 마음이 들면 그녀는 그를 취하고, 이용했다. 그녀는 어떤 특정한 음악을 들으면 로맨틱해졌고 그럴 때면 마치 육체적 결합의 갈망에 폭격당한 것처럼 그에게 몸을 비벼댔다. 그는 그녀의 갈망을 채워줄 수 있었으나 그가 먼저 원할 때 그녀는 절대로 허락하지 않았다. 그는 그것이 역겨웠다. 그는 레나에게 첫 경험을 선사해주

---

* 두Du는 친밀한 사이나 가족 간, 지Sie는 모르는 사람이나 격식을 갖추어야 할 사이에서 상대방을 부르는 호칭이다.

었고 그 첫 경험은 레오 라트케의 추측에 따르면 세상의 여자 절반이 일생에 한 번 겪을까 말까 할 정도로 환상적인 경험이었다. 레나는 그 대가로 그의 짝짓기 요구에 순순하고 흔쾌히 응해줄 수도 있을 터였다. 하지만 그녀는 그를 나의 엄청 중요한 세계적 유명 미남 리포터라고 부르다가 그가 '나의'를 붙여줘서 기분 좋다고 말하자 그다음부터 바로 엄청 중요한 세계적 유명 미남 리포터라고만 부르며 그를 가지고 놀았다. 레오 라트케는 자신이 바보 꼴이 되어가고 있는 상황을 똑똑히 볼 수 있었다.

다섯 사내는 청바지와 진한 색깔이 죽죽 들어가 있거나 아니면 파랑과 하얀색의 세로줄 무늬가 들어간 작업용 남방셔츠를 입고 있었다. 신발도 튼튼하고 바닥이 두꺼운 신발이었다. 레오 라트케는 그 다섯 명 중 단한 사람과 안면이 있었다. 그 사람은 호텔 도어맨 발데마르였다. 레나가 콜비츠 광장의 이 집을 구할 수 있었던 것은 그의 덕이었다.

하늘색 물개가 서커스를 하는 것처럼 주둥이를 하늘로 뻗치고 있는 그림이 그려진 하얀 덮개의 하얀 소형 화물차가 울퉁불퉁한 길을 천천히 미끄러져 내려왔다. "저기 왔다." 발데마르가 말했다.

빌려온 그 화물차의 운전대를 잡고 있는 사람은 레나의 큰오빠였고 레나는 그 옆에 앉아 있었다. 일꾼들의 모습을 본 그녀의 얼굴이 밝아졌다. 활짝 핀 아름다운 미소로 그녀는 와줘서 고맙다는 표시를 했다.

레나의 큰오빠가 후진 기어로 바꿔 천천히 보도블록 위로 차를 올렸다. 차가 입구를 통과해 정확히 건물 출입구 옆에 딱 주차할 수 있도록 발데마르가 차를 안내해주었다. 일꾼 두 명이 호기심 어린 동작으로 재빠르게 손잡이를 열어젖히고 덮개를 지붕 위로 올려젖혔다. 반은 비었음 직한 공간에는 소파, 거울이 달린 보드, 책상, 의자, 여행 가방, 빨래 바구니, 큰 스탠드 등, 종이 박스, 매트리스가 있었다. "이게 다야?" 레오 라트케가 물었다. 레나가 의자 두 개를 내려 집으로 올라가고 레오 라트케는 스탠드 등을 들고 그녀를 따라 올라갔다.

그는 순간적으로 집을 잘못 들어온 게 아닌가 하는 생각을 했다. 곰팡내 나고 침침하던 방구석은 어디론가 사라지고 집은 환하게 밝아져 있었다. 나무 마룻바닥은 매끈하게 갈려 있었고 기본 벽지 위에 하얀 페인트를 칠한 방에는 햇살이 쏟아지고 있었다. 부엌에 있던 조리대는 철거되고 없었다. 레나가 의자를 부엌에 내려놓고 레오 라트케에게 스탠드 등을 내려놓을 곳을 일러주었다. 계단에서 일꾼들의 소리가 들려왔다. 발데마르가 숨을 식식거렸다. "계단이 너무 좁은 거야, 소파가 큰 거야?"

"소파 여기 잠깐 세운다!" 옆의 일꾼이 다른 일꾼들에게 소리쳤다. "여기 막혀 있다고!"

일꾼 다섯 명이 동시에 위로 올라왔다. 레나는 그들에게 짐을 각각 어디다 놓아야 할지 가리켰다.

"내가 이삿짐 나르러 도와주러 가는 집은 번번이 항상 맨 꼭대기층이더라." 한 명이 층계를 내려가면서 말했다.

레나는 창문을 열고 아래를 내려다보았다. 큰오빠가 차의 뒷문에 빗장을 지르고 나서 덮개를 덮으려고 구멍들 사이로 쇠밧줄을 꿰고 있었다. 뒤 건물에서 나와 안마당을 가로지르던 한 이웃 사람이 레나의 큰오빠를 빤히 쳐다보았다. 서베를린의 차량 번호를 단 화물차가 그 안마당에 와 있는 게 아마 그 집 역사상 최초였나 보다.

"차는 저쪽 차지만유," 레나가 안마당을 향해 작센 사투리를 써서 외쳤다. "전 여기 사람이에유!"

큰오빠가 다시 차를 반납하러 서베를린으로 떠났고 차의 임대료는 레오 라트케가 지불했다. 레나는 일꾼들에게 책장을 어디다 세워야 할지 알려주었다.

한 시간 후 레나의 큰오빠가 집으로 돌아왔을 때, 사람들의 대화 속에서 그가 알아들을 수 없는 한 단어가 돌출되어 들리고 있었다.

"여기 누가 마인 아이겐* 좀 갖고 와!" 일꾼 중 한 명이 벽에 찍힌 점하나를 가리키며 소리쳤다.

발데마르가 전기 드릴을 건네주며 경고하듯이 말했다. "마인 아이겐은 벌써 상당히 뜨거워져 있어. 안전장치가 튀어나와버리면 다시 쓸 수있을 때까지 10분은 기다려야 돼."

레나의 큰오빠는 이들의 대화를 이해하지 못한 채 멀뚱히 들었다. 일꾼들 사이에 웃음이 터졌고 레나도 웃었다. 발데마르가 그 배경을 설명해주었다. 그가 전기 드릴을 앞에 놓고 그 위에 한 손을 얹으며 선언했다. "이 전기 드릴을 마인 아이겐으로 명명하노라."

레나의 큰오빠가 집에서 나가고 난 직후 사건의 씨가 된 것이 바로 이말이었다. 레나가 발데마르에게 묻기를, 이것이 발데마르 너의 전기 드릴이냐고 했다. 발데마르는 그 물음에 "응, 이 전기 드릴을 나는 마인 아이겐으로 부르고 있지."

"여기 구멍 하나 뚫어줄래?" 레나가 물었다.

"마인 아이겐이 있으니 문제없어."

한 시간 뒤에 레나의 큰오빠가 돌아왔을 때 **전기 드릴**이라는 단어는 이미 없어져버린 후였다.

레나가 커피를 끓였다. 소파에 레오 라트케가 앉았고 일꾼들은 그 주

---

* 마인 아이겐mein eigen: 내 것이라는 뜻이다.

위에 둘러앉았다. 발데마르는 예외였다. 그는 레나의 책들을 정리하고 있었다.

"서독 마르크로 1천 마르크 벌어보고 싶은 생각들이 있나?" 레오 라트케가 물었다.

"한 사람당 말이야." 너무 직접적으로 말한 것 같아 마음이 불편했지만 하루 종일 그 생각이 머리에서 떠나지 않고 있던 건 사실이었다. "다들 은행 계좌들은 하나씩 있겠지. 7월 1일이 되면 한 사람당 4천 동독 마르크를 1:1 환율로 계산해 서독 마르크로 바꿀 수 있어. 어린이들은 2천 마르크까지, 은퇴 노인들은 6천 마르크까지 1:1 교환이 가능해. 돈이 더 있는 사람들한테는 나머지 돈을 2:1 환율로 바꿔주지. 당신한테, 아니면 당신이나 당신한테 내가 동독 마르크로 4만 마르크를 계좌에 넣어주지. 7월 1일 그 돈을 바꾸면 서독 마르크로 2만 마르크가 돼. 거기서 내가 1만 9천을 도로 갖고 나머지는 그 사람 거로 하지."

일꾼들이 그를 보는 눈빛에서 레오 라트케는 그들이 자신을 얼마나 돈 많은 부자로 생각하고 있는지 느낄 수 있었다. 4천 동독 마르크를 다섯 명에게 나눠줄 수 있는 돈이 있는 데다가 나중에 최소한 1만 9천 서독 마르크 곱하기 다섯 배를 벌어들이게 되는 부자 말이다.

"만일 잘 안 되면요?" 한 사내가 물었다.

"어떻게 안 된다는 건데?" 레오 라트케가 되물었다.

"예를 들어 은행이 의심을 품게 되면요. 한 번도 그렇게 많은 돈을 계좌에 갖고 있어본 적이 없거든요. 그 액수는 고사하고서라도 그와 비슷하게 가본 적도 없어요."

레오 라트케가 걱정했던 점도 바로 그것이었다. 새로운 화폐의 도입을 개인적인 용도로 이용하는 방법은 아주 간단했다. 서독에 있는 환전소에서 1마르크를 내밀면 동독 마르크로 5마르크 이상을 받았다. 서독 돈 1만 마르크로 5만 2천의 동독 마르크를 만들 수 있었다. 그걸 또다시 재환전한다면 2만 6천 마르크가 만들어진다. 환전, 입금, 그러고 나서 잠시 기다리기만 하면 되었다. 그건 세 살짜리도 알 수 있을 만큼 간단한 원리였다.

다섯 명 중에는 비관론자만 있는 것이 아니라 낙관론자도 한 명 있었다. "내 은행 계좌에 한 푼도 없다고 가정하고 당신한테서 4만 마르크를 받는다고 했을 때, 그러면 그중 4천은 1:1로 바꾸고 나머지 3만 6천은 2:1로 바꾸니까 계산해보면……" 그가 잠깐 계산을 했다. "서독 마르크 가로 2만 2천이 되네요. 그러면 당신한테 1만 9천을 줘야 하는 겁니까, 아니면 2만 1천을 줘야 하는 겁니까?"

"1만 9천." 레오 라트케가 말했다.

"그렇다면 우리 할아버지 같은 경우에는 6천 마르크까지 바꿀 수 있으니까 당신한테 4만을 받아서…… 2만 3천 마르크를 만들면 그때도 1만 9천 마르크만 주면 되는 건가요?"

"바로 그렇지." 레오 라트케가 말했다.

"그럼 난 1천 마르크만 버는 게 아니라 4천 마르크를 버는 거네요." 낙관론자가 말했다. "야, 4천 마르크래!"

그러고 나서 그들은 담배를 피우며 레오 라트케가 낸 제의에 대해 생각해보았다. 그들은 머리를 굴려가며 숫자를 이리저리 옮기고 눈살을 찌푸려가며 머릿속 상상의 숫자에 찍혀 있는 콤마들을 집중해서 노려보았다. 자신들이 처해 있는 경제적 상황들을 펼쳐보며 자기에게 돌아오는 실제 이익이 무엇인가, 그렇게 쉽게 벌어들인 돈으로 무엇을 할 것인가를 생각했다. 이전에는 존재하지 않던 느낌이 새로이 깨어나기 시작했다. 그 느낌에 온통 휘말린다고는 할 수 없더라도 그 느낌이 무엇이라는 것은 인지할 수 있었다. 그것은 돈 욕심이었다. 그것은 모양새를 흐트러뜨리지 않으며 비밀스럽게 사뿐사뿐 걸어왔다. 온몸을 휘어잡으며 원시적으로 파렴치하게 다가오지 않았다. 바로 그렇기 때문에 물리칠 수 없었다. 약간 수고한 대가로 돈을 손에 쥐는 것, 아무에게도 피해를 주는 일이 아닌데 나쁠 이유가 어디 있는가?

"만일 내가 당신한테 2만 마르크만 받겠다면요?" 낙관주의자가 물었다.

"그러면 1만 서독 마르크가 되니까 9천5백은 내가 갖고 5백은 당신에게 돌아가는 거지."

"8만 마르크를 받으면요?"

"음, 그건 말이야," 레오 라트케가 말했다. "일을 그렇게 크게 벌일 필요까지 있겠어."

"도대체 무슨 작당들을 하고 있는 거야?" 레나가 커피를 들고 부엌에서 나왔다. "1:1이니 2:1이니 5:1이니 4천이니 2천이니 6천 마르크니 동독 마르크니 이런 말만 들리는데……"

"너도 이리 와서 좀 들어봐." 낙관론자가 말했다. "정말 신기한 얘기라고."

"그저 뭐니 뭐니 해도 돈 얘기보다 좋은 얘기가 어디 있겠어?" 화가 난 레나가 말했다.

"보통은 돈 얘기보다 좋은 얘기가 많지." 레오 라트케가 말했다. "하지만…… 더 좋은 얘기는 없어."

"너한테 땡전 한 푼 없는 할머니가 있다고 가정할 때 저 사람 이론 대로만 한다면 서독 돈 4천이 벌린다고!" 낙관론자가 말했다. "왜냐하면

6천을 1:1로 바꿀 수가 있……"

"그만 해, 알고 싶지도 않아!" 레나가 말했다.

그녀는 벌떡 일어나 성을 내며 방에서 나가버렸다. 1분이 지나 다시 돌아온 그녀는 여전히 화가 나 있었다. "변기 속에 튀어나오도록 잔뜩 앉은 석회 더께는 도대체 어떻게 할 거야!"

"그런 거라면 좋은 세제를 알고 있지, 지금 가져다줄게." 레오 라트케가 일어섰다. 레나가 놀란 듯 그를 바라보았다.

"뭐, 당장?" 그녀가 물었다. "그래서 지금 간다고?"

"당연하지." 레오 라트케가 말했다. "그리고 네게 서독이 베푸는 선행에 대해 조금의 이해심이라도 가져줄 것을 부탁할 참이야. 내가 가져다주는 것을 변기에 들이붓고 기다렸다가 물을 내리기만 하면 돼. 광고에 나오는 그대로지."

그는 일꾼들에게 작별을 고한 다음 '혹시 생각이 있을 경우' 자기는 팔라스트 호텔에 머물고 있다는 것도 알려주었다. 그가 가고 난 후 일꾼들은 말없이 소파에 앉았다. 발데마르만이 책 정리를 계속했다.

"너희들 다 엄청난 욕심쟁이로 보여." 침묵을 깨며 레나가 말했다. "1:1, 2:1, 7:1, 모두 머리만 굴리고들 있잖아…… 너희들이 가고 나서 여기 공기 좀 바꿔야겠어! 오늘 도와줘서 다들 고맙고 집들이 파티에 꼭 부를게. 그렇지만 그 문제라면 나도 어쩔 수가 없어!"

이렇게 해서 그녀는 큰오빠를 포함한 일꾼들을 보낼 수 있었다. 발데마르는 남았다. 레나는 정말로 창문을 열어젖혔다.

"여기 좀 봐." 발데마르가 **브레히트**와 **불가코프** 사이에 만든 조그만 틈을 가리켰다. "내 책이 들어갈 곳이야. 브레히트―부데― 불가코프."

"네가 책을 썼단 말이야?" 레나는 흥미가 생겼다. "너 작가니?"

"나도 몰라." 부끄러움과 자랑스러움을 동시에 드러내며 발데마르가 말했다. "글쓰기로만 먹고살 수 있는 사람이 진짜 작가지."

"너 그거 알아? 나도 진짜 작가는 하나도 몰라." 감탄을 그치지 않고 레나가 말했다. "네가 첫번째 진짜 작가야."

"레오 라트케는 벌써 책 몇 권을 써냈잖아."

"그 사람은 신문이나 뭐 그런 종류에 글을 내는 거지. 다 읽고 나면 버리는. 책은 보관하잖아. 책이란 끝까지 가는 거야."

그녀는 눈을 빛내며 브레히트의 왼쪽과 불가코프의 오른쪽을 더 바짝 옆으로 밀었다. "너의 두번째와 세번째 책이 들어갈 공간이야." 그녀가 명랑하게 말했다. 레나가 그 유명한 레오 라트케가 아니라 내게 감탄하다니, 아직 내가 쓴 글을 한 줄도 읽지 않은 상태에서! 발데마르는 취할 것 같았다.

"난 네가 그럴 줄 알았어." 레나가 말했다. "전기 드릴 대신에 마인 아이젠이라는 말을 사람들 사이에 퍼뜨린 것을 보더라도 그래. 누가 또 그런 기막힌 생각을 할 수 있겠어? 말 하나가 없어지면서 다른 말 하나가 갑자기 나타난 거야. 마술을 부릴 때처럼."

발데마르는 지금과 같은 상황을 익히 알고 있었다. 그는 새로 이사 온 집에서 아름다운 여자들 옆에 단둘이 남은 적이 종종 있었다. 자신이 필요로 하는 것을 그는 결코 한 번도 받아본 적이 없었다. 대화보다는 키스가 좋았고 사색에 잠겨 앉아 있기보다는 껴안고 만지는 것이 좋았다. 그러다 거절당할 때는 마치 꽝 하는 소리에 귀청이 떨어져 나갈 때처럼 쓸모없이 되어버리는 자신을 발견했다. 그녀가 레오 라트케가 아닌 자신을 멋지게 느낀다면 왜 그의 방으로 같이 올라갔던 것인가. 그가 지켜본 바에 따르면 인간의 행위는 이성이나 논리의 잣대로 해명하지 말아야 했다. 인간의 행동은 비논리적이고 모순되고 패러독스하다. 발데마르는 밤과 알코올 때문에 이상한 존재 상태가 된 사람들, 그리고 호텔에서 거짓 삶을 사는 사람들, 얼굴에 덮였던 가면이 흘러내린 사람들을 자주 겪어보았다. 누구라도 그에게 변덕을 부릴 수 있다는 점이 그가 가진 직업의 한 면모이자 매력이었다. 우리는 우리의 한평생을 불행하게 만들 관계를 찾아 헤매고 있다. 3주일이나 3년 동안 불행하게 해줄 사람을 만나는 것은 어려운 일이 아니다. 그러나 그것은 문제 해결이 아니다. 답은 일생을 불행하게 같이 살 수 있는 사람을 만나는 것에 있다. 발데마르의 아랫집에는 늙은 여자가 살고 있었는데 그녀는 거의 매일같이 남편과 다투었다. 그는 날마다 책망의 폭포수가 노래를 낭송하는 것처럼 모노 톤의 리듬을 타고 쏟아져 내리는 것을 들어야 했다. "도대체 몇 번이나 똑같은 얘기를 해야 돼요!" 이렇게 시작되었다. "내 말은 항상 무시하고, 날 한 번도 사랑한 적이 없잖아요!" 그녀의 남편은 아무 대꾸 없이 묵묵히 듣기만 했다. 그러던 어느 날, 발데마르는 그 남편이 15년 전에 죽고 없다는 것을 알게 되었다. 그것은 그들이 충만하고 강렬한 부부생활을 했었음을 짐작케 했다. 인간은 무엇을 얻기 위해서가 아니라 무엇을 피하기 위해 행위한다. 그것은 발데마르의 인간관의 대(大)명제였다. 그는 자신이 신이라면 두려움이라는 것을 없애고 싶었다. 우리를 인간과 구별짓는 것은 두려움이다. 어디에 써먹을지도 모르면서 어느 날 그가 만들어낸 글귀였다.

그의 삶에서 가장 행복했던 순간은 두려움이 떨어져 나갔던 순간이다. 경찰의 폭력을 타들어가는 듯한 분노로 꾸짖던 레나가 얼마나 행복했는지를 그보다 더 잘 이해하고 있는 사람은 없었다. 밝고 상냥하며 정의감 넘치는 레나, 바로 그녀가 증오 속에서 행복을 발견했다는 사실은 인간이라는 존재처럼 모순적이고 수수께끼 같은 것이었다.

그날 오후는 발데마르가 자신이 하고 있는 일에 대해 질문을 던지며 돌연히 끝을 맺었다. 그 질문은 모든 작가가 한번쯤은 던지는 질문이었다. 어떤 이는 죽죽 그어버리는가 하면 어떤 이는 평생 끌고 다니는 질문이 이 질문이라고 발데마르는 생각했다. 그 질문에 대한 답이 수없이 많이 존재하듯이 그 질문에 대한 답을 하지 않는 것도 마찬가지 이유로 정당하다, 하지만 그 물음을 던져보지 않은 사람은 작가가 아니라고 그는 여겼다. 그에게 작가란 글쓰기로 먹고사는 사람이 아니었다. 그에게 작가란 한번쯤은, 아니면 계속적으로 다음과 같거나 아니면 비슷하거나 또는 다른 표현을 써서 질문을 던지는 사람이었다. 나의 책이 세상을 변화시킬 수 있을까? 그는 그 얘기를 레나에게 했고 레나가 준 대답은 그를 크나큰 감동으로 흘러넘치게 하여 자리를 박차고 나가고 싶은 욕망을 불러일으켰다. 감격에 휩싸인 행복한 그는 레나에게 작별 인사를 하고 계단을 두 개씩 건너뛰어 내려가 거리로 나섰다.

　　타이에 있는 나비 한 마리가 미국에서 허리케인을 일으킬 수 있다면 한 권의 책도 세상을 바꿀 수 있어.

　　레나는 혼자가 되자 온 집안 구석구석을 돌아다녔다. 여기가 살 집이다. 여기서 살고 싶었다. 그녀는 창문을 닫고 의자에 앉아 두 손을 무릎 위에 올려놓고 기다렸다. 뭘 하지? 할 일이 없다는 느낌을 가져본 적이 얼마나 오랜만인가. 그녀는 거울 속에서 등을 꼿꼿이 펴고 손을 무릎에 얹은 채 의자 모서리에 앉아 있는 자신을 보았다. 앉아 있는 모습을 보니 웃음이 나왔다. 그녀는 일어나서 소파로 가 앉았다. 다리를 꼬고 한쪽 팔을 머리 뒤에 받치고 천장을 올려다보았다. 그녀는 일종의 안정감을 느꼈다. 그랬다, 진정되고 있었다. 마음을 어지럽게 하는 것은 아무것도 없었다. 여기 소파에 누워 천장을 쳐다보아도 아무 생각이 나지 않으면 혁명은 끝난 거야, 그녀는 생각했다.

이제는 돈 얘기보다 더 좋은 얘기는 없어.

어쩌면 레오 라트케의 말이 맞을지도 모른다. 레나는 멍청이가 되고 싶은 생각은 없었다. 영원히 순수한 혁명의 양심이 되고 싶다는 생각도 없었지만 놀림의 대상이 되고 싶지도 않았다. 에고이스트들의 시대가 왔다면, 머니 머니 머니가 이 시대의 주제가라면 자신도 **이런 작당**에 대해 욕설을 퍼붓지 말아야 했다. 아니, 그럴 게 아니라 스스로도 경주에 뛰어들어야 했고 히트 퍼레이드의 1위 곡을 장식했을 때처럼 쉽고 쿨하게, 그저 지나가듯이 걸어가다가 백만장자가 되어야 했다.

레나의 은행 계좌에는 눈먼 돈 한 푼도 없었다. 이사와 집 수리에 몽땅 돈이 들어갔다. 레오 라트케의 제안을 받아들여 모든 것이 계획대로 진행된다면 7월 1일에는 3천 마르크가 들어와 있을 것이다. 그렇게 되면 이제 모자라는 돈은 99만 7천 마르크였다.

그녀는 레오 라트케와의 관계도 새로 생각해보기로 했다. 지금까지 자신이 왜 그에게 그토록 변덕을 부리며 거의 무시하다시피 하는 태도로 대해왔는지 스스로에게 물었다. 그와 만나는 것이 좋았지만 그는 그녀에게 첫 남자라고 할 수 있었고 그를 선택하는 것은 다른 모두를 버리는 것이라는 생각 때문에 마음이 편하지 않았다. 그를 선택하기에 그녀는 경험해야 할 것이 너무 많았다. 이런 생각을 제쳐두고라도 그는 레오 라트케, 시사지 중의 시사지 리포터인 바로 그 레오 라트케였다. 그리고 그녀는 레나, 카를마르크스 시의 잔 다르크인 바로 그 레나였다. 레오 라트케와의 관계는 그래서 옛날 평민과 귀족 사이처럼 화제의 여지를 가지고 있었다.

레오 라트케는 그녀의 변덕을 묵인하는 것을 넘어서서 의젓하게 잘 받아주기까지 했다. 그 점에서 레나는 큰 인상을 받았고 스스로를 조금 부끄러워했다. 그는 마조히스트도 아니었고 입 닥치고 가만히 있는 걸 좋아하는 성격도 아니었다. 그렇다면 해석은 한 가지였다. 그에게 그녀는 어떤 의미를 차지하고 있었다.

닥터 마티스가 재통일을 원하고 있다는 건 레나도 알고 있었지만 왜 '재'통일인지는 이해하지 못했다. 그가 딸기 바구니, 즉 폴크스바겐 골프 카브리오를 꿈꾸고 있었기 때문이다. 다른 이들은 마요르카를 꿈꾸었다. 선거는 콜라 캔으로 결단이 났다. 남들이 콜라를 받아 든다면 나는 레오 라트케를 가질 거야, 레나가 생각했다.

레나는 그러한 승자의 한 사람이 되고픈 생각이 없었다. 하지만 그녀의 저항은 한계를 가지고 있었다.

레오 라트케는 계단을 걸어 올라올 때만 해도 자신에게 올 행운을 아직 예감하지 못하고 있었다. 레나 때문에 이런 한심한 짓까지 해야 하다니! 신사는 꽃다발이나 초콜릿, 아니면 향수를 들고 등장하는 것이지 변기 청소 세제를 들고 나타나지는 않는다.

코트 안에서 정말로 WC 오리*를 꺼내는 레오 라트케를 보고 레나는 깔깔 웃었다.

"맘껏 잘난 체하라고." 그는 일부러 뾰로통한 척했다. "여자 앞에서 변기나 닦아주는 사람으로 추락하는 건 난생처음이야. 또 뭘 시킬 거야? 뭘 시킬ˑ거냐고?"

레나는 웃었다. 이제 그를 더 이상 적으로 취급하지 않아도 된다고 생각하니 마음이 편했다. 한 남자가, 더구나 그 남자가 유명한 사람이라

---

* WC-Ente: 용기의 목이 오리 주둥이처럼 생긴 변기 청소제.

면, 자신의 마음에 들려고 노력하거나 환심을 사기 위해 열심히 아이디어를 내고 있다는 사실이 만족스럽지 않을 리 없었다. 이 레오 라트케라는 남자가 자신의 기분을 맞춰줄 때면 정말 거기에 녹아들어가는 것을 느꼈다. 그녀는 발데마르에게 안된 마음이 들었다. 미소, 세련된 윙크, 침묵할 때와 흥분할 때의 정확한 구분—발데마르는 이런 것들을 하지 못했다. 서로를 잘 이해하고 있는 것은 사실이었다. 그는 착하고 특이한 사람이었다. 그러나 그녀를 미치게 하는 사람은 아니었다. 평생을 함께하며 그녀를 불행하게 만들 사람이 있다면 그것은 레오 라트케였다.

2. 루츠 노이슈타인, 나무 벤치에 앉다 (3)

루츠 노이슈타인 경감은 나무 의자에 앉아서 사태를 분석해보고 있었다. 이런 사건은 정말 싫었다. 이런 시국에 서독 국민을 취조한다는 것은 큰 사고가 될 수 있었다. 이제 서독 국민이라는 호칭도 쓸 수 없었다. 독일인 아니면 독일 국민이라고 불러야 했다. 그런 사람을 어떻게 취조해야 하나? 그들은 인권이라는 게 있다는데 곧 통일이 이루어지면—통일이 되긴 될 것 같아 보였다—루츠 노이슈타인은 독일 국민의 인권을 유린했다는 이유로 곤경에 처하고 싶지 않았다. 구타하거나 고함을 쳐대거나 잠을 안 재운다거나 협박을 한다거나 물 한 방울 주지 않는다거나 눈을 부시게 한다거나 등 뒤에서 왔다 갔다 맴돈다거나 하는 일은 당연히 없을 것이다. 하지만 어쨌든 조사는 해야 했다. 증거는 막대하게 확보되어 있었다.

어제 취조에서 그는 이 슈니델이라는 작자에게 보석Jewel 담배 한 대를 권했다. 슈니델은 담배를 받아 들고 한 모금 빨더니 진저리를 치며 바로 꺼버렸다. 또다시 그런 일이 있어서는 안 될 것이다. 안경점 계산대에도 사탕이 담긴 그릇이 놓여 있는 서독에서는 취조실에서도 무료 담배 한 대는 있을 것이다. 아마도 인권 때문일 것이다.

루츠 노이슈타인은 담배를 구하러 지하철의 나무 의자에 몸을 싣고 동물원 역으로 갔다. 그는 역에서 내려 자동판매기에서 말보로 한 갑을 꺼낸 다음 다시 지하철을 타고 돌아왔다.

프리드리히 슈트라세 역이 종점이었다. 루츠 노이슈타인은 지하철에서 내려 검문소를 통과하고 다시 다른 지하철로 바꿔 탔다. 두 정거장을 지나 알렉산더 광장을 가로지른 다음 지하 통로를 통과해 경찰서로 들어왔다. 여기 오니 안심이 되었다. 여기선 모두가 똘똘 뭉쳐 있었고 누구도 동료를 배신하지 않았다.

루츠 노이슈타인이 볼 때 이 조사위원회라는 게 너무도 불필요한 것이었지만 그래도 참석은 했다. 예를 들어 위르겐 바르테라는 나비넥타이 차림의 작곡가를 보자. 지난겨울 그는 아직 장관이 되리라는 희망에 젖어 있었다. 그가 관심을 두지 않는 관직이 없었고 코를 들이밀며 참견하지 않는 위원회가 없었다. 그런 그에게 유일하게 남은 것은 '1989년 10월 7일/8일의 경찰 진압에 관한 진상조사위원회'였다. 이제 어느 누구도 관심을 갖지 않는 사건이었지만 위원회는 조사를 계속했다. 그러나 경찰 없이는 아무것도 제대로 돌아가지 않는다는 걸 그들도 깨닫게 되는 날이 올 것이다. 그들이 계속 이렇게 나오면서 경찰을 협박한다면 언젠가는 범죄자가 경찰을 두려워하는 것이 아니라 경찰이 범죄자 앞에서 덜덜 떠는 날이 오게 될 것이다. 강력 대응을 하지 못하는 경찰은 더 이상 경찰이 아니라 한낱 우스개요, 가장행렬이다.

루츠 노이슈타인은 베르너 슈니델을 조사실로 불렀다.

"슈니델 씨, 안녕하십니까." 루츠 노이슈타인은 자리에서 일어나 그에게 손을 내밀었다. "좀 어떠십니까?"

"그럭저럭요." 베르너 슈니델이 말했다. "전보다 못하기는 하지만."

"그렇겠지요." 루츠 노이슈타인은 이렇게 말하며 방금 들었던 말이 무슨 뜻일까 생각해보았다. "하지만 절차가 이러하니 우리로서도 어쩔 수 없습니다."

"그렇겠죠." 베르너 슈니델이 말했다. "한 가지 생각난 게 있는데요, 2만 4천 마르크 어쩌고 하는 이야기들을 하시니 말이죠."

"시작해보시죠." 루츠 노이슈타인은 이렇게 말하며 슈니델의 말을 가감 없이 곧바로 받아적을 준비가 되어 있다고 보여주기라도 하듯 타자기 위에 두 손을 얹었다.

"12월 4일 저녁이었습니다." 베르너 슈니델이 말을 시작했다. "팔라스트 호텔의 총지배인이 나에게 다가오더니 바에서 한잔하자고 하더군요. 이야기를 나누다가 그가 이렇게 말했습니다. 슈니델 씨, 오늘부터 당신은 제 손님입니다, 딱 이렇게요." 슈니델은 몸을 뒤로 젖히고 만족스럽게 팔짱을 꼈다.

"예, 그래서요?" 본론이 나오길 기다리며 루츠 노이슈타인이 물었다.

"누군가 나한테 제 손님이 되어주십시오!라는 말을 하면 그건 그가 나의 뒤를 돌봐주겠다는 얘기가 되지요."

"재밌는 이야기군요." 루츠 노이슈타인이 기가 막혀 말했다.

"그때 나는 이미 3주 이상 그 호텔에 머무르고 있을 때였습니다. 그런데 오늘부터 당신은 제 손님입니다!라는 건 무슨 뜻이겠습니까? 난 호텔 손님이 된 지 이미 오래였다고요! 당신이라면 그걸 어떻게 이해하시겠습니까? 당신이 벌써 몇 주째 한 호텔에 묵고 있는데 갑자기 호텔 총지배인이 나타나 당신한테 **오늘부터 당신은 제 손님입니다!**라고 하는 겁니다. 제게 11월부터 4월까지의 비용을 모두 내라고 하는 것은 너무 염치없는 주장입니다. 12월 4일 이후에 발생한 비용은 호텔 측이 부담해야 합니다."

"일단 이렇게 기록하도록 하지요." 루츠 노이슈타인은 이렇게 말하며 타자기 자판을 탁탁 두드렸다.

이런 식으로 취조가 계속되었다. 루츠 노이슈타인은 민감한 순간들을 조심스럽게 더듬어가며 서독의 기준에 맞추어 신문하려고 애를 썼다. 그는 베르너 슈니델에게 변호사의 도움을 받으라고 강력히 권유했고 말보로 한 대를 권했다. 베르너 슈니델에게 본인에게 불리한 증언을 하라고 요구할 수 있는지 확신이 서지 않았던 그는 고소장과 고소 내용이 적힌 종이를 보여주고 그가 어떻게 나오는지 볼 뿐이었다. 그들의 대화는 범법이란 테마를 공손하게 피해가는 맥 빠진 대화였다. 한 시간 뒤 루츠 노이슈타인은 안 되겠다고 판단했다. 상대방의 처지를 생각해주는 것도 한계가 있었다. 자신이 생각하는 서독의 취조 기준이란 것에 맞춰서 이렇게 계속 나가다간 영영 자백을 받아내지 못하고 말겠다는 생각이 들었다. 그는 어처구니가 없었다. 서독의 취조관들도 자백을 받아내고 싶은 건 당연하다. 하지만 그들은 나중에 바닥 청소를 하는 일이 없도록 하면서 자백을 원하는 것뿐이다.

루츠 노이슈타인은 기묘한 백발의 청년 앞에서 이상스레 열등감을 느꼈다. 베르너 슈니델이 너무나 당연하듯이 말하고 있는 일을 루츠 노이슈타인, 그는 전혀 모르고 있었다. 되너가 무엇인지는 새로 배웠다. 그런데 상업고등학교는 무엇이며 팩스는 무엇이란 말이냐? 방문 판매 팀이란 무엇이고 개인보험 환자는 무엇이냐? 전세 항공기? 포스트모던? 쾨통? 블라인데잇? 오페아? 무엇보다도 인권이란 무엇이냐?

취조를 마친 후 루츠 노이슈타인은 다시 서베를린으로 향했다. 그는 코흐 슈트라세 역에서 내렸다. 끌이 땅땅 하고 장벽을 쪼는 소리가 거리의 소음을 뚫고 들려왔다. 장벽의 붕괴가 반년 지난 이곳 도시의 심장부에서 가장 쓸 만한 파편들은 다 쪼아간 지 오래였다. 한때 색색깔의 스프레이로 반들반들하게 칠해져 있었던 베를린 장벽의 표면은 마치 누가 갉아먹은 것처럼 다 떨어져 나가 쓸모없는 촉수처럼 공중에 높이 튀어나온 녹슨 철골이 다 드러나 있었다. 벽에는 수없이 많은 구멍이 나 있었다. 눈으로 들여다볼 수 있을 정도의 구멍도 있었고 팔이 들어갈 정도의 구멍, 아이나 어른이 통과할 만큼 큰 구멍도 있었다.

장벽에서 바로 가까운 거리에 장벽 박물관이 있었다. 루츠 노이슈타인이 가고자 한 곳은 거기였다. 그는 서독인의 인권에 대해 조사해볼 생각이었다.

같은 시각, 작가 우베 닐센은 장벽 박물관의 전시를 둘러보고 있었다. 이 박물관은 그의 동료들 사이에서 경멸의 대상이었다. 우베 닐센과 그가 속한 집단이 더 우월하다고 여기고 있는 저쪽 세계에서의 탈출을 가능하게 하기 위해 동원된 갖가지 풍부한 상상력과 무모함, 그리고 죽음을 두려워하지 않는 용기가 이곳 박물관에서 전시되고 있었다. 그러나 수많은 사람을 끊임없이 우베 닐센의 세계로 끌어넣고 있는 에너지는 과연 그 저쪽의 세계가 종말을 맞이해야 하는가에 대해 의문을 제기하고 있었다. 우베 닐센의 무리는 단지 2년 동안만 자신들의 시대와 일치감을 느꼈다. 그 2년이 지나고 나자 시대는 다른 방향으로 흘러갔다. 모든 것은 베를린의 한 대학생이 총에 맞으면서 시작되었고 베를린의 한 대학생이 총에 또 맞으면서 같은 방법으로 끝이 났다. 한 사람은 총에 맞아 죽음으로써 하나의 상징이 되었고 다른 한 사람은 그가 이미 하나의 상징이었기 때문에 총에 맞아 죽어야 했다.*

이제 냉전과 잘못된 조건의 시대는 그 막을 내렸다. 우베 닐센은 더 나은 세상을 묻는 힘겨운 물음에서 벗어나 잠시 휴식을 취하고 싶었다. 반생을 혁명을 꿈꾸며 살아온 그였으나 최근에는 북이탈리아에 집이 하나 있다면 그것으로 만족할 수 있겠다는 생각이 들었다. 그러려면 돈이 있어야 했고 돈이 생기려면 이 시나리오를 써내야 했다. 그러려면 조사에 나서야 했고 조사에 나서려면 장벽 박물관에 와야 했다. 10분이 지나 그가 깨달은 것은 여태껏 이곳에 오지 않은 것은 실수였다는 사실이었다.

그가 빨려든 것은 온갖 비행선이나 자체 제작한 미니 잠수함, 탈출용 차량 등이 아니었다. 지하 땅굴은 더더욱 아니었고 인형을 이용한 속임수도 아니었다. 그건 바로 스케치, 조잡하고도 동시에 과장이 들어간 그림과 스케치들이었다. 그러나 그 속의 외침은 진짜였다. 독일 사람에게 있다고는 믿어지지 않는, 자유를 향한 의지와 탄압에 대한 저항이 그 안에 살아 있었다. 우베 닐센은 니카라과 농민들이 그린 순박한 그림과 유대인 수용소 안에서 그려진 그림을 본 적이 있었고 부모가 납치된 칠레 어린이들의 그림과 바르샤바 게토의 그림을 알고 있었다. 독일로 인해 고통을 받은 이들의 아마추어 예술을 감상하기에는 우베 닐센의 감각이 너무 고상했을 뿐이다.

---

* 전자는 서베를린의 대학생 베노 오네조르크가 1967년 학생시위 중에 진압경찰의 총에 맞아 죽은 사건을 말하며(이로 인해 학생운동에 열렬한 불이 붙었다), 후자는 학생운동가로 이름이 널리 알려져 있던 루디 두치케가 1968년 암살범의 총에 맞아 영영 회복하지 못하고 사망한 사건을 일컫는다.

유화 정도의 크기를 가진 그림 한 점은 사람의 그림자가 거의 보이지 않는 한 광장에서 한 목사가 분신하는 장면을 보여주고 있었고 다른 한 점은 거칠고 모노크롬하게 허공을 응시하며 비딱한 구도로 한밤의 무차별 발포 지역의 끔찍함을 보여주고 있었다. 솜씨가 좋은 그림은 아니었지만 그들의 그림은 통속적이지 않았다.

우벨 닐센은 오후 내내 전시장에 머물면서 몇 개 안 되는 공간에 걸려 있는 그림들 사이를 계속 왔다 갔다 했다. 그리고 밖으로 나왔을 때 그는 남몰래 가슴이 벅차올랐다. 나는 내가 독일인인 것이 자랑스럽다.

루츠 노이슈타인도 그동안 배운 것이 있었다. 그가 안내문을 읽고 이해한 바에 따르면 인권은 서독 국민에만 해당하는 것이 아니라 모든 이에게 똑같이 있는 것이었다. **모든 인간은 자유로우며 동등한 존엄성과 권리를 가지고 태어났다**라고 씌어 있었다. 서두를 장식하는 이 문구는 루츠 노이슈타인에겐 너무 비장했다. 혐의자가 눈앞에 앉아 있는데 그자가 자기도 다른 사람과 똑같이 벌거벗고 엄마의 뱃속에서 튀어나왔다는 주장을 펼친다는 건 말도 안 되었다. **인간에게는 이성과 양심이 있으며 형제애의 정신으로 서로를 대해야 한다.** 이것도 과장이 좀 심했다. 그렇지만 알아둬서 나쁠 건 없지. 그는 슈니델을 형제애로 대하고 있었으며 동물원 역까지 가서 제대로 된 담배를 사고 있다. 이건 피의자를 학대하는 것과는 거리가 멀지.

그래도 이건 아니다. **모든 인간은 자유로우며 동등한 존엄성과 권리를 가지고 태어났다**, 라든가 **인간에게는 이성과 양심이 있으며**, 라든가 **형제애의 정신으로 서로를 대해야 한다**. 아니야. 이런 글귀는 위르겐 바르테 같은 사람이나 만지작거리는 거야. 그러나 루츠 노이슈타인, 그는 실무를 맡고 있는 사나이였다.

3. 기분 상한 기젤라 블랑크

기젤라 블랑크에겐 오래전부터 단어를 단어 그 자체로 뜯어보는 습관이 있었다. 자신이 맡고 있는 직위나 참여하고 있는 기관의 이름을 뜯어보니 몇 가지 새로운 것을 알게 되었다. 인민회의의 구성원이 자유선거에 의해 뽑히지 않던 과거에 그 인민회의는 일종의 사회를 대표하는 모임 같은 것이었다. 노동자, 농민, 엔지니어, 사장, 학자, 군인, 기술자, 회사원, 경찰, 예술가, 의사, 저명인사, 그리고 꽤 많은 수의 당 간부가 있었다. 최연소 대표의원은 열아홉 살이었고 최고령은 일흔일곱 살이었다. 여성의 수도 그리 적은 편은 아니어서 3분의 1 이상이 여성의원이었다.

인민회의가 이렇듯 인민을 대표하고자 했으며 또 펑크족, 거지, 전과자, 탈출 열망자, 병역 기피자, 환경운동가를 제외하면 그 사회적 특성상 전 인민을 대표하고 있었다고는 하나 인민의 정치적 열망은 대표하고 있지 않았다. 게다가 자유선거가 가져온 결과를 보라. 인민의 정치적 의지는 더 이상 사회 전체를 대표한다고 볼 수 없는 구성원에 의해 실현되었다. 거의 다가 남자인 데다 장년층이 대부분이었고 변호사와 목사와 의사가 너무 많았다. 그래서 단어를 단어 그대로 받아들이는 습관이 있던 기젤라 블랑크에게는 인민회의를 **인민회의**라고 부를 이유가 없어졌다. 그녀는 의회를 번역하여 **탁상공론장**이라고 불렀다.

그녀는 의회에서 영향력을 미치겠다는 욕심을 포기하고 항상 만장일치되거나, 야유를 받거나, 비웃음을 사거나, 말하다가 방해받거나, 욕을 먹는 것에 타협하기로 했다. 그러면서도 말할 때는 의회가 자신의 말에 확실히 동의하는 듯한 발언을 했다. 그것은 방송용이었다. 자기주장을 펼치는 것을 시청자들에게 보여주어야만 했다. 그녀의 연설은 의회 그 누구의 연설보다 뛰어났고 논리적이었다. 게다가 비상한 기억력뿐 아니라 기교와 순발력이 넘쳤다. 그녀의 위트는 반대파 사람들도 웃게 만들었다. 그녀는 아무 책임도 지지 않으면서 모든 것을 요구할 수 있었다. 현 정부를 살짝 빈정거린다든가 궁지로 몰아세우는 것, 그 모두가 가능했다. 그녀의 주장이 분명하면 분명할수록 야유의 소리는 더 요란해져야만 했다.

이 세상 어느 것도 기젤라 블랑크의 이런 유쾌한 기분을 망쳐놓을 수는 없었지만 어느 날 저녁, 그동안 충실하게 일해온 직원 하나를 잃어버리고 만 일이 일어났다. 명랑하고 사교성 좋으며 모두에게 사랑받던 다니엘 데티엔이 빠져나간 것이다. 그녀가 변호사로 있던 시절부터 다니엘 데티엔의 자리를 노리던 사람들이 줄잡아 몇십 명은 되었고 이젠 그런 이들이 몇백 명으로 불어나 있었다. 레오 라트케가 일하는 시사지의 5월호는 기젤라 블랑크를 표지 면에 실었다. 토크쇼들은 달변의 뉴 페이스를 모셔 가려고 서로 앞을 다투었다. 기젤라 블랑크는 사회주의의 인간적인 얼굴이었다. 그리고 다니엘 데티엔은 그녀의 주변 인물 중 유일하게 그녀처럼 머리 회전이 빠른 사람이었다. 그와 대화를 하다 보면 언제나 좋은 아이디어가 떠오르곤 했다. 다른 사람들이 음악을 들으며 휴식을 취하는 것처럼 그녀는 다니엘과 정치나 문학 이야기를 나누었다. 그러면 정신이 맑아지고 대화술의 연장에 낀 먼지가 말끔히 씻겨 나가면서, 모든 것이 다 변했더라도 내가 부하와 벌이는 이 논쟁만은 변함없이 그대로라는 안정감을 얻을 수 있었다.

다니엘 데티엔은 그동안 한 점의 내색도 하지 않다가 그녀에게 전화를 걸어 그날부로 당장 그만두겠다고 했다. 로디*가 되겠다는 이유였다. 통화는 한 3분 만에 끝났다. "해야 할 일이라면 해야지." 애써 여유를 부리며 기젤라 블랑크가 말했지만 화가 나 눈이 튀어나올 것 같았다. 미쳐도 아주 단단히 미친 녀석이로구먼. 기젤라 블랑크 밑에서 일한다는 사실은 단순히 직장을 다니는 것이 아니고 하나의 직위를 얻는 것이었다. 3년 동안이나 일하다가 이렇게 돌연히 때려치운다는 것은 미성숙과 콤플렉스의 증거밖에 안 되었다. 최근에는 각각 서베를린과 마르부르크에서 정치학 석사 학위 소지자들이 스스로 이력서를 보내왔다. 사정이 그러한데도 그녀는 대학도 가지 못한 그 불쌍한 목사 아들을 내치지 않고 곁에 두면서 신문을 읽어봐도 절대 알 수 없는 여러 가지 세상 이치들을 알려주었었다. 그런데 이것이 그 보답이란 말인가. 6주 동안 로디 일을 해보고 싶다는 이유로 때려치우고 말다니.

4. 착한 이웃집 아저씨

카를리의 작업실은 제2차 세계대전 시 폭격을 받아 무너진 상점 건물에 있었다. 여러 나라에서 모여든 예술가들은 장벽이 무너지고 난 후 몇 주 안 되어 그 무법의 틈을 타 건물을 점거해버렸다. 그들은 멜빵 달린 작업복을 입고 거의 항상 벽에 꽉 차는 크기의 그림들만 그렸으며 그들의 작업에 없어서는 안 되는 절단기에서는 항상 공사장을 방불케 하는 굉음이 났다. 자기네들 극렬성의 터전이라는 것을 만천하에 알린다는 의미에서 그들은 이 창조의 공간을 타헬레스**라고 불렀다.

---

* 로디Roadie: 록 그룹 등의 공연 시 무대, 장비, 음향 설비 등과 공연장 정리 등을 담당하는 직업.
** 타헬레스Tacheles: 꾸밈없는, 솔직한, 단도진입적이라는 뜻.

다국적의 예술가들 사이에서 카를리는 인기가 많은 편이라고 할 수 없었다. 20세기 말의 시대에서 엘리트 예술가라면 어떻게 처신해야 하는지에 대해 그는 전혀 감각이 없었다. 호기심 어린 눈으로 작업을 쳐다보는 구경꾼들에게 경멸하는 듯한 눈길을 던지거나 건방진 몸짓을 떨어가면서 '당신네들은 별 볼 일 없는 인간들이며 잠재적인 파시스트라는 것을 나는 다 알고 있다'는 느낌을 전달할 줄도 몰랐다. 그 대신 카를리는 찾아오는 모든, 정말 모든 취재 팀 하나하나를 자신의 아틀리에로 끌어들이는 것에 온 노력을 기울였다. 요란한 속세에 대한 경멸감은 전혀 찾아볼 수 없었다. 한번은 도이치 극장 극단이 카를리의 작품 앞에서 공연을 펼친 적이 있었다. 그런 것은 원래 다른 사람들의 입을 통해 퍼져야 하는데 그는 자기가 직접 여기저기 떠들고 다녔다.

카를리는 BBC 방송의 서베를린 사무소에 전화를 걸 일이 있어 동서 경계선 바로 너머에 있는 공중전화 앞에서 차례를 기다리고 있었다. 길 건너에 있는 버스 정류장 앞에 영업용 차량 한 대가 와서 서더니 운전사가 내려 광고판의 포스터를 새것으로 갈았다. 차가 떠나고 나자 시야가 트이면서 카를리가 외쳤다. "저거 나야!" 그는 줄을 서고 있던 다른 사람들 쪽으로 몸을 돌리고 말했다. "저기들 보십시오! 저 사람이 납니다!" 50마르크를 받고 모델을 서주었던 바로 그 사진이었다. 게다가 독사진이었다. 흑백으로 나온 사진 옆에 초록색 글자로 **착한 이웃집 아저씨**라고 크게 박혀 있었고 그 밑줄에는 그보다 조금 가느다란 검은 글자체로 뭐라고 씌어 있었지만 카를리는 눈이 나빠 읽을 수 없었다.

"저 착한 이웃집 아저씨가 바로 저라고요!" 카를리는 스스로도 자기가 이렇게 유명세를 좋아하던 사람이었나 스스로에게 질문을 던질 정도로 으쓱해졌다.

548

카를리보다 어려 보이는, 미장공 바지를 입은 한 남자가 웃으며 물었다. "아저씨, 저거 찍고 얼마 받았수?" 그러더니 고소하다는 식으로 낄낄거렸다.

뭐가 그리 우습나 하고 카를리는 길을 건너 포스터에 가까이 다가갔다. **어린이 성폭력범의 86퍼센트는 평소 어린이가 알고 있던 사람입니다.** 거기에는 이렇게 씌어 있었고 그 밑에는 하얗고 가는 글자로 **어린이 협회**라는 광고주의 명칭이 명시되어 있었다.

이 포스터가 말하고자 하는 것은 평균적인 어린이 성폭력범은 이렇게 생겼다는 것을 알려주기 위함이라는 걸 파악하기까지는 잠깐의 시간이 걸렸다. 86퍼센트의 유아 성폭력범이 이 포스터를 통해 구체적인 얼굴 하나, 즉 카를리의 얼굴을 받은 것이다.

그는 도로 길을 건너와 다시 줄을 섰으나 무엇 때문에 줄을 섰던 건지 그 이유를 잊었다. 2주일 전에 BBC가 타헬레스를 촬영해갔을 때 신나게 손을 흔들어대던 자신이 카메라에 찍혔던 사실을 그는 완전히 잊었다. 그 방송의 복사본을 신청하려던 것도 잊었고 비록 몇 초간이나마 BBC 방송에 진출했던 사실도 잊었다. 손에 들고 있던 BBC의 베를린 사무소 전화번호를 보고도 무슨 번호인지 전혀 기억해낼 수 없었다.

나는 어린이 성폭력범이 아니야! 그는 이 엄청난 사태를 지금 당장 해명해야 했다. 사진을 찍은 곳은 크로이츠베르크 구에 있는 **얼굴**이라는 이름의 에이전트였다. 그때 로비에는 얼굴 소속의 사진이 사용된 각종 광고판과 포스터들이 액자로 만들어져 걸려 있었다. 대부분 평범한 문구의 평범하고 행복한 얼굴들이었다. 2월 14일은 밸런타인데이입니다라든가 **자유롭게 숨 쉬세요, 빅 캔디** 같은 것이 있었다. 또 **정기 점검이 결국 남는 겁니다**라고 난방설비 회사가 고객들에게 정기 점검을 유도하기 위해 쓴 문구도 있었다.

이 광고에서는 만족한 표정의 얼굴 옆에 1백 마르크짜리 지폐 몇 장의 견본 사진이 곁들여 있었다. 정육업협회는 스무 명의 얼굴을 한꺼번에 내세워 광고를 하고 있었다. **카레 소시지— 누구나 좋아해요!** 그러자 얼굴 에이전트에서 이런 사진들을 앞에 내세우고 있었지, 하는 것이 기억났다. **착한 이웃집 아저씨** 안에 숨어 있는 속임수에 대해선 일언반구도 없었다.

30분이 지나 카를리는 에이전트의 사무실과 스튜디오가 있는 곳에 도착했다. 카를리도 새로 배워서 알게 된 거지만, **시민적**이라고 할 수 있는 크로이츠베르크 61번지의, 검은 발코니 쇠 난간에 꽃 화분이 걸쳐진 눈부신 하얀색 건물이었다. 그가 벨을 누르니 문이 열리고 하얗고 검은 대리석 벽의 입구가 나왔다. 계단에는 카카오 껍질 섬유로 만든 카펫이 깔려 있었고 한 칸 한 칸마다 황동 막대가 가로로 박혀 있어 카펫을 고정시키고 있었다. 그가 가야 할 곳은 2층이었다.

그는 어떻게 용건을 꺼내야 할지 몰라 머뭇거렸으나 안내 데스크에 서자 생각지도 못했던 것이 나타나 그를 도와주었다. 안내 데스크 위에는 그의 사진이 나온 포스터가 마치 방금 도착한 듯 펼쳐져 있었던 것이다.

"안녕하세요." 카를리가 인사하며 포스터를 가리켰다. "저것 때문에 왔는데요."

"예, 그래서요?" 안내 데스크에 있는 실습생 여자가 말했다. 그녀는 카를리보다 더 어려 보였는데 카를리 생각에는 이 여자에게 말을 할 때 두Du나 지Sie가 들어가지 않게 조심함으로써 괜한 말실수로 일을 망치게 되는 일을 피해야 될 것 같았다. 서독에서 '두'와 '지'의 사용법은 동독과 달랐고 크로이츠베르크에서는 비록 서독이기는 해도 다른 서독과는 다르게 '두'와 '지'가 사용되고 있었으며 크로이츠베르크 61번지에서는 또다시 다른 구별법이 통용되고 있었다. 이것은 아주 심오한 학문 분야였다.

"이게 접니다." 카를리가 말했다.

그녀의 편에서 볼 때 물구나무서 있는 카를리의 사진을 보기 위해 실습생은 머리를 삐뚜름히 돌렸다. 그녀의 눈에는 카를리의 가르마부터 양미간까지밖에 보이지 않았다. 나머지 부분은 안내 데스크 밑으로 흘러내려와 있었다.

"그렇네요." 그녀가 말하며 웃었다. "그런데요?"

"이렇게 될 거라는 얘기는 없었어요."

"사장님을 모셔올 테니 잠시만 기다리세요." 그녀는 이렇게 말하고 뒤로 사라졌다. 잠깐의 시간이 지나고 나서 그녀가 돌아왔다. "지금 사장님께서 나오실 겁니다."

문이 여닫히면서 마룻바닥에 숙녀화 굽이 또각또각 닿는 소리가 났다. 시원한 샌드 베이지색 슈트 차림의 여사장이 나타났다. 옷감은 브래지어와 팬티가 비쳐 보일 정도로 얇았다.

그는 그녀를 금방 알아보았다. 그를 촬영한 사람이 그녀였던 것이다. 그녀의 손에는 당시 그가 사인했던 계약서가 들려 있었다.

"카를러Karler 씨, 안녕하세요." 사장이 인사했다. 목소리에 성이 났다거나 미안해하는 기색은 없었다. 그저 밝게 웃어 보일 뿐이었다. "사진이 사용된 용도에 대해 할 말이 있으시다고요."

"제겐 여자 친구가 있고 그 여자 친구에겐 조그만 딸아이가 있습니다." 카를리가 거짓말을 했다. "아이 앞에 무슨 얼굴로 나타나란 말입니까?"

"아유, 그냥 재미로 생각하고 넘어가세요." 사장이 위로하듯 말했다. "그 포스터는 2주 동안만 걸려 있게 될 테니 지나가고 나면 아무것도 아니게 될 거예요."

"제게는 아무것도 아닌 게 아닙니다." 자신을 둘러싸고 있는 거대한 유쾌함에 위협을 느낀 카를리는 여기서 더 강력하게 나가지 않으면 자신이 가지고 온 용건은 마치 뜨거운 차에 녹아버리는 설탕 같은 꼴이 되어버리고 말 거라고 느꼈다. "나는 어린이 성폭력범이 아니라고요! 나한테 미리 물어보거나 말이라도 해줬어야 하는 것 아닙니까? 시내를 돌아다니다가 갑자기 저 포스터와 맞닥뜨리게 되다니, 이게 말이 되냐고요!"

"당신의 처지에 충분히 이해가 갑니다." 즐거운 기분을 흐트러뜨리지 않은 채 사장이 말했다. 과일만 먹고 사는 사람같이 엄청나게 건강한 느낌을 주는 여자였다. "하지만 우리는 고객이 사진을 어떠한 용도로 사용할지에 대해 영향력을 행사하지는 않습니다. 우리도 그 포스터를 방금 받아본걸요. 아마도 당신이 포스터를 우리보다도 먼저 보게 된 것 같습니다."

"하지만 어떻게 내 얼굴이 나온 사진이 그렇게 간단히……" 그는 어떻게 말을 이어야 할지 몰랐다. 내가 이렇게 엄청난 일이 벌어질 줄 알았다니까!

"당신이 쓴 계약서를 한번 찾아보았습니다. 당신은 사진의 초상권을 우리에게 독점적이고 무한적으로 양도하겠다는 서명을 했더군요. 사진의 사용 시 우리가 당신의 허가를 받아야 한다거나 어떻게 사용되는지를 당신에게 알려야 하는 의무가 있다고 씌어 있는 조항은 거기 없습니다."

카를리는 맥이 확 빠졌다. "그건…… 그건 서명하라고 내민 거잖습니까! 내가 쓴 게 아니라고요!"

순간 정적이 흘렀다. 그러더니 부드럽고 조심스럽게 사장이 물었다. "동독에서 오셨지요, 그렇죠?"

카를리는 바보가 된 느낌이었다. 땀이 잔뜩 밴 티셔츠 바람으로 으리으리한 건물에 쳐들어와 폼 나게 등장하지는 못할망정 소동이나 일으키고 계약서도 제대로 읽을 줄 모르는 데다가 설상가상으로 동독 주민이었던 것이다.

"제 말을 들어보세요." 사장이 말했다. "포스터는 서독에서만 걸리게 되어 있어요. 그리고 그 사진을 팔았을 때는 우리도 이렇게 일이 후다닥 진행될 줄 몰랐어요." 그녀는 카를리를 출구로 안내했다. "기념으로 한 장 가져가세요. 그리고 사인하기 전에는 항상 자세히 잘 읽어볼 것, 그것이 제가 드릴 수 있는 한 가지 충고예요. **그게 여기 방식이거든요.**"

그러고는 문이 닫혔다. 안에서 여자 둘이 깔깔거리며 웃음을 터뜨리는 소리가 들렸다. 카를리는 계단 위에 홀로 남았다. 오늘 또 한 가지 새로 배웠다. 그게 여기 방식이거든요.

타헬레스로 돌아가니 어깨를 두드려주는 사람도 있었고 대단하다는 듯 인정해주는 눈길을 보내는 사람, 그리고 한심하다는 말을 뱉는 사람도 있었다. 그러나 비웃는 사람은 없었다. 그의 포스터 등장에 대해 찬성과 반대의 의견이 생겼다. 찬성하는 측은 도시 반쪽을 그의 얼굴로 도배하다니, 정말 용기가 가상하다는 의견이었고 반대하는 측은 그렇게 해서라도 얼굴을 알리고 싶어 하다니 정말 창피하다는 의견이었다. 우둔한 실수에서 비롯된 것이라고는 아무도 상상하지 못했고 모두들 카를리의 냉정한 계산하에 도출되어 정확히 실행된 액션의 하나라고 여길 뿐이었다. 이걸 통해 카를리, 즉 로베르트 카를러는 왜 예술가들이 **허공에 떠 있는 사람들**이라고 불리는지 알 것 같았다.

다만 한 사람, 그가 에이전트에서 내 여자 친구라고 말하면서 떠올렸던 이미지와 가장 가까웠던, 언제나 용접공 복장으로 돌아다니는 조각가인 하이케만이 아이를 봐주겠다는 그의 제의를 더 이상 받아들이지 않았다.

5. 재회

베레나 랑게는 오래전부터 베네치아를 꿈꾸어왔다. 이웃집 여자가 간 알프스, 어머니가 휴가를 떠난 마요르카, 런던이나 파리, 그리고 나중 일이 되겠지만 히말라야, 아이슬란드, 스페인, 남프랑스, 크레타나 이비자 섬, 아드리아 해안, 스칸디나비아나 카리브 해, 미국이나 캐나다 같은 곳은 가기 싫었고 오스트레일리아는 더더욱 아니었다. 국립미술관의 직원 식당에서는 서베를린에 있는 아무 여행사로 들어가서 언제 어디로 가고 싶은지만 말하면 되더라는 이야기들을 들을 수 있었다. 그러면 아주 싼 여행에서부터 비싼 여행에 이르기까지 상세한 설명이 곁들여져 눈앞에 죽 펼쳐지더라고 했다. 당장 결정하지 못하는 사람은 카탈로그, 즉 광고 책자를 집으로 가져오면 되었다. 베레나 랑게는 '두 집 건너 한 집이 여행사'라는 칸트 슈트라세의 한 여행사에서 남편과 함께 호텔을 고를 예정이었다.

자비니 광장 역에서 그녀는 자기가 아는 카를리, 장벽이 무너지던 그날 밤만 생각하면 바지를 내린 채로 화장실에서 뛰쳐나오던 그 모습이 동시에 떠오르는, 그 카를리를 다시 보았다. 그녀가 탄 지하철이 그렇게도 익숙한 그의 얼굴 바로 앞에 멈추어 섰다. 그 그림은 어처구니없이 컸다. 둘의 가장 내밀했던 시간, 다시 그가 그녀 앞에 가까이 다가선 것 같았다. **착한 이웃집 아저씨**라는 카를리의 이름이 큰 글자로 인쇄되어 있었다. 포스터는 지하철에서 내리는 사람들의 물결에 가려져 잠시 사라졌다. 포스터 전체가 다시 보이게 되자 베레나는 **어린이 성폭력범의 86퍼센트는 평소 어린이가 알고 지내던 사람입니다. 어린이협회**라는 글을 읽을 수 있었다.

등골이 서늘해지는 무시무시한 순간이었다. 내가 도대체 누구랑 어울려 다녔던 것이냐! 그녀의 머릿속에서는 **어머나, 나 저 사람 아는데!**, 그리고 **세상에, 내가 저 사람을 몰랐었구나!** 하는 두 가지 생각이 동시에 떠오르면서 어떤 게 옳은 생각인지 판단이 서지 않았다. 그녀가 그를 처음 만났을 때는 모든 것이 허물어지고 질서가 느슨해지면서 권위가 아래로 떨어지고 법칙이 무시되던, 그런 시대였고 그 시대는 욕구가 이끄는 대로 따라가던 시대였다. 9월의 어느 좋은 오후, 그녀도 자신의 욕구를 따라 참하고 순진한 그 아이를 알게 되었고 얼마 동안 만나면서 잠자리를 함께하고, 그러고는 끝났던 것이다. 그건 짜릿했고 비밀스러웠고 비도덕적이었지만 정말 심각하게 나쁜 행위는 아니었다. 언젠가 그가 무슨 사진인가에 대해 말한 적이 있었지만 그때 그녀는 자기가 관계하던 이 남자가 어떤 사람인지, **착한 이웃집 아저씨**라고 저렇게 내걸려도 상관하지 않는 그런 사람일 줄은 전혀 생각하지 못했었다. 저런 것에 몸을 내맡길 정도라면 그는 얼마나 혼자이며 얼마나 타인과의 관계를 상관하지 않으며 얼마나 끔찍스러울 정도로 자유로운가. 베레나 랑게는 혼자도 아니었고 타인과의 관계를 상관하지 않는 사람도 아니었다. 그녀에게는 남편과 아이가 있었다. 카를리와의 관계는 하나의 에피소드, 경솔한 소풍, 한때의 취기, 카니발의 모험이었다. 그녀는 다만 조금 속이고 꾸미고 연기하고 숨기기만 하면 되었다. 그러면서도 부끄럽다는 생각은 하지 않았다. 비록 불장난이었을망정 모든 것은 다 그녀의 통제권 밖을 벗어나지 않았다. 그러나 자기 몸뚱어리만큼 커다란 그의 얼굴 앞에 섰을 때 그녀는 이러한 단속 모두가 하나의 환상에 지나지 않았다는 것을 깨달았다. 누가 알겠는가, 카를리는 정말 어린이 성폭력범일지도 모른다. 심지어는 그녀 때문에 그렇게 되었을지도 모른다. 마지막으로 만났을 때 그는 그녀의 몸을 보고 미묘하게 거부반응을 보였었다. 자신보다 훨씬 나이가 많은 여자와 하는 것에 서슴지 않고 불편함을 표현했던 그다. 바로 그런 이유로 그 정반대의 실험을 시작했을지도 모른다. 정말 그럴 수도 있지 않을까?

"당신 왜 그래?" 마티아스 랑게가 물었다. 그녀의 표정이 심상치 않다는 것이 그에게도 느껴졌다.

"지금은 호텔을 결정할 수 없을 것 같아요." 베레나가 말했다. "카티야, 저리로 가서 좀 놀고 있어."

카티야는 툴툴거렸다. "여기는 재밌는 게 아무것도 없단 말예요." 그러더니 주변에 놀 것을 찾아보러 억지로 나섰다.

베레나와 마티아스는 벤치에 앉았다. 건너편으로 카를리의 포스터가 보이자 베레나는 자리를 옮겼다. 남편은 자리를 옮기지 않았다. 이렇게 해서 랑게 부부는 등을 마주 대고 두 벤치에 나눠 앉게 되었다.

"저 남자를 보니 뭐가 생각나는지 알아?" 마티아스 랑게 검사가 베레나에게 머리를 돌리며 말했다. "그때 본홀머 다리에……" 그는 말을 하다가 말았다. 무엇인가가 결정적으로 이상했다. 다시 만난 것 하며 베레나의 심상치 않은 행동하며……

"아는 사람이었어? 본홀머 다리의 그 남자, 알던 남자였냐고?"

그는 베레나가 고개를 끄덕이는 것을 보았다.

"그러면…… 그 남자랑 무슨 일이 있었던 건가?"

시간이 조금 더 지나고 나서 베레나는 이번에도 고개를 끄덕였다. 마티아스 랑게는 숨이 탁 막히는 것을 느꼈다. 베레나는 바람을 피우고 있었던 것이다.

"아직도?" 그가 물었다. 그녀는 고개를 좌우로 흔들었다.

"그렇다면……" 가까운 사람에 의해 저질러지는 어린이 성폭력이라는 것은 너무 하기 힘든 질문이었다. "그가 카티야를 알고 있나?"

베레나는 그를 향해 얼굴을 돌렸다. 그녀는 울고 있었고 눈은 빨갰다. 그녀는 고개를 흔들었다. 이건 무슨 뜻일까? **그가 그럴 리 없어**인가, **아니면 아니, 그는 카티야를 몰라**인가?

"그가 카티야를 알고 있느냐고?" 그가 다시 물었고 그녀는 고개를 가로저었다.

"왜?" 마티아스 랑게가 흥분을 억지로 가라앉히려 애쓰며 물었다. 연극에나 나옴 직한 자신의 이 질문에 못 견디게 분통이 터졌다. 울고불고 할 사람은 바로 자기다. 그는 일어서서 벤치를 돌아 베레나의 옆자리에 앉았다.

"다 끝났어." 그녀가 말했다. "벌써 반년 이상 지난 일이야."

마티아스 랑게 검사는 아무 말도 하지 않았다. 반년이 지났다면 그건 지난해 성탄절 즈음이다. 그와 끝내고 나서 이 여자는 아마도 또 다른 남자를 만났을 것이다. 아마도 그때 12월 31일에 얼싸안았던 그놈일지도 모른다.

"그리고 그때 브란덴부르크 문에서의 그 남자, 그 남자랑도 관계를 맺었나?"

그녀는 고개를 가로저었지만 그는 여전히 석연치 않았다. 베레나는 그날 밤 옆에 서 있던 남자의 머리 위에 병이 정통으로 내리꽂힌 사건을 공포에 떨며 계속 되풀이해서 이야기하곤 했다. 마티아스 랑게 검사는 알지도 못하는 사람한테 일어난 일에 그렇게 동정심을 가진다는 것은 있을 수 없는 일이라고 생각했다.

그랬다. 그가 아는 베레나는 우수에 젖어 사는 사람이 아니었다. 충분히 바람을 피울 수 있는 여자라는 것을 그도 알고 있었다. 하지만 결혼반지를 끼고 다니고 집과 자식이 있는 여자가 다만 몇 시간일지언정 그렇게 할 수 있다는 사실이 마티아스 랑게를 분노케 했다. 정말 그렇게까지 할 필요가 있었을까. "울고 싶은 사람은 바로 나야!" 마티아스 랑게 검사는 힘없이 외치고 가버렸다.

자신이 베레나를 얼마나 좋아하고 있는지 알기에 용서하는 일밖에 다른 방도가 없었다. 그녀의 생각 없음, 그리고 경솔함을 그는 사랑했다. 그 자신은 그렇지 않았다. 그는 계획을 세우고 그것을 실행하는 고지식한 사람이었다. 베레나는 찰나를 느끼는 여자였고 그녀가 그것을 그와 함께 나눌 때면 그는 행복해했다. 그녀와 함께 천둥 번개를 맞는 것, 그녀와 함께 길을 잃고 헤매는 것, 그녀와 함께 약속 시간에 늦는 것은 즐거웠다. 베레나와 함께라면 무엇을 망치더라도 좋았다. 그는 그녀의 생각 없음과 경솔함을 사랑했고 바람이라는 것은 생각 없음과 경솔함과 관련이 있었다. 그래, 베레나답다, 그는 사랑하는 베레나를 그렇게 인식했다. 하지만 화가 났다.

마티아스 랑게 검사의 책상 위에는 참으로 거지 같은, 아니 거지발싸개 같은 고소 건이 놓여 있었다. 그는 '사회주의적 재산에 불이익을 주는 사기 사건'이라는 건으로 서독인 한 사람을 고소해야 하는 사건을 맡고 있었다. 호텔이 입은 피해액은 2만 4,670 서독 마르크에 달했고 사기꾼은 열아홉 살이었다. 마티아스 랑게 검사가 어떻게 대응하든 결국에는 말아먹는 결과가 나올 것이 뻔한, 한심하기 그지없는 건수에 코를 잘못 꿰인 것이다. 리하르트 뮈체 건으로 민감한 시기를 겨우 잘 넘겼는데, 이제 말짱 도루묵이 되고 말 것이다.

법치국가라는 새로운 유행 바람이 불고 있었다. 법치란 법이 법전에 씌어 있는 그대로 적용되는 것을 의미했다. 법은 글자 그대로 적용되어야 했고 계급에 따라 달라지는 법 해석의 시대는 끝났다. 법이란 각 조항에 명시되어 있는 대로 적용되어야 했고 법치국가의 추종자들은 법 조항에는 모든 것이 명시되어 있다고 주장했으나 그건 아무것도 모르고 하는 소리였다.

민영화의 물결이 밀려들고 있었고 '사회주의' 자가 붙은 것은 헌법에서 사라졌다. 이런 마당에 마티아스 랑게는 서독인을 '사회주의적 재산에 불이익을 주는 사기 사건'이라는 명목으로 고소해야 했다. 그가 고소를 그대로 행한다면 시대에 뒤떨어진 사람이 될 것이요, 행하지 않는다면 법치인이 아니게 될 것이었다. 어쨌든 해당 항목은 아직 효력을 가지고 존재하고 있었기 때문이다. 정말 한심해서 죽을 지경이었다. 피의자는 열아홉 살이었는데 그가 속한 국가, 즉 독일 연방공화국의 법에 따르면 청소년법이 적용되어 낮은 형량을 받을 수 있었는데 그가 고소를 당한 곳의 청소년법에서 청소년이란 열여덟 살까지를 말했다. 게다가 한술 더 뜨는 사실이 하나 더 있었다. 사회주의 소유물에 끼친 피해액이 2만 마르크를 넘게 되면 그것은 범죄 행위에 해당되었고 모든 범죄 행위에는 일절 예외 없이 집행유예 없는 금고형이 선고되었다. 그런데 2만 4,670마르크의 액수로 열아홉 살의 초범이 서독에서 '집행유예 없는 2년 이하의 징역'에 처해진 예는 아직까지 없었고 앞으로도 있을 수 없는 일이었다. 이제 두 국가의 통일이 눈앞에 닥쳐와 있었다. 평소대로였다면 판사가 판결문을 읽고 집행은 연기되었을 것이다. 형무소는 사람으로 넘쳐나고 있었기 때문에 경범죄를 저지른 사람은 대기자가 되어 기다리는 게 상례였다. 그런데 요즈음 감옥은 사람이 없이 썰렁했다. 지난 몇 달간 거의 대부분이 사면을 받고 나갔다. 판결이 떨어지면 곧바로 형의 집행을 받아야 했다. 그것은, 즉 독일 국기는 하늘 높이 올라가고 있는데 그의 피고인은 감옥 안에서 주린 배나 움켜쥐고 있어야 한다는 것을 의미했다. 베르너 슈니델이라는 이름의 그 남자는 당연히 상고 신청을 낼 것이고 신청은 수리될 것이다. 그러면 사회주의적 재산에 2만 4,670마르크의 불이익을 준 사기 사건으로 열아홉 살짜리를 집행유예 없는 2년의 징역을 선고한 마티아스 랑게는 어떤 꼴이 되는가? 마지막 남은 계급의 적을 제대로 한번 찍어 눌러보려는 사회주의 복수 천사의 모습으로 서 있게 될 것이다. 다만 법치국가를 실현하려고 한 것뿐인데 말이다. 정말 재수 없는 사건에 걸려든 게 틀림없었다. 결국 둘 중 하나, 법대로 엄한 형량을 선고하거나 아니면 선처를 바라며 낮은 형량을 선고하거나인데, 후자는 법 조항을 무시하는 제멋대로의 정의가 아닐 수 없었다.

좋다, 난 검사다. 선처는 나의 전문이 아니다. 그렇지만 그는 여전히 마음이 편하지 않았다. 슈니델이라는 자를—법대로 엄정하게 또는 편한 대로 선처해서—판결해야 하는 판사의 마음은 더 불편할 것이다. 슈니델을 자기 나라로 추방할 수 있는지의 여부를 알아본 적도 있었다. 서독에서도 사기꾼 행각을 벌였던 그였으니 그쪽에서 보내달라고 할 수도 있었다. 판사도 그 생각을 안 해본 건 아니어서, 그쪽으로 넘길 테니 받아가지고 청소년법으로 집행유예를 주든지 말든지 마음대로 하는 게 어떻겠냐고 그쪽 관계자들에게 살짝 물어보았다. 그러나 서독의 관계자들은 원하지 않았다. 서독 법조계가 동독 법조계에 피의자의 신병 양도를 요청한 적이 양독 법조계 역사상 여태껏 한 번도 없었는데 이것은 이 행위가 곧 동독의 법 체계를 인정하는 것과 다름없기 때문이라는 이유에서였다. 장부는 얼룩 하나 없이 깨끗했고 서독의 동료들은 두 국가의 병립이 막바지에 달한 지금 그런 별 볼 일 없는 사건 때문에 그 깨끗한 기록을 깨고 싶은 마음이 없었다.

마지막으로 생각해볼 수 있는 것은 슈니델에게 사냥 허가서를 주는 것, 즉 책임 능력이 없다는 선고를 내리는 것인데 그것은 어떤 정신분석가도 거부할 일이었으므로 마티아스 랑게도 그들 탓만 할 수는 없었다. 통일이 진행되어가는 모습으로 보건대 동독인은 서독인의 정신 상태에 대해 이렇다저렇다 말할 수 있는 처지가 아니었다. 동독의 정신분석가가 베르너 슈니델이 돌아버린 상태라고 말했다가 통일이 된 후 자존심에 상처를 입은 베르너 슈니델이 다시 한 번 법에 호소하기라도 한다면 그 정신분석가는 망신스러운 꼴을 당할 수도 있었다. 이러니 마냥 미적거리고 있는 정신분석가 집단이 이해가 안 되는 게 아니었다.

참으로 거지 같은, 아니 거지발싸개 같은 사건이었다. 법원 출입 기자라면 이런 사기 행각은 꿈에도 그리는 사건이었다. 열아홉 살의 젊은이가 명함 한 장으로 수개월이 넘도록 사회 주요 인물들을 이러쿵저러쿵하며 국내 최대의 특급 호텔 총지배인과 친구처럼 지내고 최대 자동차 생산 회사의 임원들을 이끌어 새 차를 폐차로 만들었으며 신임 시장을 목줄 달린 강아지처럼 끌고 다닌 것이다. 살아 있는 코미디 그 자체였다. 그 촌극의 마지막에 등장하는 인물이 마티아스 랑게였다. 참으로 거지 같은, 아니 거지발싸개 같은 사건이 그 앞에 놓여 있었다. 자기 마음대로는 할 수 있었지만 어떻게 하든 죽을 쑬 수밖에 없는 사건이었다.

6. 죄수

네덜란드 선수들은 선명한 오렌지색 유니폼을 입고 있었다. 독일 선수들은 검은 팬츠에 가슴과 소매에 흑·적·황의 마름모무늬가 들어가 있는 하얀 셔츠를 입었다. 밀라노의 경기장에 깔린 잔디는 진초록이었다.

그러나 베르너 슈니델은 그 모든 것을 볼 수 없었다. 동독의 감옥에는 흑백텔레비전만 있었을 뿐이다.

베르너 슈니델은 미결구금 중에 있었다. 그는 자신이 보통 사기꾼이 아니라는 것을 금방 눈치 챘다. 특별한 사기꾼도 아니었다. 그는 서독인이었다. 그가 미결구금 중 만난 이들은 모두 뭔가가 묘하게 양심에 찔리는 모양인지, 이상한 자기 합리화를 하고 있었다. 수감자들이 그런 것이 아니었다. 방은 텅텅 비어 사람이 없었다. 경찰이 사람을 잡아들이지 않은 지가 몇 달은 된 것 같았다. 그들은 감시관들이었다.

베르너 슈니델은 미결구금이란 DDR이 보여줄 수 있는 모습 중 가장 으스스하고 어두운 구석이라는 것을 알게 되었다. 미결구금 중에 있는 사람은 편지를 쓸 수도 받을 수도 없었고 책이나 신문을 읽을 수도, 라디오를 들을 수도, 텔레비전을 시청할 수도 없었다. 면회도 금지였다. 수개월이 넘도록 어떤 정보나 자극도 없이 외부와 차단되는 것은 다반사였다. 그들의 나날은 음울한 시간으로 뭉쳐진 질긴 반죽이었고 앞으로 무슨 일이 닥쳐올지 전혀 모르는 채 시간이 흘러갔다. 가슴속에서 널뛰는 두려움은 그 누구도 거두어주지 않았다. 심문자만이 유일하게 대화를 나눌 수 있는 상대였다. 미결구금 수감자들은 다음 심문 시간을 기다리기 일쑤였고 심문자의 믿음직한 위로의 말에 종종 걸려들어갔다. 또는 이제 그만 어서 재판을 받기 위해 방어를 포기하는 자도 있었다. 입을 열지 않는 구금자들의 방에는 끄나풀이 숨어들어갔다.

미결구금과 관련된 무서운 이야기들은 모두 호엔쇤하우젠에 있는 정치범들에게만 해당되는 이야기이고, 여기는 거기가 아니라 카이벨 슈트라세라고 감시관들이 모두 입을 모아 그를 안심시키는 것이 베르너 슈니델은 이상했다.

그는 감시관들이 그에게 원하는 것이 뭔지 재빨리 알아차렸다. 서독에서 온 수감자인 그는 이 구금소에서 잔인한 일이 일어나지 않는다는 것을 증명해야만 하는 인물이었다. 감시관들은 성실한 사람들이었다. 그는 기꺼이 그렇게 생각해줄 준비가 되어 있었지만 그러기 위해서는 그들도 뭔가 노력하는 모습을 보여줘야만 했다.

그들은 셋이서 한꺼번에 와서 그에게 식사를 가져다주었고 낮에는 자유로이 돌아다닐 수 있게 놔두었으며 신문을 주거나 텔레비전을 볼 수 있게 했다. 한 감시원이 소련제 '유노스트' 이동식 텔레비전을 가져다주었다. 그의 개인 물품이었다. '특별 서비스,' 제대로 생각 한번 잘했다. 베르너 슈니델은 그들의 내부에 있는 서비스맨을 일깨우고 서비스 정신이 뭔지 가르쳐주고 싶었다.

속이 빈 가구 몇 개가 놓여 있는 외딴 방이 텔레비전 시청 룸이 되었다. 베르너 슈니델은 축구 중계 때 감시원이 그의 옆에 와서 앉는 것은 개의치 않았다. 하지만 자기네들이 맥주를 마실 땐 옆사람에게도 한 병 권하는 게 예의였다. 그리고 제일 좋은 자리는 그를 위해 비워놓아야 했다. 1970년대 초에는 모던하다는 말을 들었겠지만 안락의자로서는 편하다고 할 수 없는 각이 진 안락의자였지만 그래도 감시원들이 앉는 보통 의자보다는 훨씬 나았다.

베르너 슈니델이 제일 좋은 자리를 차지하고 나머지 감시원들은 그의 주위에 삼삼오오 둘러앉았다. 네덜란드의 국가가 나오고 있는데 천장에 찍힌 신발 자국이 베르너 슈니델의 눈에 들어왔다. 그는 어떻게 거기에 신발 자국이 날 수 있었는지 물어봐야지 해놓고 잊어버리고 말았다.

네덜란드 팀은 선명한 오렌지색 유니폼을 입고 있었으나 거기에서는 모두 회색 톤으로만 보일 뿐이었다.

양 팀은 양쪽 다 우승을 노리고 있을 정도로 실력이 좋은 팀이었으나 벌써 8강전에서 맞부딪치게 되었다. 이 경기에서 지면 월드컵 우승과는 멀어지는 것이었다. 또한 독일과 네덜란드 간의 오랜 라이벌 의식이 경기의 드라마틱함을 더욱 부채질하고 있었다. 이 경기는 2년 전에 함부르크에서 있었던 유럽컵대회의 준결승전에서 네덜란드가 승리한 것에 대한 복수전이었다. 또 함부르크전은 네덜란드의 입장에서 볼 때 1974년 뮌헨 월드컵*의 복수전이었고 그때 당시의 선수들이 이번에도 거의 대부분 그대로 출전했다.

베르너 슈니델은 감시관들이 자기 눈치를 보느라고 드러내놓고 네덜란드를 응원하지 않는 것을 알아차릴 수 있었다. 질투심이 분명했다. 그들은 자기네 동독 국가대표 팀이 예선전에서 떨어졌기 때문에 또 하나의 독일 팀도 빨리 떨어져 나가기만을 고대하고 있었다. 감시관들이 쓰는 말부터가 영 시원시원하지 않았다. '우리'라는 말은 고사하고라도 '독일'이나 '독일 팀'이라고 말하지 않고 대신 '서독'이나 심지어 'BRD'라고 했다.

이렇게 아리송한 편 들기는 경기장에서 벌어진 사건으로 위기를 맞게 되었다. 전반전 도중에 선수들 간에 작은 실랑이가 있었는데 일이 점점 커져 네덜란드 팀의 수비수 한 명이 독일 공격수 얼굴에 침을 뱉는 사건이 일어난 것이다. 두 명 모두에게 레드카드가 내려졌다. 그러자 축구 해설자가 아르헨티나에서 온 주심은 팜파로 되돌아가야 한다고 했다. 베르너 슈니델이 소련제 흑백텔레비전을 향해 맞소!를 부르짖었다. "팜파로 보내버려!"

"주심이 그렇게 빡빡하게 군 건 아니야." 감시관 중 한 명이 말했다.

---

* 결승전에서 독일이 네덜란드에 2 : 1로 승리를 거두었다.

564

"왜요?" 베르너 슈니델이 물었다.

전반전이 끝나고 휴식 시간에 느린 화면으로 그 장면이 다시 나왔다. 주심이 독일 공격수에게 레드카드를 먹인 것은 완전히 편파적이고 잘못된 결정이라는 것이 화면으로 확인되고 있었다. 소련제 흑백텔레비전이었지만 확연히 볼 수 있었다.

"네덜란드가 우리를 이긴다고 생각들 해보세요!" 베르너 슈니델이 말했다. "심판의 오심 덕분에 얻은 승리는 진짜 승리가 아니죠." 그러자 감시관들이 숙연해졌다.

후반전이 시작되고 얼마 지나지 않아 독일 팀이 한 골을 집어넣었다. 베르너 슈니델은 자리에서 벌떡 일어나 환호성을 지르며 감시관들을 돌아보았다. 그들은 장하다는 듯 고개를 끄덕여주었다.

경기가 종반전으로 접어들 무렵 독일이 또 한 골을 넣었다. 베르너 슈니델은 기뻐서 소리를 질러댔고 감시관들도 좋아하는 듯이 보였다. 경기 종료 2분을 남기고 네덜란드가 페널티킥을 넣게 되자 사람들은 제발 득점으로 연결되지 않기를 바랐다. 하지만 골은 들어갔고 이제 경기의 승부는 누구도 장담할 수 없게 되었다.

결국 경기의 끝을 알리는 호루라기 소리가 울리자 베르너 슈니델은 박수를 쳤고 감시관들도 따라 박수를 쳤다. 게임은 끝났고 그들은 독일을 응원하는 것이 무엇인지를 느끼면서 각자의 마음에 조용히 귀를 기울였다.

위르겐 바르테는 거울 앞에 서서 얼굴을 뜯어보았다. 불꽃놀이 소리가 들렸다. 또 이겼구나. 그는 월드컵 경기에 전혀 관심이 없었다. 월드컵이 그렇게 중요한 관심사가 되고 있다는 사실에 화만 날 뿐이었다.

그는 다시 거울로 시선을 돌렸다.

근육에 염증이 생겨 1주일 전부터 면도기를 손에 쥘 수 없었다. 그에 따라 그는 점점 알 수 없는 존재로 변모해갔다. 언제나 꼭꼭 면도를 하고 다니던 그였다. 외모를 가지고 실험을 해본 적은 한 번도 없었다. 그는 일찍부터 자신의 스타일을 결정했고 그 스타일대로 나이 들어갔다.

나비넥타이도 학생 시절부터 하고 다니던 것이었다. 당연히 나비넥타이를 하고 다닌 학생은 그 혼자였다. 교수 몇 사람이 넥타이를 하고 있기는 했지만 나비넥타이를 하는 사람은 그가 유일했다. 자신을 특별난 사람으로 각인시키는 가장 간단하고도 확실한 방법이었다. 그저 눈에 띄지 않으려고 기를 쓰는 사람들은 많았다. 그는 눈에 띄는 것에 대해 아무 두려움이 없었다.

나비넥타이는 그를 식별하는 고유한 도구 이상이었다. 나비넥타이의 근엄함은 타인이 그를 대하는 태도에 영향을 주었다. 사람들은 나비넥타이에 반감을 일으켰고 그는 그로써 타인을 항상 적대적 다수로 인식할 수 있었다. 자신의 위치를 외로운 보루로 만드는 것은 그의 간절한 욕구였다. 될 수 있으면 많은 타인을 자기편으로 만들거나 자기에게 찬성하도록 만들겠다는 생각은 고생스러울뿐더러 순진한 환상에 지나지 않았다. 또한 다수의 생각을 대표하는 곳에서 자신의 입지를 찾는 것은 혐오스러운 행위였다. 위르겐 바르테는 자신이 그토록 정치적 활동가로 명성을 날렸으면서도 정작 정치가로서는 실패한 원인을 정확히 알고 있었다. 그는 어느 누구도 대표하고 있지 않았고 그 사실은 그의 나비넥타이가 잘 말해주고 있었다. 그는 유일무이한 인물이었다.

그가 생에서 자부심을 느끼는 것이 하나 있었다. 그로 말하자면 **이빨을 부러뜨린 사람**이었다. 그게 무슨 뜻인지는 아무도 몰랐다. 그것은 나비넥타이를 하고 돌아다니는 것, 그 이상의 행위였다. 미결구금을 당해 수

개월이 넘도록 홀로 격리되었을 때다. 심문이 지나고 나면 다음 심문까지 몇 주 동안이고 기다려야 했고 혼자 갇혀 있는 자의 끔찍스런 지루함이 있었다. 꼭 구두 상자같이 생긴 지붕 없는 우리에서 하루에 한 번 30분 동안만 신선한 공기와 손바닥만 한 하늘을 마주할 수 있었고 밤에는 그를 지키는 셰퍼드와 함께 한 방에 갇혔다. 그가 그런 생활 속에서 짓물러갔던 것은 사실이었지만 그래도 그를 근본적으로 변화시키지는 못했다. 그는 현실주의자였다. 그는 적이 가하는 어떤 지독한 행위도 받을 각오가 되어 있었던 것이다.

사면을 받아 조기 석방된 후에 그는 기타 강습을 하며 생활을 해결했다. 나비넥타이의 그 선생은 정확하고 냉정하며 엄하다는 평을 받았다. 그는 전쟁에서 권력자와 함께했던 시절을 단 하루, 단 한 시간도 잊은 적이 없었다. 아내인 안겔리카는 개신교에서 운영하는 서점에서 일했다. 그녀는 조금이라도 보통의 삶을 살아보고 싶어 자식을 원했지만 그녀에게 아이는 생기지 않았다.

그는 자신이 아프다는 것을 모르고 살아왔다. 병이 발견되지 않은 상태로 계속 커져왔을 것이다. 몸이 자주 피곤했고 밤에는 땀을 흘리곤 했으나 국가에 정면으로 맞서고자 하는 뜨겁고 집요한 광기는 그로 하여금 자기 몸에서 무슨 일이 일어나는지 보고 듣지 못하도록 만들었다. 백혈병이라는 진단을 받았을 때도 그는 그것이 중병을 선언함으로써 치료의 구실로 자신의 정치적 활동을 막아보려는 슈타지의 계략이라고 생각했다. 그는 그리 대수롭지 않은 몸의 여러 일반적 증상을 감지하고는 있었으나 그것 때문에 병원에 가지는 않았었다. 그러나 이제 그는 그 증상들을 일으키는 원인으로 밝혀진 병에 대한 여러 서적을 읽으며 병의 심각성을 깨달아야 했다. 하지만 권력자를 상대로 싸우는 마당에 코피가 난들 뭐가 그리 대수란 말이냐?

병은 점점 더 심각해져갔다. 그는 일단 의료진을 신뢰하는 법부터 배워야 했다. 의심 많은 인간으로 사는 것에 아무 이의가 없던 그로서는 힘든 과제였다. 의심을 버리려고 노력하기는커녕, 그 의심이 종종 그를 보호해왔던 것이다. 결국 의료진을 믿기로 하고 치료에 들어갔지만 병은 자꾸 재발하면서 종국에는 의식을 잃게 되는 일도 일어나게 되었다. 다음 치료를 기대해보자며 희망만 안겨주는 의사의 낙담스런 말을 여러 차례 듣게 되면서 그 말뜻을 가늠해볼 줄도 알게 되었다. 다음번 약물 치료, 다음번 방사선 치료가 이어졌고 오래 기다리면 기다릴수록 골수 기증자가 나타날 가능성도 많아질 거라고 했다. 이러는 동안에 병은 재발에 재발을 거듭해갔다.

이제 그는 거울을 보며 생각에 잠겨 있었다. 턱수염은 이제 시작일 뿐이야, 그는 생각했다. 그럼 이건 어떨까? 그는 나비넥타이를 풀었다. 미소가 나왔다. 이대로 놔둔다면, 하고 생각하니 정말 이대로 놔둬보고 싶은 생각도 들었다. 나비넥타이 없이는 아무도 날 알아보지 못할 거다.

그는 기억을 더듬었다. 마지막으로 자유로웠던 때가 언제였는가, 쫓김과 유명세에서 자유로웠던 적이. 그것은 오래전, 아주 아주 오래전이었다. 아무 걱정 없이 살아가는 삶이 주는 느낌은 그의 삶 어디에도 없었다. 다만 꿈처럼 아득하고 비현실적인 느낌으로만 기억하고 있을 뿐이었다.

그는 나비넥타이 없이 턱수염인 채로 욕실을 나왔다. 그의 아내는 거실에서 책을 읽고 있었다. 그녀가 그를 올려다보더니 말했다. "딴사람이 됐네요." 그러고는 그에게 웃어 보였다. "여기 내 옆에 와서 앉아요."

7. 부동산 투자자의 꿈

변호사인 안스가르 폰 외르덴펠트는 창밖 쿠어퓌어스텐담을 내다보고 있었다. 그는 자신의 사무실에 항상 자부심을 느끼고 있었다. 베를린의 노른자위였다. 하지만 이제 그럴 날도 얼마 남지 않았다. 안스가르 폰 외르덴펠트는 부동산 업계에 미묘한 움직임이 일고 있다는 것을 눈치 채고 있었다. 그는 지난 2월 21일 발족한 DDR **토지소유주협회** 발기인 중 한 사람이었다. DDR 토지 소유주들은 즉시 활기찬 활동에 들어갔다.

그의 책상에는 서류 한 건이 놓여 있었다. 한 노부인이 동베를린에 있는 주거용 건물을 그에게 매도하려 하고 있었다. 자기는 직접 토지를 매입하지 않고 다른 사람이 옛날의 땅을 다시 찾을 수 있도록 도움을 주고 있는 일만 맡고 있다는 말로 노부인의 제안을 거절하려고 했으나 노부인은 직접 찾아와서 그래도 꼭 한 번만 검토해달라는 부탁을 하고 갔다.

상당히 괜찮은 매물이기는 했다. 22세대가 들어갈 수 있는 프리드리히 슈트라세의 그 건물에는 각종 증명 서류들이 빠짐없이 완벽히 갖추어져 있었다. 거의 모범적이라고 할 만했다. 베를린에는 프리드리히 슈트라세가 두 개 있었으나 이것은 바로 그 프리드리히 슈트라세에 있는 것이었다. 완전히 낡아버린 그 건물은 지붕이 녹슬고 창문은 창틀과 완전히 맞지 않았으며 건물의 외벽은 매연으로 인한 검댕이로 거의 검은색에 가까운 색을 띠고 있었다. 복도는 어두컴컴했다. 도적들의 소굴 같았다. 노출 강박증 환자가 출몰할 것 같은 분위기였다. 바닥에 깔린 오래된 타일은 깨져 있었고 찌그러진 우편함은 녹이 슬었고 온통 흠이 간 벽에는 바보라고 낙서가 되어 있거나 군데군데 획이 끊긴 마름모꼴이 세로로 그려져 있었다.

베를린 한복판의 브롱크스였다. 하지만 바로 이 점 때문에 아무도 이 건물에 담보 설정권을 주려고 하지 않았다. 그 사실 또한 문서로 남아 있었다. 건물 수리를 위한 담보 대출은 원소유자에게로 재반환 시 가장 문제가 되는 부분이었다. 소유주가 이미 건물을 팔아버렸거나 건물이 국가에 몰수당한 경우가 많았기 때문이다. 그럴 경우에는 건물을 사들이기가 힘들었다. 하지만 지금 이 건물에는 담보 설정이 되어 있지 않았다. 전 소유주는 공산당이 건물의 사용권을 앗아간 대가로 서독 정부로부터 배상금을 받았다. 그는 1957년 제출된 보상금 신청서에 따라 1961년에 3만 3천 5백 마르크를 받은 것으로 되어 있었다. 이 모든 사실은 서류상에 나와 있는 사실들이었다. 만일 이 건물을 다시 자기 소유로 하고자 할 경우 전 소유주는 아마도 보상금의 원금에다가 이자, 복리 이자를 더하여 반환해야 할 것이다. 아직 그 문제가 분명하게 결정되어 있지 않았다. 다만 한 가지는 분명했다. 이 건물은 노부인 소유의 건물임이 확실하며 이 서류들만 있으면 어떤 재판도 무난히 통과할 수 있을 것이다. 이 슈니델 부인의 손자가 수고한 덕분이다.

그런데 노부인은 건물을 재소유하기보다는 팔려고 하고 있었다. 노부인이 원하는 액수는 단돈 2만 5천 마르크였다. 새로 소유주가 되는 사람이 정부의 보상금을 이자까지 합쳐 몽땅 다 되갚아야 한다고 쳐도 꽤 많은 이익이 떨어질 것이다. 뼈대만 놔두고 다 뜯어고친다고 해도 그렇다. 부동산 투자자라면 누구라도 프리드리히 슈트라세를 보고 꿈에 젖게 될 것이다. 전차가 오가며 수많은 인파가 들끓는 1920년대의 화려한 풍경에 비해 이 쿠어퓌어스텐담은 1950년대의 구질한 맛이 풍기는 초라한 골목길에 불과하다고 할 수 있었고 거리가 끝나는 곳에는 다름 아닌 고속도로 진입로가 있을 뿐이다. 프리드리히 슈트라세는 체크포인트 찰리에서 시작되어 오라니엔부르거 토어까지 연결되며 라이프치히 슈트라세와 운터 덴 린덴이 교차한다. 그리고 또 아드미랄 팔라스트를 지나서 바이덴담 다리를 건너……

그건 일급 투자 지역이었다. 2만 5천 마르크라면 설사 날린다고 해도 큰돈은 아니다. 깨끗이 수리한 다음 잘라서 분양하면 총 8백만 마르크가 들어온다. 2,360제곱미터의 주거공간과 300제곱미터의 1층 상가 부분에서 나올 돈을 빡빡하게 계산했을 때가 그 정도다. 베를린이 장차 프랑크푸르트나 뮌헨처럼 된다고 가정하면 그 곱절은 나올 것이다. 베를린이 그렇게 되지 말라는 법이 어디 있는가? 벌써 주택이 달린다고 난리인데. 지금 잡지 않는다면 그는 평생을 두고 자신을 용서하지 못하게 될 것이었다.

8. 다니엘 데티엔, 폭탄을 발견하다

다니엘 데티엔은 정말로 로디가 되었다. 손가락을 맞부딪쳐 딱 소리를 낼 때처럼 순식간에 이루어진 결정이었다. 그는 친구의 트라반트를 몰고 운터 덴 린덴을 타고 브란덴부르크 문을 지나 송신탑을 향해 달리고 있었고 라디오에서는 DT 64 방송*이 나오고 있었다. 한 기자가 브란덴부르크 문 근처에서 한 콘서트 개최자를 인터뷰하고 있었다. 콘서트 개최자는 핑크 플로이드의 전 베이스 연주자이자 25년간에 걸쳐 밴드의 음악적인 부분을 이끌며 노랫말도 써왔던 로저 워터스가 베를린 무차별 발포 지역에서 더 월 The Wall이라는 이름을 걸고 대규모 쇼를 펼칠 것이라는 뉴스를 전했다. 무대 장치나 사운드, 기술 장치 면에서 기존의 모든 콘서트를

---

* 구 동독의 청소년 라디오 방송.

압도하는 쇼가 될 것이라고 했다. 최소한 50만 명의 관중이 예상되며 영화도 만들어질 것이며 실황 녹화는 물론이고 전 세계에 생중계될 것이라는 설명을 하고 있었다. 한때 더 월을 더블 앨범으로 내놓았던 핑크 플로이드는 해체되었고 솔로로 독립한 로저 워터스는 남아 있는 멤버가 핑크 플로이드라는 밴드 명으로 계속 활동하는 것을 모든 법적 수단을 동원해 막으려고 했었지만 다른 연주가들이 로저 워터스를 도와 연주를 담당하여 유일무이한 올스타 밴드의 형태를 갖추게 될 거라는 설명도 덧붙였다. 그러면서 그는 아직 무대 장치와 통제구역 설치, 기타 다른 일을 도와줄 사람들을 구하고 있다고 했다.

국립오페라단을 지나 궁성 다리 위를 건너 팔라스트 호텔 쪽을 향해 가던 다니엘 데티엔은 왼쪽을 힐끗 보더니 두 차선을 가로질러 급히 유턴했다. 다시 브란덴부르크 문으로 돌아와 보니 주최 측이 설치한 천막과 DT 64 방송국의 송신차가 보였다. 10분 후에 그의 손에는 일정 금액을 수고비로 받기로 하는 고용계약서가 들려 있었다.

쇼는 연출된 지뢰 수색 작업을 서두로 그 막이 올랐다. 열여덟 명의 남자가 무차별 발포 지역 안으로 들여보내졌다. 그들은 접시 크기의 금속 탐지기를 땅에서 한 뼘 정도 떨어진 높이에서 왼쪽에서 오른쪽으로, 오른쪽에서 왼쪽으로 천천히 반원형으로 휘두르며 조금씩 조금씩 앞으로 나아갔다. 그것은 언론을 위해 마련된 코너로서, 곧 대사건이 펼쳐질 공간을 분명하고 확실한 그림에 실어 내보내며 혹시 겁을 먹고 있을지도 모를 사람의 불안을 떨쳐주었다. 무차별 발포 지역 안에 지뢰가 설치되어 있을 거라는 소문은 그저 소문일 뿐이었다. 탱크 봉쇄 지역이나 시그널 장치, 조명 장치 하나하나가 모두 표기되어 있는 군사지도에도 지뢰 표식은 없었다.

금속 탐지기는 못이 박힌 널빤지나 열쇠, 허리띠 버클, 양철판 등에 반응했다. 심지어 클립을 가까이 대도 울릴 지경이어서 다니엘은 감지 수위를 낮게 조정했다. 탄피라든가 45년 전에 근처의 나치 본부에서 탈출하던 사람이 흘렸을지도 모르는 훈장 따위는 발견되지 않았다. 쇠철망 나부랭이가 나왔을 뿐이다. 다니엘 데티엔은 실망스러웠다. 그렇게 많은 역사가 묻혀 있는 곳이었지만 그 흔적은 거의 없었다.

다니엘 데티엔은 잠깐 사이에 곧 로디 부대의 중심이 되었다. 대담한 외모를 가지고 있는 데다가 붙임성도 좋아 사람을 빨리 사귀었고 다른 사람의 일도 잘 도와주었으며 머리 회전이 빨랐다. 그는 야문 일솜씨와 다음 단계를 미리 내다보는 능력이 합치된 수완을 가지고 있는 종류의 사람이었다. 그래서 그는 곧 그 일에 타고난 사람이라는 평을 받게 되었다. 전에 무슨 일을 했냐는 질문에 그는 법률사무소에서 개인 비서로 있었다고 말했지만 어느 법률사무소인지는 말하지 않았다. 동료들에게는 그런 그의 전력이 수수께끼 같았지만 다니엘은 지난해 여름부터 사무실 분위기를 더 이상 참을 수 없었던 차에 라디오에서 사람을 구한다고 하기에 옳거니 하고 뛰어들었다는 이야기를 해주었다.

점심시간 직후 로디들은 저 멀리서 다니엘 데티엔이 일을 멈추고 금속 탐지기에 몸을 기대 선 것을 보게 되었다. 무엇인가를 찾은 것처럼 보였다.

다니엘은 황량한 벌판을 가로질러나가 왜 사무소 일을 그만두게 되었는지에 대해 생각해보고 있는 중이었다. 내가 왜 기젤라 블랑크를 떠난 것일까?

기젤라 블랑크가 언론의 스타가 된 이후로 그녀의 입지는 달라졌다.

다니엘도 그녀의 유명세에 덩달아 들떠하며 마치 보너스를 탄 듯 우쭐할 것이라는 게 그녀의 생각이었다. 그는 그녀의 삶을 바로 옆에서 가까이 지켜볼 수 있었던 인물이었다. 그는 나중에 인터뷰 하나가 더 잡혀 있습니다 또는 튀빙겐 대학에서 초청장이 왔습니다라고 말할 수 있었으며 또 그렇게 말해야 하는 사람이었다. 그러나 그를 자신의 공범으로 만들려고 하는 그녀의 행동 양식은 불쾌했다. 우리라는 말은 맞지 않아. 언젠가 그가 그녀의 의뢰인 가운데 누가 석독으로 풀려 나가게 될지 어떻게 알 수 있냐고 단도직입적으로 물어보았을 때 그녀는 이렇게 대답했다. 변호사들은 원래 더 많이 알고 있는 법이지…… 이 대답은 그에게 상처를 주었다. 그녀는 아무도 모르는 수단과 방법을 알고 있는 변호사였고 그는 일종의 궁정 광대로서 자아실현을 할 수 있는 충실한 사무실 조수였다. 기젤라 블랑크와 그는 이렇게 불평등했다. 그들은 우리가 아니었다. 그는 흥미롭지만 힘은 없는 사람들과 폭넓은 인간관계를 맺고 있는 사랑받는 조수였다. 그에 반해 그녀는 권력의 지렛대와 선을 대고 있었으며 유명한 변호사였다. 다니엘 데티엔은 그녀에게도 어두운 면이 있을 거라는 가능성에 생각이 미쳤다. 그녀가 어디 가 있는지 모를 때 그런 생각이 들었다. 그녀는 원래 어디 가면 간다고 말해두는 사람이었다. 일정표가 눈앞에 펼쳐져 있을 때도, 그리고 가지고 가는 서류로 보아 행선지를 알 수 있는 상황에서도 마찬가지였다. 그런데 가끔씩 행선지를 밝히지 않고 사무실을 나갈 때가 있었다. 외부에서 전화가 오면 그는 변호사님이 언제 다시 돌아오는지만 알려줄 수 있을 뿐이었다. 그녀의 일정표에는 한 시간 반이란 시간이 가느다란 엑스 자로 그어져 있었다. 마치 그 시간이 통째로 존재하지 않는 것처럼.

변호사들은 원래 더 많이 알고 있는 법이지라는 알쏭달쏭한 그녀의 말, 슈타지 서류 공개에 뜻밖의 반대 의견을 외친 것, 반대한다는 것은, 즉 자

574

신의 슈타지 서류도 보고 싶지 않다는 뜻이었는데 그는 기젤라 블랑크가 그 정도로 호기심이 없는 사람이라고는 생각할 수 없었다.

다니엘 데티엔은 일을 멈추고 기계를 껐다. 흥분을 못 이긴 그는 얕은 숨을 몰아쉬었다. 마치 지뢰, 아니 폭탄을 발견한 것 같았다. 그래, 가능한 일이야. 그래서 그 **우리**라는 말이 그녀에게 그렇게 중요했던 거야. 우리라는 말은 우리는 똑같다는 말이지. 착각일 뿐이야. 3년 전에도, 그리고 오늘도 그들은 전혀 같지 않았다. 왜 갑자기 우리야? 이때 마음 한 구석이 찔렸다. 그녀도 슈타지가 되고 싶은 마음은 없었어. 하지만 어쨌거나 슈타지 아냐? 거짓말이 독가스같이 피어오르고 있었고 그 거짓의 냄새를 맡은 그는 마음이 불편하고 어쩐지 찜찜함을 느끼지 않을 수 없었다. 뭔가 이상하다는 생각은 전부터도 했었다. 그러나 그녀와 일하기를 그만두고 난 지금, 그는 자신이 그만둔 진짜 이유를 알게 되었다.

9. 떠나가는 사람들

"체크아웃하겠습니다! 계산서 주세요!" 언제나 벽난로 바를 쩌렁쩌렁 울리던 목소리로 레오 라트케가 외쳤다. "사진작가 것도 함께요!"

그날은 7월 1일 일요일, 화폐 통합의 날이었다. 전날 밤에도 축하 파티와 반대 파티가 열렸고 노래와 야유가 뒤섞이며 독일 국기와 자동차 경적의 합동 콘서트, 그리고 차량들의 가두 행렬이 있었다. 토요일 저녁에는 독일 축구 팀이 4강에 진출했고 토요일 밤 정확히 자정부터 동독의 현금인출기가 서독 화폐를 뱉어내기 시작했다. 11월 9일의 축제와는 달리 이번에는 도시와 언론과 요식업소 업주들이 미리미리 대비할 수 있었다.

그날 밤, 레오 라트케는 반년 전 베를린에 도착했을 때의 바로 그 느낌이 들었다. 무관심과 무감각이 그것이었다. 하지만 그때와는 달리 자신이 무능하다는 생각은 들지 않았다. 물결치는 감정들의 소용돌이에서 아무 특별한 감상을 느끼지 못한다고 해서 불안하거나 겁나지 않았다. 그는 쓰려고 했던 것을 썼다. 말하려고 했던 것을 말했다. 단 하나의 기사로 말이다. 이제 활자화의 과정만이 남았다.

지금 그는 다시 자기 자신으로 돌아와 큰소리로 계산서를 달라고 외칠 수 있었다. 그와 그의 사진작가가 쓴 비용을 합치면 족히 4만 마르크, 벽난로 바에서 나올 액수는 별도로 6천~8천 마르크 정도 될 것이다. 그것도 잡지사가 낼 몫이었다. 그런 것은 보통 자비로 내야 했지만 그들도 기사를 읽어보면 안 낼 수는 없을 것이다. 그런 기사는 부르는 게 값이다. 레오 라트케는 하루 이틀 이 장사를 하는 게 아니다.

옆에서도 계산서 정리가 한창이었다. 드레스덴 은행의 바스무트 씨와 노이스 씨였다. 그들 옆에 서 있는 한 여인도 아는 얼굴이었으나 도대체 어디서 어떻게 아는 사람인지 기억이 나지 않았다. 동독 사람이지, 라트케는 생각했다. 바스무트 씨가 한 손으로 뭘 쓰려고 하자 그녀가 재빨리 그의 서류 가방을 받아 들었다.

"나가시려고요?" 바스무트 씨가 물었다.

"나가고말고요." 레오 라트케가 말했다. "드레스덴 은행도 이제 드레스덴으로 나가시는 겁니까?"

"아니요." 바스무트 씨가 억지로 웃었다. "우리 은행 동독 제1호 지점이 알렉산더 광장의 컨테이너로 들어가게 됐습니다."

"마르크화의 역사적인 날입니다." 레오 라트케가 말했고 바스무트 씨는 다시 한 번 웃었다.

레오 라트케는 아침을 먹으러 갔다. 뷔페로 차려진 아침식사를 보며 그는 오늘날 사회의 초석을 이어받아갈 다음 세대에게 독일의 호텔 아침 상을 꼭 유산으로 물려줘야 한다는 디터 힐데브란트*의 유머를 떠올렸다.

자리에 앉고 보니 두 은행가와 여전히 기억나지 않는 그 여성이 옆 테이블에 앉아 있었다. 바스무트 씨의 앞에는 뜨거운 수프가 놓여 있었다.

"생각해보십시오." 기분 좋은 목소리로 바스무트 씨가 여인에게 말했다. "금융권에서는 항상 무게중심을 유지하는 것이 절대 중요하지요. 이익의 극대화도 중요하고 말입니다. 저는 항상 그렇게 생각하는 것에 습관이 되어 있습니다. 예를 들어 시간은 촉박한데 여기 이렇게 뜨거운 수프가 놓여 있다고 가정해봅시다. 수프를 먹는 가장 효과적인 방법은 무엇일까요? 계속 수저로 휘휘 저어서 전체가 식도록 만드는 방법이 있겠죠. 그러다 보면 언젠가는 후다닥 먹을 수 있을 만큼 다 식게 될 겁니다. 하지만 그렇게 되기까지는 시간이 상당히 많이 걸립니다. 다른 방법으로는, 한 숟가락씩 떠 불어가면서 먹는 방법이 있습니다. 빨리 먹지는 못하지만 조금씩은 먹게 되고 또 접시에 남아 있는 양이 줄어들수록 수프는 더 빨리 식게 됩니다. 아시겠습니까? 이것이 금융계에서 매일 일어나는 극대화의 전형적 사례이죠."

"그렇게 바쁠 경우 저 같으면 어떻게 하는지 아세요?" 바스무트의 연설을 듣고 있던 여인이 물었다. "저는 접시 하나를 더 달라고 해서 번갈아가며 세 번 네 번 옮겨 담겠어요."

레오 라트케가 그녀에게 미소를 보냈다. 그녀와 한편이 되려고 하는 그 순간 그녀가 누구인지 번뜩 떠올랐다. 그래, 화폐 통합 이후에도 인터

---

* 디터 힐데브란트(Dieter Hildebrandt, 1927~): 독일의 만담가, 쇼 마스터.

숍은 먹고살아야 되니까. 왕은 죽었다. 왕 만세! 동독 전체가 하나의 인터숍이 되면 그 수많은 인터숍도 망하는 것이다.

베르너 슈니델이 체포되던 그날, 유디트 슈포르츠도 알프레트 분추바이트에게서 영원히 등을 돌렸다. 등을 돌려 앞을 보자 드레스덴 은행이나 웨스트 엘비 은행의 신사들이 더 든든해 보였다. 그 결과를 보라. 드레스덴 은행의 바스무트 씨가 정말 그녀에게 관심을 보이기 시작했다. 그는 연필의 끝을 아랫입술에 대고 혀끝으로 장난치는 그녀의 모습을 넋 놓고 보았다. 그의 이름도 알프레트였으니 아마도 그 때문이었을지도 모른다. 이제 그녀는 그의 서류 가방을 들어주며 그가 모아둔 경험을 엿듣고 있다. 그도 그녀에게 바라는 게 있었으므로, 정확히 말하자면 입술과 혀끝을 원하고 있었으므로 그걸 얻기 위해 노력을 기울였다. 다른 사람들이 모두 탐을 내는 정말 좋은 자리가 하나 있다면 이 알프레트를 이용해 어떻게 해볼 수 있을 거야, 하고 그녀는 판단했다. 그때까지는 그가 안달하도록 계속 유지해야 했다. 그건 어이없도록 쉬운 일이었다. 눈을 감은 채 디저트용 수저를 볼록한 쪽이 밖으로 향하도록 하여 천천히 입에서 빼내면 알프레트 바스무트는 홀린 듯 쳐다보며 어떤 소원이라도 들어줄 기세였다.

아침식사를 마친 레오 라트케는 자기 방으로 올라갔다. 짐은 챙겨져 있었다. 여행용 가방 하나, 양복이 든 커버, 서류 가방 하나. 7개월 반 동안 생활하는 데 필요했던 것들이 1제곱미터 안에 집합해 있었다. 고급 떠돌이 노동자의 소지품이었다. 없어지면 새로 사면 되었다. 이 모든 물건이 진짜 필요한 건nicht wirklich―― 최근에 미국에서 들어온 표현, 낫 리얼리not really의 차용―― 아니었다. 정말 필요치 않았다.

레오 라트케에게 진짜 필요한 건 책상 위에 놓여 있었다. 흰색의 그것은 0.06제곱미터의 크기로, 29.7×21센티미터였다. 그는 리포터였고 자기 직업을 사랑했다. 그는 대통령, 영화감독, 록 스타, F1의 경주차 파일럿들을 취재해왔고 다른 어떤 직업과도 바꾸고 싶지 않았다. 빠짐없이 알아보고 그 사실을 쓰는 것, 그리고 모든 것을 까발리고 명명하는 것, 그것뿐이었다. **세상을 나의 언어에 담그는 것**, 그는 그렇게 불렀다. 필요한 것은 연필 한 자루와 종이 한 장이었다. 품위를 유지해야 한다는 이유로 곧 편리한 휴대형 컴퓨터를 한 대 마련하게 되겠지만 역시 마찬가지 품위 유지의 이유로 인해 **애물단지**로 불리게 될 것이었다. 그가 누구인가. 레오 라트케 아닌가.

책상에는 백지 한 장과 아직 봉하지 않은 편지 봉투 하나가 놓여 있었다. 봉투 안에는 벽난로 바에서 술 퍼마시던 일만 제외하고는 마치 수도승처럼 이 호텔에서 7개월을 살면서 쓴 기사가 들어 있었다. **쓰지 않으면 섹스도 없어.** 그는 이렇게 다짐했고 그 다짐을 지켜냈다. 그러나 연말 특집 호에 나갈 전(前) 라이너, 즉 하이디에 대한 기사는 그가 보낸 수도승의 나날을 정당화시켜주기에 아직 부족해 보였다. 레나를 만나고 나서 다시 실마리를 잡은 그는 평소의 리듬과 적정 온도를 되찾았고 스토리를 써내려나가기 시작했다.

이제 기사는 완성되었다. 기사의 첫 문장 앞에 놓일 무엇인가가 아직 필요했다. 조율이라고 할까, 표지판 역할을 할 서너 문장이면 되었다. 아직 20분이라는 시간이 있었다. 서너 문장을 쓰기에 충분한 시간이었다.

그는 연필을 집어 들어 마치 자유로운 연상 작용에 몸을 맡기듯 종이에다 글자를 큼직하게 그려넣었다. 그는 어린아이가 쓴 것 같은 글자를 호텔의 편지지 한 장을 가져다 다시 만년필로 옮겨 적었다.

지상 최대의 행운? 자비네 부세는 그것을 누렸다. 그녀는 맹인이었다. 그런 그녀에게 빛이 찾아들었다. 그리고 악몽은 시작되었다.

레오 라트케는 종이를 접어 봉투에 집어넣었다. 가장자리에 침을 바르고 봉한 다음 숨을 크게 내쉬었다.

해냈다.

이때 전화벨이 울렸다. 부장이었다. "라트케, 아직 있다니 다행이오. 지금 시간 있소?"

"있습니다."

"우리 성탄절 파티 때 자네가 동베를린 사무소에 녹음된 자동 응답기를 틀어준 일이 있지 않았소? 기억할지 모르겠지만 그중에 남편이 슈타지에 의해 비밀리에 방사선에 노출되었다는 전화를 건 여자가 있었소."

"아, 그래서 암에 걸렸다는…… 예, 기억납니다."

"라트케, 그래서 말인데 그게 사실이라면 엄청난 사건 아니겠소."

"지금 나더러 그 사건을 추적하라는 말은 아니시겠죠."

"꼭 그런 건 아니지." 부장이 말했다. "우리가 조금 추적을 해본 상태요. 슈타지의 베를린 호엔쉰하우젠 미결수 감옥에 있는 한 감방에 침대 바로 위 천장에 작은 빈 공간이 있소. 눈에 띄지 않게 숨어 있지. 사과 하나도 들어갈까 말까 한 크기요. 그런데 눈이 밝은 사람들 몇몇이 발견하고 의문을 품게 된 거요. 저 뚜껑은 저기 왜 달려 있을까? 혹시나 해서 방사능 측정기를 갖다 댔더니 답이 나왔소. 슈타지가 이 방에다가 아마도 피의자와 방사능 물질을 함께 가둬놓았을 거라는 거요. 너무나도 믿을 수 없는 이야기이기 때문에 아마도라는 말을 쓸 수밖에 없소. 여기까지가 우리가 아는 사실이니까 당신이 나서서 추적해볼 필요는 없소. 아직 듣고 있는 거요?"

"예." 레오 라트케가 말했다.

"녹음을 남겼던 사람은 위르겐 바르테의 부인, 안겔리카 바르테였소.

위르겐 바르테는 뚜껑 달린 바로 그 방에서 9개월을 지냈고, 지금 그는 전형적인 방사선 노출 질병으로 알려진 백혈병을 앓고 있소. 이 정도면 엄청나게 큰 건수 아니오? 성탄절 즈음에 선거를 했다면 위르겐 바르테는 지금 시장이 되어 있을 수도 있는 사람이오. 혹시 그가 지금 어디 있는지 아는 바가 있소?"

"전혀 모릅니다." 모르는 게 천만다행이다 생각하며 레오 라트케가 말했다.

"그것 봐요." 부장이 말했다. "아무도 모르잖소. 잠적한 거요. 눈에 띄지 않으려고 말이오. 그래서 말인데, 라트케 당신이 뛰어줬으면 좋겠소. 7개월이나 동쪽에 웅크려 있다가 결국 모두를 흥분시킬 기사 하나를 뽑아내지 않았소. 지금 우리가 알아낸 사실만으로도 기사 하나는 충분히 만들수 있지만 위르겐 바르테가 끼어 있는 이상 뭐랄까, 아주 다른 종류의 중대 사안이 된단 말이오. 구체적이 된다고 할까, 아시겠소? 게다가 그가 땅으로 꺼진 것처럼 자취를 감추었으니 그를 찾아나서는 것도 모험의 일종이 아니겠소. 이건 훌륭한 르포 기삿거리란 말이오. 내가 계속 더 연설을 해야겠소, 아니면 이제 구미가 당기시오?"

"둘 다 아닌데요." 레오 라트케가 말했다. "위르겐 바르테는 제 취향이 아닙니다. 싫은 사람이에요. 그 사람 입 냄새가 있어요."

"난 당신이 좋아할 줄 알았는데……" 부장이 실망한 목소리로 말했다.

"전 됐습니다." 레오 라트케가 말했다. "그런데 방금 아주 괜찮은 건을 마감해서 봉투에 넣은 참입니다……"

"거 참 좋은 소식이오!" 부장이 외쳤다. "그럼 사람을 시켜서 베를린 사무소로 보내면 되겠……"

"제가 직접 가져가겠습니다."

"그것도 좋지요." 부장이 말했다. "라트케, 사진작가까지 데리고 7개월을 호텔에서 죽치고 나서 겨우 기사 한 편을 들고 왔는데도 싫은 소리 하나 듣지 않다니…… 자부심 느낄 만하오."

기사 한 편을 위해 7개월을 호텔에서 죽친 것은 그 언론사에서 그가 처음이었다. 그러나 르포 저널리즘계의 프랜시스 포드 코폴라나 스탠리 큐브릭으로 불리면서 고용주에게 어마어마한 액수의 청구서를 날려 쇼크를 주는 것은 역시 그다운 행동이었다. 지금 봉투 안에 있는 것은 「지옥의 묵시록」이나 「2001년 스페이스 오디세이」와 같은 기사였다. 잡지사가 지불한 비용의 두 배, 아니 열 배가 넘는 가치가 있었다.

레오 라트케는 전화를 끊고 나서 엘리베이터를 타고 아래로 내려가 포터 한 명에게 방에서 짐을 가져다 달라고 말했다. 청구서에 사인을 하고 난 그는 프런트에 있는 직원과 조금 시시덕거렸다.

"나 없으면 이제 여기는 어떻게 돌아갈꼬." 그가 한숨을 내쉬었다.

"호텔 문을 닫으면 되죠." 어린 여자가 겁도 없이 말했다. 여자의 눈에서 황금빛 불꽃이 튀는 것 같았다.

"내가 떠나는데도 우두머리 되시는 분들께서 직접 나와보시지 않으니 기분이 별론데요. 나 같은 손님을 그냥 가게 내버려두다니 말입니다."

"그래서 절 보내신 거죠." 겁 없는 어린 여자가 말했다. "저를 기억하시는 분들은 꼭 다시 오시니까요."

"정말 그렇겠는데요." 레오 라트케가 말했다.

겁 없는 어린 여자가 그에게 조그맣게 무슨 말을 하려고 폭넓은 데스크 위로 몸을 깊이 숙였다.

"이미 우리 사정을 잘 알고 계시니까 드리는 말씀인데요, 베슈케 객실부장님이 여기 일을 그만뒀어요. 헹켈 영업 사원이 됐대요. 동독 지역에 있는 호텔에 세제나 비누, 청소 용품 같은 것을 공급한대요."

"그가 입던 말끔한 조끼 덕분인가?" 레오 라트케가 묻자 겁 없는 어린 여자가 깔깔거리고 소리 높여 웃어젖혔다. 그 바람에 동료 직원들이 뭐가 그렇게 우습냐고 물어왔다. 레오 라트케는 비밀 정보의 교환도 이것으로 마쳐야겠다고 생각했다.

"오히려 그 반대죠." 겁 없는 어린 여자가 말했다. "슈타지 서류 공개 사건 바로 그다음 날 바로 스스로 헹켈로 기어들어간 거예요. 의심하고 싶진 않지만." 겁 없는 어린 여자는 말하면서 눈을 찡긋하고 뻔뻔하게 웃었다. "그리고 분추바이트 씨는 정직 처분을 받았고요." 여자는 목소리를 낮추었다. "그 사기꾼 편을 들다가 이제 법정에서 증언을 하게 생겼지 뭐예요. 다시 복직하게 되리라고 생각하는 사람은 여기 아무도 없어요. 주유원과 폴크스바겐이라……" 그녀는 반어적인 유감의 뜻을 담아 한숨을 쉬었다. "우리는 동서 간 환상의 복식조를 꿈꾸었는데 말이죠."

"재판이 언제 열립니까?" 레오 라트케가 물었다.

"다음 주라고 했던 것 같아요." 겁 없는 어린 여자가 말했다.

"갈 겁니까?" 레오 라트케가 물었다.

"라트케 씨가 기사화하면 안 갈 거예요." 여자가 말했다. 그 말이 엄청난 칭찬의 말이라는 걸 그가 깨닫기까지는 약간의 시간이 걸렸다. 겁 없는 어린 여자는 생각에 잠긴 그의 모습을 보고 즐거워하며 웃었다.

"다시 올 겁니다!" 레오 라트케는 그렇게 외치며 엄숙하게 가슴에 손을 얹었다. "날 그렇게 생각해주는 곳이 바로 나의 고향이지요!"

"제 말이 바로 그 말이에요." 겁 없는 여자는 말하면서 또 웃었다. "총지배인과 객실부장을 합친 것보다 제가 하는 일이 많은걸요."

"글로리아, 라트케 씨의 택시가 와 있어." 포터가 끼어들며 라트케를 택시로 안내했다. "벌써 여기 있은 지 한참 됐어요. 아무도 서독 화폐를 택시비로 써버리려고 하지 않기 때문에 아까 아침부터 저기 서 있는걸요."

레오 라트케는 택시에 탔다. 짐은 이미 뒤 트렁크에 올라가 있었다. 그는 베를린 사무소로 가서 봉투를 전해주고 내용은 함부르크에 팩스로 전송할 작정이었다. 집 생각은 하고 싶지 않았다. 먼지가 테니스공처럼 뭉쳐 굴러다니고 있을 것이다. 내가 어디서 살고 있었지? 젠장, 자기 주소도 생각나지 않았다. 그의 집은 브레멘의 아주 고급 주택가에 있었다. 사는 동네를 말할 때면 사람들은 언제나 놀라움에 숨죽이곤 했다. 그런데 자세한 것이 영 떠오르지 않았다. 그는 신분증을 꺼냈다.

"신분증은 없어도 돼요." 택시 운전사가 말했다. "오늘 검문 제도가 폐지됐거든요."

"그게 아니에요." 레오 라트케는 신분증을 살펴보았다. 슈바흐하우저 링 17번지, 브레멘 40001. 맞다. 그 주소를 정말로 잊고 있었다. 이런 나를 흉내 내는 자가 생길지도 모르지. 난 레오 라트케니까.

10. 구원은 마지막 순간에 오다

베르너 슈니델의 재판은 베를린 미테 구(區)의 지방법원 맞은편 리텐 슈트라세에 있는 대형 법원 건물에서 이루어졌다. 재판은 심술궂게 침을 흘리며 고소해하는 대중의 기대 속에 진행되었다. 법원 출입 기자, 가십 전문 리포터, 악성 단골 방청객들이 모두 모였다.

검사 측이 요청한 증인들은 모두 분노로 식식거리고 있어서 마티아스랑게 검사조차도 창피스러움을 느낄 정도였다. 믿음을 이런 식으로 악용

하다니! 세계적인 기업인 폴크스바겐과 회장의 명성을 악용했다는 주장이
었다. 병가 중에 있는 작센링 사장 헬프리트 슈라이터 박사는 파괴된 아
홉 대의 트라비에 대한 손해배상을 청구했다. 그러자 재판장이 그것은 이
재판에서 다루는 대상이 아니라고 한마디 했다.

　증인 분추바이트와 슈라이터는 서로의 탓을 해댔다. 한 사람이 말하
길, 상대방이 베르너 슈니델을 추천하지 않았더라면 그에게 속아 넘어가
지 않았을 것이라고 하고, 또 상대방은 반대편 사람이 그를 그렇게 영접
하지 않았더라면 그에게 속는 일은 없었을 것이라고 했다. 모든 것이 뒤
죽박죽이었다.

　증인 알프레트 분추바이트가 슈니델을 슈니델 씨라고 부르는 반면, 베
르너 슈니델은 그를 알프레트로 부르며 1마르크 28페니히를 들먹이는가
하면 끝까지 계속 두Du라는 호칭을 썼다. 한편 그때, 리젤로테 슈니델은
커다란 법원 건물 안을 헤매 다니고 있었다. 손자의 재판은 2038호에서
열린다고 했다. 얼마를 헤매다가 한 사무실 앞에 섰다. 마바지와 바티크
염색이 된 셔츠를 입고 턱수염이 덥수룩이 자란 남자 두 명이 책과 서류
더미들을 카트에 옮겨 담고 있었고 머리를 뒤로 묶은 금발 여자 한 명이
진행 상황을 기록하고 있었다. "도와드릴까요?" 리젤로테 슈니델이 어리
둥절한 모습으로 문 앞에 서 있는 것을 보고 금발 여자가 말했다.

　"이 방이 2038호 아니우?" 리젤로테 슈니델이 물었다.

　"여기는 2083호예요. 숫자를 헷갈리셨네요." 금발 여자가 말했다.
"2038호에 가시려고요?"

　"그래, 2038호는 어디 있지요?"

　"우리도 여기 직원이 아니에요."

　"아, 그렇구먼." 리젤로테 슈니델이 놀라워하며 말했다.

"우리는 지금 슈타지 서류를 치우고 있는 중이거든요. 압류하는 거죠." 남자 한 명이 말했다.

"이 방이 한때 슈타지의 비밀 사무실이었어요."

"아하, 그랬구려." 전혀 움찔하는 기색 없이 리젤로테 슈니델이 대답했다. 이 남자들이 왜 나를 도와주지 않는 거지? 뭔가 아주 중요한 사건이라도 난 것일까?

"겉보기에는 아주 멀쩡한 보통 검사 사무실이었죠. 주변 사무실에서는 여기서 무슨 일이 일어나고 있었는지 모른다고 잡아떼네요." 다른 남자가 말했다.

"아하, 그랬구려." 리젤로테 슈니델이 재차 말했다. "그럼 댁들도 슈타지에서 나온 사람들이겠군그려."

"이럴 게 아니라 그럼 제가 2038호까지 모셔다 드릴게요." 두꺼운 서류철 한 뭉치를 박스에 집어넣고 나서 젊은 여자가 말했다.

"친절도 하시구려. 고마워요." 리젤로테 슈니델이 말했다. "내가 지난 5월에 여든이 됐어요."

이 재판은 코미디다, 마티아스 랑게 검사가 생각했다. 베르너 슈니델의 변호를 맡은 변호사는 엉망진창이었다. 원래 이혼 전문 변호사였다. 형사재판에는 전혀 경험이 없었다. 능력 있는 변호사들은 인민회의로 진출하거나 갖가지 당직을 꿰찬 후였다. 그들은 자칭 '정의의 변호사' 또는 '공익을 위한 변호사' 아니면 '독일을 위해 일하는 변호사'였다. 베르너 슈니델의 변호사는 악셀 코체라는 이름을 가진 사람이었는데 그 이름으로 정치계에 나선다는 건 도저히 무리였다.

그 이혼 전문 변호사는 베르너 슈니델의 재판에 대비해 거의 아무 준비도 하지 않았다. 화폐 통합 전이 그에게는 엄청난 대목이었다. 삐걱거리는 결혼 생활을 하고 있던 부부들은 모두 재빨리 이혼해서 돈을 챙기려고 했다. 그리고 서독 요금제에 따르면 이혼 비용이 엄청나게 비싸진다는 것을 알게 된, 이제 아직 이혼은 하지 않고 있으나 이미 깨진 거나 다름없는 부부들은 통일이 되기 전에 서둘러 이혼 수속을 밟으려고 했다. 가을이 가기 전에 통일이 될 거라는 전망이었다. 각종 일정이 벌써 잡혀 있다. 새 헌법을 만들거나 그 밖에 시간을 잡아먹는 여러 형식적인 절차들로 시간을 끌고 싶어 하는 사람은 아무도 없었다.

이 재판은 코미디야, 마티아스 랑게 검사가 생각했다. 복잡다단한 사정에 비해 놀라운 해피엔드. 변호사와 검사의 변론과 논고가 있기 직전, 법정의 문이 열리면서 머리를 묶은 금발의 여자가 다리가 휘어진 늙은이를 안으로 밀어넣었다. **숨이 끊어지려는 순간에 구조된 목숨**의 대표적인 사례였다. 늙은이는 두리번거리지도 않고 판사가 앉아 있는 책상으로 곧바로 걸어가 손가방을 열더니 두꺼운 현찰을 위에 턱 올려놓았다.

피고인의 얼굴이 시뻘게지더니 쥐구멍에라도 들어가고 싶은 듯 땅바닥만 쳐다보았다. 재판이 진행되는 동안 증인들에게 인사하며 웃는 등 줄곧 여유만만하던 피고인이었다. 그런데 도와주는 이가 나타난 지금 그는 꼼짝하지 못하고 창피함에 고개를 떨어뜨리며 후회의 기미를 보이는 것이었다.

판사는 베르너 슈니델의 조모에게 2만 4,670마르크를 법원의 회계 창구에 납부하고 영수증을 제출해달라고 일러주었다. 그러나 리젤로테 슈니델은 방금까지 길을 잃어 고생하다가 슈타지한테까지 다녀온 지금 이 거대한 법원 건물에서 또다시 다른 방 호수를 찾아 헤매 다니고 싶지 않다고 했다. 정신이 아주 말짱한 노부인은 아닌 것 같았다. 마티아스 랑게 검사

는 노부인에게 회계 창구까지 모셔다 드리겠다고 제안하며 손해액이 갚아
지면 법적으로 정당하게 집행유예를 받도록 힘써보겠다고 했다. 10분간의
정회가 선언되었다. 법원 경비가 리젤로테 슈니델을 회계 창구까지 안내
해주었고 곧 영수증이 판사 앞에 제출되었다.

마티아스 랑게 검사는 징역 1년 8개월에 집행유예 3년을 청구했다.
악셀 코체 변호사는 형사재판 변호사로서의 출발을 자축하며 피고인의 무
죄를 주장함과 더불어, 자신의 피고인은 피해를 당했다고 주장하는 증인
들이 원하는 바대로 해주었을 뿐이라는 근거를 들어 그가 배상한 2만
4,670마르크의 반환을 요구했다. 그리고 피고인을 즉각 풀어줄 것을 청구
했다.

법정은 검사의 요청을 받아들였다. 다음 주 월요일에 판결이 이루어
지겠다는 선언을 끝으로 재판은 폐정되었다.

11. 블랙홀

인민회의에서 연설을 할 때마다 번번이 야유 세례를 받고 있던 기젤
라 블랑크는 그 때문에 낙담하고 있었다. 그녀는 박수 받을 기회를 스스
로 만들어야 했다. 그 방법은 의회 밖, 그녀에게 친숙하고 호의적인 곳을
찾아 연설하는 것이었다. 베를린 시내가 바로 그런 곳이었다. 카를리브크
네히트 슈트라세와 라트하우스 슈트라세 사이에 있는 방송탑 아래 신축 건
물은 공무원들이 많이 사는 쫀쫀하고도 평화로운 세계였다. 각 정부 부처
에서 근무하는 그들은 무갈등적 항거의 영웅, 말끔한 평판의 시민들이었
다. 그중에는 슈타지 이웃도 여기저기 살고 있었고 아침 출근길에 엘리베

이터를 타는 이웃 중에는 당 배지를 옷깃에 달고 다니는 이도 간혹 있었지만 주민의 대부분은 당의 배지가 없는 사람들이었다. 그들은 다른 사람들과 정치 유머를 얘기하지 않았고 딸린 자식과 중앙난방과 서독 텔레비전이 있었으며 조용히 살고 싶어 했고 또 조용히 살았다. 그런데 느닷없이 도이칠란트라는 방해꾼이 나타난 것이다.

7월로 접어든 어느 날 오후 기젤라 블랑크는 마이크를 들고 과일 상자 위에 올라섰다. 그녀가 서 있는 알렉산더 광장에서는 화물 트럭에 수북이 쌓인 딸기가 1킬로그램당 단돈 99페니히라는 헐값에 팔리고 있었다.

그녀는 동독 경제와 노동력의 몰락을 질책하며 장차 예상되는 동독 지역의 빈민화를 무시무시한 색깔로 물들여 설명해나가고 있었다. 옆에 있는 대형 백화점을 손으로 가리키며 동독 고유 상품은 완전히 자취를 감추게 될 것이라고 열변을 토하고 있을 때 광장을 가로지르는 한 사람이 그녀의 눈에 띄었다. 그는 몇 년 동안 리텐 슈트라세의 초대형 법원 건물의 작은 방에서 한 달에 한 번 비밀리에 만났었던 그 반백의 신사였다. 그녀는 서둘러 연설을 끝내고 수백 명 군중의 박수가 채 잦아들기도 전에 과일 상자에서 내려와 숨기고 싶은 과거의 지인을 눈으로 뒤쫓았다.

그는 침몰해버린 배의 잔해, 유령선이 되어 어슬렁거리고 있었다.

그의 외모는 다른 노인들과 별로 다를 것이 없어 보였다. 이제 그는 황폐해진 늙은이였다. 지난 12월 초, 그들의 마지막 만남에서 기젤라 블랑크가 자신의 기록부를 한 장 한 장 직접 소각했을 때보다 훨씬 초췌해 보였다. 그는 황색 줄이 그어진 파자마 바지 차림에 슬리퍼를 신고 있었다. 손목에는 속에 아무것도 들어 있지 않은 색깔 있는 천가방이 덜렁거리고 있었다. 그는 천천히, 그리고 흔들거리는 작은 걸음걸이로 힘겹게 걷고 있었다. 아무 표정이라고는 없는, 전반적인 딱딱함으로 굳어진 얼굴과 멍한 눈길 때문에 겁을 먹은 행인들은 그를 비켜갔다.

기젤라 블랑크가 그를 만나면서 그의 사생활에 관해 추측할 여지를 주었던 유일한 물건은 그가 오른손에 끼었던 반지였다. 그러나 부인 되는 사람이 남편을 지금 저런 차림으로 밖에 내보냈으리라고는 생각되지 않았다. 만일 그 결혼반지가 비밀 조직의 부호였다면 그것은 나도 관청 밖에서는 사랑받고 있다는 표시를 하기 위해, 나도 보통 사람이라는 것을 표시하기 위해, 오직 심리전의 목적으로 근무 중 착용되었던 액세서리의 하나에 불과한 물건이었단 말인가?

자신과 오랫동안 비밀 회합을 가졌던 이 남자를 기젤라 블랑크는 뒤쫓아보기로 했다. 그의 모습에는 리얼한 그 무엇인가가 있었다. 그의 몰락은 두려움을 일으키는 동시에 당연한 결과였다.

그녀는 연설이 끝나고 그녀에게 격려와 찬성 또는 질책의 말을 하기 위해 몰려든 군중의 의견을 들을 시간이 없었다. 그녀는 백화점 안으로 들어가는 모습을 끝으로 반백 신사의 모습을 놓치고 말았다. 식품부에서 다시 그를 찾아냈을 때 그는 요란하게 호통을 치고 있었다. "나더러 이 따위를 먹으란 말이오! 차라리 굶는 게 낫지!" 그는 자기 앞의 카트를 사납게 밀어냈다. 카트 주변은 온통 서독 상품투성이였다. 형형색색의 선명한 포장지가 눈을 아프게 했으며 가격은 1.99 아니면 4.99, 또는 9.99마르크였다. "서독 물건 나부랭이랑 함께 내 앞에서 어서 썩 꺼지시오!" 그는 제빵 제품 코너의 판매원에게 욕을 해댔다. "자존심도 없는 것들!"

기젤라 블랑크는 아기 이유식 진열대 뒤로 몸을 숨겼다. 반백 신사에게 들키고 싶지 않았다. 그러고 있는데 아기를 안고 있는 아기 엄마와 판매원 간의 대화가 들렸다. "서독제 이유식이 훨씬 좋아요. 벌써 색깔부터가 차이 나죠." 판매원의 찬찬한 설명이었다. "종류도 더 다양하고요……"

"애가 토해요!" 아기 엄마가 진열대의 이유식을 가리키며 흥분한 목소리를 냈다. "먹기만 하면 바로 토해낸다고요. 종류에 상관없이 다요!"

"아기가 일단 익숙해지고 나면……"

"뭘 익숙해져요?" 엄마가 다시 판매원의 말을 막았다. "옛날 물건을 다시 갖다 놔주세요. 내가 바라는 건 애가 먹고 토하지 않는 이유식, 그거 하나예요!"

"우리 모두 새로 적응하는 기간이 필요하……"

옆에 있던 다른 엄마가 끼어들었다. "댁의 아기도 새 이유식이 잘 안 받나 봐요?" 그러더니 기젤라 블랑크를 보고 말했다. "방금 알렉산더 광장에서 연설하시던 것, 저도 들었어요. 바로 이런 문제를 해결하시겠다고요. 정말 너무나도 옳은 얘기라는 것밖에 드릴 말씀이 없네요."

기젤라 블랑크는 부끄러운 듯 미소 지었다. 이제 보통 평범한 시민처럼 다닐 수는 없었고 그녀도 그것에 익숙해져 있었다. 그녀는 달랑 와플 과자 한 봉지를 카트에 넣고 계산대에 줄을 서서 2.39마르크를 지불한 후 계산대를 나와 약간 머뭇거리다가 결국 봉지를 뜯고 와플 한 조각을 입속에 넣었다. 이어 또 한 조각이 들어갔다. 예전에는 이 맛이 주는 즐거움을 어떻게든 길게 늘여보려고 갖은 방법을 다 동원했었다. 초콜릿이 묻어 있는 머리 부분을 입속에서 녹이거나 빨아 먹기도 했고 그 부분만 따로 떼어서 먹기도 했으며 돌돌 말린 와플을 밖에서부터 조금씩 갉아 먹거나 앞니로 드르륵 긁어 먹기도 했다. 단 한 번도 두 개를 한꺼번에 먹은 적은 없었다.

기젤라 블랑크는 온몸이 얼어붙는 것 같았다. 반백 신사가 허공에서 튀어나온 것처럼 홀연히 그녀 옆 포장대에 서 있었다. 그는 카트의 물건들을 천가방에 담고 있었다. 레모네이드, 맥주, 그리고 몇 가지 할인 판매

품목, 소시지, 치즈, 자우어크라우트 등 간소하게 포장된 상품들이었다. 그의 셔츠는 아무렇게나 단추가 채워져 있었고 파자마 바지와 슬리퍼 차림이었다. 면도도 한 둥 만 둥이었고 빗질도 안 한 듯 보였다. 이런 식의 혼란 시대를 살아남지 못하는 인간 종류를 대표하는 사람처럼 보였다. 그러나 그는 전등에 목을 매거나 독이 든 캡슐을 씹지 않고 이렇게저렇게 어떻게든 삶을 헤쳐나가고 있었다. 신체의 생리학적인 기능을 유지시키는 것, 그러나 더 이상은 아니었다.

기젤라 블랑크는 그를 알아보지 못하는 척했다. 고개를 까닥하거나 눈을 찡긋거리거나 하지 않았다. 그는 정신이 혼미한 사람도, 미친 사람도 아니었다. 그는 천천히 물건을 가방에 넣었다.

"해냈군요." 그가 조그맣게 말했다. "너무 자만하지는 마시오. 아직 우리 볼일이 끝나지 않았으니까."

그렇게 말하고 가버렸다. 그의 뒷모습을 보는 기젤라 블랑크의 등에 식은땀이 죽 흘러내리고 있었다.

12. 남자가 원하는 것

동독의 차량 번호를 단 노란색 메르세데스 한 대가 포츠다머 슈트라세를 벌써 두번째 왔다 갔다 하고 있었다. 운전대를 잡은 사람은 40대 후반이었다. 그냥 구경이나 하려고 온 자는 아니야, 하이디가 생각했다.

그녀는 도이체 은행 앞을 왔다 갔다 했다. 은행의 유리창이 땅에까지 닿아 있었다. 그녀는 머리에서부터 발끝까지 자기 몸 전체를 비춰보고 싶었다. 허리까지 내려오는 금발의 가발과 가짜 다이아몬드가 달려 있는 빨간색의 에나멜 하이힐.

그녀는 인도의 가장자리까지 갔다가 갑자기 휙 돌아섰다. 거울에 자기의 모습이 비쳐져 있었다. 역시 끝내주는 여자였다. 그녀는 유리창으로 다가가 위에서 아래로 쭉 훑어보고 그 다음번에는 아래에서 위로, 매번 번갈아가며 관찰했다. 몸짓과 걸음걸이도 다듬었다. 죽여주는 하이힐이었다. 270마르크나 줘야 했건만 돈이 하나도 아깝지 않았다. 그 하이힐을 신으니 서두름이 자연적으로 사라지면서 걷는다는 행위가 걸음을 내딛는 동작으로 변모했다. 그녀는 구멍에 구두 굽을 맞춘다는 기분으로 한 걸음 한 걸음을 내디뎠다. 그 하이힐로 인해 여왕이 된 것 같은 존엄과 우월감이 샘솟았다. 하이디의 발은 라이너의 커다란 발이었는데 발을 쭉 뻗으니 오히려 다리가 더욱 길어 보이게 하는 효과가 났다. 힘을 준 자세로 인해 긴장되고 딱딱해진 장딴지는 하이디의 맘에 꼭 들었다. 이 구두를 신고 중심을 잡으려니 자연히 엉덩이와 가슴을 내밀 수밖에 없었다. 하이디의 매력을 좌우하는 것은 이 구두였다. 품위 있는 등장을 하려면 다른 방법이 없었다. 이 하이힐은 급하게 서두르면 넘어지고 방심하여 긴장을 잃으면 땅바닥에 주저앉게 만들었다. 긴 다리, 금발의 머리, 엉덩이와 가슴, 그녀는 자신의 모습에 스스로 도취되었다. **남자를 휙 돌게 만드는 존재, 그게 바로 여자야.** 그녀는 그렇게 할 수 있었다. 그걸로 돈을 벌 수 있을 만큼 잘하고 있었다.

남자들을 조종할 수 있다면, 하이디는 항상 그 생각에 매료되어왔다. 그들이 얼마나 서툴고 원시적인 종족인지 너무도 잘 아는 바였다. 그들은 그렇게도 자신이 없고 나약한 나머지 자신이 강하다고 느끼기 위해서는 그것을 돈 주고 사야 하는 존재들이었다. 그들의 욕망이란 쓸데없는 것이었다. 그들이 만들어낸 공산주의나 그 밖의 다른 이상 사회 실현의 이론은 자신의 행복이 얼마나 싼값에 채워질 수 있는지를 잊기 위한 것임에 지나지 않았다. "이 여자를 위해서라면 나는 어떤 혁명도 배반하겠다." 어떤 여든여섯 먹은 늙은이가 한 사진 모델을 두고 한 이 말은 남자들이 생각하는 바를 고스란히 드러낸 것이다.

남자란 욕망이 이끄는 대로 끌려 다니는 존재였고 그 욕망의 발산을 도와주는 사람이 그녀였다. 무엇이 남자들을 만족시키는지 알고 있는 그녀는 자신이 그것을 알고 있다는 사실을 기꺼이 내보여주었다. 내려진 자동차 창문 사이로 이 불쌍한 존재들과 말을 나눌 때면 그녀는 무엇인가를 아래위로 훑고 싶어 미치겠다는 듯 멍청히 유리문의 고무를 손으로 만지작거렸다. 그런가 하면 또 엄마 젖을 빨던 시절부터 본능적으로 입안으로 들어오는 것은 무엇이든지 빨고 핥으려는 것처럼 입술을 둥그렇게 말기도 했다. 자기에게 말을 걸어오는 사람이 있으면 그녀는 마치 우연인 것처럼 그의 팔을 스치듯 살짝 만졌고 그렇게 되면 이미 그는 코뚜레에 꿰인 것이나 다름없었다. 남자는 이렇듯 쉬운 존재였다. 너무 쉬워서 동정심이 생길 정도였다.

영화에서 여자들이 흔히 내뱉는 "너희 남자들은 다 똑같아!"는 하이디에게는 기본 지식에 속했다. 왜 여자들이 그렇게 같은 푸념만 풀어놓고 영화는 그걸 통해 무슨 교훈을 주려고 하는지 하이디는 정말 이해가 안 갔다. 그렇지 않은 것처럼 얼굴에 가면을 써도 당연히 남자들은 모두 똑같았다.

차가 한 대 멈추면 하이디는 그 차에 올라타 세 블록 떨어진 오래된 창고 건물 마당으로 향하게 했다. 차가 달리는 동안 손끝으로는 먹잇감의 팔과 다리를 훑었다. 차가 멈추어 서고 그의 가슴팍으로 달려들어 등을 쓰다듬으며 목의 힘줄을 혀로 핥아 올리면 두 다리 사이로 손이 뻗쳐 들어왔다. 자신이 일으킨 효과는 신음 소리로 되돌아왔다. 그러면 점점 커지는 그의 성기를 더듬으며 살며시 가격을 알려준다. "그건 20이에요. 당신이 날 만지려면 20이 더 추가돼요. 프렌치식으로 하면……" 그러고는 먹잇감의 귓불에 대고 자신의 현란한 실력을 펼쳐 보였다. "50이랍니다."

아직 아무도 그녀의 비밀을 알아채지 못했다. 그녀가 남자들을 다루는 주위는 어두컴컴했던 것이다. 행운이 도와줄 때도 있었다. 그녀의 팬티를 머리에 뒤집어쓴 채 왼손으로 마스터베이션을 하면서 오른쪽 검지손가락은 무릎 꿇은 자세로 그에게 등 돌리고 앉은 하이디의 항문에 집어넣고 싶어 하는 남자가 그러했다. 이렇게 해서 하이디의 수술 자국은 드러나지 않을 수 있었다. 팬티가 얼굴에서 흘러내리려고 하면 하이디는 그가 빨리 목적에 도달할 수 있도록 괄약근을 힘껏 조였다. 한번은 들킬 뻔한 적도 있었다. 그 손님은 하이디의 엄지발가락을 빨면서 다른 한 발로는 계속 자기의 성기를 문지르게 하고 그 자세로 두 다리를 벌린 하이디를 보고 싶어 했다. 하이디의 발은 남자의 발이었다. 그 발은 맨발로 다니지 않는 가녀린 여인의 발이 아니었다. 하이디는 남자의 혼란을 눈치 채고 발크기가 무슨 상관이냐는 듯 즉시 손가락을 팬티 속으로 집어넣어 그가 체험하고자 하는 욕정을 연기했다. 성공이었다. 하이디는 조수석 서랍과 문손잡이를 등에 대고 끼어 앉은 불편한 자세에서 5분도 안 되어 해방될 수 있었다. 하지만 남자는 돈을 내면서 꺼림칙한 듯 그녀를 쳐다보았다. 그 눈빛은 옛날 카니발에서 돌아오는 길에 고위 관리의 아들과 전철에서 뒤엉켰다가 그가 헤어질 때 보여주었던 그 눈빛이었다.

남자와 여자의 구별은 아무 노력 없이도 저절로 이루어지는, 세상에서 가장 쉬운 일상적 구분이다 — 묘한 일깨움이 하이디를 스쳐 지나갔다. 그러나 경험으로 얻어진 남녀의 구분이란 게 얼마나 믿을 수 없는 것인지 하이디의 남자들이 보여주고 있었다. 그녀는 단연코 남성적이라고 할 수밖에 없는 신체로 이루어진 여자였다. 여자가 아니었던 과거를 알아챌 만큼 상상력이 풍부한 남자들은 비록 아니었지만 **여성적**이라는 딱지가 붙은 것들을 뒤흔들어놓기에는 충분했다. 자신의 미심쩍은 여성성에 하이디는 더욱 강조된 여성스러움으로 대응했다.

남자들의 대부분은 동독인이었다. 서독의 화폐로 서독의 섹스를 사고 싶어 하는 사람들이었다. 그리고 그들이 얻은 것은 방금 성전환을 한 동독 남자였다. 녀석들이 이걸 안다면 어떻게 될까. 그러나 아직 때가 덜 타고 초보자의 수줍음이 남아 있는 동독 여자를 원하는 손님들을 위해서는 그녀는 기꺼이 동독 여자가 되어주었다.

그녀에게는 동독인들이 가장 기분 좋은 손님이었다. 일단 자신이 어떤 손님을 상대하고 있는지 어느 정도 알 수 있었고 매춘의 경험이 적은 그들을 자신이 정한 규칙대로 이끄는 것은 어렵지 않은 일이었다.

동독 번호판을 단 노란색 메르세데스가 다시 왔다. 차는 서행하며 다가오더니 그녀가 서 있는 곳 5미터 앞에서 멈추었다. 최소한 12년은 묵은 차였다. 운전자는 양손으로 운전대를 거머잡고 있었다. 차 때문에 엄청나게 으쓱대고 있는 것 같았다. 어마어마한 유지비를 감당해야 된다는 사실도 모르고 화폐 통합을 이용해 만지게 된 돈으로 중형차를 구입한 그런 부류 중 한 사람임에 틀림없어 보였다. 그런 자들은 값을 두 배로 불러도 싸다고 생각하고 있었다.

"물건 볼 줄 아는 분이 이제야 나타나셨네." 하이디는 웃음을 띠우며 차창 안으로 몸을 숙여 유방이 아래로 무겁게 늘어지게 하고 남자로 하여금 살짝 벌린 다리를 훑어보게 했다. "당신한테는 특별히 잘해드릴게요."

운전대를 잡은 남자는 순간적으로 발기를 느꼈다.

"그렇게 좋아할 거면서!" 하이디는 이렇게 말하며 손잡이를 당긴다. "타도 되죠?"

13. 스타는 손 닿는 곳에 있다

일생에서 한 가지 일을 이루어보려는 새로운 기회는 다니엘 데티엔을 심히 불안하게 만들고 있었다. 그는 시간을 헛되이 흘려보내는 게 아닌가, 그래서 나중에 후회하지 않을까 하는 걱정을 했다. 그래서 일에 집중하지 못할 때가 많았다. 그는 무대 장식에 쓰였던 벽돌을 어깨에 지고 동료 로디 한 사람에게 지시를 내리려고 몸을 획 돌리다가 몸집이 작은 사람 한 명을 쓰러뜨리고 말았다. 그가 넘어뜨린 사람은 올스타 밴드에서 가장 젊고 눈에 띄는 아일랜드 출신의 여가수였다.

그는 스티로폼 벽돌을 내던지고 급히 사과하면서 그녀를 일으켜 세웠다. 너무나도 세게 부딪치는 바람에 여가수는 시간이 조금 지난 다음에야 다시 정신을 차릴 수 있었다. 정신이 돌아온 그녀 앞에 버티고 서 있던 것은 야외 노동으로 단련되어 거의 하얘진 눈썹과 구릿빛 피부를 가진, 모델 같은 남자의 얼굴이었다. 이 남자는 놀란 눈을 뜨고 정중히 사과하며 그녀를 돌보고 있었다. 아일랜드 여가수는 미소를 머금은 얼굴로 아직 정신이 없는 시늉을 했다. 엠 아이 드리밍Am I dreaming? 다니엘은 당황한 나머지 연신 같은 말만 되풀이하고 있었다. 소리, 소리, 소리! 아임 소 머치 소리I'm so much sorry! 그는 미처 괜찮냐고 물어보지도 못하고 있었다. 댓츠 어 드링크, 앳 리스트That's a drink, at least. 그녀가 말하자 오브 코스Of course 하고 다니엘이 대답했다. 유 니드 어 닥터You need a doctor? 렛 미시Let me see! 그는 근심 어린 눈을 하고 부딪친 곳을 찬찬히 손으로 짚어 보았다. 허트? 그가 물었다. 그녀는 그보다 머리 두 개만큼 작았다. 그녀가 아래쪽에서 위를 향해 그를 쳐다보다가 이윽고 고개를 가로저었다. 그 순간 다니엘은 세계적 스타가 뭔지, 카리스마가 뭔지 그리고 사람을 휘어잡는다는 게 뭔지 느꼈다.

그의 무릎은 고무가 되었고 얼굴의 힘이 풀리면서 아랫배에서는 설사라도 할 것 같았다. 컴 투 더 브이아이피 텐트 애프터 워크Come to the V. I. P. tent after work. 그녀의 말이었다. 애프터 워크 앳 식스After work at six, 그가 이렇게 말하자 그녀가 웃으며 오케이, 생큐! 했다. 그는 돌아서서 가는 그녀의 뒤를 바라보았다. 그녀의 걸음걸이가 아직도 조금씩 비틀비틀거렸다.

다니엘의 교우 관계는 광활하고 폭넓었고 두꺼웠다. 그러나 그는 언제나 번번이 새 친구를 만들곤 했다. 그는 친근감을 주는 사람이었고 스스럼없이 다가가는 그의 태도는 거부감을 주지 않았다. 그러나 지금과 같은 만남은 그도 처음이었다. 여가수에게는 직설적인 그 무엇인가가 있었다. 그녀는 본인의 존재와 감정에 충실했다. 쓸데없는 격식으로 시간을 낭비하지 않았으며 어떤 틀이라는 것도 모르는 듯해 보였다. 그녀는 그녀 자신이 부르는, 격한 감정을 거의 찾아볼 수 없는 느린 노래와 같았다. 고음을 오르내리는 호소 어린 목소리는 강하면서도 동시에 쉽게 부서질 것 같았다. 도저히 이 노래에서 벗어날 수 있을 것 같지 않았다. 다니엘이 그러한 가슴앓이를 느껴본 것은 실로 오랜만이었다.

다니엘 데티엔은 일이 끝나자 올스타 밴드에게만 출입이 허용된 텐트로 갔다. 친구들은 들어갈 수 있었으나 기자들은 엄금이었다. 머리를 박박 민 근육질의 사내가 출입자들을 쏘아보며 입구를 통제하고 있었다. 다니엘이 다가오자 그는 여가수가 볼 수 있는 곳에 그를 세워주었다. 그녀가 자기 쪽을 바라보기만을 기다리고 있는 동안 또 한 사람의 방문자가 텐트를 찾았다. 그는 독일 출신의 하드록 밴드를 이끌고 오랫동안 이리저리 구른 끝에 마침내 수 주간 미국 록 음악 차트 1위에 올랐던 히트 곡을 낸 고음의 리드 싱어였다. 문으로 들어가려는데 다니엘이 거치적거린 모양이었던지 그가 경비원에게 한마디 훈계를 주었다. **얘 여기 못 들어오게 해!** 그러더니 검지로 다니엘의 가슴을 꾹 찔렀다. 그런데 곧바로 아일랜드 여가수가 출입구 쪽으로 시선을 돌리더니 다니엘 데티엔을 발견했다. 그녀의 얼굴이 활짝 밝아졌다. 그녀는 손을 흔들며 그에게로 다가와 두 손으로 그의 팔을 붙잡고 그를 천막 안으로 안내했다.

다니엘은 여유를 부릴 여유조차 없었다. 그녀의 눈부신 미소에 웃어주지도 못하고 있었다. 그 고음의 리드 싱어가 그를 너무 화나게 하고 있었다. 하드록이 온 가족이 즐길 수 있는 음악이라고 주장하는 그 가수의 인터뷰를 볼 적마다 도무지 그를 신뢰할 수 없었다. 권위의식으로 따지자면 음악계의 벼락 스타인 그 가수보다 더 심한 유행가 가수는 찾아볼 수 없을 것이다. 그래, 그로서는 브이아이피 텐트를 사수해내야만 하겠지, 다니엘은 그렇게 이해했다. 그에게도 자신이 특별한 존재라는 것을 확인시켜줄 무언가가 있어야 하니까. 다니엘의 눈으로 볼 때 그는 평범하기 짝이 없는 감정 상태를 가진 평범하기 짝이 없는 인간에 지나지 않을 뿐이었다. 그를 대하면서도 다니엘은 아무런 들뜸도 느끼지 못했고 그것은 브이아이피 텐트도 마찬가지였다. 아일랜드 여가수와 약속이 되어 있지 않았더라면 이 텐트가 무엇이건 간에 전혀 신경 쓰지 않았을 터였다.

다니엘 데티엔의 영어는 매끄럽지 못했다. 그가 받은 영어 교육이라곤 1주일에 두 시간씩 총 4년간의 영어 수업뿐이었다. 게다가 영어 교과서에 등장했던 두 주인공은 영국의 공산 청소년 연맹의 단원이었기 때문에 그가 배운 영어 단어들은 실생활에 적용하기 힘든 단어들뿐이었다. 그와 여가수 사이의 대화는 참신하고 재미있었다. 다니엘은 그녀가 자기를 꼬드기고 싶어 한다는 분위기를 느꼈다. 유 아 더 퍼스트 맨 디스 위크 후 아이 인바이트 투 마이 티피 You are the first man this week who I invite to my tipi.

그러나 그의 등 뒤에서는 독을 품은 가스가 뭉게뭉게 피어오르고 있었다. 쳇, 동쪽 방송을 통해 로디를 모집했더니만 이제 영어 대신 러시아어를 써야겠네. 다니엘은 그런 무례한 언동을 더 이상 참고 있을 수가 없었고 눈앞의 여가수를 부드럽고 여유 있게 대할 수 없었다. 그의 눈이 초점을 잃고 흐려졌다. 둘 사이에 떠돌던 6월과 같은 가벼운 긴장감, 윙크, 웃음, 잠깐잠깐의 깊은 눈맞춤, 이 모든 것이 일순간에 떠내려갔다. 음악 산업의 꼭두각시 하나가 모든 것을 망쳐버렸다.

다니엘은 그날 저녁 발데마르와 둘이서 연극을 보기로 약속이 되어 있었다. 이런 분노 속에서 그녀와 함께 있어봤자 어차피 재미없는 저녁이 될 거라는 생각이 들었다. 그는 마시던 맥주를 마저 마시고 그녀에게 작별을 고했다.

브란덴부르크 문 앞의 크로스비, 스틸스 앤드 내시—그것이 바로 로큰롤의 정신이며 무한한 자유, 그 자체였다. 이제 반년이 지난 일이다. 그 동안 많은 일이 일어났고 사람의 하루를 몽땅 잡쳐놓는 인간들도 이제 다시 돌아왔다.

14. 투명하게 반짝이는 예나 유리

발데마르가 키 작은 턱수염 시인의 집에서 그의 연설을 들으며 알을 낳는 물거미를 떠올렸던 그날 이후로 발데마르와 다니엘은 서로 만나지 못하고 있다가 오늘 오랫동안의 공연 금지에서 풀린 연극 한 편을 보기 위해 만나게 되었다. 다니엘은 연극 대본의 등사본을 가지고 있었으나 마지막 세 장이 떨어져 나간 채였다. 1987년 6월의 어느 날, 다니엘의 집에서는 이 마지막 장의 내용이 과연 무엇일까에 대한 열띤 공방전이 새벽까지 이어졌다. 친구들이 번갈아 토론에 합류하고 자리를 뜨고 하면서 대본을 숙독하거나 넘겨보는 가운데 토론은 끝날 줄 몰랐다. 이제 금지에서 풀린 그 연극을 보러 가자고 발데마르가 다니엘에게 제안한 것은 그때 그 저녁, 또 그렇게 살아오던 삶의 방식에 대한 하나의 예우에서 나온 것이었다.

도이치 극장의 로비에서 다니엘을 기다리던 발데마르의 눈에 오락 기구 겸 예술 작품으로 전시되어 있는 핀볼 기계가 들어왔다. **보데의 눈**이라는 이름이 붙어 있었다. 발데마르는 외투 보관소에서 지폐를 잔돈으로 바꾸어 2마르크짜리 동전을 구멍에 집어넣었다. 쇠구슬 대신에 유리안구가 스타트 지점으로 굴러들어왔다. 시작 단추를 누르자 보통의 핀볼 기계처럼 덜거덕거리는 소리를 내며 비키니를 입은 미녀나 페라리, 오토바이나 해변의 여자 그림에 불이 번쩍번쩍 들어오며 작동을 시작하는 대신, 이 보데의 눈에서는 눈알이 때굴때굴하는 시끄러운 소리를 내며 시체로 뒤덮인 하얀 눈 내린 벌판과 감옥의 안마당, 유대인 박해의 밤을 지나 베를린 장벽에 부딪혔다가 국기들로 이루어진 바다로 빠지는가 하면 폐허 사이에서 길을 잃고 헤매다가 러시아의 탱크를 깨우기도 했다. 1세기에 걸친 시간 속을 방황하는 보데의 눈을 줄곧 따라다니던 소리는 급강하 폭격기의 굉음, 감옥 문이 삐걱하는 소리, 폭음, 하일Heil! 하는 외침,* 박자에 맞춘 박수 소리, 탱크의 바퀴 소리, 확성기 소리, 진군하는 군홧발의 착착 소리, 사이렌 소리였다.

발데마르는 다시 2마르크 동전을 집어넣으려다 말고 옆에 있는 작은 명패를 읽었다. 당(黨) 극장에서 열린 전설적인 프리츠 보데의 자서전 낭독회를 기념하는 뜻으로 이 보데의 눈이 설치되었다는 설명이 명패에 씌어 있었다. 발데마르는 한 인간이 넘나든 세기의 끔찍한 사건들 사이로 눈알을 굴려가며 게임을 계속했다. 한 인간이 권력에 의해 얼마나 간단하게 찌부러질 수 있는가를 경험한 추한 인생이었다. 발데마르는 그래도 좀 나은 권력자 밑에서 살아가는 데 대해 뭐라고 딱 부러지게 말할 수 없는 이상한 종류의 감사하는 마음이 생겨나는 것을 느꼈다.

그러고 나서 한참 뒤늦게 다니엘이 나타났다. 시작을 알리는 종소리가 세번째 울릴 때 그들은 겨우 극장 안으로 들어갈 수 있었다.

극의 배경은 베를린이었다. 덩치는 어른이지만 아이의 생각을 가진 한 힘없는 인간의 이야기였다. 그는 절대 악한 짓을 할 수 없는 사람이었지만 자신을 방어할 힘도 없는 사람이었다. 그의 소망은 그의 영혼처럼 소박했지만 고집만큼은 외경스러울 정도로 대단했다. 고집이란 것을 외경할 수만 있다면 말이다. 그는 엄한 부친과 사디스트적인 형제들의 희생양이었다. 부친은 슈타지의 일원이었고 형제들은 경찰이었다. 다만 순약하고 부드러운 모친만이 악몽이 된 그의 인생에 위안을 줄 뿐이었다.

---

* 행운, 성공, 신성함을 의미하는 단어로 원래는 사냥꾼이나 등산가들에게서 쓰이던 인사말이었으나 나치가 정권을 잡게 되면서 "하일 히틀러!"라고 외치는 것이 중요한 인사법이 되었다. 현재 독일에서는 "하일 히틀러!"라고 외치는 것은 법에 저촉되는 행위이다.

금지되는 것이 이리도 쉽단 말인가, 발데마르가 자문했다. 관객석은 비어 있었다. 6백 석을 열여섯 명의 관객이 채우고 있었다. "출연자보다 관객이 한 사람이라도 많으면 우리는 공연을 강행합니다." 좌석 안내원의 운명론적인 설명이었다.

이상하다, 발데마르는 생각했다. 그날 밤 연극의 줄거리가 어떻게 결말지어질지에 대해 그렇게도 토론하고 머리를 싸매고 싸우곤 했는데— 토론을 하다가 결국 서로 영영 안 보겠다고 싸운 친구들도 있었다— 이렇게 막상 공연을 보게 되니 재미가 하나도 없었다. 공연이 계속 진행되는데 그가 일어섰다. 무대의 배우들에게도 들릴 정도로 털썩하는 소리를 내며 의자가 접혔다. 발데마르는 다니엘에게 눈짓으로 같이 나가자는 사인을 했고 다니엘은 그의 뒤를 따랐다.

밖으로 나오자 다니엘이 말했다. "좀더 기다렸다가 쉬는 시간에 나와도 됐을 텐데."

"그건 그래. 하지만 맘이 불편하면 다리에서 먼저 가자고 신호가 와서 말이야. 두 다리가 일단 움직이니 나는 그냥 따라가는 수밖에 없어. 아주 부지런한 발이지. 언젠가 아주 신나는 일이 있었는데 발이 먼저 문 앞으로 달려나가 건물 전체가 흔들리도록 세 번이나 쿵쿵 점프했단 말이야. 내 발은 이렇게 제멋대로야."

그날 공연이 왠지 모르게 맥 빠진다는 느낌이 든 것은 다니엘도 마찬가지였다. 그는 발데마르에게 자기 집으로 가서 차를 마시자는 제안을 했다.

"나한테는 계획이 있어." 둘이 같이 걷는데 다니엘이 말했다. 결의에 찬 자신의 말소리가 마음에 들었다. "저녁에 학원을 다녀서 고등학교 졸업장을 딸 거야. 1주일에 네 번, 오후 5시부터 9시까지 3년 과정이야."

"3년? 그렇게 해서 졸업장을 따면 네 나이가……"

"스물다섯이 되지. 빠르면 스물다섯에 바로 대학에 들어갈 수 있고."

"다른 애들은 이미 졸업했을 나이인데."

"난 전혀 상관없어. 여태까지 나는 고등학교 졸업장이 없는 것, 그리고 대학에 갈 수 없는 것을 주변 사정 탓으로 돌릴 수 있었지. 하지만 이제는 더 이상 변명이 안 돼. 이제 나는 내 인생에 스스로 책임지며 살 거야."

둘은 입을 다문 채 나란히 걸었다. 그러다 다니엘이 말했다. "나는 이름도 바꿀 생각이야."

"뭐, 이름을 바꾼다고?" 발데마르가 어안이 벙벙해 물었다. "뭘로 바꿀 건데?"

"내 이름을 탈(脫)독일어화할 거야. 또는 라틴어화한다고도 할 수 있지. 호적 관청에 가서 내 이름의 철자법을 변경해달라고 할 거야. 내 이름 데티엔이 독일식으로 발음되는 게 이제 너무 지겹다." 그는 데티엔, 하면서 첫째 음절 '데'에 강세를 넣었다. "하지만 데티엔느라고 하는 이름은," 이번에는 둘째 음절 '티'를 힘주어 발음했다. "본래 프랑스 위그노파에 그 어원을 둔 이름이야. D, E, T, I, E, N, N, E. 데티엔느."

"그걸 그렇게 쉽게 바꿀 수 있대?" 발데마르의 질문이었다. "내 이름이 부데인데 그러면 나도 관청에 가서 그럴듯한 이름으로 바꿀 수 있다는 건가? 베르사유, 뭐 그런 이름으로?"

"내 경우엔 가능해." 말꼬리 잡기를 살짝 피하며 다니엘이 이야기를 계속했다. "증조할아버지의 원래 이름은 프랑스식으로 세바스티앙 데티엔느였어. 그가 혼례를 올린 것은 프랑스가 라인 지방을 점령한 직후였고. 결혼 신고식장에서 신랑 신부와 결혼 신고를 담당한 관청 측 사람의 생각은 같았어. 독일과 프랑스라는 철천지원수끼리 결혼했다는 의심을 살 여지가 있으므로 보통의 경우처럼 독일 신부한테 신랑의 성을 받아들이라고 강요할 수는 없다는 것이었지. 그래서 베를린 샤를로텐부르크 구청에서 독일식 철자를 가진 데티엔이라는 이름이 정식으로 탄생된 것이지."

"그 긴 문장을 어떻게 그렇게 쉬지도 않고 단숨에 말할 수 있는지 네 재주가 놀랍다."

"네가 옆에 있으니까 영감이 마구 떠올라서 그래." 다니엘이 되받았다.

"다시 본론으로 돌아가자면, 이번 이름 변경을 계기로 스스로 바라는 게 하나 있어. 데티엔으로 불리는 게 짜증 나서 바꾼다고 한다면 난 진실을 다 말하는 게 아니야. 서독에서는 데티엔느라는 이름이 좀더 잘 먹히니까 그런 거야. 너도 혹시 느낀 적 있는지 모르겠지만 서독 사람들이 전통에 대해 가진 의식은 우리와는 완전히 달라서, 우리 쪽과는 달리 거기서는 자기 출신지를 잘 써먹을 수가 있지. 그래서 데티엔이 아니라 데티엔느라고 하는 게 중요한 거야."

"나는 전에도 폴란드 놈이었는데 지금도 다시 폴란드 놈이야." 발데마르가 말했다.

"너 호텔 일 그만뒀지?"

"얼마 전 사회학 전공으로 대학 공부를 시작했어, 베를린 자유대학에서.

"공부해보니 어때?" 약간의 부러움을 띠고 궁금해하며 다니엘이 물었다.

"재미있어. 질문을 하면 답이 나와. 알고 보니 나만 궁금해하던 것이 아니었더군."

"예를 들면?"

"예를 들면 자명종이 왜 널리 퍼지게 될 수 있었나 하는 것. 사람들이 너나 할 것 없이 싫어하는 물건임에도 불구하고 자명종 없는 사람은 없거든. 인류의 대부분이 하기 싫은 것과 싸우면서 하루를 시작하는 이유는 무엇일까? 아무도 원하지 않는 물건이 퍼지게 되는 이유는 무엇일까?"

"자명종의 문제를 갖고 그런단 말이야?" 다니엘이 웃었다. "환경 파괴의 문제가 아니고?"

"자명종 문제가 더 심각해."

발데마르가 너무 심각하고 슬프디슬프게 말하는 걸 보니 다니엘은 웃을 수밖에 없었다. "저 말이야, 너 비프케라는 애 알지?"

"알지."

"비프케가 너에 대해 뭐라고 했는지 알아? 머릿속에 환상적인 생각만 가득 차 있는 아이라는 거야."

집에 도착하자 다니엘이 자기가 언제나 사용하는 찻주전자에다가 차를 끓이기 시작했다. 다니엘이 몇 년이고 계속 차에서 우러나오는 찌꺼기로 아주 얇은 층을 입히고 또 그 위에다 덧입히고 하던 걸 반복했던 것을 발데마르는 알고 있었다. **찻주전자가 돌덩이로 화하는 그날에 비로소 세상의 수수께끼를 묻는 질문이 던져지리라.** 다니엘이 항상 하던 말이었다.

그런데 그 찻주전자가 깨끗해져 있었다. 속이 환히 비쳐 보이는 예나산 유리가 반짝거렸다.

"네가 알아볼 줄 알았지." 다니엘이 말했다. "우리는 처음부터 다시 시작하는 거야. 나는 오늘의 세상이 예전과 똑같이 돌아가는 척할 수 없어."

발데마르가 찻주전자를 가만히 살펴보았다. "실수로 이렇게 된 거였으면 하고 생각했는데. 유난히 깔끔을 떠는 누가 깨끗이 설거지를 한답시고 이렇게 해놓았다든지 말이야."

"아냐, 아냐. 내가 닦았어."

둘은 잠깐 말이 없었다. 전에는 느껴보지 못한 감상이 발데마르를 휘감았다. 곧 데티엔느라는 이름으로 불려질 다니엘 데티엔의 집은 예전처럼 사람들의 떠들썩한 목소리에 둘러싸이는 대신 정적과 침묵과 오랜 쉼표에 묻혀 있었다.

"이제 이 찻주전자를 돌덩이로 만드는 일은 다 틀렸겠군." 이윽고 발데마르가 입을 열었다.

"사회학을 전공해서 앞으로 뭐가 될 생각이야?" 다니엘이 물었다.

"작가."

"아하, 그래?" 다니엘의 반응은 발데마르의 말이 별로 미덥지 않다는 투였다. 그 키 작은 턱수염 시인이라면 작가라고 할 수 있을까마는, 머리에 환상만 가득한 사람은 작가가 아니다.

발데마르 자신도 그렇게 입 밖에 내어 말해본 것은 그때가 처음이었다. 작가가 되는 것, 그것은 찻주전자에 걸맞은 고백이었다. 그러나 발데마르의 말에는 확신이 없어 보였다. 벌써 몇 주 전부터 그는 겁을 먹고 있었다. 그는 원래부터 겁이 많은 사람이 아니었기 때문에 자신이 두려워하고 있다는 사실에 스스로 혼란스러워했다. 사회학과 건물에서 화장실을 찾다가 누구에게라도 물어보려고 강의실에 들어간 적이 있었다. 그러면서 문에 붙어 있는 표지, 그러니까 지구의 남극에 십자가가 거꾸로 매달려 있는 모양을 한 표지를 미처 보지 못하고 말았다. 그는 화장실의 위치를 설명 듣기는커녕 남자 놈들 나가! 꺼져버려! 거시기를 잘라버려! 등의 욕을 먹으며 곧바로 쫓겨나고 말았다. 예전에 유대인들이 핍박받던 것과 같이 태어나길 남자로 태어났다는 이유 하나만으로 증오의 대상이 되어야 한다는 것에 그는 무서움을 느끼기 시작했다. 보수당의 선거 파티에서 한쪽 팔들이 쭉 뻗어 올라가는 광경을 보며 그는 무서웠다. 에른스트 로이터 광장 앞에 있는, 서베를린에서 최대 규모를 자랑하는 키퍼트 서점의 수많은 책을 보고 그는 겁이 났다. 사람들이 다른 책이 아닌 그의 책을 집어들 이유가 어디 있는가? 작가가 될 수 있다는 희망은 대체 어디서 난 것인가? 3년 전 다니엘 데티엔의 집에서 밤을 새워 토론하던 연극 공연에 열여섯 명의 관객만이 들어왔다는 사실에도 그는 마찬가지로 공포를 느꼈다. 그는 인간을 점점 더 알 수 없게 되었다. 그가 책을 썼고 이제 출판까지 될 거라는 소식을 듣고 레나는 몹시 기뻐했었다. 그러나 원고를 받고 나자 그녀에게서 더 이상 연락이 오지 않았다. 주변을 아무리 돌아봐도 자신의 책에 관심을 가져줄 사람이 한 사람도 있을 것 같지 않았다. 그렇다면 모르는 사람들이 왜 그의 책에 관심을 가져줄 것인가? 추락은 불을 보듯 뻔했다.

여기에 생각이 미치자 발데마르의 마음은 언짢아졌다. 우울한 기분을 떨쳐버리기 위해 과거 장대높이뛰기 선수이기도 했던 그는 다니엘 데티엔의 집에서 물구나무를 서보았다. 그는 집중을 하고 한 손을 땅에서 뗴었다. 그렇게 해본 지도 거의 1년 전 일이었다. 그리고 그는 그 상태로 입을 열었다. "내가 책 한 권을 썼거든. 이제 한 6개월 있으면 아우프바우 출판사에서 나오게 돼." 그는 숨을 씩씩 몰아쉬며 단어 하나하나를 힘들여 뱉어냈다. 한 손으로 물구나무를 선 자세로 말을 하려니 힘들었다. "항상 1년에 두 번, 봄과 가을에 책이 나온대. 그중 가장 중요한 책을 톱 타이틀이라고 부르는데 내 책이 톱 타이틀이야." 그는 나머지 손을 다시 땅에 내려놓고 뒤로 쓰러져 카펫 위에서 헉헉대며 다니엘이 과연 무슨 말을 할지 기다렸다.

"멋지군." 다니엘이 말했다.

발데마르가 집으로 돌아왔을 때 문 앞에 쪽지가 하나 놓여 있었다. 발데마르, 안녕! 마인 아이겐이 한 번 더 필요할 것 같아, 내일 오후 4시에 올 수 있어? 아니면 모레든지 아무 때나 와줘. 잘하면 내가 집에 있을 수도 있어. 그럼 잘 있어. 레나.

15. 히트 퍼레이드의 제1위곡 (2)

베레나 랑게는 새로 생긴 돈으로 베네치아 여행을 예약했고 닥터 마티스는 9년 된 딸기 바구니를 구입했다. 레나가 야심 차게 사들인 살림은 블라인드였다. 고급스러운 느낌을 준다는 것이 레나의 생각이었다. 엄마들이 걸어놓는 커튼과는 완전히 달랐다. 심플하고 고급스런 현대의 생활 방식을 말해주는 것이 바로 블라인드였다. 의외로 간단하고 명확한 설계 원리와 그에 잘 어울리는 디테일이 그의 매력 포인트였다. 레나는 블라인드가 바닥이나 벽에 만들어내는 빛과 그림자의 놀이가 너무 좋았다. 블라인드는 또한 여러모로 쓰임새가 많았다. 막대기를 돌리거나 서로 다르게 높이를 조절하면 썩 멋진 분위기가 연출되었다. 햇빛을 차단하기도 하고 반대로 작은 막대기만 돌리면 따뜻한 공기를 방 안으로 끌어들일 수 있어 방 안의 온도를 조절해준다는 생산자의 주장을 그녀는 믿어 의심치 않았다.

두 손가락으로 눈높이에 있는 블라인드의 두 칸을 살짝 벌려 거리를 내다보는 느낌도 짜릿했다. 탐정영화에 많이 나오는 장면인 것이다. 길 저쪽 편에서 모자를 깊숙이 눌러쓴 남자가 성냥을 북 그어 얼굴에 갖다 대면 잠깐 동안 얼굴에 환한 빛이 비추다가 사라졌다. 맨 처음 블라인드 사이로 밖을 내다본 그녀는 험프리 보가트가 아직 살아 있을 거라고 확신했다. 여섯 개의 창문이 모두 안뜰을 향해 나 있어 험프리 보가트는커녕 쓰레기 수거함만 보였지만 그래도 상관없었다.

여섯 개의 창문에 모두 블라인드를 설치하려면 일단 벽에 구멍을 뚫어야만 했다. 발데마르는 그녀의 쪽지를 발견하고 바로 다음 날로 왔다. 작업이 끝나자 레나가 딸기 셰이크를 만들어주기 위해 부엌으로 가면서 말했다. "틀고 싶다면 레코드를 틀어도 좋아."

발데마르는 레나의 레코드판을 죽 훑어보았다. 대부분이 아미가 레코드에서 나온 라이선스 판들로, 밥, 퀸, 조앤 바에즈, 제너시스, 포리너 등등 마구잡이로 사들이는 바람에 좋아하는 음악이나 싫어하는 음악이 뭔지를 영 알아볼 수가 없었다.

"너 레코드판 판매 코너에 잘 아는 사람이 있었나 보구나." 발데마르가 소리치자 부엌에선 웃음소리만 들려왔다.

그러던 중 발데마르가 찾아낸 것은 '실험!'이라는 제목의 클로버판이었다. 기술이나 사운드, 작곡, 음악 세계적인 면에서 아방가르드하다는 평을 받고 있던 네 밴드의 합동 레코드였다. 제2면의 마지막 곡이 「**어째서 우리는 친구가 될 수 없는가**」였다. 어디선가 홀연히 나타나 갑자기 수만 명, 아니 수십만 명이 함께 부르게 된 노래의 여가수가 레나였다는 사실은 발데마르도 이미 들어서 알고 있었다. 그 곡은 얼마 전에 정식 레코드판으로 발매되었으나 '실험은 안 돼!'라고 씌어 있는 선거 플래카드의 사진에서 '안 돼!'라는 글자 하나하나에 가위표를 그어놓은 그 레코드판의 표지처럼, 실험적이라고 하기에는 너무 상투적으로 들렸다.

발데마르는 레코드 플레이어에 제2면을 얹고 마지막 곡과 그 전의 곡을 갈라놓는 아주 얇은 칸 사이에다 조심스럽게 바늘을 올려놓았다. 노래의 첫 소절이 나오기도 전에 레나가 방으로 달려왔다. "꺼, 끄라고! 듣고 싶지 않아!"

610

"왜?" 발데마르가 물었다. "너 왜 그래?"

레코드판이 상하거나 말거나 상관없다는 듯 레나가 황급히 픽업대를 치웠다. 침묵이 감돌았다. 발데마르는 충격을 받았다. 레나를 자극하려고 한 것이 결단코 아니었다. 레나는 판을 집어 들어 다시 커버 안에 집어넣었다.

이 노래를 들으면 너무 많은 기억이 몰려왔다. 이 곡을 둘러싸고 너무 많은 일이 일어났다. 그녀는 자신의 분노를 이 노래 하나에 표현했고 뻔뻔하게도 더 이상 있지도 않은 밴드의 일원인 척했다. 이 노래를 부르기 시작했을 때 예상과는 달리 현장에서 체포되거나 하는 일은 일어나지 않았다. 오히려 그 반대였다. 그녀는 여기저기서 터져나오는 열광을 체험했다. 전혀 모르는 타인들, 그러나 유머로 넘쳐나던 재미있는 차림새의 그들, 마이크에 대고 그 노래를 부르며 웃던 그들이었다. 그들은 노래를 부르면서 안에 있던 걱정과 공포에서 해방되었고 자유로워졌으며 행복을 경험했다. 바로 그 순간이 레나의 삶에서 가장 격정적이고 강렬했던 순간이었을 것이다. 그로부터 2주 만에 노래는 방송을 타고 나가기 시작했고 그때부터 그것은 밀려나간 모든 이가 다같이 입을 모아 부르는 노래가 되었다. **어째서 우리는 친구가 될 수 없는가.** 명확하고도 치명적인 한 문장, 그것을 세상에 탄생시킨 사람이 그녀였다. 이 노래를 들려주면 상대방은 힘없이 손 털고 나가야 했다. 그 노래에는 힘이 있었다. 노래를 부르는 사람 모두가 레나가 가사를 쓰면서 느꼈던 울화를 똑같이 느낄 수 있었다. 그녀가 가지고 있던 울분이 모두에게 터져나왔다. 20분 만에 써내고 롤러스케이트를 탄 채 불린 이 노래, 분노와 꾸밈없음의 합일체, 이 어찌 엄청난 승리가 아니던가! 레나는 작사가도 아니고 가수도 아니었다. 다만 때맞춰 등장했을 뿐이다.

최후의 권력자가 자리에서 쫓겨나고 난 뒤 그녀의 노래를 둘러싼 역사도 끝이 난 듯싶었다. 그러나 그게 아니었다. 방송국의 이네사가 자신의 출신, 사건에 얽히게 된 사정, 실패담, 자각의 과정, 반성에 이르기까지 본인의 삶의 이야기에 관한 30분짜리 프로그램을 만들어 내보내게 되었다. 그 방송 이후로 이네사는 **슈타지 이네사**가 되었고 레나의 노래도 갑자기 **슈타지 히트 곡**으로 불렸다.

나름대로 때를 만난 것은 또한 다른 이들도 마찬가지였다. 캔 콜라를 나누어주던 이들과 독일 국기를 흔들어대던 이들이 그들이었다. 이제 그 인기가 절정에 달한 곡은 「조국 독일에게 통일과 정의와 자유를!」이라고 하는 독일제국 국가*였다. 그들이 외치던 독일은 곧 마르크화를 의미했다. 이것이 레나가 돈만 생각하면 마음이 불편해지는 계기가 되었다. 레오 라트케가 꾸민 환전과 재환전의 곡예는 악마의 유혹이었다. 그녀는 **돈의 뒤를 따라다니지 않는 것과 돈을 피해 도망 다니는 것은 같은 것이 아니라는** 사실을 나중에야 이해하게 되었다.

레나는 레오 라트케의 환전 대작전에 동참하기로 결심했다. 그렇게 해서 돈을 벌어들이게 되면 블라인드를 마련할 생각이었다. 몇몇 옛날 친구들은 그런 레나를 이상하게 여기며 레나, 왜 하필이면 네가, 너 그럴 줄 꿈에도 몰랐다 등등의 말을 했다. 배반이란 말이 떠올랐으나 레나는 전혀 동요를 느끼지 않았다. 그런 말을 하는 자는 속세에서 살 마음도 없고 먼지 하나 묻히고 싶지도 않다는 거겠지.

화폐 통합일 하루 전에 그녀의 통장에는 4만 4백 마르크가 있었다. 4만

---

* 독일제국 국가Deutschlandlied의 제1절의 첫 소절. 1922년 바이마르 공화국 시절 처음 채택되었는데 나치 시대에는 1절만이 불리다가 현재 독일 국가로 공식 채택되어 그 3절만이 불리고 있다.

은 레오 라트케가 보낸 것이고 나머지는 그녀의 돈이었다. 과연 잘될 수 있을까? 레나는 2주일 동안 통장을 찍어볼 엄두를 내지 못하고 있다가 결국 은행에 가보니 돈이 절반으로 줄어들어 있는 게 아니라 오히려 두 배로 늘어나 있었다. 이럴 수가, 어떻게 동독화 4만 마르크가 서독화 8만 마르크가 될 수 있단 말인가! 동독화 대 서독화의 환전 비율이 2:1이지 1:2가 아니었는데! 어떻게 된 일이지? 아, 저작료로구나! 레나는 저작료를 받아본 적도 없었고 생각하지도 못했었다. GEMA나 AWA* 같은 곳에는 관심도 두지 않았었다. 레나는 갑자기 부자가 되었다. 레오 라트케의 몫인 1만 9천 마르크를 빼냈어도 여전히 부자였다.

그러는 동안 그녀의 앨범이 시판되기 시작했다. 계획경제식의 음반답게 출반 예정 시기가 1990/ II였는데 여기서 II란 제2/4분기를 뜻하는 숫자였다. 화폐 통합을 목전에 두고 그 음반에 관심을 가질 사람은 아무도 없었다. 앨범은 세일 가격에 팔렸고 7월 1일이 지나서는 거의 거저나 다름없게 되었다. 서독화로 동독의 음악을 살 사람이 어디 있겠는가?

발데마르가 레나의 집에 가서 벽에 구멍을 뚫어주던 날, 뮌헨의 한 변호사가 발신인으로 되어 있는 편지 한 장이 그녀 앞으로 도착했다. 트릭 비틀스의 일원이던 마른 야코프가 자신이 저작권자 또는 공동 작곡가로 올라 있지 않다는 사유로 레나를 고소한 것이다. 노래를 취입하던 그날, 레나의 가슴이 떨림과 환희로 가득 차올라 있던 그날, 스튜디오의 모든 사람이 행복하게 입을 모아 노래하던 그날, 이네사가 레나에게 이 노래를 작곡한 사람이 당신이냐고 물었을 때 레나는 당당하게 그럼! 하고 대답했었다. 그게 잘못이었다. 곡에다 가사를 붙이고 전무후무한 그날의

---

*둘 다 각각 서독, 동독의 음악 저작권협회.

스튜디오 분위기를 만들어낸 것은 그녀가 맞았지만 원곡은 그녀의 것이 아니었다. 이네사가 정산을 위해 필요한 서류라며 무슨 종이를 내밀며 서명을 권하자 그녀는 AWA에 관한 사항을 읽어보지도 않은 채 서명했다. 거기에는 가사와 곡을 레나가 직접 쓴 것으로 나와 있었다.

발데마르가 플레이어에 올려놓았지만 레나가 틀기를 거부한 그 곡은 한때 혁명의 노래였고 히트 퍼레이드의 정상에 올랐던 곡이었다. 그러고 나서 슈타지 히트 곡이 되었고 곧 떨이 품목이 되었으며 지금은 저작권을 침해한 법적 사건이 되어 있었다. 돈이 걸려 있는 문제였다. 그 노래를 들고 스튜디오로 향했을 때 그녀가 각오하고 있었던 것은 국가모독죄로 고발당하는 것이었다. 그러나 이 노래로 인해 옛 친구가 금전 때문에 고소장을 낼 것이라곤 한 번도 상상해보지 못했다. 변호사는 의뢰인인 마른 야코프의 이름으로 25만 마르크의 돈을 요구하고 있었다. 그녀에게는 6만 마르크가 있었다. 나머지 돈은 어디서 구한단 말인가?

뮌헨의 변호사로부터 온 편지를 읽고 나서 식탁에 내려놓으면서 레나는 처음부터 가사를 만들지 않았더라면, 하고 후회했다. 발데마르가 판을 꺼내놓았을 때 그녀는 더 이상 들을 수가 없었고 듣고 싶지도 않았다. 그녀는 판을 다시 집어넣고 딸기 셰이크 만들던 것을 계속했다. 그러나 뮌헨에서 날아온 편지는 여전히 식탁 위에 놓여 있었다. 다시 머릿속이 복잡해졌다.

발데마르가 자기 원고를 읽어보았냐고 물었다.

"아직 그럴 시간이 없었어."

발데마르는 그녀의 무관심에 상처를 입었다. 그는 다니엘 데티엔의 집에서와 똑같이 자신이 느끼고 있는 여러 종류의 두려움에 대해 말하기 시작했다. 19만 마르크라는 돈을 어떻게 만들어야 할지 앞이 캄캄한 레나는 발데마르가 그렇게 징징거리는 게 귀찮게 느껴졌다. **내가 뭘 썼는지 아무도 관심 없어. 그래서 어쩌라고?** 레나는 귀찮아서 이렇게 말해버렸다. "그냥 한번 뛰어내려봐! 깊은 물에 빠지면 자연히 수영하게 될 것 아니야? 그러니까 뛰어내려!"

그날 그녀가 예민해져 있던 것, 근심에 휩싸여 있던 것, 자기 회의에 빠져 있던 것, 도움을 절실히 필요로 하고 있던 것, 이 모든 것을 발데마르는 눈치 채지 못했다. 단 하나 그가 기억할 수 있었던 것은 **그러니까 뛰어내려!**라는 한마디였다.

16. 점프하는 발데마르

공식적으로 '공연전시업체'라는 명칭을 가지고 있는 한 회사가 베를린에서 펼칠 여름 초청 이벤트에 적합한 장소를 물색하던 끝에 브란덴부르크 문과 포츠담 광장이라고 불리는 허허벌판 사이, 자기부상열차 근처에 있는 이제는 그 기능을 잃어버린 무차별 발포 지역이 낙점되었다. 최대 작업 높이가 39미터나 되는 크레인이 설치되었다. 뻗어나온 붐의 끝에는 네 사람까지 탈 수 있는 곤돌라가 달려 있었다. 곤돌라가 상공으로 들어올려지면 문이 열리고 돈을 지불한 손님이 아래로 떨어졌다. 죽지 않는 자살인 셈이었다. 거리는 시간의 제곱 곱하기 중력가속도라는 법칙에 따라, 단단히 발목을 고정하는 가죽 끈에 연결된 25미터 길이의 두꺼운 고무 밧줄이 약 1.5초 후에 25미터 거리를 도달하고 죽음의 공포에서 손님을 건져올린 다음 또다시 낙하시킨다. 진동은 점점 약해지다가 천지간이 고요해지고 나서 비로소 그는 땅에 발을 디디게 된다. 한번 뛰어내리는

데 1백 마르크였다. 그러나 무모한 도전에 나선 사람들이 줄줄이 차례를 기다리고 있었고 구경하는 사람의 수는 그보다 훨씬 많았다.

발데마르는 자신도 뛰어내려야 한다는 것을 알고 있었다. 자신이 쓴 책의 한 단락이 온통 추락하는 순간의 묘사로 채워져 있었기 때문은 아니었다. 뛰어내린다는 것은 다가올 삶을 은유하고 있었다. 레나 말이 맞았다. **그냥 한번 뛰어내려봐!**

자기가 선택한 작가로서의 삶과 마찬가지로 허공을 향해 몸을 날린다고 해서 자살은 아니라는 것을 발데마르는 몸으로 체험하고 싶었다. 떨어지는 순간이 영영 끝나지 않을 것처럼 길게 느껴지고 공포스러울지라도 낙하 후에는 구원이 있다는 것을 느끼고 싶었다. 죽는 게 아니라 그저 매달려 있게 되는 것일 뿐이었다. 1백 마르크라는 큰돈을 들이고 한 시간 동안 줄을 서는 한이 있더라도 꼭 해보고 싶었다.

발데마르가 탄 곤돌라가 하늘로 들어 올려지고 그의 발목에 가죽 끈이 묶였다. 행사 요원이 밧줄은 수시로 철저한 안전 검사를 거치고 있으므로 절대 안전하다고 말해주었다. 그러면서 곤돌라가 위에 도착하자마자 곧바로 뛰어내리라고 가르쳐주었다. 뜸을 들일수록 밑이 더 까마득하게 느껴진다는 것이었다. 또 평생 잊지 못할 강력한 경험이 될 거라는 말도 덧붙였다. 발데마르의 귀에는 거의 아무것도 들리지 않았다. 가슴이 미친 듯이 쿵쾅거리고 귀 언저리에 피가 몰려 쏴 하는 소리가 났다. 구경꾼들과 자동차가 점점 작아지면서 가로수의 키 높이를 훨씬 지나 먼 곳의 지붕들 위로 곤돌라가 솟고 있었다. 바람이 불어 곤돌라가 흔들리는 게 느껴졌다. 뛰어내려, 뛰어내려, 뛰어내려. 고무 밧줄은 곤돌라가 매달려 있는 후크에 단단히 연결되어 있었다.

뛰어내려, 뛰어내려, 지금 뛰어내려……

발데마르가 흥분하면 손발이 떨리면서 어떻게든 몸이 같이 움직여야 했다. **내 발은 이렇게 제멋대로야.** 극장에서 벌떡 일어나 그를 바깥으로 끌어낸 것은 그의 발이었다. 그의 발은 의자가 요란한 소리를 내며 접혀 배우들이 방해를 받든지 말든지 개의치 않았다. 아우프바우 출판사에서 그의 책을 내겠다는 소리를 들었을 때 사무실 밖으로 뛰쳐나가 커피 잔이 딸그락거리도록 세게 쿵쿵 바닥을 친 것도 그의 발이었고 책 한 권이 세상을 변화시킬 수 있을까 하는 질문에 대한 레나의 대답을 듣고 나서 두세 계단을 한꺼번에 디뎌가며 뛰어내려가게 한 것도 그 발이었다. 곤돌라 안에서도 그는 흥분해 있었으나 발은 가죽 끈으로 묶여 있었다. 잠겼던 문이 조심스럽게 열리고 행사 요원이 잠깐 동안 발데마르에게 등을 돌렸을 때 그는 무엇에 홀린 듯 발목을 잡고 있던 벨트의 끈을 풀었다. 그는 벨트를 벗고 한 발짝 앞으로 나왔다. 문은 이미 열려 있었다. 이제 뛰어내리면 되었다. 곧바로 뛰어내려야 한다고 했다. 뜸 들이지 말고.

레나의 뛰어내려! 하는 말처럼 그의 발은 재빠르게 심연을 향해 돌진했다. 몸이 공중에 뜨면서 다리가 허공에서 허우적거렸다. 발데마르는 순간 생각했다. 어, 이거 뭔가 이상한데.

17. 대자유

레오 라트케는 레나와 함께 주말을 함부르크에서 보냈다. 섭씨 28도의 기온에다 구름 한 점 없는 맑은 하늘에 부드러운 서풍이 부는 연중 최고로 좋은 날이 될 거라는 예보가 있었다. 둘은 작고 조용한 최고급 호텔 루이스 C. 야코프 호텔에 여장을 풀었다. 돈 걱정 없는 연인들에게는 안성맞춤의 장소였다. 호텔은 엘베 강이 내려다보이는 언덕의 꼭대기에 서 있었다. 침대에 누우면 엘베 강의 정경과 함께 함부르크 항으로 들어오는 배가 보였다. 방에는 망원경이 설치되어 있었고 짙은 색의 마룻바닥은 부드러웠다. 레나는 맨발로 바닥을 디디며 좋아했다. 일요일 아침, 그녀가 레오 라트케에게 물었다. "이 마룻바닥 위에서 할 수도 있을 것 같지 않아?" 그녀는 그가 미처 입을 열기도 전에 그를 아래로 쓰러뜨렸다. 둘 사이의 권력 구조는 이런 식이었고 그녀는 그것을 즐겼다.

레오 라트케는 잡지사의 발행인과 편집장으로부터 호출을 받았었다. 이미 예상한 일이었다. 그 자신도 제출한 글이 아직 기사화되지 않고 있는 연유를 들어야 했다. 그게 누가 쓴 글인데, 그렇게 몇 주나 지나도록 원고를 창고에 처박아놓고 있는 것은 예의가 아니었다.

무슨 말이 나올지 이미 짐작은 해놓은 터였다. 일단 그들은 그의 글을 입에 침이 마르도록 칭찬할 것이다. 두둥실 비행기에 태우고 향불을 피우고 발등에 입 맞추고 갖은 아양을 다 떨다가 종국에는 왜 아직 인쇄에 들어가지 않고 있는지 그 이유를 실토할 것이다. 창간 몇 주년 기념 호라든가 한번 화끈하게 터질 특종이 커버 기사로 나올 때라든가 등등 그의 기사가 지닌 품격에 맞을 좋은 때를 기다리고 있기 때문이라고 이유를 둘러댈 게 뻔하다. 자신이 쓴 글이 아무리 훌륭하다고 해도 커버스토리로 적합하지 않다는 사실은 레오 라트케도 알고 있었다. 폭로성 기사는 그에 반해 아무리 도덕적으로 저급하다고 해도 커버스토리가 될 수 있는 자격이 있었다. 그게 세상이었다. 그는 자신의 기사를 문학적 기교를 사용하면서 고도의 문학적 수준에 도달하려는 **뉴저널리즘**의 걸작이라고 생각했다. **뉴저널리즘**에선 항상 기자 자신이 1인칭 화자로 이야기를 끌어가고 있었다. 그러나 그는 **이제부터 아빠가 무식한 독자 여러분들에게 설명해줄** 테니

잘 들어요식의 거만한 설명 투는 이번 기사에 써먹지 않았다. 그러나 그 글 안에 얼마나 크나큰 영향력과 스타일과 모범 문장이 녹아들어가 있는지는 언론학과 학생이 대학원 졸업 논문에서 밝혀내야 할 과제였지 자기가 할 일은 아니었다. 그는 그저 그 걸작을 써 내려갈 뿐이었다. 그가 누구인가. 레오 라트케 아닌가.

이번에 그를 부른 것은 혹시 잡지사에서 그에게 적당한 자리 하나를 맡기려고 하는 것일지도 모른다. 그렇다면 그들은 한참 잘못 생각한 것이다. 그는 리포터였고 계속 리포터이고 싶어 했다. 한정된 범위 내에서 특정한 능력만을 발휘할 수 있는 편집부 일이나 편집부장 자리는 그에게 맞지 않았다. 그는 그 자체로 이미 빼어난 레오 라트케였다.

레오 라트케는 기분 좋게 차를 달렸다. 레나도 근심 걱정에서 벗어나 홀가분한 기분이 되어 있었다. 뮌헨의 변호사 일은 거의 해결된 것이나 다름없었다. 레오 라트케에게 그 일을 털어놓았더니 당장 음악의 저작권 분야에 대해 잘 아는 지인에게 전화로 알아보았다. 10분 정도 통화 후에 그가 알아낸 사실은 이랬다. 마른 야코프의 주장은 그 **사건 자체**로 볼 때는 정당하다고 할 수 있지만 요구 금액은 말도 안 된다는 것이었다. 소송물의 액수에 따른 일정 비율로 변호사의 수임료가 계산되는 방식으로 사건을 위임했기 때문에 그렇게 높은 청구 금액이 나왔을 거라고 했다. 소송물의 가격, 그것은 레나가 처음 접하는 용어였다. 분쟁이 숫자로 표시될 수 있는 가치를 지닌다는 사실, 아니 지녀야만 한다는 사실은 과연 서독다운 개념이었다. 소송물의 액수가 높아질수록 변호사가 받는 수임료도 높아지며, 마른 야코프가 본인이 작곡에 참여했다는 사실을 증명할 수 있다면 저작권료를 받을 자격이 있으나 전체 저작권료가 6만 마르크라면 최대 그 6만 마르크의 일부만 받을 수 있고 그 이상을 받을 수는 없다는 게 레오 라트케의 지인이 설명한 바였다. 그러나 25만 마르크라는 소송물 액수에 맞추어 변호사의 수임료는 이미 정해진 것이므로 마른 야코프가 저작권료를 받아봐야 변호사에게 수임료를 주고 나면 마이너스가 될 것이라는 게 그 지인의 추측이었다.

레나는 마른 야코프를 만나는 것도, 말하는 것도 피하고 싶었다. 1년 전만 해도 그들은 아주 친한 친구 사이로서, 마른 야코프가 서독으로 도망간 후로 그녀가 그의 집에서 잠깐 살기도 했던 사이였다. 하지만 이제 레나는 그가 어떻게 지내는지, 지난 세월 어떻게 살았는지 알고 싶지 않았다. 그는 그저 창피한 존재에 지나지 않았다. 레오 라트케가 옆에 있는 게 얼마나 다행인지 모른다. 그녀는 그런 일이 어떻게 돌아가는지 몰랐지만 레오 라트케는 세상 일에 밝았고 그의 옆에 있으면 아주 골치 아픈 일은 면할 수 있었다.

레나는 함부르크로 출발하기 전에 발데마르의 원고를 읽고 그의 집 현관문 앞에다 쪽지를 써서 놔두었다. 그런데 그한테서 계속 연락이 없었다. 그도 역시 이상한 인종 가운데 하나였을지 모른다. 아니면 원고를 바로 읽어보지 않았다는 이유로 꽁하고 있을지도 모른다. 1년 있다가 뭔가를 꼬투리 삼아 그녀를 고소할지도 모른다. 하라면 하라지. 그녀는 홀가분한 기분을 망치고 싶지 않았다. 그리고 그대로 기분 좋게 함부르크로 내달렸다.

레오 라트케는 잡지사에 레나를 데리고 갈 생각이었다. 점잖으신 영감들 사이에서 당당히 활개 치고 다니며 잡지사를 좌지우지하는 그들에게 그토록 융숭한 대접을 받는 자신의 모습을 레나에게 보이고 싶었다. 자신의 팬들을 서로 이어주는 것이 그의 취미였다. 공통의 공감대가 형성되니 얼마나 좋은가.

그러나 일요일 오전, 둘이서 함께 엘베 강가를 산책하고 있는 사이에 호텔로 연락이 왔다. 절대 혼자 와달라는 전갈이었다. 그 메시지를 들은 것은 둘이서 짐을 찾으려고 할 때였다. 두 사람은 택시를 잡아탔다. 레오 라트케는 레나를 융페른슈타이크에서 내려주고 자신은 잡지사로 갔다.

레나는 물가를 천천히 걸었다. 햇빛은 따사로이 내리비치고 바람이 부드럽게 살랑거렸다. 함부르크에 대(大)자유Große Freiheit라는 이름의 거리가 있다는 사실이 문득 기억났다. 대자유 7번지라는 제목의 영화도 있었다. 영화 제목으로는 멋있는 제목이지만 대자유라니, 거리 이름 치고 는 상당히 이상한 이름이었다. 정말 거기 가면 대자유를 느낄 수 있을 것 같은 이름. 혹시 누가 알아, 오늘 대자유를 마주치게 될지.

레나는 벤치에 앉아 사람들을 구경하다가 풍선이 하나 둘 공중으로 떠 오르는 것을 보았다. 처음 보는 광경이었다. 레나가 어렸을 때 보아온 풍 선은 항상 철사 줄로 묶여서 손에 들고 다녀야 하는 풍선이었다. 그녀는 시간 가는 줄 모르고 두둥실 떠오르는 풍선들을 보고 있었다. 쉬지 않고 어디선가 계속 떠오르는 풍선이 하늘을 알록달록 수놓고 있었다.

레나는 다시 걷기 시작했다. 사람들이 모여 있었고 베이스가 무겁게 둥둥거리는 소리에 이어 고음의 쨍쨍거리는 소리가 들렸다. 가까이 다가 가니 그때서야 베이스와 고음이 서로 어울려 들리기 시작했다.

사람들 사이에 들어가 좋은 자리를 하나 차지하고 나서 처음에 언뜻 보니 날개가 떨어져 나가 제자리에서 뱅글뱅글 맴도는 곤충인가 했다. 그 런데 자세히 보니 폴짝폴짝 뛰며 빙글빙글 회전하고 있는 사람이었다. 그 는 엎드린 채로 왼손 하나로 몸을 지탱한 채 오른손으로는 땅을 쳐가면서 휙휙 돌면서 무릎을 이용해 균형을 잡고 있었다. 회전은 점점 빨라졌다.

그러더니 갑자기 몸을 반 바퀴 돌려 발꿈치로 착지하고 나서 다음 사람에게 자리를 내주었다.

저런 춤꾼들은 난생처음이었다. 그들은 항상 한 사람씩 나와서 1분 정도 혼자 춤을 추었고 다른 춤꾼들은 그를 지켜보며 고개를 끄덕끄덕거리거나 박수로 박자를 맞추어주었다. 전부 남자아이들이었는데 생김새로 보아 터키나 북아프리카에서 온 아이들인 것 같았다. 바지는 헐렁하거나 엉덩이가 거의 무릎까지 내려와 있는 청바지였다. 입고 있는 옷도 가지각색이었다. 5자가 크게 붙어 있는 빨강과 하양의 셔츠를 입은 아이가 있는가 하면 노랑과 녹색이 어우러진 옷도 있었고, 두 아이는 한여름의 날씨에도 불구하고 털모자를 쓰고 있었다. 어쨌든 옷은 하나같이 다 몸에 맞지 않게 커 보였고 옷차림에 신경 쓰지 않는다는 것을 일부러 보여주기라도 하듯 걷어붙인 옷소매에 가슴께까지 내려오는 어깨선의 상의, 심지어 티셔츠를 뒤집어 입은 춤꾼도 보였고 대부분은 복사뼈를 덮는 농구화 끈을 풀어젖히고 있었다.

다음 차례가 된 춤꾼이 가운데로 나와 땅에 머리를 댄 자세로 물구나무를 섰다. 레나의 체육 선생님이 봤다면 혼쭐이 났을 법한 자세였다. 두 다리는 활짝 벌려져 약간 굽은 채 허공에서 버둥대고 있었고 발끝은 쭉 펴지지 않고 구부정했다. 그런데 갑자기 그가 그 자세에서 돌기 시작했다. 양팔로 땅을 지치다가 어느 순간 손을 놓아버리니 땅에 닿아 있는 부분이라곤 정수리뿐이었다. 그렇게 쌩 한 바퀴를 돌더니 다시 손으로 땅을 짚었다. 그는 그 동작을 몇 차례 되풀이했다. 손으로 땅을 짚는 순간이 점점 짧아지더니 마지막에는 손을 뗀 채로 핑핑 돌기 시작했다. 얼마나 빠른지, 무슨 얼굴 표정을 하고 있는지 알아보지 못할 정도였다. 그것은 행복에 도취된 얼굴이었을까, 아파하는 얼굴이었을까, 집중하는 얼굴이었을까 아니면 금욕주의자적인 인내의 얼굴이었을까? 저건 사람이 아니라 회전 인형, 아님 회오리바람이야, 레나는 감탄했다. 그가 도는 모습은 꼭 팽이 같았다. 정수리의 한 점으로 몸을 지탱한 채 상체를 크게 펼치고 마치 무릎을 쩍 벌리고 앉은 것같이 공중에 추켜올려진 다리는 소용돌이 바람을 일으키면서 커다란 원을 그리고 있었다.

　　다음으로 나선 춤꾼은 물체로 변신한 게 아니라 아예 물체의 모습으로 등장했다. 서로 연결되지 않고 뚝뚝 끊어지는 동작으로 보아 로봇이라면 아마도 제1세대의 로봇인 것 같았다. 몸의 중심에서 뻗어나온 팔다리는 딱딱한 각을 이루고 있었다. 몸을 움직일 때마다 삐거덕거리는 소리가 날 것 같았다. 그러다가 어느 순간 갑자기 유연한 제2세대의 로봇으로 변신했다. 왼손으로부터 시작한 웨이브 동작이 팔을 타고 몸통을 통과해서 다리를 지나 땅속으로 흘러들어갔다가 다시 오른쪽 발에서 시작해 오른쪽 다리와 배를 통과해 목과 머리까지 도달해 결국에는 오른팔로 흘러들어갔다. 오른손에 도착한 물결은 마치 벽에 부딪힌 파도처럼 그동안 왔던 길을 거꾸로 되돌아가기 시작했다. 물결은 몇 번인가 왔다 갔다 하다가 중간 어디에선가 삐걱거리기 시작했다. 그 유연한 물체는 그렇게 몇 번을 더 삐걱거리더니 깡통처럼 삐거덕거리며 어디로 향할지 모르는 처음의 원시적인 기계로 되돌아왔다. 옆에 서 있던 동료 춤꾼 가운데 하나가 총기를 건네받는 듯한 동작을 취하더니 총알을 장전하고 이제 제멋대로 움직이고 있는 인간 로봇을 향해 조준 발사했다. 날아오는 총알을 한 방 한 방 맞을 때마다 인간 로봇은 움찔거리며 몸통을 심하게 흔들어댔다. 스무 방 정도 되는 긴 사격이었다. 파괴된 기계는 결국 무릎을 꿇었다. 바닥에 쓰러진 그는 마지막 총알 한 발을 맞고 마치 짧고 단단한 칼에 후벼진 것처럼 한 번 더 부르르 떨더니 결국 움직임을 완전히 멈추었다.

인간 로봇을 제거한 춤꾼은 총을 옆으로 다시 건네주는 동작을 하고 나서 한 발, 두 발, 세 발 가운데로 걸어 나왔다가 시간을 거꾸로 돌린 듯 다시 뒷걸음질을 쳤다. 앞으로 갔다 뒤로 가기를 다시 한 번 반복한 그는 갑자기 격렬하게 전사의 춤을 추기 시작했다. 점프했다가 뚝 떨어지면서 손으로 땅을 짚고 몸통이 그 뒤를 따랐다. 다시 튕기듯 일어나며 이번에는 발로 땅을 디뎠다. 그러다가 앉은 자세를 취하더니 두 손으로 땅을 짚고 체중을 지탱한 채 손을 여러 번 바꿔가며 앞뒤로 몸을 흔들흔들했다. 그러고는 뒤로 발라당 자빠졌는데 그냥 자빠진 게 아니었다. 제자리에서 뱅글뱅글 돌고 있었다. 등은 거북이가 껍질 속으로 몸을 숨긴 형상처럼 둥글게 말려 있었다. 그는 몸을 튕겨 다시 자세를 바로 세우고 성큼성큼 하는 걸음걸이와 함께 다시 점프와 춤을 계속했다. 그의 눈이 레나에게 가서 멎었다. 그래! 바로 이게 대자유야! 순간 그녀는 최선을 다해서 살아가는 사람들 속에서 살고 싶은 마음, 자신들이 가진 남과 다른 바로 그 모습을 보여줄 수 있는 사람들 속에서 살고 싶은 마음으로 가득했다.

춤꾼은 모자를 벗어 들더니 가슴 앞에 들고 음악에 맞춰 재미있는 동작을 취하며 관중들 사이로 다가왔다. 레나는 늦게 온 것이 너무 후회되었다. 다른 춤꾼들의 춤도 보았으면 좋았을 텐데. 모자에 아무것도 집어넣지 않은 핑계를 그녀는 그렇게 대고 있었다.

레나는 레오 라트케가 기사에 얼마나 큰 자부심을 느끼고 있는지 알 것 같았다. 관심 있으면 한번 읽어봐라고 지나가듯이 던진 소리는 읽어! 지금 당장!이라는 무조건적인 주문으로 들렸다.

발데마르의 원고에서 저질렀던 실수를 또다시 반복하지 않기 위해 카페에 들어가 앉은 뒤 메뉴표에 찬 음료로 분류되어 있는 알스터바서 한 잔을 주문했다. 시원한 것 한 잔을 들이켜고 싶었다. 종업원이 음료를 가져다주었고 레나는 맛을 보았다. 단 맥주 같은 맛이 나는데. 첫맛을 본 그녀는 다시 한 모금 들이켰다. 두번째 모금에서 그녀는 알스터바서라는 게 맥주에 레몬에이드를 섞은 것이라는 걸 알 수 있었다. 에이, 이건 음료수라고 할 수 없잖아. 맛없는 맥주를 마실 만하게끔 요령을 부려 만든 것에 지나지 않아.

그녀는 봉투에서 기사를 꺼냈다. 타자기로 친 스무 장 분량의 기사였다. 곳곳에 볼펜으로 수정한 자국이 있었다. 레오 라트케의 필체였다.

세상에서 가장 행복한 사람

동베를린의 맹인, 뮌스터의 의사, 그리고 세상에서 가장 큰 행복. 그것은 영원한 밤으로부터의 해방이었다.

자비네 부세는 붉은색을 모른다. 산이 지닌 웅장함도 모른다. 거울 속에 비쳐진 자신의 모습을 한 번도 본 적이 없다. 그녀가 꾸는 꿈은 소리와 촉각, 균형 감각이 한데 어우러져 있다. 어떠한 모습이 나온 적은 없다. 그녀의 꿈에는 모습이 나오지 않는다. 그녀는 모습이라는 것을 모른다. 심지어 어둠이라는 것도 알지 못한다. 그녀는 밝음과 어둠을 구별할 줄 모른다. 그녀의 눈이 보는 것은 그 어느 것과도 상관없는 무(無)이다. 항상 그래온 일이다. 31년 전 세상에 태어날 때부터 어느 단 한 순간도 그렇지 않은 순간이 없었다.

하지만 계절이 무엇인지는 안다. 봄이 되면 개똥이 녹아내리는 냄새가 난다. 5월에는 만발하는 꽃들이 피워내는 강한 향기가 밀려든다.

여름에 피는 꽃들에게서는 더욱 향기롭고 풍부한 냄새가 난다. 고여 있는 공기가 여러 종류의 향기를 모아 담고 있기 때문이다. 늦여름으로 넘어가면 지친 꽃들은 하나 둘씩 시들어 가을의 낙엽이 되어간다. 도시의 겨울은 땔감의 연기가 피워내는 시고 매캐한 냄새이다. 그러나 시골에서 맞는 겨울은 맑고 텅 비어 있다. 가을에는 2백 킬로미터 밖에서도 맡아지던 돼지 축사의 냄새가 겨울이 되면 3킬로미터 안에 들어와야만 느껴진다. 여름은 향기의 향연이고 겨울은 휴식이다.

그녀는 앞을 보는 사람들은 도저히 들을 수 없는 소리라고 생각되는 소리를 구별해낸다. 목소리를 듣고 나이를 맞출 수 있으며 숨 쉬는 소리로 잠들었는지를 안다. FC 유니언 베를린 축구단의 홈 경기장이었던 알텐 푀르스터라이 근처에 살고 있는 그녀는 방금 무슨 일이 일어났는지 소리만 듣고도 귀신같이 정확하고 구체적으로 설명할 수 있다. 골이 들어갔는지, 홈 팀이 득점을 한 건지 아니면 상대 팀이 득점을 한 건지 정도를 알아맞히는 수준이 아니라 업사이드 골인지 페널티킥으로 들어간 골인지 옐로카드인지 레드카드인지를 다 맞히는 것이다. 관중의 함성에서 나오는 소리 뭉치의 형상을 듣고 이 모든 것을 알아내는 것 같았다.

그녀 집에 있는 창문 가운데 세 개는 경기장 방향으로 나 있었고 경기장에서 집까지의 거리는 150미터에 불과하다. 시즌이 되면 한 주 걸러 한 번 경기가 열린다. 그녀는 그 집의 3층, 방 두 개짜리에서 산다. 밖이 어두워지면 그녀는 불을 켠다. 몇 시에 켜야 하는지는 배워서 안다고 말한다. "전기요금이 적게 나와서 자랑스러워하는 맹인도 있긴 하지만요." 그녀는 또 이렇게 말을 잇는다. "하지만 밤에 컴컴하게 하고 앉아 있으면 다른 사람들이 저기는 아무도 안 사나 보다 하고 생각할 것 아니겠어요." 자비네 부세의 집 창문에는 커튼이, 세면대 위에는 거울이 걸려 있다. 벽에는 그림도 달려 있다. "옷을 골라도 항상 제일 비싼 옷이 마음에 들더라고요." 그녀에게서 화나거나 분해하는 기색은 전혀 찾아볼 수 없다. 물건의 질과 고급스러움을 알아보는 데에 눈을 전혀 필요로 하지 않는다는 것에 그녀는 너무도 큰 자부심을 가지고 있었다.

1990년 1월 20일은 자비네 부세에게 아주 중요한 날이다. 뮌스터의 신경외과 전문의 슈테판 슈테른하겐 박사로부터 전화가 오기로 되어 있다. 그는 1주일 전 그녀를 검사하고 난 후, 그녀가 시력을 되찾을 가망이 있을지도 모른다는 경이로운 진단을 내린 바 있는 사람이다.

그녀의 실명 원인은 명확하지 않다. "눈은 항상 건강했어요. 반사 작용도 나무랄 데 없고요." 신경에 그 원인이 있지 않을까 하는 것이 추측되고 있었다. "시각을 담당하는 뇌의 부분이 손상되어 그럴 거라는 말을 들었어요. 1주일 전에 슈테른하겐 박사님으로부터 그 이야기를 처음 공식적으로 전해 들었지요." 그녀는 진단 결과를 인용해 이렇게 말한다. "선천성 혈관 장애로 인한 1차 시각 피질의 손상." 이상 인용 끝. "신경이 혈관의 혈액 공급과 단절되어 있어서 앞을 못 보는 거예요. 그래서 그 차단된 혈관 부분을 풀어주는 방법은 없냐고 박사님께 물었죠. 그 질문에 대한 답이 나오려면 1주일이 걸린다고 하셨어요. 오후 4시에 전화가 올 거예요." 시계는 17시 15분을 가리키고 있다. "내 눈을 고칠 수 있는지 정말 알고 싶어요."

자비네, 앞을 못 보는 것이 질병인가요?

"네." 그녀는 대답한다. "11월 10일 이후로 그렇게 되었어요."

오지 않는 전화를 기다리느라 참기 힘든 긴장을 조금이라도 잊기 위해 그녀는 이야기를 계속한다. 그녀는 언제든지 서독으로 갈 수 있었던 자신의 처지에 대해 이야기한다. 장애인에게는 국가도 길을 터주었다. 서독이 뭔가 달랐다는 것은 그녀도 느낀 듯하다. "여기부터가 서독이구나 하는 걸 금방 알 수 있었어요. 철길을 달리는 느낌이 훨씬 부드러웠으니까요." 보도는 울퉁불퉁하지 않았고 차도는 돌길이 아니라 거의 아스팔트 포장도로였다. "자동차의 바퀴에서 거의 아무 소리가 나지 않았죠." 서독에는 차가 훨씬 많았다. 그러나 서독의 차에서는 깊고 조용한 소리가 났으며 매연 냄새도 그렇게 지독하지 않았다. 그렇다. 냄새 얘기가 나왔으니 말인데 버스에서건 백화점에서건 엘리베이터나 화장실이나 기차역이나 거리에서 할 것 없이 "서독의 풍취는 확실히 달랐어요!"

자비네 부세로서는 자신을 맹인이라고 느낄 이유가 하나도 없었다. 그녀는 베를린 시립도서관에서 전화 안내원으로 일하고 있다. 전화선 건너편에 있는 사람의 목소리를 듣고 그의 나이를 황당할 정도로 정확하게 맞힌다. 댈러스 시리즈의 한 방송분을 놓친 사람에게는 줄거리를 이야기해주고 여행 허가를 얻지 못해 서독으로 가지 못하는 사람들에게는 눈앞에 펼쳐지듯 생생한 서독을 들려준다. 화가 막스 리버만의 그림에 심취한 그녀의 마음에는 오기와 자부심이 섞여 있다. 그녀는 빔 퇼케가 진행하는 그랑프리 쇼*에 출연해도 될 만큼 그에 대해 모르는 것이 없다. 그녀는 또한 영화관도 즐겨 찾는다. 요즈음 극장의 최신 음향 설비를 아는 사람이라면 고개를 끄덕일 것이다. 자비네 부

---

* 1974년부터 20년간 공영방송 ZDF에서 인기리에 방송된 퀴즈쇼. 출연자들이 스스로 선택한 분야에서 문제가 출제된다.

세는 자신을 맹인이라고 느끼지 않았다.

그것이 1989년 11월 10일까지였다.

그녀는 뜻하지 않게 터진 기쁨의 축제에 둘러싸이게 되었다. 장벽이 무너졌나 보다——그런데 왜 모두들 그렇게 황홀감에 정신을 잃은 걸까? 그녀는 서독이 어떤 곳이라는 것도 알고 있었고 달콤하고 푹신한 그 땅을 밟는 것도 좋아했다. "그래도 나는 사람들이 왜 그렇게 **신나서 미치겠다!**를 외치거나 **오늘처럼 눈부신 날** 같은 노래를 부르는지 이해하지 못했어요." 그녀가 보통의 기쁨을 느끼고 있을 때 타인들은 행복의 파도에 둥둥 떠내려가고 있었다. 왜 그럴까? 무슨 일이 있기에? "타우엔치엔 슈트라세에 갔는데 **저것 봐!** 또는 **저거 보이니?** 아니면 **너도 그거 봤지?** 하는 소리가 여기저기서 들리더라고요." 그녀에게는 아무것도 보이지 않았다. 다른 사람과 이야기할 수도, 같이 기뻐할 수도 없었다. 온 세상이 그녀에게 **나는 네가 보지 못하는 것을 보고 있다!**라고 소리치는 것 같았다.

자비네 부세는 난생처음으로 자신이 맹인이라는 걸 느꼈다. "고칠 수 있는지 아닌지 박사님한테서 전화 올 때가 지났는데! 뭣 때문에 이렇게 오래 걸리는 건지 모르겠네요!"

한편 뮌스터의 일상은 예전과 다름없이 돌아가고 있다. 사람들은 모였다 하면 베를린 이야기는 물론이고 호프와 기센이 어떻고 하며 떠들고 함부르크 이야기도 끼어든다. 뮌스터는 사정거리에서 훨씬 뒤로 물러나 있다. 동독에서 온 방문객은 거의 찾아볼 수 없다. 자비네 부세는 뮌스터에 와본 적이 있다. 뮌스터 의과대학은 유럽에서 가장 최신의 CT 장비를 갖추고 있다. 1천 6백만 마르크가 든 이 의료 설비는 깜짝 놀라 혀를 내두를 정도의 입체적 영상을 제공해준다. 자비네 부세의 실명이 시신경에 혈액이 공급되지 않는 데 있다는 걸 알아낸 슈테판 슈테른하겐 박사는 CT 촬영의 결과를 놓고 동료들의 자문을 구하며 관련 유명 학술지의 기사를 읽는 등, 치료 방법을 모색하고 있다.

　슈테른하겐 박사는 고가의 첨단 장비에 걸맞은 치료법을 개발하려고 하고 있다. 뇌신경외과 부문은 빠른 속도로 발전해왔다. 몇 년 전만 해도 뇌에 있는 혈관이나 모세혈관을 깁는다는 것은 상상도 하지 못하는 일이었다. 그러나 1990년 1월에 이른 그때, 최초의 수술이라는 점만 빼고 본다면 수술을 감행하지 못할 이유는 없었다. 박사는 현재 나라를 휩쓸고 있는 분위기의 도움을 받는 것도 좋을 거라는 생각이다. 이 들뜨고 낙관적인 분위기에 그도 한몫할 작정이다. 지금의 분위기는 지상낙원의 분위기다. 모두들 그동안 별러왔던 일을 감행하고 있다. 며칠 전 환자의 고향에서는 몇몇 용감한 이들이 슈타지 본부에 쳐들어가는 사건이 발생했다. 슈테른하겐 박사도 나름의 방식대로 떨치고 일어나려고 한다. 이러한 시대의 한가운데서 안 되는 이유만 계속 나열하며 주저하는 사람이 되고 싶지는 않다. 뛰어난 의료 기술과 개척자 정신으로 동독에서 온 맹인에게 빛을 선사하는 사람이 되고 싶은 마음이다. 그는 결정이 나는 대로 자비네 부세에게 전화해주겠다는 약속을 했다. 그러나 약속대로 1월 20일 16시에 그녀와 통화할 수가 없다. 양쪽 독일 간의 전화 연결 라인은 그렇게 여유 있지 않다. 동베를린의 그녀와 연락이 될 때까지는 세 시간이 넘게 걸린다.

　박사는 그 후 몇 주를 수술 준비에 바친다. 낮이 점점 밝아지고 길어지니 서두르지 않으면 안 된다. 빛이 세지면 수술 후 눈에 가해지는 쇼크가 커진다. 슈테른하겐 박사는 조속히 수술이 이루어지길 원하고 있다.

박사의 풍모는 하얀 가운을 입은 전지전능한 신 같은 모습은 아니다. 오히려 힘겹지만 포기하지 않고 꾸준히 먼 길을 한 발짝 한 발짝 앞으로 달려나가는 마라톤맨과 같은 느낌을 준다. 입고 있는 옷은 항상 헐렁해 보이고 목소리는 조용한 목소리를 지닌, 강단 있는 남자이다. 영광과 찬사를 항상 뒤에 달고 다니는 그런 타입으로는 보이지 않는다. 그런 그가 자신의 가능성을 보이고 싶어 의욕에 불타고 있다.

드디어 3월 1일이다. 수술 팀은 아홉 명으로 이루어져 있다. 수술 예정 시간은 약 열아홉 시간이다. 이 수술은 최고의 기술을 요하는 수술이다. 혈관 및 모세혈관을 직접 보지 않고 수술한다는 것은 권투 장갑을 끼고 디스코텍에서 젓가락질을 하는 것과 마찬가지다. 더 이상 완벽을 추구하느라 수술 시간이 너무 길어져 위험하게 되기 바로 직전까지 박사는 손을 놓지 않는다. 지쳤지만 밝은 얼굴로 한밤의 수술실을 나오며 그는 이렇게 말한다. "잘될 겁니다."

자비네 부세는 빛이 차단된 특수 병실에서 회복을 맞는다. 유일하게 의료 장비만이 방 안에 빛을 비추고 있다. 눈을 뜨고 나서 처음 맞을 시간을 위한 조명 장치는 슈테른하겐 박사에 의해 작은 것까지 세심하게 계획되었다. 앞이 보이는 세상으로의 첫 입장은 아름다운 것이어야 한다. 아직 자고 있는 환자의 침대는 병원 직원들에 의해 미리 위치가 약간 변경되었다. 그녀가 눈꺼풀을 들어 올리는 그 첫 순간을 놓치고 싶은 직원은 없다.

새벽 5시 6분이 되자 자비네 부세는 마취과 의사의 말에 반응을 보인다. 그녀가 눈을 뜬다. 그리고 웃는다. 그 웃음은 한 번 들은 사람은 영원히 잊을 수 없는, 믿어지지 않는 경탄의 웃음이다.

아직도 남아 있는 마취 기운보다 강하고 방금 마친 뇌수술로 인한 부작용보다 열렬한 감탄이 막 새로운 세상을 본 그녀 안에서 터져나온다. 담당 의사는 빛과 색을 보고 싶다는 그녀의 간절한 청을 이기지 못하고 조명 조절 장치를 아주 약간 올린다. 방 안이 어슴푸레해졌다. 색과 사물의 모양과 그림자가 식별되기 시작한다. 어둠 속에서 평평하던 것들이 빛을 받고 입체적이 된다. 방 안이 아직 책을 읽을 정도로 밝은 것은 아니지만 자비네 부세는 행복하다. 그녀는 웃으며 **굉장하네요!**라고 말한다. 30분 후에 혼자 남은 그녀는 작은 목소리로 노래하기 시작한다. 오늘처럼 눈부신 날이다. 그녀는 세상에서 가장 행복한 사람이다.

자비네 부세는 그 후 지상 최대 대탐험의 나날들을 보낸다. 색깔을 보는 것이 말할 수 없이 즐겁다. 아름다운 해질 녘과 색색깔의 꽃다발, 봄, 막스 리버만의 그림들을 보고 다닌다. 색깔로 이루어진 세상에 그녀는 넋을 잃는다.

수술 후 2주일이 지나 자비네 부세는 평소에 가장 즐겨하던 일, 즉 영화 구경을 간다. 액션영화이다. 그녀는 만족스러워한다. 그녀는 흔들거리며 빛나는 오렌지색 화면 안에서 점점 커지다가 금방 검은색의 뭔가로 변하더니 그 오렌지색보다 더욱 커지는 하얀색을 본다. 소리를 듣고 그게 뭔지 알아낸다. 자동차 폭발이다. 몇 분 지나니 오렌지색 부분이 점점 작아져 마침내 한 점으로 뭉치는가 싶더니 다시 커진다. 하늘색 같은 것이 리듬에 맞춰 쪼개진다. 극장에서는 모든 색깔이 한꺼번에 등장한다. 떠오르고 사라지고 모양을 바꾸고 겹치는 색깔의 어지러운 놀이가 계속된다. 그뿐인가. 그들은 어느 순간 갑자기 완전히 예상치 못한 분위기를 연출하기도 한다.

"어땠습니까?" 극장에서 돌아온 그녀에게 슈테른하겐 박사가 묻는다.

자비네 부세가 입을 연다. 순간 그녀는 줄거리가 떠오르지 않는다. 전에는 한 번도 없었던 일이다. 역설적으로 들릴지도 모르지만 앞이 안 보이던 예전에는 언제나 눈앞에 펼쳐지는 줄거리를 정확히 알고 있었다. "내용이 너무 복잡한 영화였어요." 화면 때문에 영화에 집중할 수가 없었던 것이다.

그녀를 최고로 황홀케 하는 것은 축구 경기장이다. 그녀만의 재미있는 경기 관전 포인트는 잔디의 푸르름 위에서 움직이는 색의 형상들이 이룬 두 편의 무리를 감상하는 것이다. 아름다운 대열들이 계속해서 속속 생겨난다. 경기의 진행을 보다 보면 역동적으로 쉼 없이 움직이는 공과 해독할 수 없는 관계를 맺고 있는 비밀스런 동작의 규칙에 따라서 색의 점들이 움직이는 것 같은 인상을 받게 된다. 감독은 전략이라고 부르고 스포츠 기자는 포지션 플레이라고 부르는 그것을 자비네 부세는 미학이라고 부른다. 색의 점들은 초록의 경기장 위에서 길을 잃었다가 떼를 지었다가 하면서 이쪽 코너에서는 뭉치고 다시 쫙 흩어졌다가 다른 코너에서 다시 뭉치곤 한다. 그녀는 특히 페널티 구간 가까운 곳에서 펼쳐지는 프리킥에서는 눈을 뗄 수가 없다. 선수들이 벽을 만들었다가 공이 허공에 나르는 순간 순식간에 흩어지는 그 모습을 그녀는 가장 좋아한다. 공이 골문을 통과하여 관중의 함성이 터지면 골을 넣은 팀의 색깔을 한 점들이 일제히 사방에서 모여든다. 그러더니 점들은 또 눈 깜짝할 사이에 깨끗하게 제자리로 돌아가 있다.

축구 경기는 자비네 부세에게 손에 땀을 쥐게 하는 스포츠 경기가 아니라 경기 결과에 상관없이 시원하게 변동하는 시각적 배치이다. 선수로 뛴다라는 사실은 경기장에서 색깔을 이리저리 옮긴다는 것을 의미한다. 색의 움직임이나 방향, 속도 같은 것들은 크게 보아서만 하나의 규칙이 있을 뿐인데, 그 규칙이란 것도 퍼레이드나 캉캉 춤에서 볼 수 있듯이 완벽한 것은 아니다. 축구 경기는 숨을 쉬는 기관, 즉 살아 있는 생물과 같다고 할 수 있다. 그에 비해 퍼레이드는 기계적인 것이다. "자비네 부세는 마치 만화경 속을 들여다보듯이 축구를 관전합니다." 이렇게 말하는 슈테른하겐 박사는 그리 만족스럽지 않은 표정이다.

자비네 부세는 모든 사물을 다른 사람들이 만화경을 들여다보는 방식으로 보고 있다. 그녀의 눈은 일을 하지 않으려고 한다. 그녀의 두 눈은 자기 앞에 펼쳐지는 것만을 받아먹으면서 즐기며 놀려고 한다. 색깔과 움직임과 문양과 변화를 보기 위해 그렇게 많은 날을 기다려온 눈이건만, 유용하게 본다는 행위에는 동참하지 않고 있다. 자비네 부세의 눈은 모든 것을 본다. 그렇지만 아무것도 알아보지는 못한다.

슈테른하겐 박사는 환자를 프랑크푸르트에서 이름을 떨치고 있는 뇌심리학자 한스 베르너 킨 교수에게로 보낸다. 스탠퍼드와 소르본 등에서도 연구 업적을 남긴 바 있는 킨 교수는 현재 자신이 설립한 '신(新)학습연구소'를 이끌고 있다. 그는 대기업과 국가 비밀 기관 등의 자문을 맡고 있으며 그의 연구소에서 자체적으로 발행하는 계간 학술지가 학계에서 그 전문성을 인정받게 된 후로는 학술 기사 저술을 둘러싼 숨 막히는 경주에서도 한 발짝 물러난 상태이다. 그의 앞에 서면 거대 두뇌를 마주하고 있다는 느낌을 받는다. 조그만 돋보기 안경이 그의 얼굴에 비해 유난히 작아 보여서 그럴지도 모른다. 교수는 주위의 이목을 받는 것에 익숙해진 듯한 인상을 풍긴다. 그는 언제라도 준비되었다는 듯 완벽한 문장을 말하는 데 단련이 되어 있다.

"자비네 부세는 시각적인 것 없이도 살아가는 것을 배운 사람입니다. 본다는 것의 유용성을 본인이 알아내지 못하는 한, 두 눈을 이용할 수 없을 것입니다. 시각은 그녀가 하는 지각 활동의 공동 작용 범위에서 아직 완전히 벗어나 있습니다."

자비네 부세가 그의 치료를 받고 있는 몇 달 동안, 그는 탄탄한 이론에서 도출된 치료법이기 때문에 성공하지 않을 리 없다는 강한 확신을 가지고 자신의 치료법을 몇 번에 걸쳐 적용한다.

눈은 들어오는 빛을 거꾸로 서 있는 그림으로 망막에 주사한다. 그러나 감각기관 스스로는 인간에게 사물의 모양을 일러주는 것이 아니라 인간이 환경에 알맞은 행동을 하게끔 도와주는, 즉 간단하게 말해서 살아남게 하는 역할을 하고 있기 때문에 실제로 사물을 거꾸로 보는 사람은 아무도 없는 것이다. 태어나자마자 바로 인간의 뇌에서는 보이는 모든 것을 거꾸로 돌려놓게 된다. 그러나 자비네 부세에게서는 그러한 작용이 전혀 일어나지 않는다. 수술 후 3주가 지났는데도 그녀가 보는 것은 여전히 거꾸로이다. 눈을 통해 얻는 이익이 너무도 미미하기 때문에 시각 피질이 영상을 거꾸로 돌려놓는 데 드는 수고를 할 필요를 느끼지 못한다는 것이다.

그리하여 킨 교수는 영상이 거꾸로 비치게 하는 특수 안경을 제작하여 그녀에게 씌우게 된다. "이것이 제1차 단계입니다." 자비네 부세가 사물을 거꾸로 세워보기 때문에 일단 다시 제자리로 돌려놓기 위한 안경이다. 형체를 인지할 수 있는 사물이 보이면 눈을 사용하게 될 것이라는 게 교수의 설명이다. 나중에는 안경을 다시 벗어야 하는 단계가 온다. "그러면 뇌는 여태까지의 상태를 유지하기 위해서 스스로 사물을 거꾸로 돌리게 될 겁니다."

그러나 결과는 예상을 빗나가고 만다. 남들이 보는 것과 똑같이 자비네 부세가 보는 것도 위는 위고 아래는 아래이지만 그녀는 여전히 눈을 이용하지 않는다. "자비네 부세의 눈은 사물을 보고 있어도 그것을 알아보지는 못합니다." 슈테른하겐 박사가 이미 한 번 한 말이다. 그녀가 안경을 벗으면 세상은 다시 물구나무를 선다. 그런데도 그녀는 아무 걱정도 하지 않고 마치 '남의 일'이라는 듯한 태도를 하고 있다는 것이 킨 박사의 고백이다. "필요하지도 않은 영상들 속에서 이리저리 떠밀려 다니고 있는 셈이죠. 시각적 세계가 그녀 안의 세계로 들어와야 합니다. 시각의 필요성을 알려면 그 유용성을 경험하지 않고서는 안 됩니다."

킨 교수는 제2차 단계로 넘어간다. 이번 단계의 목표는 눈에게 해결해야 할 과제를 안기는 것, 책임감을 지우는 것이다.

1990년 4월 4일은 '제2단계' 치료법이 실시되는 날이다. 자비네 부세가 프랑크푸르트의 '신(新)학습연구소'의 안마당 한가운데에 서 있다. 6미터 떨어진 곳에 킨 교수가 그녀를 마주하고 섰다. 자비네 부세는 날아오는 공을 받아야 한다. 공은 크고 선명한 노란색이다. 높은 포물선을 그리며 공이 그녀를 향해 날아온다. 그녀는 공을 받아 다시 던진다. 같은 동작이 몇 번 더 계속된다. 이만하면 희망적인 결과 아닐까? 아니다, 킨 교수는 여전히 불만족스럽다. 하나 못마땅한 점이 그의 눈에 띄었기 때문이다. 오른손잡이인 그녀는 공을 받으려고 팔을 뻗을 때 일단 오른팔을 뻗지만 공에 손이 닿자마자 왼팔도 같이 공을 잡을 수 있도록 공을 조절한다. 그녀가 이 과제를 해결할 때 이용한 것은 눈이 아니라 촉각이었다. 반복을 통해 고도로 발달된 그녀의 촉각은 공이 날아오는 방향과 속도와 공의 위치를 번개같이 재빨리 알아낸다. 눈을 가렸다고 해도 공 잡는 솜씨에는 별로 변화가 없을 것이다. 공 잡기가 계속될수록 자비네 부세는 오른손과 왼손의 협동 작전을 더더욱 훌륭하게 다듬는다. 그녀의 눈에 책임감을 떠안기는 것이 애초 킨 교수가 목적한 바였으나 그녀는 마치 젖은 비누가 손에서 미끄러지듯 그의 의도를 홀랑 빠져나간다.

가장 실망을 안겨준 것은 얼굴 알아보기였다. 자비네 부세는 사진, 조각, 스케치, 영화 장면, 실제 얼굴 할 것 없이 각 얼굴의 특징을 전혀 인식하지 못했다. 각각의 개성이나 개별적 특성을 하나도 구별하지 못하는 그 심각성은 과히 절망적이라고 할 만했다. 해골을 찍은 사진을 보여줘도 사람 얼굴이라고 했다. 거울에 비친 스스로의 얼굴을 봐도 누군지 몰랐다. 태어난 지 한 달 된 신생아나 침팬지보다도 못할 지경이었다. 앵무새를 시켜도 그녀보다 나을 것이다.

킨 교수는 치료에 들어간 지 여덟번째 주가 지나고 나서도 자비네 부세가 숟가락과 포크가 뒤바뀐 것을 눈으로 보고서 아는 게 아니라 손으로 더듬어서 깨닫는 모습을 지켜봐야 했다. "시각 정보의 해독이 너무 힘에 겨운 겁니다. 그리고 나머지 다른 감각기관들이 실명 상태를 보완하는 기능을 그동안 뛰어나게 발달시켜온 거지요. 인지 과정에서 눈에 가해지는 역할이 너무 작습니다. 그러므로 앞으로 그 역할을 넓혀나가는 연습이 필요하다고 하겠습니다."

곧 '제3단계 치료법'이 시행되었다. 킨 교수는 '극단적인 방법'을 쓰기로 결정했다. 즉, 다른 감각기관을 묶어놓는 방법이다. 코에는 코마개, 귀에는 귀마개를 씌우고 손에는 권투 장갑 모양의 뭉툭한 장갑을 끼웠다.

실명 기간에 다른 기관이 담당했던 과제를 바야흐로 눈이 떠맡을 차례가 된 것이다. 그런데 어찌된 일인지 눈은 꿈쩍도 하지 않았다. 킨 교수는 그녀의 치료 과정을 계속 지켜보고 있는 슈테른하겐 박사가 예전에 이미 말했던, 바로 그 한계가 왔다는 것을 느낀다.

교수는 자비네 부세와 상담한다. 보기를 거부하는 이유가 뭔지, 어디가 어떻게 막혀 있어서 그런 건지 알고 싶어서다. 자신을 실험용 쥐로 느끼고 있다는 데 그 원인이 있지 않을까 교수는 추측한다. 하기야 특수 안경을 쓰고 귀마개에 코마개에 장갑으로 무장한 그녀야말로 인간 실험 쥐가 아닐 수 없다. 우디 앨런의 영화에서 바로 튀어나온 듯한 모습이다. 그러나 그녀는 불평하지 않는다. 그녀는 자신이 실험 쥐라고 생각하지 않는다. 그녀는 치료법의 필요성을 전부 잘 이해하고 있으며 전액 자비를 들여 요양 치료를 받는 사람마냥 시키는 대로 열심히 교수의 지시에 따르고 있다. "그런데 되질 않는걸요."

그녀는 '제3단계 치료법'을 더욱 강화시킨 치료법을 받아보겠다고 승낙한다. 글자로만 대화하는 것이다. 건의 사항이나 질문 등 할 말이 있으면 알파벳이 씌어진 칠판을 짚어 표현해야 하고 답변도 역시 알파벳으로 받는다. 글자의 인식은 그녀의 눈이 이제 겨우 뗄락 말락 한 분야이다.

이 '제3단계 치료법'의 강화 버전이란 곧 자비네 부세가 깜깜한 독

방에 제 발로 걸어 들어가는 것과 마찬가지라는 사실을 그녀나 킨 교수가 모르는 바는 아니다. 그런 조건에서 생존하려면 눈을 쓰는 수밖에 없다. 하지만 '눈에 발동이 걸리지 않는다.' 이것은 킨 교수가 자비네 부세를 맡은 후 맞닥뜨리고 있는 딜레마를 표현하는 말이다.

자비네 부세는 '제3단계 치료법'의 강화된 버전을 사흘 동안 견딘다. 나흘째 되던 날 그녀는 계속 알파벳 칠판과 막대기를 이용하기는 하지만 더불어 말도 병행한다. 의사소통의 수단으로는 오로지 알파벳만 유효한 것으로 미리 정해놓은 약속을 무시한다. 닷새째가 되니 이해하지 못할 단어를 나열한다. 막대기는 어수선하게 칠판 위를 방황하며 무슨 소리인지 모른 말을 짚는다. 킨 교수는 '제3단계 치료법'을 완전히 중단한다. "지금 당장 눈에 발동이 걸리지 않으면 우리는 우울증으로 직행할 수밖에 없습니다." 자비네 부세는 코마개, 귀마개, 장갑으로부터 해방된다. "눈이 자기 몫의 인지 영역을 정복하지 못하는 한, 익숙했던 다른 기관들을 막는다는 행위는 정신을 황폐화할 뿐입니다."

특수 안경만은 계속 쓰고 있으라는 처방이 내려졌다. 1주일 동안 베를린의 집에 가서 휴식을 취하고 다시 오라는 지시도 있었다. 우울증을 염려한 지시였다. 그동안 킨 교수는 눈을 강제로 제압하지는 못하더라도 유인할 수 있는 방법에 대해 연구해볼 작정이었다.

그녀가 처음으로 눈을 뜨고 마음껏 웃어젖혔던 시점에서 불과 10주 정도 지난 시점이었다.

"눈은 떴지만 아무것도 보지 못하고 10주가 되었을 때였습니다. 그때가 터닝 포인트였죠. 언제 오든 오고야 말 과정이었습니다." 민스터의 뇌신경외과 전문의 슈테른하겐 박사는 담담하게 회상한다. 그것은 좋은 쪽으로의 터닝 포인트가 아니라 그 반대 방향으로의 터닝 포인트였고 바야흐로 재앙의 시작이었다.

자비네 부세는 예의 그 축구 경기장 관중석 아래쪽에 자리를 잡고 앉았다. 중앙선이 있는 위치쯤이었다. 그 자리가 제일 좋았다. 눈으로 대충 볼 수 있게 되고 나서는 극장에 가도 맨 첫째 줄에 앉았다. 청소년들이 시끄러운 음악으로 귀를 자극하듯이 그녀는 시각적 자극에 파묻히는 것을 즐겼다. 잘 쉬고 오라고 했으니까 잘 쉬어야 했다. 그날, 경기를 보다가 그녀는 그만 축구공에 맞고 말았다. 대각선으로 패스해야 할 공이 그만 상대편 선수의 발에 바로 맞으면서 정면으로 그녀에게 튀어 날아온 것이다. 공이 날아오는 것이 보였다. 그것은 그녀가 반응하지 못하는 시각적 현상이었다. 뭐가 날아오는 것 같으면서 점점 커졌다. 어린아이들도 공이 그릴 포물선을 짐작할 수 있건만 그녀는 그렇지 못했다. 공이 바로 눈앞에 다가온 그 순간이 멋있게만 느껴졌다. 최고로 미적인 경험이었다. 그런데 바로 그다음 순간 공이 그녀의 얼굴을 정통으로 때렸다. 특수 안경이 깨지면서 유리 조각 하나가 눈 아래쪽을 파고들었다. 그 상처로 세 바늘이나 꿰매야 했다.

공에 맞은 그 일로 자비네 부세는 엄청난 충격을 받았다. 시각적 볼거리가 위험과 고통을 초래할 수도 있다는 사실을 처음 알게 되었다. 사소한 위험의 순간을 피하는 데서 자기의 눈은 전혀 도움이 되지 못하는 처지에 있다는 것을 새로 깨달은 순간이었다. 도움이 되기는커녕 이렇게 위험한 곳에 오게 된 원인을 제공한 것은 다름 아닌 눈이었다.

이날부터 그녀는 보기를 그만두었다. 희망과 낙관이 풀 죽은 건 물론, 본다는 행위에 대한 흥미도 급격히 사그라졌다. 위험천만한 스포츠를 즐기다가 실력이 채 붙기 전에 부상을 당하고 나면 그쪽으로는 구미가 뚝 떨어져버리는 것과 마찬가지였다. 그녀는 이제 옛것을 되찾고만 싶었다. 코, 촉각, 청각 이 세 가지면 충분했다.

그런데 옛날의 능력은 온데간데없었다. 섬세하게 조율되어 있던 감각기관의 총체가 손상을 입고 망가져버렸다. 수술 중 귀 근처의 두 개골 부위를 열어야 했던 데다가 눈 밑 살이 찢어지면서 얼굴 윤곽에 맞추어져 형성되어 있던 민감한 청각 구조가 파괴되었던 것이다. 귀가 들리지 않는 것은 아니었으나 예전의 그녀 귀처럼 듣고 맞히지를 못했다. 장기간의 요양원 생활에서 코에 밴 요양소 냄새 때문에 후각도 뭉툭해졌다. 더듬는 손끝도 둔해졌다. 몸으로 지각하는 것에 대한 전반적인 무관심이 자리를 잡기 시작하면서 감각에 대한 불신과 수준 저하가 이루어졌다. 수술을 받던 3월 1일 이전에는 장인의 작품이던 것이 수술 이후로는 날림 물건이 되어버렸다. 게다가 소외감도 더해졌다.

자비네 부세의 이야기는 한마디로 말해서 행복의 이야기다. "맹인으로 세상에 태어났으나 31년이 지난 후 새로운 빛을 선사받았다." 이 이야기를 듣는 사람은 누구라도 그녀를 축복해 마지않으며 이야기의 결말이 해피엔드가 아닌 비극이 될 거라고는 상상하지 않을 것이다. 그녀가 원한 것도 다름 아닌 해피엔드였다. 그러나 다른 사람은 물론이고 본인조차 예견하지 못했던 사실이 하나 있었다. 그녀는 볼 수 있음과 동시에 맹인이고 싶어 했다. 지금 그녀는 전자도 후자도 아니다. 더 이상 본다는 행위가 즐겁지도 않지만 그렇다고 제대로 된 맹인도 아니다. 그녀의 삶은 옛날보다 더욱 짙은 어둠이다. 다른 시각장애인 친구들은 맹인을 벗어나려고 했던 그녀를 용서할 수 없다. "옛날부터 이상한 여자였어요." 다른 맹인, 그러니까 진짜 맹인이 이렇게 전한다. "언제나 **막스 리버만** 얘기만 했어요." 맹인이라면 다 같이 겪어야 하는 인생의 드라마에서 저 혼자만 빠져나가려고 한 여자였다는 것이다. 그런 사람이라면 돌아올 필요가 없다고 한다. 게다가 이제 앞을 볼 수 있게 된 처지가 아니던가. 눈이 제 기능을 하고 있으니 말이다. 신문도 읽는다던데 어째서 맹인이란 말인가? 자비네 부세는 이제 분명 우리들과 다른 처지가 되었습니다, 맹인들은 말한다.

그녀의 욕실 세면대 위에는 이제 거울이 걸려 있지 않다. 저녁에는 불을 켜지 않아 깜깜한 집에 혼자 앉아 있다. 그녀는 자기 얼굴을 알아보지 못한다는 사실을 새로이 떠올리고 싶지 않다. 자기 능력을 넘어서는 목표를 눈앞에 붙여놓는 짓은 더 이상 하기 싫다.

그녀는 불행한가? 자비네 부세는 오랫동안 침묵하며 질문에 담긴 엄청난 뜻을 되새기다가 마지막에는 고개를 끄덕인다. 누구 책임인가? 그녀는 숨을 깊게 들이쉬더니 긴 한숨으로 내뱉는다. "난 어떤 일이 닥쳐올지 몰랐어요." 질문을 던지는 사람이 그녀를 탓하리라고 미리 단정지은 듯 그녀는 결국 이렇게 변명을 한다. "그저 볼 수 있게 되는 것, 그것 하나를 소망하는 일 이외에 다른 선택이 없었어요."

치료의 결과가 그렇게 된 데에 대해 슈테른하겐 박사는 크나큰 부담을 느낀다. 그는 단둘이만 있지 않으면 절대 그 이야기를 입에 담지 않는다. 그의 아래턱이 딱딱하게 굳는다. 혀가 힘겹게 입 밖으로 말을 밀어낸다. 그에 관한 이야기는 절대 하지 않기로 스스로에게 약속한 것일까? "치료 결과를 실패로 판단할 수밖에 없어 마음이 몹시 무겁습니다. 결과가 그렇게 될 것을 미리 알려면 엄청난 상상력이 필요했겠지요. 우리 수술은 전 세계적으로 유례없는 시도였습니다!" 환자를 잘못 선정한 것일까? 청소년기가 되어서 실명한 환자도 있지 않았을

642

까? "그랬겠지요. 하지만 우리 환자의 보고자 하는 의지가 워낙 강했습니다. 만일 내게 직업적인 명예심이 없었다고 해도 과연 수술을 거부했을까, 아닐 겁니다. 그 수술에 따르는 위험이 어떤 것이었는지 아는 사람이라면 우리가 의료 기술적인 면에서는 최고라는 것도 인정할 겁니다. 다만 우리에게 실수가 있었다면 그녀가 자기 방식대로 눈을 사용하도록 하지 않고, 앞을 보는 사람과 똑같은 정상인으로 변신시키려고 한 데 있을 겁니다."

프랑크푸르트의 킨 교수도 이 문제를 철학적 문제로 본다. "인간은 정해진 철로로만 다니는 전차가 아닙니다. 그러나 자비네 부세는 그 철로에서 벗어나는 데 실패를 한 것이죠. 그녀는 실로 완벽한 맹인이었음에도 불구하고 눈을 뜨고 싶어 했습니다."

교수님, 우리들 거의 모두가 갖고 있는 것을 모든 이에게 빠짐없이 주려는 행위가 불행을 낳는 걸까요?

그가 대답한다. 바로 그것이 문제지요.

레나가 원고를 다 읽고 나니 5시 10분 전이었다. 레오 라트케와 만나기로 한 시각이 10분 남았다. 그녀는 원고를 다시 봉투에 넣고 길을 나섰다. 그녀의 눈길이 다시 한 번 제목에 가서 멈췄다. **세상에서 가장 행복한 사람.**

시간이 촉박해 서두르지 않으면 안 되었다. 어차피 약속 장소인 '카페 로프트'에 조금 늦게 도착할 거라는 건 알고 있었지만 레오 라트케가 잡지사를 호령하는 윗분들을 모시고 오는 자리에서 너무 많이 늦어버리면 불성실하고 책임감 없는 사람이라는 인상을 주게 된다. 맨 마지막으로 도착하는 건 괜찮았지만 30분씩이나 늦게 오거나 할 수는 없는 일이었다.

레오 라트케는 '카페 로프트'에 앉아 카푸치노를 휘젓고 있었다. 두 어르신과 나눈 대화는 아무리 생각해도 이상했다. 그들은 말을 이리저리 돌리며 본론 주위를 빙빙 돌았다. 역시 그가 예상했던 대로였다. 그가 얼마나 뛰어나고 능력 있고 걸출한 리포터인지 열변을 토하며 온갖 미사여구와 칭찬이 쏟아졌다. 그러더니 팔라스트 호텔 건은 그답지 않았다고 했다. 우리가 얼마나 걱정을 했는지 아시오, 레오? 당신이 하는 일이라고 믿기 어려웠소. 그때까지만 해도 레오 라트케는 또 새로운 칭찬이 쏟아지려나 보지, 하는 생각으로 여유 있게 웃고 있었다. 그런데 그에게 떨어진 말은 뉴욕으로 가줘야겠소, 였다. 팔라스트 호텔 건을 떨쳐버리기 위해서, 가 그 이유였다. 그건 어느 때보다도 당신을 깊이 신뢰하고 있다는 뜻임을 당신도 이해하리라고 믿소. 아무리 최고 능력을 가진 리포터라도 붓이 딱 서버릴 때가 있는 법이오. 아니, 오히려 그건 제일 잘나가는 자들에게나 일어나는 현상이지.

이렇게 제대로 혼란스러워보기는 이번이 처음이었다. 자신을 뉴욕으로 보내려고 하고 있지 않은가. 뉴욕 사무실, 그건 바로 왕좌의 자리나 다름없었다. 감히 그곳으로 가고 싶다는 의사를 내비칠 수 있는 자는 몇 명 되지 않았다. 그는 스스로 지원 의사를 밝힌 적이 없었다. 그가 누군가. 레오 라트케이다. 할 수 없이 못 이기는 척하면서 씌워주는 왕관을 받을 수밖에.

하지만 붓이 서버린다는 건 뭔가? 그런데도 나를 더욱 신뢰한다는 말은? 이번에 제출한 원고를 읽지 않은 것일까? 레오, 이제 됐소. 이제 뉴욕으로 가시오. 어서, 어세! 시키는 대로 하란 말이오! 이런 게 정상적 절차일 텐데!

그가 언제 출발합니까, 하고 물었다. 9월 1일자 아니면 10월 1일자 중에서 편한 대로 하시오. 그럼 제 기사는 언제 나옵니까? 써서 가져다주기만 하면 되오. 아니, 제 말씀은 팔라스트 호텔에서 7개월 걸려 써낸 그 기사 말입니다.

침묵이 감돌았고 레오 라트케는 영문을 알 수 없었다. 기사의 존재를 모르는 모양이구나, 하고 그는 생각했다. 그러다가 발행인이 눈짓을 보내고 있는 것을 깨달았다. 그 눈은 우리 잡지는 그런 것을 싣지 않소,라는 말을 하고 있었다.

레오 라트케의 뺨에서 철썩하는 소리가 나는 것 같았다. 발아래 땅이 흔들거렸다. 그는 당황하여 앞에 놓여 있던 물컵을 집어 목구멍에서 소리가 나도록 한 모금 벌컥 마셨다.

편집장이 말했다. 레오, 오해하지 말기를 바라오. 우리는 당신을 원하고 있을뿐더러 당신을 우리 잡지사 리포터 중 가장 능력 있는 리포터로 생각하고 있소. 하지만 당신의 그 기사는…… 시류에 맞지 않소. 독일은 지금 월드컵 챔피언이오. 연내에 통일이 성사되면 더욱 막강한 국력을 자랑하게 될 것이오. 그런 마당에 당신 기사는, 에~, 단편적으로 말하자면……

걸레 기사요, 발행인이 말했다.

팔라스트 호텔에서 있는 동안 그렇게 힘들었던 거요? 편집장이 물었다. 그래서 우리는 뉴욕이 지금 당신을 위한 최적의 장소라고 말하고 있는 거요

편집장은 언제까지라도 발행인이 다짜고짜 마구 내뱉는 말을 순화시켜서 전달해줄 수 있을 것 같은 태세였다. 레오 라트케는 심히 자존심이 상하고 있었다. 전혀 생각지도 않았던 엉뚱한 방향에서 달려오는 차에 치인 느낌이었다.

그가 입을 열었다. 제 고용계약서에 따르면 다른 곳에서 기사를 출판할 때는 사전 허가를 맡도록 되어 있습니다. 저는 이 자리에서 제 기사인 세상에서 가장 행복한 사람을 다른 곳에서 출판하겠다는 말씀을 드리는 바입니다.

다시 침묵이 감돌았다. 바로 몇 분 전의 것과 같은 침묵이었다. 이윽고 편집장이 발행인에게 말했다. 레오 라트케 같은 사람한테 출판을 금지할 수는 없는 일입니다.

잡지사의 창간자이자 대주주, 언론 자유의 상징 인물이자 독일 언론계의 거성인 발행인은 더 이상 견디지 못했다. 실제로는 그의 강점인 약점을 들키고 만 것이다. 정말로 레오 라트케 같은 사람에게는 출판을 금지하지 못한다는 것이 그 약점이었다. 그건 아무에게도 금지할 수 없는 일이었다. 금지라는 것을 그는 몹시 싫어했다. 위대한 언론인인 그는 단 한 번의 잘못된 결정이 자신이 죽은 뒤에도 영원히 명성에 누를 끼칠 수 있다는 것을 잘 알고 있었다.

그는 창가로 걸어가 밖을 보았다. 속이 몹시도 쓰리오. 그의 목소리는 자기가 내린 결정이 얼마나 힘든 것이었는지를 나타내고 있었다. 호텔 숙박료가 5만 마르크 이상 나왔소. 나는 애국자로 남기 위해 그렇게 비싼 대가를 지불하고 받은 기사를 펴내지 않기로 했으니, 당신은 적당한 사람을 찾아 비싸게 파시오.

제가 받을 원고료는 기증할 수도 있습니다, 레오 라트케가 말했다. 그렇게 말하는 그의 눈길이 바닥이 보일락 말락 하는 각종 술병이 빼곡히 놓여 있는 간이 이동 테이블에 가서 멎었다. 그는 바로 이렇게 말을 이었다. 알코올중독자 모임에 기증하겠습니다. 좀 뻔뻔해지기로서니 어떠랴.

그러자 발행인이 말했다. 그렇게 단 한 줌의 애국심도 없단 말이오? 헌법과 돈과 서방세계와의 유착만으로 이 모든 것을 이루었다고 생각하고 있다니.

발행인을 더 이상 이대로 놔뒀다가는 결국 레오 라트케를 모욕하는 말투로 번질 것을 우려한 편집장이 말을 자르고 나섰다. **미국으로 가는 것이 당신에게 최선의 선택이오.**

레오 라트케가 갑자기 껄껄 웃었다. 애국심이 뭔지 보여주기 위해 미국으로 보낸다고? 교육의 한 일환인가? 팔라스트 호텔에서 반(反)독일 사상에라도 물들었기 때문에 이제 애국심 재활 교육이라도 받아야 한다는 그런 말인가? 아니면 도덕적 성장을 위해 생도 퇴를레스*나 프리드리히 2세처럼 괴로운 훈육을 받아야 한다는 뜻인가? 뉴욕으로 가는 것이 사관학교에 입학하는 것이라도 된단 말인가? 미국에서는 지식인들조차 그런다던데, 그들처럼 자기 나라를 사랑하는 법을 배워오라고? 그 지식인들의 국가의식 발달 정도야 젖니 빠질 때의 수준이라고는 하지만 그것을 제외한 나머지 인격은 훌륭한, 아니 아주 모범적인 수준을 가지고 있지 않은가. 미국인들이 나쁘다고는 절대 말할 수 없지. 하지만 그들이 애국심을 가지고 한 자리에 모이면 처음에는 좀 우스꽝스럽다가 더 나아가면 속이 메슥거릴 정도가 되지.

레나가 **카페 로프트**에 도착한 것은 약속 시간보다 20분이나 늦어서였다. 서둘러서 달려온 흔적이 역력했다. 얼굴에는 홍조가 번져 있었고 숨을 쉴 때마다 가슴이 오르락내리락거렸다.

"혼자 온 거야?" 그녀가 자리에 앉으며 물었다. "어땠어?"

레오 라트케가 손을 휘휘 내저었다. "뉴욕이래. 뉴욕으로 가라는 거야."

"언제? 얼마 동안이나?"

---

* 로베르트 무질(Robert Musil, 1880~1942)의 소설 『생도 퇴를레스의 혼란』에 나오는 주인공. 소설은 오스트리아 국경에 있는 한 기숙사 학교의 생도인 퇴를레스의 성장을 그리고 있다.

"여름 지나서. 한번 가면 최소 2년이야."

"어마." 레나는 그의 말이 무슨 뜻인지 짐작할 수 없었다. 이건 우리 그만 만나자, 또는 담배 좀 뽑아가지고 올 테니 잠깐 기다려를 뜻하는 그만의 표현법일까?

"그건 그렇고, 나 그 기사 읽었거든." 그녀는 원고가 든 봉투를 탁자 위에 올려놓았다.

"그런데?" 레오 라트케가 시큰둥하게 물었다. 거지 같다고 빨리 말해, 그가 속으로 생각했다. 그럼 잡지사에서 퇴짜 맞은 것도 그리 속상하지 않게 느껴질 테니. 나도 언젠가는 그들과 같은 생각이 될지도 모르고 말야.

"어떻게 말해야 될지 모르지만," 레나가 입을 열었다. "그 속에는 내가 느끼고 있는 것도 있었어."

"어, 그래?" 처져 있던 그에게서 힘이 나기 시작했다. 굉장해! 너무 좋아! 훌륭해! 처럼 끝도 없이 똑같던 찬사와는 다른 의견이 드디어 나온 것이다.

"응. 정말이야. 맨 처음의 행복했던 느낌은 이제 점점 사라지고 있어. 그걸 레오 당신네들에게 털어놓으려고 치면 그들은 전혀 들으려고도 하지 않지. 우리의 옛날이 얼마나 끔찍했는지, 그에 비해 지금이 얼마나 환상적으로 좋아졌는지, 그것만 되풀이하고 싶어 할 뿐이야. 하지만 문제는 그렇게 간단하지 않거든. 나는 영원히 너희들과 같은 사람이 될 수 없을 거야, 이렇게 분명하게 말할 용기가 여태까지 없었어. 그런데 이 기사를 본 지금은 그럴 수 있을 것 같아."

"앞으로도 영원히 익숙해지지 않을 것 같은 걸로는 뭐가 있는데?"

"어휴, 그건 너무 자기중심적인 질문이야. 그저 틈만 있으면 캐물으려고! 예를 들면 **소송물 액수** 같은 말들이 그래. 그리고 물건들의 값이 항상 1,99마르크 또는 79,90마르크거나 하는 것들. 심지어 주유소에 가면 10분의 1페니히까지도 있잖아. 맨 끝자리는 언제나 9로 끝나면서 말이야."

"그건 하나의 게임 규칙일 뿐이야. 네가 알고 있다는 사실을 그들도 알고, 또 너는 그들이 그걸 알고 있다는 사실을 알고……"

"나한테 서독을 설명해주겠다는 거야, 아니면 내 설명을 듣겠다는 거야?" 레나의 눈이 전투심으로 번쩍거렸다. 레오 라트케는 말꼬리를 잡고 늘어지지 않겠다고 금방 수그렸다. "방금 말한 건 게임이 아냐. 왜 그런지 알아? 다 돈 벌자는 수작이거든. 레오 당신들 세계에서는 돈이 최고잖아? 몰랐어? 전 세계 화폐 중 가장 안정된 가치를 갖고 있는 게 서독 마르크화라는걸. 국민들 스스로가 자랑스러워하는 부분이기도 하고. 하지만 사실은 돈이 당신들을 차갑게 만들고 있어. 당신들이 이미 그렇고 이제 아마 우리도 그렇게 될 거야. 화폐 통합 이후, 내 지갑에 돈이 들어와 있고 나서부터 나는 나에게 돈이 얼마나 있는지 항상 정확히 알고 있지."

여기까지 말하고 그녀는 말을 멈추었다. 모자를 벗어 들고 한 바퀴 돌던 춤꾼에게 동전을 주지 않은 얘기는 하지 않았다. 돈이 아무리 중요하다고 해도 레오 라트케에게 돈과 자기 자신에 대한 이야기를 모두 다 하고 싶지는 않았다. 그녀는 돈에 대해 많은 생각을 해본 결과 레오 라트케의 돈 불리기 작전이 불러온 결과를 쓰디쓰게 곱씹을 수밖에 없었다. 그 결과란 생각보다 머리 회전이 빠른 자신의 모습이었다. 계산은 더 이상 어렵게 느껴지지 않았고 그래서 자신도 모르게 저절로 손익계산이 되었다. 통제할 수 없을 정도는 아니었지만 빈도는 점차 늘어갔다. 한번 돈이라는 것을 인식하기 시작하니 옛날처럼 아무 걱정 없는 마음이 되기가 힘들었다.

그녀의 내부에서 변신을 완료한 그 무엇인가가 있었다. 그 무엇인가는 더 이상 불편하거나 어색하지 않게 완전히 자리를 잡았다. 그러나 그녀는 지금 그것에 대해 말할 때는 아니라고 판단했다.

"그런데 말야, 이렇게 느닷없이 익숙하지 않은 점들에 대해 말하라고 하다니, 정말 너무 불공평하기 짝이 없어." 그녀는 계속 말을 이었다.

"원래는 그 기사에 대해 이야기를 나눠보고 싶었는데." 그녀가 심통이 난 듯 팔짱을 꼈다.

레오 라트케는 그녀가 자신과 완전히 다른 종류의 인간이라는 것을 느꼈다. 그녀는 단순히 어릴 뿐만 아니라 신선하고 세상에 닳지 않았으며, 생각하기 싫은 말이지만 **썩지 않은** 사람이었다. 그녀의 '다름'은 영감을 불러일으켰다. 그녀는 그의 글을 자기만의 방식으로 이해했다. 그녀가 그에게 준 것은 그 어느 것과도 닮지 않은 유일하고 진실된 반향이었다. 생각해보니 둘 사이의 섹스도 미칠 듯이 좋았다. 그들의 행위를 묘사한 글을 하나 써서 포르노 잡지에 가져다주어도 될 정도였다. 당연히 가명으로 본인을 감춘 채 말이다. 그의 나이 서른다섯, 아내도 자식도 없었다. 전 세계를 돌아다니는 그는 술도 좀 과하게 마시는 편이었으나 술 먹는다고 옆에서 잔소리를 하는 사람도 없었다. 그에게는 주치의조차 없었다. 아프면 치료받을 뿐이었다. 그는 대부분 약국에 가서 증상을 설명하고 약을 사서 먹었다.

그는 애초 입을 다물려고 했으나 이제 말하지 않고는 견딜 수 없었다. 한마디의 물음이면 되었다. 이런 식으로 항복하기는 싫었지만 달리 어떻게 하겠는가? 이제 정처 없이 떠도는 생활에는 신물이 났다. 그는 이윽고 레나에게 물었다. "뉴욕으로 같이 갈래?"

제7장

세상에 떠 있는 구름 한 점

1. 아메리칸 윌더니스

　최고의 순간에 틸로는 그만 어처구니없는 말을 뱉어내고 말았다. 그들이 숲에서 나오자 세상이 그들 앞에 모습을 드러냈다. 끝닿은 데 없는 하늘과 평행으로 아득하게 초원이 펼쳐져 있었다. 버팔로 떼가 하늘에 떠가는 양떼구름처럼 저 멀리 가물거리며 초원 위를 무리지어 갔다. 틸로가 두 팔을 한껏 벌리고 역사적인 한마디를 뱉어내려 하고 있었다. 부활절 산책*의 맨 마지막 행이 머릿속에 떠올랐으나 너무 독일적인 것 같아 그만두고 이렇게 말했다. "웰컴 투 더 아메리칸 윌더니스!"

　"그거, 야생 지역이라는 뜻이야?" 카롤라 슈라이터가 겁을 잔뜩 집어먹은 목소리로 물었다. "나를 야생 지역으로 데리고 온 거야?"

　틸로는 그녀가 탈출한 지 1주년 되는 날을 기념하여 옐로스톤 국립공원으로 1일 나들이를 예약해놓았었다. 안내원 제프를 따라 오전에는 뜨거운 물이 나오는 연못과 진흙이 부글부글 끓어 넘치는 구멍 같은 것들을 돌아보고 2년 전의 큰 산불로 인해 나무들이 다 타버려 잿더미가 되어버린

_____
* 괴테의 파우스트 1편에 나오는 시.

652

검은 들판도 보았다. 다 타서 잿더미가 된 흙 위, 검은 말뚝같이 변해버린 나무 기둥들 사이에서 생명의 씨가 다시 자라고 있었다. 진녹색의 이끼와 풀잎, 하얀색과 노란색, 분홍색의 꽃들이 색의 탄생에 관해 이야기를 해주려는 것 같았다.

제프는 두 사람을 주차장에 내려주고 더 **모스트 뷰티풀 트레일 인 옐로스톤**이라고 하며 올라가는 길의 약도를 그려주었다. 대여섯 시간 정도 걸릴 거라고 했다. 산행이 끝나는 지점에서 그를 만나 차를 타고 호텔로 돌아올 예정이었다. 더할 나위 없이 완벽한 일정이었으나 카롤라는 야생 지역으로 가는 것을 못내 꺼려했다. 그녀의 침묵은 화가 난 침묵이었다.

"너 동물 좋아하지 않아?" 틸로가 물었다.

"좋아하지. 하지만 이런 야생 지역을 말한 건 아니었어!" 거의 비명에 가까운 목소리였다. "그리고 이렇게 큰 소리로 떠들면 곰의 주의를 끌게 돼. 여기 곰도 살잖아."

"그렇긴 하지. 하지만…… 아주 가끔씩 멀리서 봤다는 사람들이 있을 뿐이야." 카롤라가 다시 그 화난 침묵 상태로 돌입하자 그는 눈앞에 펼쳐지는 파노라마 광경을 과장된 동작으로 가리키며 일부러 활기찬 목소리를 꾸며대었다. "헤이, 여기야말로 자유의 땅이란 말이야! 너한테 이 자유를 선사하고 싶었던 거야!"

"난 무섭다고! 너 그 주차장에 있던 휴지통 봤어? 곰이 뒤지지 못하도록 특별 제작된 휴지통이었어. 그리고 무슨 서명도 해야 했잖아!" 국립 공원에 입산하는 다른 등산객들과 마찬가지로 그들도 입구에서 서명을 해야 했다.

"그건 그냥 안전을 위한 형식일 뿐이야."

"내 말이 바로 그 말이야!" 소리치던 카롤라는 목소리를 높이면 안 된다는 것을 깨닫고 바로 음성을 낮추었다. "안전하다면 서명할 필요도 없었겠지."

길은 냇물을 따라 숲 속으로 들어가게 되어 있었다. 안내원은 서명하지 않았다. 틸로는 이렇게 아름다운 곳에 와보기는 처음이었다. 시내는 넓고 평평했고 맑은 물은 햇빛을 받아 진주같이 방울방울 부서지며 촬촬 부드러운 소리를 내었다. 틸로는 셔츠 단추를 풀었다. 코로 숨을 한껏 들이마시며 눈을 감았다. 딱따구리 한 마리가 나무를 쪼는 소리가 났다. 오래된 옛날 문을 두드리는 소리가 났다. 잠자리 하나가 물 위에서 날며 틸로를 보고 있는 듯했다. 잠자리는 눈 깜짝할 사이에 다른 곳으로 날아가더니 또 그곳에서 움직이지 않고 가만히 떠 있었다. 틸로가 손을 내밀었더니 잠자리는 자리를 옮겨 계속 틸로를 관찰하려는 듯 재빨리 저 앞쪽으로 날아가버렸다.

"지금 장난이나 치고 있을 때야? 계속 꾸물거리고 있을 거냐고!" 카롤라는 흥분해 있었다. 어느새 작센 사투리가 나오기 시작하고 있는 것을 그녀 자신은 모르고 있었다. "야생 지역에 나와 있다는 게 뭘 의미하는지 알기나 해?"

"왜?"

"야생 지역에서 지내본 적 있어?"

"아니." 틸로가 대꾸했다.

"그럼 서두르는 수밖에 없어."

틸로는 카롤라의 말뜻을 알아듣지 못했다. 왜 저렇게 겁을 내는 거지? 휴지통 때문에, 아니면 산에 들어가고 나올 때 이름을 기입하는 명부 때문에? 야생동물 지역이 뭐 그리 위험하다는 거야?

길옆에는 곰이 출몰하는 지역에서의 행동 수칙을 적어놓은 팻말이 세워져 있었다. 틸로는 카롤라에게 문장을 번역해주면서 점점 그녀의 공포를 같이 느끼게 되었다. 곰을 만나면 큰 소리를 낼 것, 즉 종이나 호루라기 등을 이용해 소음을 내면 곰을 쫓아버릴 수 있음. 야영을 하게 될 경우 음식물은 절대 냄새가 새어나가지 않게 밀봉할 것. 심지어 생리 중에 있는 여성도 곰을 유인할 수 있음. 만일 곰이 다가올 경우 절대 도망가려고 하지 말고 가만히 서 있어야 함.

"나는 어쩌라고!" 속삭이는 목소리이되 거의 소리 지르다시피 하는 말투로 카롤라가 부르짖었다. "난 절대 가만히 서 있을 수 없어! 소리 지를 거야! 그냥 소리 지를 거라고!"

그러더니 갑자기 울기 시작했다. 공포와 긴장을 못 이기고 터져나온 울음이었다. "우린 호루라기도, 종도 없잖아. 게다가 나는…… 생리 중이란 말이야."

틸로가 나무 막대기로 무장하고 카롤라의 뒤에 붙어가기로 했다. 그녀는 그의 나머지 한 팔을 붙잡고 주저하며 천천히 나아갔다. 손가락 두 개를 입에 넣어 휘파람도 불어야 했지만 한 손으로는 나무 막대기를 들고 또 한 손은 그녀에게 붙들리니 그럴 수가 없었다. 그녀는 몇 번 하~! 후~!를 외치기도 했으나 인사의 말인 할로!를 외치지는 않았다. 몇 번 소리쳐보지도 않고 이러다가 곰이 꼬여드는 게 아닌가 하는 생각에 덜덜 떨었으나 그렇다고 아무 소리도 내지 않고 있으려니 더욱 오싹했다. 그녀는 천천히 조심스럽게 앞으로 전진했고 틸로는 그녀의 등에 자기 등을 대고 뒤로 걸었다. 시간이 오래 지체되면서 그들은 어둠이 깔리기 전에 산을 내려올 수 없으리라는 것을 깨달았다.

"나는 야맹증이 있단 말이야." 아무 대꾸를 안 하는 틸로를 보며 카롤라는 그도 역시 같은 처지라는 걸 알았다.

둘은 묵묵히 길을 따라 걸었다. 늪지대가 나왔다. 모기가 들끓고 있었다. 카롤라는 틸로를 잡지 않은 나머지 손으로 부채질을 하거나 찰싹찰싹 모기를 때려잡았다. 틸로는 빈손이 없었고 그의 피는 모기가 좋아한다는 달콤한 피였다. 카롤라는 전혀 동정심을 보이지 않았다.

그러는 동안 해가 골짜기 뒤로 넘어가 산은 저녁의 어둠으로 휩싸여 갔다. 이제 두 눈도 소용이 없었다. 그런데 그럴수록 귀는 더욱 밝아졌다. 카롤라의 귀에 뭔가가 딱 하는 소리가 들렸다. 살아 있는 생물에게서 나는 소리, 몸집이 큰 동물의 소리였다. 카롤라의 몸이 곧바로 얼어붙었다. 자기에게서 나는 심장 박동 소리가 밖에까지 들릴까 봐 걱정하는 바람에 심장 소리는 더욱 커지고 있었다. 그녀에게 지금 말을 걸면 절대 안 된다는 것과 지금 해야만 할 가장 최선의 행위가 무엇인지 틸로의 머릿속을 스치고 지나갔다. 그 최선의 행위란 주위를 둘러봄과 동시에 그녀 곁을 지키는 것이었다.

틸로가 카롤라를 향해 안심하라는 신호를 보내고 살얼음판 위를 걷는 듯한 느린 동작과 함께 아직 강가에 서 있는 그녀에게 얼음이 아직 건널 만하다는 제스처를 하며 발자국을 뗐다. 그녀에게서 15미터 떨어진 곳에 오자 다친 노루 한 마리가 벌벌 떨고 있었다. 노루는 카롤라보다 더 큰 공포에 떨고 있었다. 틸로는 불쌍한 생각이 들었으나 어쨌건 그를 쫓아버려야 했다. 딱 하는 소리를 무시하고 계속 전진할 카롤라가 아니었다.

틸로는 노루에게 두세 걸음 다가갔다. 갑자기 노루가 위로 튀어올랐다. 그렇게 바들바들 떨던 노루가 눈 깜짝할 사이에 온몸에 힘을 모아 껑충 뛰어오를 줄은 몰랐다. 유연한 동작이었다. 그런데 그 바보 같은 짐승은 숲 속으로 도망가지 않고 카롤라 주위를 껑충껑충 뛰었다. 카롤라가 비명을 질러댔고 틸로가 외쳤다. "그건 노루야!" 그러자 짐승이 사라졌다. 틸로도, 카롤라도 이런 식으로 자기 자신을 맞닥뜨리게 될 줄은 꿈에 도 몰랐었다. 잠겨 있던 것이 드러나는 순간이었다.

그들은 어둠이 깔리고 나서도 훨씬 시간이 지나 주차장에 도착했다. 둘 사이의 분위기가 심상치 않은 것을 눈치 챈 제프가 '올 라잇'이라고 한 마디만 던지고 두 사람을 지프에 태워 2층짜리 목조 건물로 된 호텔에 데려다 주었다.

카롤라는 침대에 몸을 던지고 누워 단어 한마디 한마디에 힘을 주어 말했다. "다시는 나 데리고 그런 짓 하지 마."

"내가 뭘 어쨌기에?" 옷장 문을 열면서 틸로가 외쳤다. "1년 전에 발라톤 호숫가에서 우리 둘 다 미국 여행을 꿈꿨었잖아. 그런데 실제로 네가 서독으로 넘어오게 되면서, 그때 국경도 역시 컴컴했는데 너는 그냥 웃어넘기고 말더군. 이제 환율도 유리해지고 이제 아니면 언제 가랴, 이렇게 얘기가 된 거 아니었나? 여행책을 읽다 보니 자연을 접하고 싶어진 거고. 다시는 그런 짓 하지 말라니, 도대체 무슨 말이야? 내가 무슨 짓을 했는데?"

"날 야생 지역으로 끌고 간 사람이 너잖아." 카롤라가 분한 듯 이를 갈았다.

"그게 뭐 어때서?" 틸로가 더 큰 소리로 되받았다. "자연을 감상하자고 한 것뿐이야!"

"자연이라고 했지 야생 지역은 아니었어!"

"자꾸 야생 지역 어쩌고 하는데, 야생 지역이 뭐 그리 대단한 거라고!"

"내가 열 살 때였어. 학교에서 소풍을 갔지. 쇼르프하이데라고, 베를린 근교에 있는 곳이었어. 그때 우리를 인솔하던 산지기가 '마치 야생 지역 같은 이곳은'이라고 말했어."

"그래서?"

"동물이 얼마나 많았는지 몰라. 노루, 사슴, 토끼, 멧돼지 등등, 눈만 돌리면 온통 짐승뿐이었어. 산지기가 '마치 야생 지역 같은 이곳은'이라고 했단 말이야."

"말도 안 돼."

"말이 왜 안 돼? 거기는……" 그녀가 말을 더듬거렸다.

"거기가 뭐?"

"거기는 사냥 허가 지역이었어." 카롤라가 이렇게 말해놓고 나서 본 인도 어이가 없는 듯 한바탕 웃었다.

놀란 듯 그녀를 바라보던 틸로도 역시 웃음을 터뜨렸다. 카롤라는 그렇게 오랫동안 웃는 그를 보기는 처음이었다. "우하하, 배꼽 빠지겠다! 야생 지역…… 사냥터…… 너희들 높으신 분들이 하는 꼴이라니…… 그것도 사냥이랍시고. 산 하나를 온통 짐승들로 한가득 채워놓으면 아무렇게나 허공에다 대고 빵빵 총을 쏘아대도 아무거나 하나는 맞을 테니까. 산지기가 하는 말을 그대로 믿는 꼬마 하며…… 뭐, 그게 야생 지역이라고?"

웃다 지친 그가 소파 위로 쓰러졌다.

틸로가 이를 닦고 있는데 카롤라가 욕실에 들어오더니 욕조에 걸터앉았다. 그녀는 세면대, 수도꼭지, 그리고 검은색과 하얀색이 어우러진 타일이 만들어내는 욕실의 분위기가 좋았다. 1930년대의 내부 장식일 거라는 짐작이 들었다. 그녀는 그것을 모더니즘 양식이라고 불렀다. 과감한 생략을 통해 돋보이는 특징이 있지만 사용하기에는 불편한 점이 많았다.

또 카롤라는 틸로가 양치질하는 것을 지켜보기를 좋아했다. 그는 어느 누구보다도 칫솔을 빨리 회전시키는 재주가 있었다.

틸로가 치약 거품을 뱉어냈다.

"우리 어떻게 서로 의사소통을 해야 되지? 동독에서는 통닭구이를 브로일러라고 부르고 크리스마스 천사를······"

"연말 날개상? 우리도 그렇게는 안 불러. 크리스마스 천사는 그냥 크리스마스 천사야."

"그래, 그렇다고 해두자. 하지만 오시*들이 동물수용소를 야생 지역이라고 착각하고 있다면······"

"거기서 왜 오시가 나와? 야생 지역에 관한 나의 견해는 순전히 내 개인적인 경험에서 우러나온 거라고." 그녀가 이렇게 말하며 양팔로 그의 배를 꼭 껴안았다. "나는 다른 사람과 같지 않아. 일단 그걸 이해하고 나야 나머지도 해결되게 돼 있어."

2. 인간적인 것

베레나가 초인종을 누르자 안에서 진공청소기 멈추는 소리가 났다. "잠깐만요!" 하는 여자 목소리가 들리면서 문이 열렸다.

"하우슈케 부인이세요? 빌란트 하우슈케 씨의 모친 되시는?" 베레나가 물었다.

키가 베레나의 귀 언저리에도 채 못 미치는 부인은 고개를 끄덕이며

---

* 오시Ossi: 동독 사람들을 조금 무시하는 투로 부르는 말.

자기 앞에 서 있는 이 사람이 과연 누구일까 열심히 생각했다.

"제가 아드님이 살아 있는 모습을 가장 마지막으로 본 사람인 것 같습니다."

"들어오세요." 부인의 눈에 갑자기 힘이 들어가는 것을 본 베레나는 부인이 얼마나 이 순간이 오기를 기다려왔는지 짐작할 수 있었다. 하우슈케 부인이 어둡고 좁은 복도를 지나 먼저 안으로 들어갔다. "거실이 지금 이 모양이니……" 부인은 청소하느라 엎어놓은 소파들을 베레나가 보지 못하도록 재빨리 거실 문을 닫았다. 그들은 부엌으로 갔다. 그녀는 의자를 하나 밀어젖히고 삐걱대는 서랍을 열었다. "앉으세요…… 이럴 줄 알았으면…… 커피 드시려우?" 찬장 문이 꽝 하는 소리를 내며 닫혔다.

"저도 마찬가지로 떨리는 심정이에요."

"그래요, 이해한다우. 커피 어때요?"

"예, 주세요." 이야기하러 온 사람은 베레나임에도 불구하고 하우슈케 부인이 계속 말을 했다. 부인은 평범한 보통 여자였다. 식당에서 주방 일을 도와주는 일쯤을 하지 않을까, 베레나의 짐작이었다. 둘은 15년이나 20년쯤 나이 차가 날 터였지만 근심이 부인을 늙게 만들었다. 자신이 상상했던 것보다 훨씬 몸집이 작은 그녀를 보며 베레나는 저렇게 작은 사람이 나중에 그렇게 몸집이 큰 사람으로 성장한 자식을 낳았을 때의 고통을 생각하지 않을 수 없었다.

"진한 커피로 타드릴까요?" 하우슈케 부인이 물었다. "우유나 설탕도 넣어드려요? 오는 데 불편하진 않았어요? 거리 이름도 다시 옛날식으로 다시 바뀌었지 뭐유, 바바로사 슈트라세라고. 도시 이름도 켐니츠로 다시 돌아가니까 편지에 주소 쓸 때도 짧아서 좋고, 카를마르크스 시는 너무 길었어요. 하지만 루돌프하를라스 슈트라세에 비해 바바로사 슈트라세는 더 나을 것도 없……"

"하우슈케 부인," 베레나가 조심스럽게 말을 끊었다.

"네." 하우슈케 부인은 대답을 하고 계속 이야기를 이어갔다. "두개골 파열과 뇌출혈이랍디다. 하지만 사고가 난 경위는 아무도 모른대요. 철골 이 무너진 사건이 있기는 했지만 그 애가 발견된 장소는 다른 곳이래요. 난 그 애가 무슨 바보짓을 했으리라곤 생각할 수 없어요. 빌란트는 구급 차 기사였기 때문에 매일 보고 다니는 게 사건 사고였을 테니까요…… 설 탕 드려요?"

"구급차 기사였다고요?"

"네, 누구랑 싸워서 그렇게 됐을 거라는 말도 있지만 걔는 다른 사람 이랑 싸울 애가 아녜요. 한 번도 남을 때린 적이 없었는데. 구급차 기사 맞고요, 와일드 빌리라고 불렸답니다……"

"와일드 빌리요……" 베레나가 되뇌었다.

"운전할 땐 마치 미친놈 같았다나요. 병원에서 그러는데, 구급차에서 그렇게 된 구급차 기사로는 우리 빌란트가 최초라고 합디다……" 부인이 훌쩍거렸다. "정말 구급차 안에서 죽었어요. 차에 실었을 때는 아직 목숨 이 붙어 있었지만 응급실에 도착했을 때는 이미 손쓸 수 없었어요. 그런 데 당신이 거기 같이 있었다고요?"

"아니요, 사건이 일어났을 때 옆에 있었어요."

"설탕 드려요?" 부인이 커피를 잔에 따랐다.

"아니에요, 됐습니다."

"나도 설탕을 안 넣는다우." 부인이 이렇게 말하며 볼에 흘러내린 눈 물을 훔쳤다. 그러고는 부엌에서 나가더니 잠시 후 조그만 상자를 들고 돌아왔다. 상자 안에는 사진들이 들어 있었다. 베레나가 사진을 뒤적이며 꺼내보는 동안, 그녀에게 입맞춤당하고 혀를 내밀어 보여주고 마지막에는 혼자 남았던 그 타인에게—자신의 이름과 직업과 별명을 그녀 앞에 밝힌 후에—가족과 학교 친구들과 머물던 곳과 파티와 동료들과 오토바이와 수영복과 밀짚모자가 하나하나 덧입혔다. 하나의 인생이 완성되었다. 하지만 사진에 형제자매나 아버지는 없었다.

하우슈케 부인은 잠자코 사진을 넘기는 베레나를 보며 아무 말도 하지 않았다. 베레나는 자신이 말을 꺼내면 부인이 또 이야기를 시작할까봐 조마조마했다.

이윽고 베레나가 상자를 닫아 식탁 위에 올려놓았다.

"일이 일어났을 때 옆에 있었다고 했어요?" 하우슈케 부인이 묻자 베레나는 고개를 끄덕끄덕했다.

"무슨 일이 일어난 거예요?"

"하늘에서 유리병이 날아와 머리를 때렸어요. 샴페인 병이요."

하우슈케 부인은 잠자코 고개를 끄덕였다. 눈에 눈물이 가득 고였다. 목이 꾹 조여와서 아무 말도 할 수 없었다.

"제가 바로 그 옆에 있었거든요. 우연히 그렇게 됐어요. 그런데 갑자기 병이 날아온 거예요. 아마 누가 아래로 던져버린 병이 아닌가 싶어요. 우리가 서 있었던 곳이 브란덴부르크 문 바로 밑이 아니라 거기서 조금 떨어진 곳이었어요. 그러니까 병이 바로 머리 위에서 떨어졌을 리가 없고 제 생각에는 누가 위에서 멀리 던진 것 같아요."

그러자 하우슈케 부인이 고통을 더 이상 참지 못하고 아이처럼 울음을 터뜨렸다. 베레나로서는 그녀를 위로할 도리가 없었다. 어머니의 집 식탁 위에서 전하는 와일드 빌리의 죽음처럼 억울하고 비극적인 죽음은 없을 거란 생각이 들었다.

"제가 조심해요! 하고 소리를 질렀을 땐 이미 늦어버렸어요. 그는 바로 정신을 잃었는데 사람들이 워낙 빼곡하게 서 있었던 터라 쓰러지지도 못했어요. 피는 나지 않았어요. 조금 있다가 정신이 돌아오자 괜찮냐고 했더니……"

"괜찮다고 했겠죠."

"네."

"그랬을 거예요. 여간해선 진짜 무슨 일인지 말하지 않으니까……"

"바로 옆에서 병이 떨어진 걸 제가 보았기 때문에 두 번 연속해서 물어보지 않을 수 없었죠. 그런데도 괜찮다고 하면서 자기 말투가……"

"혀가 크기 때문이라고 했겠죠. 혀도 보여주지 않았수? 그렇게 매번 혀를 내밀어 보여주지 않아도 된다고 말을 했는데도 내 말을 안 들었어요."

"그러고 나서 그는 곧바로 사람들을 헤치고 나갔어요. 저도 너무 겁이 났지요. 위에서 샴페인 병이 날아오기 시작하면 그 누구도 안전하다고 장담할 수 없으니까요. 인파로 인해 사방에서 온통 눌리는 바람에 병이 날아온다고 해도 머리를 가리기 위해 팔을 위로 들 수도 없을 정도였어요…… 저는 그때 남편과 같이 왔었어요." 베레나는 이렇게 쓸데없고 어이없는 죽음을 전할 수밖에 없는 자신이 무력하게 느껴졌다. 이럴 줄 알았으면 아예 이야기를 만들어내거나 적어도 바보 같은 죽음이라는 느낌만이라도 빠질 수 있게 사건을 좀더 훌륭하게 꾸며왔더라면, 하는 생각이 간절했다. 하나라도 좋은 이야기를 남기기 위해 베레나는 덧붙였다. "저는 그에게 키스를 받았어요. 댁의 아드님이 새해의 키스를 해주었다고요. 한밤중인 데다가 눈을 감고 있어서 남편의 키스일 거라고 생각했었는데, 너무 사람이 많아서…… 그런데 키스를 해준 사람은 와일드 빌리였어요."

"그 애다운 행동이네요." 부인의 목이 꽉 잠겨 있었다. 그것이 그녀를 비난하는 것인지 자랑스러워하는 것인지 베레나는 짐작할 수 없었다. 하우슈케 부인은 찬장을 열더니 둥그런 과자 상자를 꺼냈다.

"성탄절 선물로 그 애한테 받은 거예요. 이걸 준 지 여드레째 되는 날 죽었어요. 그래서 먹지 않으려고 했는데, 이제는…… 좀 오래된 맛이 날 거예요."

부인은 상자를 식탁 위에 올려놓고 베레나에게 권하는 손짓을 하며 자신도 과자를 하나 집어 들었다. "우리 집은 어떻게 찾았어요?" 부인은 이렇게 물으며 과자 몇 개를 베레나의 커피 받침대 위에 올려주었다.

"병원을 통해서요. 12월 31일 밤에 실려온 사망자가 있나 샤리테 병원에 물어봤죠."

"주소를 바로 알려줍디까?"

"아뇨, 거기 있는 의사 한 명을 붙잡고 오래 설명을 했죠. 그러니까 그도 결국 경찰에 가서 절차를 밟을 필요까지 있겠냐고 인정을 하더군요. 전 그냥 부인께 자초지종을 알려드리려고 한 것뿐이거든요."

"세상엔 아직 착한 사람이 많아요." 부인은 과자 하나를 더 입에 집어넣었다. "아직 맛이 신선하네요."

"그러네요. 와일드 빌리가 선물한 과자가 역시 맛이 좋네요. 남기지 말고 다 먹어버릴까요?"

두 사람의 손이 동시에 뻗었다. 서로에게 먼저 드시라고 권하는 둘의 눈길이 마주쳤다.

"요새 세상이 어떻게 돌아가는지, 원. 브란덴부르크 문에서 샴페인 병을 던지질 않나, 그걸 뻔히 보면서도 그저 자기한테 떨어지지 않기만을 바라는 수밖에 없으니. 정말 너무나도……"

"책임감이 없는 거죠." 그건 너무 극단적인 느낌이 들어 그녀가 오랫동안 말하지 않던 단어였다. 그러나 유리병과 그의 죽음을 오래 생각하면 할수록 그녀가 느끼는 경악과 허탈감을 달리 표현할 말이 없었다. 어느날, 아침에 일어나 보니 집 앞 건너편에 있는 담벼락에 **인간적인 것이 우리를 살린다!**라고 크게 씌어 있었다. 그날 하루 종일 그 이상한 글귀가, 특히 마지막의 느낌표가 베레나의 머릿속을 떠나지 않았다. 자신은 왜 박물관에서 일하고 있으며, 왜 과거의 예술 작품을 연구하고 있으며, 베네치아로 여행을 가려고 하는 것인가? 그날 저녁, 업무를 마치고 난 그녀는 그날 밤의 사망자에 대해 반드시 뭔가를 알아내겠다는 결심을 하고 샤리테 병원으로 향했다.

두 여자는 식탁에 앉아 상자에 있는 과자를 말끔히 먹어치웠다. "사람은 먹고 있는 한 계속 살 수 있어요." 그리고 하우슈케 부인은 와일드 빌리가 새 세상을 보지 못하고 떠났다는 생각이 떠오를 때마다 말할 수 없이 슬퍼진다는 말을 했다. 그러나 그 말을 하면서도 울지는 않았다.

"무덤에 한번 가보고 싶은데 같이 가지 않으시겠어요? 아니면 위치만 가르쳐주셔도 돼요." 베레나가 말했다.

"아니에요, 당연히…… 나도 가야죠. 그 아이 무덤을 찾아보겠다는 사람이 흔치는 않아요."

둘이 찾은 와일드 빌리의 무덤을 서쪽으로 기울어가는 저녁 해가 비추고 있었다. 내일이 와일드 빌리의 스물여덟번째 생일이라고 부인이 말했다. 새해 첫날, 스물일곱 살의 나이에 죽다——지나가는 사람들이 걸음을 멈추고 고개를 갸우뚱거릴 만한 비석이었다.

"공동묘지는…… 언제나 이렇게 조용해요." 하우슈케 부인이 속삭였다. 베레나는 고개를 끄덕였지만 속으로는 생각했다. 절대 베네치아에 가지 마세요. 거기서 돌아오고 나면 공동묘지조차도 얼마나 시끄러운지 느끼게 될 테니까요.

3. 엘리베이터를 탄 지도자처럼

뤼디아가 차에 시동을 걸고 격하게 운전대를 꺾어 차를 돌려놓는 소리가 화장실에 있는 발렌틴 아이히의 귀에 들렸다.

"시험 주행 운전자도 울고 갈 운전 솜씬데." 차에 타고 나서 그가 말했다.

"고마워요!" 뤼디아가 기뻐하면서 기어를 넣었다.

베르히테스가덴*을 벗어나기 직전 카폰이 울렸다.

"발렌틴!" 뤼디아가 꾸짖었다. 발렌틴 아이히는 수화기를 집어 들었다.

"예, 저…… 전화 받았습니다."

그는 전화를 받더니 한동안 말을 않고 듣기만 하면서 아내가 운전하는 모습을 관찰했다. 아내는 바이에른 전통 의상을 입고 다녔을 뿐 아니라 욕할 때도 이제 제법 바이에른 사투리를 썼다. 추월을 하려고 속도를 내다가 반대 방향에서 차가 오는 바람에 다시 제자리로 들어와야 할 때면 "자크라!"**라고 r자를 제대로 굴리며 욕을 내뱉거나, 자기가 추월당할 때는 "꺼져! 바보 같은 놈!" 등의 욕설을 퍼부었다. 차는 거의 제한 속도에 가까운 속력을 내고 있었다. 그녀가 추월을 할 때는 기어를 내리고 모터의 회전 속도를 쭉 올렸다. 또 브레이크를 밟기보다는 앞차에 붙이는

---

* 베르히테스가덴Berchtesgaden: 독일 남부 바이에른의 최남단에 있는 도시. 관광 휴양도시로도 유명하다.
** '제기랄'의 바이에른식 욕설.

666

걸 더 좋아했다. 굽이굽이 도는 커브 길에서는 타이어가 소리를 내기도 했다. 속도를 내서 달릴 만큼 급한 일도 없건만, 그녀의 운전 습관은 새로 시작한 인생의 속도를 대변해주고 있었다.

"그것 참…… 그래서 어떻게 생각하십니까?" 상대방의 말을 듣고 있던 발렌틴 아이히가 물었다. 그는 부처처럼 부동자세로 앉아 정신을 집중해 듣고 있었다. 그는 다시 우두머리로 돌아와 있었다. 자신도 모르는 사이에 그는 타인의 청탁을 들어주는 사람이 되어 있었다. "그렇죠, 그렇죠" 그러더니 곧이어 "그런데 그건 다 알고 계시겠죠?" 했다. 그건 **돈**이 얼마 드는 일이다, 그게 최소 **비용**이다, 하는 말뜻이었다. "화요일, 화요일 오전 괜찮습니까? 9시 30분이요? 좋습니다. 성함이? 예, 예…… 알겠습니다." 그가 수화기를 내려놓더니 혼잣말로 중얼거렸다. "바이에른에 오니 아무 문제없구먼."

"조금 있으면 신형 무선전화가 나온대요. 이렇게 통이 달린 게 아니라 가방에도 넣어가지고 다닐 수 있다네요."

발렌틴은 구형이 되어가고 있는 카폰을 물끄러미 바라보았다. "임대하길 잘했군."

"이따가 온다는 사람들은 어떤 사람들이에요?"

"아, 별거 없어." 발렌틴이 손을 저었다. "옛날 사람들 중 하나야. 팔라스트 호텔의 총지배인이었던 사람. 몇 번 만난 적이 있는데, 그때마다 항상 감자전을 부쳐줬지. 정말 맛있어. 소싯적에 요리사였대. 왜 오는 건지는 모르겠어."

"아까 통화할 때 그 부인도 감자전 얘기는 하더군요."

"그리고 다른 얘기는 없었어?"

"직접적인 얘기는 없었어요, 내가 듣기로는 이제 그 남편이 총지배인

자리에서 물러났다는 것 같았어요. 둘이서 여기 근처의 요양원에 있다나
봐요."

"요양원?"

"지칠 대로 지쳐 자살이라도 할 듯한 목소리였어요."

발렌틴 아이히는 도주할 때 자신이 느꼈던 절망감이 생각났다. 알프
레트 분추바이트도 같은 일을 겪고 있는 것일까? "자살을 한다고." 그가
기계적으로 반복했다.

"거의 그러기라도 할 말투였어요. 남편이 밧줄을 가지고 다락방에 올
라간 걸 그 집 부인한테 들켰대요. 비유인지 뭔지는 모르겠지만. 난 모르
겠네요. 당신은 정말 그 사람이 그랬을 거라고 생각해요?"

"응. 여기 요양원에 있다는 말을 들으니 그랬을 거야. 이 근처의 요
양원이라면 요양비도 몽땅 자기 주머니에서 내고 있을 텐데. 느긋한 사람
이야."

차가 부동산 사무실에 도착했다. 차에서 내려 사무실 안으로 들어간
후 1분 있다 다시 나온 뤼디아의 손에는 대형 서류 봉투가 들려 있었다.

집으로 돌아오는 길에 발렌틴은 서류에 있는 매물을 훑어보았다. 모
두 으리으리한 시골 별장이니만큼 150만 마르크 이하짜리가 없었다. 아직
부부는 그들의 냉장고를 채워주는 소시지 공장 사장 집에 딸린 조그만 셋
집에 살고 있었다. 소시지 공장 사장은 개인 은행을 하나 운영하고 있었
다. 그런데 그 은행이 지금 동독으로 영업 확장을 꾀하고 있었다. 부부가
필요한 건 대출 상담이었다. 발렌틴이 그렇게 높은 액수의 대출을 받으려
면 일반적인 대출 심사를 피하지 않고는 방법이 없었다. "바이에른에서는
가능합니다." 소시지 공장 사장이 한마디로 간단히 말해버렸다.

"우리가 집이 없는 게 오히려 더 잘된 셈이야. 집이 있다면 분추바이

트란 사람이 우리한테 기댈지도 모르니 말이야."

알프레트 분추바이트는 발렌틴 아이히를 기다렸다. 그는 출고된 지 1년 되어 거의 새 차나 다름없는 오펠 제나토어에 앉아 있었다.

"알프레트, 내려요!" 쥐빌레의 음성이었다. "날씨가 아주 좋네요."

알프레트 분추바이트는 차에서 내리지 않고 좋은 공기를 차 안으로 끌어들이겠다는 듯 창문을 아래로 내렸다. "우리가 1시에 도착한다고 확실히 말한 거야?"

"1시에서 2시 사이에 온다고 했어요."

"아무 일도 없이 무사해야 할 텐데."

"일이 일어날 게 뭐가 있겠어요? 당신은 가끔씩 엉뚱한 생각을 잘하더라."

"우리가 저번에 만나기로 했을 때……" 그는 입을 뚝 다물었다. 그들이 마지막으로 만나기로 한 날, 발렌틴은 오지 않았다. 그는 도피 중이었던 것이다. 그날도 그는 아내 쥐빌레를 마중 나왔었고 지금과 마찬가지로 차에 앉아서 기다렸었다. 라디오에서는 우리에겐 매니저가 필요합니다라는 연설이 흘러나왔었다. 여기서 치욕스러운 그 사건을 또 기억해야 한단 말인가? 발렌틴이라면 슈니델과 같은 자에게 속아 넘어가지는 않았을 것이다.

쥐빌레가 발렌틴이 오고 있다는 신호를 보냈다. 발렌틴은 저쪽에서 걸어오고 있었다. 알프레트 분추바이트는 즉시 차에서 내려 발렌틴을 향해 걸어갔다. 대화를 나눌 수 있을 만큼 가까워지자 그가 물었다. "무슨 일이 있었나?"

"아니, 무슨 일이 있었겠나?" 발렌틴은 이렇게 말하며 악수를 청했다. 피부는 바이에른의 햇볕에 그을려 조금 타 있었고 물렁한 반죽 같던 얼굴은 탱탱해져 예전보다 건강해진 느낌을 주었다. 다만 기분 나쁜 얼굴 생김새만은 그대로였다.

"얼굴 좋아 보이는데!" 알프레트 분추바이트의 말에 발렌틴 아이히는 고맙네인지 뭔지 모를 소리를 웅얼거리며 상대편을 힐끗 보더니 넌 안 좋아 보여라고 속으로 생각했다.

"뤼디아는 잠깐……" 바로 그때 저쪽에서 자동차의 타이어가 자갈길을 밟으며 올라오는 소리가 들렸다. 그리고 곧 차의 모습이 보였다. 그것은 짙은 감색의 시트로앵 CX였다. 알프레트 분추바이트는 자기 눈을 곧이곧대로 믿을 수 없었다. 그 차는 예전에 다른 고위 관리들과 마찬가지로 발렌틴이 타고 다니던 차와 색깔까지 똑같은 모델이었다. 아내 쥐빌레가 마음에 들어하던 것은 볼보였으나 분추바이트는 고위관리들이 타는 차라는 이미지가 든다는 이유로 거부하고 오펠 제나토어를 구입할 것을 끝까지 밀고 나갔었다. 그런데 발렌틴 아이히는 옛날에 타던 차로 다시 돌아가 있는 것이다. 그건 마치 '너희들이 나한테 원하는 게 뭐냐, 나는 하던 대로 계속 해나가련다'라고 말하고 있는 것 같았다. 차를 보고 난 충격이 너무 큰 나머지 알프레트 분추바이트는 정성들여 준비해두었던 인사말——자네한테 감자전 한턱 낼 게 남아 있다네——을 그만 까맣게 잊어버리고 말았다.

"뤼디아가 바쁘다네." 인사가 끝나고 난 뒤 발렌틴이 말했다. "우리 일이 계속 돌아다녀야 하는 일이라서 말이야."

"그래요!" 뤼디아의 맞장구였다.

"자네에게 보여주려고 내가 생각해놓은 좋은 데가 있지. 켈슈타인하우스라고 들어본 적 있나?"

"켈슈타인하우스라니?" 알프레트 분추바이트가 되물었다.

"아돌프* 시대에 만들어진 것인데 그렇게 잘 알려져 있는 곳은 아니야. 알프스의 파노라마 배경과 함께 지도자와 에바 브라운이 접이의자에 누워서 블론디의 털을 쓰다듬는 장면이 나오는 컬러 기록 화면으로 유명한 그 산장은 누구나 다 알고 있지── 그렇지만 1945년에 미국 놈들이 몽땅 다 부숴버려서 현재는 별로 남아 있지 않아."

알프레트 분추바이트는 자기가 지금 제대로 듣고 있는 것인지 믿기지가 않았다.

"거기 올라가면 정말 멋있어요. 전망이 말도 못하게 좋아요!"

"난 사실 감자전을 만들어주려고 했는데."

"감자전이라." 발렌틴은 이렇게 말해놓고서 감자전에 담긴 의미가 뭘까를 생각했다. "그럼 더 잘됐군. 감자전을 하려면 뭐가 있어야 되지? 그렇지 않아도 아침거리 외에는 집에 변변히 먹을거리도 없었는데, 장 보러가면 되겠군. 다들 내 차에 타시게."

쥐빌레 분추바이트는 낙담했다. 바이에른이라고 해서 기대하고 왔더니 쇠방울 소리, 가죽 바지, 드넓은 푸른 언덕은 보지도 못하고 이게 뭐람. 발렌틴의 실업자 생활은 몇 달이 가기도 전에 끝이 나고 그는 이제 다시 1주일에 80시간씩 일하고 있었다. 뤼디아도 질세라 밤낮으로 뛰어다녔다. 운전석과 조수석 사이에 박힌 카폰도 전시용이나 과시용이 아니었다. 그것은 그들에게 영업 필수품이었다.

켈슈타인하우스로 올라가려면 셔틀버스를 타야 했다. 좌석이 다 차면

---

* 아돌프 히틀러를 말한다.

다음 차를 기다리는 수밖에 없었다. 그래도 사람들은 올라가볼 욕심에 끈기 있게 줄을 서서 기다렸다. 발렌틴은 이미 한 시간 전에 3시 정각에 출발하는 버스표를 예매해두었다. 그는 나치에 대한 경탄을 표현할 때 흔히 그러듯이 작고 낮은 목소리로 분추바이트에게 근처에 대한 안내를 해주었다. "켈슈타인하우스는 마치 독수리의 둥우리같이 산꼭대기에 지어져 있다네. 거기에 올라서면 독일과 오스트리아, 쾨니히 호수까지 한눈에 보인다네. 마르틴 보어만이 지도자의 50세 생일을 축하하면서 지어서 헌납한 거라네. 도로 건설까지 포함해서 단 2년도 안 걸렸어. 그런 도로는 자네도 본 적이 없을걸. 1년 남짓한 기간에 그런 도로를 닦았으니, 공학이 이루어낸 걸작품이야!"

알프레트 분추바이트는 발렌틴을 쳐다볼 엄두가 나지 않았다. 나치에 대한 경외심이 그를 심히 불쾌하게 했다.

"위에 가보면 알겠지만…… 그가 얼마나 건축과…… 그러니까 위에 가면 전망을 한눈에 볼 수 있는 통유리 창문이 있는데 아주 대단해. 하지만 아돌프 본인은 그 별장을 별로 마음에 들어하지 않아서 그저 두세 번 다녀간 게 전부라나."

버스 안도 감탄사로 술렁이기 시작했다. 아돌프 히틀러에게 바쳐진 생일선물을 향해 올라가는 도로를 경탄하는 것이 추잡한 행동은 아니었다. 버스는 가파른 경사길을 20분 정도 올라갔다. 굽이굽이를 돌면 숨이 막힐 듯한 장관이 눈앞에 펼쳐졌다. 도로는 어떠한 경제 효율적 계산도 무시한 채 협곡과 같은 산 중턱에 건설되어 있었다. 그런 점에서 그 도로는 특이하다고 할 만했다.

그들은 켈슈타인하우스 아래의 주차장에서 버스를 내려 암벽을 쪼아 판 터널 속으로 걸어 들어갔다. 터널 끝에는 엘리베이터가 있었다. 터널은 나치에 의해 지어진 건축물들이 흔히 그러하듯이 무시무시하리만치 견고한 느낌을 주었다. 통로는 묵직하면서도 차가웠고 전구에서 나는 빛은 희끄무레했다. 전등은 불로 달궈 손으로 만든, 녹청을 입힌 횃불 걸이에 걸려 있었다. 그 터널은 잔인한 중세로 이끄는 터널이었고 쪼개진 해골, 떨어져 나온 머리, 전사의 시체가 널브러진 안개 낀 벌판이 등장하는, 악몽으로 인도하는 터널이었다.

엘리베이터는 황동빛으로 거울같이 번쩍거리는 대단한 규모의 공간이었다. 수직으로 상승 하강하는 방이라고 표현할 수 있을 정도였다. 방문객들은 기가 막혀 말을 잊었다. 지도자가 타고 다니던 엘리베이터에 타보다니…… 방문객들 중 반 이상이 동독에서 온 사람들이었다. 나이 든 사람들은 싸구려 방풍 점퍼로, 젊은이들은 긴장해서 자기들끼리 모여 있는 태도로, 가족들은 작센 악센트로 불리는 맨디라든가 스티브라든가 하는 아이들의 이름과 얼룩 처리를 한 청바지로 동독인이라는 것을 알 수 있었다. 알프레트 분추바이트는 헬무트 콜 다음으로 인기 있는 독일인이 히틀러가 아닐까 하는 생각이 들 정도였다. 이곳은 비록 쉬쉬하는 가운데에서도 그런 생각을 표현할 수 있는 장소였다. 여기에서는 우리의 지도자가 위대한 인물이었다는 사실을 그들은 더 이상 자기네들끼리 몰래 속닥거리지 않아도 되었다. 1990년의 여름은 켈슈타인하우스가 사상 최대 방문객 수를 기록한 해였다.

그들은 엘리베이터를 타고 위로 올라왔다. 알프레트 분추바이트는 책상과 의자들 사이를 지나다니며 늘어선 방들을 구경했다. 이 의자에 히틀러가 앉았겠구나, 이 접시로 식사를 했겠구나, 이 컵으로 물을 마시고 이 침대에서 잤겠구나…… 이런 생각이 안 들 수가 없었다. 여기서 히틀러는 스타였다. 그러나 그는 오직 역겹다는 생각 외엔 아무 생각도 나지 않았다. 역겨움 때문에 조금도 감탄스럽지 않았다. 히틀러는 보통 사람이 아니었으나 알프레트 분추바이트는 보통 사람이었다. 그는 맥주도 마시고 친구들과도 어울리고 생업을 유지하고 출세도 하고 아내 이외의 사람과 관계도 가지고 휴가지에서는 높은 산꼭대기에서 산 아래 깊은 곳을 내려다보고도 싶은, 그런 보통 사람이었다.

발렌틴이 손님들을 알프스의 장관이 내다보이는 파노라마 창문으로 안내했다. "자, 어때?"

"자, 어때, 라니? 뭐가 어쨌단 말인가? 히틀러가 여길 별로 마음에 들어하지 않아서 거의 오지 않았다고 자네가 그러지 않았는가? 여긴 그가 버린 곳이란 말일세. 수준이 형편없는…… 무식쟁이였다고!" 우리라면 옛날에 폭파시켰을 물건이야, 그가 속으로 말을 이었다.

"자네 오늘 왜 이러나. 자네 행동을 보면 꼭 내가……" 발렌틴은 말을 중단했다. 자신의 행동을 부적절하게 묘사한 안성맞춤의 표현이 당장 생각나지 않아서였다.

원래 쥐빌레 분추바이트는 남편이 수렁에서 어떻게 벗어났는지, 그리고 그 위기를 어떻게 극복했는지에 대해 발렌틴과 이야기를 나눠볼 생각이었다. 하지만 이제 그러고 싶지 않았다. 그에게 털어놓고 싶은 마음이 사라져버렸다. 그런 이야기를 나누기에 그는 너무 바빠 보였다.

그날 저녁 일찍, 알프레트 분추바이트는 앞치마를 두르고 좁은 부엌에 서서 감자 껍질을 벗기며 불쾌했던 오후의 기억을 잊으려 애쓰고 있었다. 그런데 부동산 업자와 만나고 집에 돌아온 뤼디아 아이히가 복도에서 흘러나오는 식용유 냄새를 맡고는 예의고 뭐고 모두 잊어버린 채 툴툴거리기 시작했다. 이게 다 무슨 난리냐, 며칠은 집에서 기름 냄새가 안 빠질 것이다, 나가서 먹어도 되는데 왜 이러는지 모르겠다, 게다가 갈아놓은 감자는 왜 이렇게 많은 거냐, 바이에른 인구의 반은 먹여 살리겠다 등등…… 그녀의 불평은 알프레트 분추바이트의 귀에도 들려왔다. 그는 발렌틴이 자기편을 들어주리라고 생각했으나 발렌틴은 그의 기대를 저버릴 뿐이었다. 발렌틴은 갈아놓은 감자가 들어 있는 함지 안을 쓱 들여다보더니 말했다. "정말 많군. 나는 배가 썩 고프지 않다네."

네 사람이 함께하는 저녁 식탁에 알프레트 분추바이트가 감자전을 올려놓았다. 팔라스트 호텔에서 먹던 양보다 훨씬 적은 양이었다. "그렇게 높이 쌓지 않아도 돼."* 발렌틴이 주문했다. 알프레트 분추바이트는 눈을 질끈 감았다. 정녕 치욕스런 나의 과거를 꼭 들춰내야만 한단 말인가?

발렌틴 아이히는 칭찬을 늘어놓지 않았다. 그저 과연 맛있다는 듯 음음거리며 음식이 가득 든 입을 하고 "괜찮구먼"이라고 할 뿐이었다. 뤼디아는 마치 사약이라도 받아먹는 것처럼 인상을 잔뜩 찌푸렸다. 쥐빌레 분추바이트는 남편과 마찬가지로 불편한 마음이었다.

발렌틴 아이히는 네 조각의 감자전을 먹고 나서 포크와 칼을 접시 옆에 내려놓고 냅킨으로 입을 닦았다. 아직 땀이 나기도 전이었다. "이만 됐어. 이거 정말 배부른 음식인데."

알프레트 분추바이트는 얼떨떨했다. 도대체 무슨 일이야? 둘을 엮어주는 게 무엇이었는지 발렌틴이 잊어버린 건가?

"자네 혹시 쌍둥이 형제가 있나?" 네 사람이 묵묵히 식사를 하고 있는데 문득 무슨 생각이 난 그가 발렌틴에게 물었다. "어떻게 그런 생각이 든 건가?" 긍정이나 부정을 하기에 앞서 발렌틴 아이히에게는 그 물음이

---

* 사기꾼Hochstapler에는 '높이 쌓는 사람'이라는 원뜻이 있다.

너무 괴이했다.

　그들이 헤어질 때도 따뜻한 인사말은 없었다. 부부는 거의 무례의 수준에 근접하는 제스처로 집 밖으로 안내받았다. 부부가 자갈길에 세워놓은 자기들의 차로 걸어갈 때 발렌틴과 뤼디아 중 어느 누구도 현관문에 서서 손을 흔들어주지 않았다.

　알프레트 분추바이트는 두 사람의 친구를 잃어버렸다는 생각을 했다. 더 이상 그의 친구가 아닌 발렌틴과, 한 번도 그의 친구였던 적이 없는 발렌틴, 이 두 사람이었다.

4. 마요르카!

　바다에서 불어오는 바람 때문에 카틀린 브로인리히는 깔개를 생각대로 잘 펼 수가 없었다. 세 번 실패를 본 다음 그녀는 바다를 등지고 서 보았다. 깔개는 저절로 쫙 펼쳐졌다. 육지 쪽을 바라보고 서니 호텔과 모래사장과 열대나무가 보였다. 호텔의 방방마다 발코니가 하나씩 있었다. 정말 이렇게 좋을 줄은 몰랐다.

　그날은 마요르카에서 처음 맞는 오후였다. 그녀의 피부는 아직 하얬다. 뜨거운 태양 아래 지글지글 지져서 피부색을 변화시켜보겠다는 것이 그날 그녀의 첫번째 계획이었다. 그래서 내일이 되면 타이트한 비키니를 입고 한쪽 다리를 세운 채 기름을 바르고 누워 있는 저 해변의 여인들과 구별되지 않도록 만들겠다는 결심을 한 그녀였다. 총에 맞아 죽은 듯 누워 있는 여자들의 곁에는 엎드려서 잡지를 뒤적이고 있는 애인들이 있었다. 애인의 무릎에 난 털은 물고기 떼처럼 항상 한 방향을 가리켰다. 오늘 오후 한 번만 태우면 내 이름과 똑같이 브로인리히*가 되는 거야.

그녀는 다시 츠비카우에서 일하기 시작했고 그러다 보니 거의 햇빛을 보지 못하고 살았다. 친구 율리아는 어머니가 새로 문을 연 여행사 사무실 일을 돕고 있었고 카틀린도 모녀가 일하는 이 작은 여행사에서 직원으로 일하게 되었다. 장사는 아주 잘되었다. 율리아는 손님들을 상냥한 미소로 반기며 요새 어떤 여행 상품이 있는지, 잘나가는 인기 상품은 어떤 것인지 상세히 설명해주었다. 예를 들면 알프스나 마요르카가 인기 있는 여행지라고 하면서 다녀오신 손님들이 대만족하고 있다는 이야기도 빼놓지 않았다. "우리는 모든 손님을 행복하게 해드려요!" 주저하거나 의심의 눈초리를 보내는 손님들에게 그녀는 즐거운, 거의 생각 없는 웃음을 얼굴에 띠우며 종종 이렇게 말하곤 했다. 그것이 율리아의 방법이었고 그 방법은 잘 들어맞았다. 카틀린은 율리아를 흉내 낼 능력이 되지 않았다. 율리아가 상담에 들어가서 너무 오래 걸린다든가 해서 카틀린이 할 수 없이 손님을 상대해야 할 기회가 오면 그녀는 자신 없이 카탈로그를 뒤적이며 멜랑콜릭한 목소리로 이렇게 말했다. "예, 여기도 좋아요……" 아닌 게 아니라 카탈로그에 소개된 여행지는 그녀가 볼 때 죄다 좋아 보였다. 그러고 있노라면 율리아가 상담을 끝내고 와서 그녀를 해방시켜주었다. 목소리가 크고 활기찬 율리아는 단 몇 분 안에 상담을 성공으로 마무리지었다.

카틀린을 마요르카로 보내준 사람은 율리아의 어머니였다. "너 꼭 하얀 치즈 같구나! 그런데 손님들이 우리를 보고 휴가 분위기를 느껴야 되지 않겠니!" 율리아의 어머니와 마찬가지로 카틀린도 공식적으로 여행사 직원이라는 명분으로 직원 할인을 받을 수 있었다. 마요르카 여행비는 터

---

* 브로인리히bräunlich: '갈색이 도는'의 원뜻을 가지고 있다.

무니없이 쌌다. "여행에서 돌아오면 손님들에게 네 팔을 보여주면서 마요르카! 라고 외쳐야 한다. 그게 얼마나 효과가 있는지 곧 알게 될 거다."

율리아는 주말에 자전거 여행을 한 번만 해도 금방 가무잡잡하게 되었다. 하지만 카틀린은 여행에서 돌아와 두 모녀를 깜짝 놀래주고 싶었다. 비록 1주일밖에 안 되는 일정이었지만 그녀는 율리아가 상상도 하지 못할 정도로 새까맣게 되어 돌아올 작정이었다. 여행사의 작은 사무실을 들어서는 자신을 보고 이게 누군가 하는 놀라움에 다물어지지 않는 율리아의 입을 보고 싶었다. 그래서 카틀린은 열흘 전부터 색소 형성에 좋은 카로틴이 많이 들어 있다는 당근 주스를 하루에 1리터씩 마시고 있었다.

이제 그녀는 태양 아래 누워 있다. 10분 동안 엎드렸다가 다시 10분 동안 바로 눕기, 다시 엎드리기를 반복했다. 몸속에 축적된 카로틴이 햇빛을 받고 피부 표면으로 올라와야 할 차례였다. 태양아, 불타올라라. 태양이 이글거릴수록 더 많은 카로틴이 활성화되니까 말이다.

파라솔을 펴고 그 그늘 밑에 누워 있는 사람들도 눈에 띄었으나 카틀린에게는 관심 밖이었다. 그늘에 들어가면 타지 않을 테니 말이다. 사람들은 선크림을 발랐다. 카틀린은 태양빛을 차단하고 싶은 생각이 눈곱만치도 없었다. 차단하기는커녕 더 내놓고 싶었다. 한 시간이 지나자 살이 따갑기 시작했다. 따가워진 어깨와 등은 돌아누운 다음에도 따끔따끔하다가 다시 엎드리면 더욱 심하게 따끔거렸다. 볕이 약해지면서 해가 수평선에 가까워질 무렵, 정말로 아프기 시작했다.

호텔 프런트에서 열쇠를 받아 드는 카틀린을 직원이 경악하는 표정으로 쳐다보았다. 엘리베이터 안의 거울에 비친 자신의 모습을 보니 페인트로 칠한 것처럼 빨갰다. 그러나 그녀는 여전히 카로틴의 효능을 믿고 있었다. 그녀의 머릿속에서 상상한 카로틴은 잘게 썬 홍당무 조각이었다.

그러니까 이름도 카로틴이 아니겠는가. 당근 주스도 처음에는 붉은색이었다가 놔두면 차츰 어두운 색깔을 띠면서 결국 갈색으로 변한다. 피부도 마찬가지일 것이다. 내일이면 나도 해변에 내놓아도 다른 사람과 전혀 구분이 안 가는 색깔을 띠게 될 거야.

저녁을 먹으러 내려갔을 때도 사람들은 공포에 질린 얼굴로 그녀를 쳐다보았다. 뷔페에서 음식을 집다가 다른 사람과 살짝 부딪쳤는데 눈물이 쏙 빠질 만큼 아팠다. 의자에 앉는 것도 고통이었다. 비키니에 덮여 타지 않은 부분을 골라서 앉았다. 옆 탁자에 앉은 여자가 놀란 눈을 하고 선크림을 발랐는지 물어보았다. "꼭 발라야 돼요, 안 그럼 엄청 아파요!" 여자는 빈 악센트를 써가며 이렇게 말하고 태닝 후 바르는 진정크림 한 통을 그녀에게 주었다.

방으로 돌아온 그녀는 크림을 바르려고 해보았으나 손가락이 피부에 닿자마자 피 나는 상처에 요오드팅크를 바른 것처럼 그 자리가 아려와서 도저히 바를 수가 없었다. 옷이 닿아 쓰라리자 옷도 벗어던졌다. 침대에 누울 수도 없었다. 눌리는 자리가 말로 할 수 없이 아파왔기 때문이다. 그녀는 욕실로 가 샤워기를 틀었지만 떨어지는 물방울이 살갗에 닿으며 또 따가웠다. 그래서 샤워기 꼭지를 바로 머리 위로 하고 물이 머리를 타고 흘러내리도록 했다. 그러니까 아픔이 덜한 것 같았다. 수건으로 몸을 닦을 수도 없었고 앉을 수도, 누울 수도 없었다. 바닷물에 들어가는 상상만 해도 짠 바닷물에 몸이 닿을 생각을 하니 저절로 아파왔다. 이제 어떡하나? 그녀는 스페인 방송을 보다가 10분마다 샤워하러 들어갔다. 피부는 붉은색 그대로였다. 코끝과 귀에 물집이 잡히기 시작했다. 그녀는 피곤해져 그만 잠자리에 들고 싶었지만 눕지 못했다. 그녀는 다시 샤워기 밑으로 들어가 울기 시작했다. 울음소리는 점점 커졌고 마침내는 목 놓아 엉

엉 울었다. 작센링 공장에서의 마지막 근무일처럼 그렇게 불행했다. 작은 욕실은 그녀의 한탄에 기묘한 울림을 주었다. 그녀는 그 현상이 뭔지를 알기 위해 더 크게 울어보았다. 마치 철저한 고문관이 상대방에게 겁을 주듯, 그녀는 고통의 횡포에 천천히 자신의 몸을 맡겼다. 왜 이렇게 항상 지지리도 운이 없는 것일까? 왜 이리 아파야 하는 것일까? 햇빛에 그을린 피부를 가지고 싶어서 여섯 시간 동안 스페인의 태양을 쬐었을 뿐이다! 그녀는 생각했다. **옛날이었다면** 이런 일은 일어날 수도 없었어, 국경이 굳게 닫혀 있어서 잔인한 남국의 태양을 볼 일도 없었지. 그때는 사장이 직원을 마요르카로 보내는 일은 있을 수 없었다. 새로운 세상이 열린 지금이 그녀는 너무도 끔찍했다.

카틀린은 그 깊은 한밤중에 마음껏 울어댔다. 귀신 같은 울음소리가 방 안을 울렸다. 옆방 사람이 잠에서 깨 프런트에 연락했다. 카틀린의 방 전화가 울렸으나 그녀는 받지 않았다. 3분 후에 방문을 노크하는 소리가 들렸다. 그녀는 수건으로 몸을 두르고 문을 열었다. 문 앞에 서 있는 이는 야간 근무 직원이었다. 그는 카틀린을 위로하고는 의사를 불렀다. 크나큰 불행이 찾아오면 일단 운다. 그러면 낯선 이가 찾아와 도와준다――이 모든 것이 카틀린에게는 익숙한 일이었다.

5. 맨해튼 대성당

레오 라트케는 또 언성을 높이고 있었다. "이 여자분은 1F가 아니라 4A를 예약했단 말이오!" 레오 라트케가 소란을 일으키는 모습이 레나는 창피했다. 1F라고 해도 별 상관없을 터였다. 어쨌든 창가 쪽 자리면 된 것이다. 하지만 레오 라트케는 전혀 굽히지 않고 속사포를 쏘아댔다. "나는 'A열의 창가 자리 주세요' 하고 말했지, '창가'라고 말한 적 없소. 당신네들이 확인까지 해주었단 말이오! 자, 그러니까 빨리 그 자리 주시오!" 창구 직원이 포기할 때까지 물고 늘어지겠다는 기세였다. 과연 그 효과인지, 직원은 단말기를 몇 번 두드려보고 난 뒤 자신 없는 투로 물었다. "3A가 있는데 괜찮으시겠어요?" 레오 라트케의 기분이 확 돌변했다. "3A 좋습니다!"

비행기가 뉴욕행이 아니라는 사실에 레나는 조금 실망이었다. 뉴어크 Newark 비행장이 뉴욕 비행장과 다름없이 맨해튼과 가까운 곳에 위치해 있다는 사실도 그녀를 위로하지는 못했다. 뉴어크를 아는 사람은 아무도 없는 것이다. 레오 라트케가 약속한 것은 특급 뉴욕 여행이었는데 출발부터가 특급스럽지 않았다.

비행기가 착륙 준비를 할 때가 되어서야 그녀는 자기 옆에 앉아 있는 사람이 지역 전문가 수준의 지식을 가지고 있다는 것을 알게 되었다. 비행기는 맨해튼 상공을 한번 선회했다. 고도가 낮아질수록 시내의 전체 모습이 더욱 또렷하게 모습을 드러냈다. 멀리서 볼 때는 아스라한 파타 모르가나처럼 가물가물하게 보이던 것이 가까이 다가가자 초대형 도시의 본색을 드러냈다. 지구상 그 어느 곳도 저렇게 많은 돌덩이가 건물이 되어 쌓여 있는 곳은 없었다. 거대한 아르마딜로가 웅크리고 있는 모습을 한 도시에는 지붕들이 부조의 양각처럼 솟아올라 있었다. 낮지도 않지만 그렇다고 하늘을 찌를 듯 거만하지도 않은 가지런한 높이의 건물들이 모여 있는 지역이 있는가 하면, 건물 하나 없이 넓게 트여 있는 센트럴 파크가 있었다. 또 쭉쭉 뻗어나가는 데 거칠 것 없는 한 방향으로만 솟아올라 있는 한 덩어리의 지역도 있었다. 착륙하기 직전, 비행기는 맨해튼을 따라

날았고 레나는 까마득한 빌딩 사이로 숨어 있는 거리들과 도미노처럼 빠르게 겹쳐지는 섬의 반대편을 쩍 벌어진 상처를 보는 것처럼 강렬한 느낌으로 볼 수 있었다.

이제 레나는 레오 라트케가 왜 그렇게 신경질을 부렸는지 알 수 있었다. 이건 뉴어크행 비행기의 A열에 앉지 않으면 볼 수 없는 광경이었다. 그러기 위해서는 또한 바닷바람이 불어주는 행운도 따라야 한다는 것도 레오 라트케는 알고 있었다. 바다 쪽에서 바람이 불지 않을 경우에는 비행기가 반대 방향에서 착륙을 하게 되고 그러면 뉴욕의 드라마틱한 경관은 경험할 수 없었다.

공항에서 택시가 아닌 공항버스를 타는 것도 레오 라트케가 계획한 일 중 하나였다. 그는 레나에게 버스의 좌석 하나를 가리키며 앉으라고 청했고 그녀는 그가 하자는 대로 했다. 그는 그녀의 바로 뒷자석에 앉아서 특별한 순간이 펼쳐질 때마다, 즉 맨해튼이 정면으로 보일 때나 버스가 링컨 터널의 커다란 입속으로 들어갈 때, 버스가 어두운 터널 속을 달리다가 34번가로 다시 빠져나올 때 앨런 긴즈버그의 시 한 부분을 때로는 불타오르듯이, 때로는 뱉어내듯이 읊었다.

몰록,* 그의 영혼은 온통 기계투성이!

몰록, 그의 피는 돈이 되어 흐르고!

몰록, 그의 가슴은 인간을 집어삼키는 모터!

---

* 몰록Moloch: 몰렉이라고도 쓴다. 고대 중동 지역에서 어린아이의 희생 제물을 받던 신으로 거대한 탐욕이나 큰 희생을 요구하는 것의 비유로 쓰인다.

682

몰록, 그의 귀에서는 연기가 피어오른다!

몰록, 그의 눈은 앞 못 보는 천 개의 창문!

"여기서는 얼마나 미쳤느냐가 기준이야." 그는 이렇게 말했다. "미치거나 유명해지거나 둘 중의 하나지."

레나에게 비치는 도시의 모습은 그와 다른 것이었다. 가장 눈에 띄는 것은 여기저기서 넘쳐나는 낭비의 구조와 어마어마한 크기였다. 지하철은 베를린의 지하철보다 세 배는 길고 두 배는 넓었다. 콜라를 담는 종이컵은 두 손으로 감싸 쥐어야 할 정도로 컸다. 슈퍼마켓에서는 설탕이 포대로, 우유와 주스는 석유통 같은 통에 담겨 팔리고 있었다. 2리터짜리 가글 용액도 있었다. 호텔의 침대, 가로등 밑의 휴지통, 보도블록의 높이, 식당에서의 1인분, 이 모든 것이 높고 컸으며 보통의 기준을 여지없이 폭발시키며 부족이라는 개념 자체를 폐기하려는 것 같았다. 몽땅 세일! 이이 도시의 슬로건이었다. 그녀는 산처럼 쌓여 있는 청바지와 셔츠 더미를 보며 이런 걸 다 누구에게 입힐 것인지 자문했다. 고급 식재료 가게에는 피클 캔으로 이루어진 피라미드가 사람 키 높이만 하게 쌓여 있었다. 거의 모든 신발 가게가 **두 켤레를 구입하시면 세번째 켤레는 거저 드립니다!**의 원칙으로 운영되고 있었다. 레나가 볼 때 신발은 팔리고 있는 게 아니라 가게 밖으로 내던져지고 있는 거나 다름없었다. 상점마다 종이 간판이나 천으로 된 플래카드가 내걸려 있었고 돈만 있으면 아파트나 층 전체, 아니 건물 전체라도 사들일 수 있었다. 레나는 이미 함부르크에서 너희들에게 제일로 중요한 건 돈이야, 라고 말한 적이 있었지만 거기서는 뉴욕처럼 이렇게 적나라하고 당연한 사실로 드러나지는 않았었다. 뉴욕에서는 돈이 최고라는 것이 이미 자극적인 문구가 아니었다. 오히려 그것을 못 보고 지나친다면 말이 안 될 엄연한 사실로 존재하고 있었다.

레나는 브로드웨이와 월스트리트가 비슷한 규모의 거리일 거라는 생각을 했었다. 그러나 막상 가보니 브로드웨이는 하루에 다 걷기에는 벅찰 정도로 긴 거리였고 월스트리트는 아무리 억만장자라도 택시를 불러 타고 가기에는 너무 짧을 정도의 간단한 거리였다. 레나는 생각에 잠겼다. 거리 자체가 유명한 것이 아니라 그 거리에 있는 자본주의의 심장, 즉 증권가가 유명한 것이었다. 이렇게 짤따란 거리가 그렇게 유명하다면 증권에는 뭔가가 있는 거야, 그녀는 생각했다.

그녀가 본 뉴욕은 아주 뻔뻔스런 얼굴을 하고 돈의 뒤를 따라다니는 곳이었다. 한 예를 들면, 10달러짜리 공중전화 카드를 파는 자동판매기가 있었다. 레오 라트케가 지폐 투입구에 5달러를 넣고 나서 보니 두번째로 넣어야 할 5달러짜리가 없다는 사실을 뒤늦게 발견했다. 환불 단추는 아예 없었다. 기다리면 나올까 싶어서 한참을 기다려봐도 기계는 아무것도 토해내지 않았다. 기계는 두번째 5달러가 들어오기만을 기다리고 있었다. 레오 라트케는 근처로 돈을 바꾸러 갔고 레나는 뉴욕에서의 첫날 한심스럽게 기계 옆을 지키고 서 있는 자신을 보며 **서독에 갔던 첫날**을 회상했다. 그때 고장 난 담배 자판기에서 담배를 꺼내주었던 알비노를 팔라스트 호텔에서 다시 보았었다. 그런 사람이 또다시 나타나서 도와주었으면 하는 마음이 간절했다. 그 순간 레오 라트케가 돌아와 두번째 5달러짜리를 넣고 공중전화카드를 뽑아냈다.

아메리카는 여러 면에서 불편하고 날림이었다. 모든 지폐가 다 똑같은 색과 크기를 가져서 첫눈에 구별이 잘 안 간다는 점이 그렇게 돈에 민감한 사회로서는 놀랄 만한 홈이었다. 힐튼 호텔의 객실에서는 아래 위층의 화장실 물 내리는 소리와 옆방의 텔레비전 소리가 다 들렸다. 문을 닫을 때는 싸고 가벼운 소리가 났다. 실내 온도를 끔찍하리만큼 낮게 유지하는 것이 물질의 여유를 나타내며 손님에 대한 환대라는 법칙이라도 있는 것 같았다. 냉기는 **호화로움**의 상징이었다.

아메리카는 화려하고 웅장한 면도 많았다. 푹신한 카펫, 나무를 덧씌운 벽과 고전적인 대리석 기둥, 크리스털 샹들리에, 청동으로 만든 계단의 난간 등, 그렇게 고급스러운 공간을 경험한 것이 레나는 처음이었다. 시립도서관, 그랜드 센트럴 스테이션, 현대 미술관, 레오 라트케가 강연을 하기로 되어 있는 뉴욕 대학의 실버센터——이 모두가 다 궁전이었다.

최고 중의 최고, 그것이 뉴욕이 보이고 싶어 하는 자신의 모습이었다. 뉴욕이라는 공연은 배우보다는 무대장치로 유지되었다. 뉴요커들은 무대 사이사이로 사라졌으며 거의 눈에 띄지도 않았다. 레나는 여행을 할 때 항상 그곳 사람들에 대한 인상을 간직하곤 했는데 뉴욕에서는 도시의 몸뚱어리가 너무도 압도적인 나머지 그렇게 괴짜와 천재가 많음에도 불구하고 그곳에 사는 사람들에게서는 어떠한 깊은 인상도 얻을 수 없었다. 뉴요커 한 사람 한 사람이 다 나름대로의 괴짜였지만 겉에서는 그것을 느낄 수 없었다. 뉴욕은 인간을 잡아먹는 아귀, 몰록이라는 앨런 긴즈버그의 말이 과연 옳았다.

1주일 예정의 여행이었다. 레나는 레오 라트케를 따라 갈지 결정을 내리기 전에 뉴욕을 한번 보고 **감을 잡으려고** 이번 여행을 하게 되었다. 레오 라트케도 자신이 쓴 그 기사를 처분하려는 나름대로의 목적이 있었다. 그는 기사에서 몇 가지 어려운 표현을 완화하고 동서독 간 복잡한 내부 상황을 삭제하여 미국의 독자에 알맞게 고치고 영문 번역을 맡겼던 것이다.

레오 라트케는 뉴욕 사무소 설립 30주년 행사에 참석할 수 있도록 여행 날짜를 맞추었다. 초대를 한 사람은 레오 라트케에게 자리를 물려줄 뉴욕 통신원이었다. 그러는 과정에서 레오 라트케는『뉴요커 *The New Yorker*』지의 선임 편집자인 수전이라는 여자를 알게 되었다. 일은 매끄럽게 진행되었다. 수전은 레오 라트케를 알게 되어 베리 플리즈드 very pleased 하다고 했다. 으레 나오는 당신의 기사는 다 읽어보았어요 Oh, I've read all of your articles에서 all에 나머지 문장을 합친 것보다 더 많은 시간이 소요되지 않은 관계로 레오 라트케는 그녀가 정말 자기를 알고 있는지 아닌지 확신이 서지 않았다. 어쨌거나 그래도 원고는 수전에게 넘겨주었다. 그는 그 잡지에는 이런 기사가 아니라 명확하고 단호한 정치적 기사만이 실리고 있기 때문에 자신의 글이 실리지 않게 된 것이라고 둘러댔다. 이런 기사가 과연 어떤 기사인지 상세히 설명해주었더니 수전이 감탄했다. 정치기사가 아니면서도 정치적 성격을 담고 있는 것이 바로 자기네들이 찾고 있는 그런 기삿거리라는 게 그녀의 말이었다. 그녀가 대학을 다닐 때 카우슈라는 이름의 교수가 있었는데, 그에게서 배운 대중소설과 훌륭한 문학작품의 사이를 가르는 분명한 차이점을 배웠다고 했다. 기차역에서 이제 헤어지면 다시는 만나지 못할 가슴 아픈 이별을 하는 두 남녀가 나온다면 거의 예외 없이 대중소설이지만 그 이별의 시점이 1918년 3월이고 남자가 군인으로서 최전방에 나가는 것이라면 그 장면은 대작품이 될 소지가 있다는 설명이었다. 레오 라트케는 결정할 수 있도록 며칠간의 말미를 주겠다고 그녀에게 말했다. 또 수전과 헤어지면서 카우슈 교수의 제자를 여기서 만나게 되어 기쁘다는 말도 잊지 않았다.

그 순간, 레오 라트케는『뉴요커』지가 자신의 기사를 실어준다면 더

할 수 없이 만족스러운 기분이 들 거라는 생각이 문득 들었다. **우리 잡지는 그런 것을 싣지 않소**, 발행인이 했던 말이다. 분식집의 주방장 자리를 안 주겠다면 리츠 칼튼의 주방에서 요리하면 돼. 그러면 그 발행인의 체면은 어떻게 되는 거지? 따끔한 맛을 한번 보여줬다고 생각하면 돼. 그가 누군가. 레오 라트케가 아닌가.

　여행의 마지막 날, 레오 라트케는 대성당을 구경하기로 계획을 세웠다. 레나에게도 그렇게 말해놓았었다. 그러나 그들이 실제로 간 곳은 4백 미터 높이의 세계무역센터의 꼭대기였다. 엘리베이터는 겁이 덜컥 날 정도의 무시무시한 속도로 치솟았다. 바람이 일어날 정도였다. 수직으로 달리는 지하철이라고 할 만했다. 안에 탄 사람들은 두려움에 입을 꾹 다물었고 소곤거리는 소리만이 이따금 들릴 뿐이었다. 레나는 빨대로 빨아올려지는 개미들이 연상되었다. 맨 꼭대기층에서 내리니 색유리를 낀 창문을 통해 사방의 전경이 펼쳐졌다. 레나가 가장 높이 올라가본 경험은 베를린의 방송 송신탑의 207미터였는데 지금은 그 두 배의 높이에 올라와 있었다. 내려다보이는 시가지는 너무 조그마해서 거의 없는 거나 다름없었다. 상당히 높은 건물도 몇 개 보였다. 시가지가 작게 보일수록 다른 한 쌍둥이의 모습은 더욱더 괴이하게 느껴졌다. 하늘은 끝도 없이 넓은데, 이 높이에서 눈앞을 가로막는 단 하나의 건축물은 너무도 가까이 있었다. 은빛 창문 너머로 보이는 마주 선 거대한 탑의 같은 층에서는 직원 식당이 보였고 그 안에서 사람들이 왔다 갔다 하고 있었다.
　레나는 옥상으로 올라갔다. 옥상의 바닥은 철골로 짜여 있었다. 도시의 소음도 이 높은 곳까지는 올라오지 못해 다만 무거운 구름처럼 저쪽에 떠 있었다. 옥상은 도시의 그 어느 곳보다도 조용했다. 사람이 얼마 없었지만 두 사람은 낮은 목소리로 이야기를 나누었다. 그곳에는 존경심을 일으키는 그 무엇인가가 있었다. 경외감과 장려함, 고요와 종교. 그리고 몇 안 되는 사람.

"여기가 뉴욕 대성당이네!" 레나가 말하자 "바로 그렇지!" 하고 레오 라트케가 자부심에 차 말했다.

바람이 철골 창살 사이로 빠져나가며 자신만의 멜로디를 내었다. 그 노래, 울부짖음과 딱딱거림은 금속성을 띠고 있었다. 전망대에 설치된 난간 아래의 쇠 그물망은 살기 싫어진 사람들이 저 깊은 아래로 추락하는 것을 막아주고 있었다.

"저 사람들 뭐 하는 거지?" 레오 라트케가 건너편 빌딩의 식당에 있는 사람들을 발견하고 레나와 똑같은 뭐라고 딱히 설명할 수 없는 기분에 사로잡혀 있을 때 레나가 이렇게 물었다.

"식사하고 있네."

"그건 나도 알아. 내 말은 그게 아니잖아."

"나도 몰라. 경제는 나도 알 수 없는 수수께끼지."

그날 오후, 『뉴요커』지의 건물을 내려와 거리로 나온 레오 라트케는 괴성을 한번 지르고 나서 크게, 아주 크게 외쳤다. "레오, 이제 여기 도착한 거야!" 뒤를 돌아다보는 이는 아무도 없었다. 뉴욕에서는 미치거나 유명해지거나 둘 중의 하나다. 그는 『뉴요커』지에 다녀왔다고 해서 더 유명해지지는 않았다. 그것은 다른 방향으로 가는 첫 출발이었다.

수전은 기사를 펴내겠다고 하지 않았다. 이야기는 베리 인터레스팅하고 마블러스하고 어메이징하고 그레이트하고 원더풀하며, 만일 미국인에게 일어난 이야기였다면 당장 실었을 거라고 그녀는 말했다. 레오 라트케는 자기가 잘못 들은 것이 아닌가 했다. 독일에서는 이국적인 곳에서 펼쳐지는 이국적인 사람들의 이야기가 더 높은 부가가치를 인정받고 있었다. 레오 라트케의 기사에 등장하는 주인공이 이탈리아 사람이거나 미국인이었거나 이스터 섬의 주민이었다면 그런 고생을 하지 않아도 되었을 터였다.

레오 라트케는 분노로 폭발할 지경이었다. 이 무슨 잘난 척이며 거만함이란 말인가! 『뉴요커』지의 명성에는 확실히 과도한 거품이 있었다. 1백 장을 넘는 면수를 가지고 매주 한 번씩 발행되는 『뉴요커』지는 지식인들을 자기 발 앞에 꿇려 획일화시키고 있었다. 그것이 바로 『뉴요커』지였다. 그 신문에 실린 글귀를 토씨 하나도 틀리지 않고 읊어대는 사람들의 모습을 파티에 가면 쉽게 볼 수 있었다. 그곳에선 가장 설득력 있는 의견이 이기는 게 아니라 『뉴요커』지에서 따온 의견이 이겼다. 그래, 레오 라트케는 생각했다. **분식집**이라니, 내가 잘못 생각한 거야. 그는 뉴욕 사무실에 첫 출근을 하자마자 『뉴요커』지에 직접 전화를 걸어 즉시 정기구독을 끊을 작정을 했다. 자신의 이름과 직위를 말한 뒤 이렇게 말할 생각이었다. 위 캔 두 위다웃 유어 스터프We can do without your stuff. 또한 독일 사람이 너무 적게 등장한다고 말해줄 생각이었다. 독일 사람들의 생각을 알려면 『빌트』지를 읽어야 한다는 말이 있듯이 뉴욕에서 지식인들의 생각을 알고 싶으면 『뉴요커』를 읽어야 하기 때문에 언제까지나 영원히 손을 뗄 수는 없는 일이겠지만 말이다. 읽고 싶을 때는 길거리의 매점에서 포르노 잡지를 사면서 같이 사는 방법도 있다. 매점 상인으로 하여금 『뉴요커』는 단지 알리바이를 만들기 위해 사는 거라고 믿게 만들면서 말이다.

이곳에서 그를 아는 사람은 없었다. 에드 코크*가 공항에까지 나와서

---

* 에드워드 코크(Edward I. Koch, 1924~): 1978년부터 1989년까지 뉴욕 시장으로 재직했다.

우리 시에 오신 것을 환영합니다 하는 환대의 인사를 할 리도 없다. 그는 여기서 아무도, 아무것도 아니었다. 그는 그렇게 있는 것이 마음 편했다. 그도 한때 아무것도 아닌 적이 있었다. 거기서는 단 하나의 방향, 즉 상승 방향밖에 존재하지 않았다. 그는 레오 라트케였던 것이다.

6. 사자와 함께하는 정글

에를러 박사는 밀짚모자 하나만 더 갖추면 되었다. 그는 사자들을 이끌고 정글을 헤쳐나가고 있었다. 암사자들이 그의 주변에 모여 있었고 숫사자들은 저만치 앞서갔다.

하지만 에를러 박사가 생각했던 휴가는 이런 게 아니었다. **마르크 브란덴부르크*에 새겨진 폰타네의 발자취를 따라서** 거닐려고 했던 것이 그의 원래 계획이었다. 서독인들에게 폰타네를 알리고자 하는 것이 이번 행사의 취지였고, 동독의 폰타네 전문가인 그는 이미 지난 성탄절에 서독의 폰타네 연구가들에게 자신의 계획을 소개한 바 있었다. 폰타네야말로 독일 통일의 문학적 증인이었고 이제 다시 통독이 눈앞에 와 있으니 그에 대한 관심이 다시금 저절로 높아질 수밖에 없었다. 이제 때를 만난 폰타네의 팬들에게는 역사가 주는 선물을 기쁘게 받아들여야 할 시기였다. 폰타네는 이제 연구실의 먼지를 털고 일어나야 한다——이것이 현재 발족을 준비하고 있는 폰타네 연구회 발기 성명의 일부분이었다. 등산을 좋아하는 독일인으로서 폰타네가 예전에 여행 다녔던 길을 따라 걸어보자는 게 그

---

* 마르크 브란덴부르크Mark Brandenburg: 베를린, 브란덴부르크 주와 폴란드 서쪽 일부 지방을 포함하는 과거 브란덴부르크 봉건 영주의 땅을 지칭하는 지역으로 구 동독에 속했다.

의 아이디어였다. 그가 마차를 타고 간 곳은 차를 타고 이동하면 되었다.

그러나 서독의 폰타네 애호가들은 하나둘씩 여행을 취소했다. 아내들이 불만을 터뜨렸기 때문이다. 그렇지 않아도 평소에 폰타네 타령인데 휴가까지 폰타네와 관련해서 다녀오기는 절대로 싫다는 불만이었다. 열혈팬들 없이 일정을 강행해야 한다는 생각에 에를러 박사는 걱정이 앞섰다. 일행을 구성하는 데 최소한 필요한 열성 팬들과 독자들——그는 그들을 관심 있는 대중이라고 불렀다——이 과연 얼마나 와줄까 전혀 예상을 할 수 없었다. 그런데 그 관심 있는 대중이 조금씩 다시 불어나기 시작했고 우려했던 취소의 전염병은 번지지 않았다. 등록하는 사람들은 모두 쌍쌍, 아이들이 다 장성한 부부들이었다. 젊은이들은 어차피 폰타네에게는 관심도 없었고, 그것은 에를러 박사도 본인의 경험으로 잘 알고 있는 사실이었다. 그의 딸이 아빠에게 반항하려는 목적으로 폰타네에 대한 글짓기를 완전히 엉망진창으로 써놓았던 것이다. 에를러 박사는 이런 청소년들에게 앞날을 맡길 수는 없다고 절망했다.

모인 사람들은 전부 서독에서 온 부부들이었다. 에를러 박사에게는 놀라운 일도 아니었다. 그 여름, 동독 사람들 중 동독에서 휴가를 보내는 사람은 아무도 없었으니 말이다. 폰타네만 아니었다면 그 자신도 서독으로 여행을 떠났을 터였다.

마르크 브란덴부르크에 새겨진 폰타네의 발자취를 따라서 걷고자 하는 이들은 모두 여자였고 남자들은 그냥 여자들을 따라온 사람들이었다. 여자들은 폰타네를 좋아해서 그의 작품을 두루 읽었고 남자들은, 에를러 박사의 정확한 눈에 따르면, 건축가라고 하는 한 사람을 제외하고는 모두 문외한들이었다. 건축가가 지닌 폰타네에 대한 지식은 단연 돋보여서 여자들 중 아무도 그를 따라갈 사람이 없을 정도였다.

부부 동반이 아닌 사람은 에를러 박사 혼자였다. 아내 없이 혼자 휴가를 가기는 20년 만에 이번이 처음이었다. 얼마 전 새로 입주한 집에는 아직 보안 설비가 안 되어 있어서 화폐 통합을 즈음해 활개를 치고 있는 도둑의 표적이 되기 십상이었다. 보안 설비업자들은 여기저기에 새로운 안전문과 자물쇠 장치등을 달아주러 다니느라 눈코 뜰 새 없었다. 신청해놓고도 몇 주나 기다려야 했다. 그리하여 에를러 부부는, 한 사람은 여행을 가고 나머지 한 사람은 집을 지키는 게 가장 좋겠다는 결론을 내렸다.

그동안 폰타네에 관해 유식하고 심도 있는 대화를 나눌 남자에게 목말라하던 일곱 명의 부인에게 둘러싸인 채, 에를러 박사는 힘찬 걸음을 내디뎠다. 무리의 청일점인 그의 곁에는 뢰르슈라고 하는 이름의 부인이 언제나 찰싹 붙어서 마치 누구에게 명령이라도 받은 것처럼 갖가지 주제에 대해 쉴 새 없이 이야기를 시켰다. 그녀가 떠들어댄 수많은 말 중 에를러 박사가 기억해놓을 만한 가치가 있는 말은 하나도 없었다. 그에 비해 다른 부인들은 그저 고마워하며 그의 안내를 따를 뿐이었다. 그가 노이루핀의 한 수도원 앞마당에서 책을 펼쳐 오른손에 들고 거의 130년 가까이 된 글을 읽어주면서 명쾌한 설명을 곁들일 때 그들은 가만히 귀를 기울였다. 남자들은 폰타네에는 아무 관심을 보이지 않고 그냥 여기저기 주위를 어슬렁거렸다. 그러면서 가끔씩 **이 동네 꼴 좀 보게**라며 투덜거리든가 아득히 먼 곳을 그리는 표정을 하고 **여기 뭐가 들어서면 좋을까**, 또는 감탄과 함께 **저기 아직 빈 땅이 있네!** 등의 말을 했다.

여행 첫번째 날, 남편 중 한 명이 에를러 박사에게 다가와서 공책을 내밀며 폰타네의 ~타네를 이렇게 쓰는 것이 맞냐고 물었다. 거기에는 이렇게 씌어져 있었다.

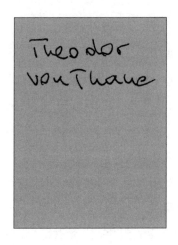

　말 많던 그 부인이 그날 오전, 우렁찬 목소리로 자신을 '마인츠에서 온 건설업계의 사자'라고 소개했을 때도 에를러 박사는 불쑥 내민 그 앞발을 아무 생각 없이 잡으며 그 사자라는 것에서 미국 영화에 흔히 등장하는, 화면에 꽉 차게 누워서 마치 단수된 줄 모르고 변기 물을 내릴 때의 그르렁하는 소리 비슷한 울음소리를 내는 피곤한 사자의 얼굴을 연상했다.

　그 건설업계의 사자와 다른 세 명의 건축가, 그리고 두 명의 토지 매매업자와 한 명의 부동산 투자자 중 어느 누구에게서도 에를러 박사는 의심을 품지 않았다. 이 모임에 참여한 사람들이 우연히도 비슷한 업계에 종사하고 있다는 점이 신기하기는 했으나 다른 생각은 품지 않았다. 유난히도 똘똘함을 자랑하던 그 건축가도 폰타네의 광신도로만 생각했을 정도이다. 예를 들어 그는 책의 435쪽에 나오는 트람니츠의 저택이 얼마나 오래된 집인가를 물어왔고, 또 폰타네의 작품에 등장하는, **축복하는 가을이 한가득 손을 뻗어주듯 조용하고 행복하게 서 있는 토르노프 호숫가의 자작나무와 과실수 그늘 속 그 집**도 방문할 거냐고 에를러 박사에게 물어왔다. 그때까지만 해도 박사는 그를 폰타네에 열광하는 사람쯤으로 생각했었다. 그런데 그가 책의 27쪽에 있는 공원 부지가 딸린 카르브의 저택이 아직도 남아 있냐고 물어왔을 때, 박사는 그가 폰타네와 관련된 물건을 찾고 있다는 것을 주저 없이 알아차렸다. 사람들이 경관을 감상하는 방법이 뭔가 다르다는 것은 이미 느끼고 있었던 터였다. 토지 매매업자 가운데 한 사람은 가는 곳마다 집을 가리키며 이렇게 묻는 것을 빼놓지 않았다. "폰타네의 작품에 저 집에 대해 뭔가 나옵니까?" 그 사람에게 폰타네는 주택 심사관이자 광고 문안 작성자였다. 슈테힐린 호숫가 일급 부지의 아담한 전원주택— '초록색과 파란색, 태양만이 펼쳐진'(폰타네). 에를러 박사는 밀짚모자 생각만이 간절해졌다. 사자들이 우글거리는 정글에 떨어진 것 같은 느낌이 들었다. 사자는 건설업계의 사자들이었고 정글은 마르크 브란덴부르크였다.

그 토지 매매업자는 체르뮈첼 마을에 이르자 산기슭의 휴양주택을 하나 가리키면서 저 집이 폰타네와 무슨 관련이 있는 집이냐고 또다시 묻기에 이르렀다. 너그럽고 참을성이 많은 사람인 에를러 박사도 이쯤 되면 단호한 어조로 말하지 않을 수 없었다. "폰타네는 저 휴양주택에 대해서 아무 것도 쓰지 않았습니다. 그는 1819년에 태어나 1898년까지 살다 간 사람입니다. 저 군용 비행장이나 원자력발전소에 대해서 그는 아무것도 쓴 바가 없습니다." 직격탄이었다. "군용 비행장이라고? 원자력발전소?" 박사는 다른 여러 말을 할 필요가 없었다. 그다음 날이 되자 일곱 부부 중 여섯 쌍이 여행을 서둘러 마감하고 조기 출발했다. 남은 부부는 뢰르슈 부부뿐이었다. 뢰르슈 부인은 끊임없는 대화로 에를러 박사를 피곤하게 만들었다. 결국 그는 부르주아라는 단어가 과연 욕이라는 것을 뼈저리게 깨달으며 그와 동시에 이번의 마르크 브란덴부르크 여행에 대해 자신도 테오도르 폰타네와 같은 수준으로 써 내려갈 수 있다면 얼마나 좋을까, 하는 생각을 했다.

7. 외로운 섬

키 작은 턱수염 시인에게는 이제 더 이상 수염이 없었다. 그에게는 정말로 시간이 많았다. 그는 외로운 섬 하나로 여행을 갔다. 그 섬의 이름은 히덴제였다.

1년 전만 해도, 하고 그는 생각하려다가 그만두었다. 더 이상 아무 생각도 하고 싶지 않았다. 당연히 1년 전에는 모든 것이 지금과 달랐다. 히덴제는 사람들로 넘쳐났다. 배에도, 해변에도, 카페에도 사람들이 북적댔다. 히덴제에서 휴가를 보낼 수 있었던 사람들은 자랑하고 다닐 만했다. 그건 특수한 클럽에 속한다는 표시였다. 이 클럽에 들어가려면 어떻게 해야 되는지는 아무도 몰랐다. 그러나 확실했던 건, 클럽에 속한 사람은 소수였고 그렇지 못한 사람이 대부분이었다는 사실이다.

키 작은 턱수염 시인은 매년 히덴제에서 휴가를 보낼 수 있었다. 그리고 이젠 더 이상 선택받은 소수의 휴양지가 아니지만 그래도 상관없이 올해도 다시 그곳을 찾았다. 지난해에 여기 해변에 누웠었거나 거리를 가득 채우며 기념품 상점을 기웃거리던 사람들, 아이스크림 가게 앞에 줄을 서서 기다리던 사람들은 지금 다들 바이에른에 가 있었다. 또는 쥘트나 오스트리아로 놀러 간 사람도 있고 그중 설치기 좋아하는 사람 중에는 마요르카로 간 이도 있었다.

그의 아내는 이번 주말에 도착하기로 되어 있었다. 그녀는 한 제약회사에서 '동유럽을 접수하는' 일을 맡고 있었다. 그건 비록 독창성 넘치는 달변으로 유명한 키 작은 턱수염 시인에게서 나온 표현은 결코 아니었지만 그래도 어쨌든 그는 아내가 생활력 있는 사람인 것을 다행으로 여겨야 했다. 러시아어 교사로 오래 머물 수 있는 것도 아니었고 장기적으로 봤을 때 그가 쓴 책만으로 생활한다는 것도 힘들었다. 요새 환영받고 있는 작가는 다른 사람들이었다. 각종 상이나 초청, 문학 평론의 대상이 되고 있는 이들은 키 작은 턱수염 시인에게는 생소한 사람들이었다. 그들이 지진아, 정신병자, 고아원 출신, 전과자 언니 오빠, 외국인, 알코올중독자, 호모, 도박꾼, 자살 후보자들이었기 때문에 생소한 게 아니었다. 오히려 그 반대로, 키 작은 턱수염 시인은 그들의 그런 점 때문에 깊은 인상을 받았다. 시인치고 정신이 아주 온전한 사람이 있을까. 그 자신도 다섯 살의 나이에 드레스덴 폭격으로 충격을 받았던 것이다. 그러나 이데올로기란 하나의 '장난'이고 자기네들에게는 체제란 존재하지 않았으며 그에 대한 논쟁도 다 '쓸데없는' 일이라는 그들의 주장과, 자기네들의 글은 국가 체제로 인해 발생한 테마를 '무효화시키는 작업'이라는 선언이 그에게는 생소하고 충격적으로 다가왔다. 키 작은 턱수염 시인이 보기에 그들의 시는 아이들의 옹알이자 헛소리, 바로 그것이었다. 장벽과 군대, 감옥과 검열이 엄연히 있었음에도 불구하고 어떻게 체제가 존재하지 않는다는 것인지 그는 이해할 수 없었다. 그건 솔직한 태도가 아니었다. 그리고 수준 이하였다.

키 작은 턱수염 시인은 해변을 따라 걸었다. 이 해변에 사람이 이렇게도 없을 수 있다는 건 전에는 상상도 하지 못했을 일이고, 정말로 이렇게 인적 없는 해변의 모습도 오늘 그에게는 새로웠다. 해변에는 그 혼자, 그리고 모래와 돌과 물결 소리만이 있었을 뿐이다. 내가 아직 여기 있다, 그가 속으로 외쳤다. 내 나라는 서쪽으로 가고 있지만.

사람이 없는 섬은 예전의 그 섬이 아니었다. 산책의 모습도 달라졌다. 서둘러 앞질러가는 이도 없었고 그를 알아보는 사람도 없었다. 100년 전에는 이런 모습이었겠지. 매년마다 꼭꼭 여행을 다니는 시절이 아니었으 니까.

키 작은 턱수염 시인은 그때가 마음에 들었다. 100년 전에는 공산주 의가 뭔지 아직 몰랐을 테지. 그런데 시류에서 단절된 과격한 사상을 가 진 몇몇 사상가가 그를 연구하기 시작하여 크고 숭고한 사상을 세상에 펼 치고자 힘을 합친 것이다. 세상 사람이 몰려들지 않을 때 그 아름다움이 간직된다는 점에서 공산주의는 히덴제와 닮았을지도 모른다.

그날 저녁, 그는 시를 하나 썼다.

소유물*

나는 아직 여기 있는데. 내 나라는 서쪽으로 간다
오두막집에겐 전쟁을, 궁전에겐 평화를
내 나라를 발로 걷어찬 것도 바로 나
내 나라는 초라한 장식과 자신을 다 벗어 멀리 던진다
겨울의 끝엔 욕망의 여름이 따르고
이제 나는 사라져줄 수 있다
나의 모든 글도 이해받지 못하겠지
한 번도 내 것일 수 없었던 것 나는 빼앗긴다
한 번도 살아보지 못했던 삶 영영 떠나간다
희망은 함정처럼 길에 누워 있었다
내 소유물을 이제 너희들이 움켜쥐고 있구나

---

* 원저 주: 위의 시는 폴커 브라운Volker Braun의 시집 *Lustgarten, Preußen* (Suhrkamp Verlag, Frankfurt a. M., 1996)의 p. 584에서 발췌한 것이다.

이제 언제 다시 내 것이라, 내 모든 것이라 말할 수 있을까

아직도 할 수 있구나, 아직 할 수 있어, 그의 가슴이 꽉 벅차올랐다.

8. 물 위에서

베르너 슈니델은 네덜란드에서 온 한 쌍의 남녀와 프랑스인 한 사람, 함부르크에서 온 사람 둘과 함께 선착장에 서 있었다. 안내를 맡은 페어는 벌써 물에 들어가 통나무에 갈고리를 감고 있었다. 한 명이 더 물에 들어가서 밧줄의 다른 한쪽을 잡고 있어야 했다. 베르너 슈니델은 신발과 양말만 벗고 제일 첫번째로 물에 들어갔다. 횡격막이 자연반사적으로 활동을 거부할 만큼 수온이 낮았다. 처음 몇 초간 숨이 멈추었다가 구멍 뚫는 소리가 들리면서 다시 숨통이 트였다. 페어가 웃더니—과묵한 페어는 말이 별로 없었다—다시 작업을 계속했다. 베르너 슈니델도 일을 계속했다. 일행에게 어떻게 하면 도움이 될 수 있을지 몰라 달리 방도가 없었다. 그건 자기도 돕겠다는 일종의 제스처였다.

뒤이어 첨벙하는 소리가 연달아 두 번이 났다. 함부르크에서 왔다는 그 두 사람이었다. 그들도 돕겠다고 나선 것이다. 셋이서 끙끙대는데도 페어의 속도를 따라가지 못했다. 페어의 손놀림은 벌써 수백 번 뗏목을 준비해온 솜씨였다.

스웨덴에서 휴가를 보내게 된 건, 강을 거슬러 날아온 통나무로 뗏목을 만들어 사람 없는 강 위를 떠다니며 함께 며칠간을 먹고 자고 하는 체험 프로그램이 스웨덴에 있다는 것을 신문에서 본 슈니델 할머니의 아이

디어 덕분이었다. 할머니는 기사를 오려내어 냉장고 문에 붙여두었다가 며칠 후 그걸 들고 여행사를 찾아갔다. 무리에 섞여서 몸을 쓰며 다른 사람들과 같이 모험에 도전하는 것이 베르너에게 이로울 거라는 생각에서였다. 그가 예전에 『톰 소여와 허클베리 핀의 모험』을 책장이 다 떨어지도록 읽었던 기억도 났다. 얼마 전 본 텔레비전 방송에서는 범죄를 저지른 청소년들을 이끌고 돛단배 항해를 하는 사회 봉사자의 이야기가 나왔었는데 그 청소년들의 재범률이 제로였다고 했다. 스웨덴이라면 그 건실한 사람들이 사는 나라였지, 아마…… 점점 가물가물해지며 꺼져가는 정신의 마지막 힘으로 그녀는 이번 스웨덴 여행이 손자에게 좋은 경험이 되리라는 것을 감지하고 있었다. 베르너는 비록 환성을 지르거나 하진 않았지만 크게 기뻐하는 기색이 역력했고 할머니는 그의 모습을 보며 보람을 느꼈다.

여행사에 가서 예약을 하던 날과 같은 날이었다. 신문에 건망증에 대한 기사가 나와 있었다. 식료품을 알루미늄 호일에 싸는 습관이 있는 사람은 다른 사람보다 빨리 알츠하이머병에 걸린다는 것이었다. 할머니는 부엌으로 가 냉장고 문을 열었다. 소시지, 치즈는 물론이고 작은 접시도 모조리 알루미늄 호일로 덮여 있었다. 30년 동안 써오던 알루미늄 호일이었다. 며칠 전—아니, 몇십 년 전이던가?—그녀는 어떤 집 안에 있었다. 지붕은 엉성했고 벽에는 곰팡이가 피어 있었으며 창문은 깨어지고 마룻바닥은 조각조각 부스러졌다. 지금 그녀의 머릿속이 딱 그러했다. 오래되고 부서져 더 이상 손댈 수 없었다.

그런데 내가 지금 냉장고 문을 왜 연 거지? 배가 고픈가? 아냐. 아, 알루미늄 호일 때문이었지. 독성이 있다고 했어, 맞아. 할머니는 알루미늄 호일로 싸여 있던 것은 죄다 버렸다. 속 안에 든 것이 무엇이었는지 기억나지 않는 것도 많았다. 알루미늄 롤 자체도 버렸다. 또 잊어버리지 않기 위해 기사가 난 신문을 오려서 냉장고에 붙여놓고, 그녀는 자신이 또 얼마만큼 더 대담해질 수 있을까 스스로 놀라워했다.

세 시간이 지나서야 뗏목이 완성되었다. 연장을 다룰 줄 아는 사람은 페어 단 혼자뿐이었다. 프랑스인은 거친 모험을 꿈꾸는 경리 사원이었고 네덜란드인은 각각 대학생과 사회 봉사가였다. 함부르크에서 온 이들은 하는 일을 정확히 잘 밝히지 않았다. 나중에 말한 바에 따르면 한 사람은 '외국인 관청,' 그리고 다른 사람은 '시장조사' 종류의 일을 한다고 했다.

페어는 일행에게 노 젓는 법을 가르쳐주고 비상식량을 잔뜩 실어놓았다. 텐트, 모기약, 무전기, 그리고 만일의 경우에 대비해서 신호탄도 가져다주었다. 강가에는 야영 텐트를 칠 수 있는 자리가 마련되어 있었다. 6박 7일의 일정이었다. "입을 무겁게 간직하세요." 페어가 작별 인사를 했다. 그 자신은 뗏목에 올라타지 않았다.

베르너 슈니델은 거기 모인 사람들이 편했다. 그는 존중받고 있었고 심지어 사람들은 그의 의견을 물을 때도 있었다. 첫번째 날 저녁, 뗏목을 강가에 대야 할 때 그는 지휘를 맡게 되었다. 어느 자리가 좋을까 하고 안착하기 좋은 자리를 찾으면서 사람들은 그가 대장이라도 되는 양 일제히 그를 쳐다보았다.

사람들은 말을 아꼈다. 베르너 슈니델은 지난 시간 얼마나 많은 말과 소리의 울림 속에 쉼 없이 휩싸여 있었는지, 고요한 뗏목 위에 있으니 이제 비로소 알 것 같았다.

그는 이 고요가 좋았다. 특히 뗏목이 빽빽한 나무로 가득 찬 강 좌우의 거대한 비탈 속으로 들어갈 때가 너무 좋았다. 아주 가끔씩 물고기가 수면 위로 뛰어오르면서 내는 찰싹 소리만이 들렸는데, 그러고는 그만이었다. 집 옆을 지날때는 저 멀리 사람의 목소리가 물 표면을 따라 몇 킬로 미터 떨어진 곳까지 들렸다. 어스름은 늦게야 찾아왔다. 야영장에는 대부분 산길로 나 있는 자연 체험로가 있어서 반 시간 정도면 오를 수 있었다. 어느 나무껍질이 어떤 약용재로 쓰이는지 5개 국어로 설명된 안내문이 붙어 있었다.

베르너 슈니델은 물, 고요함, 긴 해, 맑은 공기가 가진 정화 작용을 느꼈다. 타인들이 자신을 특이한 사람으로 취급해주지 않는 것도 경험했다. 그가 겪는 이 모든 분위기는 새로웠다. 미래의 삶이 어떻게 펼쳐질 것인가가 눈앞에 그려졌다. 그는 이제 머리도 염색하고 콘택트렌즈도 착용해서, 외모로 타인에게 충격을 주는 짓을 그만 할 결심을 했다. 안스가르 폰 외르덴펠트 변호사 사무실에서 실습생 자리가 났지만, 거기서 일을 배우거나 아니면 대학입학시험을 칠 생각은 없었다. 그는 경영인들을 스웨덴의 이 뗏목 위로 불러들일 계획을 했다. 결단 내리는 위치에 있는 경영인들이 이 뗏목 위에서 자아를 강인하게 만들고 자신감을 획득하는 구심점을 찾을 수 있다고 생각했기 때문이다. 일정을 지금보다 좀더 생기 있게 짜서 야간 휴식 시간을 틈타 기습 공격을 해도 좋으리라. 뗏목을 몰래 망가뜨리거나 번쩍이는 노란 눈알을 흔들며 늑대 울음소리를 틀어주거나 하는 것 말이다. 이 뗏목 여행을 함으로써 인간은 본래 자신에게 있었던 것, 어느 누구에게도 속하지 않고 단지 자신만이 가지고 있는 걸 찾을 수 있음을 베르너 슈니델은 굳게 확신했다.

9. 나비넥타이

레나의 큰오빠는 산봉우리 정상에 서서 협곡을 내려다보았다. 계곡이 몇천 미터 아래로 내려다보였다. 비행시간은 20분이었다. 여섯 개는 이미 출발했고 처음으로 출발한 사람은 벌써 착륙해 있었다. 하늘에 뚝뚝 점을 찍은 것처럼 떠 있는 패러글라이더들은 누가 어느 순서로 출발했는지 금방 알 수 있었다. 그들은 편대 비행처럼 열을 지어 날며 큰 반원을 그리며 선회한 후 평원 위에 넓게 펼쳐진 편평한 잔디밭을 향해 고도를 낮추었다.

레나의 큰오빠는 가슴이 쿵쿵거리고 입안이 말랐다. 이제 곧 그의 차례였고, 그는 특별한 것을 해보고 싶었다.

그는 지난 두 주간 비행학교에서 교습을 받으며 낙하산의 날개를 펼치는 올바른 방법과 이륙을 위해 달려나갈 때 어떻게 하면 바로 머리 위에 날개가 펼쳐지게 할 수 있는지를 배웠다. 몸이 공중에 뜨는 그 순간에 튜닝 줄을 당겨야 한다는 것도, 착지할 때의 요령도 배웠다. 처음 한 주간은 다른 교습생들과 함께 언덕 위에서 이륙했다가 바로 몇 미터 아래로 착륙하는 것만 반복해서 연습했다. 그건 비행이라기보다 멀리뛰기에 가까웠다. 그다음 주가 되자 비로소 비행이라고 이름 붙일 만한 동작을 하기 시작했다. 그들은 다른 언덕으로 가서 각종 튜닝 줄에 대한 지식을 습득하며 급커브와 완만한 커브를 도는 방법을 배웠다.

비행학교를 마감짓는 마지막 비행인 오늘 1천 미터 하강 코스에서 레나의 큰오빠는 교습생 중에서 맨 마지막으로 출발하게 되어 있었다. 그의 뒤를 따르는 사람은 비행 강사인 올리버였다. 슈타이어마르크 출신인 그

702

는 건강하게 그을린 피부를 지닌 강단이 넘치는 산 사나이로서, 엄청나게 심한 사투리를 써가며 패러글라이딩에 얽힌 무서운 이야기들을 들려주었다. "아, 오늘은 바람이 너무 세구먼. 오늘 같은 날 출발하면 꼭 조니 꼴이 되고 만다고. 그자도 오늘처럼 바람이 심한 날 출발했는데 그만 낙하산이 뒤집히면서 조니 아래로 깔린 거야. 그래서 낙하산이 떴냐고? 안 떴지. 그러니까 조니는 그냥 자기 낙하산 속으로 파묻혀서 계속 아래로 떨어진 거야. 추락한 곳이 또 마침 공동묘지 바로 옆이 아니었겠어. 다른 사람한테 별로 수고할 일을 만들어주지 않은 셈이지."

그날도 그는 무서운 얘기를 준비해가지고 왔다. 교습생 한 명이 명령이 떨어지기를 기다리며 그의 얼굴만 쳐다보고 있는데 올리버가 외쳤다. "카리나가 더 앞으로 멀리 나갈 때까지 기다려요! 간격이 있어야 돼! 안 그러면 지난해 테네리파에서와 똑같은 일이 벌어질 거요! 글라이더 두 명이, 둘 다 아주 노련한 사람들었는데, 구름 속에서 충돌하는 걸 내가 직접 봤지. 두 편의 산줄이 완전히 서로 꼬여버려서 노련함이고 뭐고 다 소용없었어. 비상 낙하산까지 완전히 엉켜버렸더라고. 꽁꽁 엉킨 덩굴마냥 말이야. 시체 두 구를 구조한 다음에도 꼬인 낙하산이 풀리지 않아서 애먹었다지. 자, 이제 출발해요."

올리버는 사람이 죽어 나가야 이야깃거리 축에 낀다고 생각하는 모양이었다.

두 주간의 교육 중에도 사고가 있었다. 교사로 있는 마흔두 살의 한 교습생은 이륙 시 배운 대로 정확하게 낙하산을 쳐다보았지만 발아래 있는 울퉁불퉁한 땅을 소홀히하는 바람에 발을 헛디디면서 아킬레스건과 힘줄 여러 개가 끊어지는 사고를 당했다. 그러나 발목이 삐끗하는 와중에서도 반사적으로 출발 줄을 잡아당겼고, 정상적으로 떠오를 수 있었다. 기절할 정도의 통증을 가지고 몇 분 동안 떠 있어야 했던 그를 보면서 어느 누구도 무슨 일이 있었을 것이라곤 상상하지 못했다. 여경 한 사람은 착륙 시기를 잘못 계산해 너무 빨리 떨어지면서 다리를 바짝 위로 들어올렸음에도 불구하고 낡은 헛간의 지붕 모서리에 엉덩이가 걸리고 말았다. 낙하산을 지탱하던 공기의 흐름이 끊기면서 낙하산이 푹석 주저앉았고 그녀는 머리를 아래로 처박고 지붕에서 거꾸로 줄줄 미끄러져 내렸다. 한편 의대생 한 명은 지상에서 불과 몇 미터 떨어진 높이에서 갑자기 돌풍을 만났다. 착륙하려고 튜닝 줄을 조절했으나 실패하여 자신의 의지와는 상관없이 바람에 휩쓸려 전나무 몸뚱이에 내팽개쳐졌다. 나뭇가지가 창날처럼 얼굴에 부딪혔고 몸이 나무를 들이받으면서 입은 충격으로 무릎뼈와 코뼈가 부러졌다. 열두 명의 교습생 가운데 세 명이 병원에 입원했고 그중 두 명은 아직도 퇴원을 하지 못하고 있었다.

레나의 큰오빠에게 출발 명령이 떨어졌다. 그는 뒤에서 서서히 일어나는 맞바람을 느끼면서 천천히 달려나갔다. 그러면서 사고를 당한 교사처럼 되지 않으려고 앞에 보이는 요철이나 돌멩이, 푹 파인 곳 등을 눈여겨보았다. 언덕은 숨겨진 구덩이와 낮은 관목투성이였다. 자칫하면 발을 잘못 디디기 십상이었다. 점점 앞으로 전진할수록 땅을 디디는 그의 발걸음에 힘이 들어갔다. 이제 서너 걸음만 남았다…… 그는 속도를 늦추지 않으며 날개를 보았다. 버석거리는 소리와 함께 나일론 천이 펼쳐지며 기다란 공기주머니가 거의 팽팽해졌다. 이제 낙하산은 그의 머리 바로 위에 와 있었다. 이륙 줄을 당김과 동시에 바람에 낚아채여 떠오르는 자신의 몸을 느꼈다. 어느새 그는 날고 있었고 등 뒤의 언덕은 20미터, 30미터, 1백 미터 멀어져가고 있었다.

레나의 큰오빠는 다른 교습생들과는 다른 코스를 택했다. 그는 왼쪽으로 방향을 틀어 비탈과 평행하게 날았다. 금지된 행동은 아니었지만 예정에 있던 것도 아니었다. 그는 비 오는 오전 이론 시간에 배운 열기류 현상을 실행에 옮겨보려는 생각이었다. 햇빛을 받는 암벽 골짜기에는 상승 기류가 형성된다고 했다. 그 말은 상승 기류 덕분으로 좀더 천천히 가라앉는 대신 더 멀리, 그리고 오랫동안 비행할 수 있다는 뜻이었다. 반대로 숲 위나 호수, 또는 시냇물을 따라 나는 코스를 택한 사람은 빨리 떨어지고 오래 날 수 없다는 말이었다.

이론 수업을 하던 날, 올리버는 오전 내내 풍경이 찍힌 슬라이드 필름을 포인터로 가리키며 "여기는 열 기류가 있는 곳" 또는 "여기는 열 기류가 없는 곳"이라고 했다. 무슨 원리로 열 기류가 발생하는지에 대한 설명은 없었다. 수업에 들어가면서 전등을 끄고 슬라이드 영사기를 켜면서 "비행할 때 매우 중요한 것이 열 기류입니다"라고 한마디만 말하고 곧바로 수업을 시작할 뿐이었다. "여기는 열 기류가 있는 곳" 또는 "여기는 열 기류가 없는 곳"이라고 하면서.

저녁에 레나의 큰오빠는 다른 사람들과 함께 공동 거실에 앉아 있었다. 텔레비전은 새로운 전쟁 소식을 보도하고 있었다. 그러나 레나의 큰오빠는 비행 서적을 뒤적이면서 상승 기류와 하강 기류, 구름의 형상에 따른 기상 조건, 활공장, 비행 지역의 지형 조건과 그에 따른 열 기류의 형성 등에 관해 연구했다. 이라크든 쿠웨이트든 관심 없었다. 장벽이 무너진 이상 이제 어떻게 그보다 더 큰 일이 일어날 수 있겠냐는 게 그의 지론이었다.

그는 몸을 날렸다. 정말로 아래로 가라앉지 않는 것 같은 느낌이 들었다. 바람이 썩 소리를 내며 울어댔고 그는 자신이 그렇게 떠 있다는 것이 꿈만 같았다. 그를 공중에 뜨게 하는 것은 무엇인가? 사람이 어떻게 공기 중에 떠 있을 수 있단 말인가? 아래를 굽어보자 자신의 행동이 자살 행위나 다름없이 무모하다는 생각이 들었다. 다른 패러글라이더를 보자 그제야 안심이 되었다. 그들이 아무렇지도 않게 떠 있는 것처럼 그도 마찬가지로 안전하게 떠가고 있던 것이다.

그는 다른 패러글라이더들을 뒤로 제치고 앞으로 나아가기 시작했다. 이륙한 지 20분이 지났다. 이제 올리버의 날개만이 유일하게 하늘에 떠 있었다. 올리버도 곧 착륙할 태세였다. 레나의 큰오빠만이 일정하게 고도를 유지하며 넓은 창공에 홀로 떴다.

열을 받은 산기슭에서 상승하는 기류를 이용해서 왔던 길을 그대로 다시 되돌아왔다. 연달은 산등성이 뒤로 잔잔한 구름이 넓게 흩어져 있었다.

구름은 아무것도 바라지 않아요. 구름은 여유를 줘요.

자비네 부세가 했던 말이다. 레오 라트케의 기사는 끝이 났지만 그녀의 이야기는 아직도 진행형일지 모른다. 이제 그녀는 조금 더 낙관적으로 생을 꾸려가고 있을지도 모르는 일이었다. 그는 자비네 부세를 찾아가 그녀와 프리드리히스하인*으로 갔다. 그녀는 진짜 맹인처럼 그의 안내를 필요로 했다. 보기를 귀찮아하는 그녀에게 선, 무늬, 장식, 색상 같은 것들은 정신을 산란하게 할 뿐이었다. 그들은 잔디밭에 앉아 따뜻하게 햇빛을 쬐었다. 그녀는 하늘을 올려다보았다. 베를린의 하늘 위로 하얀 솜 모양의 구름이 커다랗게 몰려오고 있었다. 구름을 한참 보는 동안 자비네의 얼굴이 점점 편안해졌다. "아름답네요." 그녀가 느릿느릿 말했다. "게다가 아무 의미도 없고요. 그냥 쳐다보고 아름답다고 느끼면 돼요." 그러고

---

* 프리드리히스하인Fridrichshein: 구 동베를린의 한 구역이다.

706

는 레나의 큰오빠에게 아름다운 구름을 찍은 적이 있냐고 물었다. 없다고 하자 거의 뾰로통한 투로 따졌다. "이거 보세요, 그럼 얼굴이 구름보다 아름답다고 생각하는 거예요?" 어떻게 해명을 해야 하나 궁리하고 있는데 그녀가 다시 탄성을 질렀다. "구름이 점점 달라지고 있어요! 커지고 있다고요!"

레나의 큰오빠는 구름이 석양에 물들거나 그림자가 질 때면 색과 그림자가 어우러져 멋진 그림을 연출할 때도 있다는 설명을 해주었다. 둘이서 세상을 다른 눈으로 발견하는 것이야말로 연인들의 특권이 아닌가 하는 생각에 그는 설명을 하면서도 약간 주저했다.

그녀의 눈이 빛을 전혀 보지 못할 때부터 그녀는 구름을 보는 것을 아주 좋아했다. 다른 사람이 콘서트홀에서 고전음악을 감상하는 것과 같이 그녀도 몇 시간이든 구름을 보며 앉아 있을 수 있었다. 레나의 큰오빠는 구름을 보았다. 그러자 자비네 부세가 생각났다. 그는 그녀와 똑같은 마음을 가지고 구름을 보려고 애를 썼다.

레나의 큰오빠가 탄 패러글라이더는 한 시간을 돌다가 착륙했다. 다른 교습생들은 이미 자기들의 장비를 모두 챙겨서 짐칸에 싣고 난 후였으나 그들은 그가 코스를 길게 잡은 것에 대해 별로 불평하지 않았다. 불평하기는커녕 부러워하는 눈치였다. 올리버 한 사람만이 자신의 권위가 떨어진 것에 대해 화를 냈다. "열 기류를 타려면 경험이 많아야 돼요. 이탈리아에서 바로 3주 전에 어떤 사고가 있었는지 알아요? 한 사람이 열 기류에 휩쓸리는 바람에 자꾸 높이높이 올라가서 결국 성층권에까지 올라갔단 말이오. 그의 시체는 밭 한가운데에서 발견되었고 검시 결과 고도에서 오는 산소 부족으로 적혈구가 모두 터져버렸더라 이거요." 그러면서 오늘 당신도 그 꼴이 날 뻔했어, 암, 하는 눈짓을 하고 그에게 고개를 끄덕였다.

이륙할 때 느끼던 내면의 떨림과 초조함, 그리고 타들어가는 입에서 나던 느낌은 그로부터 몇 주가 지나고 난 뒤 또다시 그를 엄습했다. **착한 이웃집 아저씨**라고 씌어 있는 플래카드 하나가 그의 눈에 띄었던 것이다. 극단장이자 어린이 성추행범인 마준케에게 가서 따지자고 하는 제의를 그가 물리치자 실망해 마지않던 레나가 생각났다. 그게 그렇게 생각대로 되는 게 아니야, 그때 그는 이렇게 말했었다.

마준케는 자신의 힘, 자신의 전능, 자신의 광기에 도취된 인간임이 틀림없다──레나의 큰오빠의 생각은 그랬다. 마준케는 최면술을 이용해 청소년 한 명을 추행하는 과정에서 츠비카우의 그 아파트를 처음 알게 되었고 그곳을 피하기는커녕 다시 한 번 성추행을 저지른 것이었다. 레나의 큰오빠는 마준케가 자신 때문에 그 아파트에 출입하게 되었고 자신이 아니었다면 레나가 그를 마주칠 일이 없었을 거라고 확신했다. 레나와 그는 그런 어처구니없는 경로를 통해 단순히 이웃을 넘어서서 정말로 남매 사이가 된 것이다.

마준케가 극단을 이끌게 된 후로 극단에는 대변화가 밀어닥쳤다. 그는 '낡은 것을 다 버려'버리고 '집구석을 거꾸로 세워 흔들어'버리겠다고 했으며 '현대적인 극단'으로 탈바꿈할 것을 선언했다. 그가 연출한 작품들은 강렬한, 거의 적나라하다고까지 할 수 있는 순간을 무대에서 보여줌으로써 그만의 연출법을 드러냈다. 배우들은 서로 미워하는 연기를 하는 것이 아니라 정말로 미워해야 했고 서로에게 상처를 줄 때에는 정말로 아파야 했다. 마준케가 단장이 되었을 때 났던 신문기사의 내용, 즉 「욕망이라는 이름의 전차」를 연습할 때 가녀린 여배우가 몇 번이고 바닥에 내동댕이쳐 졌던 것과 같은 일은 그 이후에도 계속 행해졌다. 그것이 그가 극을 연출 하는 방식이었다.

정기 휴관이 끝난 직후, 레나와 큰오빠는 플라이츠로 향했다. 정문 수위에게는 구내식당에서 마준케를 기다리기로 되어 있다고 말했다. 만나 기로 '확실히' 약속이 되어 있지는 않지만 서로 아는 사이라고 했다. 둘은 점심시간쯤이 되어 구내식당에 자리를 잡고 앉았다. 둘은 이런 분위기가 마음에 꼭 들었다. 연습을 끝내고 곧바로 식당으로 향하는 배우들은 대부 분 아직 무대의상 차림 그대로다. 식당은 러시아의 농부, 무릎까지 오는 바지를 입고 구두를 신은 귀족, 죄수, 곰, 비행사, 정글 탐험가로 우글거 린다. 그들의 의상과 행동은 따로따로다. 레나가 처음으로 연극 공연장의 구내식당에 갔을 때 옆에 있던 율리우스 카이사르가 장화 신은 고양이에 게 이렇게 말했었다. **근데 어제 보니까 자두 잼이 있던데.**

식당에는 거의 사람이 없었다. 레나는 다섯 명의 배우가 앉아 있는 자리로 가서 앉았다. 큰오빠가 그녀를 따랐다. 배우들 중의 한 명이 잠깐 긴가민가하는 표정을 짓더니 이윽고 레나에게 말을 건넸다. "그 노래를 부른 가수 맞죠?"

레나가 고개를 끄덕였다.

"그런데 여기서 무슨 배역 같은 걸 맡게 됐나요?"

"아녜요. 마준케와 옛날부터 좀 아는 사이라서요."

"그래요? 그가 옛날에는 뭘 했었나요?"

"어린애 한 명을 추행했어요."

배우는 어떻게 반응해야 할지 몰라 어정쩡하게 웃었다. 농담치고는 전혀 웃기지 않았고 사실이라고 하기에는 믿기 어려운 내용이었다. 그는 동료들에게로 시선을 돌렸다.

"내 말, 농담 아니에요. 정말 나한테 그런 짓을 했단 말이에요."

레나는 이야기를 풀어놓았다.

레나의 이야기 속에 나오는 마준케는 그들이 이 극단에서 겪은 마준케의 모습 그대로였다. 배우들은 그가 타인의 무력함을 즐기는 사디스트, 자신이 가진 권력에 취한 교묘한 술책가라고 말했다. 오늘도 수줍은 면이 있기는 해도 일을 배우는 데 열성인 연출 보조 아가씨에게 "간밤에 재미 좋았나?"로 아침 인사를 대신했는가 하면, 그가 한때 머물렀던 빈에서도 여종업원들을 희롱함으로써 여러 레스토랑으로부터 출입금지를 당했다고 했다. 예를 들면 후식을 주문할 때 "네 젖통같이 생긴 푸딩 갖다줘"라고 했다는 것이다.

레나의 이야기는 식당에 새로 도착하는 사람들에게도 급속도로 번졌다. 나가는 사람은 나가는 사람대로 다른 이들에게 계속 전달했다.

레나의 큰오빠는 물어물어 극단장을 만나볼 길을 찾았다. 비서는 말하기를, 마준케 씨는 아직 출근하지 않았고, 도착하는 대로 연습을 지도하고 그다음에는 곧바로 약속이 줄줄이 잡혀 있는 데다가 급히 전화할 일도 두 건이나 있다고 했다. 레나의 큰오빠는 "그럼 여기서 기다리겠습니다"라고 말하고 의자 위에 자리를 잡았으나 조금 있다가 곧 "아니, 저기서 기다리지요"라며 극단장의 방으로 들어갔다. 비서가 만류하려고 했지만 소용없었다.

마준케의 방에서 기다리고 있는데 그의 안에 있던 복수심이 신기루처럼 스멀스멀 없어져가는 것이었다. 이제 그가 원하는 것은 단 한 가지, 절대로 그와 다시는 마주치지 않는 것이었다. 방 안을 둘러보는 그의 심장은 튀어나올 듯 쿵쿵거렸고 피가 도는 소리가 귓가에서 윙윙거렸다. 프랑크푸르트, 괴팅겐, 밤베르크, 카를스루에, 빈에서 열렸던 그의 연출작품 포스터들이 벽에 걸려 있었다. 극단은 그다지 별 중요한 의미를 차지하지 않는 소규모의 극단이었고 마준케도 눈에 띄지 않는 수많은 존재 중의 하나로, 일감이 주어지기보다는 일감을 찾아다녀야 하는 처지였다. 하지만 그가 공연한 도시의 이름은 어쩐지 무게 있게 들렸다.

이제 시대가 달라져 옛날의 빚을 되갚아줄 수 있는 때가 왔고 용감하게 그 일을 결행하는 이들도 많았다. 프랑크푸르트, 괴팅겐, 밤베르크, 카를스루에, 빈 등지에서 동독 지역으로 돌아온 이들은 대부분 도덕적으로 우월한 위치에 있었다. 시대는 그들의 편에 서 있다는 것이 증명되었고 사람들이 그들을 한번 보고 그냥 지나치지 않는 이유라면 그것은 그들이 프랑크푸르트, 괴팅겐, 밤베르크, 카를스루에, 빈에서 돌아왔기 때문이다. 귀향한 파울 R. 마준케의 과거를 캐물어 조사하기에는 부적절한 시기였다.

이때 비서실에서 뭐라고 잔뜩 말을 늘어놓는 마준케의 목소리가 들렸다. 그의 말은 빠르고 명령조였다. 할 일은 많고 시간은 없으니 그럴 만도 했다. 비서가 조그만 소리로 소곤거리며 안에 침입자가 와 있음을 알렸다. 마준케는 문을 벌컥 열어젖히고 무대에 등장하듯 사무실로 들어섰다. 레나의 큰오빠 쪽은 보지도 않은 채 그가 물었다. "누가 여기로 들어오라고 했소?"

레나의 큰오빠는 가슴이 쿵쿵거리며 입안이 종이처럼 바싹 말라가는 걸 느꼈다. 마준케는 그동안 뚱뚱해졌고 평발의 걸음걸이를 하고 있었으며 눈썹이 아무렇게나 거칠게 자라 있었고 귓구멍에서는 귀털이 삐져나와 있었다. 옛날에는 귀털은 눈에 띄지 않았었다. 그는 검은 뿔테 안경을 쓰고 있었는데 안경테는 크고 넓적했다. 의료보험이 적용되는 저가의 안경테처럼 보이려고 한 것일 텐데, 정말 그중의 하나일지도 모른다는 생각이 들었다. 갈색 가죽 점퍼의 주머니 하나가 열쇠 꾸러미로 불룩 튀어나와 있었다. 극단장인 그에게는 여기가 자신의 집이나 다름없을 터였다.

"내가 왜 여기 왔는지 알고 계실 텐데요." 레나의 큰오빠는 갈라진 목소리로 말했다. 목소리가 이러면 안 되는데, 게다가 별 내용도 없는 말이다.

"모르오." 마준케는 이렇게 말하며 우편물 더미를 뒤적거렸다. "약속이 되어 있지 않소."

"우리는 아는 사이입니다."

"본론을 얘기하시오." 마준케가 재촉했다.

"당신한테 최면을 당한 적이 있습니다."

마준케가 동작을 멈추고 레나의 큰오빠를 한참 쳐다보았다.

"아하, 그렇지! 이제 생각이 나는군. 한참 전 옛날 일이었지. 그 일로 온 거요?"

"그때 나한테 무슨 짓을 했는지 알고 싶어서 왔다고!" 그는 어금니를 꽉 깨물었다. 목과 머리의 전체 근육이 수축되는 느낌이었다. 그것은 분한 마음이라기보다는 두려움과 흥분이었다.

"난 너한테 아무 짓도 하지 않았어!" 밖의 비서가 들어도 상관없다는 투로 마준케가 쾌활하게 외쳤다. "전혀 아무 일도 없었어! 네게 무슨 변화가 일어나나 보려고 했는데 정말 아무 일도 일어나지 않더라고. 널 갖고 만지며 장난 좀 치려고 했는데 네 것이 서는 게 아니겠어. 그래서 스스로 좋은 일을 하나 보다 했는데, 이렇게 말하면 좀 심하지만, 너는 수음할 위인도 못 될 만큼 멍청했어! 여기 온 것만 봐도 알아. 그때까지 아직 한 번도 해본 적이 없었을걸. 내기해볼까? 그래서 네가 깨어나기 전에 난 생

712

각했지. 그냥 놔두자고. 다 잊어버리라고 네게 말한 후에 난 거기서 빠져나왔어. 난 아무 짓도 안 한 거라고!"

전화벨이 울렸다. "뭐 또 다른 질문 있나?" 마준케가 물었다. 레나의 큰오빠는 밖으로 나갔다. 마준케가 전화 받는 소리가 들렸다. "마준케입니다!" 방금과 마찬가지로 그는 쩌렁쩌렁 울리는 에너지, 힘, 그리고 추진력으로 전화에 응했다. 연극은 그의 생래적 영역이었다.

레나의 큰오빠는 앞이 아득해져 아무것도 보이지 않았다. 그는 다시 구내식당으로 가서 사람들에게 둘러싸여 있는 레나의 곁에 앉았다.

마준케는 내게 아무 짓도 하지 않았다, 아무 짓도.

마준케가 식당에 나타나자 오가던 이야기들이 뚝 끊겼다. 그도 분위기에 심상치 않은 뭔가가 있다고 느낀 모양이었다. 그는 식판 하나를 집어 들고 음식을 주는 곳으로 갔다. **토마토 수프, 쾨닉스베르거 클롭세**, 그리고 후식으로 **마술 요구르트**라고 칠판에 분필로 씌어 있었다. 그가 갑자기 뒤를 획 돌아보았다. 모두가 그를 주시하고 있었다. 그는 자신의 가쁜 숨을 아무에게도 들키지 않도록 애썼다. 이 상황을 어떻게든 잘 넘겨야 했다. 여기 있는 이방인 두 사람 중 한 사람은 방금 봤고 나머지는 레나였다.

마준케는 음식을 받아서 레나들이 앉아 있는 테이블로 와 먹기 시작했다. 후루룩하고 수프 넘기는 소리가 났다. 그는 아무도 보지 않고 음식을 향해 고개를 숙였다.

"뜨겁군." 그가 중얼거렸다.

"마준케, 마술 요구르트 얘기 사실인가요?" 여배우 중의 한 명이 눈을 반짝반짝 빛내며 물었다.

"그런 이야기를 꾸며내기란 쉽지 않지." 그러더니 계속 수프를 홀홀 입에 넣었다. "뜨거워."

그는 김이 모락모락 나는 숟가락 너머로 레나를 바라보았다. "그게 너였나?"

계속 수프에 숟가락질을 하는 그의 얼굴에 일그러진 미소가 아주 잠깐 보일락 말락 스치고 지나갔다. 그는 사람을 가지고 놀기를 좋아하는 사람이었고 만천하가 지켜보는 가운데 도저히 빠져나오지 못할 쇠사슬 줄에서 빠져나오는 탈출 마술가, 자신이 무슨 만인의 후디니*나 된 것처럼 생각했다. 식당에 모인 모든 이가 그의 반대편에 서 있었고 어린이 성추행 사실은 이미 인정한 거나 다름없었다. 당시의 피해자가 그와 얼굴을 맞대고 있고 문제의 주도권을 잡고 있는 이 상황에서 이제는 그가 사람들을 자기편으로 끌어당길 차례였다. 그 방법만을 모르고 있을 뿐이었다. 그러나 그것 또한 그가 즐겨 처하는 상황이었다.

그는 수프에 계속 숟가락질을 하면서 때때로 입으로 후후 불기도 했다. 그러면서 이번에는 또 어떻게 하면 멋들어지게 사슬을 풀고 나갈 것인지 궁리했다. 이 극단에서 그의 작전이 들어맞지 않은 적은 한 번도 없었다. 신문에 난 것처럼 연약한 여배우를 바닥에 사정없이 넘어뜨릴 때도 그랬다.

"저기 말야," 그는 레나를 쳐다보지도 않은 채 말을 이었다. "오늘 와줘서 잘됐어. 다음 작품으로 성범죄에 관한 걸 기획하려고 하던 참이었거든. 요새 그런 주제가 유행이어서. 난 주제 선정에 탁월한 재주가 있거든. 앗, 뜨거워! 배역을 실제 성범죄 피해자들에게 맡길 생각이야. 강간 피해자나 트라우마가 있는 사람들 아무나 좋아. 혹시 무대에 서고 싶은 생각

---

* 후디니(H. Houdini, 1874~1926): 당대를 풍미했던 미국의 탈출 마술가.

714

이 있으면…… 당신도 그렇고." 그는 레나의 큰오빠를 가리켰다.

　　레나는 일어섰다. 아니 자리에서 우뚝 솟아올랐다고 하는 편이 좋을 것이다. 그러더니 마준케를 향해 몸을 앞으로 숙였다. 그러고는…… 레나의 손을 움직이게 만든 것은 마치 점쟁이가 앞을 보는 것과도 같은 능력이었다. 그녀 자신도 예측하지 못했을뿐더러 또 눈 깜짝할 사이에 일어난 일이었다. 손은 마준케의 뺨을 때리지도 않았고 그렇다고 주먹을 쥔 것도 아니었다. 그것은 숟가락을 쥐고 있던 그의 팔목을 움켜쥐며 뿌리쳤다. 그 바람에 수프 국물이 흘렀다. 그녀의 손은 그의 팔목을 쥐고 놓지 않았다. 마준케를 쏘아보는 그녀의 눈은 광기로 번득번득했다.

　　마준케는 놀랐다. 이렇게 되리라곤 생각하지 못했다. 앞으로 무슨 일이 펼쳐질지도 알 수 없었다. 레나는 지글거리며 불타는 분노로 어마어마하게 힘이 세져 있었다. 그녀의 억센 힘을 빠져나올 길은 없었다. 자신에게서 솟아나는 힘의 원천이 어디 있는지는 레나 자신도 몰랐다. 감(感)을 잡고 감에게 자신을 맡기는 것은 큰오빠의 전문 분야였다. 그러나 지금 그녀는 감이라는 것이 얼마나 막강해질 수 있는 것이며 그것에게 전부를 맡기는 게 얼마나 후련한 것인지 스스로 느끼고 있었다.

　　그랬다. 마준케의 팔목을 붙들고 있는 것은 오직 감이었다. 레나의 행동은 마준케에게도, 또한 극단 전체한테도 어떤 감을 전달해주었다. 레나를 바라보는 마준케의 눈은 겁에 질려 있었고 그녀는 여전히 그 앞에 우뚝 서서 수프 국물을 뚝뚝 떨어뜨리고 있는 그의 팔목을 꽉 붙잡고 있었다. 사람들은 자신들이 보고 있는 이 장면이 과거 레나와 마준케의 인생에서 일어났던 장면임을 인식했다. 레나가 상대방의 손목을 움켜쥐고 있고, 상대방은 놀란 눈을 하고 그녀를 올려다보는 것으로 그녀가 배역을 바꾸었을 뿐이다.

이제 연극은 끝났다.

레나는 이제 달리는 차 안에 앉아 있었다. 그녀는 차창 밖의 깜깜한 밤을 응시했다. 저 멀리 마을의 노란 불빛이 보였다. "인생은 참 이상해. 그때 엘리베이터에서 말이야. 안 좋은 일이긴 했어도 그것 때문에 노래를 쓰게 된 거거든. 결국 끝에 가면 좋은 결과가 나오는 거야. 하지만 경찰이 학교에 출동한 건 나를 보호하기 위한 것이었는데 결과적으로는 나에게 피해만 줬어. 그 일로 인해서 그다음부터 남자에 관한 일이라면 아주 예민하게 되었거든. 그래서 파울헨도 서독으로 넘어가게 된 거고. 또 그래서 오빠도 이 자동차를 가지게 된 게 아니겠어. 우리가 지금 함께 차를 타고 달릴 수 있는 것도 그 때문이고. 난 행복해. 인생은 생각과는 전혀 엉뚱하게 흘러가지만 결국에는 항상 행복하게 되는걸."

반대편에서 달려오는 차는 어쩌다가 한두 대 있었을 뿐이다. 길에는 오롯이 그들 둘이었다.

"내가 1년 전에 한 말, 혹시 생각나? 삶은, 내 자신의 삶도 그렇고, 완전히 다른 방향으로 흘러갔을 수도 있었고 또 앞으로도 다르게 흘러갈 수 있다고 한 말. 삶은 반짝거리는 우연에 의해 지배당하는 거라고. 어쩔 수 없어. 내가 그 말을 한 곳이 어딘지 아직도 기억해?"

"그럼. 너 그때 처음으로 롤러스케이트 타고 나온 날이었잖아."

"그런데 희미하게 깜박거리는 부분을 조그맣게 잘라서 보면 그 빛이 별거 아닌 것 같아도 다시 **전체**를 보면 그 반짝임이 잘 보이게 돼. 내 말 이해하겠어?"

"잘 모르겠는데." 운전에 집중하던 큰오빠가 대답했다.

"우리를 예로 들면, 우리 차에서 나오는 불빛은 하나뿐이야. 하지만 뉴욕에선 수많은 자동차의 불빛이 하나로 겹쳐져 심지어 달에서도 그 불빛을 볼 수 있다고 하지. 그리고 인생도 그렇게 순간순간 빛난다고 생각해. 우연이 조금만 반짝인다면 아무 일도 이루어지지 않지만 지난해 같은 경우를 봐. 나한테만 많은 일이 일어난 게 아니고 다른 사람 모두가 그랬어. 그러면 빛이 나는 거야. 그리고 그 빛은 오래도록 꺼지지 않는 아주 밝은 빛이 될 거야."

10. 나비의 비상

위르겐 바르테가 방콕 국제공항에 내렸을 때 그를 에워싼 것은 전에는 한 번도 경험해보지 못한 열기였다. 그것은 살갗을 태우거나 생명을 위협하는 그런 더위가 아니라 뭉툭하고 무겁고 느긋한 그런 더위로서, 태양에서 오는 것이라기보다는 땅에서 솟아나오는 것 같은 열기였다. 땀구멍이 열리면서 활발히 활동을 시작했으나 거기서 생산되는 땀은 위르겐 바르테가 흘려본 땀 중 가장 싱겁기 짝이 없었다. 이 나라의 기후 때문에 그런 건지 아니면 병 때문에 그런 건지 그로서는 알 수 없었다.

위르겐 바르테가 타이에 온 것은 죽음을 맞이하기 위해서였다. 아내 안겔라 바르테는 후에 혼자서 귀국하도록 수속을 해놓았다.

위르겐 바르테는 이 더위에 적응하는 법을 빨리 터득했다. 그는 서두른다는 것이 뭔지를 완전히 잊어버려야 했다. 느긋하게 천천히 움직이는 법, 무엇보다도 여유를 부리는 법을 새로 배우지 않으면 안 되었다. 냉방장치는 필요하지 않았다. 공기가 항상 회전하도록 선풍기만을 틀어놓았고 열대야가 계속되는 밤에는 얇은 천이불 한 장이면 족했다. 이틀이 지나자

타이의 후텁지근한 공기가 편안하게 느껴졌다. 그동안 그의 몸속 한구석에 계속 남아 있던 냉기는 감옥의 냉기였다. 이제 온 뼈마디와 손발이 따뜻해졌다. 생전 처음으로 감옥은 이제 나와 상관없는 과거가 되었다는 느낌이 들었다.

그가 머물기로 한 곳은 코사무이 섬이었다. 바르테 부부는 기차를 탔다가 다시 배로 갈아탔다. 비행기를 탈 수도 있었다. 방콕 에어라인은 코사무이에 전용 비행장을 건설하여 방콕에서 직접 승객들을 나르고 있었다. 몰려드는 수요를 충당하기 위해서가 아니라 수요를 몰려들게 하기 위해 비행장을 짓는다는 것은 위르겐 바르테식으로 말하면 **군대식 공산주의**라고까지는 못해도 **계획경제**라고 불릴 만한 것이었다.

부부는 원두막처럼 생긴 집에서 묵었다. 바다가 가까이 있는 집이었다. 집에서 나와 바닷가로 걸어갈 때면 쓸려가고 쓸려오는 잔잔한 파도 소리가 점점 한 덩어리의 큰 파도로 변해가는 소리가 들렸다. 멀리서 쉴 새 없이 들려오는 파도 소리는 상쾌한 느낌을 주었고 바닷가에서 듣는 규칙적이고 고른 파도 소리는 뇌세포를 고이 마비시킬 정도였다. 잔잔한 물결 소리가 큰 파도 소리로 변하여 들리는 경계에 부부의 원두막이 있었다. 그는 힘차게 들리는 파도 소리를 좋아했다. 작곡가인 그는 세상을 귀로 감지하며 만족을 느꼈다.

원두막은 대충 적당한 크기로 잘린 나무판으로 지어져 있었다. 나무의 재질이 부드럽고 물러서 가시가 박히거나 할 염려는 전혀 없었다. 부부는 바닷가의 모래발 그대로 집에 들어왔다. 목욕물은 큰 양동이 같은 것에 담겨 있어서 바가지로 물을 퍼 머리 위로 뒤집어썼다. 그러고 나면 정신이 바싹 들 만큼 시원하고 상쾌했다. 보일러로 데운 물을 이용하는 샤워 시설도 있었으나 한 번도 사용하지 않았다.

타이 사람들은 잘 웃었다. 코사무이 서쪽 항구에서 여객선을 내린 바르테 부부는 택시를 탔다. 마치 기다렸던 사람을 만난 것처럼 택시 운전사가 그들에게 미소 지었다. 소형 짐차를 개조한 것으로 보이는 택시는 옆은 뚫려 있었지만 지붕이 있었다. 짐을 실어야 할 부분에 좌석 두 개가 앞뒤로 나란히 있었다. 택시를 타고 달리는 동안 거리의 여인네들과 아이들이 손을 흔들기도 하면서 친절하게 웃어주었다. 위르겐 바르테는 확실한 이유는 없었지만 왠지 환영받고 있다는 느낌을 받았다. 택시가 섬의 반 바퀴를 도는 동안 사람들은 계속 손을 흔들어주었다. 조금 유치하다는 생각이 들기는 했지만 그도 답례로 손을 흔들었다.

도착한 숙박 단지 시설의 프런트에서 그들을 기다리고 있던 것은 역시 꾸밈없고 따뜻한 미소였다. 저녁을 먹으러 간 조그맣고 소박한 식당에서도 마찬가지였다. 부부는 야자수 나뭇잎 아래에 놓인 플라스틱 식탁과 플라스틱 의자에 자리를 잡고 앉았다. 주방은 훤히 트여 있었고 갖가지 요리 재료들이 작은 그릇에 종류별로 담겨 있다가 주문을 받으면 팬에 볶이는 걸로 완성이었다. 여자 조리사의 딸이 음식을 날랐고 나머지 두 딸은 텔레비전 앞에 서서 쇼를 시청하고 있었다. 여자 넷이서 대화하는 소리는 마치 헬륨을 마시고 난 것처럼 높고 유아적이었다. 저런 목소리라면 만화영화의 더빙을 맡아도 될 정도라고 위르겐 바르테는 생각했다. 음식은 굉장히 매웠다. 눈물이 줄줄 흘렀다. 자기들이 만든 음식이 **파랑***을 어떻게 만들었는지 본 여자들은 **남자가 이런 음식 정도는 먹을 수 있어야죠!** 하는 듯한 미소를 지으며 물병과 물컵 두 개를 가져다주었다.

---

* 파랑(Farang, ฝรั่ง): 타이어로 백인 외국인을 가리키는 말이다.

다음 날, 위르겐 바르테가 해변으로 나갔을 때 타이 여자 한 명이 미소를 지어 보이며 야자수 아래 그늘에 마련된 나무 평상 위로 그를 이끌었다. 마사지를 받으라는 거였다. 그는 자신을 가리키며 "위르겐"이라고 했다. 여자는 고개를 끄덕이고 그의 이름을 반복했다. 어느 정도 대강 비슷한 발음이 났다. 그는 여자를 가리키며 영어로 물었다. "당신은?" "노이." 그녀의 대답이었다. 그러더니 한 시간짜리 마사지와 두 시간짜리 마사지가 있다고 했다. 그는 한 시간짜리로 해달라고 했다.

노이는 발 마사지부터 시작했다. 2분 만에 그녀의 표정이 확 바뀌면서 어두워졌다. 그녀는 위르겐 바르테를 보고 자기 옆구리를 짚으며 어디 아프냐고 묻는 표정을 지었다. "백혈병이오." 그가 말하자 노이는 고개를 끄덕였다. 그녀가 자기 말을 이해했으리라곤 생각되지 않았지만 죽음이 가까이 왔다는 것은 아는 것 같았다.

노이는 자식이 넷 있었다. 세 아이는 해변에서 물장구를 치며 모래성을 쌓기도 하고 물에서 물건을 건져내기도 하며 놀았고 막내는 평상 옆에 앉아서 엄마의 하는 모습을 지켜보았다. 노이는 위르겐 바르테의 옆에 무릎을 꿇은 채로 마사지를 했다. 의자 같은 것은 없었고 위르겐 바르테가 깔고 누운 얇은 고무 매트리스가 장비의 전부였다.

위르겐 바르테에게 이런 마사지는 처음이었다. 근육을 꾹꾹 주무르지도 않았고 힘 있게 누르거나 문지르는 마사지도 아니었다. 이 마사지는 그 나라와 사람들처럼 부드러운 마사지였다. 손으로 살짝 만져본다고 할까, 몸을 한 뼘 한 뼘 손으로 재나간다고나 할까 시원하게 매만져주는 동작이었다. 노이는 때때로 발도 사용했다. 엎드려 있는 그의 두 다리를 끌어올릴 때는 몸이 덩달아 끌려오지 않도록 발로 엉덩이를 밟았다. 그녀의 두 손은 따뜻하고 폭신했으며 동작에 주저함이 없으면서도 조심스러운 부분은 조심스럽게, 세게 눌러야 할 곳은 시원하게 짚어주었다. 한 시간의 마사지가 끝나고 나자 그는 행복한 웃음을 지었고 그녀도 웃음으로 답례했다.

그날부터 위르겐 바르테는 매일 두 시간짜리 마사지를 받으러 왔다. 노이는 불치병에 걸린 환자를 마사지하는 일에 익숙했다. 그녀는 부드러움과 침착함을 잃지 않았고 안겔라 바르테가 마사지 받는 남편을 보러 왔다가 영원한 이별을 예감하며 울었을 때도 허둥대지 않았다. 가끔씩 그녀는 아이들에게 웃어 보이거나 손을 흔들어 보였을 뿐, 한 번도 소리를 쳐서 부르지 않았다.

어느 날 아침, 위르겐 바르테는 어느 원두막에 딸려 있는 나무 테라스 한쪽에 세워진 기타를 발견했다. 그는 문을 똑똑 두드리고 기타를 잠시 빌려가도 되느냐고 물었다. 언제든지 가져가고 싶으면 가져가시라는 대답이었다. 그는 바닷가로 가서 카카오나무 그늘에 앉아 기타를 치기 시작했다. 그는 기타를 잘 켰다. 5년 8개월을 때워야 했을 때도 그 솜씨로 버텼다. 금세 아이들이 몰려들었다. 노이의 아이들뿐만 아니라 어디서 왔는지 다른 아이들도 많았다. 아이들은 그가 기타를 치며 연주하는 것을 들으면서 손뼉으로 박자를 맞추기도 하고 펄쩍펄쩍 뛰면서 모래밭에서 빙그르르 돌기도 했다. 아이들이 신기해한 것은 왼쪽 손가락이 마술처럼 자유자재로 움직이면서 줄을 누르고 아래위를 왔다 갔다 하며 코드를 잡는 모습이었다. 노이도 그늘에서 나와 그의 연주를 지켜보았다. 위르겐 바르테는 자기 손가락이 특별하고 복잡한 뭔가를 할 수 있다는 것을 노이가 보고 있다는 사실에 기분이 좋았다.

그날, 노이의 남편이 위르겐 바르테에게 푸딩이 담긴 접시를 가져다주었다. 그가 이해한 바에 따르면 특별한 푸딩이었다. 노이의 남편은 머리를 가리키며 굿 포Good for…… 굿 싱킹Good thinking!이라고 말하며 웃었다.

푸딩을 먹고 나서 한 시간쯤 되자 신경 하나하나가 살아나는 듯한 신기한 각성 상태가 왔다. 바닷가를 걸으며 두 팔을 마구 앞뒤로 흔드니 말할 수 없이 신이 났다. 넓고 멋진 세상, 그는 그 세상 위에 있었고 삶은 살 만한 것이었다. 그는 쉴 새 없이 웃어댔다. 웃어대던 것은 그의 횡격막이었고 얼굴은 횡격막을 따라 웃는 표정을 짓고 있었다. 그는 야자나무와 하늘과 구름과 산과 파도를 보았다. 그러면서 파도가 뒷걸음치는 힘에 의해서 커진다는 것을 그때 처음으로 알게 되었다. 그는 오두막으로 가서 세상이 얼마나 멋있는지 아내에게 얘기해주었다. "저것 좀 봐요! 나무가 점점 자라고 있고 새들이 나무 위에 앉아 있소. 단단한 돌이 부서져 언젠가는 모래가 되고 사람은 그 위를 걷지. 그게 발에 얼마나 좋은지 모른다오. 너무 멋지지 않소? 여기 애들은 신발이 없지. 신발이 무슨 짝에 필요하단 말이오? 세상이 갑자기 커다랗게 다가오는 기분이 든다오. 그 푸딩에 들어 있는 성분인지 뭔지, 그거야말로 금지돼야 해요. 그걸 먹으면 여기서 이대로 행복해서 단 한 발짝도 앞으로 나아가고 싶은 생각이 들지 않는단 말이오."

그는 야자수 하나를 찾아 그 그늘에 누웠다. 아내도 그에게 기댔다. 기분 좋은 그의 손이 아내의 엉덩이께에 부드럽게 닿았다.

"기분이 좋구려. 누가 세상에 존재해야 될 사람이고 누가 아닌지, 난 알고 있다오. 노이에게는 존재 이유가 있소. 나도 그렇고 말이오. 해변에서 아이들에게 기타 소리를 들려주는 인간은 나쁜 사람이 아니라오. 하지만 나를 심문한 자, 그자는 존재할 이유가 없소. 판사도 마찬가지요. 난 감옥에 들어갈 이유가 없는 사람이었소. 당신도 나라는 사람과 나의 억울함과 불행을 함께 견뎌왔으니 좋은 사람이오. 하지만 이제는 그 불행이란 것도 끝나가고 있소." 또 웃음이 터졌다. 남편이 그렇게 오랫동안 웃는 것을 아내는 처음 보고 있었다.

"난 이제 죽을 것이고 당신에게 마지막 부탁을 하려고 하오. 사람들이 물어보면 코코넛 열매에 머리를 맞아 죽었다고 말해주었으면 좋겠소. 그러면 멋진 죽음이 되잖소. 해변의 야자수 그늘에서 앞에는 바다가 펼쳐져 있고 평온함을 즐기다가 코코넛 열매가 뚝 떨어져서 그냥 그걸로 그만이 된 거요. 그러면 나에게 방사능을 쏘여 죽게 만든 자들은 이 죽음을 부러워할 거요. 내가 어떤 고통을 겪었는지 알게 하면 안 되오. 뉴스에서 위르겐 바르테가 코코넛 열매에 머리를 맞아 사망했다는 소식을 전해 듣게 되면 그들은 자신이 한심하고 형편없고 있으나 마나 한 존재라고 느끼게 될 거요. 그들이 죽으라고 정해준 방법대로 죽지 않았으니 말이오. 그들이 그렇게 내게서 빼앗으려고 했던 행복과 평화 속에 나는 죽은 거요. 여기 타이에서 나는 영원한 자유를 찾았소. 바닷가에 앉아 노래 부르고 있잖소. 난 말이오, 마치 위대한 판관이 된 것 같은 기분이 든다오. 성군(聖君)처럼 사람 하나하나에게 잘잘못을 다 가려줄 수 있을 것 같소. 난 감옥에 가야 할 이유가 없소. 의회나 정부나 조사위원회의 일원이 되거나 방송이나 신문에 나가는 것도 나의 길이 아니오. 여기가 내가 있어야 할 곳이오. 아이들에게 노래를 불러주다가 빗방울이 후드득 듣기 시작하면 물에 빠진 새처럼 두 팔을 퍼덕거리면서 물가를 오르락내리락할 거요. 그러면 아이들은 깔깔대고 웃으며 퍼붓는 소나기 속을 천천히 걸어가던 이상한 백인의 모습을 훗날까지 오래도록 기억하겠지."

하늘이 보라색으로 변하면서 멀리 뿌옇게 보이던 비가 성큼 가까워졌다. 돌풍이 일며 야자수 가지를 뒤흔들었다. 그러더니 잎에 빗방울이 후드득후드득 떨어지기 시작했다. 위르겐 바르테에게는 그 소리가 너무도 크게 들렸다. 곧이어 모래에도 물이 떨어졌다. 처음에는 몇 방울씩 뚝뚝 떨어지더니 곧 하늘의 물이란 물은 다 쏟아지는 것 같았다. 알록달록한 색의 우스꽝스러운 반바지를 입은 위르겐 바르테는 해변을 따라 오르락내리락거렸다. 눈을 감은 채로 머리를 들어 정면으로 비를 맞았다. 벌어진 입에는 빗물이 담겼다. 바르테 부인은 이제 비로소 다시 예술가로 돌아온 남편을 보았다. 처음 만났을 때의 모습 그대로 그는 지금도 여전히 특별한 사람이었다. 그는 기발하고 열정적이고 분주하고 열심인 사람이었고 바르고 강한 사람이었다. 그리고 아주 멋진 것을 만들어낼 줄 아는 사람이었다. 결국 그의 말이 옳았다. 아이들은 이 광경을 잊지 못할 것이고 그녀 또한 그럴 것이다.

그 후로 3주를 더 산 후에 그는 노이의 해변가 평상 위에서 죽었다. 아내가 마른 수건으로 얼굴을 닦아주는 동안에 노이는 발 마사지를 했다. 그러면서 그는 저물어갔다. 노이가 바르테 부인에게 고개를 숙였다. 그러고는 그의 손을 모아 가슴 위에 얹어주었다. 아름다운 시신이었다. 평온이 찾아온 그의 얼굴은 편안했다. 죽음과 싸운 흔적은 찾아볼 수 없었다.

의사가 와서 사망증명서를 썼다. 안젤라 바르테는 그에게 돈을 쥐어주면서 사망 원인을 다르게 써달라고 했다. 이제 이로써 그의 사인은 '낙하한 코코넛 열매로 인한 두개골 골절'로 공식화되었다.

다음 날 위르겐 바르테의 시신이 화장되었다. 그의 유골은 그가 가장 행복해했던 곳에 있어야 한다고 결정한 사람은 바르테 부인이었다. 안젤라 바르테, 노이와 남편, 기타를 빌려준 이와 그의 여자 친구, 아이들 몇 명이 참석한 단출한 장례식이 열렸다. 그곳 휴양지의 관리인을 위해 미리 마련되어 있었던 두 개의 묘지 자리 중 하나에 그의 유골 단지가 안장되었다. 바르테 부인이 무덤에 흙을 뿌리고 얼굴을 들었을 때, 그녀의 동작에 놀라 자리에서 날아오른 나비 한 마리가 비행을 시작했다.

조그만 불빛들이 모여 만들어내는 격변기의 파노라마

1989년 8월 11일에 한 이야기가 시작된다. 독자들은 책을 펼치자마자 그 이야기의 한가운데에 서 있게 된다. 독일이 아직 동독과 서독이라는 두 개의 나라였던 그때, 동독의 카를마르크스 시의 구립병원에서 물리치료사로 일하는 젊은 레나는 드레스덴발 열차에 타고 있을 큰오빠를 기다리지만 그는 그 안에 없었다.

그즈음 심각해진 동독 탈출민의 문제는 그해 여름 절정에 달하고 있었다. 프라하나 바르샤바 같은 동유럽 국가의 수도를 통하거나, 아니면 이미 오스트리아로 가는 국경을 개방한 헝가리나 체코슬로바키아와 같은 나라를 경유하여 서독행을 시도하는 동독 국민의 끝없는 탈출 행렬이 국제 문제로까지 번지게 되었다. 결국 같은 해 11월 9일 저녁 동베를린 당 지도부의 실세인 귄터 샤보브스키가 서독 언론과 가진 텔레비전 인터뷰에서, 양독 간에 설치된 출입국관리소를 통해 동독인이 자유롭게 서독에 들어갈 수 있는 방안이 지금 당장 실현 가능할 수도 있다고 밝혔다. 이에 서방 언론들은 장벽이 개방되었다고 발표했고, 이 소식을 전해 들은 수만의 동베를린 주민들이 무슨 일이 생기기를 기대하는 마음을 잔뜩 안은 채 장벽 근처에 모여들었다. 긴박한 분위기가 고조된 가운데 당시 경비 근무를 총책임지고 있던 하랄드 예거 중령은 몰려든 인파의 요구에 떠밀려 중앙정부로부터의 구체적인 명령 없이 본홀머 다리의 출입국통제소를 개방하라는 명령을 내린다. 그것을 시작으로 다른 통제소도 하나하나 열리고 그로써 28년 넘게 버티고 서 있던 베를린 장벽은 그날 밤으로 모두 열린다.

이 소설은 장벽이 무너지던 1989년과 통일 독일이 법적으로 완전히 이루어진 1990년까지를 시대적 배경으로 하고 있으며 이 격동의 시간을 온몸으로 거쳐간 여러 주인공의 이야기를 파노라마처럼, 또는 모자이크처럼 그리고 있다.

1965년생인 작가 토마스 브루시히는 동서 베를린의 경계선으로 인해 하나의 거리가 각기 동독과 서독에 속하게 된 존넨 거리의 젊은이들을 그린 『존넨알레 Sonnenallee』로 독일 문단에 크게 알려지면서 비평가들은 물론 대중들로부터도 크게 주목을 받게 되었다. 그가 직접 쓴 「존넨알레」의 영화 각본은 독일 연방정부가 주는 각본상을 받았고 그 이후로 영화 「NVA」 등의 각본을 썼다. 그의 이력은 평범하지 않다. 동베를린에서 태어나 성장한 그는 1990년 대학에 진학할 때까지 말 그대로 온갖 직업을 전전하며 인생 경험과 생계를 동시에 해결한다. 이 작품 속에도 그의 경험에서 나온 것으로 보이는 작은 일화들이 많이 들어 있다. 포츠담의 콘라트 볼프 영화학교를 졸업한 그는 『우리 같은 영웅들 Helden wie wir』 『존넨알레』 「남자가 되기까지의 삶 Leben bis Männer」, 그리고 장벽이 무너진 지 15년 되던 2004년에 이 작품을 발표했다. 그의 작품들은 통틀어 26개 언어로 번역되었다. 전환기(통일을 전후한 시기) 위트 소설의 원조라고 불리는 그의 작품들을 죽 관통하고 있는 것은 '동독에서 한 개인으로 산다는 것(또는 성장하는 것)'에 대한 날카로운 관찰과 그 관찰의 유머 넘치는 표현이다.

그는 말을 별로 아끼지 않는다. 이야기하고 싶은 것이 있으면 아주 작은 것까지 세세하게 이야기한다. 그 점을 생각해볼 때 등장인물이 근 스무 명에 달하는 이 작품이 가진 6백 페이지라는 원본의 분량(작가의 역대 작품 중 가장 많은 분량)은 그래서 오히려 많다고 할 수 없다. 통독 후, 많은 동독의 작가들은 조국통일의 기쁨을 길게 누릴 여유도 없이 과거 청산의 시비에 휘말리게 되었다. 그동안 사회주의 건설의 이념에 협조하여 정책에 순응한 작가들이 그 당사자였다. 그런데 아이러니한 것은 권력에 직접적 또는 간접적으로 비판을 가해오던 비판적 문학인들에게도 통일은 일면 곤혹스러운 사건이 되지 않을 수 없었다는 점이다. 통일이 오자 체제 동조 작가들에게는 사회주의 사회 건설이라는 이념적 기둥이 사라졌으며, 비판적 또는 저항적 작가들에게는 절대적 비판과 저항의 대상이 갑자기 없어져버려 그들의 존재 이유까지 휘청거리게 된 것이다. 작품에서 작곡가로 나오는 위르겐 바르테를 보며 레오 라트케가 중얼거리는 말, "활동 금지 선고가 위르겐 바르테 그에게는 얼마나 다행인지, 이제 금지 조치가 풀리고 그의 작품들이 세상에 나오게 되면 그도 이제 끝난 생명이다"는 저항 예술인이 안아야 할 통일 후의 부담을 대변하고 있다. 또 한편으로 겉으로는 비판적인 듯하지만 남모르게 정부에 협조한다든가 하여 권력이 주는 특혜를 누려왔던 작가군도 존재했고, 이 작품에서는 키 작은 턱수염 시인이 (그의 시가 폴커 브라운의 시집에서 인용되었다는 주석으로 독자는 그가 현존하는 시인 폴커 브라운을 모델로 했다는 것을 알 수 있다) 유명 휴양지인 히덴제 섬에서 매년 휴가를 보내왔다고 설명함으로써 그도 그러한 작가였을 수 있다는 것을 암시하고 있다. 그런데 작가 브루시히는 어떠한가. 통독 당시 그는 아직 청소년기를 불과 몇 년 더 벗어난 나이에 있었기 때문에 사회주의 국가 건설에 동조나 저항 그 어떤 것도 할 수 없었던 세대였다. 그렇기 때문에 그는 부담 없이 옛날을 이야기할 수 있다. 1990년대 이후, 체제를 비판하거나 반대로 체제를 선양하고자 하는 동기를 잃어버린 위의 폴커 브라운이나 크리스타 볼프, 하이너 뮐러 등의 기존 작가 대신에 잉고 슐체나 토마스 브루시히, 야코프 하인 같은 젊은 동독 출신 작가들의 신선한 활약이 큰 반향을 얻었던 이유도 여기에서 찾아볼 수 있을 것이다. 절대적 빈곤 없이 평온하던, 그러나 모두들 알 수 없는 두려움을 가지고 있었던 동독이라는 국가와 사회가 한꺼번에 소멸한 데 대한 아쉬움을 그는 별로 가지고 있지 않다. 그 대신 그는 그때에 대한 이야기를 풀어놓는다. 이 작품에서는 전작들에 비해 한층 진지해진 분위기로 독자로 하여금 전환기(통일) 풍경의 패치워크를 하나씩 꿰어나가게 한다. 모든 것이 단 한 가지도 그대로 머무르지 않고 변해버린 그 전환기에는 많은 사람의 인생도 닥쳐오는 우연에 의해 지배되었다고 자신의 낭독회에서 작가는 말한다. 그런데 과연 이것이 그가 말하려는 것의 전부일까?

이 작품에 등장하는 수많은 인물 때문에 독자들은 책을 읽는 동안 앞뒤를 뒤적이며 누가 누구인지 확인하기를 반복할지도 모른다. 작가는 격변기의 다양한 모습 가운데 한 면이라도 소홀히 하기 싫은 마음에 이렇게 많은 '주요' 등장인물을 설정했는지도 모른다. 열두 살에 독일로 이민 온 폴란드 출신 청년 발데마르 부데, 유명 기업의 회장과 성이 같다는 이유로 회장의 아들로 본의 아닌 오인을 받고 이 때문에 감수해야 했던 불이익으로 인해 사회에 복수심을 품고 전문 사기꾼으로 변신해 회장의 아들을 사칭하여 호텔에 무전 투숙하는 19세의 알비노 청년 베르너 슈니델, 윤기 없는 외모와 그에 못지않게 뭉툭한 뇌를 가진 카틀린 브로인리히, 동독의 지식인을 대표하는 키 작은 턱수염 시인, 고위층과 선이 닿아 있으며 비밀리에 동독 비밀경찰의 활동에 협조했던 여변호사 기젤라 블랑크, 통일 후 정치계에 발을 디뎠으나 과거 독방 수감 시절 방사능에 노출되어 불치병에 걸린 저항 예술가 위르겐 바르테, 통일에 즈음해 맡겨진 골치 아픈 사건을 놓고 어떻게 하는 것이 자신의 출세에 방해되지 않는 것일까 고민하는 검사 마티아스 랑게, 아무 생각 없이 혼외정사를 즐기는 그의 아내 베레나 랑게, 스스로 고안해낸 교묘한 방법을 바탕으로 동독의 서방 외화 벌이를 담당하는 고위 관리 발렌틴 아이히, 독일의 정론지로 손꼽히는 시사 주간지의 간판 리포터이며 자신감의 화신인 서독인 레오 라트케, 그리고 이들 인물이 얽히고설키며 만나고 헤어지는 작품의 중앙무대 격으로 '꺼지지 않는 화덕'으로 불리는 동베를린의 팔라스트 호텔 총지배인 알프레트 분추바이트, 여자가 되는 수술을 채 끝내기도 전에 담당 의사가 서독으로 가버린 탓에 남자도 여자도 아닌 존재로 살아가야만 하는 하이디, 끝까지 소박한 라이카 카메라를 가지고 다니며 삶에서 그대로 뜯어낸 듯한 사진을 찍길 원하는 레나의 큰오빠, 그리고 그 외에 이런저런 '작은 주인공들'이 각각 퍼즐 조각 하나씩을 차지한다. 독일의 독자라면 그 인물들 중 키 작은 턱수염 시인, 레오 라트케, 발렌틴 아이히, 그리고 기젤라 블랑크가 현존하는 실재 인물을 모델로 했음을 어렵지 않게 상상할 수 있다.

그러나 내용의 중심을 이루는 인물은 단연 롤러스케이트를 타는 레나이다. 아름답고 순수한 그녀의 내부는 역동성과 희망으로 가득 차 있다. 레나는 시위를 가로막고 선 전경들의 무리를 앞에 두고 용감하게 울분을 토해낼 수 있는 여자이다. 한 사람의 작은 변화가 주위에 파장을 일으킨다면 언젠가는 세상도 변할 수 있다는 믿음을 가진 이상주의자적 레나였지만 통일의 기쁨이 지나고 일상이 찾아온 어느 날, 그녀는 '그녀 안의 뭔가가 익숙해진 것 같은 느낌'을 받는다. 결국에는 그녀도 서독적인 세상살이 앞에서 눈이 멀고 만다. 브루시히는 이렇게 말하려고 하는 것처럼 보인다. 레나는 서독의 유명 리포터 레오 라트케와 첫 관계를 가지고 그다음에는 계산하는 법을 배운다. 하필이면 그녀가 동독 화폐가 서독 화폐로 흡수될 때의 기회를 이용해 돈을 번다는 사실을 통해 작가는 통일을 통해 베시(서독인)와 오시(동독인)가 모두 같이 도덕적으로 한 계단 아래로 떨어졌다는 것을 암시하고 싶어 한다. 또한 그녀가 노랫말을 붙이고 직접 노래를 부른 저항 노래는 격변기에 때맞춰 나와 대히트를 쳤으나 사실은 옛날 트릭 비틀스의 동료인 마른 야코프가 작곡했던 것으로, 그는 레나가 이 곡의 히트로 벌어들인 수입을 분배하지 않았다고 하여 레나를 고소한다. 레나는 난생처음으로 '소송물의 가격'이란 개념을 배운다. 한때 레나에게 자신이 쓰던 방도 내어주었던 마른 야코프였으나 돈이 시작되는 곳에서 우정은 끝이 난다. 레나는 거리의 춤꾼들의 현란한 춤 솜씨에 감탄하지만 그들이 돌리는 모자 속에 돈을 집어넣지 않은 자신에 대해서 끝내 입을 다문다. 예전에는 돈에 대해 이렇다저렇다 할 관념이 없었는데 이제는 자신의 지갑에, 통장에 정확히 얼마가 들어 있는지 항상 알고 있다. 이렇게 레나는 정신의 타격을 입었으나 와일드 빌리는 목숨까지 잃는다. 그의 죽음은 광란의 축제가 남긴 부산물로, 어떠한 영웅적인 의미도 담겨 있지 않은, 허망한 소용돌이에 휩쓸린 죽음이다.

브루시히의 글이 지니는 특징이자 강점은 인물 특징의 과장이지만 그는 이 작품에 등장하는 주인공들이 서방 세계를 처음 접했을 때 가졌던 탐욕스러움을 계속 끌고 가지는 않는다. 그들 오시들은 매우 상처받기 쉽고, 모험적으로 행동하기보다는 어디로 어떻게 휩쓸릴지 몰라 눈치 보는 존재이다. 고속도로 주유소의 주유원 출신이지만 충실한 당성을 입증하여 동베를린 최고 호텔인 팔라스트 호텔의 총지배인이 된 알프레트 분추바이트를 보자. 그의 사고방식이나 언행은 상당히 한심하고 탐욕스럽게 묘사되고 있지만 작품의 후반부에 들어가면 나치 독일에 대한 찬탄에 구역질을 느끼는 장면이 나온다. 끝까지 잘 살아남은 발렌틴 아이히에 비해 그는 섬약한 심장의 소유자라는 것이 나타나면서 당시 동독의 지도 계층이 그러했듯이 그도 역시 일당 체제가 연출하던 연극의 어리석은 꼭두각시에 불과했다는 것을 보여준다. 동독의 강력계 형사 루츠 노이슈타인은 사기 혐의로 감방에 들어온 어린 서독 청년이 너무나 당연하다는 듯 사용하는 일상 단어들을 알아듣지 못해 위축감을 느낀다. 허공에서만 존재하던 인권이란 개념을 어디다가 어떤 수위로 적용해야 할지도 난감하기는 마찬가지이다.

　　루츠 노이슈타인은 기묘한 백발의 청년 앞에서 이상스레 열등감을 느꼈다. 베르너 슈니델이 너무나 당연하듯이 말하고 있는 일을 루츠 노이슈타인, 그는 전혀 모르고 있었다.

자살률을 떨어뜨린다는 사회주의적 복지 향상 차원에서 실시된 성전환 수술의 희생양이 된 일곱 명의 사람에게도 통일은 기회가 아니라 위기였다. 나라가 통일되었으나 당당한 '독일인'으로 느끼지 못한 채 여전히 이것도 저것도 아닌 존재로 남아 있는 그들의 운명은 많은 동독인이 공감하는 심정을 내포하고 있다.

뤼디거 위르겐즈 박사 앞에 선, 한때 남자였으나 여자가 되고 싶어 하는 그 일곱 명은 미완성이었다. 그들은 남자도 아니고 여자도 아니었다.

"우리는 남자도 아니고 그렇다고 여자도 아닙니다. 우리는 그저…… 버려졌을 뿐이라고요!"

하이디는 당당한 여성으로 살아가고 싶었으나 결국 미완성의 육체를 숨겨가며 그녀가 그토록 싫어하고 두려워하던 '성(性)으로만 취급되는' 거리의 여자로 살아가게 된다. 하이디를 비롯한 일곱 명의 성전환자를 통해 브루시히는 통일의 도취감과 그 후의 지독한 숙취를 우화적으로 말하고 있다. 한편, 체제가 무너지자 곤란을 넘어 신변의 위험까지 느끼는 이가 있었다. 동독의 외화 수입을 담당하던 발렌틴 아이히로, 경제부 장관이나 당 서기관 등 겉으로 드러나는 최고위 직책을 맡고 있지는 않았지만 국가 경제에 없어서는 안 될 인물로, 장막 속에 가려진 경제 실세이다. 국가적 중죄인으로 단죄받아야 할 그이지만 통일 후에도 결국 그가 쌓아온 인맥과 지식 등을 이용해 (상당히 잘살면서도 전통적 인맥관 등이 강하게 남아 있어 온정주의가 적당히 통하는) 여유로운 남부 독일 바이에른 주에서 새로운 사업을 시작한다. 브루시히는 이런 종류의 인간은 결국은 살아남는, 그것도 아주 잘 살아남는다는 것을 보여준다. 그런데 그가 서독 정부에 보호 요청을 하며 도피 행각을 벌이는 장면에서 슈타지의 생리, 서독 공무원들의 근무 태도나 사고방식 등을 덤으로 읽을 수 있어 매우 흥미롭다. 브루시히는 그는 어떠했다, 하는 식의 묘사를 극도로 삼가는 대신, 그 인물이 하는 언행과 주위 상황을 통해 말하고 싶은 바를 전달한다. 거기서 빠지지 않는 것이 위트와 아이러니, 뛰어난 관찰력이다. 세계 어디나 마찬가지이겠지만 정권 말기(특히나 여기서는 국가 체제 말기)에 잠깐 공직에 앉게 된 뤼디거 위르겐즈 박사는 어떻게 하면 겉으로 번지르르하게 보이면서도 실제로는 어물쩍 때우고 무사히 후임자에게 넘길까 하는 생각으로 대외 전시용 대화의 날을 만들어 갖가지 세부 사항을 계획한다.

뤼디거 위르겐즈 박사는 대신 방문객 접견 시 두 그룹에 한 번꼴로 인터폰을 통해 먹을 것을 주문할 생각이었다. "헨셀 양, 미안하지만 직원식당에서 계란을 얹은 빵 한 조각이나 뭐 그런 거 좀 갖다주시오. 오늘 아직 아무것도 못 먹어서. 그럼 부탁하오." 다음 접견객의 무리가 오면 빵이 도착하게 되어 있었다. "죄송합니다, 오늘 아무것도 못 먹어서 이렇게 됐습니다."

동쪽의 레나에 대칭되는 개념으로 나오는 것이 서쪽의 레오 라트케이다. 어리고 순수하고 이상주의적인 레나와 달리 그는 이미 성공한 저널리스트이자 자신감의 결정체이다. 둘은 서로를 보자마자 강한 이끌림을 느낀다. 레나에게는 무엇보다도 그가 경험한 미지의 세계가 강력한 매력으로 작용한다. 둘은 엘리베이터 안에서 서로를 끌어안는다.

엘리베이터 안에서 그녀는 그에게 꼭 붙어 있었다. 그의 두 팔은 그녀를 감싸 안고 있었고 방으로 들어오자 비로소 그는 정부로서의 모습을 그녀에게 드러냈다. 머뭇거림 없는 그의 손길은 여자를 어떻게 다뤄야 하는지 알고 있었다.

여기서 레나가 상상의 모래언덕을 넘어가는 장면의 묘사는 일품이다. 브루시히는 동독 여자와 서독 남자의 육체적 결합을 보여주지만 종국에는 둘을 연인으로 남겨두지 않는다. 몇 손가락 안에 꼽힐 정도로 최고의 실력을 인정받는 리포터 레오 라트케는 장벽이 무너지는 거대한 사건의 와중에 오히려 펜이 글쓰기를 멈춰버린, 말하자면 바깥세상에서는 장벽이 무너졌는데 자신의 내부에서는 새로운 장벽이 세워진 듯한 아이디어의 고갈과 무기력을 경험한다. 때때로 자만심의 수위로까지 올라오는 과도한 자신감으로 넘쳐나던 그의 자아는 이 글쓰기의 위기를 통하여 거의 정상 크기로 줄어든다. 그동안 한 번도 멈춤 없이 앞으로 달려만 왔던 그는 그 나름대로 자신만의 전환기를 맞게 된 것이다. 자신의 잡지사에서 맹인 자비네 부세를 취재한 기사의 출판을 거절당한 후 다시 한 번 미국에서 출판을 시도하지만 이마저 실패하게 되자 그는 오히려 홀가분함을 느끼며 옛날에 아무것도 가진 것 없이 출발했던 것과 마찬가지로 이국에서 다시 한 번 노바디nobody가 되었음을 자축한다.

이렇게 여러 등장인물이 갑자기 발밑에 떨어진 통일을 겪어나가면서 크고 작은 부침에 떠밀려가고 있을 때, 맹인인 자비네 부세는 자신의 존재 방식을 송두리째 뒤흔드는 개안 수술을 받게 된다. 레오 라트케가 쓴 자비네 부세에 대한 기사는 제6장의 마지막을 장식하며 작품의 요약본이자 하이라이트를 이룬다. 자비네 부세는 장애를 장애라고 느끼지 않으며 나름대로 잘 살아왔다. 남들이 볼 때는 장애인일지 모르지만 본인은 그 장애에 완벽하게 적응하여 심지어 좋아하는 화가도 있고 여러 회화 작품을 논평하기도 한다. 개안 수술 후 예상하지 못했던 문제점들이 나타나면서 평화롭던 그녀의 인생은 엉망진창이 된다. 새롭게 펼쳐진 세상에서 여기저기 터지는 색채와 선의 불꽃놀이는 그녀의 눈에 너무 화려하고 복잡하다. 눈은 그 모든 것을 받아들이느니 아예 인식하기를 거부한다. 새로운 정보를 인지하지 않는 시각은 익숙하던 예전으로 도피하려고만 하고 그동안 불완전한 시각을 보완하여 그녀를 세상에서 살아남게끔 하던 다른 기관들의 기능은 뒤죽박죽이 되어 일곱 명의 성전환자와 마찬가지로 이도 저도 아닌 상태가 된다. 자비네 부세는 목적지 나루터에 도달하지도 못하고 자신이 떠나온 강가도 다시 찾을 수 없다. 그녀의 이야기는 많은 (나이든) 동독인들의 처지를 은유하고 있다.

명분은 통일이었으나 실제로는 거의 모든 면에서 서독으로의 통합 흡수를 의미했던 독일 통일에 대해 그 당시 휘몰아쳤던 처음의 흥분과 감격이 가시고 현재는 동·서독 양쪽에서 불만의 목소리가 터져 나오고 있다. 서독 사람들은 밑 빠진 독에 물 붓기라고 불평하고 동독 사람들은 왜 아직까지도 동독 지역은 이렇게 낙후되고 일자리가 없느냐라며 한탄한다. 브루시히는 잡지 『치티 Zitty』와의 인터뷰에서 이제 통일의 기쁨과 감사함은 다 없어졌느냐는 질문에 이렇게 말한다. "나는 카니발이나 월드컵, 엘베 강의 대홍수 같은 특정한 비상사태하에서만 독일이 통일되었다는 것을 느낀다. 많은 사람은 장벽이 무너졌을 때 느꼈던 낙관론을 이제는 창피함으로 기억하고 있을 뿐이다. 상당수의 동독인이 당시의 쇼크 상태에서 헤어나지 못하고 있는 반면, 서독인들은 통일을 이미 지나간 낡은 테마로 치부하며 쿨하지 못한 화제로 취급해버리는 경향이 있다."

그렇다면 이제 희망은 없는가? 아니다. 주인공 모두는 자신의 방법대로 적응하고 세상을 헤쳐나간다. 자신들에게 지워지지 않는 흔적을 남긴 마준케를 스스로 찾아가 대면함으로써 그들 나름의 과거 청산을 하고 나서 집으로 돌아가는 길에 레나가 큰오빠와 나누었던 대화에서 작가 브루시히가 독자에게 그래도 결국 전달하고 싶었던 바를 읽을 수 있다.

삶은 반짝거리는 우연에 의해 지배당하는 거라고. 〔……〕 우연이 조금만 반짝인다면 아무 일도 이루어지지 않지만 지난해 같은 경우를 봐. 나한테만 많은 일이 일어난 게 아니고 다른 사람 모두가 그랬어. 그러면 빛이 나는 거야. 그리고 그 빛은 오래도록 꺼지지 않는 아주 밝은 빛이 될 거야.

평생을 체제에 대한 꺾이지 않는 저항으로 일관하며 살아오던 위르겐 바르테는 타이라는 낯선 곳에서 평생 동안 그려왔던 마음의 평화를 얻는다. 그가 땅에 묻히면서 그 삽질에 놀란 나비 한 마리가 날아올라 기나긴 여행을 시작한다. 그가 택할 수밖에 없었던 외고집쟁이로서의 삶, 남과 다른 생을 예견하듯 일찍부터 매고 다니기 시작한 나비넥타이는 실제 나비가 되어 날갯짓을 한다. 혼돈 이론이 맞는지 맞지 않는지는 작가도, 독자도 모른다. 그렇지만 작가는 그의 믿음을 연약한 나비의 날갯짓에 싣기를 주저하지 않는다.

레나의 큰오빠의 독백으로 시작된 이 소설은 그가 찍은 사진들로 이루어진 퍼즐 맞추기이다. 주변 배경을 담고 있는 퍼즐 조각도 있고 주인공의 눈동자를 담고 있는 조각도 있다. 대학에서 극작을 전공하고 영화 각본을 써왔던 작가답게 작품 전체에 흐르고 있는 것은 동적인 영상 이미지이다. 그것은 인물의 생생한 행동 묘사나 대화에서 독자들도 느꼈으리라고 본다. 어쩌면 작가 자신이 언어의 카메라로 찍은 사진이 담긴 사진 첩을 독자들 앞에 펼쳐놓고 싶었는지도 모른다는 생각이 든다.

소설이 지닌 상당한 길이에도 불구하고 그 깊이 면에서 이 소설을 전환기 문학(또는 통일문학)으로 분류할 수 있을 것인가 하는 데에는 독일 내에서 여러 의견이 있다. 통일문학이란 무엇인가? 분단의 역사를 결산하는 서사적 문학이다. 귄터 그라스의 『넓은 들판 Ein weites Feld』이나 잉고 슐체의 『심플 스토리즈 Simple Storys』, 토마스 브루시히의 전작 『우리 같은 영웅들』이 나오기 시작하면서 그에 대한 기대와 관심이 높아졌다. 이 모두를 통일문학의 범주에 넣는 사람들도 있고 통일문학은 아직 출현하지 않았다고 하는 이들도 있다. 그러나 한 가지 확실한 것은 이 모두가 그 시간적 배경과 소재를 통일에서 찾고 있으며 등장인물들을 통해 각자 나름대로 통일을 해석하고 있다는 점이다. 이 작품은 토마스 브루시히가 자신의 재능과 입담을 남김 없이 펼쳐 보인 작품으로 통일문학의 논의를 떠나서 독일 내에서 대중적인 성공을 거두었음은 물론 특히 한국의 독자들이 관심을 가지고 읽어볼 수 있는 작품이란 점에서 의의를 지닌다.

참고문헌

Maike Albath, "Ausgerechnet Schniedel. Ansonsten kein Klamauk: Thomas Brussig versucht sich diesmal ernsthaft am epochalen Wenderoman," *Frankfurter Rundschau* 05.10.2004.

Martin Lüdke, "Die Prototypen der deutschen Wende. Thomas Brussigs

Roman *Wie es leuchtet* liest sich amüsant, aber man vergisst ihn rasch," *Die Zeit* 31.12. 2004.

"Berlin ist mir zu pampig. Bestsellerautor Thomas Brussig über den unendlichen Ost-West-Konflikt, Günter Grass und sein Leben auf dem Land," *Zitty* n. 23, 2006.

김래현, "통일 후 1990년대의 독일문학,"『독일어문학』제17집, 2002.

김이섭,『독일의 분단문학과 통일문학』, 한국학술정보, 2004.

정민영, "한국의 동독문화 수용,"『외국문학연구』제7집, 2000.

토마스 브루시히,『우리 같은 영웅들』, 유로서적, 2004.

토마스 얀츠 편,『통일독일 문학논쟁』, 경북대학교출판부, 2004.

http://www.thomasbrussig.de

작가 연보

1965　　　12월 19일 동베를린에서 태어남.

1981~1984　학교 다님. 고등학교 졸업.

1984~1990　박물관 수위, 주방 보조, 여행 안내인, 호텔 도어맨, 공원, 가구 배달원 등 여러 직업을 거침. 중간에 군대복무를 마침.

1989　　　대학 정책을 비판한 글이 최초로『타게스슈피겔』지에 실림.

1990　　　베를린 자유대학에서 사회학 전공으로 대학생활을 시작함.

1991　　　『물의 색깔 *Wasserfarben*』이 필명으로 아우프바우 출판사에서 간행됨.

1993　　　포츠담의 콘라트 볼프 영화학교로 적을 옮겨 텔레비전·영화 희곡을 공부함.

1995　　　『우리 같은 영웅들 *Helden wie wir*』이 폴크운트벨트 출판사에서 간행되어 큰 반향을 일으키며 베스트셀러가 됨.

1996　　　연극「우리 같은 영웅들」이 도이치 극장에서 초연됨.

1997~2001　에드가르 라이츠 감독과 함께 6부작 영화「고향Heimat」시리즈 제

작에 참여.

1999   『존넨알레 *Am kürzeren Ende der Sonnenallee*』가 폴크운트벨트 출
        판사에서 출간되어 역시 베스트셀러 목록에 오름. 『존넨알레』와
        『우리 같은 영웅들』이 각각 레안더 하우스만과 제바스티안 페테르
        손이 감독을 맡아 영화화됨. 그가 쓴 「존넨알레Sonnenallee」의 영
        화 시나리오가 독일연방정부 각본상을 수상.

2000   콘라트 볼프 영화학교 졸업. 노이뮌스터 시가 수여하는 한스 팔라
        다 상을 수상. 그의 희곡 「하임주훙Heimsuchung」이 마인츠 국립
        극장에서 초연됨.

2001   축구 코치를 주인공으로 한 모노드라마 「남자가 되기까지의 삶
        Leben bis Männer」이 12월 19일 베를린 도이치 극장 소극장에서
        초연됨. 책은 같은 해 피셔 출판사에서 출간됨.

2004   『그것이 어떻게 빛나는지 *Wie es leuchtet*』가 피셔 출판사에서 출간.

2005   라인란트 팔츠 주정부가 수여하는 카를 추커마이어 메달 수상. 동
        독 군대의 이야기를 다룬 영화 「NVA」의 각본을 씀.

2007   『베를린 광란파티 *Berliner Orgie*』가 피퍼 출판사에서, 『축구심판 페
        르티히 *Schiedsrichter Fertig*』가 레지덴츠 출판사에서 나옴.

'대산세계문학총서'를 펴내며

근대문학 100년을 넘어 새로운 세기가 펼쳐지고 있지만, 이 땅의 '세계문학'은 아직 너무도 초라하다. 몇몇 의미 있었던 시도에도 불구하고, 전체적으로는 나태하고 편협한 지적 풍토와 빈곤한 번역 소개 여건 및 출판 역량으로 인해, 늘 읽어온 '간판' 작품들이 쓸데없이 중간되거나 천박한 '상업주의적' 작품들만이 신간 되는 등, 세계문학의 수용이 답보 상태에 머물러 있었음을 부인하기 힘들다. 분명한 자각과 사명감이 절실한 단계에 이른 것이다.

세계문학의 수용 문제는, 그 올바른 이해와 향유 없이, 다시 말해 세계문학과의 참다운 교류 없이 한국문학의 세계 시민화가 불가능하다는 의미에서, 보다 근본적으로, 우리의 문화적 시야 및 터전의 확대와 그 질적 성숙에 관련되어 있다. 요컨대 이것은, 후미에 갇힌 우리의 좁은 인식론적 전망의 틀을 깨고 세계 전체를 통찰하는 눈으로 진정한 '문화적 이종 교배'의 토양을 가꾸는 작업이며, 그럼으로써 인간 그 자체를 더 깊게 탐색하기 위해 '미로의 실타래'를 풀며 존재의 심연으로 침잠하는 작업이라 할 수 있다.

우리의 현실을 둘러볼 때, 그 실천을 위한 인문학적 토대는 어느 정도

갖추어진 듯이 보인다. 다양한 언어권의 다양한 영역에서 문학 전공자들이 고루 등장하여 굳은 전통이나 헛된 유행에 기대지 않고 나름의 가치 있는 작가와 작품을 파고들고 있으며, 독자들 또한 진부한 도식을 벗어나 풍요로운 문학적 체험을 원하고 있다. 새롭게 변화한 한국어의 질감 속에서 그 체험이 이루어지기를 바라는 요청 역시 크다. 그러므로 필요한 것은 어쩌면 물적 토대뿐일지도 모른다는 판단이 우리를 안타깝게 해왔다.

이러한 시점에서, 대산문화재단의 과감한 지원 사업과 문학과지성사의 신뢰성 높은 출간을 통해 그 현실화의 첫발을 내딛게 된 것은 우리 문화계의 큰 즐거움이 아닐 수 없다. 오늘의 문학적 지성에 주어진 이 과제가 충실한 결실을 맺을 수 있도록, 우리는 모든 성실을 기울일 것이다.

'대산세계문학총서' 기획위원회